Knaur.

Knaur.

Über den Autor:
Günter Ruch, geboren 1956 im rheinischen Sinzig, arbeitet als Grafiker und Journalist. Bereits in seiner Jugend entstanden Kurzgeschichten. 1966 erschien sein erster phantastischer Roman »Die Farbe der Nacht«. Es folgte »Genovefa«, ein Roman, der im 8. Jahrhundert spielt. Mit »Burg Hammerstein« hat der Autor seinen ersten großen historischen Roman geschrieben. Er ist verheiratet und lebt mit seiner Frau in Sinzig.

GÜNTER RUCH

DIE HERRIN VON BURG HAMMERSTEIN

ROMAN

KNAUR TASCHENBUCH VERLAG

Besuchen Sie uns im Internet:
www.knaur.de

Vollständige Taschenbuchausgabe Dezember 2006
Knaur Taschenbuch.
Ein Unternehmen der Droemerschen Verlagsanstalt
Th. Knaur Nachf. GmbH & Co. KG, München

Redaktion: Monika Köpfer

Umschlaggestaltung: ZERO Werbeagentur, München
Umschlagabbildung: Bridgeman Art Library
Satz: Buchwerkstatt, Bad Aibling
Druck und Bindung: Clausen & Bosse, Leck
Printed in Germany
ISBN-13: 978-3-426-63390-8
ISBN-10: 3-426-63390-6

2 4 5 3 1

1. Teil

1. Kapitel

Meister Herbrand von Trarbach, der alt gewordene Apotheker von Hammerstein, seufzte und schloss mit der ihm eigenen Sorgfalt sein Haus »Zur Waage« am Markt ab. Er war dankbar für das bisschen Wärme, mit der die niedrig stehende Frühjahrssonne die Kälte milderte, die der seltsame Besuch des Mainzer Domherren in seinem Herzen hinterlassen hatte.

Herbrand wollte jetzt nicht allein sein. In der Ledertasche, die an seinem Gürtel befestigt war, befand sich das Rosmarinöl, das er nach seiner eigenen Rezeptur für Gertrudis, die Gemahlin des Rheinmüllers, gemischt hatte. Er hoffte, dass es gegen die schlimmen Kopfschmerzen helfen würde, und hatte noch ein paar geheime Segenssprüche über das Öl gesprochen, auch wenn er nicht recht an deren Wirksamkeit glaubte. Man konnte ja nie wissen.

Herbrand hatte seinen Knecht heimgeschickt, denn in zwei Tagen würde das Pfingstfest gefeiert, und so brachte er das Rosmarinöl selbst hinüber zur Zollmühle. Vor allem aber wollte er dort mit seinem alten Freund Walafrid, dem Herrn der berühmten Hammersteiner Zollmühle, ein kleines Schwätzchen halten. Insbesondere interessierte ihn seine Meinung zum Besuch des Mainzer Domherrn Torquato, den Meister Herbrand vor ein paar Minuten mit recht gemischten Gefühlen verabschiedet hatte. Dieser Domherr hatte nach merkwürdigen Dingen gefragt, von denen Herbrand keine Ahnung hatte, und doch waren ihm die Fragen des Domherrn bedrohlich vorgekommen. Er hatte sich manchmal wie ein Kaninchen gefühlt, das von einer Kreuzotter mit magischem Blick gelähmt wird.

Herbrand scheuchte diese Gedanken wie lästige Fliegen beiseite. Er war viel zu müde und zu alt, um wirklich noch Angst zu haben. Er strich sich durch den langen, weißen Bart, der ihn aussehen ließ wie einen der Zauberer aus den Märchen der Ammen. Als er die Richtung zur Zollmühle einschlug, spürte er das Alter ebenso auf seinem Buckel lasten wie seine tiefe Melancholie, die ihn nach dem Tod von Haburga nie wieder verlassen hatte.

Gern ließ sich Meister Herbrand ablenken vom lebhaften Treiben in der kleinen Stadt, die sich für das bevorstehende Pfingstfest rüstete. Hoch über der Stadt thronte die siebentürmige Reichsfeste Hammerstein, mit langen Fahnen und flatternden Wimpeln geschmückt. Graf Otto und seine Gemahlin Irmingard regierten auf Hammerstein, und viele in der Stadt rühmten die gerechte Herrschaft des Grafenpaares, zumal Ottos Vater Heribert in seinen letzten Jahren unberechenbar, jähzornig und ungerecht geworden war, gefürchtet von allen seinen Vasallen und Untertanen.

Als Heriberts erster Sohn Otto sieben Jahre zuvor von Kaiser Heinrich als Nachfolger seines Vaters mit der Grafschaft Hammerstein belehnt worden war, änderte sich alles, erst recht nach der prächtigen Hochzeit mit Irmingard, der einzigen früh verwaisten Tochter des Grafen Gottfried von Verdun. Meister Herbrand erinnerte sich gerne dieses großen Festes am Johannistag des Jahres 1020, denn es hatte ihn wenigstens für ein paar Tage ein wenig aus seiner Traurigkeit herausgerissen.

»Schon vier Jahre sind seitdem vergangen«, seufzte er und dachte an die Vergänglichkeit alles Seienden, während ihn sein Weg zu Walafrid am Hafen vorbeiführte. Disiwein, der rechtsrheinische Zollmeister von Hammerstein, fertigte mit seiner Achtung gebietenden grünen Tracht soeben ein Mainzer Kaufmannsschiff ab, das auf dem Weg rheinaufwärts in Richtung Köln war. Das Schiff transportierte slawische Kriegsgefangene und Tuchballen, die sicherlich für den Stapelmarkt im heiligen Köln bestimmt waren.

Der Vorsteher des Mainzer Schiffs, ein junger, groß gewachsener, fast hagerer Kaufmann, der in Diensten des Mainzer Erzbischofs Aribo stand, wie Herbrand an den Farben seines wertvollen Mantels erkennen konnte, hatte sich breitbeinig vor dem Zollmeister aufgebaut und die Hände in die Seite gestemmt. In der Rechten hielt er ganz lässig den gelbrot gestreiften Zollstab, den er an der Schiffssperre der Zollmühle bei Meister Walafrid als Zeichen dafür abgeben musste, dass der Zoll bezahlt war. Walafrids Aufgabe war es, dem Schiff dann die Durchfahrt zu gewähren.

»Wenn ich Euch recht verstehe«, sagte Zollmeister Disiwein ärgerlich und gereizt, als Herbrand näher kam, »dann zweifelt Ihr die Rechtmäßigkeit unseres Zolls an, Herr?«

Der Kaufmann lachte hämisch. »Dass Ihr Hammersteiner immer auf eurem alten Recht herumreiten müsst«, sagte er spöttisch. »Wisst Ihr, was heutzutage zählt? Einzig Macht und Reichtum!«

Zollmeister Disiwein machte erschrocken ein Kreuzzeichen. »Wenn Ihr dem alten Recht spottet, so spottet Ihr Gott!«, rief er, was aber den jungen Mainzer Kaufmann nicht sehr zu beeindrucken schien.

Herbrand war jetzt bei Disiwein, seinem Kollegen im Rat des Grafen Hammerstein, angelangt. »Regt Euch nicht unnötig auf, Meister Disiwein, denkt an Euer Herz«, sagte Herbrand freundlich. »Und einen Guten Abend wünsche ich Euch!«

»Gott grüße auch Euch, Meister Herbrand«, erwiderte Disiwein und wandte sich zu Herbrand um. »Wisst Ihr, ich werde langsam zu alt für dieses Gewerbe«, stöhnte er und zog eine verdrießliche Miene. »Und wir beide, Herr Kaufmann«, sagte er verächtlich über die Schulter hinweg, »sind wohl miteinander fertig.«

Damit ließ Disiwein den jungen Mainzer Hagestolz stehen und verschnürte den großen Beutel, in den er die klingenden Münzen gezählt hatte. Der Zollmeister legte dem etwas älteren Apotheker freundschaftlich den Arm um die Schultern. »Diese Mainzer Emporkömmlinge werden immer frecher und dreister und vergessen alle Gottesfurcht«, flüsterte er dem Ratskollegen ins Ohr. »Sie verachten das alte Recht und glauben, es durch ein neues ersetzen zu können.«

»Meint er den doppelten Kölner Zoll, den die Mainzer Schiffe bezahlen müssen?«, fragte Herbrand, während der Kaufmann mit erhobenem Haupt davonstolzierte und über eine Planke zu seinem Schiff zurückkehrte, wo er seinen Leuten Befehl gab abzulegen.

»Kaiser Heinrich hat es uns zuletzt in einer Urkunde bestätigt, dass es unser gutes Recht ist, von den rheinabwärts fahrenden Mainzer Schiffen den vollen Zoll zu verlangen. Die Kölner bezahlen nur deshalb die Hälfte, weil Kaiser Otto der Große ihnen vor vielen Jahrzehnten diese Gunst gewährt hat. Sollen wir deswegen jetzt freiwillig auch noch auf die Hälfte des Zolls verzichten, den die Mainzer uns schulden?«, fragte der Zollmeister mit Nachdruck. Schließlich hatte er den Zoll vom Grafen Otto gepachtet, und wenn die Mainzer irgendwann tatsächlich nur noch die Hälfte zahlen würden, dann würde es nicht nur die Schatztruhe des Grafen, sondern auch sein eigenes Geldsäckel empfindlich treffen.

»Und es hat früher niemals einen Disput darüber gegeben, alter Freund. Erst seit dieser Erzbischof Aribo aus Bayern gekommen und auf den Mainzer Erzstuhl gestiegen ist, gibt es Scherereien mit den Mainzer Dienstmannen. Sie sind wie er selbst: herrisch und selbstgerecht, gierig und machtbesessen. Herbrand, glaubt mir, das nimmt alles kein gutes Ende.«

»Wie dem auch sei, ich bin auf dem Weg zu Walafrid«, erklärte Herbrand, ohne weiter auf die Klagen des Freundes einzugehen. Mit seinem traurigen Blick schaute er einem jungen, hübschen Bauernweib hinterher, das wohl am Hafen Fisch für das traditionelle Pfingstmahl gegen Erzeugnisse ihres Hofes eintauschen wollte. »Soll ich dem Rheinmüller etwas ausrichten?«

Zollmeister Disiwein zuckte mit den Schultern. »Er kennt die Mainzer genauso gut wie ich«, sagte er. »Aber Ihr könnt Walafrid fragen, ob er am Pfingsttag beim Stadtvogt zu Gast sein wird. Ihr kommt doch auch, Herbrand?«

»Man müsste schon einen guten Grund haben, um eine Einladung des Stadtvogtes auszuschlagen«, erwiderte der alte Apotheker. »Und wenn man allein ist wie ich, dann freut man sich über jede Gelegenheit, unter Menschen zu sein.«

Die beiden alten Männer verabschiedeten sich herzlich, und nach ein paar Schritten durch die Zollmühlengasse erreichte Meister Herbrand den breiten, kräftig gebauten Steg der Zollmühle, der unmittelbar am Nordtor begann.

Von der Hammersteiner Mühlenbrücke war bis Nijmwegen und Basel die Rede, denn es gab nichts dergleichen auf dem Rhein. Die mächtige Holzbrücke reichte hinüber zur langgestreckten Rheininsel, auf der das Kloster zu Ehren des heiligen Suitbert stand. Neben der Wassermühle war ein gut schiffsbreiter Durchlass eingebaut, der mit einem dicken Balken versperrt werden konnte. Hein, der Knecht des Rheinmüllers, bediente diesen Balken, und Walafrid nahm den Zollstab entgegen und gab die Durchfahrt frei.

Walafrid stand am riesigen Mühlrad der Zollmühle und sah Herbrand entgegen. Wie der Apotheker zählte er zu den Räten des Grafen Otto und war einer der angesehensten Männer der Stadt. Alle, die im Bann des Grafen von Hammerstein standen, mussten in seiner Mühle ihr Getreide mahlen, und die Müllerei war ein begehrtes Amt.

Der Ratsherr trug wie immer tagsüber seine einfache und praktische Müllerstracht, und sein Gesicht war stark gerötet, was er selbst auf zu viel Sonne zurückführte, wohingegen seine Frau Gertrudis die Rötung eher mit einem gewissen Übermaß im Genuss des guten roten Weines erklärte, den man in den Lagen unterhalb von Burg Hammerstein anbaute.

»Seid gegrüßt, Walafrid. Darf ich Euch fragen, ob Eure Gemahlin zu Hause ist?«, fragte Herbrand.

»Gertrudis?«

Herbrand nickte freundlich. »Ich habe das Rosmarinöl für sie.« Er nahm das kleine Döschen aus weißem Holz aus seinem Beutel und hielt es in die Höhe. Auf dem Döschen war die kleine, stilisierte Feinwaage zu sehen, das Zeichen von Herbrands Apotheke »Zur Waage«. »Ein gutes Rosmarinöl«, sagte Herbrand bedächtig. »Ich habe es selbst gemacht in meiner Hexenküche.«

Walafrid lachte über den Scherz des Apothekers, denn er kannte Meister Herbrands *Hexenküche* im Hinterhof der Apotheke: Es war ein wohl geordnetes, peinlich sauber gehaltenes Laboratorium mit wertvollen Gläsern, hunderten Krügen mit den unterschiedlichsten Ingredienzien, fremdartig geformten Destillierkolben und dicken alchimistischen Büchern, in denen Geheimnisse in einer Sprache niedergeschrieben waren, die nur Eingeweihte entziffern konnten.

»Das sollte gegen die ständigen Kopfschmerzen Eures Weibes helfen«, sagte der Apotheker.

»Meister Herbrand, wollt Ihr Euch nicht setzen?« Walafrid wies auf die hölzerne Sitzbank gleich neben dem Eingang zur Mühle.

Plötzlich steckte Gertrudis den Kopf aus dem Fenster. »Ich habe Euch kommen sehen, Meister Herbrand. Habt Ihr das Öl dabei?«

Herbrand nickte. »Deswegen bin ich gekommen.«

»Sehr gut. Soll ich euch beiden etwas zu trinken machen?«, fragte die Müllerin dann. »Was haltet ihr von Gewürzwein? Oder Met?«

Die Männer entschieden sich für Würzwein. Der Müllermeister lächelte, als er sich mit seinem Ratskollegen niedergelassen und die Beine ausgestreckt hatte. »Könnte das Leben nicht schön sein?«, seufzte er. »Wenn nur alle friedlich miteinander umgehen würden, könnte man sich an jedem Tag, den Gott erschaffen hat, zufrieden ausstrecken und den Herrn loben, dass er einem in seiner Gnade solche Stunden schenkt.«

Gertrudis brachte den Würzwein und stellte ihn auf die Planken der Rheinmühle, unter denen die dunklen Fluten des alten Vaters Rheins glucksend dahinflossen. »Ich habe noch Milch im Kessel«, sagte sie dann und verschwand wieder in der Müllerei.

Die beiden Männer stießen miteinander an und nahmen einen kräftigen Schluck. Das gelbe Licht der Abendsonne überstrahlte ihr Gesicht, aber es wärmte kaum. Eine Zeit lang saßen sie zufrieden auf ihren Schemeln, als sich das Mainzer Kaufmannsschiff näherte, dessen hochfahrenden Schiffsherrn Meister Herbrand kurz zuvor am Hafen kennen gelernt hatte.

Während Herband seinem Ratskollegen von dem Vorfall mit Disiwein und dem Kaufmann im Hafen erzählte, banden die Diener des Mainzer Kaufmanns das Schiff an der Sperre an. Der Kaufmann kletterte auf die Mühlenbrücke. »Muss es denn ausgerechnet ein Mann des Mainzer Erzbischofs sein?«, fragte Walafrid leise.

Der junge Kaufmann mit dem schwarz-rot geviertelten, kostbaren Überrock der Dienstleute des Mainzer Erzbischofs baute sich anmaßend vor den beiden älteren Männern auf. »Himmel! Seht Ihr das?« Er hielt Walafrid den Zollstab entgegen. Ihm ermangelte es offenbar an jedem Respekt vor dem Alter, aber das war bei den jungen Kaufleuten nichts Besonderes. »Ihr wisst doch, was das bedeutet? Wollt Ihr mir jetzt endlich Euren vermaledeiten Zoll öffnen, oder muss ich Euch dafür noch um aller Heiligen anflehen?«

Müllergehilfe Hein kam herangeschlurft. Ihm oblag es, die mächtige Schiffssperre – grün bemooste Eichenbalken von der Dicke einer Elle – zu öffnen und zu schließen und dann die Zugbrücke hochzuziehen. Seine gebückte Haltung gemahnte einen jeden, der ihn sah, an das Irdische der menschlichen Natur. Hein konnte sich nicht richtig ausdrücken, aber Walafrid verstand, dass der Gehilfe das Mainzer Kaufmannsschiff abfertigen wollte.

Das Auffälligste an Hein war neben seiner gebückten Haltung ein Amulett, das er um den Hals trug, ein weißer Kieselstein aus dem Rhein, der mit fremdartigen Schriftzeichen versehen war und von dem der Müllergehilfe steif und fest behauptete – soweit er sich ausdrücken konnte –, dass eine Rheinfee ihm den Zauberstein geschenkt habe, mit dem Versprechen, er werde niemals Hunger oder Schmerz erleiden, solange er das Amulett trage. Hein war sichtlich müde.

Walafrid zuckte mit den Schultern, trank noch einen Schluck, erhob sich, brummelte etwas in seinen Bart und umschloss dann mit den Händen den rot-gelben Stab, das Zeichen für den entrichteten Zoll, ehe er ihn zu den anderen legte. Mit dieser Geste gab er die Durchfahrt des Schiffes frei. »Seid Ihr jetzt zufrieden?«, fragte er den Mainzer Kaufherrn, der von der Sorte Männer war, wie Erzbischof Aribo sie in seiner Dienstmannschaft jetzt zu bevorzugen schien. Müllergehilfe Hein sagte etwas Unverständliches und verschwand wieder in das untere Deck der Zollmühle, wo die tropfnassen und schweren Vorrichtungen für den Sperrbalken des Hammersteiner Zolls untergebracht waren.

»Wie selbstgewiss ihr alle seid hier in Eurem Städtchen!«, sagte der junge Kaufherr spöttisch. »Glaubt ihr wirklich, dass alles so bleibt, wie es ist?« Er lachte voller Hohn, so als wisse er etwas, von dem die beiden alten Männer noch keine Ahnung hatten. »Gott hasst das Unrecht, das den Mainzern zugefügt wird, dessen könnt Ihr sicher sein, Meister Walafrid.«

Der Rheinmüller wunderte sich, dass der ihm unbekannte Kaufherr ihn beim Namen kannte. Es missfiel ihm. »Das ist nicht meine Sache. Das ist allein die Sache der hohen Herrn«, erwiderte Walafrid.

»Wir werden sehen.« Damit kehrte der Kaufmann auf sein Schiff zurück.

Währenddessen schob Hein die Sperrbalken weg, zog die schwere Zugbrücke hoch, und das Schiff machte sich auf seinen Weg nordwärts in Richtung der Burg Rheineck.

»Wie hitzig diese jungen Dienstmannen des Mainzer Erzbischofs sind«, sagte Walafrid nach einer Weile, während Herbrand gedankenverloren den unermüdlichen Lauf des großen Wasserrades betrachtete, für ihn ein Symbol für das sich allzu schnell drehende Rad des Lebens. An dem Mühlrad, das von der immerwährenden Strömung des Flusses angetrieben wurde, spritzte weiße Gischt hoch. Dutzende von Möwen umkreisten kreischend die Wassermühle. Das helle Licht der Pfingstsonne blitzte auf ihren Flügeln. Der Sommer war nah.

»Aber wenn die jungen Leute nicht hitzig wären«, fuhr Walafrid fort, so als wollte er sich selbst beruhigen, »würde dann diese alte Welt nicht völlig stillstehen?«

Hein kam schwitzend und schmutzig vom unteren Deck der Zollmühle herauf. Auf seine Art machte er Walafrid klar, dass er sich jetzt hinlegen und ausruhen wolle. Die beiden verstanden sich nach all den Jahren, in denen Hein in der Munt und Obhut des Müllermeisters war, ohne dass noch groß ein Wort gesprochen werden musste.

»Auch ich hatte heute einen hitzigen Mann bei mir im Haus«, nahm Herbrand den Gesprächsfaden wieder auf. »Nicht nur Ihr müsst Euch mit solchen Leuten herumplagen.«

Walafrid grüßte den Aalfänger, der sein kleines Boot jenseits der Zollmühle festmachte. Auf dem Gesicht des Fischers war abzulesen, dass er einen schlechten Fang gemacht hatte.

»Erzbischof Aribo ist Hammerstein nicht wohl gesinnt«, fuhr Meister Herbrand fort. »Dieser Mann, der in meine Apotheke gekommen ist, war ein gewisser Domherr Torquato aus Mainz, ein Legat des Erzbischofs Aribo.«

»Ein Domherr? Viele fürchten sich vor diesen Domherren, weil sie jeden Tag mit dem Erzbischof zu tun haben. Wisst Ihr, wie man sie nennt? Seine Jagdhunde! Und einer von denen war bei Euch?«, sagte Walafrid nachdenklich.

»Er hat so seltsame Augen gehabt. Er hat mir lauter unsinnige Fragen gestellt und irgendetwas von einer Chudruni erzählt, die mit dem Teufel im Bunde sei.«

»Chudruni? Kenne ich nicht! Bei uns in der Gegend gibt es jedenfalls niemanden mit einem so seltsamen Namen. Sonst wüsste ich etwas davon.« Walafrid strich sich mit der flachen Hand über das Bäuchlein. »Glaubt mir, Herr Apotheker, es passiert bei uns nur wenig, wovon der gräfliche Müller nicht erfährt.«

Die Sonnenstrahlen berührten die Wipfel der hohen Silberbuchen, die das Inselkloster St. Suitbert umgaben. Das Licht spielte auf den frühlingsglatten Blättern und formte sich zu immer neuen blitzenden Kaskaden. In großer Höhe kreisten Bussard und Falke. Das immerwährende Rauschen der Mühle wirkte einschläfernd. Walafrid gähnte.

»Dieser Torquato schien genau zu wissen, wovon er redet«, sagte Herbrand nach einer Weile.

Walafrid fasste den Ratskollegen am Unterarm. »Seid nur vorsichtig, Meister Herbrand. Mit solchen Männern ist nicht zu spaßen.«

Herbrand nickte. »Ich hatte gleich ein mulmiges Gefühl, schon als er durch die Tür trat. Er hat etwas Angsteinflößendes. Was will er von mir? Ich will nur meine Kräuter und meine Gewürze und die Öle und Tinkturen mischen und verkaufen. Ich will auf meine alten Tage einfach nur Ruhe und Frieden, und sonst will ich nichts.«

»Vieles kann einem Angst einflößen in diesen unruhigen Zeiten«, sagte Walafrid nachdenklich. »Wisst Ihr, was meine größte Angst ist? Meine größte Angst ist es, dass Aribo es auf unseren Herrn, auf unseren Grafen Otto abgesehen hat. Der Erzbischof ist ein mächtiger Feind!«

»Aber unser Graf Otto ist doch mit Kaiser Heinrich befreundet!«

»Das ist wohl wahr. Doch der Kaiser ist schwer krank. Täglich höre ich die Hiobsbotschaften von den Kaufleuten. Kurz nachdem er zuletzt auf Burg Hammerstein übernachtet hat, hat es angefangen und ist seitdem immer schlimmer geworden.«

»Ich habe den Kaiser bei seinem letzten Besuch vor drei Wochen von Angesicht zu Angesicht gesehen«, erinnerte sich Meister Herbrand. »Oben im Rittersaal. Der war zwar dicht gedrängt, aber ich bin trotzdem ganz in die Nähe des Kaisers gelangt. Ich war so ergriffen von seiner Würde und seiner Erhabenheit, aber von einer Krankheit habe ich nichts bemerkt. Erzbischof Aribo dagegen sah mit seinen Geschwüren und seinen eitrigen Ausschlägen neben dem Kaiser aus wie ein Sinnbild der Vergänglichkeit.« Herbrand beugte sich zu dem Müller hinüber. »Und wisst Ihr, was man sich von Aribo erzählt? Mein Gewürzhändler aus Frankfurt, der mich immer mit südländischer Ware beliefert, hat es aus sicherer Quelle.« Herbrand machte eine künstliche Pause.

»Herrgott! Spannt mich nicht auf die Folter, Herbrand von Trarbach!«

»Aribo will selbst Papst werden«, flüsterte der alte Apotheker im Tonfall höchster Vertrautheit. »Und wenn ihm das nicht gelingt, dann will er wenigstens das Deutsche Reich diesseits der Alpen von Rom loslösen, natürlich mit ihm als dem Primus.«

»Aber das sind doch durchweg ketzerische Gedanken.« Walafrid war sichtlich erschrocken. »Wenn der neue Papst Johannes davon erfährt, dann ist Aribo die längste Zeit Erzbischof gewesen.«

»Wer weiß? Vielleicht will Aribo erproben, wer der Mächtigere von beiden ist, er oder der Papst? Gerade jetzt, wo der neue Papst Johannes erst seit ein paar Wochen im Amt ist! Das ist doch eine gute Gelegenheit für Aribo. Doch ich frage mich, was unser Graf Otto damit zu tun hat.«

»Es scheint, als ob der Graf ihm auf irgendeine Weise bei seinen Plänen im Weg ist«, sagte Walafrid nachdenklich.

»Ich habe mich mit Eurem Rosmarinöl eingerieben.« Die Müllerin war durch die Tür getreten, die zum Schutz gegen übelwollende Dämonen mit dem eingeschnitzten Zeichen der Heiligen Drei Könige versehen war. Sie deutete auf ihren kräftigen Nacken. »Ich hab das Gefühl, dass es schon wirkt. Und dennoch, man spürt es mit jedem Tag: Das Alter klopft an die Tür.« Sie zuckte mit den Schultern. »Wie dem auch sei. Ich habe euch beiden durch das Fenster zugehört.«

»Ihr solltet Euch keine Gedanken machen über das verzagte Geschwätz alter Männer, Meisterin«, sagte der Apotheker abwiegelnd. Die ersten Rheinmücken flirrten im Abendlicht. Im Hochsommer würden es noch viel mehr werden. »Am Ende wird sich die Waage doch nach der Seite der Gerechten senken. Wir sind zu klein, um die Ordnung Gottes zu zerstören. Selbst Aribo ist zu klein dafür. Was sind wir denn anderes als Zwerge auf den Schultern von Riesen?«

»Ihr redet immer so ein gesalbtes und melancholisches Zeug, das keiner versteht und das einem trotzdem Angst macht, Herr Apotheker.« Gertrudis stemmte die Arme in die Seite. »Wisst Ihr, was Euch fehlt? Wisst Ihr, was Eure düsteren Gedanken vertreiben würde? Euch fehlt ein Eheweib!« Die Müllerin sah, dass sich Meister Herbrands Gesichtszüge für einen Augenblick verdüsterten. »Ist ja schon gut, Herbrand«, wiegelte sie ab. »So viele Jahre trauert Ihr nun schon Eurer großen Liebe hinterher. Ihr seid ganz melancholisch geworden in all dieser Zeit.«

Herbrand schüttelte den Kopf. »Auch wenn es immer noch wehtut: Ich lasse mich gerne an Haburga erinnern. Diese Erinnerung ist das Schönste, was ich habe. Immer wenn ich Otto und Irmingard so glücklich zusammen sehe, denke ich an Haburga, wisst Ihr das, Gertrudis?« Der alte Apotheker lächelte in den Himmel, so als sehe er dort etwas, das nur er sehen konnte. »Das ist der Grund, warum ich unser Grafenpaar so in mein Herz geschlossen hab. Es weckt in mir die besten Erinnerungen meines Lebens.«

»Jeder kann auf den ersten Blick sehen, wie glücklich sie sind«, stimmte die Müllerin zu. »Und das nach allem, was sie erlebt und erduldet haben, bevor sie zusammenfanden.« Sie lächelte träumerisch. »Diese Ehe wurde im Himmel geschlossen. Man sieht es, wenn die beiden zusammen durch die Stadt gehen. Ihre Liebe wirkt ja beinahe ansteckend. Wie Irmingard ihren Otto anschaut! Manchmal glaubt man, das Blitzen in ihren Augen zu sehen.« Gertrudis stieß ihren Mann mit dem Ellenbogen an. »Weißt du, was ich meine?«

Walafrid lachte herzlich und gab seinem Weib einen kräftigen Klaps auf das ausladende Hinterteil, woraufhin Gertrudis wie ein junges Mädchen kicherte und ihrem Mann zuzwinkerte. »Manchmal denke ich«, sagte der, »dass es dir nach all den Jahren hin und wieder an solchen Blitzen mangelt.«

»Wie kommst du nur auf so etwas?«, fragte die Müllerin neckisch. »Aber mach dir keine Sorgen« – sie gab ihm einen Kuss auf die Wange. »Ich bin schon ganz zufrieden mit dir.«

Meister Herbrand fühlte sich etwas unbehaglich inmitten dieses ehelichen Geplänkels. »Wir sollten zu den Reliquien der Heiligen von St. Laurentius beten, dass alles so bleibt, wie es ist. Hoffen wir, dass Gott uns allen hilft.«

Gertrudis nickte. »Nur wenn unsere Herrschaft in Frieden

lebt, können auch wir in Frieden leben.« Sie deutete hinauf zur Burg Hammerstein, die sich in steiler Höhe über der Stadt erhob. Allein die Spitze des Berges mit der mächtigen Burg lag jetzt noch im gelben, abendlichen Sonnenlicht, wie mahnende Finger ragten neben vier kleineren die drei großen Burgtürme in den Himmel: der große Donjon, der massive, gedrungene Waffenturm, und der schlanke Witwenturm, in dem Zafirah, die zweite Gemahlin des verstorbenen Grafen Heribert, immer noch wohnte. Irgendwo dort oben wurden auch die alte Karlskrone, der Sternenmantel, das Reichsschwert und das Zepter aufbewahrt.

Das Flusstal versank im Schatten der beginnenden Dämmerung, und vom Rhein her wehte kühle Abendluft zur Stadt herüber.

»Nun jammere nicht«, beruhigte der Müllermeister seine Frau. »Noch ist überhaupt nichts geschehen. Wir sollten den Teufel nicht an die Wand malen!« Walafrid reichte seinem Eheweib den leeren Becher, den diese aus dem Krug mit Gewürzwein wieder auffüllte, den sie mitgebracht hatte.

»Otto und Irmingard sind stark«, gab die Müllerin zu bedenken. »Otto ist geradezu das Gegenteil von seinem Vater.« Sie legte die Arme um die Schultern ihres Mannes. Herbrand spürte einen Hauch von Neid auf diese traute Gemeinsamkeit.

Eine Prozession erregte die Aufmerksamkeit der Leute, die jetzt noch in Hammerstein unterwegs waren. Die Prozession hatte die Stadt von Norden her durch das Linzer Tor betreten und bewegte sich jetzt die Zollmühlengasse herab zum Rheinufer, vornweg der Bannerträger mit dem reich in Gold, Rot und Grün bestickten Ehrenwimpel des heiligen Sebastianus, dahinter Schützen mit aufpolierten Bögen und rot gefiederten Pfeilen; sie alle trugen ebenso wie die Frauen, die Kinder und Alten, die ihnen folgten, Sonntagsstaat.

»Schau an, das sind die Königsfelder!«, rief Walafrid freudig. »Natürlich, die Pfingstwallfahrt! Die Schützenbruderschaft St.

Sebastianus hält früh beim ersten Hahnenschrei ihren Bittgottesdienst in St. Laurentius.« Er grüßte zu der sich nähernden Prozession hinüber. »Landulf ist ein guter Mann.« Der kleine, rundliche Schultheiß mit dem strohweißen Haar und dem Jakobshut, der an der Spitze der Bogenschützen ging, nickte verhalten zu Walafrid hinüber.

Zur gleichen Zeit kehrte Abt Hucbert mit seinen Mönchen vom Hafen her aus der Stadt zurück. Die Mönche schienen sich durch nichts ablenken lassen zu wollen. Allein der letzte Mönch in der Gruppe, ein feister, kleiner Mann, blinzelte in die Abendsonne, die das Rheintal nach den langen, dunklen Monaten des Winters wie zur Ankündigung der Auferstehung des Herrn überstrahlte. Abt Hucbert hielt kurz inne, als er der Königsfelder Wallfahrt gewärtig wurde. Dann besprach er sich kurz mit einem seiner Mönche, dem Probst, der die Güter des Inselklosters verwaltete. Der Probst nickte heftig.

Die Wallfahrer und die Mönche trafen unter dem nahen Linzer Tor zusammen. Gertrudis, Walafrid und Herbrand beobachteten von ihrem Platz aus, wie sich der Abt und der Schultheiß kurz grüßten und dann heftig aufeinander einredeten. Oben auf der Stadtmauer beobachteten zwei mit Lanzen bewaffnete Wachmänner die Szene. Schultheiß Landulf zog ein zorniges Gesicht; Abt Hucbert dagegen machte abwiegelnde Gesten und schüttelte immer wieder den Kopf. Die Schar der Dörfler, die aus den Bergen des Westerwaldes gut zwei Meilen zur pfingstlichen Wallfahrt ins Rheintal herabgekommen war, umringte jetzt die beiden. Hin und wieder war ein lautes Wort zu hören, aber es war nicht ganz klar, worum es bei dem Disput ging.

Plötzlich löste sich aus der Menge der hinter den Sebastianern wartenden Königsfelder eine Gestalt, ein junges Mädchen, und kam schnurstracks über den Steg der Zollmühle herübergerannt.

»Theresa!«, rief die Müllerin freudig.

Das Mädchen breitete die Arme aus. Es war vielleicht zwölf

Jahre alt, war aber noch von kindlich schmächtiger Gestalt. Die Kleine war das Mündel von Landulf, dem Königsfelder Schultheiß, und deshalb anständig gekleidet. Unter dem Kopftuch des Mädchens sprangen rötlich braune Haarlocken vorwitzig hervor, als sie sich in die Arme von Gertrudis warf. »Großtante … Großtante! Darf ich noch einmal von deinen Honigbällchen essen?«

Die Müllerin lachte. Sie nahm das Mädchen am Arm und schaute es von oben bis unten an. »Also, du könntest schon ein bisschen Futter gebrauchen! Du hast ja kein Fleisch auf den Rippen! Nur Haut und Knochen! Und sag nicht immer Großtante zu mir, nur weil deine Großmutter mit meiner Großmutter befreundet war. Ich komme mir so alt vor, wenn du das zu mir sagst!«

»Ach, Großtante, du bist doch gar nicht alt. Landulf ist alt, und seine Frau erst recht.« Theresa blinzelte die Müllerin listig an. »Und außerdem weiß ich doch genau, wie gern du das hörst, wenn ich dich so nenne!«

»Sie ist ein Wirbelwind, unsere Resa«, wandte sich Walafrid an Herbrand. »Ihr müsst wissen, die Großmutter meiner Frau kommt aus Königsfeld. Und bevor Landulf Schultheiß wurde, war es der verstorbene Vater meiner Frau, Gott habe ihn selig!« Der Müller machte das Kreuzzeichen.

»Warte hier, Resa, ich hole dir deine Honigbällchen.« Damit verschwand Gertrudis ins Mühleninnere.

»Und, was gibt es Neues in Königsfeld, Kind?«, fragte Walafrid.

Resa musste offenbar nicht lange überlegen. »Burchard hat meinen Bruder Thietmar so sehr verprügelt, dass der sich drei Tage lang nicht einmal aus dem Haus getraut hat.«

Meister Herbrand grinste. »Das hört sich nicht so an, als würde es dir um deinen Bruder Leid tun.«

»Da kennt Ihr wohl meinen Bruder Thietmar nicht!«, rief das Mädchen ärgerlich.

»Woher soll ich ihn kennen?«, lachte der Apotheker.

»Du darfst nicht so frech mit Älteren sprechen«, tadelte Walafrid das Kind. »Das ist Meister Herbrand von Trarbach. Er ist mein Freund und der Apotheker bei uns in der Stadt. Behandle ihn ehrerbietig!«

»Verzeiht mir, Meister Herbrand«, sagte die Kleine verschmitzt, sodass niemand ihr wegen des Tonfalls von eben böse sein konnte. »Aber Thietmar ist wirklich ein Scheusal. Er glaubt, weil wir keinen Vater mehr haben, bin ich sein Mündel. Aber ich stehe in der Munt von Landulf, so ist es bestimmt worden, als unser Vater gestorben ist.«

Resa stampfte mit dem Fuß auf. »Thietmar hat mir überhaupt nichts zu sagen! Und außerdem kann ihn sowieso keiner leiden, weil er am liebsten über alle im Dorf gebieten will.« Theresa hatte sich in Wut geredet.

»Beruhige dich, Resa! Du kannst dich schon gegen deinen Bruder wehren, da habe ich keine Bedenken.« Walafrid legte dem Mädchen seine Hand auf die schmale Schulter. »Und Gertrudis hat übrigens Recht«, fuhr er fort. »Du könntest wirklich mehr Fleisch auf den Knochen gebrauchen. Es dauert nicht mehr lange, dann kommst du ins heiratsfähige Alter …«

»Brrr…« – Resa schüttelte sich –, »ich werde niemals heiraten!«

»… und dann werden die Männer eher nach Mädchen Ausschau halten, die nicht so dünn sind wie du!«

»Umso besser«, erwiderte Resa.

Gertrudis kam mit den Honigbällchen, die sie in große Eichenblätter gewickelt hatte. »Iss sie aber nicht vor den Augen der anderen«, mahnte die Müllerin. »Du bist ein Waisenkind. Du solltest niemals den Neid der anderen auf dich ziehen!« Gertrudis schaute zum Rheinufer hinüber. »Und außerdem glaube ich, dass deine Hausherrin dich ruft.«

Resa verdrehte die Augen.

»Mein Gott! Es hilft nichts, du musst mit ihr auskommen«,

sagte die Müllerin streng. »Mindestens so lange, bis du verheiratet bist.«

»Nicht schon wieder!«, stöhnte Resa.

Alle lachten, und schließlich auch das Mädchen.

»Lauf!«, rief Gertrudis. »Geh zu deinen Leuten zurück, bevor du Ärger bekommst.«

Theresa dankte für die Honigbällchen, verstaute sie in ihrer Leinentasche und lief behände zu der Prozession zurück. Dort hatten Abt und Schultheiß offenbar ihren Disput beigelegt, denn der Bannerträger der Königsfelder Bruderschaft setzte sich wieder in Bewegung, in Richtung Hafen.

»Was da wohl los war?«, fragte Gertrudis besorgt.

»Es hat bestimmt wieder etwas mit Ritter Galad zu tun«, vermutete Walafrid.

»Ich kann Galad nicht leiden, auch wenn er der Halbbruder unseres Grafen ist«, sagte Herbrand verdrießlich. »In seinen Adern fließt das Blut seiner syrischen Mutter, der Zauberin. Er ist kalt und gefühllos, und es gibt nichts, was ihm heilig ist, als er selbst und die vermaledeite Zafirah.«

»Ich kenne niemanden, der ihn leiden kann«, stimmte Walafrid zu. »Und Schultheiß Landulf hat sicherlich am meisten Grund zu klagen, wo doch Galad der Vogt der Königsfelder ist.« Da die Mönche kein Schwert führen durften, vertrat Galad die Rechte des Abtes Hucbert. »Mönche brauchen genauso jemanden, der sie in der Welt vertritt, wie die Frauen.«

»Ach, was redest du da!« Die Müllerin gab ihrem Gemahl einen freundschaftlichen Schubs. »Schau dir die kleine Resa an! Genau so war ich auch in ihrem Alter. Und glaubst du etwa, Resa braucht wirklich erst einen Mann, um sich in dieser Welt zurechtzufinden?«

»Gott will es nun einmal so«, versetzte Walafrid brummelnd und machte damit klar, dass er nichts weiter zu diesem Thema hören wollte. Frauen waren den Männern unterlegen, standen in ihrer Munt. So wollte es der Herrgott, und so war es, und so würde es immer sein. Er schaute den Königsfeldern hinterher.

Gertrudis erwiderte nichts darauf. Sie nippte in sich hineinlächelnd an ihrem Becher mit Gewürzwein. Nach all den Jahren kannte sie all die Eigenheiten und Vorlieben ihres Gemahls und wusste ihn richtig zu nehmen.

Aber am Abend, wenn sie in der Mühle alleine sein würden, würde sie ihm schon noch einmal beibringen, wer in der Hammersteinschen Rheinmüllerei wirklich das Zepter schwang.

2. Kapitel

Graf Otto sprang aus dem Sattel seines rheinauf-, rheinabwärts berühmten, arabischen Hengstes. Auf dem Rücken von Aldebaran, seines Rappen, hatte er den Vogt von Linz besucht. Otto war müde, erschöpft und ungeduldig. Diese Unruhe und Ungeduld rührten nicht nur von den Anstrengungen des Tages her, sondern mehr noch davon, dass er mit Irmingard an diesem Tag noch nicht ein einziges Wort gesprochen hatte, nicht einmal am Morgen. Und er sehnte sich nach ihr, die für ihn der Quell aller Ruhe und Kraft in seinem Leben geworden war.

Die Nacht senkte sich auf Hammerstein. Der Graf gab der fackelbewehrten Wache am Nordturm die Zügel des wertvollen Tieres in die Hand und schärfte dem Mann ein, gut auf Aldebaran aufzupassen. Dann ging er in Richtung Rheinmühle, um über den Steg das Inselkloster zu erreichen. Er war mit Abt Hucbert verabredet, und auch Schultheiß Landulf war zum Abt bestellt. Der Anlass war kein erfreulicher: Es ging um die Klagen der Dorfgenossenschaft von Königsfeld gegen Vogt Galad, der der weltliche Herr des Dorfes und zugleich der Halbbruder des Grafen war.

Es kam selten vor, dass sein Tagesablauf nicht damit begann, sich mit Irmingard auszutauschen: zumindest mit einem Kuss, wenn nicht mit anderen Zärtlichkeiten. Mit einem kurzen Gespräch, was alles am Tage anlag, mit einem gemeinsamen Blick von den Gemächern der Herrin hinaus über das weite Tal des Rheins, das sich wie eine Verheißung zu Füßen der ehrwürdigen Burg Hammerstein ausbreitete.

Diese kurzen Morgenstunden mit Irmingard waren das Herzstück seines Lebens. Seine Ritterfahrten hatten ihn weit fort geführt – bis hinunter in die Pyrenäen, an die äußersten Grenzen des aquitanischen Herzogtums. Sie hatten ihn zusammengebracht mit Ritter Nuradin, der jetzt Kastellan auf seiner Burg war, hatten ihm sein Schwert Nygbur beschert und nicht zuletzt Aldebaran, den nach einem hellen, wunderschönen Stern benannten Araberhengst, mit dem Otto seit der Schlacht am Alten Berg ein Herz und eine Seele war. Aber dies alles war nichts im Vergleich zu dem Geschenk, das Gott ihm gemacht hatte, als er Irmingard zum Altar führte.

Am Morgen dieses Tages war Otto aus dem gräflichen Bett gestiegen und hatte sich leise angekleidet, ohne Irmingard zu wecken. Die Gräfin lag noch genauso da, wie sie am Abend zuvor eingeschlafen war, bedeckt nur von einem dünnen, leinenen Schlafgewand, unter dem sich die Konturen ihres Körpers deutlich abzeichneten. Sein Begehren wurde von neuem geweckt. In jüngeren Jahren hätte er sich jetzt vielleicht einfach genommen, was ihm zustand, aber mit Irmingard war das alles anders – so ganz anders als mit der schwarzhaarigen Magd Maria, mit der er das Lager geteilt hatte, bevor Irmingard in sein Leben trat. Aber jetzt konnte Otto sich nur kurz an dem herrlichen Anblick ihrer kaum verhüllten Reize erfreuen, an den sanften Rundungen ihres Körpers, an ihrem weizenblonden Haar, das sich über ihre helle Haut und das rotsamtene Betttuch ergoss.

Das Leinenhemd war hochgerutscht. Röte brannte in Ottos Gesicht, als sein Blick auf ihren nackten Schoß fiel. Ihr Schamhaar war so blond wie ihr Haupthaar. Wie oft hatte er schon den Wunsch unterdrückt, seine Frau an dieser Stelle zu liebkosen. Aber sie hatten sich geschworen, dass sie sich in ihrer Ehe nicht von Begierde und schmutziger Wollust leiten lassen wollten. Wie einige seiner Ritter, die von ihren Abenteuern mit Frauen prahlten, wenn sie abends um ein Feuer saßen und zu sehr dem Wein zugesprochen hatten. Auch wusste Otto von Irmingards schrecklichen Erfahrungen in ihrer ersten Ehe. Deshalb ließ er in der Liebe Zärtlichkeit und Rücksicht walten.

Otto kniff die Augen zusammen, atmete tief durch und löste sich schweren Herzens vom Anblick seiner schlafenden Frau. Manchmal bereute er es, dass sie sich einander die blinde Leidenschaft versagten, die er mit Maria geteilt hatte.

Es war noch sehr früh am Morgen, der erste Hahn krähte im Burghof, und die Dämmerung entfaltete ihr erstes, noch flüchtiges Licht. Der Ritt, der ihm bevorstand, war weit, die Verhandlungen mit dem Vogt von Linz, die ihn erwarteten, waren unangenehm. Auf Zehenspitzen verließ Otto das Schlafgemach, hauchte an der Tür noch einmal einen Kuss zu seiner schlafenden Gemahlin hinüber, die sich im gleichen Augenblick von der einen auf die andere Seite wälzte, ohne dabei wach zu werden – so als hätte sie den Kuss auf ihrer nackten Haut wirklich gespürt.

Vor der Tür wartete Hermann, der Knappe. Er war der Neffe von Abt Hucbert.

»Ist alles vorbereitet?«, fragte der Graf. »Wir werden nach Linz reiten und dem Vogt der Stadt einen Besuch abstatten.«

Obwohl ein harter Tag auf ihn wartete, kehrten seine Gedanken immer wieder zurück zum vorigen Abend. Die zärtliche und leidenschaftliche Nähe, die er und Irmingard miteinander teilten, war umso intensiver geworden, je länger sie zusammen waren. Otto schloss die Augen und ließ den kurzen Widerhall der Freude in sich nachklingen, die seine Frau ihm immer wieder bescherte …

Viel zu oft riefen ihn in letzter Zeit die Pflichten seines Amtes von Irmingards Seite fort. Aber als Graf von Hammerstein waren ihm viele Ländereien vom König zu Lehen gegeben worden. Der Herr ist das Land, und das Land ist der Herr, hieß es. Diese Pflicht wollte Otto jederzeit erfüllen. Im Rittersaal von Hammerstein versammelte sich oft ein vielköpfiger Rat zum Consilium des Grafen, denn der Herr von Hammerstein verlieh die königlichen Lehen weiter an Klöster, an Vizegrafen, Vögte oder Ministeriale – wen wunderte es da, dass die Tafel mit den Vasallen des Grafen größer war als die Tafel des Königs Artur?

Und natürlich musste der Graf allen diesen seinen Vasallen Huld erweisen und ein übers andere Mal im Jahr als Gast erscheinen. Entscheidungen mussten gefällt, Streit musste geschlichtet werden, oder es galt ganz einfach, einen guten Rat zu erteilen oder einander Geschichten zu erzählen von dem, was sich in der weiten Welt ereignete. Von dem man auf dem Land und in den Dörfern nur selten oder über Umwege etwas erfuhr.

So kam es, dass Graf Otto fast jeden Winkel seiner Grafschaft kannte, selbst die weiter entfernten Güter an Mosel und Lahn, er kannte die Dörfer, Weiler und Gehöfte von den Höhen des Westerwaldes bis hinüber zum sagenumwobenen Siebengebirge. Und Graf Otto kannte auch die Menschen, die Meier, die den Dörfern vorstanden, die Handwerker, Bauern und Knechte, die tüchtigen Frauen der Grafschaft.

Auch das Blut- oder Hochgericht war gräflich; der Graf von Hammerstein oder sein Abgesandter alleine entschieden über Leben und Tod. Otto erkannte es als die edelste Aufgabe des Grafen in seinem Gau, im Namen des Königs Gerechtigkeit zu wahren und dabei mitzuhelfen, dass die göttliche Ordnung gewahrt blieb, nach der das Land regiert wurde, und überall dort einzugreifen, wo der Teufel sein Haupt erhob.

Aber oft war es gar nicht einfach auszumachen, was das alte Recht war, nach dem die Menschen leben sollten. So gab es kein geschriebenes Recht des Dorfes Königsfeld, alle Dienste und Abgaben wurden nach mündlicher Überlieferung geleistet, und wenn Galad plötzlich mehr verlangte, als ihm zustand, dann war das Dorf womöglich unversehens in einer schwierigen Beweispflicht. Wie sollten sie nachweisen, was in früherer Zeit tatsächlich von der Königsfelder Dorfgemeinschaft an Diensten und Abgaben geleistet worden war?

Der Graf hatte den schweren Holzsteg der Mühlenbrücke erreicht. Er stand im besten Mannesalter. Otto war groß gewachsen und von schlanker, kräftiger Gestalt, die Haltung des Grafen war aufrecht und stolz, und seine Bewegungen zeugten von geschmeidiger Kraft und großer Ausdauer. Sein braunes Haar hatte den Schnitt der Edlen, und sein Schnurrbart war akkurat gestutzt. Otto trug ein Oberkleid aus Barchent, das innen mit Marderfell gefüttert war und von einem breiten, mit venezianischen Glasperlen besetzten Gürtel geschnürt wurde. Sein wadenlanger, samtblauer Umhang wurde am Hals von einer goldenen Kette zusammengehalten. Unter dem Mantel schaute die Scheide seines wertvollen damaszenischen Schwerts hervor, dem Otto den Namen Nygbur gegeben hatte.

Beim letzten Licht des Tages überquerte der Graf das letzte Stück des Mühlensteges mit der Zugbrücke, die gerade einmal breit genug für einen schmalen Karren war und unmittelbar vor der Klosterpforte endete. Mönch Gottschalk, der Pförtner, saß beim winzigen Schein eines Talglichtes hinter dem schmalen Fenster der Pfortenklause, wo sonst das Brot für die Armen und Bedürftigen ausgegeben wurde. Solange der Graf denken konnte, saß der Mönch da, auch schon in den Jahren, da er als Kind und Junge und als Schüler des Abtes Hucbert oftmals hierher kam, um dem zauberhaften Gesang der Mönche in der Inselkirche zu lauschen. Heribert, Ottos Vater, war immer misstrauisch wegen der Besuche des Jungen im Kloster gewesen, denn er fürchtete, dass sein Erstgeborener Mönch werden wollte, und es gab Jahre, in denen Otto tatsächlich mit diesem Gedanken gespielt hatte.

Der Pförtner lächelte dem hohen Besucher freundlich entgegen und entblößte dabei die lückenhaften Reihen seiner Zähne. Das zunehmende Alter hatte dem hageren Mönch noch andere Verluste zugefügt: Sein Haar bestand nur noch aus einem kümmerlichen Rest weißer Strähnen, die im Halbrund um seine Tonsur lagen. Ein böses Geschwür hatte vor Jahren dafür gesorgt, dass fast die ganze rechte Hälfte seines Gesichts gleichsam wegbrannte, ehe die Krankheit endlich erlahmte und dann ganz aufhörte. Doch erst nach der Beschwörung und Austreibung des Dämonen, der sie verursacht hatte – davon war der Mönch überzeugt.

Aber das hatte seinen Glauben und seine Zuversicht nur noch gestärkt. Noch freundlicher begrüßte er von da an als ein gottesfürchtiger Mönch die Besucher des Klosters. Und auch die Pilger und die Armen, die an die Pforte klopften, empfing er mit Nächstenliebe und Fürsorge.

»Gott zum Gruß, Graf Otto! Es tut mir Leid, heute singen meine Mitbrüder nicht mehr, Herr.«

»Heute bin ich nicht gekommen, um dem Chor zu lauschen«, erwiderte der Graf. »Leider … Gottschalk, leider geht es heute nur um müßige weltliche Dinge.«

»Schultheiß Landulf ist schon beim Abt.« Gottschalk deutete mit dem Kopf in Richtung des Abthauses. So rasch es seine alten Knochen zuließen, verließ er seinen Platz in der Pförtnerklause, schob den schweren Riegel des Tors zur Seite, man hörte einen mächtigen Schlüssel knirschen, dann öffnete sich knarzend das Tor. »Ich geleite Euch.« Der Mönch verneigte sich vor Graf Otto und nahm eine der beiden Fackeln, die im Tordurchgang brannten. Dann führte er ihn am Gästehaus des Klosters und der Bäckerei vorbei durch den schmalen Gang, der an den dunklen Mauern der Klosterkirche St. Suitbert entlang zum ersten Innenhof führte.

Dahinter begann die Welt der Mönche, dort waren Bibliothek und Kreuzgang, die Schreibstube und der Kapitelsaal, das Refektorium, wo die Mönche speisten, und das Dormitorium, der gemeinsame Schlafsaal. Gleich neben dem schmalen Haus des Abtes erhoben sich das Hospital und die Küche, und gegenüber lagen die Ställe, die Scheune, das Haus der Klosterhandwerker und die kleine Brauerei des Klosters. In der Schmiede wurde noch gearbeitet. Jenseits des Tors sah man den Widerschein der Glut, und jetzt begann auch das Hämmern des Eisens auf dem Amboss wieder.

Gottschalk deutete auf das Haus des Abtes, das den Hof zur Rheinseite der Insel hin abschloss: »Euer alter Lehrer erwartet Euch schon.« Im Fenster des Arbeitszimmers von Hucbert brannte noch ein einsames Licht, ansonsten war das Kloster bis auf einige wenige Fackeln unbeleuchtet. Der Pförtner ging voraus, öffnete die Tür des Abthauses und geleitete den Grafen die steile, schmale Eichentreppe hinauf. Die aus schweren Eichenbalken gefertigte Pforte zum Arbeitszimmer des Abtes war nur angelehnt, und das fahle Licht der einzigen Kerze dort drinnen fiel hinaus auf den Gang.

»Kommt herein, Graf Otto!« Abt Hucbert erschien an der Tür. Man sah, dass die Last des Alters immer schwerer auf seinen Schultern bürdete. Nur wenig erinnerte daran, dass Abt Hucbert dereinst in jüngeren Jahren an der Seite von Ottos Vater Heribert als dessen Vasall und Lehnsmann in die Fehde gezogen war, ganz ungeachtet der Vorschrift, dass kein Mann der Kirche Blut vergießen und eine Waffe führen durfte. Aber diese Zeiten waren lange vorbei.

»Ich danke dir, Gottschalk«, sagte Abt Hucbert müde. »Schick uns den Schultheiß Landulf herauf. Er wartet unten in der Küche. Und sag dem Schmied, dass er aufhören soll. Die Brüder sind jetzt fertig mit den Gebeten zur Komplet und sollen sich zum Schlaf hinlegen. Da wollen wir ihnen doch keinen Vorwand dafür liefern zu behaupten, dass sie wegen des Schmiedehämmerns kein Auge zutun konnten.« Abt Hucbert lächelte. »Ich liebe die mir anvertrauten Brüder in diesem Kloster, als wären es meine wirklichen Brüder«, sagte er leise. »Aber zur Liebe gehört auch Strenge. Nur der gestrenge Familienvater wird sein Haus in Zucht und Ordnung halten.«

Gottschalk neigte den Kopf, küsste den Siegelring des Abtes und verschwand.

»Wie geht es dir, mein Sohn?«, fragte Abt Hucbert seinen früheren Schüler, während sie auf Landulf warteten. Der Abt winkte ab. »Du brauchst mir nicht zu antworten. Ich kenne dich. Dir wäre es am liebsten, wenn du dich niemals mehr mit deinem Halbbruder beschäftigen müsstest.«

»Ehrwürdiger Vater ...« Graf Otto wirkte – anders als sonst – nervös und fahrig.

»Ich höre Landulf auf der Treppe.« Der Abt nahm den Grafen zur Seite. »Lass uns zuerst anhören, was er zu sagen hat.«

Laut schnaufend erreichte Schultheiß Landulf das obere Ende der steilen Treppe. Der Alte ging gebückt von der Last seiner Jahre. Sein schlohweißes Haar sprang unter dem schwarzen Jakobshut hervor. Landulf fasste sich an die Krempe des Filzhutes mit den drei weißen Muscheln, den nur jemand tragen durfte, der wie Landulf tatsächlich nach Santiago de Compostela zum Grab des heiligen Jakobus gepilgert war.

»Ah, da bist du ja«, sagte der Graf, und es klang unfreundlicher, als er es meinte. »Ich höre, du willst Beschwerde führen gegen Vogt Galad, meinen Halbbruder? Hast du dir diese Anschuldigungen wirklich genau überlegt?«, fragte er in milderem Tonfall. »Du weißt, dass ich dich bestrafen muss, wenn du falsch Zeugnis ablegst!«

Landulf stand schwer atmend da. Er breitete die Arme aus. »Zwölf Hauptmänner meiner Bogenschützen können es beschwören.«

»Und mein Halbbruder sucht sich ebenfalls zwölf Schwurgehilfen zusammen – was dann? Was glaubst du, wird schwerer wiegen? Zwölf Eide von Dorfschützen oder zwölf Eide von Edelleuten?« Graf Ottos Tonfall ließ allerdings erkennen, dass er selbst nicht zu den Schwurgehilfen seines Halbbruders gehören wollte.

»Eide werden vor dem Lehnsgericht abgegeben oder vor dem Blutgericht«, sagte der Abt. »Ich hoffe nicht, dass es so weit kommen wird. Denn weißt du, was das bedeuten würde, Landulf? Ihr würdet unterliegen, du und dein ganzes Dorf, denn Galad wird immer genug Schwurgehilfen von edler Geburt finden, die ihn von jeder Schuld reinwaschen. So ist nun mal der Lauf der Welt.« Abt Hucbert ging in seiner engen Kammer ein paar Schritte hin und her. »Das Einzige, was ich wirklich will, ist Gerechtigkeit.«

Otto bemerkte, dass Hucbert jedes Wort genau abwog, das er sprach. Die dunklen, milden Augen des alten Abtes ruhten auf dem Schultheiß. Der Graf war mit dem alten Abt nach vielen langen Gesprächen über die Dinge, die die Welt bewegten, sehr vertraut. Zudem war der Abt sein Beichtvater und hatte Otto in dessen jungen Jahren das Lesen und Schreiben beigebracht und die Grundbegriffe der Mathematik und der Astronomie sowie ein wenig Latein.

»Du weißt, dass ich dich schätze, Schultheiß Landulf«, fuhr der Abt fort. »Ich habe dich als einen treusorgenden und ehrlichen Menschen kennen gelernt, der Gott fürchtet und der immer die Rechte unseres Klosters geachtet hat. Deswegen will ich versuchen, dir und deinem Dorf zu helfen.«

Graf Otto nickte. »Auch mir liegt das Schicksal deiner Leute am Herzen, Landulf, das kannst du mir glauben«, sagte er freundlich. »Und ich habe gehört, was mein verehrenswerter Freund und Lehrer Abt Hucbert von dir hält. Und trotzdem: Diesmal geht es um Galad, der immerhin zum Hause derer von Hammerstein gehört.«

Der Abt strich nachdenklich sein bartloses Kinn. »Gott hat der Welt und den Menschen dereinst das gute, alte Recht geschenkt«, sagte der Alte. »Und Gott hat die Menschen von edlem Blut damit beauftragt, dieses Recht zu hüten und zu wahren und es wiederherzustellen, wenn es einmal verloren gehen sollte. Das gilt für den Kaiser, und es gilt genauso gut für Vogt Galad.«

Der Graf wandte sich an den Schultheiß. »Du hast gehört, was der Abt gesagt hat. Worüber führst du also Klage? Welche Gerechtsame wurde verletzt? Rede ohne Umschweife, Schultheiß, aber denke immer daran, dass du über einen Sohn des alten Grafen Heribert sprichst!«

Landulf trat von einem Bein aufs andere, denn wenn er sich auch im Recht glaubte, so hatte doch eine Auflehnung gegen die Herrschaft – mochte es auch Galad sein – immer den Anruch der Gotteslästerung. Diesen Zwiespalt spiegelten die Gesichtszüge des alten Mannes wider. »Es sind viele Dinge, über die ich Klage zu führen habe«, begann Landulf stockend und unsicher.

»So sage ganz kurz und knapp, was du mir heute Nachmittag an der Zollmühle schon einmal erzählt hast«, sagte Abt Hucbert aufmunternd.

»In aller Kürze, Herr.« Landulf nickte dem Grafen zu. »Also, erstens: Seit der Vogt im letzten Herbst von Abt Hucbert eingesetzt worden ist, bedrückt er uns mit immer neuen Diensten und Abgaben, die wir noch niemals und noch niemandem leisten mussten. Wir wissen oft nicht, mit welcher neuen Bedrückung der Vogt uns am nächsten Morgen überrascht! Zu den Diensten, die wir nach unserem Dorfrecht von alters her erbringen müssen, kommen also ganz neue Dienste hinzu, die keiner von unseren Eltern und Voreltern jemals an einen der Vögte von Königsfeld leisten musste!« Landulfs Stimme hatte einen unglücklichen Ton angenommen.

»Verzweifle nicht!«, sagte Abt Hucbert. »Alles ist in Gottes Hand.«

»Und dennoch haben meine Leute Angst.« Landulf stützte sich schwer auf seinen Stock. »Sie alle erinnern sich an die Hungersnot in jenem Jahr, da Kaiser Otto III. gestorben ist. Vom Hornung an hat es geregnet, ich erinnere mich noch genau daran, denn ich war noch ein junger Mann.«

»Fasse dich kurz«, unterbrach Otto den Schultheiß.

Landulf nickte. »Die Älteren in unserem Dorf erinnern sich an diese furchtbare Hungersnot, wo wir Gras und Rinde gefressen haben und die Hälfte der Leute dahingerafft wurde. Sie malen es jetzt den Jüngeren in unserem Dorf in den düstersten Farben aus, denn alle befürchten nun, dass es durch die Unterdrückung durch Vogt Galad wieder so kommen wird. Sie haben Angst davor, hungers zu sterben, Herr! Wie sollen die Bauern ihre Felder bestellen, wenn sie zu immer neuen ungerechtfertigten Diensten beim Vogt antreten müssen? Und wenn sie plötzlich doppelt so viel Scheffel abliefern müssen als bisher, fehlt ihnen die Aussaat für das nächste Jahr. Sie sind …«

»Ich verstehe, was du meinst«, sagte Otto. »Das war also dein erster Klagepunkt. Wie lautet der nächste?«

Landulf räusperte sich. »Ja, Herr. Zweitens: Er verhöhnt und er verspottet uns, so als ob wir Heiden wären und keine Geschöpfe Gottes.« Landulf stockte.

»Rede nur weiter, hab keine Furcht«, ermunterte der Abt den Schultheiß.

»Und drittens … sie lassen unsere Frauen und Mädchen nicht in Ruhe.«

»Sei vorsichtig! Du redest von einem Hammerstein!«, fuhr Otto auf. Aber zugleich sah man deutlich, wie schwer es ihm fiel, sich diese Klagen über seinen Halbbruder anhören zu müssen. Das, was ihm der Schultheiß mitzuteilen hatte, war mit der Ehre der Familie und Ottos Wunsch nach Harmonie nicht in Einklang zu bringen. Wenn solche Dinge geschahen, hatte Otto das Gefühl, dass der Teufel seine Hände im Spiel hatte.

Landulf senkte den Kopf. »Und wenn es der Bruder des Kaisers wäre«, sagte er leise, aber bestimmt, »so bliebe doch unrecht, was unrecht ist.«

»Graf Otto, Landulf hat mir heute vieles davon schon ausführlicher dargelegt«, sagte der Abt. Seine Stimme klang brüchig, so als beschäftige ihn die Angelegenheit mit Galad mehr, als ihm lieb war. »Die Dörfler mögen manches übertreiben, wie das so ihre Art ist, aber ich bin überzeugt, dass die Klage des Dorfes nicht ganz und gar unbillig ist.«

Otto schüttelte unmutig den Kopf. »Auch mir ist einiges zugetragen worden, Abt Hucbert! Glaubt nicht, dass ich mir keine Sorgen mache!«

»Ich weiß nicht, ob Ihr Nitgen kanntet, Herr«, erhob Schultheiß Landulf wieder die Stimme.

»Wieso? Sollte ich sie kennen?«, fragte Otto etwas ungeduldig.

Unvermittelt endete jetzt das Hämmern in der Schmiede draußen. Die nächtliche Stille senkte sich über das Inselkloster.

Landulf lächelte traurig. In seinen Augen lag plötzlich ein seltsamer Glanz, der gar nicht zu seinem hohen Alter passen wollte. »Ich glaube nicht, dass Ihr Euch an Nitgen erinnern könnt, Herr. Ihr habt sie einmal auf dem Dorfplatz tanzen sehen. Aber sie war nur ein einfaches Bauernmädchen. Sie hatte keine große Bedeutung im Räderwerk dieser Welt.«

»Du irrst, Landulf«, wandte der Abt nachdenklich ein. »Jeder, der im Namen des Herrn getauft ist, der ist ein Kind Gottes, und allein das schon macht ihn wertvoll und einmalig auf unserer Welt.«

Landulf nickte. »So ist es, ehrwürdiger Abt. Nitgen war ein Kind Gottes bis zu dem Augenblick, als sie diesem Spießgesellen unseres Vogtes ins Auge fiel, der uns eigentlich leiten und schützen soll.«

»Es gibt viele leichtfertige Mädchen auf dem Dorf«, wandte Graf Otto halbherzig ein. Er drehte nervös an seinem Siegelring und fasste immer wieder an die Spitze seines Schnurrbarts.

»Vielleicht war Nitgen wirklich ein wenig leichtfertig«, räumte der Schultheiß ein. »Vielleicht war ihr kleiner Geist den Schmeicheleien der Ritter tatsächlich nicht gewachsen. Aber was erwartet Ihr? Wieso soll sie Verdacht schöpfen, wo selbst der Vogt daneben steht und Beifall klatscht?« Landulf machte eine Handbewegung, so als müsste er diese Erinnerungen wie ein lästiges Insekt verscheuchen. »Aber wenn Nitgen leichtfertig war, dann sicherlich nur am Anfang, als für sie alles noch wie ein schöner Spaß aussah und sie unsere Warnungen lachend in den Wind schlug. Was dann geschah, wissen wir nicht, nur dass wir sie am nächsten Tag tot aus dem Dorfteich gezogen haben wie eine ertränkte Katze, das wissen wir. Und dass man sie zuletzt mit diesem Knappen Brunswic gesehen hat und dass ihr Gesicht entstellt und ihr Körper voller Wunden war, auch das wissen wir. Und, Herr, wir wissen auch, dass der Vogt uns lachend weggeschickt hat, als wir bei ihm Klage wegen gewaltsamen Tods erheben wollten.«

»Kennt Ihr diesen Brunswic?«, fragte der Abt den Grafen.

Otto nickte kurz. »Brunswic ist der Name eines Knappen von Galad.« Das hörte sich so an, als gäbe es zu diesem Brunswic noch einiges zu sagen, aber Otto machte keine Anstalten fortzufahren.

»Ich sage nur, wie es gewesen ist«, fuhr Landulf mit zitternder Stimme fort. »Und dass sich unsere Frauen und Mädchen seitdem nicht mehr sicher fühlen, nicht einmal in ihrem eigenen Haus.« In einer verzweifelten Geste breitete Landulf die Arme aus. »Und wahr ist auch, dass unsere Frondienste und unsere Abgaben nur noch von den Launen und dem Mutwillen des Vogtes abhängen. Er setzt sein neues, sein eigenes Recht, und glaubt mir, Herr, für uns im Dorf ist das der größte Frevel, den wir uns vorstellen können.«

Für einige Augenblicke herrschte jetzt Schweigen in der Arbeitskammer des Abtes. Graf Otto starrte auf die aufgeschlagenen Seiten eines prächtigen Evangeliars, das auf dem Schreibpult lag.

»Lass mich jetzt mit dem Grafen allein«, sagte der Abt schließlich zu Landulf. »Geh wieder hinunter in die Küche und nimm ein Licht mit. Warte dort, bis ich mit Graf Otto fertig bin, und dann werde ich euch zusammen zur Pforte hinausgeleiten.«

Landulf nickte, kniete vor dem Abt nieder und küsste ihm als seinem obersten Herrn die Hand mit dem Siegelring der Abtei St. Suitbert.

Nachdem Landulf den Raum verlassen hatte, herrschte zuerst gespannte Stille zwischen dem Abt und dem Grafen. Beiden fiel es schwer, das Wort zu ergreifen. Der Abt deutete auf einen Stuhl und nahm selbst in seinem Sessel Platz.

»Als wenn wir das alles nicht schon einmal gehabt hätten! In wie vielen Nächten haben wir nicht über Galad gesprochen, in denen wir beide keinen Schlaf finden konnten!«, platzte es schließlich aus Otto heraus. »Wir haben doch beide gehofft, dass Galad ein anderer Mensch wird, wenn er erst einmal die Verantwortung als Vogt trägt. Und ich sage Euch: Ich habe diese Hoffnung noch nicht aufgegeben.«

»Ich habe es dir vorher gesagt«, versetzte Abt Hucbert zornig. »Er wird deine Hoffnungen immer enttäuschen! Dein Halbbruder ist von einem bösen Dämon besessen, glaube es mir! Meinst du nicht, dass es an der Zeit ist, endlich die Wahrheit zu erkennen?«

»Ich weiß ja, was Ihr sagen wollt, und ich muss Euch Recht geben. Ich verstehe Euren Zorn. Ihr habt Galad immer für eine verfluchte Seele gehalten.«

»Und habe ich nicht Recht? Habe ich dir nicht prophezeit, dass er seine Macht als Vogt unseres Klosters missbrauchen wird? Habe ich nicht gewusst, dass Galad keinen anderen Glauben hat als den an sich selbst?«

»Aber was soll ich tun? In Galads Adern fließt das Blut meines Vaters.«

Abt Hucbert schnaubte verächtlich. »Genauso wie dort das Blut der syrischen Hexe fließt.«

»Ihr wisst doch, dass ich meinem Vater am Sterbebett geschworen habe, Zafirah bis zu ihrem Tod zu ehren und zu ernähren. Und er hat mich den Eid ablegen lassen, dass ich für Galad immer wie ein Vollbruder sein werde.«

»Und wäre er dein Vollbruder, was würde das ändern?«, rief der Abt erregt. »Vergiss eines nicht, Otto«, der Abt legte seine ganze Autorität in die Stimme, »du hast mich mit dem Dorf Königsfeld belehnt, und damit habe ich vor Gott die Verantwortung für die Seelen, aber auch für den Leib dieser Leute. Denn du hast mir nicht nur alle Dienste und Einkünfte zuerkannt, sondern auch alle Hintersassen dort unter meinen Schutz und meine Gerechtigkeit gestellt.«

»Glaubt Ihr, ich weiß das nicht?«

»Obwohl ich von Anfang an dagegen war, dass Galad in Königsfeld Vogt wird, so haben wir ihn schließlich doch gemeinsam eingesetzt, um für den Schutz und Schirm der Leute dort zu sorgen. Wenn Schultheiß Landulf uns seine Klagen zu Recht unterbreitet hat, und daran zweifle ich keinen Augenblick, dann müssen wir am Ende das Lehnsgericht anrufen.«

»Dessen Vorsitz ich innehabe«, erwiderte der Graf gequält. Aus seinem Gesicht schien jedes Blut gewichen.

»Mach dir nichts vor: Galad weiß genau, dass du niemals ein Mitglied deines Hauses vor das Gericht ziehen oder sogar verurteilen würdest.«

»Versucht doch, mich zu verstehen, Meister«, sagte Otto beschwörend.

»Außerdem hege ich einen weiteren Verdacht: Vogt Galad schmälert die Einkünfte meines Klosters und leitet den restlichen Teil in seine eigene Truhe um. Ihm reicht es nicht, dass wir ihm als Lehen den alten Aachener Zehnthof mit allem, was er einbringt, überlassen haben. Er ist gierig, dieser Galad! Man hat mir berichtet, dass er wider jedes Recht von allen Einnahmen des Dorfes seinen Anteil beansprucht und jeden bedroht, der dagegen das Wort erhebt. Galad ist wirklich vom Teufel besessen!«

»Diese Berichte sind auch an mein Ohr gedrungen«, gab Otto zu.

»Es war mutig von Landulf, hierher zu kommen, weißt du das eigentlich, Otto? Versteh es doch endlich: Dein Halbbruder bestiehlt auch Gott, wenn er das Kloster bestiehlt! Wir können dem nicht mehr länger tatenlos zusehen!«

Graf Otto schüttelte den Kopf. »Nein. Nicht das Lehnsgericht. Trotz allem. Jetzt noch nicht. Wir werden es so halten wie Bischof Waltharius von Worms vor ein paar Jahren. Wir werden das Hofrecht des Dorfs Königsfeld bis in die kleinste Einzelheit beurkunden. Wir schreiben Wort für Wort auf, was das Dorf seit alter Zeit an Abgaben und an Diensten schuldig ist, und daran müssen sich gegenwärtig und fürderhin alle halten. Auch Galad, und gerade er.«

»Und was noch?«, fragte der Abt ohne große Begeisterung.

Otto machte ein unglückliches Gesicht. »Es bleibt mir nichts anderes übrig, als meinen Halbbruder zur Rede zu stellen«, sagte er leise. Man sah ihm deutlich an, wie sehr ihm die zu erwartende Auseinandersetzung zuwider war. »Aber Galad vor das Lehnsgericht zu zerren, kann man nicht von mir erwarten. Denn dann würde ein dunkler Schatten auf das ganze Haus Hammerstein fallen!«

»Es tut mir Leid, aber ich bin nicht deiner Meinung«, widersprach der Abt energisch. »Versteh doch: Irgendwann wirst du ihn sowieso zur Rechenschaft ziehen müssen.«

»Glaubt mir, ehrwürdiger Abt, ich werde ihm schon seine Grenzen aufzeigen.«

»Glaubst du wirklich daran? Solang die syrische Hexe in ihrem Witwenturm sitzt, solang wird Galad sich nicht ändern. Und ich glaube inzwischen fest, dass er sich auch nicht mehr ändern wird, wenn Zafirah einmal nicht mehr lebt.«

»Und dennoch ist es meine Pflicht als Ritter und Lehnsherr, Galad zur Rede zu stellen«, sagte Otto gequält. »Wenn überhaupt, dann kann nur ich …«

Der Abt schüttelte resignierend den Kopf. »So mutig und tapfer du auch angesichts des Feinds als Ritter zu kämpfen verstehst, so schwach und nachgiebig bist du, wenn es um deinen Halbbruder Galad geht. Ich glaube, daran wird sich niemals etwas ändern!«

»Geht bitte nicht so hart mit mir ins Gericht, Meister«, erwiderte Otto leise. »Ich schwöre Euch, ich werde ihn wirklich zur Rede stellen, und ich werde ihm zeigen, wo seine Grenzen sind!«

»Ich befürchte manchmal, Galad wird in seinem ganzen Leben keine Grenze achten, die man ihm setzt«, erwiderte der Abt besorgt. »Doch ich wollte nicht mit dir ins Gericht gehen, mein Sohn.« Der Alte legte begütigend seinen Arm um die Schultern seines ehemaligen Schülers. »Vielleicht hast du ja Recht mit deiner Beurkundung des Hofrechts in Königsfeld.«

»Bei Gott, ich weiß wirklich nicht, was ich sonst noch machen soll«, flüsterte Otto.

»Also gut, wir wollen es versuchen«, sagte der Abt aufmunternd. »Wir werden also eine prächtige Urkunde ausfertigen, in der die Königsfelder Pflichten ein für alle Mal festgehalten werden. Und alle deine Vasallen einschließlich Galad müssen es durch Eidesleistung bekräftigen, und sie werden in der Urkunde als Zeugen aufgeführt! Und wenn der König das nächste Mal auf Hammerstein weilt, dann bitten wir ihn, das Königsfelder Hofrecht mit seinem Siegel für alle Ewigkeit zu beurkunden. Wenn Galad sich dann daran hält, umso besser. Gott gebe es! Aber was geschieht, wenn er nicht aufhört, seine Vogtei in diesem Dorf zu missbrauchen?«

»Ich kann ihm nur noch diese eine Chance geben«, erwiderte Otto. »Wenn Galad sie nicht nutzt, dann bleibt mir vielleicht am Ende doch nichts anderes übrig, als ihm sein Lehen zu entziehen.«

»Hoffen wir, dass du wirklich den Mut dazu haben wirst! Auch wenn du zehnmal ein Prophet der Harmonie bist«, sagte der alte

Abt schließlich gutmütig. »Manchmal glaube ich, ich hätte dir damals vielleicht doch nicht so viel über die Astronomie und die Harmonie im Lauf der Gestirne erzählen sollen.«

Die Erinnerung an die Tage des Unterrichts zauberte ein kleines Lächeln in das missmutige Gesicht des Grafen.

»Findest du nicht, wir haben jetzt genug von all diesen unangenehmen Dingen gesprochen? Um das Dorfrecht wird sich unser Probst kümmern, und wenn er fertig ist, werden wir weitersehen. Und wenn du Galad zur Rede stellst, vergiss nie, dass du sein Herr bist und dass er dir Treue geschworen hat.«

Der Abt stand auf und trat an den kleinen Wandschrank gleich neben dem grün verglasten, schmalen Fenster der Arbeitskammer. »Mein kleines Schatzkästchen.« Er lachte leise, während er dem Schränkchen einen Weinkrug und zwei kleine Becher entnahm. »Das wird uns gut tun nach dieser Aufregung.« Der Abt schenkte sich und Otto einen Becher Wein ein. »Dieser prächtige Rote kommt von unserem Weinberg Heilig Grab«, sagte Hucbert und sprach einen Segen über den Wein. »Heilig Grab gibt den besten Rebensaft ab, den man zehn Meilen rheinauf- und rheinabwärts findet.« Er trank einen guten Schluck und schloss genießerisch die Augen. »Keiner weiß, warum dieser Wein so dem Gaumen schmeichelt«, fuhr der Abt fort. »Es muss der Segen des Heiligen Grabes sein.«

»Ich wünschte, wir könnten uns einfach so wie früher wieder zu einer Plauderei über Gott und die Welt und den Lauf der Sterne zusammensetzen«, sagte der Graf nachdenklich und nippte an seinem Wein. »Aber ich fürchte, dass wir uns heute nicht zum letzten Mal mit unangenehmen Dingen beschäftigt haben.«

»Meinst du damit etwas Bestimmtes?«

Otto nickte. »Habt Ihr schon von diesem Domherrn Torquato gehört, ehrwürdiger Abt?«

»Er ist wohl ein Legat des Mainzer Erzbischofs.« Der Abt

nickte. »Er ist anscheinend gestern hier angekommen. Aber keiner weiß, weswegen er hier ist und welchen Auftrag er hat. Aribos Domherren sind undurchschaubar, und sie sind genauso stolz und anmaßend wie ihr Herr. Wer weiß, vielleicht sind seine Domherren ausgeschwärmt, um allen klar zu machen, wer die erste Stelle unter den Erzbischöfen im Deutschen Reich beansprucht.«

Otto nickte zustimmend. »Ich war kaum zurückgekehrt aus Linz und wollte hinauf zur Burg und zu Irmingard, da heftete er sich an meine Fersen und bestand auf einer sofortigen Unterredung, so als ginge es um Leben oder Tod.«

»Und was wollte er?«, fragte der Abt neugierig.

»Er hat unseren alten Meister Herbrand von Trarbach der Zauberei und der Ketzerei bezichtigt.«

»Was? Herbrand?«, fragte Hucbert ungläubig.

»Genauso überrascht war ich auch. Und dann hat er eine wirre Geschichte von einer Hexe Chudruni erzählt und von nächtlichen Luftfahrten im Gefolge der heidnischen Göttin Diana. Und er war so aufdringlich, dass ich Ritter Herimot zurückhalten musste, der ihn am liebsten an Ort und Stelle für seine Anmaßung bestraft hätte.«

Abt Hucbert lachte bitter. »Mit diesem Domherren Torquato ist es wie mit allem, was aus Mainz kommt, seit Aribo dort Erzbischof ist.« Er hielt sich die Nase zu. »Es stinkt nach Pech und Schwefel.«

Graf Ottos Blick trübte sich. Einen kurzen Augenblick lang zeigte sich Resignation in seinen Gesichtszügen. »Jedes Mal, wenn ich Aribo begegnet bin«, flüsterte er, »habe ich das Gefühl gehabt, dass dieser Mann mit dem Teufel im Bunde ist. Und bei dem Domherrn Torquato heute war es genauso …«

»Aber vielleicht kommt doch alles anders …«

»Meister … macht keine Andeutungen!«

»Manche sagen«, flüsterte der Abt geheimnisvoll, »dass Aribos

Zenit überschritten sei. Manche sagen, er habe den Bogen zu weit gespannt.«

Otto schüttelte den Kopf. »Sprecht nicht länger in Rätseln.«

»Man sagt, ein Legat des Papstes sei im Reich«, erwiderte der alte Abt. »Es gibt nicht viele, die davon wissen. Dieser Legat soll den Auftrag haben, mit Kaiser Heinrich über die Absetzung Aribos zu verhandeln. Papst Johannes XIX. will wohl dem Mainzer Erzbischof die Insignien seiner Macht entziehen.«

»Jetzt verstehe ich«, sagte Otto angespannt und fasste den alten Lehrer beim Unterarm. »Der Kaiser hat ein paar merkwürdige Andeutungen gemacht, als er kürzlich auf Hammerstein war. Und er hat dabei ganz abgründig gelächelt. Aber er wollte mir nichts Genaues sagen. Er hat mich getröstet, dass die Zeit noch nicht reif sei, um mich einzuweihen. Aber eins hat auch er durchblicken lassen: dass es um Aribo geht.«

»Ich hoffe, Aribo weiß nichts von alledem.« Der Abt zog den Mantel aus Kaninchenfell enger um seine Schultern. Er schaute sich verstohlen um, so als hätte Aribo selbst hier im Kloster unsichtbare Ohren.

»Ich glaube nicht daran«, sagte Otto. »Es gibt sicherlich nichts von Bedeutung im Reich, was ihm verborgen bleibt.«

»Dann kann man nur hoffen, dass alle auf der Hut sind, die gegen Aribo vorgehen wollen«, meinte Abt Hucbert besorgt. »Selbst der Kaiser.«

Otto schaute seinen alten Meister fragend an. »Spielt Ihr etwa auf die geheimnisvolle Krankheit des Kaisers an?«

Hucbert zuckte mit den Schultern. »Wir sollten den Teufel nicht an die Wand malen, Otto«, sagte er dann leise. »Lass uns lieber von den Dingen reden, auf die wir einen Einfluss haben. Weißt du schon, was du tun wirst wegen Meister Herbrand?«

Otto machte ein verzweifeltes Gesicht. »Was erwartet dieser Torquato eigentlich? Soll ich vielleicht den alten Herbrand als Ketzer auf unserem Marktplatz verbrennen, nur weil dieser hergelaufene Domherr Anklage wegen irgendeines Gerüchts erhebt?«

»Um Himmels willen, natürlich nicht.« Wie zur Abwehr hob der alte Abt die Hände. Seine Kapuze rutschte ihm vom Kopf und ließ seine Tonsur erkennen. »Ich werde das Gefühl nicht los, dass da mehr dahintersteckt. Der Domherr schlägt auf Herbrand ein und will jemand anderen treffen.«

»Wisst Ihr, genau daran habe ich auch schon gedacht. Torquato will nicht Meister Herbrand treffen, sondern die königliche Grafschaft Hammerstein. Aber … was soll ich nun tun, ehrwürdiger Abt?«

»Betraue deinen Stadtvogt mit einer Untersuchung. Dann hast du wenigstens guten Willen gezeigt. Man tut besser daran, wenn man Aribos Ansprüche nicht völlig ignoriert. Und nach ein paar Tagen wird der Stadtvogt dann erklären, dass seine Untersuchung keine Anhaltspunkte für einen Verdacht auf Ketzerei oder Zauberei zutage gefördert hat, und damit ist die Sache erledigt.«

Otto machte ein skeptisches Gesicht. »Dieser Domherr Torquato machte nicht den Eindruck, dass er sich so einfach abspeisen lässt. Er war mir irgendwie … nicht geheuer. Aber wie dem auch sei: Ich werde deinen Rat befolgen.«

3. Kapitel

Mutter Mathilda setzte sich augenscheinlich schwerfällig in Richtung des Gewürzschranks in Bewegung. Sie griff das bauchige Silbergefäß und streute Pfeffer über die Suppe – nicht zu viel und nicht zu wenig, genauso wie es der Burgherr wünschte. In einem Winkel der Küche rupfte derweil Magd Rotswit eine Gans. Das Licht der Morgensonne fiel schräg durch die Ostfenster.

Mathilda, die Küchenmeisterin, ließ ihren Blick über die Vorräte schweifen, die an zwei Seiten der Küche in großen Weidenkörben lagen. Zum Schutz gegen Ratten, Mäuse und anderes Ungeziefer waren sie mit Seilen an der Decke befestigt. Mathilda stellte sich vor, wie beim Festmahl zum Pfingstfest in dieser Küche zehn Mägde gleichzeitig schuften würden, damit die Herrschaften auf ihre Tafel stolz sein konnten.

Im riesigen Kamin brannte im Augenblick eine eher spärliche Flamme; trotzdem war die Küche vom Rauchgeruch erfüllt. Im rußgeschwärzten Küchenkamin hingen alle möglichen eisernen Aufhängevorrichten: An den einen konnte man Kessel aufhängen, wieder andere dienten dazu, einen Rost einzuhängen. An diesem Ort wurden so leckere Gerichte wie Eiersuppe mit teurem Safran gekocht, gebratenes Huhn mit Zwetschgen, gesottener Aal in einer Pfeffersauce oder gebratene Gans mit roten Rüben.

»Wenn es ums Kochen geht«, pflegte Küchenmeisterin Mathilda zu jüngeren Mägden zu sagen, die ihr beim Kochen dazwischenfunken wollten, »dann ist das Wichtigste die langjährige Erfahrung der Köchin.« Sie war ebenso stolz auf den guten Ruf der Hammersteiner Tafel wie ihre Herrin, die Gräfin. Wie sie es zuletzt auf Burg Rheineck beobachtet hatte, wollte sie die Speisen zu dem besonderen Anlass einfärben. Mal sehen, wie die Herrschaften darauf reagieren würden!, dachte sie bei sich.

Selbst Irmingard würde sie nicht einweihen – die Burgherrin ließ sich gern von derlei Einfällen überraschen. Die grüne Farbe wollte sie aus Petersiliensaft extrahieren und das Blau aus den zerstoßenen Blüten der Lilie, der Kornblumen und Veilchen. Diese Kombination hatte sie schon ausprobiert. Die gelbe Farbe wollte sie aus Safran gewinnen und das Rot aus dem Saft der Roten Beete. Wie sie noch aus Rheineck wusste, wurde die schwarze und die braune Farbe aus mehr oder weniger verbrannten und zerriebenen Lebkuchenstücken gewonnen. Mathilda konnte sich schon jetzt das Staunen der Gäste ausmalen, wenn ihnen grasgrünes Wildbret, tiefschwarz gefärbte Früchte und himmelblaues Mus serviert würden. Und als Krönung des Ganzen würde sie wie die Rheinecker das Geflügel mit Eigelb und Safran vergolden. Mathilda stellte sich vor, wie die Speisen angerichtet aussahen – in den wertvollen Tonschüsseln und den Schalen aus schimmerndem Zinn. Und dazu die kostbaren Becher aus grünem Waldglas und die Krüge aus Gold und Silber – der Hausschatz von Hammerstein.

Sie seufzte zufrieden. Sie hatte es gut getroffen mit ihrer Herrschaft auf Burg Hammerstein, fand die Küchenmeisterin. Damals beim Tod ihres Mannes und ihrer drei Kinder, als die große Hungersnot das Reich und die Menschen niederdrückte, hätte sie niemals geglaubt, dass sie es in ihrem Leben noch einmal so gut haben würde. Aber dann war Elisabeth gekommen, die Mutter des Grafen Otto, die erste Gemahlin des alten Grafen Heribert, und hatte sie zu sich in die Burgküche geholt, zuerst als Magd, dann als Obermagd und schließlich als Küchenmeisterin. Jeden Tag pries sie den Herrn für die Gabe, die er ihr geschenkt hatte: Nicht nur gut kochen, sondern auch eine große Küche organisieren zu können.

Ihr Blick fiel auf die Küchenmagd Rotswit. »Heiliger Erzengel Gabriel!« Mathilda schlug mit der flachen Hand auf den Holztisch.

Die Magd schrak hoch.

»Rupfst du die Gans schon wieder mit dem Strich? Weißt du denn nicht, dass das Unglück bringt?«

Rotswit zuckte mit den Schultern. Ihr Gesicht lag im Halbschatten der dunklen Burgküche, und so war sich Mathilda nicht sicher, ob sie sich ihr Lächeln nicht nur einbildete.

»Mathilda?«, erklang es da von draußen.

Küchenmeisterin und Magd schauten zur Tür hinüber.

»Die Gräfin«, sagte Mathilda leise. Rotswit verzog das Gesicht: Als wenn sie selbst keine Ohren hätte!

Die Burgherrin betrat die Küche. An ihrer Seite war Adelheid, ihre Hofdame, die zugleich ihre Busenfreundin war. Vom ersten Tag an, da Irmingard nach Hammerstein gekommen war, hatten sie sich blendend verstanden. Sie glichen sich in Größe und Statur und kamen beide dem höfischen Ideal von der edlen, schlank und hochgewachsenen Frau sehr nahe.

Die Herrin hatte auffällig schöne weizenfarbene Haare, ihre Hofdame dagegen wurde von einer nussbraunen Haarfarbe geschmückt. Nach der Sitte der Zeit waren die beiden Damen dezent geschminkt: Wangen und Lippen waren mit dem Farbstoff der roten Farblaus eingefärbt. Allein in der feinen Zeichnung ihres Gesichts, dem unaufdringlichen Schwung ihrer Gesichtslinien und dem Ebenmaß von Augen, Nase und Mund hob sich Irmingard von ihrer Freundin Adelheid noch ab.

Mit ihrem Gesicht nahm die Gräfin nicht nur jeden Mann, sondern auch viele Frauen sofort gefangen. Ganz gegen die Gepflogenheiten ihrer Zeit sah sie ihren Gesprächspartnern – auch den Männern – in die Augen, wenn sie mit ihnen redete. Manche mochten das nicht, andere wiederum schwärmten von der Tiefe ihrer blauen Augen. Otto verglich die Augen seiner Gemahlin mit einem kristallklaren Gebirgssee, in dem sich der dunkelblaue Himmel spiegelt.

Beide Frauen trugen Kleider nach byzantinischer Mode. Seit den Tagen der byzantinischen Prinzessin Theophanu, die als Gattin des Kaisers Otto für frischen Wind in der Kleiderordnung gesorgt hatte, war diese Mode im Deutschen Reich weit verbreitet.

Das Oberkleid beider Damen war aus Scharlach gefertigt, einem kostbaren Schafwollstoff, wie man es auf den Märkten in Rot, Weiß, Braun und Blau fand. Irmingard hatte Blau gewählt, das die Stetigkeit und Treue in der Liebe symbolisierte. Und das Grün, das Adelheid gewählt hatte, bedeutete den Neubeginn einer Liebe. Aber das Verliebtsein war bei Adelheid ein Dauerzustand. Sie schwärmte mal für diesen, mal für jenen Mann auf der Burg, denn schließlich gab es dort eine stattliche Anzahl von Rittern. Aber ernst war es bisher noch nie geworden. Dazu hing sie zu sehr an ihrer Herrin, der Gräfin Irmingard.

Vom Osten her stieß die Morgensonne mit ihren Lichtlanzen durch die kleinen, glaslosen Fenster der Küche, die man aus Angst vor Mundraub vergittert hatte. Die Lichtflecken tanzten auf dem steinernen Boden, den Kleidern der vier Frauen und auf Waren und Gerätschaften.

An den Füßen trugen Irmingard und Adelheid Schnabelschuhe, ganz nach der Mode der adligen Frauen, und auf dem Kopf hatten sie Schmetterlingshauben, die sich eher bescheiden ausnahmen. Auch die Schleier, die von den Spitzen der Hauben herabfielen, waren recht kurz.

Die prächtigen Gewänder der beiden standen in einem seltsamen Gegensatz zur Küche, dem dunklen Reich der Dienstleute: dem Ruß und der schlechten Luft, dem Geruch nach Schlachtblut und Schweiß, der beißenden Hitze der Herdfeuer und der anstrengenden Arbeit. Die Gräfin und ihre Hofdame kamen die drei Stufen herab, die schon so mancher Küchenmagd beim Auftragen des Essens zum Verhängnis geworden waren. Irmingard hatte das in sich gekehrte Lächeln aufgesetzt, über das man beim Gesinde hin und wieder spottete.

»Zu Pfingsten werden unsere Vasallen zum Gastmahl kommen«, sagte die Burgherrin fröhlich. »Mathilda, du weißt ja, dass unsere Tafel einen guten Ruf zu verlieren hat.«

Küchenmeisterin Mathilda nickte beifällig. Sie gehörte gleichsam zum Inventar der Burg Hammerstein und nahm gleich hinter der Gräfin den zweiten Platz in der Rangfolge ein, wenn es darum ging, wie auf der Burg gewirtschaftet wurde und der Haushalt zu führen war. Mathilda hatte schon unter Elisabeth, der ersten Gemahlin des Grafen Heribert – Ottos Vater –, gedient. Damals war Otto noch klein gewesen, lange vor der Zeit, als der Graf Zafirah, seine zweite Gattin, nach Hause führte und die bald darauf Ottos Halbbruder Galad zur Welt brachte.

Küchenmeisterin Mathilda hatte eine raue Schale. Das wussten alle Mägde auf Hammerstein. Sie kommandierte wie ein Ritter im Feld. Aber zugleich hatte sie ein mütterliches, gutes Herz. Alle ihre »Kinder«, wie sie die Mädchen und jungen Frauen des Gesindes nannte, waren ihr ans Herz gewachsen, und sie hielt ihre schützende Hand über sie.

Im Laufe der Jahre war Mathilda immer dicker geworden, obwohl sie sich noch immer mit einer geradezu jugendlichen Behändigkeit fortbewegte. Wenn sie wollte. Aber ihr fiel es immer schwerer, sich dazu aufzuraffen, und am liebsten saß sie in der Küche auf ihrem breiten Schemel aus dunklem Holz, auf den sich – wage es wer! – niemand sonst vom Gesinde niederlassen durfte, ihr »Thron«, wie die Mädchen ihn scherzhaft nannten.

Die Pausbacken der Küchenmeisterin hatten sich im Laufe der Zeit immer mehr gerötet. Lästerliche Zungen behaupteten, dass es vom vielen Probieren von rotem Wein komme. Die Backen wölbten sich gleichsam wie ein Balkon vor den listigen, freundlichen Augen der Küchenmeisterin, die ruhelos umherwanderten.

»Nichts entgeht der alten Mathilda«, sagte das Gesinde halb spöttisch, halb respektvoll.

»Nun, was sollen wir ihnen vorsetzen?«, fragte Irmingard. »Adelheid, was denkst du?«

»Was haltet ihr von Schwänen? Die Männer mögen es, wenn wir Frauen Schwan essen.« Sie machte eine Pause. »Und wisst ihr auch, warum?«

Die Frage Adelheids war offenbar an alle gerichtet.

»Na, das ist doch klar!«, rief Mathilda. »Die Schwäne sind einander treu. Ein Leben lang. Das wünschen sich die Männer auch von ihren Frauen.«

»Aber wenn sie einander treu sind«, sagte Irmingard, »töten wir dann nicht vielleicht die Gattin des einen Schwans oder den Gatten der anderen Schwänin?«

Die Frauen in der Küche lachten.

»Nein, ich meine es wirklich so«, bekräftigte Irmingard. »Wenn ich jetzt das Fleisch eines Schwans essen müsste, würde ich immer daran denken, dass wir vielleicht ein ganzes Leben zerstört haben.«

»Was haltet ihr dann von Trappe oder Kranich?«, versetzte Küchenmeisterin Mathilda trocken. »Die sind nicht untereinander verheiratet, und wir können sie getrost verspeisen, ohne dass wir weiteres Leben zerstören und uns ein schlechtes Gewissen machen müssen.«

Rotswit, die Küchenmagd, kicherte, dann hüstelte sie und hielt sich verschämt die Hand vor den Mund.

»Oder frischer Fisch«, schlug die Gräfin vor. »Salm oder Neunauge. Was meinst du, Mathilda? Und dazu das frischeste Gemüse der ganzen Gegend …«

»Nicht zu viel Fisch«, versetzte die Küchenmeisterin. »Die Männer haben in der Fastenzeit zur Genüge davon bekommen. Machen wir es doch wie immer: Setzen wir ihnen ein saftiges Wildbret vor sowie einen erlesenen Kranichbraten fürs Auge. Und dazu bereiten wir Saucen zu …«

»Ja, aus Pfeffer und Safran«, ereiferte sich Adelheid. »Vielleicht auch Ingwer …«

»Und wir werden Schüsseln mit Früchten auf die Pfingsttafel stellen.« Irmingard lachte und legte Adelheid eine Hand auf den Arm. »Nüsse, Mandeln, Feigen und Datteln.«

»Und weißes französisches Brot!« Adelheids Augen leuchteten. »Und natürlich guter Wein! Claret oder Sinopel, die Sorten mögen die Männer!«

Irmingard lächelte. »Gib es doch zu! Auch du weißt einen guten Tropfen zu schätzen!«

»O Maria, Mutter Gottes«, seufzte Mathilda. »Vieles davon müssen wir erst einkaufen.«

»Ich werde den Jägern des Grafen wegen des Wildbrets Bescheid sagen«, erwiderte Irmingard. »Und schick Rotswit zum Teichmeister. Wir nehmen Salm.«

Die Küchenmagd nickte eilfertig.

»Und ihr beide begleitet mich und Adelheid heute Nachmittag hinunter auf den Markt! Und Ritter Herimot werde ich bitten, dass er uns zu unserem Schutz begleitet.«

Adelheid errötete. Graf Otto hatte Herimot schon zum Pfingstfest des vergangenen Jahres in einer festlichen Schwertleite mit drei anderen zum Ritter von Burg Hammerstein geschlagen. Adelheid schwärmte sehr von diesem Herimot, auch wenn er ein paar Jahre jünger war als sie. Der junge Ritter war nicht nur ernsthaft und gottesfürchtig und konnte sogar lesen, sondern sah auch gut aus mit seinem krausen blonden Haar und dem bartlosen Gesicht, wie es jetzt in Mode gekommen war. Irmingard vermutete, dass die grüne Farbe des Kleides von Adelheid etwas mit diesem Ritter Herimot zu tun hatte. Sie nahm sich vor, die Freundin bei passender Gelegenheit danach zu fragen.

»Gut, dann hätten wir also das Menü für das Pfingstmahl geregelt«, sagte die Hausherrin zufrieden. »Wir treffen uns morgen früh hier in der Küche.« An Rotswits Gesicht konnte man ablesen, wie sehr sie sich auf den Ausflug in die pfingstlich gestimmte Stadt freute. Zu Adelheid gewandt fügte die Gräfin hinzu: »Hast du gesehen, wie schön das Wetter ist? Der Frühling hat jetzt endgültig die Oberhand bekommen! Die Zugvögel kehren schon zurück. Sollen wir uns das nicht zunutze machen?«

»Unsere Kapelle?«, fragte Adelheid verschwörerisch.

»Genau. Unsere Kapelle«, erwiderte die Gräfin und nahm die Hand ihrer Hofdame. Beide verließen lachend und gut gelaunt die Küche und ließen Küchenmeisterin Mathilda und die Magd Rotswit zurück.

Während sie zur Kapelle der heiligen Kunigunde hinüberspazierten, die von den Vorvätern auf der Kuppe des nächstgelegenen Bergs inmitten eines schattigen Eichenhains errichtet worden war, überkam Irmingard ganz plötzlich die Erinnerung an den Tag, als sie Otto kennen gelernt hatte.

In letzter Zeit überkamen sie oft und bei allen möglichen Gelegenheiten solche Erinnerungen. Es war, als ob sie verhindern wollte, dass nichts von dem verblasste, was sie in den vergangenen vier Jahren seit der Eheschließung erlebt hatte. Auch Adelheid war in Gedanken versunken.

Irmingards Blick schweifte über die weite Talaue des Rheins, die sich zu Füßen von Burg Hammerstein und dem Kunigundenberg mit der Kapelle erstreckte. Deutlich zeichnete sich das helle Band des Hauptstroms inmitten der dunklen Auenwälder ab. Aber auch die verschlungenen Altarme konnte man gut erkennen, die sich durch das jenseitige Sumpfgelände schlängelten. Im Werth Namedy, wie dieses Gelände genannt wurde, gab es reiche Jagdgründe. Doch wann immer die Männer dort jagen gingen, sagten sie ihre Beschwörungen auf, hieß es doch, dass das Werth von einer Unzahl böser Geister bewohnt war. In der Ferne sah Irmingard das Weichbild der alten fränkischen Stadt Andernach mit ihren grauen Mauern und dem großen Verladekran für Steine aus der Eifel.

Aber alle diese lichtdurchfluteten Frühlingsbilder wurden durchwoben von der Erinnerung. So sehr war Irmingard in die Erinnerung an ihre erste Begegnung mit Otto versunken, dass sie ganz vergaß, dass Adelheid an ihrer Seite war. Otto war auf Burg Arnsberg an der Ruhr auf dem Weg zum großen Hoftag in Mainz eingetroffen, wo er feierlich von Kaiser Heinrich mit dem Amt seines verstorbenen Vaters Heribert belehnt werden sollte.

Es war Nacht. Irmingard saß beim Schein einer winzigen Öllampe in der Küche der Arnsberger Burg und starrte gedankenversunken ins Licht. Es war Hochsommer, und es war brütend heiß, selbst noch in der Nacht. Obwohl es nur ein kleines Licht war, wurde es von Motten und Mücken, den Plagegeistern der Nacht, umschwirrt.

Irmingard saß des Öfteren hier oben, wenn sonst niemand von den Dienstleuten mehr da war. Am Tag beaufsichtigte sie die Mägde und Knechte und achtete darauf, dass alles zur Zufriedenheit von Graf Sebald von Arnsberg – ihrem Onkel – und seiner zänkischen Gemahlin Gunhila war. Denn trotz ihrer hohen Abkunft aus dem Haus der Grafen von Verdun fristete sie hier ein Dasein wie eine bessere Dienstmagd. Aber wenn abends die großen Feuer in der Küche heruntergebrannt waren, wenn draußen Dunkelheit herrschte und die Grillen zirpten, wenn es still wurde in der großen Burg, dann saß sie dort oben in der Küche, und ihr Bett im hintersten Winkel des Frauenhauses blieb leer.

Manchmal glaubte sie in jenen Nächten, Wölfe heulen zu hören. Aber das musste Einbildung sein. Allenfalls in harten Wintern kamen die Wölfe von den Bergen herunter, sie kamen so nah an die menschlichen Behausungen heran, dass man ihre gespenstischen, sehnsüchtigen Schreie tatsächlich hören konnte. Vielleicht waren es stattdessen Nachtdämonen oder Luftgeister, die dort in der Stille der Sommernacht ein dunkles Vergnügen darin fanden, die Menschen zu Tode zu erschrecken.

An jenem Abend fühlte sich Irmingard vollkommen erschöpft.

Die Tage, in denen Kaiser Heinrich auf der Burg weilte, waren für die Dienstboten, Küchenmägde und Stallknechte ein Albtraum. »Wenn der Kaiser fort ist, werde ich euch alle zur Rechenschaft ziehen«, drohte Gunhila des Öfteren. Doch ihre Worte machten auf das Gesinde nur noch mäßigen Eindruck. Die Burgherrin war hysterisch und steckte damit Graf Sebald an. Auch für Irmingard waren es schwere Tage, selbst wenn sie dem Namen nach zur gräflichen Familie gehörte.

Sie wusste genau, was man hinter vorgehaltener Hand tuschelte. Ihr war klar, dass man sich noch immer lächerlich machte über ihre ein Jahrzehnt zurückliegende kurze Ehe mit Edelvogt Gozmar, der wenige Wochen nach der Vermählung gestorben war. Gunhila hatte diese Verbindung eingefädelt. Was dabei herauskam, war ihr ähnlich. Wie die Köter hatten sich die Söhne des Vogts um das Erbe gebalgt, und dabei war kein Platz für das vierzehnjährige Mädchen gewesen. »Was wollen wir mit ihrem ehrenvollen Namen? Sie hat ja kein Erbe!«, höhnten die Söhne und verscheuchten die blutjunge Witwe ihres Vaters wie ein lästiges Insekt.

Als Erzbischof Erkembald von Mainz, der Vorgänger Aribos, ihre Ehe bald darauf annulliert hatte, war für Irmingard dieser Abschnitt ihres Lebens ein für alle Mal beendet, und sie wollte nichts mehr davon wissen. Sie kehrte als Waisenkind in die Munt ihres Onkels Sebald zurück und wurde von ihm und Gunhila mehr oder weniger gnädig wieder aufgenommen. Sie verkroch sich und spielte mit dem Gedanken, sich in ein Kloster vor der Welt zurückzuziehen, und schnell hatte sie auf Burg Arnsberg den Ruf einer ältlichen Jungfer, obwohl sie erst vierundzwanzig Jahre alt war.

Alles, was ihr von dieser törichten ersten Ehe geblieben war, waren die Albträume, von denen sie auch nach zehn Jahren noch heimgesucht wurde, wenn auch nicht mehr so häufig wie zu Anfang. Diese Albträume waren einer der Gründe, warum Irmingard sich noch des Nachts in der Küche aufhielt, so wie an jenem Tag, als sie Otto kennen lernte.

Als Irmingard im Halbdunkel der Küche saß, dachte sie zum ersten Mal seit längerer Zeit wieder an Ruodlieb, den Sohn des Stallmeisters auf der elterlichen Burg. Und an den schrecklichen Tag in ihrem zwölften Lebensjahr, an dem sie beim Brand der Burg nicht nur die Eltern und ihr Zuhause, sondern auch Ruodlieb verlor, den Pferdebändiger, mit dem sie durch dick und dünn gegangen war. Mit Ruodlieb war sie, seit sie sich erinnern konnte, bis zum Tag des Feuers ein Herz und eine Seele gewesen, und für beide Kinder stand fest, dass sie einst heiraten würden. Der Schmerz an jenem Tag, als Ruodlieb und ihre Eltern in den Flammen starben, war unerträglich gewesen. Irmingard wurde ohne jede Hoffnung, dass jemals wieder die Sonne scheinen würde, als Mündel ihres Onkels nach Arnsberg gebracht.

Mit einem Mal hörte sie Schritte auf der Treppe, und gleich darauf knarzte die schwere, eisenbeschlagene Tür zur Küche. Ein fahler Lichtschein war draußen im Gang zu erkennen. Der Schreck fuhr ihr in die Glieder. Sie kannte doch die Männer, diese rauen Krieger im Gefolge des Kaisers und seiner Vasallen. Wenn sie getrunken hatten, waren diese Männer unberechenbar. Und dass sie an diesem Abend ausgiebig gezecht hatten, war so sicher wie das Amen in der Kirche. Eine Frau war niemals ganz sicher vor der Gewalt der Männer, selbst eine Grafentochter wie Irmingard nicht, zumal dann, wenn sie mehr in der Küche als in der Kemenate zu finden war.

Aber der Fremde, der da kam, war nicht betrunken.

Er war stark, kräftig gebaut und größer gewachsen als die meisten anderen adeligen Männer. Sein Gang war selbstsicher. Seine Bewegungen wirkten beherrscht, und mit dem sicheren Blick der Adelstochter erkannte Irmingard, dass er ein guter Kämpfer war. Auch wenn sich in seinem Gesicht die Schatten der Fackel spiegelten, die er vor sich hertrug, so sah Irmingard doch, dass der

Mann ausgeprägte, stolze Züge hatte. Der ruhige und gleichzeitig Autorität heischende Blick des fremden Ritters fesselte sie von Anfang an, selbst wenn sie es nicht wahrhaben wollte. Der Fremde hatte dunkelblondes, gelocktes Haar, das ihm locker bis zu den Schultern reichte und das Gesicht weich umrahmte, wodurch seine Züge noch markanter und ausdrucksstärker wirkten. Der fein zurechtgestutzte Schnurrbart unterstrich sein selbstsicheres und gepflegtes Auftreten. Der Fremde war von Adel und trug ein braunes Leinenhemd, unter dem dunkelrote Strümpfe hervorschauten. Die Füße steckten in Schnabelschuhen, die über dem Knöchel lässig zusammengebunden waren. Über dem Hemd trug er nach Art der adeligen Herren einen übergeworfenen Mantel aus dunkelblauem Barchant, der über der Schulter mit einer einfachen, goldenen Fibel zusammengehalten wurde. So stand er an diesem Abend lächelnd vor Irmingard und erkundigte sich nach dem Weg zu den Schlafsälen.

Irmingard fragte sich danach oft, wie sie sich damals wirklich gefühlt hatte, als sie nicht einmal den Namen ihres künftigen Gemahls kannte und doch schon von einem Augenblick auf den anderen wusste, dass es dieser und kein anderer sein würde.

Aber jetzt war Schluss mit den Träumereien und Erinnerungen! Die beiden Frauen erreichten die Kunigundenkapelle. Der Berg, auf dem die Kapelle seit den Zeiten Kaiser Ludwigs (wie man sich erzählte) stand, war durch ein sanft geschwungenes Tal vom Burgberg getrennt und erhob sich ein wenig zurückgesetzt vom Rhein, der in der Tiefe als mehrfach geteiltes Band glänzte. Von der Kapelle aus konnte man von der Stadt Hammerstein das Linzer Tor und dahinter Walafrids Zollmühle sehen, während sich das Inselkloster St. Suitbert hinter dem Burgberg versteckte. Mächtig und trutzig und unvergänglich beherrschte die Burganlage das Rheintal: ein Anblick, der Irmingard von Anfang an ein Gefühl der Sicherheit und Geborgenheit vermittelt hatte.

Die Ruhebank, die der Oberjäger von Hammerstein vor ein

paar Jahren selbst gezimmert und vor der schmalen, von den Jahrhunderten gezeichneten Pforte der Kapelle aufgestellt hatte, war im Lauf der Zeit einer der Lieblingsplätze von Irmingard und Adelheid geworden. Die beiden edlen Frauen statteten der altersschwarzen Statue der heiligen Kunigunde im kühlen und dunklen Innern der Kapelle einen kurzen Besuch ab und sprachen leise einige Gebete, dann nahmen sie auf der Sitzbank Platz und ließen erst einmal den herrlichen Anblick des weiten und hellen Rheintals auf sich wirken.

»Dein Gemahl ist nicht glücklich über Galad«, stellte Adelheid nach einiger Zeit fest.

»Er macht sich wirklich Sorgen«, bestätigte Irmingard. »Wir haben uns getäuscht. Galad wird sich nicht ändern. Der böse Geist, der ihn umfangen hält, ist zu stark, und er lacht über wohlmeinende Ermahnungen. Wir haben uns wohl selber etwas vorgemacht, als wir darauf gehofft haben, dass er sich ändern würde.«

Adelheid deutete mit dem Kinn in Richtung der Burg. »Solange Ottos Stiefmutter lebt, wird Galad so bleiben, wie er ist. Es ist ihr unheilvoller Einfluss, unter dem er steht.«

Irmingard fasste Adelheid am Arm. »Beste Freundin, lass uns lieber von etwas anderem reden. Ich wünschte, ich müsste niemals wieder im Leben irgendetwas von Galad und Zafirah hören. Eher kann ich es noch ertragen, wenn du mich fragst, was ich von diesem Domherr Torquato halte.«

»Die Frage kann ich dir ersparen, ich habe es an deinem Gesicht gesehen, als er vor dir und dem Grafen gestanden hat. Ich denke das Gleiche wie du. Er ist verrückt«, sagte Adelheid herablassend.

Irmingard nickte. Sie waren beide dabei gewesen, als der Domherr vor Graf Otto seine Klagen gegen den alten Apotheker Herbrand vortrug. »Verrückt und auch …« – sie senkte die Stimme – »… gefährlich.«

»Und was wird der Graf nun tun?«, fragte Adelheid.

»Er hat den Stadtvogt mit der Untersuchung beauftragt.«

»So nimmt dein Gemahl die Anklagen ernst?«, fragte die Freundin entsetzt.

Irmingard machte eine abwehrende Handbewegung. »Um Himmels willen, nein! Aber er kann den Domherrn des Mainzer Erzbischofs nicht vollends missachten. In ein paar Tagen wird der Stadtvogt die Sache für erledigt erklären.«

Adelheid atmete auf.

»Doch jetzt ist es wirklich genug mit all diesen unerfreulichen Dingen! Lass uns doch von dir sprechen! Du trägst schon wieder ein grünes Gewand. Grün, die Farbe der beginnenden Liebe. Wer ist es? Lass mich raten! Ist es Ritter Herimot?«

Adelheid lachte verlegen. »Er ist ein stattlicher Ritter, und er ist nicht so ungestüm und süchtig nach Händeln und Streit wie die meisten anderen von ihnen.« In Irmingards Augen trat ein verträumter Glanz. »Weißt du, er erinnert mich ein wenig an deinen Gemahl. Und wann immer Herimot von Otto redet, dann in großer Verehrung und Zuneigung.«

Jetzt war es an Irmingard zu lachen. »Das hört sich ja ganz so an, als wäret ihr schon recht vertraut miteinander.« Adelheid errötete. »Herimot ist eine gute Wahl«, fuhr die Gräfin fort. »Auch mein Gemahl hat ihn schon oft lobend erwähnt, und Otto wird ihm in naher Zukunft bestimmt ein ertragreiches Lehen für seinen treuen Dienst geben.«

»Er hat es sicherlich verdient«, sagte Adelheid erfreut.

»Und er hat eine gute Gemahlin verdient, die ihm sein Haus führt und die ihm einen Sohn und Nachfolger schenkt …«

Plötzlich hatte sich ein leichter Missklang von Traurigkeit in Irmingards Stimme geschlichen. Ohne dass sie es gewollt hatte, war ihr diese Bemerkung über die Lippen gekommen. Erst als sie die Worte sprach, merkte sie, dass sie von ihrer eigenen Sehnsucht redete, die bisher unerfüllt geblieben war: dem Grafen einen Nachfolger zu schenken, einen Sohn und Erben.

»Es tut mir Leid …«, flüsterte Adelheid, die ihre Freundin gut genug kannte, um zu erkennen, warum sie plötzlich traurig war. »Ich wollte nicht …«

»Lass es gut sein.« Irmingard legte beschwichtigend den Arm um die Freundin. »Die goldene Pfingstsonne hat es nicht verdient, dass wir ihren Glanz mit unseren alltäglichen Sorgen und Nöten beschatten. Gott weiß sicher, warum er mir und dem Grafen bisher einen Sohn vorenthalten hat. Manchmal glaube ich, es würde unser Glück unerträglich groß werden lassen. Vielleicht will Gott das verhindern?«

»Warum sollte Gott das tun? Unser Glaube bleibt unsere Hoffnung! Ich glaube fest daran, dass du ein Kind empfangen wirst, und ich hoffe, es wird sehr bald sein.«

»Ich weiß nicht«, flüsterte die Gräfin. »Ich habe dir doch erzählt, dass mein Monatsblut ganz unregelmäßig kommt.« Adelheid nickte. »Das ist so, seit ich auf Hammerstein bin, und in den letzten vier Jahren ist es nicht besser geworden«, sagte Irmingard resignierend. »Manchmal habe ich das Gefühl, es gibt etwas Fremdes, irgendeinen Fluch in meinem Leib. Irgendetwas, das der Teufel geschickt hat und das meinen Leib unfruchtbar werden lässt.«

Adelheid machte eine abwehrende Handbewegung und schlug anschließend das Kreuzzeichen. »Bei der heiligen Mutter Maria! Sage doch so etwas nicht! Du machst mir Angst, wenn du solche Worte sprichst …«

»Das wollte ich nicht, liebe Freundin!«, sagte Adelheid beschwichtigend. »Vergiss einfach, was ich gesagt habe. Gott weiß in seinem weisen Ratschluss, weswegen er uns seine Prüfungen schickt. Wie könnte ich mir anmaßen, über eine solche Prüfung zu rechten! Wie könnte ich klagen, wenn ich doch in den Armen meines Gemahls ein so großes Glück erfahre?«

4. Kapitel

Das Pfingstfest stand unmittelbar bevor. Ganz Hammerstein war fiebrig gestimmt. Am Pfingstsamstag fuhr Gräfin Irmingard mit Adelheid und den Mägden Rotswit und Mathilda zur Stadt hinab, wo reges Treiben herrschte. Ritter Herimot geleitete den gräflichen Kastenwagen, der von zwei gutmütigen, kräftigen Eifelrössern gezogen wurde. Es war früher Nachmittag, als die Gräfin mit ihrem Gefolge beim Nordtor aus dem Wagen stieg. Ritter Herimot sprang schwungvoll aus dem reich verzierten Sattel seines Vollblüters, sodass seine leichte Rüstung und die Waffen klirrten.

»Mein Gott! So viele Leute!«, staunte Rotswit mit weit aufgerissenen Augen, während Adelheid lächelnd das Gewand der Gräfin zurechtstrich. Mathilda hatte die Arme in die Seite gestemmt, um durch solch energisches Auftreten ihr Unbehagen über die vielen fremden Leute zu überspielen.

Herimot band sein Pferd fest, wies den Torwächter an, gut auf das Tier aufzupassen, und hielt sich dann höflich ein paar Schritt entfernt, während er mit Wohlwollen die gräfliche Hausdame Adelheid bei ihren Verrichtungen betrachtete. Huldvoll lächelte die Gräfin Männern und Frauen zu, die mit einem ehrerbietigen Gruß und einer Verneigung an ihr vorübergingen.

Rotswit kam noch immer nicht aus dem Staunen über all die Fremden heraus. Tatsächlich wimmelten die wenigen, engen Gassen der Stadt von Menschen. Im Licht der strahlenden Frühlingssonne schwebte gleichsam hoch über den Köpfen der Menge die mächtige, alte Reichsburg Hammerstein mit ihren sieben

Türmen im Himmel. Die Burg mit ihren bemalten Erkern, dem Wimpel- und Fahnenschmuck war berühmt als der Hort der Reichskleinodien, die in einem tiefen Verlies gehütet wurden. Hoch über den Felsen gingen die vielgestaltigen Mauern der Burg in steile Weinberge über, die Namen hatten wie Heilig Grab, Hammersteiner Bubenstück, Elfenlay oder Klosterberg St. Kunigunde. Jetzt, da die alte Reichsburg in ihrem pfingstlichen Festgewand erstrahlte, konnte man sich kaum vorstellen, dass sie bisweilen düster, ja bedrohlich und gespenstisch wirken konnte, besonders dann, wenn die schweren und nassen Herbstnebel fast greifbar über dem Rheintal lagen.

Hammerstein war eine der kleinen Reichsstädte am Rhein, und doch sah man jetzt vor dem Fest Menschen und Trachten aus aller Herren Länder: Juden mit ihren seltsamen gelben Hüten, die wie umgekehrte Trichter aussahen, Engländer, die in Eisenwaren unterwegs waren, und sogar Lombarden, die gewöhnlich mit Schmuck oder kostbaren Gewürzen handelten. Eine Mannschaft von Stromschiffern aus den Niederlanden zog grölend durch Hammerstein, aber auch viele Bauern aus der Umgebung drängten sich in den engen Gassen.

Das Pfingstfest war nicht zuletzt ein Fest der Barmherzigkeit. So hatten sich auch Bettler und Arme in großer Zahl eingefunden. Auf die Gebefreudigkeit der Gläubigen spekulierend, überboten sie einander in der weinerlichen Darstellung ihres Leids. Nie konnte man sich sicher sein, wer ein echter Krüppel oder Kranker war, und wer das Gebrechen nur simulierte, um Mitleid zu erheischen.

An der Ecke, wo Färbergasse und Markt aneinander stießen, hatte eine Gauklertruppe, die vermutlich aus italienischen Landen stammte, die Vorderfront des Zehnthofs, wo der Stadtvogt wohnte, als Kulisse für ihre verrückten und frechen Kunststückchen ausgesucht. Unter den im Halbkreis Umstehenden erhoben sich Gejohle und Applaus. Ein Magier mit Namen Weyganda zeigte unerklärliche Zauberkunststücke, und der Feuerschlucker wurde mit besonders lautem Beifall belohnt.

»Man hat davon gehört, dass manche Straßen in Flandern und Brabant jetzt gepflastert werden«, sagte Mathilda ächzend, die hinter ihrer Herrin herwatschelte. Die Küchenmeisterin stöhnte übellaunig und versuchte mühevoll, die Pfützen, die Bäche aus Urin, Schlachterblut und Färberwasser sowie die unausweichlichen Stadtschweine zu umgehen. Ihrer Herrin schien es wie im Traum zu gelingen. Mathilda fluchte ein übers andere Mal, wenn ihr eines der Hausschweine zu nahe kam, die sich zu Dutzenden in der Stadt herumtrieben und nichts lieber machten, als sich im Schlamm der Gassen zu suhlen.

Irmingard von Hammerstein schwebte wie durch einen Zauber gleichsam über dem Unrat. Der Mantel der Gräfin war aus Seide hergestellt, grün wie Gras, mit einem Pelzbesatz aus weißem, kostbarem Hermelin. Ihr Haar war nach der neuen brabantischen Mode mit Goldfäden durchwirkt. Deswegen trug sie auch keine Haube, sondern ein mit Perlen besetztes, schmales Stirnband aus Goldbrokat, von dem ein eleganter, fast durchsichtiger Schleier herabfiel, der das blonde Haar und die Goldfäden durchschimmern ließ.

Rotswit – wie immer sehr beeindruckt von der blendenden Erscheinung der Gräfin und davon, dass man ihr überall ehrerbietig Platz machte – fühlte sich fast schon selbst wie eine Herrin, auch wenn sie nur in deren Schlepptau ging.

Aber rundum tat der Auftritt der Gräfin dem nachmittäglichen Treiben in der Stadt keinerlei Abbruch. Das war ein Geschrei, ein Gezeter und Gezänk, dass einem die Ohren klingelten. Und erst der Gestank! Mathilda rümpfte die Nase, aber Rotswit tat so, als merkte sie nichts davon – schließlich bekümmerten sich auch die Herrin und Adelheid nicht darum.

Im hinteren Bereich des Marktes, der im Schatten lag, boten Handwerker ihre Waren an, die keinen eigenen Verkaufsladen hatten. Sattler und Kürschner, Schuster und Schwertfeger boten feil, was sie in ihren Werkstätten hergestellt hatten. Bauersfrauen aus der Umgebung brachten Schinken und Eier, Speck und Käse sowie Öl und Honig in irdenen Krügen an die Kundschaft.

Schnell waren die notwendigen Einkäufe für die Burgküche getätigt. Mathilda liebte es, mit den Händlern zu feilschen, und war mit der gräflichen Schatulle so geizig, als wäre es ihr eigenes Geld. Dennoch wechselten einige Denare und Weißpfennige den Besitzer, und nur Rotswit war jetzt ein wenig unglücklich, weil sie die Einkäufe tragen musste.

Ein paar Franzosen oder Flandern hatten die Aufmerksamkeit Irmingards und ihrer Begleiterinnen erregt. Die Kaufleute hielten Tuche feil. Frauen umlagerten die im Sonnenlicht liegenden Stände, manche feilschten mit den Händlern, andere schauten sich nur die Auslagen an. Rote und grüne Seidenstoffe in byzantinischem Muster wurden angeboten, begutachtet, betastet – Gewebe in zahllos schillernden Farben wie Damast aus der Syrte und Brügger Spitzen oder bunter Batist aus dem hispanischen Arabien. Die gute, solide Ware aus Brabant war bei den weniger Begüterten begehrt. All diese Stoffe funkelten gleichsam und strahlten in der blendenden Pfingstsonne.

Irmingard und Adelheid begutachteten mit Kennerblick die Stoffe der flandrischen Händler, fanden aber nichts Passendes, und auch der Schmuck erschien ihnen zu altbacken und unmodern. »Ihr glaubt wohl, ihr könnt hier bei uns alles das loswerden, was in Köln oder in Mainz oder gar in Paris und Brügge niemand mehr haben will«, sagte Adelheid lachend, aber der junge flandrische Kaufmann mit dem Goldschmuck tat so, als verstünde er die Dame nicht, und zuckte nur mit den Schultern. Er sah, dass er an die adligen Damen nichts verkaufen würde, und wünschte sich, die beiden würden rasch weitergehen und nicht weiter die unbedarftere Kundschaft mit ihren Bemerkungen vertreiben.

Irmingard und Adelheid wurden jetzt von der Vorstellung eines Heilkundigen abgelenkt, der sich darauf spezialisiert hatte, kranke und faule Zähne zu behandeln. Der aus Holz geschnitzte, weiß gestrichene riesige Zahn, mit dem der Heilkundige für sein Gewerbe warb, überragte auf einer langen Stange die Menge. Ein Opfer hatte sich gefunden. Dutzende Zuschauer umringten teils schaudernd, teils schadenfroh das kleine Podest, auf dem ein Zahnkranker in einem bequemen Klappstuhl Platz genommen hatte. Die beiden edlen Damen konnten kaum hinsehen, als dem armen Mann unter großer Kraftanstrengung ein Backenzahn entfernt wurde. Der Gehilfe des Zahnbrechers sagte dabei unablässig magische Formeln auf, die wohl helfen sollten, die Schmerzdämonen und Zahnwürmer zu vertreiben. Allerdings konnte die Sprüche keiner nachvollziehen, denn er sprach in einer finsteren, fremdartigen Sprache, die keiner verstand.

Die Küchenmeisterin hatte derweil nur Augen für das große Friesenross, auf dem Ritter Luitpold der Bayer aufgeputzt durch die Stadt ritt. Das riesige, bedrohlich schnaubende Pferd hatte Nüstern groß wie eine Faust. Der Ritter legte die Rechte an die Brust zum Gruß der Reichsgräfin. Irmingard nickte flüchtig zurück.

In der Nähe entstand plötzlich ein Tumult. Adelheid und Rotswit reckten neugierig den Hals. Zwei Handwerksburschen waren aneinander geraten und droschen mit Fäusten aufeinander los. Ein großer, hagerer Mann kämpfte gegen einen eher schmächtigen, noch sehr jungen Burschen mit rötlichen Haaren, der offenbar unterlegen war. Die Marktbesucher machten Platz für die Kämpfenden.

Der Hagere drosch auf das Gesicht des Schmächtigen ein, sodass dieser bald aus Mund und Nase blutete. Es war offenkundig, wer der Sieger dieses Kampfes sein würde. Doch die Umstehenden feuerten den Unterlegenen an.

Die Gräfin sah das gefährliche Blitzen in den Augen des Rothaarigen, der einen neuen Schlag ins Gesicht einstecken musste und in ihre Richtung taumelte. Kaum eine Armlänge von ihr entfernt fing der Mann seinen Sturz ab. Sein Blick fiel auf die Gräfin, und er erkannte, wer da die Zeugin war für seine Schmach.

Einen Augenblick später hielt er ein kurzes, gebogenes Messer in Händen. Im gleichen Moment zog Ritter Herimot sein Schwert. Die Klinge blitzte im Licht der Sonne.

Unbeeindruckt und blind vor Wut stürzte sich der Schmächtige auf den Hageren, der erschrocken zurückwich. Er stieß zu, traf seinen Gegner am Arm. Sofort spritzte Blut aus der fingerlangen Schnittwunde. Der Verletzte heulte vor Schmerz auf. Der mit dem Messer stieß einen Triumphschrei aus, hob das Messer über den Kopf und wollte abermals zustechen. »Um Himmels willen! Haltet endlich ein!« Mutig trat Gräfin Irmingard vor.

Inmitten der Bewegung hielt der Angreifer inne. Auch der Hagere sah jetzt die Gräfin und Ritter Herimot mit seinem Schwert. Er zögerte.

»Morgen ist das Fest des Herren, und ihr wollt euch mit Sünde beflecken? Seid ihr des Teufels?«

Adelheid wollte ihre Herrin zurückhalten, aber die Gräfin trat einen weiteren Schritt vor und stellte sich zwischen die Kämpfer. Mit einem Kopfnicken bedeutete sie Ritter Herimot, vorerst nicht einzugreifen. Mit entblößter Klinge stand der Ritter daneben, bereit, seine Gräfin im Notfall zu beschützen.

»Ich gebiete euch Frieden!«, sagte Irmingard mit aller Bestimmtheit. »Ihr habt das gräfliche und das königliche Recht gebrochen, das muss euch doch klar sein! Aber wenn ihr jetzt friedlich auseinander geht, dann soll es so sein, als wäre nichts geschehen!«

Demütig senkten die beiden Kontrahenten den Kopf.

»Es ist gut«, sagte die Gräfin versöhnlich. »Gott sei mit euch!«, fügte sie hinzu, während die Umstehenden Beifall klatschten. Das kluge Vorgehen und der Mut der Gräfin verlangten ihnen Respekt ab.

Adelheid drückte ihrer Freundin die Hand. »Ich bin stolz auf deinen Mut«, flüsterte sie.

Als die beiden Raufbolde sich in der Menge verdrückt hatten, ließ auch Herimot sein Schwert zurück in die Scheide gleiten.

In dem Tumult, der entstanden war, hatten Gräfin Irmingard und ihre Begleitung nicht bemerkt, dass sich ihnen eine hagere Gestalt genähert hatte. Der Mainzer Domherr Torquato schien die Gräfin gesucht zu haben und zog ein missmutiges Gesicht. Er fühlte sich offenbar nicht besonders wohl inmitten der Menschen. Er hatte die Kapuze seiner Mönchskutte weit ins Gesicht gezogen, sodass seine Augen im Halbdunkel blieben. Torquato baute sich vor der Gräfin auf und verneigte sich nachlässig vor ihr. Dabei übersah er geflissentlich, wie Herimots Gesicht sich verfinsterte. Die Miene des Domherrn war herausfordernd, ja geradezu anmaßend. Sein graues Gesicht war nahezu faltenlos, obgleich er sicherlich nicht mehr jung war, und deshalb war es schwer, sein wirkliches Alter zu schätzen. Nichts war auffällig oder bemerkenswert an diesem Mann, und dennoch wirkte er auf Irmingard ähnlich wie schon zuvor auf den Grafen: Er war ihr nicht geheuer. Mathilda flüsterte einen Segensspruch zum Schutz vor den bösen Geistern, von denen Domherr Torquato zweifellos besessen sein musste.

»Verehrte Gräfin, Gott zum Gruße.« Der Abgesandte des Mainzer Erzbischofs neigte kaum merklich das Haupt. Er sprach so laut, dass die Umstehenden es hören mussten.

Irmingards Nacken versteifte sich. »Ich grüße Euch ebenso, Domherr Torquato«, sagte sie förmlich und reserviert. Sie wollte keinen Hehl daraus machen, was sie von seinen Verdächtigungen gegen Meister Herbrand hielt.

»Der Herr sei mit Euch«, erwiderte der Mainzer Legat formelhaft. »Ich bin wirklich froh, Euch zu treffen!«

Irmingard hatte das Gefühl, als stehe irgendeine versteckte Bedrohung hinter diesen Worten, auch wenn der Domherr nach außen freundlich tat … »Und darf ich auch erfahren, woher Eure Freude rührt?«, fragte sie kühl.

»Ich freue mich, dass ich die Gelegenheit erhalte, auch Euch gegenüber, Gräfin Irmingard, meine Forderung zu bekräftigen: Dieser Mann, der sich Meister Herbrand nennt, muss vor ein Gericht gestellt und abgeurteilt werden. Gott ist mein Zeuge, dass ich diese Forderung Eurem Mann gegenüber schon zu oft erheben musste. Vielleicht habt Ihr ja ein geneigteres Ohr für mein Anliegen, Gräfin?« Der Domherr beugte sich vertraulich zu Irmingard hinüber.

Die Gräfin wich erschrocken zurück. Sie erinnerte sich an Ottos Worte: Ihm kam es so vor, als hätten Erzbischof Aribo und seine Männer einen Bund mit dem Teufel geschlossen. Mit einem Mal fand Irmingard Ottos Vermutung gar nicht mehr so abwegig.

Zugleich aber loderte der Zorn in ihrem Herzen wieder auf. Meister Herbrand konnte doch keiner Fliege etwas zuleide tun! Ausgerechnet diesen gutmütigen alten Mann der Ketzerei zu bezichtigen war für sie eine große Sünde.

»Wisst Ihr, Meister Torquato«, sagte sie, »für gewöhnlich bespricht mein Gemahl solche Regierungsangelegenheiten nicht bis in jede unwichtige Einzelheit mit mir. Aber zufällig weiß ich, dass die Untersuchungen des Stadtvogts bereits abgeschlossen sind.«

»Und, was haben diese Untersuchungen ergeben?«, drängte der Domherr. Adelheid fand, dass es dem Domherrn durchaus an guten Manieren ermangelte, und aus den Augenwinkeln sah sie, dass Ritter Herimot ganz ihrer Ansicht war. Er sah so aus, als wollte er dem Domherrn im nächsten Moment die fehlenden Manieren ein für alle Mal beibringen.

»Der Stadtvogt und mit ihm auch mein Gemahl sind der Überzeugung, dass es keinerlei Beweise gibt für Zauberei oder gar Ketzerei. Es gibt nicht einmal den Hauch eines Verdachts«, versetzte Irmingard scharf. »Und dass unser Meister Herbrand mit einer Hexe Chudruni verbündet ist und nächtens Luftfahrten machen soll, findet mein Gemahl, ebenso wie ich – gelinde gesagt –, lächerlich.«

Meister Torquato erbleichte, soweit es seine graue Haut überhaupt zuließ. Er zog die Kapuze der Mönchskutte so tief in sein bartloses Gesicht, als wollte er sich darin verstecken. Schnell sprach sich bei den Umstehenden herum, was Irmingard zu Torquato gesagt hatte. Schadenfrohes Gelächter erhob sich, aber Irmingard war das nur recht – schließlich hatte der Domherr selbst die öffentliche Szene provoziert.

»Dann muss ich doch noch einmal mit dem Reichsgrafen selber sprechen«, stellte Domherr Torquato fest. Noch immer strahlte er die eiskalte Selbstgewissheit dessen aus, der seine Wahrheit für die einzige Wahrheit auf der Welt hält und für den Widerspruch Gotteslästerung ist. »Ich muss Eurem Gemahl vielleicht die Tragweite dieser Angelegenheit noch ein wenig deutlicher machen.«

»Mein Gemahl findet, dass er die Lehren und Vorschriften der Heiligen Kirche aufs Höchste ehrt und dass es niemanden gibt, dem das Wort Gottes mehr am Herzen liegt als ihm selbst. Er ist in innigem Einklang mit der Heiligen Schrift, und es vergeht kaum ein Abend, an dem er nicht die Propheten oder die Weissagungen studiert. Er hat seinen Ratschluss mit Gott gesucht. Eine weitere Unterredung in diesem Fall erübrigt sich also.« Irmingard lächelte den Domherren kühl an. »Aber natürlich seid Ihr jederzeit als Gast auf Hammerstein willkommen! Wir erweisen dem Mainzer Erzbischof und seinen Männern jederzeit die Ehre, die ihnen gebührt.«

Adelheid kicherte unsicher. Sie hatte wie alle anderen die Ironie in Irmingards Worten wohl verstanden, fragte sich aber, ob man wirklich so mit dem Domherrn umspringen konnte.

»Sieht so Eure Gottesfurcht aus?«, fragte der Domherr leise.

»Ist das tatsächlich die Achtung, die man der Römischen Kirche entgegenzubringen hat?«

»Ihr ereifert Euch ja, Domherr Torquato«, erwiderte Irmingard angespannt. Sie wäre am liebsten davongelaufen. Sie wusste, dass diese Unterredung mit dem Domherren nichts Gutes nach sich ziehen konnte. Auch in den Gesichtern rundum mischten sich Schadenfreude und Anspannung. »Die Römische Kirche ... sie ist groß und wunderbar«, fuhr die Gräfin fort. Sie fühlte sich unwohl, da sie die Augen aus dem Dunkel der Kapuze anblitzten. »Gott hat sie eingesetzt, und Gott weiß, welchen Glanz sie der düsteren Welt verleiht. Aber Ihr, Domherr? Seid *Ihr* die Römische Kirche?«

Wütend starrte Torquato in die Gesichter der umstehenden Marktbesucher. Seine Gesichtszüge füllten sich mit Hass und Verachtung. »Und was geschieht mit diesem Hexenmeister? Diesem Mann, der sich Meister Herbrand nennt?«

»Ich denke ... nichts. Für den Grafen ist die Sache abgeschlossen.«

Meister Torquato zuckte zusammen. »Ich hoffe, Graf Otto weiß, was er da tut!«, sagte der Domherr. »Ich werde meinem Herrn Bericht erstatten.«

»Wollt Ihr etwa meinem Gemahl drohen?«, fragte Irmingard.

»Ich ihm drohen?« Torquato lachte kalt. »Wer bin ich, dass ich Eurem Gemahl drohen könnte? Ich bin nur der Diener meines Herren.« Der Mainzer Domherr senkte den Kopf mit der Kapuze zu einem angedeuteten Abschiedsgruß und verschwand dann in der Menge, die ihm wie einem Aussätzigen Platz machte und ihm einen Kübel Spott hinterherschüttete.

Mathilda zupfte ihre Herrin am Ärmel des seidenen Gewands. »Der gefällt mir überhaupt nicht, beim heiligen Erzengel Gabriel«, flüsterte sie und machte das Kreuzzeichen. »Das ist mir einer, auf den man aufpassen muss.«

Irmingard nickte unmerklich mit dem Kopf. Ihr war nach dem

Auftritt Torquatos genauso wie ihrer Freundin Adelheid die Lust am Marktbesuch vergangen. »Lasst uns zum Rhein gehen und Fische kaufen«, sagte sie zu ihren Begleiterinnen. »Herimot, Ihr könnt Euch jetzt wieder entspannen.«

»Sie werden immer dreister, diese Pfaffen«, erwiderte der junge Ritter säuerlich. »Ist es nicht so, dass sie inzwischen glauben, sie stehen über uns allen? Wo soll das alles denn noch hinführen?«

»Die Welt befindet sich im Wandel«, erwiderte die Gräfin nachdenklich. »Niemand weiß, wie sie danach aussehen wird. Viele sagen, dass Gott zürnt, wenn ein Laie einen Bischof oder einen Abt einsetzt, und sei es der Kaiser.«

Ritter Herimot, der dem kleinen Landadel entstammte, schnaubte ärgerlich, als am Rheintor ein fettleibiger Bauer der Gräfin und ihrer Begleitung nicht schnell genug Platz machte. Unter vielfachen Entschuldigungen und Bücklingen machte sich der dicke Bauer davon, bevor ihn der Ritter bestrafen konnte.

»Dann sollen sie doch alles Land, alle Güter, alle Lehen und Gerechtsame, alle Zölle und Dienste zurückgeben, die der König ihnen verliehen hat!« Der Ritter vertrat eine Meinung, die unter der Mannschaft der Hammersteiner Krieger weit verbreitet war.

Sie durchquerten das Rheintor. Vor ihnen eröffnete sich der Blick auf den Hafen von Hammerstein und den Hafenmarkt, wo ein ebenso hektisches Treiben herrschte wie in der ganzen Stadt. Der Geruch frisch gebratenen Fischs hing über dem Hafen, in dem außer zwei Kaufmannsschiffen etliche Aalfänger und die kleinen Nachen der Rheinschiffer lagen.

Kaum waren die edlen Frauen, die Küchenmeisterin, die schwer beladene Magd Rotswit und der Ritter ins Licht der Nachmittagssonne getreten, die den Hafen überstrahlte, da kam schon Meister Walafrid mit weit ausgebreiteten Armen auf die Burgherrin zu. Das rote Gesicht zeigte seine typisch verschmitzte Freundlichkeit, die unklar ließ, was tatsächlich in seinem Kopf vor sich ging. In gebührendem Abstand hielt der Müllermeister inne und verbeugte sich vor Irmingard.

»Es freut mich so sehr, Euch zu sehen, und ich muss Euch sagen«, schmeichelte Ratsherr Walafrid, »Ihr seid anmutiger denn je.« Irmingard errötete. Sie wusste, dass der gutmütige Müllermeister es ehrlich meinte. Sie lächelte verlegen. »Und auch Ihr, Herrin Adelheid« – Walafrid verbeugte sich vor Irmingards Begleiterin –, »auch Ihr gebt den Augen eines alten Mannes köstliche Nahrung.«

Vom Norden her näherte sich stromaufwärts fahrend in diesem Augenblick ein Kölnisches Handelsschiff und legte an der Hafenmauer an. Das Segel wurde eingeholt, die Taue an Land geworfen und festgebunden, und die schweren kaltblütigen Pferde, die das Schiff auf dem Treidelpfad gezogen hatten, wurden ausgeschirrt. Anschließend würden sie zum Hammersteiner Treidelhaus mit seinem großen Stall geführt werden, wo die Tiere sich bei frischem Heu von ihrer schweren Arbeit erholen konnten.

»Eigentlich wollte ich Euch in aller Bescheidenheit fragen, was der Graf wegen meines Freundes Meister Herbrand entschieden hat, Herrin«, sagte Walafrid und reckte den Kopf nach dem Handelsschiff.

»Eurem Freund wird nichts geschehen«, erwiderte Irmingard. »Wir selbst schätzen Meister Herbrand sehr.«

»Wie freue ich mich, das zu hören!«, rief Walafrid aus.

»Irgendetwas ist da nicht in Ordnung«, sagte Ritter Herimot und deutete in Richtung des Schiffes. »Herrin, seht Ihr das schwarze Tuch, mit dem sie den Bug ihres Schiffs verhüllt haben? Nur wenn ein wirklich großer Mann das Jammertal des irdischen Lebens verlässt, ist das Brauch!«

Irmingard erinnerte sich, dass sie zuletzt beim Tod von Papst Benedikt VIII. an den Handelsschiffen auf dem Rhein den Trauerschmuck gesehen hatte.

»Ich habe Angst«, flüsterte Rotswit, während die Mannschaft

die Planke auslegte, die das Schiff mit der Hafenmauer verband. Die Männer an Bord des Kölner Kaufmannsschiffs gingen mit gesenkten Köpfen und starren Gesichtern ihrer Arbeit nach. Die Gräfin spürte, dass sich auf ihren Unterarmen eine Gänsehaut bildete. Sie hatte eine schlimme Vorahnung, was das alles bedeutete.

Irmingard brauchte nicht lange auf eine Erklärung zu warten. Alle am Hafen hatten das schwarze Trauertuch gesehen, und so war die Kölner Mannschaft flugs von Menschen umringt und wurde mit Fragen bestürmt. Schnell erhob sich ein lautes Beten und Wehklagen. Schon loderte die Nachricht vom Tod des deutschen Kaisers und Königs Heinrich II., die das Schiff als unerwünschte Ladung mitgebracht hatte, wie ein dunkelrotes Feuer durch die Gassen.

5. Kapitel

Nach einem kurzen, gemeinsamen Morgengebet machten sich Graf Otto und Irmingard auf zur heiligen Pfingstmesse, die an diesem Tag nicht von Burgkaplan Kilian, sondern von Abt Huc-bert gehalten wurde. Die beiden verließen die Kemenate der Burg auf dem Weg hinunter zum Innenhof und zur Burgkapelle, wo sie zusammen mit der ritterlichen Burggemeinschaft die Messe feiern wollten.

»Du hast dich die ganze Nacht im Schlaf gewälzt«, sagte Irmingard besorgt.

Otto hielt auf der Wendeltreppe inne, die an der Burghofseite der Kemenate hinabführte zum Rittersaal und weiter hinunter zur Burgküche.

»Das verwundert mich nicht«, erwiderte der Graf. »Ich habe so schlecht geschlafen wie seit langer Zeit nicht mehr.«

»Und du hast im Schlaf gesprochen, Liebster, immer wieder hast du von Galad und von Erzbischof Aribo gesprochen.«

»Ist das wahr?« Ottos Gesicht war blass. »Ich kann mich nicht erinnern, wovon ich geträumt habe.«

»Sind es immer noch die alten Wunden, die dir Schmerzen bereiten?« Irmingard legte Otto tröstend ihre feingliedrige Hand auf den Unterarm.

Der Graf schwieg betroffen. Dann nickte er und nahm seine Gemahlin in den Arm, drückte sie fest an sich. Eine Zeit lang standen sie so zusammen, fanden Trost und Kraft in der gegenseitigen Nähe; und als sie spürten, dass ihre Herzen im Gleichtakt pochten, dass sie ein- und ausatmeten wie ein einziges, ungeteiltes Wesen, da kehrte wieder etwas Zuversicht in ihre Gesichter zurück.

»Haben wir denn noch einen Augenblick Zeit?«, fragte Otto leise.

»Sie werden ohne uns nicht anfangen«, erwiderte Irmingard lächelnd.

Otto trat an die Schießscharte, die sich zum Innenhof der Burg öffnete. Ein paar Männer und Jungen übten sich dort unten in harmlosen Schaukämpfen mit Übungsschwertern, unter ihnen auch Vogt Galad und einige Knappen.

»Dort unten ist Galad. Wenn ich ihn so sehe, dann denke ich immer nur an den vorwitzigen kleinen Jungen mit dem dichten schwarzen Haar, der nichts lieber tat, als den älteren Jungen irgendwelche Streiche zu spielen.«

Ottos sieben Jahre jüngerer Halbbruder war schlank und drahtig, aber nicht besonders groß gewachsen. Das schwarze Haar und die bräunliche Haut hatte er von seiner Mutter geerbt. Zafirah war die Nichte eines venezianischen Grafen namens Crescentius, der in Syrien ein großes Lehen des byzantinischen Kaisers hielt. Dort war Zafirah aufgewachsen, dort im syrischen Antiochia hatte sie ihr halbes Leben bis zur Rückkehr ihres Vaters nach Venedig verbracht. Bei Heinrichs Romzug hatte Heribert sie schließlich kennen gelernt.

Wenn Galad redete und aufgeregt war, geriet er leicht ins Stottern, weshalb er in der Ritterrunde am liebsten schwieg. Oft hielt er die Augen halb geschlossen, sodass niemand genau erkennen konnte, wohin er gerade schaute. Ein Wesenszug, der ihm etwas Verschlagenes verlieh. Außerdem war Galad dafür bekannt, ausgesprochen nachtragend zu sein. Noch nach Jahren erinnerte er sich an eine Beleidigung oder Herabsetzung, mochte der Vorfall auch noch so unbedeutend gewesen sein.

Otto schaute nachdenklich auf die lachenden und kämpfenden Knappen und Ritter im Burghof hinab. Trotz all seiner offenkundig schlechten Eigenschaften war Galad sein Halbbruder, und Otto war noch immer der Überzeugung, dass Galad im Laufe der Zeit in sein Amt als Vogt von Königsfeld hineinwachsen würde. Der Graf hörte Galads heiseres Lachen bis hinauf zur Schießscharte.

Männer und Frauen aus Ottos Gefolgschaft, die zusammen mit dem Grafenpaar die Messe feiern wollten, standen um die Kämpfenden herum und klatschten Beifall.

»Ich fühle manchmal wieder diesen alten Hass und Zorn in mir, den ich fast vergessen hatte«, flüsterte Otto. »Das ist auch der Grund für meine Albträume, glaube ich.«

»Du weißt doch, dass Hass ein schlechter Ratgeber ist«, wandte Irmingard energisch ein. »Besonders jetzt, nach dem Tod des Kaisers, müssen wir einen kühlen Kopf bewahren. Wer weiß, was die Zukunft uns bringt? Und außerdem ist es nicht wirklich Hass, den du gegen Galad hegst. Es ist mehr ein tiefer Groll, weil du bisher vergeblich versucht hast, ihn zu einem besseren Menschen zu machen.«

»Ganz gleich, wie du es nennst, und ob es Hass ist oder nicht«, erwiderte der Graf, »ich wünschte, ich könnte mich ein für alle Mal davon befreien.« Otto ballte die Fäuste.

»Es wäre besser gewesen, wenn du ihn gleich am Anfang zusammen mit seiner Mutter fortgeschickt hättest«, erwiderte Irmingard mit einem Gran Bitterkeit in der Stimme. »So sitzt sie noch immer dort oben in ihrem Witwenturm wie eine alte Spinne und lauert auf die Menschen, auf die sie hinabschaut. Und wenn sie seit dem Tod deines Vaters den Turm niemals wieder verlassen hat, dann ist das keine Erleichterung, sondern die alte Syrerin wird dadurch nur noch unheimlicher.«

Ihre Stimme klang gereizt. Mit einem Mal hatte sie Angst davor, dass die Schatten über ihrer Ehe, die sich völlig verzogen zu haben schienen, wiederkehrten. Wie viele nächtliche Gespräche, wie viele traute Unterredungen bei Spaziergängen im gräflichen

Wald oder an den Ufern des Rheins hatten sie geführt? Wie viel Verdruss und Ärger hatte es gebracht, ehe Otto die Kränkung verwunden hatte, dass sein Vater aus blindwütiger Liebe zu Zafirah deren Sohn Galad vorzog und mit Liebe überhäufte.

»Ich will nicht, dass wir von neuem immer und immer wieder über Galad und seine Mutter reden müssen. Du hast mir versichert, dass das alles inzwischen erledigt ist. Gilt diese Versicherung jetzt nicht mehr?«

Otto atmete tief durch und schlang dann die Arme um seine Frau. »Natürlich gilt sie noch! Nur manchmal … manchmal schmerzen diese bösen alten Wunden unversehens wieder.«

»Kannst du es nicht verstehen, dass ich es mit der Angst zu tun bekomme, wenn du wieder von deinem Hass redest?« Irmingard ballte energisch die Fäuste. »Galad ist es nicht wert, dass man ein so großes Gefühl wie Hass an ihn verschwendet.«

Der helle Klang der Glocke St. Peter drang zu ihnen aus dem Turm der Burgkapelle herüber. Es hieß, dass schon der heilige Bonifatius vor vierhundert Jahren mit ihrem Klang die Gläubigen zur Messe gerufen habe.

Das Grafenpaar erreichte die Pforte zum Innenhof. »Wir sollten jetzt den Abt und unsere Ritter nicht mehr länger warten lassen!«, sagte Irmingard.

Die beiden traten ins Freie. Plötzlich war eine kämpferische Unruhe wahrzunehmen, die Stimmen waren lauter, die Bewegungen der Kämpfenden schneller geworden. Der eben aus der Höhe beobachtete, harmlose Schaukampf hatte sich binnen Augenblicken bei zweien der Kämpfenden zu einem ernsthaften Streit entwickelt. Und wenn die Waffen auch aus Holz und stumpf waren – reine Übungswaffen –, so droschen Brunswic und Hermann, der eine Galads und der andere Ottos Knappe, doch mit gefährlicher Wildheit aufeinander los. Hermann, der weitaus Jüngere der beiden, war dem einen guten Kopf größeren Brunswic in keiner Weise gewachsen.

Sofort ging Graf Otto dazwischen. »Welcher Teufel ist nur in euch gefahren? Heute ist das heilige Pfingstfest. Wisst ihr nicht, dass an einem solchen Tag Frieden geboten ist?«

Galad gesellte sich lachend an Ottos Seite. »Bruder, lass ihnen doch ihren Spaß!«

Ottos Miene verfinsterte sich. »Einen Spaß nennst du das, wenn sich zwei ungezogene Knappen vor der heiligen Messe wie Kesselflicker verdreschen? Sollen sie sich so in Ritterlichkeit üben?«

Galad zuckte gleichgültig mit den Schultern. Es war ihm anzusehen, dass die Worte seines Halbbruders ihn nicht einmal erreichten. »Brunswic, du elender Holzschwertkämpfer!«, rief er in einem Tonfall, der deutlich machte, wie lächerlich er die Einwände seines Halbbruders Otto fand. »Stehe nicht müßig herum, sondern lass endlich dieses alberne Schwert verschwinden!«

»Wie Ihr befehlt, Herr«, erwiderte der Angesprochene grinsend und verbeugte sich vor Galad.

Kleinlaut meldete sich Ottos Knappe zu Wort. »Es tut mir Leid, Herr.« Hermann hatte offenbar von Brunswic einen Schlag ins Gesicht abbekommen; jedenfalls blutete er ein wenig aus dem Mundwinkel. »Ich bin schuld. Ich habe angefangen.« Der junge Selbrück trat mit gesenktem Kopf vor seinen Herrn. Er hielt ihm sein Übungsschwert mit beiden Händen entgegen. »Dieser Knappe Brunswic hat unsere Gräfin beleidigt.«

Brunswic lachte abfällig. »Was erzählt denn dieses Kind?«

Otto sah, wie in seinem Knappen die Wut schon wieder hochstieg, und fragte schnell: »Was hat Brunswic denn gesagt? Womit hat er die Gräfin beleidigt?«

Irmingard, die einige Schritte abseits bei Adelheid und Mathilda stand, fühlte sich außerordentlich unbehaglich, plötzlich in den Mittelpunkt dieses albernen Zanks zwischen zwei grünen Jungen gerückt zu sein. Ihr wäre es lieber gewesen, wenn ihr Gemahl die Sache kurz und bündig abgehandelt hätte, aber das entsprach nicht seinem Naturell und seinem ausgeprägten Gerechtigkeitssinn.

»Nun, antworte«, sagte der Graf. »Du kannst nicht einfach solche Behauptungen aufstellen, Hermann!«

»Augenblick!«, meldete sich Galad zu Wort. Seine Mundwinkel zuckten belustigt. »Vielleicht kann ich die Sache aufklären. Ich habe alles mitgehört und muss mich tausend Mal für meinen Knappen hier entschuldigen, denn er lobte die edle Gestalt der Gräfin und ihren großen Liebreiz.«

»Aber mit ganz anderen, hässlichen Worten«, sagte Hermann finster.

»Ich will dich bei Gott nicht zwingen, die hässlichen Worte zu wiederholen, die Brunswic gebraucht hat«, sagte Otto zu seinem Knappen. »Aber du hast die Ehre der Gräfin verteidigt, das glaube ich dir gern.« Der Graf wandte sich wieder an Galad. »Ich will, dass du zukünftig besser auf deinen Knappen Brunswic aufpasst!« Der Blick des Grafen richtete sich gebieterisch auf Brunswic. Dessen Grinsen erstarb, und er senkte den Blick. »Ich sehe, es ist besser, wenn ich dich noch nicht zum Ritter schlage. Ob ich das jemals tun werde, weiß ich noch nicht.«

Brunswic erstarrte.

In Galads Gesicht stand die Wut. »Du redest immer von Gerechtigkeit«, er sprach in einem leisen, bedrohlichen Ton, sodass nur Otto es hören konnte. »Weißt du, was deine Gerechtigkeit in Wahrheit ist? Sie ist nichts anderes als Selbstgerechtigkeit, mit der du … mit … mit …« Galad begann zu husten. Immer wenn er aufgeregt war, geriet er ins Stottern und hustete dann, um das Stottern damit zu überspielen.

»Muss ich dich immer wieder an deine Pflichten als mein Vasall erinnern? Hast du deinen Schwur vergessen?«, erwiderte Otto ebenso leise, sodass keiner der umstehenden Vasallen ihn verstehen konnte. »Wir haben dich zum Vogt gemacht, damit du die Leute beschützt und sie befriedest. Das ist dein Amt, Galad. Vergiss das nicht!«

»Dein Wunsch ist mir Befehl, Bruder.« Galad verneigte sich spöttisch. »Weißt du, Bruder«, fügte er hinzu, »manchmal glaube ich, dass du das alles wirklich ernst meinst.«

»Was bist du nur für ein Mensch?«, fragte Otto mit leerem, enttäuschtem Blick.

»Lass es gut sein, Bruder.« Galad legte Otto lässig eine Hand auf die Schulter. »Irgendwann wirst du vielleicht verstehen, was ich gemeint habe. Vielleicht schneller, als du selbst erwartest, jetzt wo dein Kaiser tot ist.«

Otto schüttelte ärgerlich und enttäuscht den Kopf und wandte sich von Galad ab. Seine Haltung straffte sich. Energisch schlug er auf den Knauf seines Schwerts und stieg dann auf den länglichen, aus Stein gehauenen Trog, aus dem sonst im Burghof die Pferde getränkt wurden.

»Hört zu, Ihr Herren und Vasallen. Gottes Wille ist es, das alte Hofrecht von Königsfeld zusammenzutragen und aufzuschreiben. Wir und der ehrwürdige Abt Hucbert von St. Suitbert wollen aufzeichnen und bezeugen lassen, was von alter Zeit her das Recht und die Pflichten der dortigen Hintersassen ist. Ich werde Euch alle zur Zeugenschaft herbeirufen« – Otto deutete in die Runde seiner Lehnsträger –, »wenn es gilt, dass dieses Hofrecht zu besiegeln ist.«

Rundum war zustimmendes Gemurmel zu vernehmen, denn überall hatte sich schon herumgesprochen, dass Vogt Galad ein unberechenbarer, habgieriger und gottloser Mann war, dessen Gefolgschaft keine Zucht kannte.

»Ich will dich morgen früh bei mir im Rittersaal sehen. Ich glaube, wir müssen einiges miteinander bereden«, sagte Otto zu seinem Halbbruder. »Das befehle ich dir als dein oberster Lehnsherr, Vogt Galad.«

Galad gab mit einem knappen Nicken seine Zustimmung

kund. Dann folgte er dem Grafenpaar, das die festlich geschmückte Burgkapelle betrat. Er tat gleichgültig dabei, so als wäre nichts geschehen. Aber alle, die Galads Charakter kannten, wussten, dass er diese Herabsetzung genauso wenig wie all die anderen Herabsetzungen vergessen würde, die er seit dem Tod des Vaters vermeintlich hatte erleiden müssen.

Früh am nächsten Morgen wartete Graf Otto nervös im Rittersaal auf seinen Halbbruder. Wie er diese unerfreulichen Auseinandersetzungen hasste! Aber er hatte Abt Hucbert versprochen, Galad zur Rede zu stellen, und ein solches Versprechen zu halten, das war für den Grafen Ehrensache.

Die Holzläden vor den großen Fenstern des Hammerstein'schen Rittersaals waren geöffnet, sodass das fahle Licht des beginnenden Tages ungehindert in die große Halle fluten konnte. Draußen in der Burg erwachte das Leben. Das unermüdliche Hämmern des Schmieds ertönte; für ihn gab es immer viel Arbeit auf Hammerstein. Der Geruch des pfingstlichen Festmahls stand noch im Raum. Für den Abend dieses Pfingstmontags hatte Graf Otto eine Versammlung aller seiner Vasallen in den Rittersaal einberufen. Er würde den Rittern und Ministerialen in aller Form den Tod des Kaisers Heinrich II. und damit auch des obersten Lehnsherren im Reich verkünden, wie es seine Pflicht als Graf der Reichsburg Hammerstein war.

Wie ein Gefangener ging Otto zwischen den schlanken Säulen auf und ab, die den Gewölbehimmel des Saals trugen. Vor dem großen Schachspiel blieb er einen Augenblick lang stehen. Die Figuren standen noch so wie am Vorabend, als der Graf nach dem Fest mit Ritter Herimot eine Partie ausgetragen hatte. Die Stellung war schwierig; so hatten sie zu später Stunde die Weiterführung des Spiels vertagt. Otto überlegte, welchen Zug er als Nächstes machen sollte, ob mit Königin, Turm oder Läufer, aber er konnte sich nicht konzentrieren.

Der Graf schüttelte den Kopf. Er wurde ungeduldig. Galad kannte man dafür, dass er andere Menschen gerne warten ließ. Aber seine Verspätung mochte auch einen anderen Grund haben. Sein Halbbruder hatte am vorangegangenen Abend, wie Otto vermutete, mit seinen Kumpanen gezecht und war spät in sein Bett gefallen, das sich schräg gegenüber im Obergeschoss des zweiten Haupthauses befand.

Diese Vermutung bestätigte sich wenige Augenblicke später. Otto hörte Schritte auf der Treppe, die vom Burghof herauf zum Rittersaal führte. Eine Zeit lang hielten die Schritte inne, so als müsste sich derjenige, der da kam, ausruhen. Dann ging er weiter, schleppend, unregelmäßig, bis Galad endlich in der Tür des Rittersaals stand.

Galad schwankte ein wenig, war aber offenbar bestens gelaunt. »Ich hoffe, dass du eine ebenso angenehme Nacht hattest wie ich, Bruder«, begrüßte Galad den Grafen mit vieldeutigem Unterton und trat neben ihn an das Schachspiel. »Ich konnte nie verstehen, wie sich erwachsene Männer vor ein Brett hocken und Figürchen umherschieben können«, sagte Galad verächtlich.

Otto war angewidert von der Kumpanei Galads, mit der er nichts zu tun haben wollte. Er bemühte sich, nicht schon wieder wütend zu werden. »Du weißt, warum ich dich sprechen will?«, fragte er ohne Umschweife.

Galad zuckte gleichgültig mit den Schultern. »Es gibt doch nichts, worüber wir nicht miteinander sprechen können«, sagte er beiläufig. »Unter Brüdern sollte man alles besprechen können.«

Otto schluckte seinen Widerwillen herunter. Wie sehr er es verabscheute, dass Galad immer wieder Betonung auf das Wort »Bruder« legte! »Dein Amt als Vogt von Königsfeld hat nichts damit zu tun, dass wir denselben Vater haben«, sagte Otto kühl. »Unser Amt ist uns von Gott verliehen worden, und das Gesetz Gottes steht über uns.« Doch im gleichen Augenblick war Otto klar, dass es völlig fruchtlos war, Galad an seiner Ehre zu packen oder auf seinen Glauben an die Macht Gottes zu hoffen: Er besaß weder Ehre, noch kümmerte ihn Gott.

Galad verzog das Gesicht. »Du predigst wie der Pfaffe in der Kirche«, sagte er abfällig. Dann deutete er in die Runde. »Schau dich um! Siehst du irgendwen? Wir sind unter uns! Zwischen uns beiden, da braucht es dieses hohle Geschwätz nicht.«

»Gottes Gesetz ist hohles Geschwätz?«, fragte Otto ungläubig. »Wenn du das wirklich denkst, dann kann ich gar nicht anders, als jede Klage ernst zu nehmen, die die Königsfelder gegen dich als ihren Vogt vorbringen.«

Galad spuckte aus. »Was bedeuten schon diese Bauerntölpel? Willst du wirklich, dass sich dieses Gelump zwischen uns stellt?«

»Ohne die Arbeit von diesen Leuten, die du Gelump nennst, hätten wir nichts zu essen«, entgegnete Otto mit kaum mehr zu unterdrückendem Ärger in der Stimme. »Oder willst du dein Korn zukünftig selber säen? Bist du wirklich so dumm, dass du das nicht verstehst?«

»Dumm?« Galad lachte schrill. »Hältst du es denn wirklich für klug, wenn du dir als Edelmann von einem Landulf auf der Nase herumtanzen lässt?« Galads aufgesetzte gute Laune war wie weggeblasen. »Glaube mir, das hat dieser Landulf nicht umsonst getan! Wenn du ihn nicht für seine Unbotmäßigkeit bestrafst, dann werde ich es tun!« Galad baute sich breitbeinig vor seinem Halbbruder auf. Otto war von dem Bierdunst angewidert, den er verströmte. »Und glaubst du denn ernsthaft, dass diese Bauern uns freiwillig geben, was wir von ihnen verlangen? Wir müssen sie in Angst halten, sonst verlieren wir eines Tages unsere Gewalt über sie.«

Einen Augenblick lang schwieg Otto. So wie Galad dachten viele Edelleute. Die Hintersassen in Angst und Schrecken zu versetzen, um sie umso leichter beherrschen zu können, erschien vielen seiner Standesgenossen als der leichtere Weg. Otto vertrat einen anderen Standpunkt. Für ihn waren die Hintersassen, die die Hufen beackerten und das Vieh züchteten, genauso Menschen, die eine göttliche Seele besaßen, wie die Lehnsherrn auch. Das hatte Otto in seinen langen Gesprächen mit seinem Lehrmeister Abt Hucbert erkannt, und es hatte sich tief in sein Herz eingebrannt. Daher war Otto überzeugt davon, dass die Bauern und Hintersassen auf den Lehnsgütern nur dann gute, beständige Arbeit ablieferten und die Versorgung des Landes sicherten, wenn man sie gerecht behandelte. Dazu gehörte es, die Traditionen und das althergebrachte Recht zu respektieren, nach denen sie lebten, die Grundlage allen Seins. Nur so war es möglich, das Wohl des Landes zu mehren; Galad und seine Genossen dagegen wollten es ausbluten. Die Verantwortung für die Menschen in der ihm anvertrauten Gemeinschaft – der *familia* der Grafschaft – drückte Otto manchmal so sehr, dass er keinen Schlaf fand. Er war sich stets bewusst, dass alle drei Stände seiner Grafschaft aufeinander angewiesen waren: die Bauern, um alle zu ernähren, die Ritter, um Land und Leute zu beschützen, und die Priester, die für das Seelenheil der Menschen zuständig waren. Galad hingegen vertrat einen dünkelhaften Ritterstand, für den nur Macht und Herrschaft zählten, ohne jede Pflicht und Verantwortung.

»Deine Meinung tut in diesem Fall gar nichts zur Sache, Galad«, sagte Otto nach einigen Augenblicken des Überlegens kühl. »Mich interessiert es nicht, ob du es für richtig oder falsch hältst, wie ich das Land regiere. Wichtig ist nur, dass du endlich verstehst, dass *ich* es regiere. Ich weiß, dir gefällt es nicht, dass *ich* Graf auf Hammerstein bin, aber es ist nun einmal so, und du solltest dich endlich in dieses Schicksal fügen!«

»Mich fügen?« Galad lachte schrill. Otto drehte sich weg, um den Ausdünstungen aus dem Mund seines Halbbruders auszuweichen. »Natürlich werde ich mich fügen, das weißt du doch, mein lieber Bruder. Du bist mein Lehnsherr, wie könnte ich es wagen, mich gegen dich aufzulehnen?« Der ironische Unterton in

Galads Stimme hatte eine Färbung angenommen, die unbestimmt gefährlich klang. Otto spürte, dass er sich in Zukunft vor seinem Halbbruder noch mehr in Acht nehmen musste als bisher.

»Dann schwöre mir auf der Stelle beim Leben deiner Mutter, dass du dich an das Hofrecht halten wirst, das wir für Königsfeld aufstellen.«

»Langsam, langsam«, wiegelte Galad ab. »Warum besteht du auf einem Schwur, wenn keine Zeugen dabei sind? Was ist ein solcher Schwur wert?«

»Ein Schwur verpflichtet dich selbst gegenüber Gott«, erwiderte Otto mit Bitterkeit in der Stimme. »Ein Schwur ist ein Schwur, ganz gleich, wie viele Zeugen dabei sind.«

»Verschon mich endlich mit deinem frommen Getue«, stieß Galad ganz ohne jedes Stottern hervor. »Ich kann es nicht mehr ertragen, dass du dich über uns alle erhebst und so tust, als wärest du ein Heiliger, hörst du?« Seine Stimme wurde immer schriller und lauter, und drohte die Kontrolle über seine Worte zu verlieren.

»Mäßige dich«, sagte Otto mit erschrockener Stimme. »Vergiss nicht, mit wem du sprichst!«

Wieder lachte Galad verächtlich. »Du versteckst dich hinter deinem Amt, Otto, merkst du das nicht? Ohne dein Amt wärst du nichts! Du kannst nicht regieren, weil du Angst davor hast, Gewalt anzuwenden! Weißt du denn nicht, dass dich alle in Wirklichkeit für einen Hasenfuß halten?«

»Du bist wahrhaftig von bösen Dämonen besessen! Ich lasse dich in Ketten legen!« Die Fassungslosigkeit ob dieser unglaublichen Beleidigungen stand dem Grafen ins Gesicht geschrieben.

Galad schien keineswegs beeindruckt zu sein. »Dazu fehlt dir der Mumm!«, höhnte er. »Aber lass es gut sein.« Er senkte die Stimme. »Vergiss am besten, was ich gesagt habe.« Er versuchte sich offenbar zusammenzunehmen. »Du weißt doch, das Bier …«

»Ich warne dich ein letztes Mal«, stieß Otto hervor. Er spürte plötzlich den tiefen Wunsch, sein Schwert zu ziehen und dem Zwist mit Galad ein für alle Mal ein blutiges Ende zu bereiten.

Galad hatte bemerkt, wie sich Ottos Hand zum Schwertknauf bewegt hatte. »Tu es doch!«, rief er. »Ich warte nur darauf.« Auch seine Hand fuhr zum Schwert, und er nahm Kampfeshaltung an. »Aber wenn wir es hinter uns bringen, dann draußen im Burghof, wo alle uns zusehen können.«

»Du bist völlig verrückt!«, sagte Otto schwer atmend. »Du bist gefährlich, Galad! Ich schwöre dir, du hast nur noch diese eine letzte Chance, dich zu bewähren.«

»Schwöre nicht leichtfertig, Bruder«, lachte Galad. »Wenn du nicht weißt, ob du deinen Schwur auch halten kannst.«

6. Kapitel

Draußen vor den großen Fenstern des Hammersteiner Rittersaals fiel dünner Regen. Das Land war grau vor Trauer um den toten Kaiser Heinrich. Die Kerzen in der Halle und auf den großen Kronleuchtern brannten matt. Es schien kein Licht strahlen zu wollen an diesem Trauertag.

Burgkaplan Kilian ging hinüber zum Altar, der in einer kleinen Chornische der Halle aufgestellt und mit riesigen Sträußen von Frühlingsblumen geschmückt war. Er entzündete drei Kerzen für die Dreifaltigkeit, damit sie die Seele des Kaisers in ihr Erbarmen aufnehmen möge.

Der Rittersaal war größer und prächtiger als die Säle der meisten anderen Burgen am Rhein, ein ehrwürdiger Saal, der schon viele Kaiser und Könige gesehen hatte. Genau in der Mitte des Saals stand – viele Ellen lang – die mächtige Tafel der Grafen von Hammerstein, ein Meisterstück Kölnischer Handwerkskunst. Aber nur die edelsten der Vasallen fanden an der nur mit Brot und Wein gedeckten Tafel Platz. Die übrigen Gäste mussten stehen. Unter ihnen befand sich auch Domherr Torquato.

Ein gemalter Sternenhimmel überwölbte den großen Rittersaal der Burg Hammerstein. Die vergoldeten Sternbilder auf dunkelblauem Hintergrund entsprachen dem Bild, das in der Nacht der Sommersonnenwende am Himmel zu sehen war. Aus dem Himmel hingen an schwarzen Ketten drei große, ebenfalls vergoldete, kreisrunde Leuchter, deren Reif wie eine Burg verziert war. Jeweils Dutzende Kerzen brannten darauf.

Otto von Hammerstein schaute betrübt in die Runde seiner

Lehnsträger, Vasallen, Ministerialen und Amtsträger. Er kam sich ein wenig verloren vor, so als wäre sein Vater ein zweites Mal aus der Welt gegangen und hätte ihn erneut allein zurückgelassen. Überall im Reich gab es in diesen traurigen Tagen die Toten- und Gedenkfeiern für den dahingegangenen großen Kaiser. Viele nannten Kaiser Heinrich einen heiligen Mann. Neben der Trauer hatte sich zugleich eine große Unruhe in den Reihen der Vasallen ausgebreitet. Der Tod des Kaisers erschütterte das Fundament der göttlichen Ordnung, und rheinauf-, rheinabwärts gingen Gerüchte um von finsteren, Unheil verkündenden Zeichen, die das Dahinscheiden des großen Herrschers begleiteten. Wenn der Kaiser starb, wenn das Reich für die Zeit bis zur Krönung eines neuen Königs ohne Regierung war, geriet vieles in Bewegung, wurden alte Rechnungen beglichen und neue aufgemacht.

Als Graf Otto sich erhob, legte sich die Unruhe im Saal. Die Glocken der Hammersteiner Kirche St. Laurentius wurden seit dem Morgen geläutet und klangen dumpf aus dem Rheintal herauf. Der schwere Klang der Glocken begleitete im ganzen Reich die Seele des toten Kaisers ins himmlische Jerusalem. »Kaiser Heinrich war nicht nur mein oberster Lehnsherr, aus dessen Händen ich meine Grafschaft empfangen habe und dem ich den Treueid geschworen und Mannschaft geleistet habe, nein, Ihr wisst, er war auch mein Freund«, sagte Otto leise, mit bewegter Stimme. »Ich habe seine Freundschaft sehr geschätzt. Man konnte sich auf ihn verlassen. Heinrich war ein nüchterner, wirklichkeitsnaher Mann, der nicht nur wusste, was er wollte, sondern das auch durchzusetzen vermochte.«

In der Runde nickten zahlreiche der Vasallen. Etliche Male war ihr Lehnsherr auf Hammerstein Gastgeber des Königs und späteren Kaisers mit seinem Tross gewesen. Erst kürzlich hatte Graf Otto den Kaiser für einen kurzen Aufenthalt auf seinem Weg zur Pfalz Gronde begrüßen können, ein paar Stunden der Wiedersehensfreude zwischen Freunden, die beide den gleichen Ehrbegriff und ähnliche Vorstellungen von der Welt hatten.

»Lasst uns nun einen letzten Schluck im Angedenken an den toten Kaiser trinken«, sagte der Graf bedächtig, fast leise. Er hob den goldenen Prunkbecher, der in Byzanz angefertigt worden war und nur bei feierlichen Anlässen wie diesem aus der Schatzkammer geholt wurde. Schweigend tranken die Versammelten. »Lasst uns sein Andenken bewahren auf alle Zeit! Keiner von uns, aber auch keiner unserer Nachfahren soll jemals vergessen, was Kaiser Heinrich für das Reich getan hat!«

Otto machte ein Kreuzzeichen und setzte sich dann auf seinen leicht erhöhten Stuhl in der Mitte des breiten Grafentischs zwischen Gräfin Irmingard und Nuradin, dem braunhäutigen Kastellan. Der Wandteppich dahinter war mit Goldfäden durchwirkt und zeigte die Verwüstung Trojas.

Der Mönchschor unter Leitung des ehrwürdigen Bruders Kilian stimmte auf der hölzernen, mit prächtigen Stoffbahnen verkleideten Empore des Rittersaals einen Trauerhymnus an. Irmingard lauschte dem Gesang – sie kümmerte sich nicht sonderlich um die große Politik, das war Männersache –, während die Runde begann, über die Irrungen und Wirrungen der bevorstehenden Königswahl zu disputieren. Schon bald wurde der Gesang der Mönche übertönt.

»Wir müssen jetzt trotz unserer Trauer nach vorn schauen«, sagte Ritter Landbrecht. Der gut aussehende Vizegraf war in den besten Mannesjahren und ein einflussreicher Vasall im Gefolge des Grafen. »Wer wird also König im Heiligen Römischen Reich? Vieles wird davon abhängen. Kaiser Heinrich II. hat, so heißt es, keinen Nachfolger designiert.«

»Die nächsten Blutsverwandten sind Konrad der Jüngere aus dem Wormsgau und sein Onkel Konrad von Speyer«, warf Ritter Luitpold ein, der aus Bayern stammte und von Otto erst kürzlich eine stattliche Herrschaft als Lehen im Wiedtal erhalten hatte.

Dass Ritter Luitpold gerne aß und trank, sah man am Umfang seines Leibes. »Aber wer weiß es? Vielleicht entscheiden unsere hohen Herren auch ganz etwas anderes«, fügte er herablassend hinzu. »Kandidaten vom Kaliber eines Konrad des Jüngeren oder eines Konrad des Älteren gibt es im Reich zuhauf!«

Nuradin, der nicht nur Kastellan auf Burg Hammerstein war, sondern auch der Freund Ottos, kraulte sich den Bart und schaute Luitpold skeptisch an. Dem stets verschlossenen und gewöhnlich wortkargen Mauren von kräftigem Wuchs misstrauten viele unter den Höflingen und Rittern. Um seine geheimnisvolle Herkunft aus den hispanischen Maurenlanden, von wo es ihn durch allerlei verwinkelte Schicksale an den Rhein verschlagen hatte, rankten sich zahlreiche Gerüchte.

Otto hatte Nuradin in Aquitanien kennen gelernt, in der Zeit, als Graf Ottos Vater Heribert noch lebte und Otto als junger Ritter fern der Heimat im Dienste des aquitanischen Herzogs kämpfte.

Otto ergriff das Wort. »Auch wenn Ihr meint, dass es viele andere gibt, die den beiden Konraden gleichen, Herr Luitpold, so habt Ihr dabei eines vergessen: In ihrer beider Adern fließt königliches Blut, das Blut des großen Otto und das Blut von Heinrich, um den wir trauern. Kurköln jedenfalls will Cuonradus Dux, Konrad den Jüngeren, so viel ist sicher. Alle, die ihn kennen, schätzen seinen ritterlichen Charakter.« Niemand in der Runde verwunderte es, dass Otto für Konrad den Jüngeren Partei ergriff, war doch die Freundschaft des Grafen mit Erzbischof Pilgrim von Köln jedermann bekannt.

»Kurmainz bevorzugt Konrad den Älteren«, warf Ritter Landbrecht ein, dem man gute Verbindungen zu Erzbischof Aribo nachsagte. »Und niemand wird anzweifeln, dass auch er ein würdiger Thronanwärter ist.«

»Ritter Landbrecht, das streite ich tatsächlich gar nicht ab. Eins aber scheint ihr außer Acht zu lassen«, erwiderte Graf Otto lebhaft. »Der jüngere Konrad hat weitläufigen Besitz in Bayern, in

Sachsen und in Böhmen, und sogar ein paar Herrenhöfe in Niederlothringen. Er ist ein mächtiger Lehnsherr, und sein Wort hat Gewicht im Reich. Und nur dann kann ein König das Reich unabhängig und mit fester Hand regieren, wenn er selbst über Grund und zahlreiche Vasallen verfügt. Wer Konrad den Älteren will, der ist für einen schwachen König ohne viel eigenes Gut, Landbrecht. Ist es das, was Ihr wollt? Ist es das, was Erzbischof Aribo von Mainz will?«

Irmingard war von neuem mit Stolz erfüllt auf ihren Gemahl, auf seinen geradlinigen Charakter, die Stärke, Ruhe und Kraft, die seine Stimme trugen. Nicht was er sagte, sondern wie er es sagte, ließ ihr noch immer wohlige Schauder über die Haut laufen.

Ottos Stimme berührte ihr Herz, so wie sie es bei keinem anderen Mann zuvor erlebt hatte. Wenn sie seine Stimme hörte, dann fühlte sie sich geborgen und sicher. Nichts auf dieser Welt schien ihr dann schaden zu können. Sie hatte das Gefühl, dass sie Otto liebte wie am ersten Tag. Sie empfand diese Zuneigung, weil er anders war als die meisten Männer, die sie kennen gelernt hatte: Otto ließ sie den Albtraum ihrer kurzen und beschämenden Ehe mit Vogt Wigerich vergessen. Störrisch, stolz und abweisend, geradezu kratzbürstig gegenüber allen Männern war sie seitdem gewesen, und man hatte sich auf der Burg ihres Onkels Graf Sebald schon damit abgefunden, dass sie entweder als eine alte Jungfer enden oder eine Nonne werden würde.

»Bei allem, was wir bisher über die Königswahl gehört haben, darf man eines nicht vergessen: Und das ist Plektrudis, die Gemahlin von Konrad dem Jüngeren, für den sich Euer Kölner Erzbischof so erwärmt.« Irmingard schrak aus ihren verliebten Träumereien hoch. Denn es war Domherr Torquato, der sich mit schneidender Stimme zu Wort gemeldet hatte. Gleichzeitig warf der Mainzer Domherr die große Kapuze zurück, die seinen kahlen Schädel verhüllte. Es war das erste Mal, dass Irmingard das Gesicht Torquatos ohne den Schatten der Kapuze sah. Sie erschrak. Der Domherr war älter, als sie geglaubt hatte. Er hatte dunkle Schatten unter den Augen, und da er kaum Brauen hatte, wirkten sie hohl und leblos.

Augenblicklich war Stille im Rittersaal. Eine angespannte Stimmung lag über der Versammlung. Nur das Knistern des Feuers war zu vernehmen. Jetzt erst bemerkte Irmingard, dass Torquato sie mit seinem glühenden Blick fixierte. Ein kalter Schauder lief ihr über den Rücken. Sie fürchtete sich vor diesem Mann.

»Wieso bringt Ihr die Gemahlin des jüngeren Konrad ins Spiel?«, fragte Graf Otto unsicher. Nicht nur er und Irmingard waren von der Erwähnung der Gemahlin Konrads überrascht, sondern auch den Vasallen in der Trauerrunde, selbst Ritter Landbrecht und Vogt Galad, stand die Überraschung ins Gesicht geschrieben.

Irmingard kannte die edle Plektrudis von einer flüchtigen Begegnung auf einem großen Hoftag in Bamberg. Plektrudis war fast im gleichen Alter wie Irmingard, und auch dass sie jung verwitwet waren, hatten die beiden gemeinsam. Plektrudis und Cuonradus Dux – ihr zweiter Gemahl – waren ein glückliches Paar, das sah jeder. Beide waren leutselig, geschickt im Umgang mit ihren Vasallen, und dennoch hart und konsequent, wenn es um die Durchsetzung des Rechts ging. Ein wenig erinnerte die Ehe der beiden sie an ihre eigene Ehe mit Otto.

»Was wollt Ihr mit Eurer Bemerkung andeuten?«, fragte Otto noch einmal verärgert. »Was hat die Königswahl um Herrgotts willen mit der Herrin Plektrudis zu tun? Ich kenne Plektrudis als schön, fein, gebildet und geistreich, und sie ist von edelster Abstammung. Was gibt es an ihr auszusetzen?«

»Sie mag so schön und gebildet und geistreich sein, wie sie will«, erwiderte Torquato herablassend. »Dennoch haftet ihr ein Makel an.«

Zorniges Gemurmel und einzelne verärgerte Ausrufe aus den Reihen der Vasallen erhoben sich. Einem Mainzer Domherrn stand es sicherlich nicht zu, die edle Dame eines großen Herrn zu beleidigen.

»Warum hat wohl Kaiser Heinrich ihr nach dem Tod ihres ersten Gemahls die Vormundschaft über den gemeinsamen Sohn entzogen?« Der Domherr blieb hartnäckig.

»Konrad und sie haben sich vermählt, ohne die Erlaubnis des Kaisers eingeholt zu haben«, erklärte Otto beschwichtigend. »Das war es, was Kaiser Heinrich erzürnt hat.« Er nahm Irmingards Hand und legte sie auf seine. Die Gräfin erschrak, wie kalt seine Finger waren. Trotz aller gespielten Gleichgültigkeit war Otto innerlich gespannt und erregt, obwohl sie nicht genau wusste, warum das so war.

»Doch aus welchem Grund haben Cuonradus Dux und Plektrudis den Kaiser nicht um Erlaubnis für ihre Vermählung gefragt?« Torquato blickte triumphierend in die Runde. »Ich will es Euch sagen«, fuhr Torquato fort. »Wegen des Verwandtschaftsgrads zwischen der Herrin Plektrudis und Graf Cuonradus Dux: Das unverbrüchliche Recht der Heiligen Kirche verbietet es, dass Verwandte des siebten Grads heiraten.«

Irmingard spürte, wie sich ihre Nackenhaare aufstellten. Alle in der Runde wussten, dass auch sie selbst im siebten Grad mit Graf Otto verwandt war. Schon bereute sie es, dem Domherren auf dem Hammersteiner Markt widersprochen und ihn damit herabgesetzt zu haben. Jetzt war ihr auch die große Anspannung ihres Mannes erklärlich.

»Was wollt Ihr eigentlich mit all Eurem Gerede andeuten?«, fragte Graf Otto ärgerlich.

»Ich will gar nichts andeuten, Graf«, erwiderte der Domherr kalt. Irmingard hatte das Gefühl, dass dieser undurchsichtige Mann keine Angst kannte. »Nur eines ist gewiss: Gott wird nicht zulassen, dass sich ein Mann als gesalbter Herrscher auf den Thron des Heiligen Reiches setzt, der unrechtmäßig verheiratet ist.«

Im gleichen Augenblick zerplatzte im Kamin eine heiße Harzblase mit einem vernehmlichen Knall; Funken stieben in die Höhe, suchten sich den Weg durch den Rauchabzug, verirrten sich als Sternschnuppen vor den goldenen Sternen am Himmel des Hammersteiner Rittersaals, um dann auf dem Steinboden vor der Feuerstelle zu verglühen.

»Will denn irgendeiner hier im Saal behaupten, er wisse nicht, dass es eine Todsünde ist, wenn ein Mann eine Frau heiratet, die seines eigenen Blutes ist?«, fragte der Domherr herausfordernd in die eisige Stille des Rittersaals. »Nun gibt es in unserem Reich so manchen Diener Gottes, der im kirchlichen Kanon und seiner Auslegung nachlässig ist oder nicht so bewandert, wie er es sein sollte.«

Torquato bemerkte Graf Ottos zorniges Gesicht. Er machte eine lässig beschwichtigende Handbewegung, die geradezu hochnäsig und herablassend wirkte. Irmingard sah, dass die Hand von Ritter Nuradin zum Schwertknauf zuckte. Sie drehte nervös an ihrem Siegelring. Vogt Galad folgte dem Spektakel mit sichtlichem Interesse. Nichts freute ihn mehr, als wenn dem Grafenpaar etwas schadete, das wusste jeder hier. Aber Galad war so vorsichtig, seine Schadenfreude möglichst nicht offen zu zeigen. Adelheid, die neben Irmingard saß, legte eine Hand auf den Arm ihrer Freundin.

»Kommt endlich zur Sache!«, forderte jetzt Ritter Landbrecht.

»Ganz gewiss, Herr, ganz gewiss.« Der Domherr machte eine rhetorische Pause. »Ihr und Eure Gemahlin«, fuhr er fort, und es klang wie ein endgültiges Urteil, »Ihr seid mit dem gleichen Makel behaftet wie Cuonradus Dux und Plektrudis: Auch Ihr seid Verwandte siebten Grades.«

Irmingard starrte das hohlwangige Gesicht des Domherren mit den dunklen, tiefliegenden und unterschatteten Augen an, und plötzlich kam ihr der glatzköpfige Schädel wie ein Totenkopf vor. Graf Otto hatte Mühe, die Erregung und Empörung seiner Vasallen zu beschwichtigen und wieder Ruhe im Rittersaal herzustellen. »Wenn man alle adligen Ehen anzweifeln wollte, bei denen es gemeinsame Urgroßeltern gibt, dann wäre der Adel längst ausgestorben«, erwiderte er spöttisch. Aber Irmingard wusste nur zu gut, dass sein Spott nur der Versuch war, seine Verunsicherung zu überspielen.

Die Versammlung brach in Gelächter aus, und es gab beipflichtende Zurufe. Ritter Nuradin machte ein zufriedenes Gesicht, aber das Spiel war noch nicht zu Ende. Domherr Torquato war kein leichter Gegner, den man ohne Umstände aus dem Feld schlagen konnte.

»Nach dem kanonischen Recht der Heiligen Kirche ist die Ehe erst vom achten Verwandtschaftsgrad an erlaubt«, sagte der Domherr mit schneidender Stimme. »So war es, so ist es, und so wird es sein. Und Ausnahmen kann ausschließlich der Heilige Vater in Rom gewähren. So ist es der Wille Gottes. Aber nun werdet Ihr fragen, was ist schon der Unterschied zwischen dem siebten und dem achten Verwandtschaftsgrad?«

Seine Stimme klang jetzt bedrohlich, wie die eines Richters, der hoch oben über allen schwebt und dessen Spruch über Leben und Tod entscheidet.

Irmingard sah, wie sich in den Augen des Domherren die Flammen der Feuerstelle widerspiegelten. Das Phänomen rief den unheimlichen Eindruck hervor, als starrten böswillige Dämonen aus diesen Augen. Im Rittersaal war es so still, dass man das leise Knurren von Saba vernehmen konnte. Der Schoßhund hatte sich zu Adelheid unter den Tisch verkrochen.

So als hätte es irgendeine verborgene Bedeutung, zog der Domherr die Kapuze seiner Mönchskutte wieder über den Schädel.

»Ich will es Euch sagen«, fuhr Torquato fort, nachdem er seine Redepause lange genug hatte wirken lassen. »Es ist der Unterschied zwischen Himmel und Hölle. Es ist der Unterschied zwischen Erlösung und ewiger Verdammnis.«

7. Kapitel

Theresa fühlte sich nicht wohl. Der Streit mit Thietmar, ihrem Bruder, lag ihr noch immer im Magen. Sie stieg langsam, ganz langsam den Hang hinab, schloss die Augen und sprach die Beschwörungsformeln für die Geister des tiefen Waldes, so wie sie es von ihrer Mutter gelernt hatte: »Baum ist Sonne, Sonne ist Regen, Regen ist Geist.«

Das Gewitter war zwar vorübergezogen, aber noch immer fielen dicke Tropfen von den Blättern der Bäume. Der Waldboden unter den dünnen Ledersohlen ihrer Bundschuhe war nass und kühl. Landulf würde sie jetzt ermahnen aufzupassen, sich nicht zu erkälten. Unter ihren Füßen knackte ein knochendünnes Ästchen.

»Wenn die Seele wie ein Vogel ist, dann sind deine Gefühle die Flügel«, fuhr sie fort und formte dabei die Worte wie zu einer Melodie. Nur hier in der menschenleeren Freiheit des gräflichen Wildbanns konnte sie sich wirklich auf sich selbst und ihre mit den Jahren verblassenden Erinnerungen an Adessa besinnen, von der sie die Segenssprüche und Beschwörungen gelernt hatte, die Landulf als heidnisch brandmarkte.

Wenn nur Thietmar nicht so dickköpfig wäre!

Dabei hatte alles wie immer ganz harmlos angefangen. Thietmar konnte, wenn er wollte, manchmal auch freundlich sein, aber mit zunehmendem Alter und besonders seit seine ersten Barthaare sprossen, wurde er immer ernster und grüblerischer. Seit einiger Zeit hatte Resa das Gefühl, dass seine Düsternis und seine unterschwellige Menschenverachtung immer mehr sein ganzes Wesen prägten.

Eine andere Eigenschaft des Bruders brachte Resa genauso regelmäßig zur Weißglut, und so war es auch an diesem schönen Sommermorgen gewesen: Thietmar ließ keine Gelegenheit aus, ihr zu zeigen, wie unzulänglich und dumm sie war. Er war halsstarrig, arrogant und besserwisserisch, und wenn er nicht ihr Bruder gewesen wäre, hätte sie ihn vermutlich gehasst.

Sie hielt sich selber gar nicht für dumm, im Gegenteil. Manchmal erschrak sie sogar selbst über die Tiefe ihrer Gedanken, und dann war sie tagelang oft so schweigsam, dass selbst ihr Ziehvater Landulf, der Schultheiß von Königsfeld, es bemerkte und sie fragte, ob ihr etwas fehle. Landulf konnte einfach nicht verstehen, dass sich Theresa, ein dreizehnjähriges Mädchen, über irgendetwas anderes Gedanken machte als übers Heiraten und Kinderkriegen.

Wenn Landulf Adessa gekannt hätte, vielleicht würde er dann verstehen, warum sie trotz seines vielfach ausgesprochenen Verbots im Wildbann des Grafen von Hammerstein herumstromerte. Aber Landulf hatte sich immer geweigert, mit der Schwester seiner eigenen Gemahlin Umgang zu pflegen, selbst zum Schluss, als klar war, dass sie nicht mehr lange leben würde. Resa hatte lange gebraucht, um Landulf diese Ablehnung ihrer Mutter zu verzeihen.

Thietmar dagegen wusste seine Gefühle stets hinter einer Maske von kalter Sanftheit und hochfahrender Demut zu verstecken. So gut wie niemals hatte Landulf bisher Anlass gehabt, ihn zu tadeln, im Gegenteil: Er wurde den jungen Leuten in Königsfeld als Vorbild und als möglicher Nachfolger im Schultheißenamt hingestellt, ein gefestigter und verantwortungsbewusster Mensch, ganz im Gegensatz zu Resa, seiner kleinen Schwester. Resa schlug ganz nach ihrer Mutter Adessa, der Kräuterhexe, die mit den Winden gesprochen hatte.

Sie schaute sich um.

Nein … das war nicht das schöne Tal, das sie von früher kannte und das sie bei sich selbst das »Tal der Feen« nannte. Sie seufzte, versuchte, sich des Wegs zu erinnern, den sie quer durch den Harterscheid'schen Wald bis hierher gegangen war, aber es gelang ihr nicht. Viel zu sehr war sie mit sich selbst beschäftigt gewesen, hatte nicht auf die Wege, Bäume, Hügel, Felsen geachtet, war einfach immer weiter gelaufen. Noch immer fehlte ihr die Kraft, sich Gedanken über die Rückkehr in ihr Dorf zu machen oder sich zu sorgen, dass der Abend nicht mehr fern war und es sicherlich einige Stunden dauern würde, um nach Hause zu kommen, selbst wenn sie sich nicht noch einmal verlief.

Wenn Landulf erfahren würde, dass sie das gräfliche Verbot von neuem missachtet hatte, dann würde sie ihm schon wieder einen Grund für einen schweren Tadel liefern und wahrscheinlich auch für eine deftige Tracht Prügel. Und wie sie Landulf kannte, würde sie beides auch erhalten. Schon von Kindesbeinen an wurden die Bewohner des Dorfs angehalten, niemals den Wildbann des Grafen zu verletzen, und die Kinder wurden einmal im Sommer an die Grenze des Banns geführt, wo sie eine deftige Maulschelle erhielten, damit sie sich immer an den Grenzverlauf erinnerten.

Und das alles hatte Resa vergessen, nur weil sie sich wieder einmal über Thietmar und seinen als Bescheidenheit getarnten Hochmut geärgert hatte!

Sie hockte sich müde nieder. Ein Blick hinauf in den Himmel mit seinen tiefhängenden Gewitterwolken erinnerte sie daran, dass der Abend tatsächlich nicht mehr sehr lange auf sich warten lassen würde.

Sie strich sich eine Strähne ihres langen, beinahe bis zur Taille reichenden erdbraunen Haars aus dem Gesicht. Ihre Zunge fühlte sich pelzig an. Sie hatte nicht wirklich Angst, sich verlaufen zu haben, und überhaupt hatte sie nicht die geringste Lust, ins Dorf zurückzukehren, um sich Landulfs Predigten anzuhören. Und die Spitzen ihres Bruders.

Nur das nicht!

Sie erschauderte bei der Vorstellung, ein Leben lang unter Thietmars Herrschsucht leiden zu müssen. Früher oder später würde er von Landulf die Vormundschaft über seine Schwester erlangen, und dann würde sie nichts mehr zu lachen haben. Da würden ihr alle Zaubersprüche der Mutter nicht weiterhelfen.

Sie spürte, wie die Kühle des beginnenden Abends an ihren Beinen heraufkroch. Sie schaute sich um, umschlang den Oberkörper mit den Armen, und noch immer war es ungewohnt, beinahe beängstigend wie bei einer Krankheit, dass sie dabei die Erhebung der kleinen Brüste spürte – Zeichen dafür, dass sie bald Frau sein und das Monatsblut an die Erde zurückgeben würde. Wenn sie gekonnt hätte, hätte sie diese Entwicklung rückgängig gemacht; sie wollte keine Frau werden, denn das war der erste Schritt auf dem Weg, so alt und schrumpelig zu werden wie Landulfs Gemahlin, wie Hebamme Berthilda oder die alte Bienenzüchterin Sclara, welche die Kinder im Dorf mit ihren geheimnisvollen Zaubersprüchen gern in Angst und Schrecken versetzte. Manchmal sah es wirklich so aus, als gäbe es im ganzen Dorf nur alte und vertrocknete Weiber …

Resa biss sich auf die Unterlippe.

Sie spürte, dass ihre Stirn heiß war. War das schon die Strafe dafür, dass es ihr an Ehrfurcht mangelte? Thietmar würde jetzt altklug sagen, die Schönheit des Menschen habe nichts mit der vergänglichen äußeren Hülle zu tun, sondern mit der Tiefe des christlichen Glaubens. Sollte er doch Mönch werden mit seinem frommen Gerede, mit dem er ihr und allen anderen Kindern im Dorf auf die Nerven ging!

Resa fror ein wenig, obwohl es eigentlich nicht kalt war. Dieser gräfliche Wald mit allen seinen Geheimnissen war für sie wie ein unendliches Meer, dessen Küsten unsichtbar waren, und dennoch fühlte sich Resa nicht unsicher, denn ihre Erinnerung an Adessa war der leuchtende Stern, der sie leitete und der ihr den Weg wies.

Sie zog ihren Mantel aus Kaninchenfell enger um die zierlichen Schultern. Sie spürte, dass der Trotz wieder in ihr hochkam. Der Trotz, der ihr das Leben im Dorf so schwer machte. Der Trotz, der sie immer wieder mit ihrem Bruder Thietmar aneinander geraten ließ. Der Trotz, der sie manchmal tagelang schweigen ließ, ohne dass irgendjemand ihr ein Wort entlocken konnte. Dieser Trotz war es auch, der von neuem ihre Schritte in den verbotenen gräflichen Wildbann geführt hatte, trotz aller Warnungen.

Theresa, Landulfs Mündel, spürte eine Sehnsucht in sich, die sie nicht fassen und die sie nicht begreifen konnte. Es war eine namenlose Sehnsucht, die sie von ihrer Mutter Adessa geerbt hatte und die sich in sich selbst verzehrte. Es war die Sehnsucht nach einem gelobten Land, von dem sie nicht einmal wusste, ob es überhaupt existierte.

Sie rollte eine Haarsträhne um den Zeigefinger der rechten Hand. Ihr Haar war spröde und krustig. Wie aus dem Nichts schossen ihr heiße Tränen in die Augen, wuschen eine schmale, weiße Bahn auf ihre schmutzigen Wangen, und sie erinnerte sich missmutig der Lehren ihres Ziehvaters: Alles war gut so, wie es war und wie es für alle Zeit sein würde. Das Leben im Dorf war so, wie es von Gott gewollt und eingerichtet war. Das war Landulfs Wahlspruch, die Richtschnur seines Handelns, gegen die sich niemand in Königsfeld auflehnen durfte. Niemals änderte sich irgendetwas, niemals wurde etwas in Frage gestellt, denn das Leben war gottgegeben, und selbst wenn auf Missernten der Hunger folgte, wankte Landulf in seinem Glauben nicht ein bisschen: Der Hunger war eine gerechte Strafe für die Sünden, die man im Dorf beging, und deren waren nicht wenige!

Resa war es allerdings nicht entgangen, dass der neue Vogt mit seinen Anmaßungen und Ungerechtigkeiten dieses harmonische Weltbild des Schultheißen in letzter Zeit ziemlich getrübt hatte. Galad war für Landulf eine Geißel Gottes, so wie die sieben ägyptischen Plagen aus dem Alten Testament, ein vom Teufel und seinen Dämonen Besessener, und Landulf grübelte, welche Sünde es war, für die das Dorf Königsfeld mit Vogt Galad bestraft wurde.

Auf ihrer Erkundung des Walds hatte Resa an diesem Tag so manches Mal laut darüber nachgedacht, ob es vielleicht ihre eigene Unbotmäßigkeit war, ihr beständiger Trotz und ihre brennende Neugierde, in der Tiefe des gräflichen Wildbanns zu sich selbst zu finden, die der Grund für den Zorn Gottes sein mochten. Aber dann lachte sie bitter über diesen Gedanken, fand ihn zu verrückt und anmaßend. Hatte Gott nichts anderes zu tun, als sich um die kleinen, unschuldigen Sünden eines Mädchens zu kümmern?

Resa schaute herausfordernd zu den Wipfeln der Bäume hinauf, die sich im aufkommenden Abendwind leicht wiegten. Allmählich wurde sie jetzt doch von der Angst erfasst, dass sie nicht vor der Nacht ins Dorf zurückfinden würde. Vor dem nächtlichen Wald hatte sie mächtig Respekt. Den hatte ihr Adessa beigebracht, und sie rügte sich, dass ihre Neugierde und ihr Trotz sie wieder einmal in eine so dumme Lage gebracht hatten.

Überall lagen umgestürzte Stämme und herabgefallene Äste umher, Saat der schlimmen Herbststürme. Stumm forderte sie Gott und die Heiligen heraus, sie zu bestrafen für ihren Hochmut, und sie hätte sich nicht gewundert, sogleich von einem herabfallenden Ast erschlagen zu werden – dann wäre wenigstens alles vorbei.

Aber nichts geschah: Gott strafte sie nicht.

8. Kapitel

Der kleine Trupp des Grafen von Hammerstein mit Otto, Nuradin und den beiden Knappen ritt durch eine überwucherte, hügelige Urwaldlandschaft inmitten des gräflichen Jagdbannes, die man Harterscheid nannte, zwischen kräftigen Hainbuchen und ausladenden Ebereschen hindurch. Eine Stunde zuvor hatte es ein kräftiges Sommergewitter gegeben, und die Luft roch nach Westwinden – ein sicheres Zeichen dafür, dass bald ein Wetterumschwung kommen würde.

Seltsam verschlungene Wurzeln ragten aus dem Waldboden. Die Bäume ringsum waren uralt, manche standen wohl schon zur Zeit von Kaiser Carolus Magnus hier. Es war, als ob ein druidischer Zauber über dem Urwald läge. Harterscheid, dieser stille gräfliche Wald, der jenseits der Allmende von Königsfeld begann und sich viele Meilen tief in den Westerwald hinein erstreckte, war reich an Wild und zählte zu den ertragreichsten Jagdgründen der Burg Hammerstein. Niemand außer dem Grafen und den Rittern der Burggemeinschaft war es gestattet, hier Wild zu erlegen oder Fallen zu stellen, mit dem Falken oder der Hundemeute zu jagen. Nicht einmal ihre Schweine durften die Königsfelder zur Eichelmast in den gräflichen Forst treiben, und wer sich als Hintersasse ohne Erlaubnis im Harterscheid aufhielt, machte sich verdächtig und konnte ohne weiteres vom gräflichen Jagdherrn festgesetzt werden.

Von den Blättern tropfte noch der Regen. Sonnenstrahlen durchbrachen die Wolken und tanzten im orangegelben Nachmittagslicht auf dem Laubdach hoch über den Köpfen der Reiter.

Der Tag neigte sich dem Ende zu. Die Dämmerung senkte sich allmählich auf den Wald herab. Ringsum wucherte zwischen den moosbewachsenen Baumstämmen Bärlauch. Die Pflanzen verströmten einen intensiven Knoblauchgeruch, und ihre hellen Blüten waren wie ein Teppich aus winzigen Sternen, der am Waldboden ausgebreitet lag.

Nuradin hielt sein Pferd an und deutete auf eine unbewachsene sandige Stelle am Waldboden. »Vier Zehen, kreisrund wie ein Kölner Denar. Die Fährte einer großen Wildkatze.«

Otto sah das skeptische Gesicht von Hermann und schmunzelte. »Glaub nicht jedes Jägerlatein«, sagte der Graf zu seinem Knappen. »Die Wildkatzen sind für uns Menschen ganz ungefährlich. Sie gehen höchstens mal auf ein Kaninchen oder einen Vogel.«

»Nur vor den Wildschweinen müsst ihr euch hüten.« Nuradin gab seinem Pferd sacht die Ferse. Gehorsam trabte das Pferd weiter. »Aber meist haben sie mehr Angst vor uns als wir vor ihnen.«

Wie zu einer Antwort knackte und raschelte es in unmittelbarer Nähe im Unterholz. Die beiden Knappen fuhren herum. Aber es waren nur ein paar Eichhörnchen, die am Waldboden tobten.

Der aufkommende Abendwind rauschte in den Wipfeln der alten Linden, Hainbuchen und Ahornbäume, über denen sich die Wolken von neuem zusammenbrauten. Ein weiterer kurzer Regenschauer prasselte auf das Dach des Waldes herab, unter dessen Schutz sich der kleine Jagdtrupp langsam voranbewegte. Nach dem festen Glauben des Volkes hauste im gräflichen Urwald eine Unzahl von Kobolden und Feen, von Walddämonen und Zwergen. Die ritterlichen Jäger wie Otto und Nuradin, die den Grafenwald viele Male bei der Jagd durchquert hatten, schenkten diesen Geschichten kaum Glauben, denn niemals war ihnen eines dieser Wesen begegnet. »Du hast nur keine Augen dafür«, hatte Irmingard einmal gesagt, als sie darüber gesprochen hatten.

Ein gefallener Baumriese, mit Moos und Zunderschwamm bewachsen, versperrte ihnen den Weg. Gleich in der Nähe erstreckte sich, zu einem Bach abfallend, eine schmale Lichtung.

»Lasst uns noch eine Rast machen.« Graf Otto deutete in Richtung der im Abendlicht liegenden Lichtung, über der Dutzende Schmetterlinge tanzten. »Es ist schon spät. Und wenn wir uns ausgeruht haben, dann sollten wir zurückkehren nach Hammerstein.«

Alle vier Reiter sprangen aus den Sätteln, banden den Pferden die Vorderläufe zusammen, sodass sie sich zwar bewegen und fressen, aber nicht davonlaufen konnten, wenn sie etwa von Wildschweinen erschreckt werden sollten. Sie begutachteten ihre Jagdstrecke: ein junges Reh, zwei Schnepfen und eine Wachtel.

»Da wird sich Mathilda freuen«, sagte Nuradin zufrieden.

»Lasst uns für einen Augenblick allein«, bat Otto die beiden Knappen. »Geht, schaut euch im Wald um! Ich will mit Ritter Nuradin über Dinge sprechen, die nicht für eure Ohren sind. Und wehe, ihr lauscht!«

Ratger und Hermann versicherten eilig, dass sie es niemals wagen würden, den Grafen heimlich zu belauschen; dann verschwanden sie im Unterholz, offenbar nicht ganz unglücklich darüber, für eine kurze Zeit ohne Aufsicht ihrer Herrn zu sein.

Otto und Nuradin legten ihre Mäntel auf der Lichtung aus und ließen sich darauf nieder. Sie schnallten ihre Schwerter ab, behielten sie aber in Griffweite neben sich: An diesem einsamen, verschwiegenen Ort inmitten eines Urwalds, der womöglich doch dunkle Geheimnisse hütete, musste man vorsichtig sein. Eine Weile schwiegen sie und hingen ihren Gedanken nach.

Otto spürte einen Schmerz im rechten Arm und fragte sich, ob es ein erstes Anzeichen des Alters war. Erst kürzlich hatte er einige weiße Haare in dem kleinen, elfenbeinernen Bartkamm gefunden, Anlass für Irmingard, ihn auszulachen wegen seiner Eitelkeit und ihm zu versichern, dass sie ihn auch als weißhaarigen Greis noch genauso lieben würde wie jetzt.

Der Graf hatte sein dreiunddreißigstes Lebensjahr erreicht – und befand sich somit im besten Mannesalter. Aber da es das beste Alter war, so konnte nur noch ein schlechteres folgen, dachte Otto melancholisch.

»Erinnerst du dich an die Schlacht am Alten Berg?«, fragte Nuradin unvermittelt. Es war selten, dass er das Wort ergriff. Er hatte es längst aufgegeben, dagegen anzukämpfen, dass er unter den Rittern als verschlossen und wortkarg galt. Von der Vergangenheit sprach Nuradin so gut wie nie. Und selbst Otto kannte die Gedankenwelt seines Gefährten nicht wirklich. Aus seinem Leben vor der Zeit mit Graf Otto erzählte er nie ein Sterbenswörtchen. Selbst Otto wusste kaum etwas von Nuradins Vergangenheit, aber er hatte das Schweigen dieses verschlossenen Mannes akzeptiert, der ihn zuerst als Gefolgsmann begleitet hatte und dann als Freund. Gefühle zeigte Nuradin ganz selten, und wenn, dann war es meist ein Ausbruch von Wut oder Sentimentalität.

Nuradin war zwar als Kastellan die rechte Hand des Grafen und ihm auch sonst in allen Dingen unentbehrlich. Aber im Kreise der Hammersteiner Ritter war er in den acht Jahren, die er in Ottos Diensten stand, ein Außenseiter geblieben. Ein Außenseiter vor allem wegen seiner bräunlichen Hautfarbe und des unzähmbaren Kraushaars, das einst schwarz wie die Nacht gewesen war, jetzt aber von zahlreichen grauen Strähnen durchzogen wurde. Auch die bunten Tücher, die der Maure sich wie einen Gürtel um den Bauch schlang, waren vielen ein Dorn im Auge. Und Nuradins arabischer Akzent war noch immer deutlich herauszuhören und unterstrich seine Fremdheit. Seltsam fanden die Männer auf Burg Hammerstein wohl auch, dass Nuradin keine Frau hatte; niemand hatte ihn je mit einer Frau gesehen, nicht einmal mit einer Magd, mit der er seine Bedürfnisse hätte befriedigen können.

»Ob ich mich an die Schlacht am Alten Berg erinnere? Wie könnte ich sie vergessen?«, erwiderte der Reichsgraf. »Das war das erste Mal, dass du mir das Leben gerettet hast.«

Nuradin deutete ein Lächeln an. »Das ist wahr«, sagte er wortkarg und verscheuchte eine lästige Mücke, die unablässig um seine Nase tanzte.

»Du wirkst so nachdenklich, alter Freund«, sagte Graf Otto.

Nuradin zuckte mit den Schultern. »Vielleicht sind es die alten Bäume rundum, die mich an meine morschen Knochen erinnern«, sagte er dann leise. Er drehte seinen kleinen, unscheinbaren Ring mit der Sonne, dem Mond und einem Stern als eingravierten Symbolen. »Jedenfalls fühle ich mich langsam alt.« Um zehn Jahre älter als der Graf, nahm er jedes Zwicken und Ziehen in seinem Körper als Zeichen dafür, dass seine Bärenkräfte allmählich schwanden. Er hatte Angst, dass er es mit den tüchtigsten der jungen Ritter bald nicht mehr aufnehmen könnte. Beispielsweise mit diesem Brunswic, dem Knappen des unseligen Vogts Galad, den er wegen seiner schwarzen Locken und seiner weibischen Eitelkeit genauso gering schätzte wie wegen seiner Verbindung zu Erzbischof Aribo von Mainz. Seine Kampfeskraft war das einzige Gut, mit dem er Handel treiben konnte, das redete er sich immer wieder ein. Er wusste, dass er sich als Strandgut des Lebens fühlen würde, wenn ihn seine Kräfte erst einmal verlassen hätten.

Otto wunderte sich, dass es ihm gelungen war, Nuradin eine Bemerkung über seine Gefühle zu entlocken. »Ach, alter Knabe, du kannst es doch noch immer mit den Stärksten der Jungen aufnehmen.«

Nuradin stieß vernehmlich Luft aus. »Weißt du, wann ein Mann alt wird?«, fragte er. »Wenn er sich seine Heimat in den Wunschträumen sucht.«

»Und bei dir ist das so?«

Nuradin nickte. »Ein wenig ist es so. Ich sehne mich nach einer

Zeit, in der die Ehre und der Mut eines Mannes noch etwas galten und Geld und Eitelkeit nichts«, sagte er mit wohl gesetzten Worten.

»Viele glauben, dass früher alles besser war«, erwiderte Otto lächelnd. »Genauso werden die reden, die jetzt jung sind, wenn sie erst einmal so alt geworden sind wie wir beide.« Otto knuffte den älteren Freund neckend in die Seite. Der wehrte die freundschaftliche Geste unbeholfen ab, schließlich lachten die beiden ungleichen Männer.

»Mach dich ruhig lustig über mich«, sagte Nuradin. »Du hast ja gut reden mit dem Dutzend Lebensjahre, das du weniger auf dem Buckel hast als ich.«

»Wie kann sich dieser Mainzer Domherr nur erdreisten, Zweifel an der Rechtmäßigkeit deiner Ehe zu äußern«, sagte Nuradin nach einer Weile. Er ballte wütend die Fäuste und spuckte verächtlich aus. »Weißt du, dass ich ihm am liebsten das Schwert zwischen die Rippen gestoßen hätte?«

Über Ottos Gesicht zog ein Schatten. Er nickte stumm und schaute versonnen einem Schwalbenschwanzfalter hinterher, der über der feuchten Lichtungswiese tanzte. »In dem Moment wäre ich nicht unglücklich darüber gewesen. Aber es hätte alles nur verschlimmert.« Der Graf seufzte. »Wir sollten uns das Gemüt von diesem Mann nicht verdüstern lassen. Genau das ist es doch, was er will. Wer weiß … vielleicht geschieht am Ende gar nichts.«

»Und die großen Worte dieses hässlichen Glatzkopfs Torquato waren nichts als das Kläffen eines räudigen Hundes«, fügte Nuradin hinzu. Er strich sich über den krausen Bart. »Die Gedanken von Bischof Aribo sind unergründlich«, sagte er misstrauisch. »Es ist wie bei uns mit den Kalifen. Sie sind so launisch wie das Frühlingswetter.«

Otto legte die Hand auf Nuradins Unterarm. »Ich habe Angst, mein Freund«, flüsterte er. »Angst um mein und Irmingards Glück!«

»Auf was ist in dieser Welt denn eigentlich Verlass, wenn nicht einmal mehr das Wort eines Erzbischofs gilt?«, sagte der Ritter wütend.

»Wir sollten aufbrechen«, entgegnete Graf Otto. »Gegen Abend erwarten wir Erzbischof Pilgrim von Köln auf der Burg. Er ist auf der Durchreise nach Ingelheim. Dort im Rheingau soll der neue König gewählt werden.«

»Und ich wette, dass sie nicht einmal weiß, welchen Namen du hast.« Hermann von Selbrück, der Knappe des Grafen von Hammerstein, rümpfte die Nase. »Und wenn sie es weiß, dann nur, damit sie sagen kann: Dieser Ratger ist der hässlichste Knappe von ganz Hammerstein.« Hermann kicherte und schaute sich dann verstohlen um. Der Urwald schien hier oberhalb der kleinen Lichtung besonders alt zu sein. Vom Abendlicht war tief unter den dichten Baumwipfeln nur noch ein müdes Dämmern übrig.

»Wenn ich schon ein Ritter wäre, dann würde ich dich jetzt zum Zweikampf herausfordern«, erwiderte Ratger. Der Tonfall des dicklichen Knappen ließ jedoch erkennen, dass er von den Worten seines Freundes nicht ernstlich beleidigt war. »Aber mir bleibt, beim heiligen Michael, eine andere Genugtuung. Oder hast du es noch nicht bemerkt?«

»Was bemerkt?«

»Die Frauen kümmert es nicht, ob ein Mann schön ist oder hässlich, ob er dick ist oder dünn, ob rothaarig oder pechschwarz. Die Frauen kümmert es, was für einen Namen er hat. Welche Lehen er innehat, was er ihr als Morgengabe schenken kann und was er einmal erben wird. Das kümmert die Frauen.«

Hermann machte eine wegwerfende Handbewegung. »Ratger von Pöhlde, der Knappe des edlen Ritters Nuradin, weiß schon, was die edlen Frauen wollen und was sie denken. Oh! Er ist ein erfahrener Mann, und er weiß, wie er die Frauen betört …«

»Aber du …« Ratger schnaubte wütend und versetzte seinem

Freund einen heftigen Stoß mit dem Ellbogen. Hermann ließ sich nicht zweimal herausfordern, und im Nu war ein heftiges Gefecht zwischen den beiden entbrannt. Der Scheinkampf mit zwei Knütteln, welche die Knappen am Waldboden gefunden hatten, mit seinen Finten, Täuschungen und taktischen Finessen dauerte so lange, bis beide lachend, schwitzend und vor Anstrengung keuchend am Boden lagen.

»Schade …«, japste Hermann.

»Was ist schade?« Ratger hatte vor lauter Anstrengung Mühe, die Worte auszusprechen.

»Schade, dass die Dame Adelheid nicht da ist.« Hermann richtete den Oberkörper auf und stützte sich auf die Ellbogen.

»Warum?« Ratger breitete die Arme weit aus und lag wie ein Abbild des Gekreuzigten auf dem Rücken.

»Dann würde sie dem Sieger ihr Tüchlein reichen.«

»Und das wäre zweifellos ich.«

Hermann lachte. »Pah! Ausgerechnet du! Wir wissen doch beide, dass sie dich nicht leiden kann.«

Den beiden Zweikämpfern wurde es allmählich ungemütlich auf dem Waldboden. Sie rappelten sich hoch und klopften sich Blätter und Zweige von den Kleidern.

»Wahrscheinlich würde sie es keinem von uns beiden geben«, sagte Ratger versöhnlich, »sondern diesem blöden Brunswic mit seinen langen Haaren. Von dem träumen doch alle Frauen auf der Burg.«

Die beiden Freunde setzten sich auf einen umgestürzten Baum. »Sollten wir nicht allmählich zurückkehren?«, fragte Ratger.

Hermann schüttelte den Kopf. »Sie werden uns rufen, wenn sie uns brauchen.«

»Ich hoffe, ihr Gespräch ist bald zu Ende«, erwiderte Ratger fröstelnd. »Irgendwie … gefällt es mir hier nicht. Ich weiß nicht …«

Hermann schaute sich um. »Vielleicht ist ja an diesen Geschichten doch etwas dran«, flüsterte er. »Meine Amme hat uns immer von Trollen und Elfen und lebenden Wurzeln erzählt. Sie war ganz sicher, dass es sie gibt.«

Ratger schaute sich nun ebenfalls unsicher um. »Jetzt hör auf damit. Ich will nichts von diesen Geschichten wissen. Und außerdem wird es bald dunkel!«

Hermann flüsterte einen der alten Schutz- und Segenssprüche, die er von seiner Amme gelernt hatte. Die Sprüche sollten ihre Seelen und Leiber vor den dämonischen Wesen schützen, die in diesem gottverlassenen Wald ihr Unwesen treiben mochten.

Plötzlich war ein unheimliches Knacken und Rascheln im dichten Unterholz zu hören. Die Jungen sprangen auf, zogen ihre Jagdmesser. Diesmal waren es keine Eichhörnchen. Wie aus dem Nichts tauchte die Rotte Wildschweine auf, eine Sau mit einem Dutzend Frischlingen, die sie im Frühjahr geworfen hatte.

Schreckensbleich rissen die Jungen ihre Augen auf. Sie waren keiner Reaktion mehr fähig, als sie die schwere, kraftstrotzende Muttersau wutschnaubend genau auf sich zukommen sahen, hintendrein die Frischlinge.

Mitten im Angriff aber schien das Tier der Mut zu verlassen. Es stockte in seinem Lauf, sodass die nachfolgenden Frischlinge beinahe übereinander purzelten, und stürmte dann die ziemlich steil ansteigende, eng bewachsene Mulde hinauf.

Die Tiere drangen in ein Gestrüpp ein, als ein kurzer Schrei ertönte. Eine kleine, dunkle Gestalt löste sich aus dem Unterholz, wurde von der Muttersau angestoßen und verlor den Stand. Sie torkelte und stürzte auf den Felsen unterhalb des Dickichts, wo sie mit dem Kopf aufschlug und leblos liegen blieb.

Immer öfter fanden sich jetzt Kreuze und Bildstöcke am Wegesrand. Sie hatten den tiefen Wald verlassen und näherten sich dem Rand des Harterscheid und Königsfeld. Dorthin wollten sie das am Kopf verletzte Mädchen bringen – das Mündel des Schultheißen Landulf. Von fern war noch das Grollen des abziehenden Sommergewitters zu hören.

Der Weg wurde breiter. Es ging leicht bergab. Graf Otto gab Aldebaran, seinem edlen Rappen, die Sporen, sodass er bald neben dem Pferd seines Knappen trabte, der Theresa hinter sich im Sattel sitzen hatte. Notgedrungen umklammerte das Mädchen die Brust des Knappen. Hermanns Gesicht war hochrot; sein Freund Ratger konnte sich eines wiederholten albernen Kicherns nicht enthalten, auch wenn er insgeheim selbst das Mädchen am liebsten bei sich auf dem Pferd gesehen hätte. Aber Hermann war der leichteste von allen vier, und deswegen hatte Nuradin kurzerhand befohlen, dass Resa bei ihm mitritt.

»Du weißt doch, wer ich bin?«, fragte der Graf.

Theresa nickte. Sie hielt sich den Verband aus Stofffetzen, den Hermann selbstlos von seinen Beinlingen abgerissen und ihr um die klaffende und heftig blutende Platzwunde am Kopf gewickelt hatte. Otto bemerkte, dass sie keine Angst vor ihm hatte, so wie er es sonst von den Dörflern und Hintersassen kannte.

»Dann weißt du auch, dass es verboten ist, ohne Erlaubnis durch meinen Wald zu streifen?«

»Ich habe nichts gestohlen«, erwiderte das Mädchen trotzig. »Und ich habe nichts Böses getan.« Theresa hatte bislang kaum etwas gesagt, nur ihren Namen und dass sie das Mündel von Landulf war. Aber Nuradin und Otto hatten schmunzelnd bemerkt, dass sich ihre Arme im Laufe des Ritts zurück ins Tal immer enger um die Brust des Knappen schlossen. Manchmal legte sie sogar müde den Kopf an Hermanns Rücken, um kurz darauf wieder aus dem kurzen Schlaf hochzuschrecken.

Der enge Weg führte jetzt in Serpentinen am dicht mit Tannen bewaldeten Dungskopf entlang. Bergaufwärts bogen hin und wieder schmale Pfade ab, die sich im Dickicht verloren. Wege und Vegetation waren tropfnass vom vorangegangenen Gewitter. Das satte Grün der Blätter war ein Zeichen des Lebens und duftete herrlich. Hier war es angenehm warm, anders als im Rheintal, in dem jetzt oft die sommerliche Schwüle stand.

Wie aus dem Innern der Mutter Erde kommend, erklang im Tal plötzlich der dumpfe Ton der Glocke von Königsfeld. Das Läuten wurde von den Luftströmungen aus der Tiefe des Talgrunds heraufgetragen, vom Äther bald verstärkt zu hellem Klingen und bald wieder abgedämpft zum traurigen Lied der Vergänglichkeit.

»Das ist ein hübsches Bild!«, rief der Kastellan, der am Schluss des kleinen Trupps ritt. »Unser kleiner Hermann mit seiner Beute.« Nuradin schaute angestrengt den abschüssigen Weg entlang. »Wenn wir uns beeilen, sind wir zum Abendmahl zurück. Aber vorher wollen wir deine Beute noch bei ihrem Herrn abgeben. Der wird sich freuen, wenn er hört, dass wir dich Wegstunden von deinem Dorf weg mitten im Grafenwald gefunden haben«, sagte er zu Theresa.

»Was, um Himmels willen, hast du nur im Wald gesucht?«, fragte der Graf nachdrücklich.

Resa zuckte mit den Schultern. »Ich war ganz einfach nur neugierig«, erwiderte sie.

Otto lachte. »Das liegt offenbar in der Natur aller Frauen, selbst wenn sie noch so klein sind.«

Theresa errötete, antwortete aber nicht. Die Wunde an ihrem Kopf pochte heftig. Es ging jetzt ein kurzes Stück durch eine Senke. Von den dunklen Tannen, die den Wegrand säumten, fielen dicke Tropfen auf die Reiter herab.

Endlich öffnete sich der Wald zur lichten Weite eines fruchtbaren Talgrunds. Die gewaltigen Wolkengebirge des abziehenden Sommergewitters standen im Westen hoch über dem Rheintal.

Königsfeld schmiegte sich, Schutz vor den gewaltigen Herbst- und Frühlingsstürmen suchend, an die gegenüberliegende Bergflanke der Mulde. Eine dichte, über mannshohe Schutzhecke umgab das große, wehrhafte Dorf mit seinen zahlreichen Hütten und Höfen. Um die kleine, weiß gekalkte Kirche wurde Königsfeld von vielen anderen Dörfern beneidet.

Ein grün-brauner Flickenteppich umgab das Dorf – aus heckenumsäumten Ackerflächen, aus Brachen, wo der Boden neue Kraft schöpfte und auf denen Schafe gehalten wurden, und schließlich aus den dörflichen Weideflächen, der Allmende, wo die langhornigen, widerstandfähigen Westerwälder Rinder oder Ziegenherden weideten.

Überall auf den Feldern arbeiteten die Bauern, so wie es Gottes Wille war. Es war ein Bild der Ordnung und Harmonie, dessen Anblick Otto angenehm berührte: Einige Hufenbauern gruben die Stoppelfelder mit dem Pflug um, um dort als Spätsommergetreide Hafer anzupflanzen, andere pflügten auf den Feldern, die in diesem Jahr nicht genutzt wurden, kalkigen Mergel oder Grasplaggen unter, um den Boden zu düngen, wieder andere Landsassen befreiten die wogenden Roggenfelder vom Unkraut. Die Königsfelder bauten bevorzugt Roggen an, denn er besaß große Winterfestigkeit und gedieh selbst auf mageren Böden wie hier auf den Höhen über dem Rhein. Ein paar Kinder hüteten Schweine. In weiten, baumgesäumten Schleifen durchfloss der Schlangenbach die sommerliche Talaue von Königsfeld. Otto wusste von früher, dass der Bach seinen Namen nicht zufällig führte. Die Jungen aus dem Dorf machten sich gern einen Spaß daraus, Nattern und Blindschleichen zu fangen und mit ihnen die Mädchen zu erschrecken.

Linker Hand stand an der Weggabelung nach Königsfeld eine mächtige, viele hundert Jahre alte Eiche. Hier an der Eiche des heiligen Lullus war der alte Versammlungsplatz des Dorfs, hier wurde auch heute noch das Dorfgericht abgehalten, bei dem der Schultheiß Recht sprach über die kleinen, alltäglichen Fälle, mit denen sich weder das Vogts- und schon gar nicht das Grafengericht befassen wollte. Am südlichen Waldrand standen die zahlreichen Bienenstöcke des Dorfs.

Ein schweres Fuhrwerk, hoch beladen mit der wertvollen Rinde, aus der man Lohe zum Gerben von Häuten gewinnen konnte, kam ihnen auf dem Weg entgegen, geführt von einem geduckt gehenden, buckligen alten Mann. Otto erinnerte sich, dass jede Hufe von Königsfeld neben vielen anderen Abgaben sieben große Stücke Lohrinde abzuliefern hatte. Der alte Mann mit dem Fuhrwerk erkannte den Grafen und verbeugte sich tief. Als er entdeckte, dass das Landulf-Mündel Theresa auf einem der Pferde saß, schien er einen Augenblick verwirrt, ließ sich aber nichts anmerken. Der Bauer wollte seinen Weg schon fortsetzen, als Otto ihn ansprach.

»Halt, du da! Warte doch einmal«, sagte Otto.

Der Mann zog den Kopf zwischen die Schultern und schien sich geradezu in der Weite seines braunen, sackartigen Leinenmantels verkriechen zu wollen. Es war nicht nur der Respekt vor dem großen Herrn, der sich da offenbarte – das war vielmehr tief sitzende Angst.

»Sag mir, wie du heißt«, forderte der Graf ihn auf.

»Mein Name ist Gernot der Bucklige«, erwiderte der Mann scheu.

»Und was machst du hier?«

»Ihr seht ja, ehrwürdiger Herr, ich verdiene mein Brot mit dieser Tagelöhnerei.«

»Zu wem bringst du die Lohrinde, Mann?«

»Sie ist für Vogt Galad bestimmt, Euren Bruder, den Herrn unseres Dorfs.«

»Vogt Galad? Wieso für ihn? Ich kenne es nicht anders, als dass die Rinde im Zehnthof von St. Suitbert abgeliefert werden muss«, wunderte sich der Graf und schaute Nuradin an. Der Ritter nickte. Auch er wusste, dass die Lohrinde immer im Spätherbstmonat Neblung entrichtet wurde und nicht mitten im Sommer im Monat Howimanoth.

»Die Zeiten ändern sich …«, sagte der Tagelöhner zögerlich.

»Aber das alte Recht ändert sich nicht«, erwiderte Otto. »Du wirst auf der Stelle dein Fuhrwerk wenden, ich befehle es dir, und ohne meine Zustimmung oder die Zustimmung von Abt Hucbert wird es keine solche Fuhre für Galad mehr geben, hast du das verstanden?«

Der Mann nickte zwar, machte aber ein so furchtsames Gesicht, als sei Graf Otto der Leibhaftige. Schweiß trat dem Mann auf die Stirn, obwohl hier oben in Königsfeld am Abend ein kühles Lüftchen wehte.

»Warum verziehst du das Gesicht wie ein altes Weib?«, rief Nuradin.

»Herr … in aller Demut … der Graf ist nur heute hier, und morgen und übermorgen sind es wieder die Genossen des Vogts.«

»Was willst du damit sagen?«, fragte Graf Otto unwirsch. »Was ist es für ein Unterschied, ob ich hier bin oder auf meiner Burg oder in Rom? Der König hat mich zum Herrn dieser Grafschaft gemacht, und Königsfeld ist ein Teil dieser Herrschaft! Wieso solltest du also Angst haben, meinem Befehl zu gehorchen?«

»Herr … vielleicht kennt Ihr die Genossen Eures Bruders nicht …«

»Galad ist nur mein Halbbruder!«, rief der Graf ärgerlich.

Nuradin runzelte die Stirn. Er wunderte sich, dass sein gräflicher Freund sich bemüßigt fühlte, diese Tatsache vor einem Hintersassen zu erwähnen; es zeigte, wie groß der Zorn des Grafen war.

»Herr … natürlich … Euer Halbbruder«, stotterte der Tagelöhner völlig verunsichert.

»Was ist mit ihm und seinen Genossen? Sprich!«, sagte Otto scharf.

Der Mann schwitzte und wand sich. »Herr, wenn sie erfahren, dass ich sie verraten habe, dann werde ich nichts mehr zu lachen haben.«

»Ich befehle dir zu sprechen! Und ich verspreche dir, dass ich dich unter meinen Schutz stelle! Kein Haar wird dir gekrümmt wegen dem, was zu sagen ich von dir fordere!«

»Herr, dann sei es so. Gott möge mir beistehen.« Der Tagelöhner senkte schicksalsergeben den Kopf, doch gerade als er beginnen wollte, näherte sich Landulf durch den Durchlass der Königsfelder Palisade.

»Onkel Landulf!«, rief Resa erleichtert.

Schnell wollte sie sich vom Rücken des Pferdes gleiten lassen, um ihrem Oheim entgegenzulaufen, aber dann sah sie, wie tief es bis zum Boden war, und zögerte. Hermann lachte, sprang aus dem Sattel, streckte ihr die Arme entgegen und hob sie vom Pferd herab.

»Theresa, was ist geschehen? Was hast du mit deinem Kopf gemacht?«, rief der Schultheiß besorgt und zornig zugleich, als er die Gruppe erreicht hatte. »Herr«, verbeugte er sich vor Graf Otto, »hat sie Euch Scherereien gemacht? Sie ist ein so dummes Kind! Wo habt Ihr sie nur gefunden?«

Graf Otto lachte. »Wir bringen sie dir ja zurück, das ist doch die Hauptsache. Ihre Verletzung ist harmlos, mach dir keine Sorgen. Doch hast du ihr nicht beigebracht, dass sie sich nicht im gräflichen Wildbann herumtreiben darf?« Die kleine, dumpfe Glocke der Königsfelder Kirche rief die Menschen zum Abendgebet. Bald würde sich die Nacht über den Westerwald und das Rheintal senken.

Landulf schüttelte den Kopf und wandte den Blick langsam vom Grafen zu Resa, die noch in Hermanns Nähe stand. Dann machte er ein paar Schritte auf das Mädchen zu und verpasste ihr ungeachtet ihrer Verletzung eine schallende Ohrfeige auf beide Backen. Hermann zuckte unmerklich zusammen, doch Resa verzog keine Miene, obwohl augenblicklich rote Striemen auf ihre Wangen traten.

»Daran solltest du dich zukünftig erinnern«, sagte Landulf ärgerlich. »Entschuldigt, Herr, aber Gott soll mich strafen, wenn ich die Unwahrheit erzähle: Ich habe es ihr tausend Mal gesagt, dass sie ihre Neugierde zügeln soll! Der Harterscheid, der gräfliche Wildbann ... habe ich dir nicht ganz genau erklärt« – er wandte sich anklagend zu Resa –, »dass niemand von uns sie betreten darf? Ja oder nein?«

»Lasst es gut sein«, beruhigte der Graf den Schultheiß. »Wir haben ganz andere Sorgen als dein Mündel Theresa.«

Landulf wusste sofort, worauf der Graf hinauswollte. »Ihr meint die Lohrinde, Herr?« Otto nickte. »So danke ich Gott, dass Ihr selbst Zeuge werdet, wie Vogt Galad unser Recht missachtet. Nie mussten wir irgendeinem Vogt Lohrinde abliefern, nie mussten wir ihm Ferkel und Eier und Hühner oder Wachs und Honig geben. Nie ...«

»Ich weiß, dass der Vogt von jeder Hufe des Dorfs zehn Scheffel Roggen beanspruchen kann, und mehr nicht«, unterbrach der Graf den Schultheiß.

»Und niemals mussten wir dem Vogt Frondienste leisten, wie es Galad seit diesem Frühjahr verlangt ...«

Plötzlich war das Getrappel von Pferdehufen zu hören. Ein Reitertrupp kam aus Richtung Hammerstein herauf.

»Das sind sie!«, rief der Tagelöhner ängstlich. »Das sind Galads Genossen.«

Auch Landulf duckte sich instinktiv. Einzig Resa schien keine Angst zu haben, sondern schaute trotzig den Hammersteiner Weg entlang, wo die Reiterschar, fünf Mann mit Helmen und Kettenhemden, ein paar Augenblicke später in ihr Blickfeld tauchte.

Nuradin nannte ein paar Namen, Krieger aus der unmittelbaren Gefolgschaft von Galad, Einschildritter ohne Lehen und ohne Besitz. Auch Galads Knappe Brunswic war unter den Reitern. Die meisten dieser Männer waren nicht wohl gelitten unter den anderen Rittern auf Burg Hammerstein. Sie hielten sich meistens abseits von ihnen, galten als Trunkenbolde, als gewalttätig und rauflustig weit über das übliche Maß hinaus. Es hieß, dass sie der Hurerei und dem Würfelspiel frönten und dass kein Weiberrock vor ihnen sicher war. Allein im Ritterkampf Schwert gegen Schwert taten sich diese Männer hervor, und ihre Ehre bestand in nichts als dem Kampf und in der Treue zu Galad, dem sie Mannschaft geschworen hatten.

Die fünf hatten ihre Pferde gezügelt und unterhielten sich aufgeregt miteinander. Nach ein paar Augenblicken wendeten sie unvermittelt ihre Pferde, um in die Richtung davonzustieben, aus der sie gekommen waren.

Nuradin lenkte sein Pferd neben Aldebaran, den arabischen Rappen des Grafen. »Habe ich mir das nur eingebildet? Was war das? Ein Spuk?«

»Glaubt mir, hochverehrter Herr«, sagte der Schultheiß. »Sie werden wiederkommen, so wie Blitz und Donner und Hagel wiederkommen.«

Graf Ottos Gestalt straffte sich. »Blitz und Donner und Hagel stehen nicht in meiner Macht, sondern nur in der Macht Gottes, aber die Männer meines Halbbruders hingegen schon, Schultheiß! Weißt du, was sie hier gewollt haben?«

Landulfs Gesicht verfinsterte sich, als er die Schultern hob. »Wenn sie nicht wieder unsere Dorfschenke heimsuchen wollten«, vermutete er, »dann sind sie vielleicht gekommen, um uns mit neuen Forderungen des Vogts zu belegen.« Der alte Schultheiß ballte die Fäuste. »Oder vielleicht wollten sie eine Strafe vollstrecken, die der Vogt gegen einen von uns ausgesprochen hat. Aber Ihr seht ja, Herr: Wir wissen am Morgen nicht, wie der Abend sein wird. Wir wissen nicht, wen es trifft. Diese Hammersteiner Ritter … sie erscheinen meinen Leuten wie eine furchtbare Plage, die Gott geschickt hat. Viele fragen sich, welche Schuld und Sünde unser Dorf auf sich geladen hat, dass Gott es auf solche Weise straft.«

Plötzlich sprang der Graf aus dem Sattel und ging entschlossen hinüber zu der ehrwürdigen Eiche. Er zog Nygbur und berührte mit der Spitze des Schwerts die rissige Rinde des alten Baums.

»Mit diesem meinem gräflichen Schwert habe ich den Schutz und Schirm auf diesen Platz übertragen, wo du Recht sprichst, Schultheiß Landulf«, sprach er mit energischer Stimme. »Dein Flehen soll nicht vergeblich sein, Landulf. Hör zu, was Abt Hucbert und ich beschlossen haben: Wir werden euer Altes Recht sammeln und es aufschreiben, so wie es war, bevor Galad hier Vogt wurde, und alle, die zu meiner Gefolgschaft gehören, werden dieses Recht beschwören, sodass es für alle Ewigkeit nicht wieder verloren geht.«

Landulf verneigte sich tief vor seinem Herrn. »Wir haben immer daran geglaubt, dass Ihr uns nicht im Stich lassen würdet, Herr«, sagte der Schultheiß dankbar.

»Ich werde Galad befehlen, bis dahin nur das zu verlangen, was ihm sicher zusteht. Und wenn er oder seine Gefolgsleute noch einmal Unrecht tun, dann lasse es mich sofort wissen, Landulf!«

Otto ließ sein Schwert wieder in die Scheide gleiten. Mit einem Mal wirkte er so, als sei ihm eine schwere Last von den Schultern genommen.

Der buckelige Tagelöhner wendete sein Fuhrwerk mit der wertvollen Lohrinde, die Vogt Galad zu Unrecht verlangt hatte. Schultheiß Landulf nahm sein Mündel bei der Hand, sprach einen Gruß und wollte mit ihr zum Dorf zurückkehren, als Ritter Nuradin das enttäuschte Gesicht von Hermann sah.

»Halt, wartet, Landulf!«, rief Nuradin dem Schultheiß hinterher. Landulf hielt inne und kehrte noch einmal zurück.

»Herr, Graf Otto … erinnert Ihr Euch nicht?«, sagte Nuradin mit einem breiten Grinsen.

Otto machte ein verständnisloses Gesicht.

»Mutter Mathilda, unsere Küchenmeisterin … zwei ihrer

Küchenmägde haben geheiratet. Sie hat zu wenig Hände in der Küche, hat Mathilda sich beklagt.« Nuradin wies mit einem Kopfnicken auf Resa.

Otto verstand. Er lächelte. »Du bist mein Burgverwalter. Wenn Mathilda eine Magd benötigt, dann obliegt es dir, sie auszusuchen.«

Landulf kniete vor Resa nieder, die ihn verständnislos ansah, und legte den Arm um ihre schmalen Schultern. »Liebes Kind, was hältst du davon, auf Burg Hammerstein zu leben? Da könntest du endlich deine Neugierde befriedigen! Ich habe doch längst gemerkt, dass unser Dorf und unsere Welt viel zu klein sind für dich! Und ich weiß, dass du gut und hart arbeiten kannst. Darin bist du ganz deine Mutter.«

Jetzt horchte auch Hermann auf, aber Resa machte nur große Augen. Sie war zu überrascht, um antworten zu können. Otto sah in ihrer Miene die Angst vor dem Fremden, aber auch große Neugierde, dieses Fremde kennen zu lernen. Und da war ja auch noch Hermann, hinter dem sie im Sattel gesessen und der ihr vom Pferd geholfen hatte ...

Schnell einigten sich Landulf und Nuradin. Der Schultheiß übergab Resa in die Vormundschaft des Burgverwalters, und Nuradin versprach, das Mädchen unter seinen und Mathildas Schutz zu stellen und dafür zu sorgen, dass Resa ein gottesfürchtiger Christenmensch werde.

Allmählich wich die Angst aus Resas Gesicht. Ihre Augen suchten den Blick des Knappen, an den sie sich beim Ritt geklammert hatte. Der Junge lächelte das Dorfmädchen an, und ganz langsam schlich sich auch in Resas Gesicht ein unschuldiges, leises Lächeln.

Im nächsten Augenblick aber wurde ihr klar, dass dieser Neubeginn auch ein Abschied war. Sie brach in Tränen aus, die sie bisher so tapfer unterdrückt hatte, umklammerte Landulf, ihren Oheim, und wollte ihn gar nicht mehr loslassen, bis Nuradin, der jetzt die Munt über sie ausübte, sie vorsichtig am Arm zog und von Landulf trennte.

»Willst du wie vorhin hinter Hermann sitzen?«, fragte Nuradin mit leiser Ironie.

Resa holte tief Luft, wischte sich die Tränen von den Wangen und nickte dann, während das Lächeln in ihr Gesicht zurückkehrte.

9. Kapitel

Der mächtige erzbischöfliche Prunkwagen stand im Hof der Vorburg, als der gräfliche Jagdtrupp mit Resa beim letzten Tageslicht aus den Wäldern zurückkehrte. Es war jetzt viel schwüler als morgens beim Aufbruch. Das Sommergewitter hatte riesige Regenpfützen im Burghof hinterlassen. Der Burgschmied hantierte schwitzend und fluchend an einer Achse. In der Vorburg war nicht nur die Burgschmiede untergebracht, sondern alle anderen Einrichtungen des täglichen Lebens befanden sich hier: die Pferdeställe und die Eselstreiberstube, das Gesindehaus, die Töpferei und die Tischlerwerkstatt. In einem eigenen großen Haus auf der Rheinseite der Vorburg hatten die Burgmannen ihre Räumlichkeiten, gleich über den Pferden und mit direktem Zugang zum Burgtor, zum Wehrgang und dem gedrungenen Nordturm, in dem die Waffen und alles, was man zur Verteidigung benötigte, gelagert wurden.

Otto glaubte zuerst, Erzbischof Pilgrim von Köln sei bereits eingetroffen, aber dann sah er das Wappen des Erzbischofs Aribo von Mainz. Sein Blick verfinsterte sich. Er hatte Mühe, seine Überraschung zu verbergen, doch Ritter Nuradin stieß einen verhaltenen Fluch aus. Pferdeknechte kamen, nahmen die Tiere des Jagdtrupps in Empfang, um sie zu den Stallungen zu führen. Resa schaute sprachlos an den im sommerlichen Abendlicht liegenden Türmen und Wällen empor und machte ein Gesicht, als würde sie gleich die Besinnung verlieren.

Ritter Herimot kam auf den Grafen zu. »Gut, dass Ihr zurück seid.«

Otto wies auf den Erzbischofswagen. »Wo ist der Erzbischof?«

»Er hat sich zur Ruhe begeben«, erwiderte Herimot. »Er sagt, dass er mit seinem Reisewagen einen Unfall hatte.« Herimot deutete auf den Burgschmied, der sich an der Achse des Reisewagens zu schaffen machte.

»Ich kann nicht behaupten, dass mir das gefällt«, sagte Nuradin. »Schließlich kann ich mir nicht vorstellen, dass es etwas Gutes bedeutet, wenn Aribo so unverhofft auftaucht.«

»Da ist noch etwas, Herr«, sagte Ritter Herimot. »Er hat sich nach den Reichsinsignien erkundigt.«

Otto und Nuradin schauten sich an. Der Maure zuckte mit den Schultern. Währenddessen stand Hermann unschlüssig in der Nähe und hielt Theresa verlegen an den Schultern fest: wie eine Gefangene, deren Flucht es zu verhindern galt, oder aber wie eine Freundin, die beschützt werden musste. Nuradins Knappe Ratger war den Pferden zu den Stallungen gefolgt.

»Schickt mir die Gräfin!«, befahl Otto mit versteinerter Miene.

»Du, komm her!«, rief Nuradin einem der jungen Knechte zu. Warum schlich dieser unselige Junge so? Fast so, als hätte er etwas zu verbergen!

»Ja … Herr«, sagte der Knecht und blieb in respektvollem Abstand vor Nuradin und dem Grafen stehen, den Kopf gesenkt, verlegen von einem Fuß auf den anderen tretend. Dabei warf er einen verstohlenen Blick auf Hermann und Resa.

»Wann ist Erzbischof Aribo gekommen?«, fragte Nuradin.

»Am Mittag«, stotterte der junge Bursche. »Zwölf Ritter hat er mitgebracht«, fügte er ehrfurchtsvoll hinzu. »In prächtiger Rüstung sind sie gekommen, und sieben Domherren hat der Erzbischof in seinem Gefolge, und man sagt, dass er den neuen König erwählen wird und dass er …«

»Schweig endlich!«, herrschte Nuradin den verdatterten Knecht an.

Durch den Verbindungsgang kam Irmingard von der Hauptburg herüber zur Vorburg. Das Gesicht der Gräfin wirkte angespannt. »Ich bin so froh, dass du da bist!«, rief sie.

»In anderen Zeiten hätte ich gesagt, welche große Ehre für Hammerstein, gleich zwei Erzbischöfe an einem Tag beherbergen zu dürfen«, versuchte Otto zu scherzen.

»Ich glaube nicht an einen Zufall«, erwiderte Irmingard, nachdem sie ihren Gemahl flüchtig geküsst hatte.

»Du hast Recht. Bei Aribo gibt es keine Zufälle«, stimmte der Graf zu. »Herimot sagte mir, dass er sich nach den Insignien erkundigt hat?«

Die Gräfin nickte. »Ich glaube, er hat vor, sie zur Wahl nach Ingelheim mitzunehmen.«

Der Graf wurde blass. Er schüttelte unschlüssig den Kopf. Irmingard legte ihm die Arme um den Hals und drückte Otto an sich. Arm in Arm begaben sie sich auf den Weg hinauf zur Hauptburg, gefolgt von Nuradin, Hermann und Theresa.

Gleich darauf kam Mathilda aus der Küche in den Hof der Hauptburg heraus. Als sie das fremde Mädchen entdeckte, rief sie aus: »Was ist das? Habt ihr die im Wald gefunden?« Sie machte das Kreuzzeichen, doch dann nahm sie Resa resolut an der Hand. Kopfschüttelnd schaute sie das Mädchen von oben bis unten an, ohne den Knappen eines Blickes zu würdigen. Nuradin erklärte ihr, dass er Resa als Küchenmagd mitgebracht habe.

»Was sind das für Sitten?« Jeder konnte sehen, dass ihre Entrüstung gespielt war. »Ist es jetzt Sache von euch Rittern, für neue Mägde zu sorgen? Was soll sich dieses Kind denn einbilden, wenn es auf dem Pferd eines Ritters in die Burg gebracht wird?«

Die Röte stieg Hermann ins Gesicht.

Mathilda lachte. »Na ja, auf dem Pferd eines halben Ritters.«

Der Knappe hob zu einer Entgegnung an, doch die Küchenmeisterin schnitt ihm mit einer herrischen Geste das Wort ab. »Also, sie ist ein bisschen dünn.« Dabei tastete sie Resas Gliedmaßen ab. »Aber das wird schon. Ich kann sie wirklich brauchen, Ritter Nuradin. Aus Königsfeld ist sie, sagtet Ihr? Das Mündel von Schultheiß Landulf?« Mathilda stemmte die Arme in die Seite. »Also gut, ich nehme das Kind unter meine Fittiche.« Die Küchenmeisterin ergriff Resas Hand und wandte sich in Richtung Küche.

»Und du kommst mir auch mit, junger Mann. Ich muss ein Wörtchen mit dir reden«, flüsterte sie Hermann zu, worauf er sich ihr anschloss.

Der Turmwächter lief herbei und berichtete Otto, dass der Tross des Erzbischofs von Köln jetzt ebenfalls den steilen und steinigen Burgweg heraufkomme. Otto und Irmingard hörten am Hufgetrappel, wie der Tross jetzt die Vorburg durchquerte. Schnell erreichten die Wagen des Kölner Erzbischofs das mächtige Mittelhaus, das Vor- und Hauptburg voneinander trennte. Wie ein Tunnel führte der lange, ansteigende Gewölbegang von der Vorburg unter dem Mittelhaus hindurch zum inneren Burghof. Teilweise war dieser Gang durch den gewachsenen, harten Fels geschlagen, und er war gerade breit genug, dass ein Reisewagen wie der des Erzbischofs hindurchpasste. Zwei undurchdringliche, eiserne Fallgatter am Anfang und am Ende sicherten den Gewölbegang, und überall in der Decke waren runde Löcher eingelassen, durch die man Eindringlinge mit heißem Wasser oder kochendem Pech überschütten konnte. Allerdings waren niemals in der zweihundertjährigen Geschichte von Burg Hammerstein irgendwelche Angreifer bis dorthin vorgedrungen. Der Hufschlag hallte im Gewölbegang des Mittelhauses wider, über dem sich in zwei Geschossen ein Nebenhaus der Kemenate türmte, das die Leibdienerinnen und Leibknechte des Grafenpaars bewohnten. Auch Galad und ein paar andere hochgestellte Dienstmannen wie Nuradin hatten hier ihre Kammern. Aus diesem Haus wuchs auch der Turm empor, den Ottos Vater Heribert für Zafirah hatte bauen lassen. Der Turm hatte gewaltige Summen verschlungen und hieß jetzt der Witwenturm. Zum Rhein hin schloss sich der wuchtige Burgfried, das Haupthaus der Kemenate und dann der Palast mit dem berühmten Rittersaal an, wo jetzt alles für das abendliche Festessen vorbereitet wurde, das der Graf für die beiden Erzbischöfe gab. In der Küche wurde ebenso fieberhaft gearbeitet, so wie es Irmingard gleich nach der Ankunft Aribos angeordnet hatte. Endlich tauchten die Ritter, die den Erzbischof begleiteten und schützten, aus dem Gewölbegang des Mittelhauses auf. Sie waren von Schmutz bedeckt und saßen müde in den Sätteln. Graf Otto nahm das Pferd des ersten Ritters beim Zügel, während die anderen Krieger den Burghof füllten. Stalljungen kamen herbei und kümmerten sich emsig um die Pferde. Otto übergab einem der Jungen die Zügel, denn nun rollte der große Bischofswagen, gezogen von vier Schimmeln, aus dem Verbindungstunnel.

Otto öffnete den Schlag des Wagens, der sich im Vergleich mit dem Prunkwagen von Aribo eher bescheiden ausnahm. »Mein Freund! Wie freue ich mich, Euch wiederzusehen«, begrüßte er den Erzbischof und erschrak zugleich.

Mit eingefallenen Wangen saß Pilgrim, der nur wenig älter war als Otto, dort im Wagen, schwer gezeichnet von den Strapazen der zweitägigen Fahrt bei schwüler Sommerhitze. Er starrte wie geistesabwesend ins Nirgendwo und schien Otto nicht zu erkennen.

»Soll ich Euch helfen, ehrwürdiger Vater?«, fragte Otto fürsorglich.

»Du … ja, du bist es«, murmelte Pilgrim.

Otto sah, dass der Arm des Bischofs zitterte. Neben sich, auf der harten Bank des Wagens, hatte Pilgrim einen Stapel Urkunden ausgebreitet. Einige waren während der Fahrt auf den Boden gefallen und lagen dort achtlos übereinander.

Irmingard trat neben ihren Gemahl. »Auch ich freue mich sehr, Euch wiederzusehen, ehrwürdiger Bischof«, sagte sie sanft.

Pilgrim lächelte. Langsam schien er in die Wirklichkeit zurückzukehren. »Ah, du bist noch schöner geworden, mein Kind«, flüsterte er. Seine Stimme war heiser. Offenbar war der Erzbischof schwerkrank.

»Es ist fast schon Nacht«, stellte Pilgrim fest und kletterte, von Otto gestützt, mühsam aus dem Wagen.

Der Hauptmann der erzbischöflichen Ritter kam herbei. »Wir werden jetzt die Pferde versorgen und uns Quartier anweisen lassen, edler Herr«, sagte er zu Erzbischof Pilgrim.

»Ist gut, ist schon gut, Kuono«, murmelte Pilgrim müde. Er reckte und streckte sich. »Die Fahrt von Köln hierher kommt mir von Mal zu Mal länger vor«, sagte er.

»Ich hoffe, Ihr hattet keine besonderen Beschwernisse«, sagte Irmingard.

»Die Wege sind schlecht wie immer. Manchmal meine ich, sie werden von Jahr zu Jahr schlechter. Man könnte glauben, Gott will nicht, dass wir reisen! Vielleicht hätte ich doch besser mit dem Schiff kommen sollen. Aber du weißt ja, Otto, wenn ich mit dem Schiff fahre, dann plagen mich immer seltsame Gesichter. In diesem grässlichen Kasten von einem Reisewagen jedenfalls ist es stickig und heiß, sodass man oftmals glaubt, die Besinnung zu verlieren.«

Ritter Nuradin kehrte mit einer Fackel zurück. »Es wird schwierig sein, Eure Ritter unterzubringen«, sagte der Kastellan, nachdem er den Bischof gebührend begrüßt hatte. Er deutete auf den Wagen des Mainzer Erzbischofs.

»Aribo?« Jetzt erst entdeckte auch Pilgrim den Wagen seines Mainzer Amtsbruders. »Wieso ist er hier? Ich wusste nicht, dass auch er kommen würde«, sagte Pilgrim unbehaglich.

Nuradin nickte. »Seine Achse ist angebrochen, sagt er, zwei Meilen von hier. Er will bei uns auf sein Schiff warten. Und er hat ein Dutzend Männer mitgebracht. Sämtliche Kammern und sogar die Ställe haben sie in Beschlag genommen.«

»Macht keine Umstände«, bat Pilgrim. »Wenn es nicht anders geht, müssen sie hier im Hof schlafen. Kuono ist ein guter Mann. Er ist es gewöhnt, unbequem zu schlafen, und es macht ihm nichts aus.« Plötzlich stöhnte Pilgrim auf und fasste sich an die Seite. Als Otto ihn stützen wollte, schüttelte er den Kopf. Sein Atem ging rasselnd. »O Heilige Mutter Gottes! Es wird Zeit, dass ich entweder gesund werde oder vor den Herrn trete! So geht es nicht weiter.«

»Ich bin sicher, Gott wird Eure Krankheit von Euch nehmen«, sagte Otto zu seinem nur wenig älteren Freund. »Denn Ihr werdet noch gebraucht.«

»Sieh dir doch nur mein Gesicht an«, flüsterte der Erzbischof matt. »Meine Wangen sind eingefallen, meine Augen trüb, und wenn meine Doctores noch einen einzigen Aderlass vornehmen, habe ich überhaupt keinen Tropfen Blut mehr in den Adern.«

Irmingard fand, dass es nicht schicklich war, wenn die Bediensteten den heiligen Mann so krank sahen, und schickte die umstehenden Knechte und Mägde mit einer knappen Handbewegung fort.

»Und weißt du, was das Schlimmste ist? Ich kann nicht mehr richtig sehen. Manchmal ziehen schwarze Wolken vor meine Augen, und ich glaube fast, der Teufel schickt sie.«

»Sollen wir nicht besser hineingehen?«, fragte Otto. »Dann legt Ihr Euch erst mal ein wenig hin und ruht Euch aus, wenn Ihr wollt.«

»Aber drinnen wartet Aribo auf mich«, versetzte Pilgrim widerstrebend. »Ich habe jetzt keine Kraft, mich dieses Menschen zu erwehren. Oh, wie ich diese Krankheit verfluche! Und gerade jetzt, wo der Kaiser tot ist. Jetzt wo Aribo glaubt, dass seine Zeit gekommen ist.«

»Macht Euch keine Sorgen«, sagte Irmingard. »Im Augenblick schläft der Mainzer Erzbischof.«

Pilgrim schob die Fackel beiseite, die Nuradin hielt.

»Ich hatte einen Traum ... es war, als wir bei Remagen den Rhein überquerten. Zuerst die Ritter – fünf und noch einmal fünf. Als ich am anderen Ufer wartete, bin ich eingeschlafen ... und ich habe geträumt, dass ich aufwache, mitten auf dem Fluss, und die Fähre schwankt, nach rechts, dann nach links, sie schwankt wie ein Stück Treibholz ... und ein Sturm tobt, der von den Bergen herabfegt mit großer Gewalt, und Engel schweben am brodelnden Himmel ... ich schaue aus dem Fenster und sehe sie ganz genau, dort hinten, über den Köpfen der Fährleute, die verzweifelt mit den tosenden Fluten kämpfen, und ich sehe, dass die Engel voller Mitleid auf die Erde herabsehen, und ich weiß, sie kennen den Weg, den die Erde gehen wird, und ich sehe Tränen in ihren Augen ... silberne Tränen, die auf die Erde herabfallen wie Perlen aus Quecksilber, und dann sehe ich sie am Grund des Flusses leuchten, so als wäre noch nicht alle Hoffnung verloren. Aber dann gewahre ich, als ich wieder aufschaue in den Himmel, dass die Engelsgeschöpfe der Erde den Rücken gekehrt haben und allmählich verblassen ... und in den Fluten des Stroms schwimmen blutige Leichen, Treibgut der Hölle, und ich weiß in meinem Traum, Satan ist heimgekehrt auf die Erde, und er öffnet den Schlund seiner Höllenfeuer ... erst sehe ich eine Leiche, dann noch eine und immer mehr, Männer und Frauen und Kinder, grässlich verstümmelte Körper, leere Augenhöhlen, abgeschlagene Gliedmaßen, aufgeschlitzte Bäuche, und der eine Leichnam im goldenen Ornat, das ganz mit Blut befleckt ist ... das bin ich selbst, und ich starre mich an mit dem schwarzen Blick des Todes. Dann beginne ich zu schreien, und es ist mehr wie das Krächzen der Raben auf dem Feld, und dann zwickt mich der Fährmann in die Schulter, und schwer atmend werde ich wach ...«

Der Erzbischof schloss erschüttert die Augen. Keiner im Burghof sagte einen Ton. Ganz leise waren das Klirren von Gläsern und Lachen und Schreien aus der Burg zu hören – Aribos Leute –

und das Hämmern des Schmieds, der sich an Aribos Wagen zu schaffen machte.

»Der Fährmann hat mich aufgeweckt. Ihr habt geschrien, Herr, hat er zu mir gesagt und mich wie den Leibhaftigen angeschaut. Wir waren bereits mitten auf dem Strom, und alles war wie immer, graue Wolken, die sich auf den Wellen spiegelten, und nichts trieb im Wasser als Äste und Blätter.«

Pilgrim bekreuzigte sich. Irmingard, Otto und der Kastellan folgten seinem Beispiel.

»Kommt jetzt, mein Freund«, sagte Otto mit belegter Stimme. »Das war nur ein Traum ...« Aber Otto spürte selbst, dass seine Worte so wenig trostreich klangen wie ein Totenglöcklein zu Allerseelen.

»Hoffen wir, dass es nur ein Traum war«, flüsterte Pilgrim. »Der Traum eines törichten, fiebernden Mannes, der den Leuten die Zeit stiehlt mit Schauergeschichten.«

10. Kapitel

Irmingard hatte eine tiefe Abneigung gegen die dunklen und vor Feuchtigkeit triefenden Gewölbe tief unten in den Adelsburgen. Man konnte sich hier lebendig begraben fühlen. Die klotzigen, kaum behauenen Steine schienen die Finsternis und die immerwährende Schwärze wie ein Schwamm aufgesogen zu haben.

Eine enge Wendeltreppe führte ins untere Geschoss des großen Burgfrieds von Hammerstein hinab. Man konnte kaum den Vorausgehenden sehen, so eng war die Treppe gewunden. Dazu kam, dass sie sehr steil war, und die Stufen waren glatt und abgetreten. Dennoch hatte Irmingard darauf bestanden, ihrem Gemahl bei diesem schweren Gang zur Seite zu stehen.

Sie wusste, wie sehr es ihn verletzte, dass Erzbischof Aribo auf die Übergabe der Reichskleinodien bestanden hatte. Sie hörte das Rasseln der Kettenhemden – die Männer des Erzbischofs. Vor Irmingard ging Otto, eine Fackel in der Hand, hinter der Gräfin folgte Erzbischof Pilgrim, der es im Hinblick auf seinen bedenklichen Gesundheitszustand nicht gewagt hatte, sich Aribos Befehl entgegenzustellen. Es schien, als ob Pilgrim nicht mehr die Kraft hatte, sich gegen den Mainzer Erzbischof aufzulehnen.

»Ich bin der Primas aller Bischöfe im Deutschen Reich«, hatte Aribo angeführt. »Papst Benedikt – Gott habe ihn selig – hat mich dazu bestimmt, und deshalb ist es meine Pflicht, die Reichskleinodien zur Wahl des neuen Königs nach Ingelheim mitzunehmen, wo ich sie dem gekürten Herrscher in aller Demut überreichen werde.« Was sollte Otto dem entgegensetzen?

Sie erreichten das tiefe Geschoss des mächtigen Hammersteinschen Burgfrieds, wo die Schätze des Grafen und die Reichskleinodien aufbewahrt wurden. Ein weiteres Geschoss tiefer befanden sich der Brunnen des Burgfrieds und die Kerker. Irmingard rechnete es ihrem Gemahl hoch an, dass dort, seit sie auf Hammerstein war, kein Gefangener mehr schmachtete.

Otto entzündete mit seiner mitgebrachten Fackel die vier Fackeln, die in die Wandhalterungen eingesteckt waren, so dass ein gespenstisches, unruhig zitterndes Licht das Gewölbe erfüllte. Sie warteten, bis auch der letzte Ritter durch den schmalen Ausgang der Wendeltreppe getreten war. Die acht Mann sollten die Reichskleinodien nach oben bringen und in des Erzbischofs Reisewagen verstauen.

In der Zeit von Ottos Grafentum hatten die Kleinodien dieses Gewölbe nie verlassen. Doch jetzt, zur bevorstehenden Wahl des neuen Königs, mussten sie bereitstehen, das war Otto klar. Was ihn jedoch grämte – und sicherlich zu Recht, wie Irmingard glaubte –, war, dass diese Schätze wohl niemals mehr nach Hammerstein zurückkehren würden, wenn erst Erzbischof Aribo seine Hand auf sie gelegt hatte.

»Ich war zuletzt mit Kaiser Heinrich hier unten«, sagte Aribo mit seiner näselnden Stimme, die seinem dicklichen, gedrungenen Körper entsprach. Die Haut war übersät mit kleinen, roten Flecken und Abszessen.

Otto löste den großen Schlüsselbund von seinem Gürtel. Einen nach dem anderen probierte er die Schlüssel an der Tür des Verlieses aus. Er wirkte matt dabei, und seine Hände zitterten, bemerkte Irmingard. Es war, als drücke eine schwere Last auf seine Schultern.

Der Mainzer Erzbischof räusperte sich ungeduldig. Endlich fand Otto den passenden Schlüssel. Müde krächzte das Schloss. Langsam zog Otto die Tür auf. Die Schatzkammer mit den Reichskleinodien lag in vollkommener Dunkelheit vor ihnen. Im nächsten Augenblick sprangen ihnen drei, vier Ratten entgegen, entwischten zwischen den Füßen der Wartenden und krochen in irgendwelche Ritzen und Löcher.

Aribo zuckte zusammen wie von einer Natter gestochen. Dann stand er da wie erstarrt.

»Es sind doch nur ein paar Ratten«, sagte Graf Otto achselzuckend.

Einer der Mainzer Ritter machte einen Schritt auf den Erzbischof zu, fragte: »Herr, soll ich Euch …«

»Weg! Fort mit dir!« Es klang wie das Fauchen eines in die Enge getriebenen Tiers.

Der Ritter zuckte zurück.

»Dann stimmt es, was man sich erzählt«, meldete sich Erzbischof Pilgrim zu Wort. »Ihr hasst Ratten und Mäuse, wie andere den Teufel hassen.«

»Was soll dieses Geschwätz? Wollt Ihr mich verhöhnen? Soll ich jetzt berichten, was man sich alles von Euch erzählt?«, erwiderte Aribo schrill, fast so als drohte er die Beherrschung zu verlieren. Sein Gesicht war bleich, und die Augenlider flatterten. »Lassen wir das!«, sagte er, ehe Pilgrim etwas erwidern konnte. »Können wir endlich fortfahren, Graf Hammerstein?«

»Wir sind da, wo Ihr hinwolltet«, sagte Otto zu Aribo. Bitterkeit lag in seiner Stimme. Er sah, dass Aribos Hände zitterten.

Auf ein Zeichen des Erzbischofs entzündeten seine Ritter Fackeln, die sie mitgebracht hatten, um für Aribo die Schatzkammer auszuleuchten. Vorsichtig ging der Erzbischof voran, während er verstohlen zu Boden schaute, ob ihm nicht weitere Ratten oder Mäuse entgegenhuschten. In den Gesichtern der Männer zeigte sich keinerlei Regung. Otto, Irmingard und Pilgrim warteten am Eingang des Schatzgewölbes.

»Jetzt öffnet diese Kisten!«, gebot Aribo den Dienstmannen. Als sie alle Truhen gleichzeitig öffnen wollten, gebot Aribo ihnen kopfschüttelnd Einhalt. »Stellt euch nicht so dumm an!«, herrschte er sie an. »Natürlich eine nach der anderen!« Es schien, als nehme er von der Anwesenheit des Grafenpaares und des Kölner Erzbischofs keinerlei Notiz mehr.

Einer der Ritter öffnete die erste der vier Truhen, in denen die Reichsinsignien seit Kaiser Heinrichs Krönung aufbewahrt wurden. Die Festung Hammerstein galt als sicherer Platz und die Grafschaft Hammerstein als eine der königstreuesten im ganzen Reich.

Die Truhe enthielt die alte Reichskrone mit ihren blauen, roten und grünen Edelsteinen und dem eingearbeiteten Reif, den der Legende nach einst Äneas getragen hatte. Aribo entfernte die schützenden Tücher, in die das Kleinod eingeschlagen war. Die Krone lag auf einem grünen Samtbett. Sie war nicht besonders prunkvoll, diese alte, achteckige Krone mit dem Kreuz über der Vorderplatte und dem seltsamen Bügel, aber man sagte, dass schon Kaiser Karl sie getragen habe, als er über die unbotmäßigen Sachsen sein entsetzliches Blutgericht abhielt.

Es war, als ob ein geheimnisvoller Zauber den Raum erfüllte, so als würde die Krone alle Macht und Kraft der Könige und Kaiser bergen, die sie einst getragen hatten. Ehrfürchtige Stille herrschte in dem Gewölbe. Selbst Aribo verstummte, und mit ihm seine grobschlächtigen Ritter. Das Licht der Fackeln glitzerte auf den Edelsteinen, die in die Krone eingearbeitet waren. Irgendwo tropfte Wasser. Der Erzbischof von Köln atmete rasselnd.

Erzbischof Aribo reichte seinem Hauptmann die Schutztücher und trat näher an die Truhe heran. Mit seinen beringten Fingern streichelte er liebevoll über den goldenen Karlsreif, und einen Augenblick lang stellte Irmingard sich schaudernd vor, Aribo nähme die Krone und setzte sie sich selbst auf das Haupt.

»Gott hat dieses Gold geheiligt und mit großer Macht versehen«, sagte der Erzbischof. »Versteht Ihr jetzt, Graf Otto?« Unvermittelt wandte sich der Mainzer Erzbischof zu Otto um. »Wenn wir in Ingelheim den neuen König wählen, dann werden diese Insignien dabei sein. Das wird uns die Kraft zur rechten Wahl des neuen Königs geben. Das werdet doch auch Ihr gutheißen?«

Otto konnte diese Frage natürlich nicht verneinen. Aber es fiel ihm schwer, auch nur mit einem knappen Kopfnicken zu antworten. Irmingard wusste, dass Otto es nicht wagen würde, den Erzbischof nach dem späteren Verbleib der Reichsinsignien zu fragen – der Graf hatte Angst vor der Gewissheit.

»Jetzt noch die anderen Truhen«, befahl Aribo mit kalter Stimme. »Vier ist die Zahl der Himmelsrichtungen. Vier ist die Zahl der Evangelien. Vier Kleinodien sind es, die zum Schatz des Reichs gehören, und wir wollen keines von ihnen minder schätzen, indem wir es verschlossen lassen in der Dunkelheit.«

Die Mainzer Ritter öffneten – jetzt weit vorsichtiger und ehrfürchtiger – die weiteren Truhen mit dem Reichsschwert, dem Zepter und dem heiligen Mantel, einem Kunstwerk aus glitzernden Steinen und tiefblauem Samt. Der »Sternenmantel« war wie von Engelshand gewirkt und schien den Himmel abzubilden.

Irmingard schloss die Augen. In ihren Ohren hörte sie das leise Pochen ihres Herzens. Auch sie spürte die Kraft, die von den gesegneten Kleinodien ausstrahlte, aber das vermochte die Sorgen, die sie plagten, nicht zu mindern. Wenn Otto unglücklich war, dann war auch sie es.

»Ist Euch nicht gut?«, fragte Erzbischof Aribo unangenehm sanft. Die Gräfin zuckte zusammen. Aribo starrte ihr in die Augen. Niemals in ihrem Leben hatte sie so kalte Augen gesehen. Sie fröstelte.

»Danke, Herr, es geht schon …«, stammelte sie. »Ich glaube … der Rauch der Fackeln …«

Otto reichte seiner Frau den Arm, um sie zu stützen.

»Ihr seid ein fürsorglicher Mann«, sagte Aribo kalt lächelnd. »Zweifellos seid Ihr glücklich zusammen.«

Otto und Irmingard schauten sich fragend an. Beide hatten

den drohenden Unterton in den Worten des Erzbischofs wahrgenommen.

»Tatsächlich sind wir glücklich miteinander verheiratet, ehrwürdiger Bischof«, erwiderte Otto unsicher. »Und wenn Gott es will, so schenkt er uns noch viele gemeinsame Jahre.«

Aribo erwiderte nichts. Stattdessen gab er seinen Rittern den Befehl, die Truhen zu schließen und mit dem Abtransport zu beginnen. Es war mühsam für die Männer, die Schatzkisten hinauf ans Licht zu bringen, denn in der Wendeltreppe konnte man nicht nebeneinander gehen. Die Erbauer des Burgfrieds hatten ihn sinnreich so angelegt, dass sogar ein einzelner Ritter den Zugang in das untere Geschoss verteidigen konnte, wenn der Feind schon in den Burgfried eingedrungen war. So sinnvoll die enge Treppe jedoch für die Verteidigung war, so sehr erschwerte sie jetzt den Transport der schweren Truhen, die von jeweils zwei Männern an den schweren Trageringen gehalten werden mussten.

»Der Dank des Reichs ist Euch gewiss, Graf Otto«, sagte Erzbischof Aribo förmlich, als der letzte der Mainzer Ritter die enge Wendeltreppe betreten hatte. Otto spürte einen Stich in seinem Herzen, denn diese Worte des Erzbischofs hatten etwas Endgültiges, und sie besiegelten die Ehrminderung der Grafen von Hammerstein. Vor kurzer Zeit, als Kaiser Heinrich noch lebte, hatte sich niemand diesen Niedergang auch nur vorstellen können, dachte Irmingard und schwor sich, in der kommenden schweren Zeit ohne Wenn und Aber an der Seite ihres Gemahls zu stehen.

Sie hatte dem Grafen in ihrem Eheversprechen gelobt, in guten und in schlechten Zeiten an seiner Seite zu stehen, und es gab keine Macht auf dieser Welt, die sie daran hindern konnte, diesen Schwur zu halten.

11. Kapitel

Die Gräfin von Hammerstein saß am Tag, an dem der Verklärung des Herrn gedacht wurde, allein im westlichen Erker der Burgkemenate. Hier war es angenehm kühl, wohingegen draußen brütende Hitze herrschte. Eines der mit grünen Butzenscheiben verglasten Fenster stand offen. Unter dem Fenster ging es viele Klafter tief über schroffes Felsgestein und steile Weinberge hinab ins Rheintal. In der Mitte des halben Achtecks, das der Erker bildete, stand auf einem eisernen Dreifuß eine tönerne Flachschale von gut zwei Ellen Durchmesser, die ganz bis an den Rand mit Wasser gefüllt war. Irmingard liebte es, gedankenverloren auf die spiegelglatte Wasseroberfläche zu blicken, wo selbst winzigste Staubkörnchen oder ein zarter Lufthauch Wellungen und Erschütterungen hervorriefen. Die Schale war Irmingards Orakel, und sie nutzte ihre Mußestunden, um es nach ihrer Zukunft zu befragen.

Sie nahm ihre Coif vom Kopf, die glatte runde Kappe mit der Kinnbinde, die sie meistens trug, wenn sie sich allein in der Kemenate aufhielt. Die Zukunft, über die sie nachdenken wollte, hatte seit dem Pfingstfest vor knapp drei Monaten einen unmerklichen Riss bekommen; so wie schon der kleinste Schmutzfleck die Vollkommenheit der jungfräulich weißen Oberfläche frisch gefallenen Schnees unwiederbringlich zerstört. Sie seufzte. Irmingard wusste nicht recht, warum sie von Sorgen erfüllt war, denn es gab keine echte und unmittelbare Bedrohung für ihr Glück. So glaubte sie jedenfalls.

Und doch hatte Angst von ihrem Herzen Besitz ergriffen. Tief eingebrannt in ihre Erinnerung waren der Auftritt des Domherren Torquato und der unerwartete Besuch des Erzbischofs Aribo. Selbst mit dem zeitlichen Abstand verloren sie nichts von ihrer dumpfen, nicht wirklich greifbaren Bedrohlichkeit. Sie spürte das auch bei Otto. Er war nervös und fahrig in letzter Zeit, wie sie ihn kaum kannte. Hinzu kamen die Probleme mit Galad, die ihm zu schaffen machten. Es gab nichts, was ihren Gemahl mehr verstörte, als wenn Disharmonie und Unordnung herrschten. Dann war er geradezu besessen davon, den ursprünglichen harmonischen Zustand wiederherzustellen. Darin sah er die edelste Aufgabe für sich als Grafen, und Irmingard wusste, dass Otto zu unerwarteten drastischen Taten fähig war, wenn er darin die Möglichkeit sah, die Ordnung wiederherzustellen.

Was Galad betraf, so war er noch nicht so weit. Otto konnte sich nicht dazu entschließen, gegen den Halbbruder mit seiner ganzen Gewalt als oberster Lehnsherr vorzugehen, oder ihn – wie Abt Hucbert es gerne gesehen hätte – gar vor das Lehnsgericht zu zerren.

Aber es war nicht die Bedrohung, die Irmingard empfand, wann immer sie mit dem undurchsichtigen und verschlagenen Galad zu tun hatte, die ihr Sorgen bereitete. Sie spürte, dass sich über dem Himmel ihrer Ehe ein bedrohliches Gewitter zusammenbraute, und ihr war nicht klar, wie Otto auf eine Bedrohung dieser Grundlage seines Lebens reagieren würde.

Auf der glatten Oberfläche der Schale spiegelten sich die Wolken wider, die gemächlich über den kornblumenblauen Hochsommerhimmel zogen. Irgendwo draußen sang sehnsüchtig eine Drossel ihr Liebeslied. Ein angenehmer Luftzug wehte sanft durch das geöffnete Fenster herein und kräuselte das Spiegelbild auf der Schale. Das auf dem Kopf stehende Abbild der Welt dort erzitterte leicht.

Irmingards Blick hob sich, glitt hinaus über das Rheintal, das sich lichtüberflutet zu Füßen der Burg Hammerstein ausbreitete.

Tief unten waren auf der gegenüberliegenden Seite des Flusses winzig wie Spielzeuge zwei Kaufmannsschiffe zu erkennen, die an der rechtsrheinischen Zollstation abgefertigt worden waren und nun weiter den Fluss aufwärts getreidelt wurden. Als winzige Flecken in der Landschaft waren die schweren Treidelpferde auf dem Leinpfad zu erkennen, der dem unregelmäßigen Verlauf des Flusses folgte. Manchmal klatschte das Treidelseil, das sich zwischen den Pferden und den Schiffen spannte, auf die Oberfläche des Rheins. Irmingard konnte es gut an dem dünnen weißen Gischtstreifen erkennen. Die Berge jenseits der Talaue von Namedy lagen dunkelblau im Dunst. Vereinzelt stiegen dunkle Rauchwolken aus den Wäldern, die diese Anhöhen überzogen. Vermutlich von den Feuern der Köhler, die dort ihr schweres Handwerk betrieben.

Der Anblick des sommerlich-emsigen und friedlichen Landes beruhigte Irmingards aufgewühlte Gedanken ein wenig. Hier war nichts zu spüren von der Ungewissheit, die das Reich umklammert hielt. Noch hatte man auf Hammerstein nicht erfahren, wie die Königswahl in Ingelheim ausgegangen war. Die Gräfin redete sich ein, dass alles gut werden würde. Sie würde sich wie schon in den Jahren zuvor auf Otto verlassen, und der Gedanke an die Geborgenheit, die sie in seinen Armen fand, ließ ihre Zuversicht zaghaft zurückkehren. Sie atmete auf. Wie so oft hatte die Meditation mit Hilfe der Spiegelschale ihre Gedanken geklärt und damit ihre Sorgen verringert.

Irmingard nahm ihre komplizierte Stickarbeit wieder auf. Wie bei einem Bilderbogen zierten verschlungene Muster und feine Bordüren aus Kreuzstichen die auf einem quadratischen Rahmen gespannte Arbeit. Mit Adelheid lag sie in einem heiteren Wettstreit um die beste »Nadelmalerei«. Auf einem kleinen Tisch lagen die verschieden gefärbten Rollen von Seidenfäden. Die Stickerei enthielt mit einer Krone das Symbol für die Ewigkeit, mit einem Herzen das Zeichen für göttliche Liebe und Treue und mit einer verschnörkelten Vier das Sinnbild für die vier Flüsse des Paradieses, die vier Elemente, die vier Jahreszeiten oder die vier Himmelsrichtungen. Insgeheim stand die Vier aber für die vier glücklichen Jahre, die sie bisher zusammen mit Otto verbracht hatte.

Die Gräfin öffnete ihren Geist dem Strom der Erinnerung. Bilder einer lichtdurchfluteten Kindheit erfüllten sie, Bilder von Ruodlieb, dem Freund ihrer Kindertage. Er wäre jetzt ein erwachsener Mann, etwas jünger als Graf Otto, dachte sie. Sie spürte, dass die Erinnerung an ihn noch immer fest in ihrer Seele verankert war. Die ersten, zaghaften, verspielten Zärtlichkeiten und das gegenseitige Versprechen ewiger Treue waren noch immer gegenwärtig; sie hatte in der Zeit nach ihrer ersten Verehelichung davon gezehrt. Manchmal ertappte sie sich sogar dabei, dass sie in Ottos Gesicht nach Spuren von Ruodliebs Zügen suchte oder dass sie an Ruodlieb dachte, wenn Otto bei ihr lag. Einmal hatte sie die Erinnerung an Ruodliebs Zärtlichkeiten beim Beischlaf mit Otto so sehr erregt, dass sie hinterher vor ihrer Wollust erschauderte. Niemals hatte Irmingard das Treueversprechen vergessen, mit dem sie sich Ruodlieb verbunden glaubte, bis am Ende der Macht des Schicksals doch nichts entgegenzusetzen war als ein wütender, ohnmächtiger Schrei der Verzweiflung.

In den ersten Jahren der Ehe mit Otto hatte Irmingard sich damit getröstet, dass das Versprechen unbedingter Treue von Ruodlieb auf ihren Gemahl übergegangen war. Sie fragte sich aber, warum sie gerade in den letzten Wochen so häufig an Ruodlieb dachte, den Kameraden, Freund, Spielgefährten und Vertrauten der Kinderzeit, und um so vieles intensiver als in der Zeit davor. Sie stellte sich vor, was wohl aus ihm geworden wäre, wenn er noch leben würde: Sie stellte ihn sich als einen kräftigen, gut aussehenden und selbstbewussten Mann mit sonnengegerbter Haut vor, geschickt im Umgang mit Pferden, mehr noch als sein Vater.

Besonders diese Bilder waren noch ganz gegenwärtig in ihrer Erinnerung: Ruodlieb beim Bändigen und Zureiten eines eigenwilligen Schlachtrosses, das stark genug war, einen Reiter in voller Rüstung zu tragen. Und der melancholische Gesang, den der Sohn des Stallmeisters anstimmte, wenn das junge Pferd seinen Widerstand aufgab und sich willig von ihm zureiten ließ. Irmingard hatte das Gefühl, dass die Tiere durch Ruodliebs Stimme mit ihrem Schicksal versöhnt wurden. Er war jetzt ihr Herrscher, und die Pferde hatten Vertrauen zu ihm wie zu keinem anderen.

Ganz leise knarzte die Tür der Kemenate. Irmingard brauchte sich nicht umzuschauen. Sie verscheuchte ihre Gedanken wie lästige Insekten.

»Otto!«, rief sie, legte die Stickarbeit zur Seite und wandte sich ihrem Gemahl zu.

Sofort sah sie, dass etwas geschehen war.

Ottos Gesicht war aschfahl. Seine sonst so stolze Haltung wirkte gedrückt. Mit zusammengekniffenen Augen starrte Otto seine Gemahlin an. Jetzt erst sah Irmingard, dass er eine Urkundenhülle in der Hand hielt. Der Verschluss fehlte, aus der Öffnung ragte halb ein Pergament heraus. Mit einer hilflosen Geste hielt Otto seiner Gemahlin die Urkunde entgegen.

»Was ist das? Was ist geschehen?« Irmingard spürte das Herz in den Ohren pochen. Sie merkte, wie ihr der Schweiß auf die Stirn trat. Plötzlich schien die sommerliche Schwüle von draußen die Kühle aus der Kemenate vertrieben zu haben.

Irmingard nahm die Urkundenrolle, entfaltete das Pergament und entdeckte ein Siegel, das ihr unbekannt war.

»König Konrad«, sagte Otto, als er den fragenden Blick der Gräfin bemerkte. »Wie Mainz es gewollt hat, haben sie in Ingelheim den älteren Konrad gewählt, den Grafen von Speyer, den Favoriten des Mainzer Erzbischofs. Das ist sein Siegel. Das Siegel von König Konrad dem Zweiten.«

»Die Urkunde ist in Lateinisch. Hast du sie Burgkaplan Kilian zu lesen gegeben?«

Otto nickte. »Es ist eine Ladung«, sagte er leise. »Eine Ladung vor das Königsgericht. Konrad wird es gleich nach seiner Krönung abhalten. Und weißt du, wo diese Krönung stattfindet? In Mainz, wo sonst? Und als erste Amtshandlung hat König Konrad Aribo zum Erzkanzler des Deutschen Reichs ernannt.«

»Aribo hat also auf der ganzen Linie gesiegt«, flüsterte Irmingard. »Du sagst Ladung? Was will der König von dir?«, fragte die Gräfin, obwohl sie insgeheim schon wusste, in welcher Sache ihr Gemahl vor den König zitiert wurde.

Otto nahm Irmingard in den Arm, weniger um sie zu schützen, als um Halt bei ihr zu suchen. Die Gräfin spürte, wie stark Ottos Herz pochte. »Es geht um unsere Ehe.« Der Graf vergrub den Mund in Irmingards Haar. Seine Lippen waren ihrem Ohr jetzt so nahe, dass sie die Wärme seines Atems spürte. »Sie wollen unsere Ehe für ungültig erklären. Sie wollen, dass wir uns trennen. Und wenn wir zusammenbleiben, so werden sie uns der Sünde bezichtigen.«

Irmingard löste sich von Otto, packte ihn bei den Schultern. »Aber was haben wir ihnen getan?«, rief sie erregt. »Warum lassen sie uns nicht in Frieden?«

»Es ist eine Warnung«, erwiderte Otto resignierend. »Der jüngere Konrad ist zwar bei der Königswahl unterlegen, aber er hat dennoch viele Anhänger im Reich. Meinen Freund Erzbischof Pilgrim zum Beispiel. Der unterlegene Konrad könnte gefährlich werden, man könnte ihn sogar zum Gegenkönig ausrufen.«

»Aber was hat das mit uns zu tun?«

»So wie sie unsere Ehe wegen zu naher Verwandtschaft in Frage stellen, so können sie es auch bei Cuonradus tun. Sie wissen, dass nichts auf der Welt ihn dazu bewegen kann, seine Gemahlin aufzugeben. Und wenn er dann im Stand der Sünde lebt, kann er unmöglich die Krone tragen.«

»Ich verstehe«, erwiderte Irmingard. »Du willst mir sagen, dass wir nur deshalb in dieses Unglück gestoßen werden, weil Aribo und der neue König einen Rivalen einschüchtern wollen? Ist es das, was du mir sagen willst?«

Otto nickte traurig. Irmingard biss sich auf die Lippen, um nicht vor Wut loszuschreien. Es war Gotteslästerung, wenn diese Männer ihre Liebe auf dem Altar ihrer Machtgier opfern wollten! Sie verspürte ohnmächtige Wut, dass sie selbst, aber offenbar auch ihr Gemahl nicht im Stande waren, irgendetwas dagegen zu unternehmen. Sie fühlte sich wie in den schrecklichen Wochen, da sie als vierzehnjährige Witwe des alten Fuldaer Stiftsvogts zum Spielball von Bedrohung und Verrat geworden war. Genauso gelähmt wie damals war jetzt ihr Herz, und wieder hatte sie das Gefühl, als sei ihr der Boden unter den Füßen entzogen. Aber sie biss die Zähne zusammen. Sie würde nicht wieder klein beigeben! Sie war nicht mehr das junge Mädchen von damals, das Schilfrohr, das der leiseste Wind zu brechen vermag!

»Weißt du noch, was Domherr Torquato gesagt hat?«, fragte Irmingard energisch. »Er hat gesagt, dass nur der Papst unsere Ehe legitimieren kann, ist es nicht so?«

Otto nickte verhalten.

»Dann werden wir an den Papst appellieren! Beim nächsten Vollmond in sechzehn Tagen wird Abt Richard von Fulda auf seiner Fahrt nach Rom bei uns zu Gast sein. Ihm können wir einen Brief für Papst Johannes anvertrauen.«

Doch Otto schüttelte den Kopf. »Aribo hat jede direkte Appellation an den Heiligen Stuhl verboten. Als Erzkanzler hat er die Macht, ein solches Verbot auszusprechen. Wer es dennoch tut, muss damit rechnen, dass der Erzbischof ihn exkommuniziert, verstehst du?«

»Sollen wir es nicht trotzdem versuchen?«, fragte Irmingard zerknirscht.

»Du weißt, wie sehr ich Abt Richard schätze«, entgegnete Otto verhalten. »Es wäre nicht recht, wenn wir ihn in Gewissensnöte bringen würden. Vielleicht würde er uns sogar helfen, wer weiß. Er ist ja wirklich ein mitfühlender und gutmütiger Mann. Aber er würde es allein aus Freundschaft zum Hause Hammerstein tun, ungeachtet dessen, welche Folgen sein Handeln hätte. Dem will und kann ich Abt Richard nicht aussetzen!«

Irmingard nickte. Sie verstand. So wie sie den Abt kannte, wäre er wahrscheinlich dazu bereit, Papst Johannes XIX. einen Bittbrief von ihnen beiden zu überbringen, auch wenn Erzbischof Aribo eine solche Handlung unter seinen Bannstrahl gestellt hatte. Aber was würden die Folgen für den Abt, was würden die Folgen für sein Kloster sein, das seiner alten, päpstlichen Freiheit wegen schon so lange vom Mainzer Erzbistum bedrängt wurde? Sie konnte sich durchaus den Zorn von Erzbischof Aribo ausmalen, wenn ausgerechnet das Reichskloster Fulda seine Autorität in Frage stellte. Irmingard gab ihrem Gemahl Recht: Sie konnten und durften Richard diesen unkalkulierbaren Gefahren nicht aussetzen. Aber was sollten sie sonst tun?

»Ich weiß nicht weiter«, gab Otto leise zu. »Wenn König und Erzkanzler sich gegen uns verschworen haben, dann kann uns nur ein Wunder helfen!«

»Gott wacht über unsere Liebe«, versetzte Irmingard trotzig. »Und wenn Gott es will, dann lässt er auch ein Wunder geschehen!« Sie schmiegte sich an ihren Gemahl. »Liebster, wir sollten nicht an unserem Vertrauen in Gott zweifeln, kaum dass er uns eine Prüfung auferlegt. Wenn wir das Vertrauen in Gott und in unsere Liebe nicht verlieren, dann kann nichts auf der Welt uns schrecken!«

Ein Ruck ging durch Otto, als er die mutigen und zuversichtlichen Worte seiner Gemahlin hörte. Seine Gestalt straffte sich. Er drückte Irmingard fest an sich. »Was wäre ich ohne dich?«, flüsterte er zärtlich. »Du bist mein Licht! Du bist meine Zuversicht!«

Ihre Lippen fanden einander. An dem zärtlichen Kuss entflammte sich ihre Leidenschaft. Ihre unerschütterliche Liebe erschien ihnen mit einem Mal wie ein Bollwerk gegen die Sturmflut, die über ihnen zusammenzuschlagen drohte.

Doch bald waren alle Gefahren und Bedrohungen vergessen. Eng umschlungen sanken der Graf und die Gräfin auf das Himmelbett. Nicht nur ihre Seelen befanden sich im Einklang, auch ihre Körper bewegten sich in vollendeter Harmonie.

12. Kapitel

Der Mainzer Dom, der zu Zeiten von Kaiser Otto II. begonnen worden war, lag im milden Licht dieses Septembertages im Jahre des Herrn 1024. Die Kathedrale war so festlich geschmückt wie die ganze alte Stadt: Überall flatterten Wimpel, spannten sich Girlanden, zierten wertvolle Bildteppiche die stattlichen Mainzer Fachwerkhäuser. Die Glocken des Doms und aller anderen Mainzer Kirchen läuteten ohne Unterlass.

Die vieltürmige Kathedrale aus rotem Stein war riesig. Man sagte, dass das gesamte Volk aus Mainz im Dom Platz finden würde. Nur wenig erinnerte noch an den verheerenden Brand, der das stolze Gotteshaus ein Dutzend Jahre zuvor zerstört hatte. Die Baustelle am Westwerk hatte Erzbischof Aribo mit gewaltigen Tüchern verhängen lassen, die seidig in der Sonne glänzten. Otto dachte, dass allein diese Tücher sicherlich ein Vermögen gekostet hatten.

Tausende und abertausende Menschen strömten durch die Gassen von Mainz in Richtung des großen Marktplatzes vor dem Dom. Denn an diesem Tag würde Konrad von Erzbischof Aribo im Rahmen eines feierlichen Gottesdienstes zum König des Heiligen Römischen Reiches gekrönt werden. Außer den Sachsen und dem Kölner Erzbischof, der mit seinen Rittern auf der anderen Seite des Rheins lagerte, schien jeder im Reich, der Rang und Namen hatte, an dieser Krönung teilnehmen zu wollen.

Ritter Herimot und Ritter Nuradin begleiteten den Grafen, der am kommenden Morgen vor dem ersten Gericht des neuen deutschen Königs zu erscheinen hatte, das im düsteren erzbischöflichen Palast tagen sollte. Der Palast, der westlich an den Dom grenzte, war ganz aus Stein gebaut. Er nahm fast die gesamte Westseite des Marktplatzes ein und erschien Otto wie eine bedrohliche, lauernde Burg inmitten der lebendigen, quirligen Stadt Mainz.

Der Marktplatz vor dem Dom war umgeben von stattlichen Fachwerkhäusern mit drei Geschossen. Wertvolle Schnitzwerke zierten die Schmuckseite, die zum Dom schaute. In einem der Häuser »Unter den Kannengießern« hatte der Graf mit seiner kleinen Gefolgschaft Wohnung genommen. Sie teilten sich ein winziges Stübchen unter dem Dach und mussten dennoch für das Strohlager einen Kölnischen Gulden bezahlen. Die Pferde hatten sie bei einem Hufschmied in der Korbgasse unterstellen können.

»Hört, hört!«, rief der städtische Herold. Der erzbischöfliche Trompeter, der ihn begleitete, forderte energisch Aufmerksamkeit. »Leute, lasst euch sagen, dass der ehrwürdige und von Gott erwählte Erzbischof Aribo von Mainz am heutigen Tage von Mariä Geburt den edlen Grafen Konrad, den Sohn des Grafen Heinrich von Speyer und der Adelheid von Metz, zu dessen Ahnen Kaiser Otto der Große gehört, krönen wird.« Wieder erfolgte ein Trompetenstoß, dann zogen die beiden weiter. Ein paar Kinder schlichen hinter ihnen her und ahmten ihre aufgeplusterte Gangart nach, sodass viele der Umstehenden lauthals lachten.

Vom Tor des erzbischöflichen Palasts führte ein breiter, mit Girlanden abgesperrter Weg bis zum Marktportal des Doms. Hier entlang würde die Prozession mit König, Erzbischof und den hohen Herrn des Reichs führen. Der ganze Weg war mit Teppichen und Tüchern ausgelegt und mit Blumen bestreut, und die Menschenmenge war so dicht, dass sie die Absperrungen zu sprengen drohte. Otto fühlte sich unbehaglich wie immer, wenn er inmitten einer Menschenmenge war.

Er tastete nervös nach seinem Schwert und drängte sich dann

zusammen mit seinem Gefolge in Richtung der großen Tribüne, die Aribo für edle Gäste des Krönungsfestes hatte errichten lassen. Der Zugang zur Tribüne wurde von Rittern des Mainzer Erzbischofs bewacht. Graf Otto sowie Herimot und Nuradin wurden an ihren Kleidern und Waffen sofort als Edelleute erkannt und ohne Weiteres durchgelassen. Sie fanden einen Platz in einer der vorderen Reihen.

Das Tor des Bischofspalasts wurde von zwei Bediensteten geöffnet. Unzählige Köpfe wandten sich alle gleichzeitig in diese Richtung. Hochrufe ertönten. Der Trompeter schmetterte mit vor Anstrengung hochrotem Kopf seinen Fanfarenruf. Gleichzeitig begannen die Trommler mit einem dumpfen, langsamen Rhythmus, der sich allmählich steigerte. Aribo und seine Dienstleute hatten offenbar die musikalische Umrahmung des Krönungsfestes – und damit die emotionale Wirkung auf das Volk – genau bedacht.

Das offene Tor des Erzbischofpalasts wirkte auf Otto jedoch wie ein gieriges, zum Zuschnappen bereites Maul. Dieser irritierende Eindruck verflog, als die ersten Teilnehmer der Krönungsprozession aus dem Tor traten: die dreiunddreißig Mainzer Domherren, deren Anzahl den Lebensjahren des Heilands entsprach. Auf den ersten Blick erkannte Otto den glatzköpfigen und hohlwangigen Torquato. Die Domherrn waren alle in das gleiche schlichte, braune Mönchsgewand gekleidet und hatten ihre Kapuzen über den Kopf gezogen, sodass die Gesichter halb im Schatten lagen.

Den Domherren folgten die geistlichen Herrn, und diesen wiederum die weltlichen. Was für einen prächtigen Anblick all diese hohen Herren und Frauen boten! Das Volk staunte und gaffte mit offenem Mund. Beifall brandete auf. Welch ein farbenprächtiges Schauspiel glänzender und wertvoller Stoffe, die im Sonnenlicht schimmerten! Keiner konnte sich der Faszination dieses Anblicks entziehen. Die Edlen, die sich dort zwischen Palast und Dom ein

Stelldichein gaben, waren die Mächtigen in Herzogtümern, Abteien, Erzbistümern und Bistümern des Reichs.

Da war Balduin Schönbart, der Graf von Flandern, der seinem Namen alle Ehre machte, und dessen Gemahlin, Gräfin Olgiva, die sich für die schönste Frau im Reich hielt, eine Meinung, die nur ihr Gemahl zu teilen schien. Otto entdeckte Ezzo, den Pfalzgrafen von Niederlothringen. Er wunderte sich ein wenig, dass der Pfalzgraf, bei dessen Vater er dereinst als Knappe gedient hatte, trotz der Abwesenheit von Erzbischof Pilgrim zur Krönung gekommen war.

Nuradin teilte Ottos Gedanken. »Ich will niemandem etwas Böses nachsagen«, sagte er zu dem Grafen, »aber ich kann mich des Eindrucks nicht erwehren, als ob Ezzos Fähnchen sich wieder mit dem Winde dreht.«

Ein paar weitere Grafen, die Otto persönlich kannte, waren unter den weltlichen Größen, die an der Krönungsprozession teilnahmen. Herzog Ernst von Schwaben, der noch unmündige Stiefsohn des neuen deutschen Königs, ging neben Markgraf Adalbero von Kärnten, dem jungen Eppensteiner mit seiner noch jüngeren Gemahlin Beatrix. Schwergewichtig kam Herzog Heinrich von Bayern daher, wie immer umgeben von einem Schwarm junger Hofdamen. Der Herzog sprach mit Konrad dem Jüngeren, der bei der Königswahl unterlegen war, aber gute Miene zum bösen Spiel machte.

Jetzt öffnete sich auch das Marktportal des roten Doms. Alle Augen wanderten dorthin. Im Kreise der Bischöfe aus seinem Erzbistum, die allesamt in goldglänzendes Ornat gekleidet waren, trat Erzbischof Aribo heraus. Nur er allein trug eine Mitra, über und über mit Gold und Edelsteinen besetzt. Die ganze Kraft, die diesem Krönungsfest innewohnte, schien sich jetzt auf diesen Mann zu konzentrieren, der gelassen auf der obersten Stufe der Domtreppe stand und auf den König wartete.

»Für diesen Augenblick hat der alte Erzbischof Williges seinen riesigen Dom gebaut«, sagte Otto ehrfürchtig. »Gott gebe es, dass er aus dem Himmel mitverfolgen kann, dass in seinem Dom jetzt eine Königskrönung stattfindet, und nicht in Köln oder in Aachen.«

Auch das Volk erstarrte in Ehrfurcht. Alle Klagen über das unerbittliche Regiment des Aribo als Stadtherr von Mainz schienen mit einem Mal vergessen zu sein.

Geleitet von den Erzbischöfen Gunther von Salzburg und Poppo von Trier trat nun endlich, unter einem prächtigen Baldachin, der neue König aus dem erzbischöflichen Palast ins Freie. Die Erregung der Menschenmenge erklomm ihren Höhepunkt: Zahlreiche Rufe und Schreie ertönten, Beifall brauste allerorten auf. Nicht wenige versuchten, irgendwelche Kleidungsstücke auf die Wegstrecke zu legen, die der König zurücklegen würde. Sie hofften, der Fuß des Königs werde das Kleidungsstück berühren, sodass dem Mantel, dem Rock oder der Hose für alle Zeit das Königsheil innewohnen würde.

Der König trug ganz gewöhnliche Grafenkleider und hob sich damit angenehm von all dem Pomp ab, der ihn umgab. Obwohl er damit auf den ersten Blick unscheinbar wirkte, zog er die Menschen sofort in den Bann. Otto wusste das von früheren Hoftagen, bei denen er mit dem damaligen Grafen Konrad zusammengetroffen war. Angenehm in Erinnerung geblieben war ihm auch das einnehmende Lächeln des Mannes, das seiner jetzt hinter ihm gehenden Gemahlin Gisela ebenfalls zu Eigen war. Auch schätzte Otto Konrads Fähigkeit, Problemen auf den Grund zu gehen, rasch und treffsicher zu urteilen. Auf der anderen Seite hatte er ihn auch schon als verschlossen, stolz und herrisch kennen gelernt, vor allem aber als eigenwillig bis zur Dickköpfigkeit und bisweilen auch als streitlustig. Alles in allem aber brachte Otto dem neuen Königspaar Sympathie entgegen. Auch wenn König Konrad ihn vor sein Gericht geladen hatte und auf der Seite von Erzbischof Aribo stand, damit also ein Gegner von Hammerstein war.

Die Menschen knieten nieder, als der König an ihnen vorbeikam, beteten und bekreuzigten sich. Nicht wenige hatten Tränen in den Augen. Der König grüßte huldvoll nach allen Seiten. Als er etwa die Mitte des Marktplatzes erreicht und damit die Hälfte der Wegstrecke zwischen Palast und Dom zurückgelegt hatte, wurden nacheinander aus der jubelnden Menge ein paar Bittsteller zum König durchgelassen – ein Mainzer Bauer, ein Waisenkind, eine Witwe, ein zu Unrecht Verbannter: Ihnen allen schenkte König Konrad geduldig Gehör.

Die Szene spielte sich nicht weit von der Tribüne der Edelleute ab, auf der auch Otto und seine beiden Ritter Platz gefunden hatten. So konnten sie teilweise mithören, welche Klagen die Bittsteller vorbrachten.

Schließlich trat der Trierer Erzbischof Poppo von Babenberg neben den König. »Wir dürfen Gott nicht länger warten lassen«, drängte er mit säuerlicher Miene.

»Pflichten soll man nicht unerledigt vor sich herschieben«, entgegnete Konrad mit tadelndem Unterton. »Des Königs edelste Zierde ist sein gerechtes Gericht, wie schon der Psalmist sagt: Wer den Willen des Herrn erfüllen will, der muss gerade auf dem Weg zum Altar Gerechtigkeit üben.« Konrad winkte einen Edlen aus seiner Begleitung herbei und trug ihm auf, die vorgebrachten Klagen am königlichen Gericht zu untersuchen.

»Ich glaube, diese Bittsteller sind in Wirklichkeit bestellt«, flüsterte Nuradin dem Grafen zu, sodass niemand im Umkreis es hören konnte. »Ich glaube, er will damit etwas demonstrieren: Alle sollen sehen, mit welcher Entschlossenheit er Gerechtigkeit üben will in seinem Reich.«

Aber Otto kam nicht dazu, Nuradin zu antworten, denn aus der Menge der edlen Herrn und Frauen, die zusammen mit dem König bei der Krönungsprozession innegehalten hatte, löste sich Konrad der Jüngere und kam geradewegs auf Otto von Hammerstein zu.

»Welche Freude, Euch hier zu sehen!«, rief er. Für alle sichtbar umarmte der jüngere Konrad Graf Otto und gab ihm den Friedenskuss. Otto war sofort klar, dass der unterlegene Thronkandidat ihn auf diese Weise vor den Augen des Volks als einen Leidensgenossen ehrte. »Ich hoffe, dass die leidige Sache mit dem Königsgericht ein gutes Ende nehmen wird für Euch«, fügte er bedauernd hinzu.

Otto nickte nur.

»Aber warum steht Ihr hier draußen? Ach … ich verstehe. Ihr gehört zur Gefolgschaft von Erzbischof Pilgrim, und der will heute aus verständlichen Gründen nicht dabei sein. Was haltet Ihr davon, stattdessen in meinem Gefolge an der Krönungsmesse teilzunehmen?«

Otto konnte diese ehrenvolle Einladung des Thronkandidaten natürlich nicht abschlagen. »Geh nur, geh!«, forderte Nuradin seinen Herrn auf. »Wir kommen hier draußen schon allein zurecht.« Sie machten einen Treffpunkt aus, an dem sie nach dem Ende der Krönungsmesse zusammenkommen würden.

»Ich glaube, es geht weiter.« Konrad und Otto reihten sich in die Krönungsprozession ein, die jetzt ihren Weg in den Mainzer Dom fortsetzte.

Dessen gewaltiges Inneres war erfüllt vom Licht hunderter Fackeln und Kerzen. Eine riesige Goldschale mit Weihrauch schwang wie ein riesiges Pendel im Hauptschiff des Doms und zog Rauchschwaden hinter sich her. Die ungeheure Größe des Doms entfaltete sich vollends, als der vielstimmige Mönchschor bei Einzug der Prozession einen Hymnus anstimmte.

Unterhalb des Altars befand sich der prächtige Stuhl des Erzbischofs und der Krönungsthron Kaiser Ottos, den man aus Aachen nach Mainz geschafft hatte.

Otto hielt sich an Konrad den Jüngern und nahm mit dessen Gefolgschaft Aufstellung in der Nähe der doppelgeschossigen Kapelle, in der Erzbischof und Domherren zu beten pflegten. Immer mehr Menschen strömten in den Dom, sodass er bald bis auf den letzten Platz gefüllt war. Nur in der Mitte hatte man eine Gasse freigelassen. Durch diese zogen jetzt der König und der Erzbischof feierlich in den Dom ein.

Das Stimmengewirr erstarb. Nur noch das Glockenläuten und der Mönchsgesang waren zu vernehmen. Als König und Erzbischof am Altar angekommen waren, verstummte auch der Gesang.

Ottos Sinne waren ganz verwirrt: vom Weihrauch, von der Harmonie des Gesangs, vom Glockenläuten, den unzähligen Lichtern und der vielköpfigen Menschenmenge … Für ein paar Augenblicke vergaß er sogar die Traurigkeit, die ihn mehr und mehr erfüllte, seit sich das Unwetter über dem Glück seiner Ehe zusammenbraute. Nichtsdestotrotz offenbarte sich für Otto in der heiligen Zeremonie dieser Königskrönung Gott, ganz gleich wer sie vornahm oder an wem sie vorgenommen wurde.

Erzbischof Aribo erhob sich. Mit kräftiger Stimme, die erfüllt war von der Selbstgewissheit seines hohen Amtes als Koronator des deutschen Königs, überprüfte er die Glaubensfestigkeit Konrads, der kurz und knapp seine einstudierten Antworten gab und dann ein ebenso förmliches Schuldbekenntnis ablegte und um Absolution bat. Schließlich sprach Erzbischof Aribo den noch ungekrönten König von allen seinen Sünden frei.

Nun begann das Ritual der Salbung. »So wie Samuel einstmals David gesalbt hat, so salbe ich Euch, Konrad, mit diesem heiligen Öl zum König.« Erzbischof Aribo hob den prunkvollen Kelch mit dem Salbungsöl in die Höhe und zeigte ihn dem Volk. Alle bekreuzigten sich. Keiner wagte auch nur ein Wort zu sagen, während Aribo den Daumen in das Öl tauchte und damit die Sinne des Königs zeichnete und segnete – den Mund, die Nase, die Augen, die Ohren –, damit sie ihm dabei halfen, eine gerechte Herrschaft zu errichten.

»Jetzt seid Ihr als ein neuer Mensch wiedergeboren«, verkündete der Erzbischof feierlich. Er machte einem der Domherren ein Zeichen, worauf dieser mit einem kostbaren Priestergewand auf den Armen vortrat. Während er und ein paar Helfer den König einkleideten, stimmte der Mönchschor von neuem einen Hymnus an.

»Gott hat Euch mit diesem Amt die Gewalt über die Menschen gegeben«, verkündete Aribo. »Gott will, dass Ihr diese Gewalt gerecht und gnädig ausübt, er will aber auch, dass Ihr nicht wanken werdet, wenn es gilt, diejenigen zu bestrafen, die das göttliche Recht verletzen.«

Plötzlich schwang in der Stimme des Erzbischofs ein drohender Unterton. So als würden seine Worte sie alle ein wenig zu Boden drücken und kleiner machen, auch wenn keiner persönlich angesprochen war. Der gesalbte König Konrad aber hatte ein feines, undurchsichtiges Lächeln aufgesetzt, das Otto nicht recht deuten konnte. Er wusste nicht einmal genau, ob er sich dieses Lächeln nicht nur einbildete.

»Nehmt dieses heilige Schwert, damit es Euch helfe, dieses Amt auszuüben!« Aribo nahm das Reichsschwert mit dem Wehrgehänge, das auf dem Altar gelegen hatte. »Es ist die erste der heilskräftigen Insignien, die wir Euch heute überreichen. Bewahrt sie gut!« Er selbst gürtete das Schwertgehänge um Konrads Leib. »Benutzt dieses Schwert im Kampf gegen die Widersacher Christi, wo immer diese ihr Haupt erheben!«

Otto wurde erfüllt von einer tiefen Traurigkeit, als er die Reichsinsignien so fern von Hammerstein sah. Es war mehr als fraglich, ob die Insignien jemals wieder auf seine Burg zurückkehren würden. Erzbischof Aribo jedenfalls würde als Erzkanzler des Reichs schon Sorge dafür tragen, dass dies nicht geschehe.

Einer der beiden Domherren, die nunmehr den Sternenmantel um die Schultern des Königs legten, war Torquato. Otto sah es mit Bitterkeit, so als würde die Berührung durch ihn die Insignie entehren. Aribo übergab dem König sodann das Zepter als Werkzeug der Gerechtigkeit. Auf ein Zeichen von ihm brachte ein weiterer Domherr die Sitzbank mit dem Samtpolster, auf das der König niederkniete.

Schließlich trat der Erzbischof von Bayern mit einem Kissen aus Goldbrokat vor, auf dem die Krone des Reichs lag.

Aribo nahm die von Gott geheiligte Krone zwischen seine behandschuhten Hände, eine Geste, die Otto wie eine unrechtmäßige Inbesitznahme vorkam. Er hatte das Gefühl, dass Aribos Augen verräterisch glühten, als er die Krone hoch über den Kopf des Königs hob und für einige Augenblicke in dieser Stellung verharrte. Alle im Mainzer Dom hielten den Atem an.

»So kröne ich dich heute am Tag von Mariä Geburt als den Herrn über das Heilige Römische Reich, auf dass du nach dem Vorbilde Davids Gerechtigkeit und Gnade üben mögest. Im Namen des allgegenwärtigen Vaters, des Sohnes und des Heiligen Geistes.«

Als diese formelhaften Worte in der Weite des Domes verhallt waren, senkte Aribo die Krone auf Konrads Haupt, und im nämlichen Moment brach ein gewaltiger Jubel los mit Hochrufen, Akklamationen und Huldigungen für den neuen Herrscher.

Den neuen König schien der Jubel ungerührt zu lassen. Langsam erhob er sich von der Sitzbank, jetzt im vollen Ornat des deutschen Königs, und blieb wie zu einer Statue erstarrt neben Aribo stehen, der nicht so recht zu wissen schien, wo er seine Hände lassen sollte, jetzt nachdem sie nicht mehr nach der Krone greifen konnten. Konrad aber ließ in aller Ruhe seinen Blick über die jubelnde Menge gleiten, und jetzt war Otto sicher, dass er sich das stille Lächeln des Königs nicht nur einbildete. Zum ersten Mal kam Otto der Gedanke, dass König Konrad sich vielleicht doch nicht mit der Rolle der Marionette von Erzbischof Aribo begnügen würde.

13. Kapitel

Der große Saal des erzbischöflichen Palasts war wie schon am Vortag der Dom bis auf den letzten Platz mit Menschen gefüllt.

König Konrad hielt sein erstes Gericht. An seiner Miene sah man, wie ernst er diese Aufgabe nahm. Konrad schenkte allen, die bei ihm vorsprachen, ein aufmerksames Ohr, dann sagte er seinem Protokollarius, was er niederschreiben solle, und versprach mit klarer und fester Stimme Abhilfe, wenn er es für erforderlich hielt. Neben ihm saß auf einem etwas kleineren, nach hinten versetzten Thron seine Gisela, die Königin, die noch ungesalbt und ungekrönt war. Um den Kölner Erzbischof Pilgrim zur Anerkennung des neuen Königs zu bewegen, hatte Aribo vorgeschlagen, dass die Salbung und Krönung der Königin in wenigen Tagen in Köln stattfinden solle, der ersten Station des traditionellen Ritts, der den König in den ersten Monaten seiner Amtszeit in viele Gegenden seines großen Reichs bringen würde.

Otto stand inmitten der Wartenden. Er wusste nicht, wann sein Fall aufgerufen würde. Soeben trat Abt Odilo von Cluny vor das Königsgericht. Er war der oberste Herr des blühenden Klosterverbands von Cluny. Otto war sich sicher, dass der Abt den weiten Weg aus Burgund nach Mainz nicht nur auf sich genommen hatte, um sich vom König den Besitz zweier großer Dörfer im Elsass bestätigen zu lassen. Hinter den Kulissen gab es zwischen dem König und dem Abt von Cluny sicherlich so manches zu besprechen, was die Angelegenheiten des Reichs betraf. Denn Odilo stand in dem Ruf, jeden König im Bannkreis der römischen Kirche persönlich zu kennen. Außerdem pflegte er engen

Kontakt zum Papst, so wie er es auch bei dessen Vorgängern gehalten hatte.

Während Odilos Sache und eine Reihe weiterer Lehnsangelegenheiten verhandelt wurden, schweiften Ottos Gedanken ab. Sein Geist wanderte in den Frühling zurück, als es noch keine Anzeichen dafür gab, dass das Jahr des Herrn 1024 so böse Überraschungen bereithalten würde. Er stellte sich vor, wie es wäre, wenn jetzt Irmingard in allen Ehren an seiner Seite wäre und sie als Grafenpaar gemeinsam an der Krönung teilgenommen hätten. Unter glücklicheren Umständen wären der Graf und die Gräfin von Hammerstein gern gesehene Krönungsgäste gewesen. Aber gerade dieser Umstand, dass Hammerstein als unbedingt königstreu galt, war Erzbischof Aribo offensichtlich ein Dorn im Auge.

Es versetzte Otto einen Stich ins Herz, dass seine Ehre so weit herabgesunken war. Bislang war doch die Ehe, die er geführt hatte, für alle ein Sinnbild der Makellosigkeit und der Treue gewesen. Sollte das jetzt alles nicht mehr gelten? Jetzt war die Ehe sogar der Grund dafür, dass Otto sich inmitten der großen Menschenmenge vor dem Königsgericht ganz allein gelassen und ausgegrenzt vorkam. Er dankte Gott, dass wenigstens seine beiden treuen Ritter Nuradin und Herimot ihm zur Seite standen.

Otto fühlte sich tief gedemütigt. Diese Demütigung hatte seine Tatkraft schwinden lassen. Er fühlte sich matt und kraftlos. Zudem war die Luft in Aribos großem Saal stickig. Otto hatte das Gefühl, dass das Blut aus seinem Kopf wich.

»Geht es dir nicht gut?« Nuradin nahm den Freund und Lehnsherrn beim Arm.

Otto schüttelte den Kopf. »Es ist nichts«, sagte er langsam. Er spürte, dass ihm die innere Stärke fehlte, die Irmingards Liebe seinem Leben verliehen hatte. So weit war es also schon gekommen: Aribos Intrigen hatten bereits Früchte getragen! Er wusste genau, welcher Weg ihm bestimmt war. Er musste sich mit allen

Mitteln, die ihm zur Verfügung standen, gegen diesen Angriff auf sein Lebensglück zur Wehr setzen, kostete es, was es wollte. Doch wenn das wirklich so war, wieso fühlte er sich jetzt wie gelähmt? Mutlosigkeit und Kummer umklammerten sein Herz statt Furchtlosigkeit und Tatkraft …

Nuradin stieß Otto mit dem Ellbogen an. Jetzt erst bemerkte der Graf, dass aller Augen auf ihn gerichtet waren. »Sie haben dich aufgerufen«, flüsterte sein Freund.

Wie in einem Albtraum kam er sich vor, als er unter den teils mitleidigen, teils gleichgültigen, teils aber auch abschätzigen Blicken der Teilnehmer nach vorn ging. Nur wenige machten aufmunternde Gesten. Er atmete ein paar Mal hastig ein und aus, denn er fürchtete, dass die Sinne ihm schwinden könnten. Zuletzt hatte er sich so als Knappe gefühlt, als er mitten in einer Festmesse, vom Weihrauch und Rauch der Kerzen ohnmächtig geworden, unter dem Lachen und Feixen der anderen Knappen von einem kräftigen Ritter hinaus an die frische Luft getragen worden war.

Mit seiner Rechten umfasste er den Mistelzweig in seinem Gürtel; den hatte Irmingard ihm zugesteckt, denn dem Volksmund zufolge bewirkte der Mistelzweig, dass man vor Gericht nicht schuldig gesprochen wurde.

Ganz unvermittelt fand sich Otto vor dem Königsthron wieder. Er kniete vor Konrad nieder und verneigte sich, bis der König ihn aufforderte aufzustehen. Benommen stand Otto am Fuß des Richterstuhls. Er hatte das Gefühl, als ob ein Schleier vor seinen Augen läge, wagte aber nicht, sich vor dem König die Augen zu reiben. Durch diesen Schleier sah er im Schatten hinter dem Richterstuhl des Königs eine Gestalt auftauchen, die dort vorher nicht gestanden hatte: Erzbischof Aribo war höchstselbst gekommen, um dem von ihm erwirkten Richtspruch gegen die Ehe des Grafen von Hammerstein im Hintergrund beizuwohnen.

»Ist Euch nicht wohl, Graf Otto?«, fragte der König, der ein

Auge hatte für das Befinden der Menschen. »Hol dem Grafen einen Krug Wasser«, sagte Konrad zu einem der Pagen, die seinen Thron umgaben.

Dann rief er den Domherrn auf, der die Anklage gegen Otto vor dem Königsgericht vertrat, und natürlich war es Torquato. Der Domherr trug diesmal ein Priestergewand statt seiner Mönchskutte, und auf seinem spitzen Kahlschädel trug er den roten, breitkrempigen Hut des Anklägers. Er ehrte den König mit einer förmlichen Verbeugung und schaute dann den Grafen von der Seite mit einem Blick an, in dem sich Feindseligkeit und Häme mischten. Der König machte Torquato ein Zeichen. Dieser nickte. »Erzbischof Aribo hat das Königsgericht angerufen, denn er hat eine Verfehlung entdeckt, die Gottes Zorn schürt und die Unglück über das Land bringen wird.«

Umständlich erklärte der Domherr, dass die Zählweise des Kölner Erzbischofs bei der Ermittlung des Verwandtschaftsgrads unrechtmäßig sei. Er wies ein Schreiben des dahingegangenen Papstes Benedikt vor, in dem dieser die alleinige Gültigkeit der Zählweise nach Mainzer Art bestätigte. »Es steht fest, dass die Urgroßmutter der angeblichen Gräfin Irmingard und die Ururgroßmutter von Otto Schwestern waren. Und nach der von Rom bestätigten Berechnung ist das eine Verwandtschaft im siebten Grad.«

Der Knappe brachte Otto das Glas Wasser. In Torquatos Gesicht spiegelte sich Ärger, weil er in seinen Ausführungen unterbrochen wurde. Tatsächlich fühlte sich Otto etwas besser, nachdem er ein paar kräftige Schlucke getrunken hatte.

»Können wir jetzt fortfahren?«, fragte Domherr Torquato ungeduldig in Richtung des Grafen, der sich mit fahrigen Bewegungen den Mund abwischte.

»Ihr seid hier, um einen Casus vorzutragen.« Der König zeigte ein missbilligendes Gesicht. »Maßt Euch aber nicht das Recht des Richters an, dem es allein zusteht, den Angeklagten zu maßregeln.«

Otto spürte, wie Torquato sich über diese Zurechtweisung ärgerte, auch wenn er nur nickte, als Zeichen dafür, dass er den Tadel zur Kenntnis genommen hatte.

»Diese Ehe ist ein Dorn im Auge unseres ehrwürdigen Erzbischofs Aribo, in dessen Namen ich hier spreche! Der Erzbischof kann es nicht hinnehmen, dass Graf Hammerstein, der hier vor uns steht, in aller Offenheit eine Todsünde begeht. Denn es ist eine Todsünde, wenn ein Mann eine Frau des eigenen Bluts beschläft, und der Zorn des Herrn kann nur dadurch besänftigt werden, wenn sich diese beiden, Graf Otto und die angebliche Gräfin Irmingard, ein für alle Male trennen und nie wieder zusammenkommen.«

Obgleich eine ohnmächtige Wut Graf Otto erfasste, als er den Domherren wie einen Henker seines Glücks vor sich sah, war er wie betäubt. Torquato war wie ein böser Geist, der mit seiner Zaubermacht alle Kraft aus seinem Leib saugte: Der Graf fühlte sich unfähig, auch nur ein einziges Wort zu erwidern, als ihn der König mehrfach dazu aufforderte. Es war, als müsste er begründen, warum er atmete. Und was konnte er schon gegen eine Anklage erwidern, die vom Erzkanzler des Reichs und vom Papst unterstützt wurde? Und bestand die Anklage nicht sogar zu Recht, war nicht der Verwandtschaftsgrad bei den Vorgesprächen zur Eheschließung mit dem Kölner Erzbischof eines der Gesprächsthemen gewesen?

»Und erlaubt mir, dass ich noch einmal daran erinnere, dass nur der Papst für eine solche Ehe einen Dispens geben kann«, wandte sich Torquato an den König und Gerichtsherrn.

»Ich brauche es Euch nicht mehr zu erlauben, denn Ihr habt ja bereits ohne meine Erlaubnis an diese Tatsache erinnert«, erwiderte der König trocken.

Ein paar Anwesende lachten leise. Torquato schaute sich irritiert und wütend zu den Lachern um, so als wollte er sich deren Gesichter einprägen, um später Rache nehmen zu können.

»Und Erzbischof Aribo hat mir aufgetragen«, fuhr Torquato trotzig fort, »auch daran zu erinnern, dass niemand aus dem Reich in dieser Sache an den Papst appellieren darf, ohne vorher den Erzkanzler um Erlaubnis gebeten zu haben.«

»Und als Erzkanzler ist seit gestern endgültig Erzbischof Aribo bestätigt, wolltet Ihr noch sagen, Domherr«, sagte der König mit einem leisen ironischen Unterton. »Wie dem auch sei, Graf Otto. Ihr antwortet nicht, und was könnte ich in diesem Fall schon tun, da er so völlig klar erscheint?«

»Was Ihr tun sollt, Herr?« Otto konnte plötzlich nicht mehr schweigen. Sein Herz schlug heftig, vor ohnmächtiger Wut, vor Verzweiflung. »Ihr sollt die Ehre meiner Gemahlin wahren! Wahrt die Ehre der Gräfin Irmingard von Hammerstein!«

Das Gesicht des Königs verdüsterte sich. »Ich werde ehren, wen zu ehren gebührt.« Otto hatte das vage Gefühl, Bedauern aus seinen Worten entnehmen zu können.

»Gebührt es der Gräfin etwa nicht?« Otto wünschte sich, besser mit Worten umgehen zu können. Aber seine Waffe war das Schwert, nicht das öffentliche Wort, und wenn er vor den Augen so vieler Menschen sprechen musste wie hier beim Königsgericht, dann war er unsicher, suchte nach den treffenden Begriffen. »Ich kenne keinen Menschen auf der Welt«, fuhr der Graf langsam fort, »dem es mehr gebühren würde, geehrt zu werden, als Gräfin Irmingard von Hammerstein.«

»Ihr wisst, Graf, Domherr Torquato sieht das anders.«

Otto schaute feindselig zu Torquato hinüber. »Domherr Torquato?« Der Graf schnaubte verächtlich. »Wer ist Domherr Torquato, um über meine Ehe zu richten? Ist er etwa unfehlbar?«

Der Domherr starrte ihn eisig, aber mit unbeweglicher Miene an.

»Graf Hammerstein, leider tragen Eure Worte nicht zur Lösung Eures Problems bei«, erwiderte der König bedauernd. »Domherr Torquato? Seid Ihr fertig mit Eurer Anklage?«

»Ich bin fertig. Und um die Unrechtmäßigkeit der Ehe des Grafen Otto von Hammerstein ohne jeden Zweifel zu beweisen«, fuhr Torquato fort, »bietet der Erzbischof Aribo drei gewichtige Zeugen auf, deren Eid unsere Anklage beweist.«

Nacheinander rief Domherr Torquato die Erzbischöfe von Trier, Salzburg und den Bischof von Bamberg auf, ihren Eid in der vorgeschriebenen Form auf ein prächtiges Evangeliar aus dem Schatz Aribos abzuleisten, das die vier Evangelien des Neuen Testaments enthielt. Alles war abgekartet. Otto sah ein, dass ihm auch Worte nicht helfen würden. Er war machtlos. Er fühlte sich selbst entehrt und beschmutzt, denn seine Gemahlin war entehrt worden, ohne dass er etwas hätte dagegen tun können.

»Herr, wollt Ihr mir denn wenigstens gestatten, dass ich mich an den Papst wende?«, fragte Otto verzweifelt. Torquato tat so, als wäre der Graf Luft.

Konrads Miene verfinsterte sich. Er schüttelte den Kopf. »Wir haben erst vor wenigen Tagen beschlossen, dass jeder aus dem Heiligen Römischen Reich, der sich mit einem Anliegen an den Papst wenden will, zuerst bei unserem Erzkanzler und Erzkaplan Aribo vorsprechen muss. Diese Entscheidung gilt, denn Wir haben sie mit unserem königlichen Siegel legitimiert.«

»Dann kann ich nichts anderes tun, als Euch um Gnade anzuflehen«, presste Graf Otto mühsam hervor, sein letzter und untauglicher Versuch, das Blatt des Schicksals noch zu wenden.

König Konrad schüttelte nachdenklich den Kopf. Otto hatte das Gefühl, dass alles, was hier geschah, schon vorher festgelegt worden war. Der König machte den Eindruck, als steuerte er auf ein bestimmtes Ziel zu.

»Wie lange seid Ihr in Eurem Grafenamt, Otto?«

»Sieben Jahre, Majestät.«

»Dann habt Ihr genug politische Erfahrung, um zu verstehen, warum ich an mein besiegeltes Recht gebunden bin.«

Ottos Miene verdüsterte sich, aber dann nickte er matt.

»Jedenfalls solange sich die Voraussetzungen nicht ändern.«

Torquatos Gesicht zeigte jetzt zum ersten Mal eine Regung. Er schaute den König fragend und mit einer Spur von Ärger an.

Der König ignorierte den Mainzer Domherrn und erhob sich betont langsam von seinem Richterstuhl und hielt sein Zepter in die Höhe. Der Zeremonienmeister klopfte dreimal mit seinem Stab auf den Boden. »So verkünden Wir das Urteil in dieser Gerichtssache, und Wir schwören, dass Wir dabei Gerechtigkeit walten lassen. Wir untersagen Euch, Graf Otto von Hammerstein, von jetzt an weiter mit der Gräfin Irmingard in ehelicher Gemeinschaft zusammenzuleben. Es ist der Wille des Herrn, der in diesem Königsgericht kund wird. Wenn Ihr und Irmingard Euch diesem Urteil widersetzt, dann sei Euch angedroht, dass Ihr der Reichsacht verfallt und dass Wir alle Eure Güter konfiszieren werden, die Ihr aus der Hand unseres ehrwürdigen Vorgängers Kaiser Heinrich empfangen habt. Erst wenn Ihr dem Urteil dieses Königsgerichts gefolgt seid und die einstmalige Gräfin Irmingard Burg Hammerstein verlassen hat – erst dann werde ich die Belehnung Kaiser Heinrichs erneuern, versteht Ihr, Graf Otto! Natürlich ist es Euch weiterhin vorbehalten, an den Papst zu appellieren, aber dann müsst Ihr den vorgeschriebenen Weg gehen und Euch an den Erzkanzler wenden. So ist es hiermit verkündet zu Mainz am Tag nach Mariä Geburt, und mein Protokollarius wird diesen Richtspruch aufschreiben und in unserer königlichen Kanzlei aufbewahren.«

Torquato grinste zufrieden. Otto war vollkommen verwirrt: Hatte er also endgültig verloren?

»Habt Ihr uns verstanden, Graf?«, fragte der König, der das Unverständnis in Ottos Miene sah. »Ihr dürft nicht mit Eurer Gemahlin zusammenbleiben!«

Otto antwortete nichts.

»Unterwerft Ihr Euch unserem Urteil?«

Der Graf atmete schwer. Er brachte kein Wort hervor. Er

konnte doch nicht die Zustimmung zu seinem eigenen Untergang und Unglück geben!

»Überlegt Euch gut, was Ihr jetzt tut«, sagte der König mit scharfem Tonfall. »Ich frage Euch noch einmal: Unterwerft Ihr Euch?«

Schließlich nickte Otto widerwillig.

»Sagt es!«, drängte der König. »Wir wollen, dass jeder hier Euch hört!«

»Ich unterwerfe mich Eurem Urteil«, sagte Otto mit lauter Stimme. Jeder hörte, wie schwer es ihm fiel. In diesem Moment reifte in ihm die Überzeugung, dass er dieses Urteil nicht tatenlos hinnehmen könnte. Er würde um sein Glück kämpfen.

Vielleicht spürte auch der König, dass Ottos Miene sich verändert hatte, dass ein entschlossener Ausdruck auf sein Gesicht trat. Er betrachtete Graf Otto mit einem fragenden, beinahe aufmunternden Blick, der nicht zusammenpassen wollte mit dem harten Spruch, den er nach dem Willen des Erzbischofs Aribo gefällt hatte.

War es wegen dieses für keinen sonst erkennbaren, vielleicht auch nur eingebildeten Zuspruchs seitens des Königs? Jedenfalls wusste der Graf von Hammerstein jetzt, dass es nur einen Weg gab, der ihm vorherbestimmt war, und das war der Weg der Ritterlichkeit, der Weg des Kampfes, auch gegen einen übermächtig scheinenden Feind.

14. Kapitel

Das Fähnlein Hammersteiner Ritter lagerte im Schatten ausladender Lindenbäume, die den zum Fluss gelegenen Hinterhof der Herberge umstanden. Ein Knappe wurde als Wache am Tor zur Straße nach Cruzenach postiert, die das Dorf durchquerte. Wenn es stimmte, was man dem Grafen zugetragen hatte, dann würde Erzbischof Aribo am Abend mit seinem Reisewagen hier an dieser Stelle vorbeikommen. Noch drei Stunden. Es wurde tatsächlich ernst. Die Männer spürten es. Der verzweifelte Plan des Grafen, den Erzbischof gefangen zu setzen, fand nicht die ungeteilte Zustimmung aller seiner Ritter. Und dennoch bemächtigte sich jetzt der Männer eine Spannung, wie sie allen Kämpfen vorausging. Denn unblutig und gefahrlos würde die Gefangennahme des Erzbischofs nicht vonstatten gehen.

Verängstigt kam der Herbergsvater aus dem Fachwerkhaus und drehte seinen Strohhut in den Händen. In die Oktobersonne blinzelnd stand er unschlüssig neben dem steingefassten Kräutergärtchen.

»Ich wollte doch … ich habe …«, stotterte der verängstigte Mann angesichts der Ritter, die jetzt vom Pferd sprangen. Otto kümmerte sich nicht um die Angst des Mannes. Er hatte seit Tagen die ungestüme Entschlossenheit in seinen Augen, trug seit Tagen diesen Zorn im Herzen, den er am liebsten der ganzen Welt entgegengeschleudert hätte. Nuradin wunderte sich noch immer über das unvernünftige, ungestüme Vorgehen seines Herrn, das überhaupt nicht zu Otto passen wollte. Und insgeheim billigte Nuradin es auch nicht. Anstatt den Kopf einzuziehen, Verhandlungen zu führen, es mit Bestechungen zu versuchen, begab sich Otto auf einen Heerzug gegen den mächtigsten Kirchenfürsten des Reichs! Ach, was hieß Heereszug! Der Überfall, den sie planten, machte sie zu Strauchdieben und Banditen! Wie ein unreifer Jüngling gebärdete sich der Graf von Hammerstein, der landauf, landab als maßvoller, gerechter Herr angesehen wurde. Nuradins Gemüt verdüsterte sich, wenn er über diese Veränderung nachdachte. Statt in Ruhe die Läufe des Schicksals abzuwarten, forderte Otto das Schicksal heraus. Aber Otto war sein Herr, und er würde ihm folgen, ganz gleich wohin.

Im Westen braute sich über den buckeligen Bergrücken des Hunsrücks ein Unwetter zusammen. Die Wolken zogen, vom steten Wind getrieben, quer über den Horizont. »Bring uns Wein, Herbergsvater!« Ritter Landbrecht baute sich vor dem schlotternden Mann auf. »Wein für alle, aber schnell!«

Der furchtsame Mann blieb wie angewurzelt stehen.

»Es ist auch noch Federweißer da und Bier!«, kam unvermittelt eine Frauenstimme aus dem Schankraum. Die Herbergsmutter, eine dralle, resolute Frau, trat aus dem niedrigen Eingang des großen Fachwerkhauses. Unter jedem Arm trug sie ein Fässchen. Im Gegensatz zu ihrem Mann schien sie keine besondere Angst vor dem fremden Rittervolk zu haben.

»Aber … Luitgardis … das ist der Wein, der für die Klosterbrüder bestimmt ist …«

»Schickt uns das Kloster einen Haufen von Rittern, um den Wein abzuholen?«, konterte Luitgardis spitz. Es war ziemlich klar, wer in diesem Hause das Sagen hatte.

»Das ist ein Weib, welches das Herz auf dem rechten Fleck hat«, lachte Landbrecht mit der aufgekratzten Fröhlichkeit des Kriegers im Angesicht eines bevorstehenden Scharmützels. »Her mit den Fässern!«

»Wer will zuerst?« Die Herbergsmutter hielt den Rittern das

Fass mit dem frischen Federweißen entgegen. Landbrecht nahm es lachend in Empfang.

Mochte die Herbergsmutter auch mitlachen, so entging Nuradin nicht, dass auch sie trotz aller aufgetragenen Gelassenheit eine Heidenangst hatte. Mit lautem Johlen und Freudengeschrei ließen die Ritter die Fässchen rundgehen. Sie entledigten sich der Helme und der Armschienen. Nuradin, der als Kastellan ihr Hauptmann war, ließ sie gewähren. Gierig ließen die Krieger das schäumende, grün-gelbliche Gebräu in die Kehlen gurgeln. Schnauben, Rülpsen, zufriedenes Grunzen. Selbst die Knappen bekamen den ein oder anderen Schluck ab.

»Wo Trank ist, ist auch Speise!«, rief Landbrecht ausgelassen. »Ist dies nun eine gute Herberge oder nicht? Herbergsmutter, entweder du bringst mir zu essen, oder du wirst mich mit Milch aus deinen Zitzen säugen!«

Fast die ganze edle Ritterrunde grölte vor Lachen bei diesem derben Spaß. Otto schaute kurz auf, aber in seinem Gesicht war nicht einmal der Anflug eines Lächelns.

»Wollt Ihr frisches Brot? Ich habe es erst gestern Abend gebacken«, beeilte sich Luitgardis zu sagen. »Und meine Zitzen sind so trocken wie die Heide im Sommer.«

Jetzt lachten die Männer noch lauter. Und als sie Nuradins ärgerlichen Blick sahen, hielten sie kurz inne, um gleich wieder loszuprusten. Einige verschluckten sich, ein paar hielten die Hand vor den Mund. Dem Kastellan erschienen die Männer wie kleine Jungen, aber er konnte sie gut verstehen. Schließlich wusste er, dass sie ihrem Herrn bei diesem Feldzug ohne echte Überzeugung gefolgt waren und dass sie Ablenkung und Spaß brauchten, um ihre Gedanken von dem bevorstehenden Kampf mit den Rittern des Erzbischofs abzulenken.

Es würde kein einfacher Kampf werden, und sie mussten auf das Überraschungsmoment hoffen. Im Dorf gab es zwar genug Verstecke, um dem Tross des Erzbischofs aufzulauern. Aber dann musste alles ganz schnell gehen, denn der Begleitschutz Aribos war sicherlich kaum weniger stark und kaum schlechter bewaffnet als das Fähnlein der Hammersteiner Ritter.

Nuradin hatte es aufgegeben, Otto danach zu fragen, was sie anschließend mit einem gefangenen Erzbischof anfangen sollten. So weit dachte der Graf in seinem gerechten Zorn nicht. Otto war finster entschlossen. Seit er vom Königsgericht in Mainz zurückgekommen und den Spruch des neuen Königs über die Ungültigkeit ihrer gemeinsamen Ehe Irmingard überbracht hatte, war der Graf in dieser unberechenbaren Stimmung. Für ihn schienen die Mauern des himmlischen Jerusalem eingestürzt zu sein. Nuradin wusste, dass Otto auch ganz allein in seine Schlacht gegen den Mainzer Erzbischof gezogen wäre. Und selbst gegen die Heerscharen der Hölle wäre er für seine Liebe zu Irmingard angetreten, ohne auch nur einen Augenblick zu zögern. Dieser Otto war ein anderer Mann, als Nuradin ihn kannte, und wenn er auch sein Verhalten missbilligte, so liebte er seinen Grafen in dessen ohnmächtiger Verzweiflung doch mehr denn je.

Die Herbergsmutter kam jetzt mit ein paar Brotlaiben unter dem Arm aus dem Haus heraus und verteilte sie unter den Kriegern.

»Es ist schade, dass Galad nicht dabei ist!«, rief Ritter Landbrecht in die Runde. Seine Stimme klang schon ein wenig unsicher, und sein Blick war glasig. Schnell trank er noch einen Schluck, goss den Wein in sein nimmersattes Maul, reichte dann das Fässchen an den Nächsten weiter. »Vogt Galad kann verbissen kämpfen. Auch wenn man es ihm auf den ersten Blick nicht ansieht, so haut er doch einem Mann seinen Kopf glatt mit einem einzigen Hieb vom Leib.« Er strich sich mit dem Zeigefinger über den Kehlkopf.

Nuradin sah in den Gesichtern der meisten Ritter, dass ihnen dieser Auftritt eher unangenehm war, denn Landbrecht galt als engster Vertrauter von Galad, den kaum einer von ihnen wirklich leiden konnte. Sie empfanden Landbrechts Bemerkungen als Kränkung ihres Herrn, und wenn sie Graf Otto auch nicht mit flammendem Herzen in seine private Fehde gegen den Erzbischof folgten, so waren sie ihm doch fast alle treu ergeben. Der größte Teil von ihnen war sicherlich ebenso froh wie Nuradin darüber, dass Graf Ottos Halbbruder Galad nicht mit von der Partie war, so sehr Landbrecht das auch bedauern mochte.

Nuradin jedoch wollte jedem Streit aus dem Weg gehen und bedeutete Landbrecht mit einer beschwichtigenden Geste, endlich Ruhe zu geben. Landbrecht zuckte mit den Schultern. Luitpold flüsterte ihm etwas ins Ohr.

»Man wird doch noch fragen dürfen«, brummelte Landbrecht aufsässig. Auch er spürte, dass ihm ein Streit angesichts des bevorstehenden Scharmützels nicht gut zu Gesicht stehen würde.

Im diesem Augenblick schoben sich die fetten, Unheil verkündenden Gewitterwolken vor die Sonne. Die Welt verdunkelte sich. Der Wind lebte auf, rüttelte an den Schindeln des Herbergsdaches und bog die Äste der Lindenbäume, unter denen die Männer rasteten. In der Ferne war das Krächzen von Krähen zu hören. Die abergläubischeren Ritter bekreuzigten sich: Konnte das Gewitter nicht auch ein böser Wetterzauber Aribos sein, dem man nachsagte, dass er alle möglichen magischen Rituale beherrsche?

»Das ist das richtige Wetter für meinen Krieg«, murmelte Graf Otto und schaute entschlossen in den herbstlichen Himmel, wo Heere weißer und grauer Wolken in gewaltiger Schlachtordnung flugs das blaue Reich des Firmaments eroberten. Donner krachte, und es wurde merklich kühler.

»Das Unwetter wird jetzt genau über Mainz sein«, stellte Nuradin fest und deutete gen Süden, wo in drei Meilen Entfernung die Erzbischofsstadt lag.

Mit erschreckender Plötzlichkeit prasselte ein Platzregen auf ihr Lager herab. Der Herbergsvater verschwand in seinem Haus, wagte aber nicht, die Tür des Schankraums hinter sich zu schließen. Luitgardis folgte ihm. Die Ritter machten keinerlei Anstalten, vor dem Regen in die Trockenheit des Hauses zu fliehen. Was machte schon das bisschen Regen, wenn am Abend die Schwerter klirren und Blut fließen würde!

Der Tag verfinsterte sich zusehends, so als hätte die Dämmerung bereits eingesetzt. Gezackte Blitze huschten über das Armageddon der brodelnden Wolken dort über den Köpfen der Männer. Für die Dauer einer Sekunde froren die Blitze die Wolkenbewegungen ein, so als sollte der gigantische Kampf der Elemente für immer im Stundenbuch Gottes festgehalten werden.

Der Donner folgte dem Blitz auf dem Fuß, ein rumpelnder und polternder und krachender Gefährte, der aber nichts von der eisigen Anmut des Blitzes hatte. Der Blitz war am ehesten der Eleganz und der Schärfe einer Sarazenenklinge vergleichbar. Manchmal leuchteten sie auch im Innern der gefräßigen Wolkenbäuche. Für Graf Otto waren diese Blitze, die unsichtbar die Wolken erleuchteten, wie ein Sinnbild seines Kriegs gegen den übermächtigen Feind. Und in diesem erregenden Schauspiel am Himmel, inmitten dieses prasselnden Regens und wütenden Sturms stand, ganz unvermittelt und ohne dass es jemand hatte kommen sehen, das blinde Mädchen vor Otto.

Es streckte seine kleinen, schmalen Hände nach den kampferprobten Händen des Grafen aus, der so überrascht war von dieser Geste, dass er das Angebot annahm und die Kindshände in seine Hände nahm und sie mit ihnen umschloss.

Die Ritter hielten den Atem an und vergaßen das Unwetter bei diesem seltsam anrührenden Anblick, den sie nicht einzuordnen wussten, der aber ganz gewiss eine tiefe, magische Bedeutung besaß. Dass hier Zauberkräfte am Werk waren, war zu offensichtlich für jeden, der dem Schauspiel beiwohnte. Ritter Landbrecht umfasste verstohlen das Amulett, das er an seinem Gürtel trug.

»Ihr seid ein großer Herr?«, fragte das Mädchen.

Sie war vielleicht zwölf Jahre alt, von angenehmem Äußeren, hatte strohblondes Haar und trug die einfache, dunkelblaue Tracht des Landvolks. Die blicklosen Augen des Mädchens starrten ins Leere. Sie waren so blau wie Kornblumen, und es war nicht zu erkennen, warum das Mädchen sein Augenlicht verloren hatte.

»Das ist Graf Otto«, sagte Nuradin. Seine Stimme klang verlegen.

Otto ließ die Hände des Mädchens frei, seltsam bewegt von dieser Berührung, die seine Seele für einen kurzen Augenblick von allem Hass und allen Selbstzweifeln befreit hatte.

»Sibilla, du weißt doch, dass du das nicht tun sollst.« Die Herbergsmutter stand händeringend an der Tür des Hauses. »Verzeiht, hoher Herr ... verzeiht, wenn meine Tochter Euch belästigt hat ...«

Otto wischte die Einwände der Frau mit einer Handbewegung beiseite und ließ sie verstummen.

»Meine Mutter versteht nicht, dass ich die Leute anfassen muss, damit ich sie mit meinem inneren Auge sehen kann«, flüsterte das Mädchen.

Viele der Ritter verspürten eine Gänsehaut, als das Mädchen von seinem *inneren Auge* sprach. Das Kind war ihnen unheimlich, als stünde Diana, die Göttin aller Nachtfahrenden, höchstselbst vor ihnen. Es war wohl auch das Unwetter, Blitz und Donner, Sturm und Regen, was die Männer zusätzlich verunsicherte.

»Was hast du mit deinem inneren Auge gesehen?«, fragte der Graf. Sein Gesicht war übersät von Regentropfen.

»Ich habe gesehen, dass Ihr ein trauriger Mann seid«, flüsterte das Mädchen. »Ein trauriger Mann und ein zorniger Mann. Man hat Euch wehgetan ...« Das war keine bloße Vermutung, es war vielmehr eine nüchterne Feststellung. Otto antwortete nichts. »Ihr habt Angst, dass Ihr verliert, was Euch am liebsten ist. Alle großen Herren haben anscheinend Angst davor, ihr Liebstes zu verlieren«, fügte das Mädchen hinzu.

Nuradin horchte auf. »Wie kommst du darauf, Wirtstochter?«, fragte er misstrauisch und wischte sich die Regentropfen mit dem Ärmel aus dem Gesicht. »Wieso sagst du das?«

Alle zuckten zusammen, als wie zu einer Antwort in greifbarer Nähe Blitz und Donner fast gleichzeitig auftraten, grell und weiß und ohrenbetäubend. Jeder wusste, dass es Unglück und Tod bedeutete, wenn Blitz und Donner gleichzeitig kamen, und die Männer schauten einander mit unsicheren Blicken an. Nuradin hielt nichts von solchem Aberglauben, und dennoch war auch er plötzlich unruhig und nervös.

»Es ist noch nicht lange her … als die Erntezeit begann und die Luft nach frisch gemähter Gerste gerochen hat, da war ein anderer hoher Herr in unserer Herberge …«

Die Wirtin schüttelte den Kopf. »Der Erzbischof«, stammelte sie. »Unser Erzbischof Aribo …«

»Aribo? Er war hier?«, fragte der Kastellan misstrauisch. »Was hat er hier gesucht?«

»Wir haben uns die Hände gegeben. So wie eben«, erwiderte das Mädchen schlicht und ohne Scheu. »Der Erzbischof wollte wissen, ob ich die Zukunft sehen kann. Aber das kann ich nicht. Ich kann nur spüren, was in den Menschen ist.«

»Und?«, fragte der Kastellan ungeduldig. »Was hast du gesehen? Was ist mit dem Erzbischof?« Für einen Augenblick verdüsterte sich das Antlitz des Mädchens. »Du hast doch gesagt, alle großen Männer haben die Angst, dass sie ihr Liebstes verlieren. Was ist dann die Angst des Erzbischofs?«

»Sein Liebstes ist es«, sagte das Mädchen stockend, »wenn die ganze Welt ihm gehorcht. Es soll keinen geben, der über ihm ist. Und ich habe gespürt, dass er alles vernichten will, was sich ihm in den Weg stellt.«

»Aber auf eine Frage hast du bis jetzt noch nicht geantwortet«, sagte Otto leise. »Was genau hast du in deinem inneren Auge gesehen, als du meine Hand genommen hast? Was hast du gesehen außer der Angst vor dem Verlust, den alle großen Herren haben?«

Das blinde Mädchen lächelte plötzlich. »Ich habe so viel Liebe gesehen wie bei keinem Menschen zuvor.« Dann senkte sie traurig die Stimme. »Und ich habe so viel Verzweiflung in Eurem Herzen gesehen. Ich habe gesehen, dass Ihr einen weiten und schweren Weg gehen müsst, edler Herr, bis Eure Liebe die Verzweiflung besiegt hat.«

Die Ritter waren überall im Dorf postiert. Der Erzbischof würde aus Richtung des Städtchens Cruzenach kommen, das dem Grafen von Sponheim gehörte. Nuradin hatte den wuchtigen Turm der Dorfkirche erklommen, von wo aus er den Verlauf der Cruzenacher Straße im Auge behalten konnte. Im Dorf selbst war keine Menschenseele zu sehen. Keiner der Bewohner würde es wagen, seine Nase aus dem Haus zu strecken, bevor nicht die Ritter wieder abgezogen wären.

Die Zeit verging quälend langsam. Graf Otto, sein Knappe Hermann von Selbrück und Ritter Herimot waren in der Nähe der Kirche im Innenhof eines Gehöfts postiert, in Sichtweite von Nuradin. Das Gewitter vom Morgen war längst abgezogen. Tiefe graue Wolken hingen über dem Land.

Plötzlich näherte sich – aus Mainzer Richtung – der Hufschlag eines schnellen Pferdes. Dass der Reiter im gestreckten Galopp durch das Dorf ritt, war ungewöhnlich. Otto und Herimot schauten einander an. Der Graf nickte und gab Nuradin auf dem Kirchturm ein Zeichen, weiter achtsam zu sein und den Weg nach Cruzenach zu beobachten.

Dann traten Herimot und der Graf und hinter ihnen der Knappe auf die Dorfstraße hinaus, genau in dem Augenblick, als der kräftige, junge Reiter um das nächstgelegene Haus bog. Das Pferd scheute und stieg, als sich ihm plötzlich die beiden Ritter mit gezücktem Schwert in den Weg stellten. Geistesgegenwärtig riss der Reiter sein Pferd herum, aber da tauchten auch schon die anderen Ritter aus ihren Verstecken auf. Der Mann erkannte, dass er nicht entkommen konnte, zuckte mit den Schultern und sprang aus dem Sattel.

»Wer seid Ihr, dass Ihr es wagt, einen Boten des Erzbischofs Aribo aufzuhalten?«, fragte der Mann mit der gleichen Großspurigkeit, die allen Dienstmannen Aribos zu Eigen war.

»Ein Bote aus Mainz?« Ottos Züge verhärteten sich. »Dann reitet Ihr dem Erzbischof entgegen?«

Der Mann machte ein verblüfftes Gesicht. »Dem Erzbischof entgegen? Wie kommt Ihr darauf, Mann? Der Erzbischof ist in Mainz!«

Otto schaute irritiert zu seinen Männern hinüber, hatte er ihnen doch versichert, dass sein Gewährsmann unbedingt vertrauenswürdig war und dass seine Informationen über die Rückkehr Aribos von seiner Fahrt in den Hunsrück bis ins Detail stimmten. Log der Mann?

»Wenn Ihr ein Bote des Mainzer Erzbischofs seid« – Ritter Landbrecht baute sich vor dem Reiter auf –, »so gibt es gewiss auch eine Botschaft, die Ihr überbringen sollt.«

Der Bote wich einen Schritt zurück. »Und wenn es so wäre, so würde ich meine Botschaft ganz gewiss nicht Euch anvertrauen.«

Das umstehende Fähnlein der Hammersteiner Ritter murrte über die Anmaßung des Boten, der zwar ein Dienstmann des Mainzer Erzbischofs, aber als solcher ein unfreier Mann war, dem es nicht anstand, Edelleuten gegenüber einen frechen Tonfall anzuschlagen.

»Was geht da unten vor?«, rief Nuradin vom Kirchturm herab. »Wieso habt ihr alle euren Posten verlassen?«

»Beobachte nur weiter die Straße!«, rief Otto zurück.

Plötzlich duckte sich der Mainzer Bote, machte zwei, drei Ausfallschritte zur Seite und schnellte dann wie ein Wiesel in Richtung des Dorfausgangs davon. Aber er hatte nicht mit Ritter

Landbrecht gerechnet. Der führte eine Armbrust mit sich, eine dieser neuen französischen Waffen, die bei vielen Rittern verpönt waren, weil sie aus der Ferne töteten, nicht aber im ritterlichen Kampf Mann gegen Mann. Ritter Landbrecht teilte diese Bedenken nicht. Er liebte seine Armbrust.

»Töte ihn nicht«, befahl Otto.

Landbrecht nickte, während der Bote so schnell davonlief, dass er fast über die eigenen Füße stolperte. Landbrecht entsicherte die Armbrust und legte kurz an.

Inzwischen hatte der Flüchtende fast den Ausgang des Dorfs erreicht. Er schaute sich noch einmal um, ob ihm die Ritter folgten, und lachte rau, als er sah, dass das nicht der Fall war. Dann aber bemerkte er die Armbrust, die der Ritter im Anschlag hielt, sein Gesicht erstarrte; er wollte sich zur Seite werfen, aber es war schon zu spät. Zischend durchteilte der geflügelte Tod die Luft, und einen Wimpernschlag später brach der Flüchtende mit einem schrillen Aufschrei in der Mitte der Dorfstraße zusammen, vom Bolzen der Armbrust in die linke Schulter getroffen, nur eine Handspanne entfernt vom Herzen.

»Holt ihn euch!«, befahl Landbrecht den Knappen.

Hermann und zwei andere schleppten den Schwerverletzten herbei und ließen ihn vor Otto, Landbrecht und Herimot in den Staub der Dorfstraße sinken.

Der Mann krümmte sich im Staub, wimmerte und hielt sich mit der Hand die stark blutende Wunde.

»Wie war das?«, rief Landbrecht. Seine Stimme war so erregt und angespannt, als wäre er ein Jäger auf dem Höhepunkt der Jagd. »Du willst uns also deine kleine Botschaft nicht anvertrauen?« Ritter Landbrecht senkte die Spitze seines Schwerts auf den Kehlkopf des Mannes.

Der dickliche Mann hatte Todesangst. Er wimmerte um Gnade.

Landbrecht lachte. »Los, rede, Mann!« Otto und Herimot standen abwartend daneben und machten entschlossene Gesichter.

»Ich sage Euch alles, Herr, aber lasst mich am Leben!« Die Ritter lachten. »Ich bin geschickt worden, um Hilfe zu holen!«, stieß der Verletzte hervor.

Im Staub der Dorfstraße bildete sich allmählich eine Blutlache. Wenn der Mann nicht bald verbunden würde, fürchtete Otto, würde er womöglich verbluten.

»Hilfe?« Landbrecht half seiner Frage nach, indem er die Schwertspitze noch ein wenig tiefer in den Hals des Verletzten bohrte. »Hilfe für wen?«

»Hilfe für den Erzbischof!«, wimmerte der Mainzer Bote. »Truppen vom Graf von Sponheim! Er ist eingeschlossen in seinem Palast in Mainz. Die Stadt ...« Der Mann ermattete und verlor für einen Augenblick die Besinnung.

Otto befahl Hermann, sich um den Verletzten zu kümmern und die Wunde zu verbinden, so wie er es gelernt hatte. »Vielleicht brauchen wir ihn noch.«

»Trotzdem, ich will noch eins wissen, Graf.« Otto nickte. »Was ist mit der Stadt? Wieso ist Aribo eingeschlossen?«

»Die Mainzer ... sie haben einen Aufstand gemacht.« Die Sinne verließen den Mann jetzt endgültig.

Ottos Knappe machte sich eilig daran, seine Wunde zu versorgen. Er entfernte den Bolzen und nahm aus seiner Gürteltasche das Verbandszeug, das ein Knappe dabeihatte, um im Notfall den Herrn versorgen zu können.

Otto rief zu Nuradin hinüber: »Aribo kommt heute nicht mehr!« Er versuchte, sich die große Enttäuschung nicht anmerken zu lassen, dass der Anschlag auf den Erzbischof auf so klägliche Weise vereitelt worden war.

»Glaubst du an das Schicksal?«, fragte der dunkelhäutige Ritter, nachdem Otto Nuradin alles berichtet hatte. »Ich glaube daran! Könnte man nicht meinen, dass Gott in dieser Sache die Hände im Spiel hat?«

»Ob Gott die Hände im Spiel hat oder nicht«, meldete sich Ritter Herimot zu Wort. »Wenn der Erzbischof nicht zu uns kommt, dann sollten wir eben zu ihm gehen.«

»Das ist töricht!«, rief Landbrecht. »Wollt Ihr Euch mit dem aufständischen Pöbel verbünden, Ritter Herimot?«

Ritter Luitpold der Bayer nickte zustimmend.

»Im Krieg fragt man nicht nach dem Stand der Verbündeten, Landbrecht«, erwiderte Ritter Herimot. »Man muss eine Gelegenheit beim Schopf nehmen, sobald sie sich bietet.«

»Ich finde, Ritter Herimot hat Recht«, sagte Otto leise. Landbrecht schnaubte ärgerlich, äußerte sich jedoch nicht weiter dazu. »Gott wird uns den Erzbischof vielleicht viel leichter in die Hände spielen, als wir es uns erhofft haben«, sagte er.

»Hoffen wir nur, dass es nicht genau andersherum ist«, sagte Ritter Landbrecht ärgerlich. »Vielleicht ist es eine Warnung. Vielleicht schickt Gott uns ein Zeichen, dass wir umkehren und die Sache auf sich beruhen lassen sollten.«

»Ob Warnung oder Fingerzeig Gottes«, sagte Graf Otto mit Bestimmtheit. »Wir gehen nach Mainz. Es sind nur drei Meilen. Wenn ich es nicht versuche, würde ich es mir später niemals verzeihen.«

15. Kapitel

Der Mann mit der Goldkette, die ihn als einen Rat der Stadt Mainz erkennen ließ, nannte sich Hartwig der Tuchscherer. Er und ein paar Stadtwächter, die sich auf die Seite der Bürger geschlagen hatten, hatten sich am Cruzenacher Tor postiert. Hartwig stellte sich als Brudermeister der Schneiderzunft vor. Er war ein gutes Stück älter als Otto, ziemlich füllig und ein eher unscheinbarer und nicht besonders kämpferisch wirkender Mann. Er schien ziemlich nervös, so als spielte er seine Rolle als Vertreter der Aufständischen fast wider Willen. Angst lag in seinen Augen, denn jeder Aufstand gegen die Obrigkeit war auch ein Aufstand gegen Gottes Recht. Auch Graf Otto und seine Ritter traten den aufständischen Bürgern mit großen Vorbehalten entgegen, auch wenn ihre Erhebung ihnen die Stadt kampflos geöffnet hatte.

Der Ratsherr setzte ihnen entschuldigend auseinander, dass sie sich in der Stadt nur der neuen, unrechtmäßigen Beschwerungen durch den Erzbischof erwehrten, nicht aber gegen dessen Herrschaft an sich. »Alles hat damit angefangen, dass Aribos Dienstmannen drei Schiffsladungen Getreide beschlagnahmt haben«, berichtete Hartwig. »Aribo nannte das eine Sondersteuer. Aber unsere Leute haben es ganz einfach so genannt, wie es ist: Diebstahl nämlich.«

»Und das hat euch das Recht gegeben, gegen die Obrigkeit aufzustehen?«, fragte Ritter Landbrecht spitz.

»Aribo verletzt Gottes Ordnung und Gottes Recht, wann immer es ihm beliebt«, erwiderte Hartwig mit festem Tonfall. »Ihr kennt doch den alten Spruch: Der Krug geht so lange zum Brunnen, bis er bricht. Irgendwann ist selbst die Geduld des Langmütigsten erschöpft.«

»Ihr seid hochmütig und anmaßend«, sagte Ritter Landbrecht unwirsch.

»Wir lassen Euch in die Stadt hinein, was wollt Ihr mehr?«, fragte der Ratsherr unbeirrt.

»Ritter Landbrecht, lasst es gut sein!«, mahnte Otto. »Und Ihr, Herr Hartwig, vergesst nicht, welchen Stand Ihr habt.«

Wenig später zog Otto mit seinen Männern mit finsteren Mienen durch eine Stadt, deren innere Ordnung verloren war. Dieser Aufruhr des Volks war keinem der Hammersteiner Edelleute geheuer, auch wenn er sich gegen Erzbischof Aribo richtete. Auf den Plätzen und in den Gassen feierte das Volk torkelnd seinen vermeintlichen Sieg. Es war niemand da, der dem wilden Treiben der Mainzer Einhalt gebot. Ein wenig war es wie beim Fest der Winteraustreibung zu Beginn der Fastenzeit, bei dem alle Masken trugen und einen wilden Schabernack trieben.

»Aribo und seine Männer haben sich im Palast verschanzt«, erklärte der Ratsherr.

Schließlich verschanzten sich die Hammersteiner Ritter hinter dem Schreibhaus, der erzbischöflichen Kanzlei. Dort hatten sie einen guten Blick auf den verriegelten Erzbischofspalast, in dem das Königsgericht sein Urteil über die Ehe des Grafen Hammerstein gefällt hatte. Wie eine mächtige Trutzburg lag der Palast im Dunkel der einsetzenden Nacht.

»Sonst brennen bis spät in die Nacht Lampen in seinen Gemächern«, flüsterte Hartwig. »Dann sitzt er dort oben zusammen mit seinen Domherren und brütet über seinen Plänen.«

Auf dem Leichhof – ein wenig außerhalb der Sichtweite des erzbischöflichen Palasts – tauchten nach und nach immer mehr Menschen auf, Frauen und Männer, auch ein paar Kinder waren darunter. Manche waren offenbar betrunken. Einige schleppten ohne Scham geplündertes Beutegut. Auch auf dem benachbarten

Marktplatz versammelte sich das aufrührerische Volk, denn schnell hatte sich das Gerücht herumgesprochen, dass die Hammersteiner Ritter den Erzbischofspalast belagerten. In den Gesichtern lag frohe und gespannte Erwartung: Die Menschen glaubten, dass Graf Ottos Männer mit den Rittern des Erzbischofs kurzen Prozess machen und damit den Mainzer Aufruhr – der auf tönernen Füßen stand – zu einem unerwartet glücklichen Ende führen würden.

»Ihr hasst den Erzbischof?«, fragte Nuradin den Ratsherrn. Der Hispanier brachte unter den Hammersteiner Rittern der Auflehnung der kleinen Leute gegen ein ungerechtes Regiment noch die meisten Sympathien entgegen.

»Hassen?« Hartwig zuckte mit den Schultern. »Wisst Ihr, ehrenwerter Ritter Nuradin, ich bin ein Mann, der einfach denkt. Ich rechne Zahlen zusammen und schneide Stoffbahnen auf das rechte Maß. Ich weiß, wer ich bin, und ich will meinen Frieden. Ich liebe Gott, und ich liebe diese Stadt. *Mein* Mainz.«

Die Hammersteiner Ritter postierten sich am Kanzleihaus entlang. Oben auf dem Turm des Stiftes St. Johannes Baptist, das jenseits des Palasts lag, war eine vage Bewegung zu erkennen; offenbar hatte dort ein Posten des Erzbischofs Stellung bezogen, um den Platz zu beobachten. Ansonsten blieb alles ruhig. Von den verschanzten Rittern des Erzbischofs war nichts zu sehen.

»Jedenfalls wissen sie jetzt, dass wir hier sind«, bemerkte Nuradin.

Wie zur Antwort zischte es plötzlich, dann schlug ein Armbrustbolzen knapp neben seinem Kopf in das Fachwerk des Kanzleihauses. Alle zogen die Köpfe ein. Nuradin aber lachte und zog den Bolzen aus der Wand heraus.

»Wir müssen vorsichtig sein«, sagte er und deutete auf den abnehmenden Mond, der sich langsam über das Dach des Palastes schob. »Für einen guten Armbrustschützen reicht das Mondlicht.« Er strich sich über den Bart. »Diese Stille hier. Die ist mir nicht geheuer.« Er deutete auf die Türme in der Umgebung. »Ich würde gerne wissen, wo überall sie sich versteckt haben.«

Er warf den Bolzen achtlos beiseite, gab den Rittern, die unter seinem Befehl standen, ein Zeichen, noch sorgfältiger auf Deckung zu achten. Der Ratsherr zitterte, wich aber nicht von der Stelle.

Plötzlich erstarrte Nuradin. Nur Otto bemerkte es. »Hast du etwas gesehen?«

Der Maure schüttelte den Kopf. »Ich dachte erst …« Er schaute an den Türmen des Doms mit ihren goldenen Spitzen hoch, auf denen das Mondlicht spielte. Dann musterte er das Westportal mit seinen schwarzen Augen.

»Ich kann mir nicht helfen, irgendetwas stimmt hier nicht«, flüsterte er. Dann nahm er einem der Umstehenden eine Fackel aus der Hand, ging vorsichtig zum Portal des Doms hinüber und hielt eine Fackel gegen die mit kunstvollem Schnitzwerk verzierte massive Tür.

»Was hat denn unser maurischer Freund?«, fragte Landbrecht belustigt. »Was sucht er denn?«

»Psst!«, machte Nuradin. »Seid jetzt alle still.«

Inzwischen hatten auch die anderen Ritter mitbekommen, dass der Maure offenbar beunruhigt war. Auch wenn sie wie fast alle anderen auf Hammerstein dem fremdländischen Kastellan mit einer gewissen Distanz und Überheblichkeit begegneten – so wussten sie um seine untrüglichen Instinkte.

Schwerter wurden gezückt. Die Menge auf dem Leichhof verstummte, zog sich instinktiv einige Schritte zurück.

Die Stille war Furcht einflößend. Hin und wieder klirrte ein Schwert, rasselte ein Kettenhemd. Den Männern stand der Schweiß auf der Stirn. Die Anspannung war spürbar, die Luft knisterte. Die Mainzer, welche die Szene beobachteten, hielten den Atem an.

In diesem Augenblick ertönte vom Hafentor her, vom sanften Abendwind herübergetragen, das schnelle, atemlose Stakkato einer Signalposaune. Im nächsten Augenblick erhob sich von den Türmen des Mainzer Doms ein fürchterliches Geschrei. Und schon ergoss sich aus den Pechnasen der Türme ein Schwall von Flüssigkeit auf die Männer herab, die vor dem Portal standen.

Instinktiv riss Nuradin seinen Schild über den Kopf. Graf Otto sprang zur Seite. Landbrecht sprang die Treppe hinab und rollte sich katzenartig über die Schulter ab.

Alle dachten zuerst, die Flüssigkeit sei heißes Pech, aber als sie auf die Steine der Portalstreppe klatschte, spritzte sie auseinander: Es war ganz gewöhnliches Wasser. Trotzdem liefen die Ratsherren und das Mainzer Volk schreiend davon.

»Das ist nur ein Ablenkungsmanöver!«, brüllte Nuradin.

Plötzlich hagelte es Steine.

Hartwig wurde am Kopf getroffen. Blut spritzte. Der Ratsherr zuckte zusammen, und Nuradin hatte das Gefühl, dass der Stein, der den Mainzer erwischt hatte, gezielt geworfen worden war.

In diesem Augenblick spürte auch er einen heftigen Aufprall auf der Brust. Er sah noch, dass Ritter Landbrecht Mühe hatte, sich mit seinem Schild vor den faustgroßen Brocken zu schützen. Ihm wurde schwarz vor Augen, aber der Armbrustbolzen hatte sein Kettenhemd nicht durchdrungen.

»Bist du in Ordnung?«, schrie Otto, der ein paar Schritt von Nuradin entfernt stand.

Ein Mann brüllte. Sein Helm war ihm von einem der Steine weggeschlagen worden.

Mit einem Mal flog das Westportal des Mainzer Doms auf, und Aribos Ritter stürmten aus dem Innern des ehrwürdigen Gotteshauses hervor. Gleichzeitig feuerten Aribos Bogenschützen, die auf dem Dach des Palasts postiert waren, Pfeile auf Ottos Fähnlein ab. Etliche verfehlten ihr Ziel und trafen Mainzer Bürger, die sich hinter den Kriegern verschanzt hatten. Ein Dutzend von ihnen sank sofort getroffen zusammen, die Männer und Frauen lagen schreiend am Boden, die anderen stürzten in panischer Flucht davon, schreiend und wimmernd. Überall war Blut. Eine Mutter hielt fassungslos ihr neugeborenes Kind im Arm, dessen kleiner Leib von einem schwarz gefiederten Pfeil durchbohrt worden war.

»Alles hierher!«, schrie der Graf, das Schwert in der einen Hand, mit dem Schild seinen Körper deckend.

Die vordersten Krieger des Erzbischofs erreichten Ottos Ritter bereits, während die sich so gut es ging in Kampfposition brachten. Aber sie schienen es nicht auf einen Kampf angelegt zu haben, denn sie drängten ihre Gegner nur mit den Schilden zur Seite, um eine Gasse zu bilden für andere, die offenbar ausbrechen wollten.

Nuradin erinnerte sich jetzt an die Posaune, die sie im Augenblick des Überraschungsangriffs vernommen hatten. »Otto! Was hatte das zu bedeuten?«, rief er dem Grafen zu. »Das Posaunenzeichen, was hatte es zu bedeuten?«

Nur wenige von Aribos Rittern ließen sich auf einen Zweikampf mit dem Schwert ein; doch während Metall gegen Metall krachte und die Getroffenen schreiend und blutend zu Boden sanken, hatten die meisten Krieger des Erzbischofs bereits den Domplatz überquert und liefen weiter in Richtung des Eisernen Turms, der den Hafen der Stadt Mainz bewachte. Sie beachteten die Verletzten und Sterbenden, die am Boden lagen, nicht. Auch die Frau mit dem toten Säugling wurde umgerissen.

Otto und Nuradin verständigten sich mit Blicken.

»Landbrecht, Herimot, Luitpold, ihr nehmt euch dieser hier an!«, befahl der Graf. »Der Rest kommt mit mir!«

»Verdammt, wir haben keine Zeit für Spielchen!«, hörte Otto Luitpold brüllen. »Schluss jetzt!« Ohne große Mühe durchbohrte er mit Hilfe einer einfachen Finte einen jungen Mainzer Ritter, dem sein Mangel an Kampferfahrung zum Verhängnis wurde. Luitpold lachte triumphierend und zog das Schwert aus dem Bauch des Sterbenden, wischte die blutige Klinge an dessen Beinkleid ab.

Otto und Nuradin und die Hand voll anderer Hammersteiner

Ritter und Knappen machten sich im Laufschritt an die Verfolgung der Mainzer Ritter, die in Richtung Hafen durchgebrochen waren. Im Laufschritt ging es durchs nächtliche Mainz, mitten durch das heillose Durcheinander des Aufruhrs hindurch. Leichen pflasterten den Weg, den sich die flüchtenden Ritter des Erzbischofs ohne jedes Mitleid gebahnt hatten.

Die Hammersteiner hielten keuchend inne, als sie nach kurzer Zeit in Sichtweite des Hafentors ankamen. Sie waren zu spät gekommen. »Sie haben das Tor schon geöffnet!«, rief Nuradin atemlos.

Draußen auf dem flachen Vorgelände des Tors zwischen Stadtmauer und Rhein brannten zahlreiche Lichter in der Finsternis. Mindestens ein Dutzend Schiffe hatten an den Hafenmauern angelegt. Am großen Hafenkran brannten hell lodernde Feuer, in deren Licht man vage die Bewegungen von Rittern und Bogenschützen erkennen konnte. Oben auf dem Eisenturm waren Aribos Bogenschützen in Stellung gegangen, bereit, jeden mit Pfeil oder Armbrust niederzustrecken, der sich dem Tor nähern würde. Aus dieser kurzen Distanz würden die Geschosse sicherlich tödlich sein.

Zwei, drei Armbrustbolzen schlugen in der Nähe ein. Otto und seine Leute gingen in Deckung.

Die Männer und Frauen in der Schenke, in deren Nähe sie angehalten hatten, schienen noch gar nichts von dem Umschwung der Geschehnisse mitbekommen zu haben: Dort war offenbar ein Gelage zur Feier des Aufstands gegen den Herrn der Stadt in vollem Gange. Der Lärm drang bis auf die Hafengasse, die mittlerweile menschenleer war. Eben wurde in der Schenke eine Melodie angestimmt, ein Spottlied auf den Erzbischof. Mädchen kreischten.

Vor Otto und seinen Kriegern hasteten ein paar junge Männer quer über die Straße; sie trugen Truhen und Stoffballen mit sich, Plünderer offenbar, die ihr Diebesgut in Sicherheit bringen wollten, bevor es zu spät war, und die nicht ahnten, dass sie sich inmitten des Schussfelds von Aribos Männern befanden.

Ein betrunkener Mann, seiner Kleidung nach ein Tuchergeselle aus der Torschenke, strauchelte und prallte beinahe mit Nuradin zusammen. Der Ritter maß ihn mit verächtlichen Blicken, während der Geselle ein paar hilflose Bücklinge machte.

»Was … was is' denn los?«, lallte der junge Mann, der sein blond gelocktes Haar lang trug, eine anmaßende Haarpracht, die gewöhnlich nur einem edel Geborenen anstand.

Aber der blonde Geselle konnte den Rittern jetzt gestohlen bleiben. Sie starrten durch das geöffnete Hafentor der Stadt – das ihnen wie das aufgerissene Maul eines sprungbereiten Drachen erschien: Die Feuer, das waren die Lichter in den sieben Augen des Drachen, und die verhuschten Bewegungen, die auf dem mondbeschienenen Hafengelände zu erkennen waren, gaukelten ihnen das Ringeln des Schuppenleibs und das Heben der krallenbewehrten Tatzen vor.

»He … Leute, da stimmt was nicht!«, grölte der betrunkene Geselle und trank gierig aus einem hölzernen Krug, den er in Händen hielt, so als wäre es auf lange Zeit der letzte Schluck Bier. Langsam erstarb der Lärm in der Spelunke, und die Gestalten kamen mit grauen Gesichtern und trübem Blick auf die Straße heraus. »Verdamm mich … das Tor zum Hafen is' ja offen!«, stellte der Geselle fest. »Heiliger Jodokus! Da draußen is' was!«

Das gewahrten allmählich auch seine Kumpane, die zuerst neugierig, dann immer ängstlicher die Lage erfassten.

»Macht, dass ihr wegkommt!«, herrschte Nuradin sie an, der den Trunkenbolden mit seiner dunklen Haut wie ein Nachtgeist vorkommen musste. »Nehmt die Beine in die Hand! Das Spiel ist vorbei. Euer Aufstand ist zu Ende.«

Wie zur Bestätigung begannen die Glocken des Doms Sturm zu läuten.

»Aribo macht sich lustig über uns«, flüsterte Otto. »Und wenn mich nicht alles täuscht, dann steht da draußen auf dem Hafengelände ein Heer von mindestens fünfhundert Rittern.«

Nuradin schnaubte ärgerlich. »Das ist doch unmöglich. Keiner weiß etwas von einem solchen Heer. Wo soll es herkommen? Aus der Hölle? Hat es Aribo hierher gezaubert? Vielleicht ist das alles ja nur Einbildung, vielleicht versucht er uns zu täuschen. Es gibt genug Leute, die sagen, dass Aribo finstere Zauberkräfte besitzt.«

Otto lachte kalt. »Mach dir keine Hoffnungen!«, sagte er zu seinem Kastellan. Der Graf wirkte sehr müde. »Das ist kein Geisterheer … das sind Ritter, genauso aus Fleisch und Blut wie wir.«

»Aber Aribo ist und bleibt ein Höllenhund. Wo hat er so schnell Entsatz herbekommen? Das geht doch nicht mit rechten Dingen zu!«

Da lösten sich aus dem unbestimmbaren, wimmelnden Gedränge vor der Stadt drei Gestalten, Ritter in prächtigen Kettenhemden, die langsam auf das Tor am Eisenturm zukamen. Sie hatten Fackeln in der Hand, und der mittlere der Ritter hielt ein großes, prächtiges Banner.

»Kannst du erkennen, was für ein Banner das ist?«, fragte Otto.

»Jedenfalls nicht das Wappen Aribos«, stellte Nuradin fest.

Mittlerweile waren auch Luitpold, Herimot und Landbrecht wieder zu der Truppe gestoßen.

»Verflucht, ich glaube, wir sitzen in der Klemme«, bemerkte Landbrecht, als er erkannt hatte, was sich hier am Hafentor abspielte. Er deutete zu einem Brunnen, der in der Nähe plätscherte. »Alle, die Blut an ihren Waffen und an der Rüstung haben, dort hinüber. Wascht alles sauber! Sie brauchen nicht sofort zu sehen, was hier geschehen ist!«

»Ich weiß jetzt, was das für ein Banner ist«, sagte Nuradin trocken. Er legte seine Hand auf Ottos Arm. »Wir haben es zuletzt bei der Krönung gesehen. Es wird dir nicht gefallen … es ist das Wappen von König Konrad.«

16. Kapitel

»Du hast mich gerufen?«

Die Gräfin nickte.

Dichte Wolken überspannten die Reichsfeste am Rhein. Der Weinmonat kam und mit ihm Sturm, Regen, Kälte. Ein steter Wind blies aus dem Rheintal herauf, verfing sich im schmiedeeisernen Gitter des Vogelhauses, strich durch den Rosengarten, der ganz am Ende des Burggartens unterhalb des mächtigen Hammersteinschen Burgfrieds angelegt war, ein kleines, wunderbares Blumenreich, das alleine den adeligen Damen der Burg zugänglich war. Es war das Reich von Gräfin Irmingard.

Adelheid bewunderte die Gräfin, wie sie in ihrem Schmerz trotz allem ihre Würde und ihren Liebreiz bewahrte. Wie Irmingard so inmitten des Rosenhags stand nach Lavendelöl duftend, erschien sie ihrer Freundin plötzlich wie eine tragische Heldin aus den antiken Göttergeschichten, die man sich im Winter an den Kaminen erzählte. Eine Himmelsgestalt, die nur noch zur einen Hälfte zu dieser Welt gehörte und zur anderen Hälfte schon bei den Göttern wohnte. Adelheid wusste, dass sie die Freundin immer lieben würde.

»Ich fürchte mich und bin von tiefen Zweifeln erfüllt«, flüsterte Irmingard und schnitt mit einer Schere eine vollendete weiße Rose ab. Dann drehte sie sich langsam zu Adelheid um. »Ich weiß nicht, was ich tun soll.« Ihr Gesicht war voller Verzweiflung – so kannte Adelheid ihre Freundin nicht, und sie fürchtete, dass sie in Tränen ausbrechen würde. »Ich habe seit Tagen nichts von Otto gehört, doch tief in meinem Herzen spüre ich, dass es gegen Gottes Willen war, gegen Aribo als einen Mann Gottes die Fehde zu erklären.«

»Und doch blieb ihm als Ritter keine Wahl«, erwiderte Adelheid.

»Vielleicht ist es so. Vielleicht …« Die Gräfin stieß einen kleinen Schmerzensschrei aus. Adelheid erschrak, aber Irmingard hatte sich nur an einem der Dornen gestochen. Ein winziger Tropfen Bluts quoll aus der Wunde hervor. Die Gräfin schüttelte abwiegelnd den Kopf. »Es ist nichts.«

Der Wind nahm zu. Er brachte den Geruch des verblühenden Jahres mit sich. Das Grün der Bäume hatte längst begonnen, sich rot, gelb und braun zu verfärben. Nicht mehr lange, dann verloren die Bäume ihre Blätter, und dann war der erste Schnee nicht mehr weit und mit ihm das Weihnachtsfest.

»Ich habe dich gerufen, weil ich möchte, dass du mir aus der Hand liest, so wie du es vor meiner Heirat mit Otto getan hast«, sagte Irmingard.

Adelheid errötete. Tatsächlich hatte sie Irmingard eine glückliche Ehe vorhergesagt und hatte damit Recht behalten. Irmingard ging die paar Schritte zur steinernen Brüstung des Rosengartens hinüber und blickte hinaus in die Ferne. Schließlich nahm die Gräfin ihre Kopfhaube ab und ließ sie achtlos zu Boden sinken. Sie löste ihr Haar und ließ die langen, weizenblonden Locken über ihre Schultern fließen.

»Adelheid … ich weiß nicht, was ich tun soll«, seufzte die Gräfin, während sich die Freundin zu ihren Füßen niederkniete und die schlanke Hand Irmingards ergriff. »Ich spüre tief in meinem Herzen, dass eine Entscheidung gefallen ist. Mein Gemahl … er ist …« Sie stockte. Tränen schossen ihr in die Augen. »Es ist etwas Schlimmes geschehen …«

Irmingard schaute Adelheid unvermittelt tief in die Augen. Sie suchte Trost und Nähe, vielleicht sogar so etwas wie Zärtlichkeit.

»Also gut. Ich will versuchen, dir aus der Hand zu lesen«, sagte Adelheid leise.

Irmingard streckte der Freundin ihre rechte Hand entgegen. Adelheid schüttelte den Kopf. »Nicht diese. Die linke Hand brauche ich. Die vom Herzen kommt.«

Irmingard lächelte verhalten und reichte der Freundin die Linke. »Sag mir alles, was du siehst, auch wenn es noch so niederschmetternd ist.«

»Gib mir dein Tuch«, verlangte Adelheid.

Irmingard reichte ihr das Tuch. Die Freundin wickelte ein Ende um ihre rechte Hand, das andere um die Rechte der Gräfin. »Das ist nur eine stoffliche Verbindung, keine wirkliche«, erklärte Adelheid. »Aber es ist ein Zeichen dafür, dass wir zusammen auf eine Reise gehen. Eine Reise der Seelen.«

Adelheid murmelte eine Reihe fremdartiger Sprüche und Beschwörungsformeln, von denen Irmingard nichts verstand. Das war eine eigene Sprache voller unbekannter Worte. Die Freundin hatte niemals verraten, wie und von wem sie solche Magie gelernt hatte; und die Gräfin hatte aufgehört, sie danach zu fragen.

»Du hast wirklich eine schöne Hand«, sagte die Freundin, als sie sich für ein paar Augenblicke die Innenhand der Gräfin angeschaut hatte. Dann schloss sie die Augen.

»Musst du dir nicht die Handlinien ansehen, um meine Zukunft zu erkennen?«, fragte Irmingard unsicher.

»Herrin … das ist ähnlich wie mit dem Tuch, das unsere Hände verbindet. Nicht die Linien sind es, sondern die Seelen des Menschen, die uns die Zukunft offenbaren.«

Irmingard sah, dass Adelheid sich konzentrierte, und schwieg. Einige Minuten verharrten beide in Stille. Die Wolken zogen über ihren Köpfen hinweg. Drunten im Rheintal stand grauer Dunst.

Zuerst glaubte die Gräfin, dass gar nichts geschehe, aber dann spürte sie, wie sie in eine Art Trance fiel. Es war, als würde ihre verwundete Seele mit leisen Fingern gestreichelt werden … so zärtlich und behutsam, dass sie in keinem Augenblick Angst verspürte.

»Du solltest wissen, dass niemand jede Einzelheit eines Schicksals genau vorhersehen kann«, erklärte Adelheid schließlich. »Die Zukunft ist verschwommen, unstet wie Rauch im Wind.« Sie schaute sich noch einmal die Linien in Irmingards Hand an. Ihre Miene zeigte plötzlich Besorgnis. »Aber auch wenn vieles unklar ist … eines ist sicher: Dein Leben wird von jetzt an in unruhigen Bahnen verlaufen.«

»Und … ist das alles, was du mir sagen kannst?«, fragte Irmingard. Sie schien ein wenig enttäuscht. »Dass es Unruhe gibt in meinem Leben – das wusste ich schon. Darum wollte ich doch, dass du mir aus der Hand liest!«

»Ich habe dir nichts versprochen«, erwiderte Adelheid traurig.

»Es tut mir Leid.« Irmingard legte die Hand auf Adelheids Schulter. »Ich wollte dir keine Vorwürfe machen.«

Adelheid nickte nur und schloss abermals die Augen. »Du wirst eine lange Reise machen, die dich weit fortführen wird«, flüsterte sie. »Ein tiefer Schnitt ist in deiner Zukunft … vielleicht eine schwere Krankheit oder ein Unfall oder aber etwas ganz anderes … und ich sehe dein Herz wie ein doppeltes Bild: Kalt und traurig wird es sein und gleichzeitig heiß und voller Glut. Ich weiß nicht, was das zu bedeuten hat, aber sicher wirst du einen Sommer und einen Winter der Gefühle erleben. Aber ich sehe auch, dass eine zarte, feine Linie von hier bis weit in die Zukunft reicht … eine feine Linie aus weichem, weißem Licht. Das kann bedeuten, dass du dir immer treu bleiben wirst …«

»Und was kann es noch bedeuten?«

»Es kann sein, dass dies der Weg ist, der zu Gott führt.«

»Der Tod?«

»Vielleicht der Tod … aber nicht so bald.«

Irmingard schüttelte den Kopf. »Wir müssen alle sterben«,

sagte sie leise. »Eine Reise … du hast gesagt, ich trete eine lange Reise an?« Adelheid nickte. »Siehst du: Du hast mir schon sehr geholfen.«

»Geholfen?«

Irmingard nickte. »Du hast mir geholfen, eine Entscheidung zu treffen. Dafür bin ich dir sehr dankbar.« Sie lächelte. »Ich will kein Geheimnis daraus machen, nicht dir gegenüber. Und bald wird es sowieso jeder wissen: Ich will nach Rom gehen, zum Heiligen Vater, und ihn bitten, dass er unserer Ehe einen Dispens erteilt.«

Adelheid schaute verwundert. »Nach Rom?«

»Nur der Papst kann uns helfen. Auch wenn dieser Teufel Aribo verboten hat, dass wir uns an den Heiligen Stuhl wenden, ohne dass er die Erlaubnis dazu gibt.« Sie atmete tief durch. »Jetzt bin ich sicher, dass ich das Richtige tue. Der Papst ist der oberste Hirte für alle Christenseelen. Niemand kann mir verwehren, dass ich seinen Schutz suche, auch Aribo nicht. Soll mich doch sein Bannstrahl treffen! Morgen früh schon werde ich mich auf den Weg machen, noch bevor Otto zurückkehrt.« Einen Augenblick lang dachte Irmingard voller Sorge an ihren Mann, von dem noch keine Nachrichten bis nach Hammerstein gelangt waren. »Denn er würde es mir niemals erlauben, diese Reise anzutreten.«

»Darf ich mit dir kommen?«, fragte Adelheid mit Tränen in den Augen. »Ich kann dich doch nicht so ganz allein auf eine so lange und gefährliche Reise gehen lassen.«

»Ich weiß, dass du überallhin mitkommen würdest, beste Freundin.« Irmingard schüttelte den Kopf. »Aber meine Antwort ist nein, ich will, dass du hier bleibst. Ich fühle, dass es wichtig ist, dass du hier auf Hammerstein bleibst. Frage mich nicht, warum, denn ich weiß es selber nicht. Es ist nur eine Ahnung …«

»Dein Entschluss ist also gefasst?«, fragte Adelheid traurig.

Die Gräfin nickte. »Ich will nicht, dass sich das, was ich in meiner Jugend erdulden musste, noch einmal wiederholt.«

»Du meinst den Vogt von Fulda? Deine erste Heirat?«

»Als Kind habe ich immer geglaubt, dass das Leben schön ist. Doch dann änderte sich plötzlich alles, so als würde der Himmel einstürzen. Du weißt doch, dass die Burg meiner Eltern bis auf die Grundmauern abbrannte? Dass meine Eltern in den Flammen starben? Und mit ihnen auch Ruodlieb, der Junge, der die Pferde zähmte. Ich kam dann nach Arnsberg zu meinem Onkel, wo Tante Gunhila mich wie eine Magd in die Küche gesteckt hat.«

»Aber was hat das alles mit deinem Entschluss zu tun, nach Rom zu gehen?«

»Ich will mich nie wieder so einsam und verlassen fühlen wie damals, als ich Ruodlieb verloren habe«, sagte Irmingard mit stockender Stimme.

»So sehr hast du ihn geliebt?«

»Geliebt? Ich war zwölf Jahre alt. Liebt man mit zwölf Jahren?«

»Ich schon«, erwiderte Adelheid eifrig. »Ich weiß genau, dass ich auch schon mit zwölf Jahren verliebt war.«

»Ich kann mich noch genau an den Tag erinnern, als alles geschah«, fuhr die Gräfin versonnen fort, so als hätte sie die Bemerkung ihrer Freundin nicht gehört. »Am Vorabend waren wir alle noch so glücklich und zufrieden. Eine Gruppe italienischer Gaukler hatte uns mit ihrer komischen Vorstellung erheitert. Aber dann, als im Morgengrauen alle schliefen …« Die Gräfin schlug die Hände vor dem Gesicht zusammen, als sie sich den schrecklichsten Tag ihres Lebens ins Gedächtnis rief.

»Jahrelang war ich danach wie tot. Und dann wurde ich gegen meinen Willen mit dem Vogt von Fulda vermählt. Und das Schlimmste war …« Die Gräfin schwieg betroffen.

»Was war das Schlimmste?«

»Das Schlimmste war, dass ich alles habe geschehen lassen, alles erduldet habe, ohne ein Wort dagegen zu sagen. Ich dachte, dass es ganz gleich ist. Ohne Ruodlieb war mein Leben zu Ende.

Diese böse Wunde … heilte nur ganz, ganz langsam. Und währenddessen war ich das Lamm, das sich zur Schlachtbank führen lässt, und ich habe geglaubt, dass Gott mir diesen Gehorsam abverlangt. Es war meine Buße, dachte ich, für welche Sünden auch immer. Vielleicht für die Sünde, dass ich mich innerlich aufgelehnt habe. Vielleicht die unschuldigen Sünden des Körpers, die ich mit Ruodlieb begangen hatte, ohne dass ich wusste, dass es überhaupt Sünden sind. Jedenfalls habe ich stillgehalten bis zum bitteren Ende. Ich habe demütig abgewartet, was die anderen über mich entscheiden, der Vogt, seine Söhne, Tante Gunhila. Und, glaube mir, Adelheid, ich werde es nicht noch einmal zulassen, dass ich das Opferlamm bin.«

»Und deswegen gehst du nach Rom?«

Irmingard nickte. »Ich nehme mein Leben selbst in die Hand.«

»Dann nimm aber wenigstens Ritter Herimot mit«, bat die Freundin. »Er wird sein Leben für dein Wohlergehen geben. Versprichst du mir, dass du nicht ohne seinen Schutz gehst?«

Irmingard lächelte. »Weißt du, Adelheid, ich habe selbst schon daran gedacht, ihn mitzunehmen. Ihn und seinen Knappen. Ich vertraue ihm, und ich weiß, dass er dem Grafen und mir treu ergeben ist. Und ohne den Schutz eines Ritters kann ich unmöglich auf diese Reise gehen, so viel steht fest.«

»Reicht denn ein einziger Ritter zu deinem Schutz?«, fragte Adelheid und trocknete die Tränen, die ihr über die Wangen liefen.

»Wir müssen möglichst unauffällig reisen«, entgegnete Irmingard. »Wir müssen vor allen Dingen vermeiden, dass Erzbischof Aribo von meinem Vorhaben erfährt. Ich glaube, Aribo würde alles daransetzen, um mich daran zu hindern. Je kleiner unsere Reisegesellschaft ist, umso besser. Außer Herimot und seinem Knappen werde ich nur Rotswit mitnehmen, die mich als Leibdienerin begleiten soll.«

Adelheid erkannte, dass sich die Freundin längst schon in allen Einzelheiten entschieden hatte. Offenbar hatte die Gräfin schon seit geraumer Zeit mit dem Gedanken gespielt, nach Rom zu reisen.

»Und wann wirst du aufbrechen?«, fragte Adelheid ängstlich, denn sie ahnte schon die Antwort.

»Gleich morgen früh«, erwiderte Irmingard energisch. »Ich muss aufbrechen, bevor Otto zurückkommt und mir die Reise untersagt. Außerdem müssen wir die Alpen überqueren, bevor die Pässe zugeschneit und nicht mehr passierbar sind. Mein Entschluss ist gefasst. Nichts wird mich daran hindern können.«

»Ich werde dir einen gesegneten Rosmarinzweig bringen«, sagte Adelheid zärtlich. »Wenn du ihn immer bei dir trägst, dann können dir die bösen Geister nichts anhaben.«

»Ich hoffe, die bösen Geister jenseits der Alpen wissen davon«, erwiderte Irmingard lachend.

17. Kapitel

»Wisst Ihr, was das hier ist?« König Konrad hielt ein Schwert in die Höhe, kein golden verziertes, blinkendes Schwert, wie es die Hofdichter besangen, wenn sie den Ritterkampf schilderten, vielmehr eine alte, schartige Waffe. Die versammelten Menschen waren so still, dass man auf dem riesigen Platz vor dem Dom jedes kleine Hüsteln hörte. Alle starrten zum Portal des Doms, auf dessen oberstem Treppenabsatz der goldene Thron von Konrad aufgestellt worden war.

Otto bemerkte, dass eine besondere Faszination von diesem Schwert ausging, das Kaiser Karl der Große für den Königsschatz des Heiligen Reichs erworben hatte. Ein wirkkräftiger Zauber war offenbar in das Schwert gebannt, eines Königs würdig. Das Volk von Mainz, das gekommen war, um Buße zu tun, hielt ringsum den Atem an. Erzbischof Aribo, der als neuer Reichskanzler und Verweser des Reichs rechts hinter dem König saß, hielt den Blick weiterhin starr auf einen imaginären Punkt am blassen Mittagshimmel gerichtet. Alle anderen schauten das Schwert an, auch der Hofstaat des Königs, der sich hinter dem Thron versammelt hatte.

»Man nennt es die Geißel Gottes«, sagte König Konrad mit schneidender Stimme. Ein Raunen ging durch die Menge. Viele bekreuzigten sich. Otto und Nuradin wechselten einen flüchtigen Blick. Im härenen Büßergewand standen sie zu Füßen der Domtreppe, aller ritterlicher Attribute entkleidet, etwas abseits der siebzehn Mainzer Ratsherren, die an diesem Tag vom Leben in den Tod befördert werden würden. Rechts und links von ihnen waren schwer bewaffnete Wachen postiert. Jeder Gedanke an Flucht war sinnlos. »Es ist das Schwert, mit dem einst der berühmte Hunnenkönig Attila zur Vernichtung der Christenheit gewütet hat.« Langsam stand Konrad auf, streckte seinen kräftigen Körper. Er wirkte fast riesenhaft dort vor dem Marktportal des Mainzer Doms. An derselben Stelle, an der noch Tage zuvor Graf Ottos Ritter die Männer des Erzbischofs niedergemetzelt hatten und an der vor kurzer Zeit noch die Krönungsprozession bejubelt worden war. All dies schien einer anderen Zeit anzugehören.

Er wirkte wie ein altertümlicher Rachegott, dieser neue König, ein Mann, dem das Herrscheramt gleichsam auf den Leib zugeschnitten war. Nichts erinnerte mehr an den unbedeutenden und mittellosen Grafen, der Konrad von Speyer zuvor gewesen war.

Der König war nicht unbedingt ein gut aussehender Mann. Sein dünner Bart bedeckte nur dürftig Kinn und Oberlippe. Sein dunkles Haar hatte einen rötlichen Schimmer, und er hatte eine überaus kräftige Nase und stark ausgeprägte Lippen. Seine Augen lagen nahe beieinander, und die Augenbrauen waren buschig und wuchsen in der Mitte beinahe zusammen. Aber wo alle diese einzelnen Merkmale womöglich als unvorteilhaft hätten gelten können, so bildeten sie in ihrer Ganzheit doch eine seltsam einprägsame Harmonie der Gegensätze.

Otto spürte von neuem, wenn auch mit Widerwillen, dass dieser König ihm Respekt abverlangte; mehr noch, dass er ihn fürchtete.

Otto sah an Nuradins Blick, dass sein Kastellan ähnlich empfand; und womöglich teilte er auch einen anderen Gedanken mit Otto: dass Aribo in seiner Machtbesessenheit auf einen Mann gesetzt hatte, den er als seine Marionette ansah, der aber längst sein eigenes Spiel spielte.

Langsam ließ Konrad das Schwert herabsinken, sodass seine Spitze auf das verängstigte Häuflein von Ratsherrn zeigte, das auf der frei gelassenen Fläche vor der Domtreppe stand. Die siebzehn zitternden Männer waren mit Ketten aneinander gefesselt, siebzehn Männer, die ihre letzten Gebete sprachen, abgesondert von den anderen, die Opfer, die erbracht werden mussten, um Aribos Rachedurst zu stillen.

»Nun ist das Schwert in die Hand des deutschen Königs gelangt, und mit seiner magischen Kraft werden Wir alle heidnischen Feinde in die Flucht schlagen, die das Reich jetzt und in der Zukunft bedrohen.« Konrad senkte die Stimme. »Aber es gibt nicht nur äußere Feinde unseres Königtums«, fuhr er fort und fixierte mit kaltem Blick die siebzehn dem Tode geweihten Mainzer Ratsherrn.

Hinter dem Thron stand der Scharfrichter mit seiner schwarzen, spitzen Kapuze bereit, ein ungeschlachter Mann, der seine riesige Axt auf dem Richtblock abgestützt hatte.

»Ich bin der König. Ich bin der Wahrer des Rechts«, verkündete Konrad. »Und, bei allen Heiligen: Es besteht kein Zweifel daran, dass das Volk von Mainz sich des groben Rechtsbruchs schuldig gemacht hat!«

Plötzlich war seine Stimme wie das Donnern Jupiters, so als braute sich ein Unwetter über der Stadt Mainz zusammen.

»Es ist nicht notwendig, dass ich im Einzelnen darlege, worin diese Verletzung des göttlichen Rechts bestanden hat. Es gibt niemanden, der den Aufruhr wider die göttliche Ordnung bestreiten könnte.« Er blickte langsam in die Runde, und jeder hatte das Gefühl, als werde gerade er angeschaut dabei. »Der Teufel ist in euch gefahren!«, rief Konrad. »Ihr habt euch des schlimmsten Verbrechens schuldig gemacht, dessen ein Christ beschuldigt werden kann: Ihr habt Gott selbst beleidigt, habt ihn beleidigt in Person seines treuen Hirten Aribo, unter billigem, nichtigem Vorwand, aus Habgier und Eigennutz. Ungehorsam, Hochmut und Gotteslästerung waren dabei euer Antrieb.«

Diese Anklage duldete keinen Widerspruch. Otto und Nuradin spürten ein Glühen am Hals, dort wo die Klinge des Henkers das Haupt vom Leib trennt. »Es wäre nur gerecht gewesen, jeden einzelnen Bewohner dieser Stadt an Leib und Leben zu bestrafen, und es hätte im ganzen Himmel keine Stimme gegeben, die diese Bestrafung beklagt hätte. Aber ich bin der König, und es ist das Vorrecht des Königs, Gnade walten zu lassen. Deswegen hört meinen Richtspruch.« Wieder richtete er Attilas Schwert auf die siebzehn zitternden Ratsherrn. Einige von ihnen sanken auf die Knie. Die Ketten rasselten, als sie die Hände zum Himmel reckten und den Herrn um Rettung in höchster Not anflehten. »Diese siebzehn dort werden stellvertretend für euch alle sterben. Die Stadt Mainz wird auf vierzig Jahre, so lange wie die Babylonische Gefangenschaft währte, alle ihre Zünfte und Ämter allein dem Willen des Erzbischofs unterwerfen, und kein Rat der Bürger wird sich gegen den Willen des Erzbischofs bilden. Mainz wird auf Gedeih und Verderb dem Vogt des Erzbischofs untertan sein, und wenn auch nur einer von euch dem Befehl des Vogts widersagt, so verfällt die ganze Stadt, all ihre Bewohner und alles Hab und Gut endgültig und für alle Zeit der Reichsacht. So ist es beschlossen und besiegelt, und so wird es geschehen.«

Konrad gab seinen Schergen ein Zeichen. Leises Wehklagen erklang, als der Erste der siebzehn Todgeweihten von den Helfern des Scharfrichters an den Armen gepackt und zum Richtblock geschleift wurde. Es war Hartwig der Tuchscherer, und er war weiß im Gesicht, die Augen weit aufgerissen.

Aber er leistete keinen Widerstand. Er betete, atmete hastig.

Otto sah, dass unter den Zuschauern auch die Frau, die Familie und die Mitbewohner aus dem Haus des Verurteilten waren. Sie alle reckten die Arme flehend zum Himmel und jammerten erbärmlich – und wussten doch, dass der Himmel keine Rettung schicken würde. Ein älterer Mann hielt Hartwigs Frau mit Gewalt davon zurück, sich loszureißen und zu ihrem Mann hinüberzulaufen.

Die Helfer des Scharfrichters führten Hartwig den Tuchscherer zum mannshohen Podest, das am Ende der Domtreppe aufgebaut war. Sie mussten ihn fast die behelfsmäßige Treppe hinaufschleifen, an deren oberem Ende der große Richtblock stand. Er schlotterte an allen Gliedern, betete unablässig. Der Scharfrichter hatte sich inzwischen mit verschränkten Armen hinter dem Richtblock aufgestellt. Das Henkersschwert hielt einer seiner Gehilfen.

In den Gesichtern ringsum waren abgrundtiefer, ohnmächtiger Hass. Die geballte Macht der Mainzer Ritter und der zahlreichen Reichsritter, die gut sichtbar hinter dem Thron, auf der Domtreppe und um den Marktplatz herum postiert waren, hielt die Menge davon zurück, erneut einen Aufruhr zu wagen, ganz gleich, was anschließend geschehen würde.

Otto warf einen verstohlenen Blick auf Aribo. War da nicht ein Anflug hämischer Genugtuung in seinem verunstalteten Gesicht? Der Graf sah, dass der Erzbischof schwer atmete, ganz sicher nicht aus Mitleid mit den Verurteilten.

Hartwig wurde von den Schergen vor dem Richtblock auf die Knie gezwungen. Das hölzerne Podest knarzte und stöhnte unter dem Gewicht des Verurteilten und der Männer, die ihn an den Armen festhielten. Otto sah, dass die Sehnen an Aribos Hals zuckten. Allein sein Blick war völlig starr, nicht einmal ein Wimpernzucken war zu sehen.

Der Mönch, der in der Nähe des Henkers gewartet hatte, kniete neben Hartwig nieder und sprach ein paar kurze, tröstende Worte zu dem Delinquenten. Hartwig nickte heftig, dann küsste er das Kreuz, das der Mönch ihm an den Mund hielt. Der Scharfrichter ließ sich das Schwert in die Hand geben und schaute zu König Konrad hinüber.

Der König nickte.

Dem Ratsherrn wurde ein schwarzer Sack über den Kopf gestülpt. Dann drückten ihn die Schergen auf den Richtblock nieder.

Hartwig zitterte am ganzen Leib wie Espenlaub.

Ottos Kehle war vollkommen trocken, denn er sah sich selbst schon als Opfer des Mainzer Henkers: Aribos Rache würde mit dem Tod der siebzehn Ratsmitglieder nicht befriedigt sein. Und doch war das Schicksal Hartwigs, der dort oben nur noch wenige Augenblicke zu leben hatte, unendlich fern.

In seiner Todesangst war der Verurteilte ganz für sich allein, trotz der riesigen Menschenmenge, die Zeuge seiner Hinrichtung war: Im Tod war er der einsamste Mensch der Welt.

Was mochte sich jetzt im Kopf dieses Mannes abspielen?, fragte sich Otto. Hatte er überhaupt noch einen klaren Gedanken in seiner Todesfurcht? Glaubte er vielleicht noch immer an ein Wunder, an eine Rettung in letzter Sekunde?

Wenn ja, dann vergeblich.

Der Henker hob die Axt hoch über den Kopf. Einen kurzen Augenblick zögerte er noch. So als wollte er sein Opfer um Verzeihung bitten, bildete der Mund des Henkers ein paar lautlose Worte. Dann fuhr die Richtaxt herab.

Ein Schrei aus tausend Kehlen erfüllte den Domplatz. Das Entsetzen stand greifbar in der Luft. Aber es war auch die schwüle Erregung zu spüren, die Sensationsgier, mit der das Volk gewöhnlich dem öffentlichen, gewaltsamen Tod begegnete, bei dieser Hinrichtung wie bei jeder anderen. Der zur Schau gestellte Tod erzeugte bei ihnen das wunderbare Gefühl, auf der anderen, der sicheren Seite zu stehen und diesmal davongekommen zu sein.

Der Henker leistete saubere Arbeit. Der Kopf des Hingerichteten war mit einem einzigen Schlag glatt abgetrennt. Das Blut des Delinquenten spritzte für die Dauer weniger Sekunden in einer einzigen Fontäne wohl fünf Schritt weit, ehe der Strahl versiegte. Der Kopf, noch immer in den schwarzen Sack gehüllt, rollte auf den Boden.

Völlige Stille war eingekehrt.

Einer der Verurteilten fiel in Ohnmacht. Der junge, hübsche Mann sank aber nicht zu Boden, weil die Eisenketten ihn hielten, mit denen er an die anderen zum Tode Verurteilten gekettet war.

Otto schaute zu Konrad hinüber.

Das Gesicht des Königs war unbewegt. Keine Spur von Triumph, nicht einmal so etwas wie Genugtuung über diese Machtdemonstration des königlichen Blutgerichts auf Leben und Tod. Höchstens eine Spur Verachtung und Abscheu. Graf Otto hatte den Eindruck, als hätte Konrad am liebsten auf das blutige Spektakel verzichtet, das er Aribo schuldete und das nun seinen unerbittlichen Fortgang nahm.

Am Ende wurden die Köpfe der siebzehn Aufrührer auf lange Stangen gespießt, die zur Abschreckung und zur Erinnerung an die Gerechtigkeit des Königs vor dem Dom, an den Stadttoren und auf den Plätzen des Stadt aufgepflanzt würden.

»Dort bleiben sie«, verkündete der Ausrufer des Königs, »bis die Vögel den letzten Rest des Fleisches aufgepickt haben und das bleiche Bein der Schädel an der Sonne glänzt.«

Der Henker machte ein Zeichen. Ein Ochsenkarren kam heran, auf den seine Schergen die kopflosen Leichname der Hingerichteten warfen wie räudige Kadaver.

Plötzlich erhob sich Aribo. Sein Gesicht war puterrot angelaufen, und die Pusteln auf seiner Haut schienen dick angeschwollen zu sein.

»Ihr seid der Gnade des Königs teilhaftig geworden!«, rief er mit seiner schrillen Stimme. War sie den Mainzern früher lächerlich erschienen, so ließ sie ihnen jetzt kalte Schauer über die Haut laufen. Keiner machte mehr Witze über die stadtbekannte Furcht des Erzbischofs vor Ratten und Mäusen. »Die Schmach für den Diener Gottes ist viel zu groß, als dass sie mit dem Blut von nur siebzehn von euch abgewaschen werden könnte.«

Er ließ die Spitze seines Bischofsstabs über die Menge kreisen.

»Aber gut«, sagte er unvermittelt mit milderer Stimme. »Gnade ist das Recht des Königs, und so soll es damit genug sein.« Unvermittelt lächelte er, sein kaltes maskenhaftes Lächeln, das nichts Gutes verhieß. »Glaubt mir … es wird kein Tag, keine Stunde, keine Minute vergehen, in denen ihr unbeobachtet bleibt. Wenn ihr in euren Häusern seid – fühlt euch nicht sicher! Wenn ihr in euren Kammern seid – glaubt nicht, ihr seid allein! Wenn ihr draußen vor den Stadtmauern seid – glaubt nicht, jemand hätte nicht ein wachsames Auge auf euch!«

Aribo schaute in die Runde und schien sich an der Wirkung seiner Worte zu berauschen.

»Und ihr könnt in einem weiteren Punkt sicher sein: Jedes kleinste Zeichen von Unbotmäßigkeit, auch nur ein einziges aufsässiges Wort, selbst jeder Gedanke an Ungehorsam wird sich furchtbar rächen. Das schwöre ich bei allen Erzengeln des Herrn!« Der Erzbischof breitete wie zu einem teuflischen Segen die Arme aus.

Otto spürte tiefen Ekel in sich aufsteigen. Das Gesicht des Königs blieb reglos. Der bleierne Himmel, der sich über dem Platz spannte, schien sich zu verdunkeln, und der unangenehme Herbstwind, der durch die Straßen der Stadt strich, ließ den Grafen mit einem Mal frösteln. Dieser Tag war wie der Beginn eines langen, eisigen Winters, der schier endlos sein würde und in dem nur der eine Gedanke wärmen würde, dass nichts auf Erden ewig währt, nicht einmal der Rachedurst von Erzbischof Aribo, nicht einmal sein verteufeltes Leben.

»Und von nun an werden der Dom und alle Kirchen der Stadt für vierzig Tage verschlossen bleiben, so lange wie der Gottessohn in der Wüste gedürstet hat, und vierzig Tage lang werdet ihr den Leib Christi und alle heiligen Sakramente der Mutter Kirche entbehren müssen, denn ihr seid unrein und voller Sünde, und ihr seid nicht würdig, die Sakramente des Herrn zu empfangen. Und nach diesen vierzig Tagen werde ich entscheiden, ob ihr demütig genug wart, damit ich den Bann und den Fluch wieder von euch nehmen kann. Und glaubt nicht, ich werde meine Entscheidung leichtfertig fällen! Glaubt nicht, dass ich gnädig sein werde! Rechnet nicht mit meiner Großmut! Das Einzige, was euch bleibt, ist reumütig Buße zu tun und darauf zu hoffen, dass euch eines Tages vielleicht vergeben wird!«

Otto und Nuradin tauschten Blicke. Sie würden die Nächsten sein, die der Rache des Erzbischofs zum Opfer fallen würden, und es galt nur zu hoffen, dass Konrad die Ritter, Vasallen und Knappen des Grafen Hammerstein verschonen würde, die nur ihrer Gefolgschaftspflicht entsprochen hatten und keine eigene Verantwortung für das Geschehene trugen.

»Hochwürdiger König«, fuhr Aribo fort, hinter dem seine Domherren und Ritter Aufstellung genommen hatten. »Ihr seid weise wie Salomon und gnädig wie König David.«

Der Blick des Erzbischofs suchte die Gestalt des Grafen.

»Aber das Kleid der Mutter Kirche ist noch immer befleckt. Das Blut der siebzehn Verräter konnte es nicht vollständig reinwaschen. Es brennt noch ein Feuer in der Hölle, das gelöscht werden muss! Dieser da!« Er deutete mit seinem knochigen Finger auf Otto. Im gleichen Augenblick durchbrach die Herbstsonne den Dunstmantel über Mainz. Ihre Strahlen verfingen sich in dem roten Kristall an seinem Erzbischofsring.

»Dieser da hat auf schreckliche Weise gegen die Gebote Gottes gefrevelt. Nicht nur, dass er vier Jahre lang mit einer Metze zusammengelebt hat, die er aller Welt als seine Frau und Gräfin ausgab und die in Wirklichkeit seines Blutes war. Das würde allein schon genügen, um den Zorn des Himmels herabzubeschwören. Nein, ehrwürdiger König Konrad, in seiner Vermessenheit, seiner Dreistigkeit ging er so weit, dass es schwer fällt, es zu glauben. Wie hat dieser so genannte Reichsgraf Euren Befehl geachtet, dass er sich von seiner Metze trennen soll? Er wird rasend, vergisst seine edle Geburt und vergisst, dass er ein Kind Gottes ist. An mir, an einem Diener Gottes, will er sich vergreifen in seiner blinden Wut, die ihm Satan ins Herz gepflanzt hat. Mich will er vernichten, der ich nichts anderes tue, als den Willen Gottes zu verkünden und zu bewirken, dass sein Wille geschehe auf Erden! Welch Schande! Kain will noch einmal Abel erschlagen, und wenn dies ungesühnt bleiben soll, dann wird Gottes Gericht über das Reich kommen! Und noch eines: Diese siebzehn …«

Aribo deutete auf die Köpfe der Ratsherren, die auf ihren Stangen hoch über der Menge aufgespießt waren.

»Diese siebzehn waren einfache Leute. Unfreie. Sie wussten nichts, sie waren dumm, waren törichte Esel, die hinter einer Möhre hergelaufen sind. Aber dieser so genannte Graf Otto ist von edler Geburt, er kennt die Welt, er weiß um Recht und Unrecht, um Gut und Böse. Umso schwerer wiegt sein Verbrechen, und das Verbrechen seiner Spießgesellen – die ich nicht Ritter nennen will – ist kaum weniger groß. Deswegen bitte … nein, ich fordere von Euch, ehrwürdiger König Konrad: Graf Otto muss wie die siebzehn Ratsherren dort zur Rechenschaft gezogen werden. Es darf auf Erden keine Gnade für ihn und für seine Männer geben, denn es wird auch im Himmel keine Gnade für sie geben. Nur durch ihren Tod kann der Schmerz, den sie der Mutter Kirche zugefügt haben, gelindert werden.«

Nachdem sich der Erzbischof so in Erregung geredet hatte, war er sicher, dass es nichts in der Welt geben konnte, was seinen Worten entgegenzusetzen war. Aribo war erfüllt, geradezu beseligt von der Selbstgewissheit dessen, der die unmittelbare und unumstößliche Wahrheit gefunden hat. Langsam setzte er sich wieder, um die Ausführung seines Willens durch den König zu verfolgen.

Wieder blieb Konrads Gesicht reglos. Der König schloss die Augen und schien nachzudenken.

Atemlose Spannung lag über dem Domplatz.

Hoch über den goldenen Türmen der Kathedrale krächzten Vögel, aber sonst war alles still. Die Menschen wagten nicht einmal, sich zu räuspern. Das Hundegebell irgendwo in den Gassen von Mainz dröhnte mit einem Mal laut und rau in der spannungsgeladenen Stille. Konrads Rechte schloss sich um das Reichszepter. Einen Augenblick lang schien es, als suchte der König Verbindung zu den himmlischen Mächten, in deren Namen er gesalbt worden war. Schon vergaßen die Menschen, dass er kurz zuvor siebzehn der ihren in den Tod geschickt hatte. Kaum einer konnte sich der Wirkung des dort auf seinem Thron wie versteinert sitzenden, in sich versunkenen Königs entziehen, selbst Aribo nicht, den das lange Schweigen Konrads zunehmend nervöser machte. Sein Blick ließ Unsicherheit, Erstaunen, Verärgerung erkennen. Seine Selbstgewissheit bröckelte.

Otto stellte bewundernd fest, wie gekonnt Konrad seine Macht inszenierte, wie genau er die Wirkung seiner Gesten auf die Massen zu berechnen wusste. Und plötzlich schöpfte er neue Hoffnung. Dieser König dort war alles andere als die Marionette Aribos. Dieser Mann war durchdrungen vom Geist der alten Imperatoren. Und Otto war vollends verwirrt von diesem Mann, dessen Name er noch vor Wochen nur naserümpfend ausgesprochen hatte.

Plötzlich öffnete der König die Augen.

Otto bemerkte, dass viele Umstehende zusammenzuckten. Selbst Aribo schien sich in seinem Erzbischofsthron verkriechen zu wollen.

»Natürlich habt Ihr in allem Recht, Erzbischof Aribo. Mein edler Reichskanzler, wer möchte Euch und Eurer scholastischen Beweisführung widersprechen wollen? Wer wollte Widerworte finden bei einem Mann Eurer Gelehrsamkeit und Eures apostolischen Ranges?«

Aribo nickte zufrieden. Das war ja nun doch die Antwort, die er erwartet und gefordert hatte.

»Dieser Graf Otto«, fuhr der König fort, »war verblendet von seiner Wut, er hat Eure Autorität mit Füßen getreten, und er hat die Verantwortung dafür, dass einige Männer aus Eurem Gefolge getötet wurden. Dafür muss er bestraft werden.«

Konrads Gesicht zeigte eine feine, nur aus der Nähe erkennbare Veränderung. Da war unvermittelt so etwas wie ein heimliches Lächeln in seinen Zügen, vielleicht sogar Spott, vielleicht sogar eine Spur Schadenfreude. Er spielt sein ganz eigenes Spiel, dachte Otto, und Aribo kennt nicht eine einzige Seite des Buchs, aus dem Konrad liest.

»Aber es gibt noch einen anderen Aspekt in diesem Fall, der beachtet werden muss«, fügte Konrad so leise hinzu, dass alle angestrengt hinhören mussten, um jedes Wort zu verstehen. »Mein Vasall Graf Otto ist ein Edelmann und Ritter, so wie auch ich es bin. Er ist ein Mann, der einen untadeligen Ruf besitzt im Reich. Seine Familie ist eine der angesehensten Familien am Rhein, und sein Großvater, sein Vater und er selbst waren allzeit der Krone und dem Reich so treu ergeben wie kaum ein anderer.«

Aribo hob zu einer Gegenrede an, öffnete schon den Mund, aber eine winzige und doch herrische Geste des Königs ließ ihn verstummen, bevor er das erste Wort ausgesprochen hatte.

»Und als Ritter ist er der Minne verpflichtet, als Gemahl seiner Frau. Ich teile Eure Auffassung nicht, Erzbischof Aribo, wenn Ihr die Gemahlin Ottos als eine Metze bezeichnet. Ich teile diese Auffassung ganz gewiss nicht.«

Aribo lief feuerrot an und rang nach Atem. In seinen Augen lag pure Ungläubigkeit.

»Wir wissen alle, unter welchen Umständen die Ehe Graf Ottos zustande gekommen ist. Sicherlich … sie war von Beginn an ungültig. Ihr selbst habt es mir bewiesen, Erzbischof. Und Torquato, Euer Domherr, hat Eure *Meinung* mit aller Autorität des Heiligen Stuhls bekräftigt. So habe ich demütig mein Haupt gebeugt und Gottes Willen empfangen und habe diese beiden Liebenden schweren Herzens getrennt. Aber weil Graf Otto zu seinem Verbrechen weder aus Habgier noch aus anderen niedrigen oder unritterlichen Gründen getrieben wurde, muss ich mich fragen: Warum denn hat er es begangen?«

König Konrad schaute zu Otto hinüber. Die Blicke der beiden Männer kreuzten sich, verharrten für ein paar Augenblicke ineinander. Wie schon vor dem Königsgericht glaubte Otto für einen kurzen Moment, tief ins Herz des Königs blicken zu können. Und dort erkannte er erneut so etwas wie Einverständnis und Mitgefühl.

»Ich sage Euch, warum Graf Otto seine auf den ersten Blick verbrecherisch erscheinende Tat begangen hat: aus übergroßer Huld für die Frau, die er vier Jahre lang vor Gott und den Menschen als die seine angesehen hat und die er noch immer als die seine ansieht. Man kann dieses Verhalten nennen, wie man will, doch eines soll jeder wissen: Das Handeln des Grafen Otto gilt vor dem königlichen Gericht keineswegs als Hochverrat am König.«

Otto war fasziniert von dem Schauspiel, das sich ihm bot, und vergaß fast, dass er selbst im Mittelpunkt dieses Schauspiels stand. Gleichzeitig war es das Schauspiel der Selbstbefreiung des Königs aus Ketten, die sich wie eiserne Schlangen um seinen Leib gelegt hatten; und offenbar war diese Befreiung bis in die kleinste Einzelheit vom König inszeniert worden.

»Wir werden keinen unserer treuen Gefolgsleute zum unehrenhaften Tod unter dem Schwert eines Scharfrichters verurteilen«, fuhr der König förmlich fort. Er schaute dem Angeklagten offen ins Gesicht, während er seinen Richterspruch kundtat. »Wir werden Euch, Graf Otto von Hammerstein, die Gnade unseres königlichen Wortes erweisen und Euch Euer Leben lassen. Das schuldet unser Königtum Eurer gräflichen Familie. Aber Ihr werdet verstehen, dass ich Euch trotzdem bestrafen muss, weil Ihr Euch gegen Gottes Ordnung aufgelehnt habt.«

König Konrad erhob zum Richtspruch das Reichzepter aus Gold und Elfenbein, als Symbol der Gnade, die er gewährte: »Als der Wahrer des göttlichen Rechts auf Erden bestimmen Wir Folgendes: Otto aus dem Hause Hammerstein ist seines Grafenamts ledig, und an seiner Stelle wird sein Halbbruder Galad vorläufig die Verwaltung des Grafenamts auf Burg Hammerstein übernehmen. Graf Otto bleibt dort auf Hammerstein in Ehrenhaft, wo er sich im Palast der Burg frei bewegen darf. Und er hat ein Jahr und einen Tag lang Zeit zu beweisen, dass er die blutschänderische Beziehung zu seiner Frau Irmingard entweder aufgegeben oder aber nachträglich legitimiert hat. Trifft eines von beiden zu, so bestimmen Wir hier und jetzt, dann wird Graf Otto nach einem Jahr und einem Tag unumstößlich wieder in seine Rechte als Gemahl der Gräfin Irmingard und als Burgherr von Hammerstein eingesetzt und von uns erneut mit allen Besitztümern seines Vaters belehnt werden.«

Dann wandte sich der König an Nuradin und die anderen Ritter der gräflichen Gefolgschaft. »Ihr aber, Ihr Ritter und Vasallen des Grafen, die Ihr ihm in die Fehde gefolgt seid, spreche ich los von aller Schuld. Ihr habt Eurer Treue- und Lehnspflicht entsprochen. Ihr seid frei, zu kommen und zu gehen, wie es Euch beliebt. So haben Wir, König Konrad, Recht gesprochen zu Mainz, am zweiten Tag nach dem Fest des Kirchenvaters Hieronymus und im ersten Jahr unserer Herrschaft, mit Gottes Segen. Amen.«

2. Teil

1. Kapitel

Den steinernen Wall des Gebirges im Rücken, war es, als hätten sie die Grenze zu einer vollkommen anderen Welt überschritten.

Sie hatten die lange Reise durch das Reich auf unsicheren Straßen hinter sich gebracht und gerade noch rechtzeitig am Ende des Herbstes die Alpen überquert.

Kalt war es schon gewesen, dort oben auf dem Pass, auch war der erste Schnee gefallen. Und Irmingard hatte in der steinernen Gebirgswüste jenseits der Wolken die Einsamkeit kennen gelernt. Dort, wo kein Baum mehr wuchs und wo die Erhabenheit der Bergriesen ihr die Nichtigkeit aller menschlichen Existenz so nachdrücklich vor Augen geführt hatte. Aber sie hatten Glück gehabt: Trotz der fortgeschrittenen Jahreszeit war der Pass des San Bernardino noch gangbar gewesen.

Irmingards Wille trieb sie voran.

Sie war froh, nicht allein unterwegs zu sein. In den Wochen ihrer Reise waren Rotswit, die sie als Dienerin mitgenommen hatte, Ritter Herimot und sein Knappe Baldwin von Olbrück, die zu ihrem Schutz dabei waren, so etwas wie eine verschworene Gemeinschaft geworden. Irmingard hatte gelernt, diese Gemeinschaft zu führen, ohne dass ein Mann ihr zur Seite stand.

Während der Reise am Rhein entlang, dann durch Schwaben hatten sie Herberge gesucht, wo sie sie finden konnten, in Wirtshäusern oder Burgen, und manchmal hatten sie auch bei einem Bauern übernachtet, immer getrieben von der Unrast der Gräfin. Schließlich hatte die kleine Reisegesellschaft nach Wochen auch die mühsame Überquerung des Gebirges geschafft.

Sie hatten die Heimat zurückgelassen, und mitgenommen hatte Irmingard nichts als ihre Liebe und die fiebernde Ungewissheit, was seit ihrer überstürzten Abreise zu Hause geschehen war. Mitgenommen in die Ferne hatte Irmingard ihre übergroße Angst, dass Otto in seinem Kampf gegen Aribo etwas Schreckliches zugestoßen war. Aber nein … Otto war am Leben, redete sie sich immer wieder ein. Sie war sicher, dass sie tief in ihrem Herzen gespürt hätte, wenn ihm tatsächlich etwas zugestoßen wäre.

Am sturmumtosten Passhaus war die Reisegesellschaft von jenem scheinbar uralten und auf den ersten Blick mürrischen Herbergsvater aufgenommen worden. An dem kleinen Feuer in der Herberge hatten sie sich gewärmt. Hier, am höchsten Punkt des Passes, in Schwindel erregender Höhe, trieben Nebelschwaden, und es lag schon so viel Schnee, dass die Strecke über den Scheitelpunkt fast unpassierbar war. Zusammen hatten sie das trockene Brot gebrochen, das ihnen neben einer dünnen Brühe als Wegzehrung angeboten worden war.

Am nächsten Tag hatte der Abstieg vom Gotthard-Pass begonnen. Die Heimat wirkte mit einem Mal so fern wie die Sterne am Nachthimmel. Ihr Führer, ein Italiener namens Federico, ein kleiner, wettergegerbter Mann, in dessen runzliges Gesicht so manches Abenteuer eingekerbt war, wandte sich lachend um und trieb seinen Maulesel zur Eile an.

»Hochwürdigste Herrin«, sagte er mit bayerischem Akzent und gleichzeitig italienisch klangvoll zu Irmingard. »Von jetzt an ist es ein Kinderspiel.«

Er deutete in das Tal der Moesa hinab, das sich ihnen südlich öffnete.

»Im Vergleich zum Pass ist wohl alles ein Kinderspiel«, versetzte die Gräfin und tätschelte ihrem Schimmel den Hals.

»Was für ein schönes Pferd Ihr habt«, sagte Federico bewundernd. Für einen winzigen Moment hatte Irmingard das Gefühl, ein begieriges Blitzen in den Augen des Führers zu erkennen.

Eine dichte Dunstschicht verbarg die tiefere Ebene vor ihren Blicken, und doch bezauberte dieses gleichsam geheimnisvoll verschleierte Land der Langobarden die Reisenden. Als wäre diese Landschaft ein Versprechen, ein Inbegriff der Hoffnung und zugleich eine Absolution.

Mit Blanchet, ihrem Schimmel, hatte Irmingard ein treues und zuverlässiges Pferd ausgewählt, das liebste ihrer Reitpferde in den Stallungen der Burg Hammerstein. Blanchet meisterte auch die schwierigste Situation mit großer Gelassenheit.

»Noch drei oder vier Meilen, und wir kommen in eine kleine alte Stadt namens Arbedo«, erklärte Federico mit wichtiger Miene. »Von dort ist es nicht mehr weit bis zu der mächtigen, dreitürmigen Festung Bellinzona. Alle Straßen in den Süden laufen an der Festung zusammen zu einem einzigen Strang, und nur wenig weiter südlich trennen sich die Straßen wieder, um sich in die lombardische Ebene hineinzuverzweigen.«

Irmingard nickte und atmete tief durch.

Die Luft hier kam ihr frischer vor, das Atmen war freier. Hier war das Römische Reich, das Kaiser Otto III. von neuem hatte heraufbeschwören wollen, hier waren tausend und mehr Jahre Zivilisation zu Hause, hier regierten Kaiser Augustus und seine Nachfolger in gottgleicher Macht, hier gab es Straßen und Tempel und goldene Paläste, die schöner und prächtiger waren als alles, was es bis zum heutigen Tage im Reich gab. Und zugleich war in diesem wundersamen Land auch die große Mutter Kirche zu Hause. Hier hatte Kaiser Konstantin den rechten Glauben eingesetzt, hatte Papst Leo den heiligen Kaiser Karl vor zweihundert Jahren mit der Krone des römischen Imperators geziert.

Das Land hatte vom ersten Augenblick an einen seltsamen Zauber auf Irmingard ausgeübt. Sie wünschte sich, unter anderen Umständen hierher gekommen zu sein, an der Seite Ottos vielleicht, mit prächtigem Gefolge, vor allem aber mit der Zeit, alle Wunder dieses Landes kennen zu lernen.

Diese Zeit hatte Irmingard nicht.

Das Gesicht der Landschaft wurde immer südländischer, die Reisenden aus dem Reich spürten es auf Schritt und Tritt, je tiefer sie kamen. Die Blumen, Sträucher und Bäume, die jetzt immer dichter den Wegrand säumten, die Felsen, die Wegeskreuze, und selbst der hohe, weite Himmel – das alles wirkte faszinierend und fremdartig.

Nur widerwillig unterdrückte Irmingard den Wunsch, es Rotswit gleichzutun und die lästige Kopfhaube abzusetzen, die Haare frei im Wind flattern zu lassen. Baldwin und Herimot schauten doch auch bei Rotswit wortlos über die Unschicklichkeit hinweg, das Haar offen zu tragen. Aber dennoch wagte die Gräfin nicht, es der Magd gleichzutun.

Irmingard ließ Federico voranreiten und verlangsamte für einen Augenblick den Schritt ihres Schimmels. Der Weg war jetzt breit genug, dass auch zwei Pferde nebeneinander gehen konnten. Sie schaute sich nach Rotswit um. Das Mädchen ritt mit flatterndem Haar auf ihrem Braunen, so als hätte sie niemals etwas anderes getan. Sie passte so gut in dieses lombardische Tessin, wo das italische Reich und das Land der Langobarden begannen. In dieses betäubende Land des Südens, von dem die Dichter sangen und das eine frivole Heiterkeit ausstrahlte, der man sich schwerlich entziehen konnte.

Rotswit sah, dass ihre Herrin sich nach ihr umschaute. Sie unterbrach das Gespräch, das sie mit Baldwin geführt hatte, und trieb ihr Pferd etwas an. Gerade als sich an einer Wegkehre der Blick auf das Provinzstädtchen Arbedo öffnete, holte sie die Gräfin ein. Die wehrhaften Mauern des Städtchens lagen tief drunten im Tal der Moesa eingebettet zwischen herbstlich gefärbten Wäldern und Feldern, umgeben von terrassenförmig angelegten Weingärten, auf denen die Lese im Gange war.

Ein verwittertes Steinkreuz stand an der Wegbiegung, von der aus sich die Passstraße in Serpentinen ins Tal der Moesa wand.

Federico lenkte seinen Maulesel zwischen die Pferde von Gräfin und Dienerin und deutete auf das im Dunst liegende Städtchen hinab, in dessen unmittelbarer Nähe eine steinerne Brücke über die Moesa führte. »Die Stadt Arbedo!«, rief er. »Unser Ziel.«

»Vielleicht sollten wir uns ein, zwei Tage ausruhen nach all den Strapazen«, sagte Irmingard zu Rotswit.

Rotswit machte ein überraschtes Gesicht. »Das ist eine gute Idee, Herrin. Endlich wieder in einem richtigen Bett schlafen! Sich richtig waschen. Und den ... verzeiht mir ... Hintern ausruhen.«

»Aber Rotswit!« Die Gräfin deutete ein Lächeln an. »Je weiter wir von zu Hause weg sind, umso lockerer werden deine Sitten.«

Rotswit schüttelte den Kopf, dass die rotblonden Haare flogen. »Hier kennt uns schließlich niemand«, erwiderte sie lachend. »Und wenn wir auch eine Pilgerfahrt zum Papst machen – wo steht geschrieben, dass wir uns dabei nicht ein bisschen Erholung gönnen dürfen?«

Das Mädchen ließ für einen Augenblick die Zügel los, streckte die Arme in die Luft, jauchzte und sog begierig die süße Luft der Lombardei in die Lungen. Rotswit wusste, dass sie einen reizvollen Anblick abgab, auch wenn ihre Reisekleider jetzt von Staub bedeckt waren.

Irmingards Gesicht nahm einen strengen Ausdruck an. »Wir dürfen trotzdem nicht vergessen, weswegen wir eigentlich hier sind.«

»Ach, Herrin, ich sehe es Euch doch an: Ihr seid genauso erschöpft wie ich und alle anderen, und wen wundert das nach einer solchen Reise? Ihr habt uns angetrieben, als wäre der Teufel hinter uns her!«

»Vielleicht ist es so?«, fragte die Gräfin nachdenklich. Aber dann schaute sie in das Land hinab, über dem sich allmählich die Nebel hoben. Sie atmete tief durch und versuchte, ihre Erschöpfung und ihre düsteren Gedanken zu vertreiben. »Erzähl mir etwas über Arbedo!«, forderte sie Federico auf.

»Graf Gudelfi herrscht dort. Es ist der letzte Ort, bevor es hinauf zu den Alpenpässen geht«, erklärte Federico. »Man nennt diesen Gau das Tessin. Er gehört teils dem Bischof von Como und teils Erzbischof Aribert von Mailand. Der Eiserne Aribert ist der mächtigste Fürst hier im Norden von Italien, er ist Lehnsherr über zahlreiche Städte und Vasallen. Aber er ist auch ein stolzer und grausamer Mann, den alle fürchten. Graf Gudelfi hat sein Lehen übrigens von Erzbischof Aribert.«

In Arbedo war Markttag, sodass die Ankunft der Fremden von jenseits der Alpen nicht sonderlich für Aufsehen sorgte. Die Torwache hielt den Trupp kurz an, ließ sich die Namen der Reisenden nennen, murmelte etwas vom Grafen Gudelfi und ließ die Reisenden dann ohne weitere Umstände passieren.

Durch die südländisch engen Gassen der alten Römerstadt erreichten sie bald den wunderschönen Marktplatz. Nichts im Reich war mit diesem lombardischen Platz vergleichbar. Weiß getüncht glänzten die mehrgeschossigen Häuser, rot leuchteten die Ziegeldächer, golden glänzten die Werbeschilder der Handwerker.

Rotswit wäre am liebsten gleich dort auf dem Marktplatz in der Mitte der Stadt geblieben, wo die Händler ihre Waren feilboten. Aber Irmingard wollte sich nicht unter das Volk mischen, erschöpft wie sie war. Sie wollte zuerst die Herberge aufsuchen, wo sie übernachten würden, wollte sich waschen und vor allen Dingen nur noch schlafen. Je tiefer sie hinab ins Tal der Moesa gekommen waren, umso mehr hatte sie die Müdigkeit übermannt.

Irmingard fiel auf, dass viele Stadtbewohner entweder eine rote oder eine blaue Schleife um den Oberarm trugen. Federico, der die Gruppe anführte, lenkte seinen Maulesel neben Blanchet. »Die mit den roten Farben sind die Gudelfi und die mit den blauen Tüchern die Staferi.«

»Vom Grafen Gudelfi hast du mir schon erzählt. Ist er nicht ein Vasall des Mailänder Erzbischofs?«

Federico nickte.

»Lass mich raten – die Staferi stehen auf der Seite des Bischofs von Como.«

»Woher wisst Ihr das?«, wunderte sich der Führer.

»Ich habe einfach nur eins und eins zusammengezählt«, erwiderte die Gräfin lächelnd.

»Diese beiden Türme …« Irmingard deutete zuerst nach Osten und dann nach Westen, wo vor der Kulisse des schneebedeckten Monte Generoso zwei schlanke, beinahe zerbrechlich wirkende Turmbauten aus dem pittoresken Gewirr von weißen Mauern und rotgeziegelten Dächern aufragten. »… lasst mich raten: Der kleinere Turm gehört zur Burg der Grafen Staferi, und der größere ist der Gudelfi-Turm?«

»Ihr seid wirklich sehr verständig«, sagte Federico mit einem bewundernden Tonfall in der Stimme. »Der große Turm gehört tatsächlich den Gudelfis. Sie sagen, dass sie von den römischen Kaisern abstammen. Deswegen hat Hadrian di Gudelfi seinen Sohn auch Octaviano getauft, nach dem ersten Kaiser Augustus.«

»Und was ist mit den Grafen Staferi?«, wollte Irmingard wissen.

Federico zuckte mit den Schultern. »Sie sind die ewigen Verlierer. Die Grafen Staferi haben die Angewohnheit, immer auf die falsche Karte zu setzen. Jeder weiß, dass der Bischof von Como ein Schwächling ist.«

Plötzlich lief ein kleines Mädchen schreiend ganz nah an seinem Maultier vorbei. Ein bellender Hund schnappte nach dem Kind wie ein böser Dämon. Irmingard erschrak. Ein gut aussehender, braun gebrannter Mann kam mit einem Prügel in der Hand hinter seinem Stand hervor, an dem Zitronen, Oliven und andere italienische Köstlichkeiten feilgeboten wurden.

Der Mann stellte sich dem angriffslustigen Straßenköter in den Weg. Der Hund sprang ihn kläffend an, wollte nach seinen Beinen schnappen, aber mitten in seinem wütenden Angriff wurde er von einem mächtigen Schwinger mit dem Knüttel erwischt. Wie vom Blitz getroffen, fiel das Tier zu Boden und blieb wimmernd in einer Pfütze liegen, die vom Herbstregen der vergangenen Nacht übrig geblieben war. Federico und Irmingard hielten ihre Reittiere an.

»Maurizio!«, rief Federico. »Ich hätte es mir denken können.«

Irmingard erstarrte. Sie schaute den Fremden an wie ein Gespenst.

Die Augen, die Haltung, das schulterlange, dunkelbraune Haar … seine ganze Erscheinung berührte etwas in ihrer Seele, das sie eigentlich tief vergraben wähnte. Sofort kamen die Erinnerungen wieder hoch, als wäre alles erst gestern geschehen. In ihr klangen Saiten an, die seit vielen Jahren nicht mehr vibriert hatten. Dieser Mann erinnerte sie an Ruodlieb – doch es konnte nicht sein: Ihr Freund aus Kindertagen war beim Brand der elterlichen Burg umgekommen … So wie der Fremde aussah, den der Führer Maurizio genannt hatte, hatte sie sich Ruodlieb in ihren Gedanken immer als Erwachsenen vorgestellt. Aber gewiss war das nur ein Trugbild ihrer Fantasie. Ein Trugbild, genährt von den Flammen und den Schreien der verbrennenden Eltern, die noch immer in ihren Ohren widerhallten?

»Niemals zu schade für einen Streit, selbst wenn es mit einem Hund ist!«, rief Federico spöttisch.

»Willst du es auch gegen mich aufnehmen?«, entgegnete Maurizio mit einem angenehmen Lachen. Maurizio schien nichts und niemanden auf dieser Welt ernst zu nehmen.

Er schaute Irmingard unvermittelt ins Gesicht und bemerkte die entgeisterten Züge der Gräfin. Er musterte sie mit seinen braunen, warmen Augen ganz ungeniert, aber sein Blick war so völlig anders als das lüsterne Glotzen, mit dem die meisten Mannsbilder für gewöhnlich die Frauen verfolgten. Der Blick war undurchdringlich und geheimnisvoll und zog Irmingard unwillkürlich in den Bann. Für einen kurzen Augenblick glitt ein Schatten über Maurizios Gesicht. Maurizio schaute Irmingard fragend an. Kennen wir uns nicht von irgendwoher?, schien sein Blick zu sagen. Irmingard bemerkte die Lachfältchen an seinen Augenwinkeln, dann schlug sie verlegen den Blick nieder.

Der Hund kam wieder zu sich und sprang auf die Beine. Noch ziemlich wackelig auf den Läufen, starrte er einen Augenblick lang voller Demut den Mann an, der ihn bezwungen hatte. Dann schüttelte er das Regenwasser aus seinem struppigen Fell, klemmte den Schwanz ein und trottete davon.

Die Gräfin wünschte sich, dass Federico endlich weiterritt.

Doch dann schaute sie unwillkürlich noch einmal zu Maurizio hinüber und war erneut verzaubert von der Ähnlichkeit dieses Mannes mit ihrem Bild eines Ruodlieb, der erwachsen geworden war. Maurizio strahlte die gleiche Anziehungskraft aus wie damals der Sohn des Stallmeisters auf der elterlichen Burg, und einen Augenblick lang hegte sie den Verdacht, dass hier ein heidnischer Zauber sein böses Spiel mit ihr trieb.

»Federico, willst du mir die schöne fremde Herrin nicht vorstellen?«, fragte Maurizio. »Ihre Schönheit lässt selbst die Sonne verblassen.«

»Was bildest du dir ein?«, rief Federico halb spaßig. »Siehst du denn nicht, dass es eine Edelfrau aus dem Reich ist? Eine leibhaftige Gräfin sogar!«

»Ich bin genauso frei wie sie«, erwiderte Maurizio selbstbewusst. »Ich bin ein freier Bauer aus uraltem lombardischem Bauerngeschlecht, genauso frei wie jeder adelige Mann und jede adelige Frau. Ich bin nur Gott und dem Kaiser untertan. Und ich kenne keinen Adeligen, mit dem ich tauschen möchte.«

Federico zuckte mit den Schultern und sagte dann auf Italienisch. »Pah! Es ist doch kein Geheimnis, dass du nicht der leibliche Sohn von Signore Felipe bist! Du magst zwar sein Erbe sein, aber sein Leib und Blut bist du nicht.«

»Du kannst von Glück reden, dass eine Gräfin anwesend ist, sonst würde ich dir ganz schnell dein Maul stopfen. Und wenn

Signore Felipe noch lebte, würde er dir mit seinem Stock eins überbraten!«

Federico machte ein verächtliches Gesicht und wandte sich an Irmingard. »Auch wenn er Signore Felipes Hof mit allen Knechten und allem Land geerbt hat und er bei den hohen Herrn Musik machen darf, so ist und bleibt er doch nur ein lombardischer Bauer und ein hergelaufener Erbschleicher von dunkler, heimatloser Abkunft!« Er machte eine wegwerfende Geste.

»Aus dir spricht nichts als der Neid«, sagte Maurizio gelassen. »Du bist es nicht wert, dass ich meine Hände an dir schmutzig mache.«

Irmingard spürte tiefen Hass zwischen den beiden ungleichen Männern. Hier Maurizio, ein Mann, der seine Freiheit liebte, dessen geschmeidige Bewegungen große Kraft verrieten und dessen Haut sich braun und glänzend über starken Muskeln spannte. Und dort der klein gewachsene, drahtige Federico, der diesem Maurizio offenkundig ein gehöriges Maß an Neid und Missgunst entgegenbrachte.

Federico wollte sich von neuem aufplustern und setzte schon zu einer zornigen Erwiderung an, als Maurizio sich gelangweilt wegdrehte. »Lass es gut sein«, sagte er verächtlich. Er warf einen letzten, fragenden Blick auf die Gräfin, so als wollte er sich noch einmal ihrer Anwesenheit versichern, dann wandte er sich ab und kehrte zu seinem Stand zurück. Wie er dastand, selbstbewusst, in sich ruhend, aber auch lässig und jungenhaft, erschien er Irmingard mehr wie ein Herr als viele Edelmänner, die sie kannte: Herr seiner selbst, ein richtiger Mann.

Die Gräfin fühlte sich merkwürdig … gekränkt, weil Maurizio sie fortan keines weiteren Blicks mehr würdigte. Sie war verwirrt, konnte sich dieses Gefühl selbst nicht erklären. Es hatte etwas mit der Ähnlichkeit dieses Maurizio mit Ruodlieb zu tun, dessen war sich Irmingard sicher, aber war das alles? Einen Moment lang fühlte sie sich wie jemand, der einen längst verloren geglaubten

Schatz genau in jenem Augenblick wiederfindet, da er jede Hoffnung darauf verloren hat. Vielleicht war es aber auch nur die Folge der seltsamen Schläfrigkeit, die sich ihrer in diesem Tal des Tessins bemächtigt hatte.

»Können wir jetzt endlich weiterreiten?«, fragte Rotswit den Bergführer spitz. Die Dienerin merkte, dass der fremde Mann die Gräfin auf unerklärliche Weise beeindruckt hatte, und das behagte Rotswit nicht.

Maurizio hatte inzwischen mit einem prächtig gekleideten Mann zu sprechen begonnen und kümmerte sich nicht mehr um die Neuankömmlinge. Irmingard spürte, dass sie wütend auf den Unbekannten war, und das verwirrte sie ebenso sehr wie ihre Abneigung, sich einfach abzuwenden und diesen Maurizio womöglich niemals wiederzusehen.

Federico trieb fluchend sein Maultier an, und das Tier setzte sich gemächlich in Bewegung. »Glaubt diesem Ganoven kein einziges Wort«, sagte er. »Keiner traut ihm über den Weg. Niemand weiß, wer er wirklich ist. Eines Tages tauchte er an Signore Felipes Seite auf. Fünfzehn Jahre ist das wohl jetzt her. Und ehe wir uns versahen, war er Signore Felipes Erbe. Keiner wusste so recht, warum er ihn an Kindes statt angenommen hat.« Seine Stimme senkte sich, während sie den Marktplatz verließen. »Kaum einer glaubt ja wirklich, dass das alles mit rechten Dingen zuging«, sagte Federico finster dreinblickend. Er sah an Irmingards Gesicht, dass diese nichts mehr davon hören wollte, aber er interpretierte ihren Widerwillen auf seine Art. »Ihr habt Recht, Gräfin. Jedes Wort über diesen Maurizio ist ein Wort zu viel. Und bis zur Herberge sind es nur noch ein paar Schritte, da drüben, hinter der Kirche liegt sie, nur zwei Gassen weiter«, sagte er und deutete mit dem Daumen nach vorn.

»Es gibt seltsame Menschen in dieser Stadt«, sagte Irmingard leise. Federico wertete es als Zustimmung, er nickte. Dann schüttelte sie ihre Verwirrung ab. »Jetzt sind wir also am Ziel«, sagte sie. »Du hast mir doch versprochen, dich um jemanden zu kümmern, der uns als Führer in den Süden begleiten soll.« Es fiel ihr selbst auf, wie ärgerlich ihre Stimme klang, so als wollte sie von der Episode mit dem Freibauern ablenken, und sie nahm sich vor, etwas freundlicher zu Federico zu sein.

»Und zweifelt Ihr etwa an meinem Versprechen?«, versetzte Federico scheinheilig.

»Nein, ich habe ja keine Veranlassung dazu …«

»Ihr braucht Euch wirklich nicht zu sorgen, Herrin«, erwiderte der Führer. »Spätestens morgen wird sich ein Mann namens Umberto bei Euch melden.«

Als sie um die nächste Häuserecke in eine schmale, abschüssige Gasse einbogen, warf Irmingard einen letzten verstohlenen Blick über die Schulter. Doch Maurizio hatte ihnen längst den Rücken zugekehrt.

»Was hast du damit gemeint: dass dieser Bauer bei den hohen Herrn Musik macht? Was bedeutet das?«

»Interessiert Euch das wirklich, Gräfin?«, fragte der Bergführer voller Verachtung, so als hätte er nicht die geringste Lust, als wäre jedes weitere Wort über diesen Kerl Verschwendung.

Irmingard zuckte mit den Schultern, als Federico nichts weiter antwortete, und schwieg.

Wenige Minuten später hatten sie die große, solide Herberge erreicht. Die Casa Mesolcina lag in einer schmalen, schattigen Seitengasse, die schräg auf den Markt zulief.

Als die Pferde untergebracht waren, führte Federico die Reisenden zum Wirt, der sich unter zahlreichen Bücklingen dafür bedankte, dass die edlen Gäste bei ihm Unterkunft suchten. Irmingard zahlte den Alpenführer aus, der sich dann auch nicht mehr lange aufhielt und sich mit ebenso blumigen wie nichtssagenden Worten empfahl. Nochmals versicherte er, dass besagter Umberto, ihr neuer Führer, auch wirklich am kommenden Tag erscheinen werde.

Die Gräfin war froh, Federico endlich los zu sein. Er war ihr zuletzt immer unerträglicher geworden. Sie gestand sich nicht ein, dass ihr seine Gegenwart vor allem deshalb unangenehm wurde, weil er Zeuge der merkwürdigen Szene mit Maurizio geworden war und sich wohl seinen eigenen Teil dazu gedacht hatte.

Als der Wirt sie endlich in die gemietete Kammer geführt und sich unter tausend Verbeugungen verabschiedet hatte, legte Irmingard die schmutzige Reisekleidung ab und schickte Rotswit damit hinaus, um für die Reinigung Sorge zu tragen. Ein Knecht brachte einen großen Zuber und füllte ihn mit drei Eimern dampfenden Wassers, in das er Seife schnitt. Was für eine Erlösung, sich endlich wieder einmal richtig waschen zu können, so wie sie es zu Hause täglich getan hatte!

Sie wusch sorgfältig ihr blondes Haar, das inzwischen ganz strähnig geworden war, trocknete es und kämmte es versonnen. Ihre Gedanken waren noch immer bei der seltsamen Begegnung auf dem Marktplatz von Arbedo. So stark war das Erlebnis gewesen, dass sie sich wieder in die Tage der Kindheit zurückversetzt fühlte, in denen sie mit Ruodlieb durch dick und dünn gegangen war. Eine Zeit, nach der sie sich so viele Jahre lang in geheimer Sehnsucht verzehrt hatte. Erst Otto hatte sie davon befreit.

Sie erinnerte sich an die unendlichen Sommertage ihrer Kindheit, in denen sie zusammen mit Ruodlieb unter strahlend blauem Himmel inmitten der Mohnfelder ausgestreckt lag, wie sie in den Flussauen in geradezu wilder Pracht sprossen.

Damals hatte der Duft der flammendroten Blüten sie in ähnlicher Weise betört wie das wundersame, fremdartige Land sie betäubte, in das sie nun zum ersten Mal gekommen war.

Sie ging hinüber zum Fenster, öffnete weit die Läden, sog die kühle Abendluft in die Lungen. Der Abend dämmerte, die Oktobersonne warf ein letztes Herbstlicht auf die Stadt, ein Abendlicht, das die Welt in versöhnlicheren Farben zu malen schien.

Am Himmel verteilten sich bauschige Wölkchen. Die Schwalben und Mauersegler flogen in schwindelnder Höhe.

Das Bewusstsein, dass Otto um so viel weiter weg war als die hoch fliegenden Vögel, rief in ihr ein Gefühl tiefer, schmerzlicher Einsamkeit hervor. Ohne ihren Gemahl fühlte sie sich wie ein halber Mensch. Die Betäubung und Schläfrigkeit, die sie immer wieder umfingen, führte sie nicht zuletzt darauf zurück, dass Otto nicht an ihrer Seite war. Seine Abwesenheit schmerzte sie so sehr wie das Gefühl, aus einem wunderschönen Traum zu erwachen. Die Sehnsucht nach Otto nahm ihr für einen Moment den Atem.

Ihre Gedanken drehten sich um Ottos Schicksal.

Sie malte sich aus, was in der Heimat geschehen sein könnte. Irmingard wusste nur, dass Otto mit seinen Männern gegen Mainz gezogen war, um den Erzbischof zu befehden, der ihn zutiefst gekränkt und beleidigt hatte. Sie konnte sich kaum vorstellen, dass Otto mit seiner Fehde erfolgreich gewesen war. Die Übermacht des Mainzer Erzbischofs war einfach zu groß. Sie wusste ja nicht einmal, ob es überhaupt einen Kampf oder eine Schlacht zwischen Hammerstein und Mainz gegeben hatte.

Die Gräfin fragte sich, ob er ihren Entschluss verstanden hatte, nach Rom zu gehen, ohne Abschied zu nehmen. Ob er ihr Verhalten als Verrat ansah – fortzugehen, während er selbst in die Schlacht zog?

Sie stellte sich sein stolzes Gesicht vor, die männlichen Züge, das kräftige Kinn, die dichten Augenbrauen, all die Einzelheiten, die sie so liebte. Sie rief sich in Erinnerung, wie er in glänzendem Kettenhemd auf Aldebaran saß, der strahlende Held ihrer Träume; voller Sehnsucht stellte sie sich die gemeinsamen Abende in der Kemenate vor, wenn niemand auf Hammerstein ihre Zweisamkeit stören durfte und die Welt in einem Taumel der Begierde versank.

Verloren schaute sie durch das schmale Fenster einer jungen Magd hinterher, die einen Korb mit Wäsche auf dem Kopf balancierte, was sie zu einer geraden, aufrechten Haltung zwang, die ihrem Körper einen straffen Ausdruck verlieh.

Plötzlich fühlte sie sich zurückversetzt in die Zeit, in der sie ungefähr im Alter dieser Magd war und wie eine einsame Gefangene auf Burg Ziegenhain saß, der Burg des Fuldaer Hochvogts Gozmar. Als junges, unwissendes, schweig- und duldsames Ding, war sie von Tante Gunhila an den ältlichen Vogt verschachert worden, um dann in ihr Schicksal ergeben, eingesperrt in der Kemenate zu sitzen, in der jedes Glück erstorben war.

Ihr Blick folgte einem klapprigen, zweirädrigen Eselsfuhrwerk, das auf dem Weg zum Markt vorbeirumpelte, dann lag die abendliche Gasse wieder menschenleer in der Dämmerung.

Die süße Schläfrigkeit überwältigte sie endgültig. Aber gerade als sie die Fensterläden schließen wollte, bemerkte sie den hageren Mann, einen Boten mit roter Armbinde, der im Eingang zur Herberge verschwand.

Wenige Minuten später klopfte es an der Tür zu ihrer Kammer. Der Bote erklärte ihr mit Gesten und vielen Worten, die Irmingard kaum verstand, dass Graf Hadrian di Gudelfi sie am kommenden Abend zu einem kleinen Festmahl in die gräfliche Burg einlade. Es sei ihm eine Ehre, die Gräfin aus dem Reich willkommen zu heißen.

Der Herbergsvater, der neben dem Boten stand, rang die Hände, sah er doch den Lohn für einen mehrtägigen Aufenthalt der fremdländischen Reisegesellschaft dahinschwinden. Irmingard war sich zuerst nicht sicher, ob sie die Einladung des Grafen Gudelfi überhaupt annehmen sollte, aber schließlich entschied sie sich dafür, auch wenn der Herbergsvater daraufhin ein enttäuschtes Gesicht zog. »Also gut, morgen gegen Mittag werde ich mit meiner Reisebegleitung auf die Burg kommen«, beschied sie den Boten.

2. Kapitel

Wir sind heute Abend in dieser kleinen Runde zusammen«, sagte Hadrian di Gudelfi und reichte Irmingard einen Pokal mit rot funkelndem, tuszischem Wein, »um unseren Gast vom Rhein zu ehren.«

Irmingard nickte mit einem kühlen Lächeln. Das waren also die Gudelfis, das Adelsgeschlecht, das über die Stadt Arbedo herrschte – Irmingard war nicht eben angetan von ihnen.

»Darf ich Euch diese Runde vorstellen?«, fragte Graf Gudelfi gönnerhaft. »Dieser junge Mann hier ist Octaviano, mein Sohn und Erbe des Grafenstuhls, und dort seht Ihr meine Gemahlin Alisa, die ich immer den ›größten Schatz meines Hauses‹ nenne.«

Hadrian lächelte Alisa an, ein wahrlich schwerer Schatz, drapiert mit dem roten Tuch der Gudelfi, Gesicht und Körper aufgedunsen; eine Leibesfülle, deren Anblick Irmingard unangenehm war. Alisa di Gudelfi verschmähte offenbar keinen Genuss. All der Schmuck, den sie sich umgehängt hatte, konnte doch den unvorteilhaften Eindruck nicht überdecken, den die lombardische Adelige auf Irmingard machte.

Die ganze Grafenfamilie missfiel Irmingard.

Der hagere Graf Gudelfi war ihr ebenso unsympathisch wie Alisa. Der alte Graf bildete einen augenfälligen Kontrast zu seiner Gemahlin, ein Mann mit dürren Armen und Beinen und einem hohlwangigen Gesicht, das von einer unförmigen Nase mit zahllosen geplatzten Äderchen beherrscht wurde. Ständig lag ein Lächeln auf dem Gesicht, aber es war kalt wie ein Fisch. Und auch der junge Graf erregte Irmingards Missfallen. Octaviano war dünn wie sein Vater, allerdings einen Kopf kleiner, und er hatte von ihm die kalten Fischaugen geerbt und die etwas fahrige Art, zu sprechen und sich zu bewegen.

Besonders unangenehm war es Irmingard, dass Vater und Sohn sie schon beim Hereinkommen mit aufdringlichen Blicken gemustert hatten, und da ihnen offenbar gefiel, was sie sahen, wurde die fremde Gräfin unverhohlen mit Blicken fixiert. Dabei machte sich keiner der beiden die Mühe, ihre Lüsternheit zu verbergen. Der dicken Gräfin war das offenbar gleich.

»Ich habe ganz vergessen, Euch Fra Padano vorzustellen«, fuhr der Graf fort, der das Deutsche ganz gut beherrschte – im Gegensatz zu seinem Sohn, der sich nur mühsam verständlich machen konnte, und zu Alisa, die kein Wort der Sprache verstand, die jenseits der Alpen gesprochen wurde.

Der unscheinbare Fra Padano mit seiner braunen Kutte – Irmingard hatte die untersetzte, bartlose Mönchsgestalt mit dem schmalen Gesicht bisher kaum bemerkt. Padano war um die fünfzig. Sein ansonsten kahler Schädel wurde von einem weißen Haarkranz eingerahmt. Der Mönch war einer, der sich im Hintergrund hielt und sich wie ein Chamäleon zu tarnen schien. Aber seine intelligenten Augen, die im Halbschatten seiner Kapuze blieben, waren in ständiger Bewegung, erfassten alles und jeden, prüften, registrierten, maßen ab.

»Fra Padano ist ein Onkel meiner Gemahlin«, erklärte Hadrian. »Er ist als Benediktinermönch in Monte Cassino zu Hause, aber da er beste Kontakte zur Kurie in Rom hat, kommt er mindestens einmal im Jahr zu uns herauf in den Norden, um uns den neuesten Stand der Dinge am Heiligen Stuhl zu berichten.«

Irmingard horchte auf. Sie musterte den Mönch unauffällig.

»Auf dem Monte Cassino?«, fragte sie möglichst beiläufig. »Ist das nicht die ehrwürdige Abtei, die einstmals vom heiligen Bernhard gegründet wurde?«

»So ist es. Ihr habt Recht, Gräfin«, erwiderte Padano und strich mit der rechten Hand über die weißen Bartstoppeln am Kinn. Die angenehm leise Stimme des Mönchs bestätigte den ersten Eindruck, den Irmingard von ihm gewonnen hatte. »Seit dreiundzwanzig Jahren lebe ich auf dem Monte Cassino. Doch Graf Gudelfi lässt mich nicht in Ruhe meinen Lebensabend in meiner Klause verbringen, nein, er will den neuesten Klatsch und Tratsch aus Rom hören. Und obwohl ich immer seltener an den Tiber und in die Engelsburg komme, glaubt er, ich kenne die geheimsten Gedankengänge des Papstes.«

Octaviano lachte krächzend. »Ist das nicht so, Onkel?«, radebrechte er. »Immer so harmlos tun, aber mit alles Wasser gewaschen … haha: Weihwasser, naturalmente.«

Padano verzog das Gesicht. »Du sprühst wieder einmal vor Witz, Octaviano«, sagte er abfällig. »Ihr müsst wissen« – er wandte sich wieder an Irmingard und schaute sie mit seinen müden, aber dennoch aufmerksamen Augen an –, »unser junger Graf ist wirklich ein ausgesprochen lustiger Bursche.« Irmingard schaute zu Octaviano hinüber – die Ironie in der Bemerkung seines Onkels schien ihm völlig entgangen zu sein. »Wenn er genauso die Weisheit mit Löffeln …«

Die dicke Gräfin ging jetzt dazwischen. »Fra Padano!« Zwar hatte sie nicht verstanden, was Padano gesagt hatte, aber der abschätzige Tonfall war ihr nicht entgangen. Sie schimpfte etwas auf Italienisch und deutete dabei auf Irmingard.

Irmingard war es jetzt noch unbehaglicher zumute. Wenn nicht mit Fra Padano jemand anwesend gewesen wäre, der sich in Rom und mit dem Papst auskannte, dann hätte sie schnell einen Vorwand erfunden, um sich gleich wieder von diesem unrühmlichen Beisammensein zu verabschieden.

So aber folgte sie der Aufforderung Hadrians, sich an den langen, mit Goldstoff überzogenen Tisch zu setzen, wo dann die Dienerschar mit dem Auftragen der erlesenen Speisen begann. Sie waren so köstlich zubereitet und garniert, wie Irmingard es allenfalls bei den Festmahlen von Kaiser Heinrich schon einmal gesehen hatte.

Riesige, goldgerahmte Gemälde hingen dicht an dicht an den Wänden. Sie waren in einem Stil gemalt, den Irmingard niemals zuvor gesehen hatte – Szenen aus antiken Heldensagen, so täuschend echt auf die Leinwand gebannt, dass man hätte glauben können, die Figuren entstiegen im nächsten Augenblick dem Rahmen. Auch frivole Szenen waren darunter, doch Irmingard, für die derlei Motive fremd waren, störte sich nicht daran: Der Raub der Helena durch Paris zeigte die Troerin nackt, und auch Europa auf dem Stier war unbekleidet – das waren Bilder, wie man sie in einer Burg zu Hause niemals aufzuhängen gewagt hätte.

Hunderte Kerzen erhellten den Rittersaal wie schon zuvor den Familiensaal, wo Graf Gudelfi seinem Gast voller Stolz den riesigen Stammbaum der Gudelfis gezeigt hatte, der fast eine ganze Wand bedeckte. Die Kronleuchter waren überaus prunkvoll, funkelndes Kristall, glänzendes Silber. Silbern schimmerten auch die aufpolierten Rüstungen, die an allen vier Wänden aufgestellt waren, und der Fußboden war eine herrliche Intarsienarbeit aus einem Dutzend verschiedenfarbiger Hölzer.

Während Irmingard beim Essen den Blick über die Wände des Rittersaals schweifen ließ, überlegte sie, ob ihr Fra Padano in Bezug auf ihr Anliegen in irgendeiner Weise nützlich sein konnte. Sie stocherte gedankenverloren in dem opulenten Mahl, das in verschiedenen Gängen serviert wurde und das dem Prunk des Zimmers in keiner Weise nachstand. Sie wich den Blicken Hadrians und Octavianos aus, überhörte die anzüglichen Bemerkungen und war selbst einsilbig und zurückhaltend. Sie wartete nur auf eine Gelegenheit, Fra Padano auf ihren Plan anzusprechen, vor den Thron von Papst Johannes zu kommen.

Aber der Mönch war ebenso schweigsam wie sie selbst. Auch er rührte von den Speisen kaum etwas an und nippte nur manchmal an seinem Weinglas.

»Ich weiß nicht, ob man es Euch gesagt hat.« Zwischen zwei Gängen lehnte sich Hadrian auf seinem Stuhl zurück, während seine Angetraute fast mechanisch alles in sich hineinstopfte, was ihr auf den Teller gelegt wurde. »Wir sind von alters her kaiserlich gesinnt, wisst Ihr das?«

Mit einem weißen Tuch wischte er sich geziert den Mund ab. Die rohen Tischsitten, wie sie im Reich herrschten, hätten hier verächtliches Naserümpfen hervorgerufen. Aber die überfeinerte lombardische Etikette erschien Irmingard gekünstelt und übertrieben. Sie machte jedoch gute Miene zum bösen Spiel.

»Und Kaiser Heinrich war für uns immer der Römische Imperator, das Licht des Abendlandes.«

»Er war ein guter Mensch«, erwiderte Irmingard leise. »Nicht wenige sagen sogar, dass er ein Heiliger gewesen sei.«

Hadrian schaute verwundert, so als könne er mit der Bedeutung dieser Aussage nicht wirklich etwas anfangen. »Sicherlich … Gräfin. Ihr habt ihn persönlich gekannt?«

Irmingard nickte.

»Ich habe ihn nur einmal gesehen«, erinnerte sich Hadrian. »Das war auf Heinrichs zweitem Romzug vor zehn Jahren, als ihn Papst Benedikt VIII. zum Kaiser krönte. Da hielt er in Pavia sein Königsgericht. Ich kann mich noch gut darauf besinnen, dass er meinen alten Freund Amizio und seinen Sohn für ihre Treue zu Königsboten in den Grafschaften Mailand und Pavia ernannt hat.«

Graf Hadrian schloss für einen Moment die Augen. Sein Gesicht war plötzlich verträumt, so als sei mit der Erinnerung an das Königsgericht in Pavia noch etwas ganz anderes verbunden, das er damals erlebt hatte.

»Wisst Ihr, Gräfin Hammerstein, für uns war es ein großer Schrecken, als wir vor kurzem vom Tode Kaiser Heinrichs erfuhren. Manche bei uns sagen, dass bei seinem Tod ein böser Zauber im Spiel war. Wir haben jeden Tag in Sant' Alban eine Messe für ihn lesen lassen, und wir alle haben Tränen der Trauer vergossen. Einige haben berichtet, dass das Vieh auf der Weide plötzlich umgefallen ist, als der Kaiser starb, und einige wollen auch einen Schweifstern gesehen haben, der vom Tode des Kaisers kündete. Wie dem auch sei: Wir müssen uns damit abfinden, dass es ihn nicht mehr gibt, und ich bin sicher, dass Kaiser Heinrich jetzt seinen Platz im Reich Gottes gefunden hat.« Zur Bekräftigung des Gesagten tat er einen tiefen Schluck aus seinem goldenen Trinkpokal.

Irmingard nickte und schwieg.

»Ihr kommt geradewegs aus dem Reich, Gräfin«, fuhr Hadrian di Gudelfi unbeirrt fort. »Ihr gehört dem höchsten Adel an, und Ihr kennt den neuen König. Und obwohl Ihr eine Frau seid, könnt Ihr mir doch sicher die ein oder andere Einzelheit berichten.«

»Vielleicht stellt Ihr aber doch eine zu hohe Anforderung an eine törichte Frau, indem Ihr sie bittet, Euch ins Bild zu setzen über den deutschen König, Graf Gudelfi«, erwiderte Irmingard ironisch.

Gudelfi lächelte die Gräfin breit an, ganz so als habe er den Sarkasmus in ihrer Stimme überhört.

Irmingard zuckte mit den Schultern. »So viel kann ich Euch sagen, obwohl ich eine Frau bin: dass er König Konrad II. heißt und der Favorit des Erzbischofs Aribo von Mainz ist. Konrad ist ein Graf aus dem Rheingau, und obwohl er nicht viel Eigengut hat, ist er sehr angesehen im Reich, Graf Hadrian.«

»Ihr sagtet, er hat nur wenige Güter?«

Irmingard nickte. »Ich will Euch natürlich mit meinen unzureichenden Worten nicht langweilen«, fügte sie im Plauderton hinzu.

»Ich bitte darum: Fahrt fort!«

»Die Fürsten haben ihn genau aus diesem Grunde gewählt, weil er nur wenige Güter hat. Sie wollen keinen mächtigen König.« Während sie fortfuhr, warf sie hin und wieder einen verstohlenen Seitenblick zu Fra Padano. »Und ich kann Euch versichern, dass das, was ich Euch erzähle, die Einschätzung meines Gatten ist, des Grafen von Hammerstein, nicht meine eigene.«

»Ihr ehrt uns«, sagte der Graf, und es klang keineswegs ironisch.

»Konrad ist von Erzbischof Aribo auf den Königsthron gehoben worden«, sagte Irmingard. »Otto sagt, dass Erzbischof Aribo der Erste unter den geistlichen Fürsten des Reichs sein will, und wenn der Papst ihm das nicht gewährt, dann will er sich von Rom lossprechen.«

»Ist das wahr?« Graf Hadrian di Gudelfi beugte sich vor. Er schaute Irmingard mit einem kalten, abschätzigen Blick an, so als wüsste er nicht so recht, wie er seinen Gast einschätzen solle. »Das sind wahrlich interessante Neuigkeiten, Herrin.« In der Stimme des Grafen schwang jetzt Respekt mit.

»Mein Gemahl meint, Erzbischof Aribo wird versuchen, sich den neuen König Konrad gefügig zu machen, um seine Machtansprüche zu legitimieren. Und es gibt nicht wenige im Reich, die glauben, dass Aribo den König zu einem Feldzug gegen den Papst aufstacheln will, um schließlich selbst Papst zu werden.« Irmingard war sich sicher, dass ihre Worte von den Gudelfi nicht als Geheimnis bewahrt würden. Sowohl der Graf Gudelfi als auch Padano würden die Informationen, die sie gezielt streute, hinaustragen, sodass sie vielleicht bis zu den Ohren des Papstes gelangten.

Graf Gudelfi sprang erregt auf. »Das wird Johannes gar nicht gefallen!«, rief er und schaute Padano an, der mit versteinertem Gesicht den Worten Irmingards gelauscht hatte.

Irmingard fühlte sich seltsam wohl in ihrer Rolle als Vermittlerin von wichtigen Neuigkeiten, die das Reich betrafen. Der Graf folgte ihren Gedankengängen, wie er den Gedankengängen eines Mannes gefolgt wäre.

»Es ist erstaunlich«, fuhr Gudelfi fort und schaute Irmingard eindringlich an. »Wie kommt es, dass ich das Gefühl habe, Ihr erzählt mir dies alles nicht ohne Grund?«

Irmingard lächelte vielsagend, antwortete aber nicht. Als sie wieder einen verstohlenen Blick zu Fra Padano hinüberwarf, erkannte sie in dessen Gesicht keine Regung.

»Hat es mit dem Grund Eurer Reise zu tun, dass Ihr dies alles offenbart?«, mutmaßte Graf Gudelfi.

»Ihr habt Recht. Ich werde Euch in der Tat sagen, warum ich in Eurem Land unterwegs bin«, sagte Irmingard, »und ich werde Euch außerdem erklären, warum ich Euch in diese Sache einweihe.«

»Wirklich? Das wollt Ihr tun?« Gudelfi schaute sie so entgeistert an, als wäre eine Frau, die ihren Willen zielgerichtet verfolgt und durchzusetzen weiß, wie ein Wesen aus einer anderen Welt. Irmingard genoss es, den Mann so in Erstaunen zu versetzen.

Dann berichtete sie, wie sie und ihr Gemahl zwischen die Mühlräder der großen Politik geraten waren. »Erzbischof Aribo dehnt seine Macht immer weiter rheinabwärts aus, und er ist schon bis Boppard gekommen. Hammerstein soll seine nächste Beute sein, und dabei steht mein Gemahl ihm im Weg. Otto ist ein Mann des Königs, und nach allem, was geschehen ist, kann er niemals ein Mann Aribos werden«, sagte Irmingard mit allem Nachdruck.

Sie spürte eine seltsame Kraft in sich, eine Kraft, die es ihr ermöglichte, ihre und Ottos Sache dem Grafen Gudelfi gegenüber mit einem solchen Nachdruck zu verfolgen.

Der hing an ihren Lippen. »Herrin, ich muss zugeben, dass Ihr mich erstaunt«, sagte Graf Hadrian kopfschüttelnd, während der Sohn des Grafen und seine Gemahlin gelangweilt auf ihren Stühlen saßen und Padano weiterhin mit undurchdringlichem Gesicht jedes von Irmingards Worten aufzusaugen schien. Die Gräfin ahnte, dass Padano nichts von dem vergessen würde, was sie sagte.

»Es sind die Einschätzungen meines Gemahls, die ich Euch mitteile, Graf«, wiederholte Irmingard. »Beredet Ihr denn nicht die wichtigsten Angelegenheiten Eurer Grafschaft mit Eurer Gemahlin?«

Graf Gudelfi lachte geringschätzig. »Mit Alisa?« Das klang so, als hätte Irmingard etwas Unerhörtes gesagt. Als Gräfin Gudelfi hörte, dass ihr Name gefallen war, schaute sie von ihrem überladenen Teller auf und nickte dümmlich. »Sie würde nichts davon verstehen, und das ist auch gut so, denn diese Dinge sind Männersache.«

»Dann wollt Ihr sicherlich gar nicht hören, warum ich Euch das alles erzähle?«

»Doch, doch, redet nur weiter!«, sagte unvermittelt Padano. Es war der erste Satz, den er seit der Begrüßung gesprochen hatte, und er bestätigte Irmingard in ihrer Vermutung, dass er genau auf jedes ihrer Worte hörte. »Was ist mit Eurem Gemahl?«

Irmingard überlegte einen kurzen Augenblick lang, ob sie dem Grafen und Padano eröffnen sollte, dass Otto gegen den Erzbischof von Mainz in die Fehde gezogen war und dass sich der Ausgang ihrer Kenntnis entzog. Aber ihre Gefühle rieten ihr, besser darüber zu schweigen.

»Mein Gemahl ist ein ehrenvoller Mann voller Stolz und Gerechtigkeitssinn«, sagte Irmingard stattdessen mit leiser, trauriger Stimme und in dem Bewusstsein, Otto viele hundert Meilen weit entfernt am Leben zu wissen. »Erzbischof Aribo wusste das. Ihm war klar, dass er das Eheversprechen, das er mir gegeben hat, niemals brechen würde.«

»Ich verstehe nicht, was Ihr meint, Gräfin«, sagte Graf Gudelfi. »Wie könnte irgendein Mann ein Eheversprechen brechen, das er *Euch* gegeben hätte?«

Irmingard ging auf diese Schmeichelei nicht ein. »Der König hat Otto auf Veranlassung des Erzbischofs vor die Wahl gestellt, sich entweder von mir zu trennen …«

»Von *Euch* zu trennen?«

»… oder den Dispens des Papstes zu erreichen.«

»Aha! Jetzt verstehe ich! *Deswegen* seid Ihr auf dem Weg nach Rom!«

Irmingard nickte.

»Der Papst soll Eure Ehe für gültig erklären?«, fragte Padano. Der Graf schaute den Bruder seiner Gattin erstaunt an, der ja offenbar sonst wenig sagte.

Irmingards Herz schlug mit einem Mal schneller, als sie sah, dass der Mönch mit seinen Verbindungen zum Heiligen Stuhl sich so offenkundig für ihre Sache interessierte. »Das ist der Grund, warum ich nach Rom will«, erwiderte sie.

»Warum sollte er das tun?«, fragte Padano.

»Weil Erzbischof Aribo nicht nur ein Feind meines Mannes ist, sondern auch ein Feind des Papstes.«

Fra Padano nickte lächelnd. »Ihr meint: Der Feind meines Feindes ist mein Freund?«

»Genau das glaube ich.«

»Ihr seid eine mutige Frau. Wie ich gehört habe, seid Ihr mit nur einem Ritter als Schutz ganz allein vom Rhein bis hierher gekommen?«

»Es ist eine Reise, die viele machen.«

»Doch nur wenige unternehmen die Reise mit dem Ziel, das Ihr verfolgt«, sagte Padano aufmunternd. »Wieso habt Ihr die Reise allein angetreten? Warum begleitet Euer Gemahl Euch nicht auf dem Weg zum Papst?«

»Genau!« Graf Gudelfi schaute Irmingard durchdringend an. »Das wollte ich Euch auch fragen, Gräfin.«

»Mein Gemahl weiß nichts von meiner Reise«, erwiderte Irmingard leise. »Niemals hätte er mich allein gehen lassen. Aber, verzeiht … mehr kann ich Euch wirklich nicht berichten.«

»Also gut.« Graf Gudelfi klatschte in die Hände. »Wir haben jetzt genug über Staatsgeschäfte gesprochen. Gräfin Hammerstein, Ihr seid auf einer anstrengenden Fahrt, und ich meine, wir sollten etwas zu Eurer Erbauung und zu unser aller Zerstreuung tun.«

Diener eilten auf das Klatschen des alten Grafen herbei. Flink räumten sie die Teller, die silbernen Bestecke, die hölzernen Schüsseln und die Platten mit den Speiseresten ab, die den Armen gegeben würden, andere brachten Schalen mit Früchten und Karaffen mit rot glühendem Wein.

»Wie Ihr jetzt wisst, Gräfin«, fuhr Hadrian in viel respektvollerem Tonfall als zu Beginn fort, »führen wir unsere Familie auf Augustus zurück. Ihr habt den Stammbaum ja gesehen. Wir sind stolz darauf, dass wir eine der ältesten Familien im lombardischen Land sind. Die Gudelfi gab es schon, als es noch nicht einmal einen Papst gab, geschweige denn einen Bischof von Como.« Er lachte anmaßend, etwas zu laut für Irmingards Ohren. »Sag nichts, Padano, ich weiß, du willst jetzt etwas über Vermessenheit sagen und dass der Hochmut vor dem Fall kommt.«

Er tippte mit dem Zeigefinger leicht gegen das dünnwandige Weinglas, sodass es hell aufblitzte. Irmingard merkte, dass sich die Art seines Blicks geändert hatte. Die oberflächliche Lüsternheit des alten Grafen war echter Hochachtung gewichen. Nur Octaviano, der kaum etwas von Irmingards Bericht mitbekommen hatte, legte noch immer das unbeteiligte und gleichzeitig anzügliche Verhalten ihr gegenüber an den Tag.

»Ich habe immer davon geträumt, mir eine Schwiegertochter aus dem Reich zu holen. Ihr müsst wissen, der Schutzheilige unserer Familie ist Sankt Bonifatius, der Apostel Eures Reichs, und ich selbst war in meiner Jugend einige Jahre in Köln, und dort habe ich die deutschen Frauen schätzen gelernt. Aber auch sonst haben wir Gudelfis dem Reich immer sehr nahe gestanden. Wir sind kaisertreu, wie gesagt, auch wenn uns das nicht immer gelohnt wurde.«

Für ein paar Augenblicke herrschte Stille.

»Jetzt aber Musik!«, rief Hadrian und klatschte von neuem in die Hände, als wäre er ein muslimischer Kalif.

Irmingard ärgerte sich zuerst darüber, dass sie jetzt keine Gelegenheit mehr hatte, mit Padano ins Gespräch zu kommen; als aber der Musiker den Rittersaal betrat, erstarrte sie. Ihr war, als fiele gleißendes Licht allein auf sie, sodass alle wie in einem offenen Buch lesen könnten, in welchen Aufruhr der Gefühle es sie versetzte, den Freibauern Maurizio, Signore Felipes geheimnisvollen Erben, hier an diesem Ort wiederzusehen. Diese Begegnung musste vom Schicksal so gewollt sein, fuhr es ihr durch den Kopf. Zuerst die offenkundige Ähnlichkeit mit dem toten Ruodlieb, und jetzt, nach so kurzer Zeit, eine erneute Begegnung. Das konnte doch kein Zufall sein!

Maurizio hatte eine Laute in der Hand, und sein Kopf war von Blumen umkränzt. Er trug das Gewand eines antiken Schäfers, eine weiße, ärmellose Tunika, welche die kräftigen, braun gebrannten Beine freiließ. Doch trotz dieser Verkleidung erinnerte Maurizio noch immer auf verblüffende Weise an ihren einstigen Freund und Gefährten.

Irmingard schaute sich verstohlen um, denn den anderen konnte ihre Verunsicherung nicht entgangen sein. Aber das schien nicht der Fall zu sein – alle hatten nur Augen für den Musiker.

»Darf ich Euch vorstellen, Gräfin Hammerstein … das ist Maurizio, den als Sänger alle nur Salimbene nennen. Ich glaube, gelegentlich vergisst er sogar selbst seinen Namen, und dann ist er nur noch Salimbene. Glaubt mir, dann ist er am besten.« Der Graf lachte anzüglich. »Es gibt niemanden in der ganzen Lombardei, der so schön singt und so kunstfertig auf seinem Instrument spielt wie unser Salimbene. Selbst der ehrwürdige Lambert, der Bischof von Florenz, lässt ihn immer wieder bei sich im Palast aufspielen, obwohl es zehn Tagesreisen bis dahin sind. Und wisst Ihr, was das Seltsamste an diesem Mann ist?«

Irmingard schüttelte den Kopf

»Bischof Lambert wollte Maurizio in den Adelsstand erheben, denn er ist als Signore Felipes Erbe ein freier Bauer auf einem großen Hof, der ihm zu Eigen ist. Doch dieser hochmütige Mann hat es rundherum abgelehnt: ›Ich will kein Ritter sein‹, gab er Lambert zur Antwort, ›denn meine Waffe ist nicht das Schwert, sondern die Laute.‹« Der alte Graf lachte dröhnend.

»Ich freue mich, seine Musik zu hören«, sagte Irmingard aus vollem Herzen.

Maurizio – oder Salimbene – stand ruhig in der Mitte des Saals. Er tat von Anfang an so, als habe er die Gräfin niemals zuvor gesehen. Als der Graf ihn vorstellte, nickte er nur kurz zu der Tafelrunde hinüber und zeigte dann mit seinem schönen Lächeln eine Doppelreihe makellos weißer Zähne, die durch die sonnengebräunte Haut umso mehr zur Geltung kamen. Auch Irmingard verschwieg, dass sie bereits Bekanntschaft geschlossen hatten.

Salimbene schien die Anwesenden kaum zu bemerken. Sein Blick war ganz abwesend. Der erste Akkord auf der Laute erklang, sanft und einschmeichelnd, dann folgten weitere Klänge, das Präludium zu einem romantischen Lied. Klänge, wie sie Irmingard noch niemals zuvor vernommen hatte, eine Musik, die ganz unmittelbar an das Herz rührte. Und dann hob Salimbene zu singen an, ganz leise und traurig zunächst. Dass er in lombardischer Sprache sang, die Irmingard nicht verstand, war völlig belanglos, denn der romantische Gesang wurde mit einer Intensität vorgetragen, die Irmingard über die Maßen betörte. Wieder wurde eine Erinnerung in ihr wach. Hatte nicht auf diese melancholische Weise Ruodlieb gesungen?

Salimbene war wie ein mächtiger Zauberer, der die Wirklichkeit verändern, sie in ein anderes Licht tauchen konnte. Kein Magier jedoch auf der Seite der *malefici*, der bösen Geister, sondern ein guter Zauberer auf der Seite des Schönen, das die Seele der Menschen erhöht.

Irmingard genoss es, Maurizio oder Salimbene oder Ruodlieb, während er mit geschlossenen Augen sang, endlich in aller Ruhe betrachten zu können. Gespannt musterte sie das Gesicht des Sängers, in dem sich Leid und Schmerz, Freude und Glück seiner Lieder widerspiegelten. Jetzt erst fiel Irmingard auf, dass Salimbene sich doch von Ruodlieb unterschied: Und das war in seiner Kunst. Gewiss, auch ihr Freund aus Kindertagen hatte eine zauberhafte Stimme gehabt, doch er sang für sich selbst und die Pferde, die ihm anvertraut waren. Vor Publikum jedoch hätte Ruodlieb sich niemals wohl gefühlt. Aber damals war Ruodlieb ja noch ein scheues Kind. Möglicherweise hätte er als Erwachsener …

Irmingards Gedanken kehrten wieder zu Maurizio zurück. Sie dachte, wenn es einstmals die alten Götter gegeben hätte, dann hätten sie mit Salimbenes Stimme zu den Menschen gesprochen. Er erschien ihr wie der Bote einer elysischen Vergangenheit, einer Welt der unbefangenen und ungehemmten Freude, der lustvollen Heiterkeit. Und es war, als würden Schmetterlinge durch den Raum flattern, Myriaden von Schmetterlingen, deren Flügel wie geschliffene Bergkristalle glitzerten.

Der Bauer hatte eine Verwandlung erfahren: Er war jetzt kein gewöhnlicher Mann mehr, war jetzt nicht mehr Maurizio und nicht mehr Ruodlieb, sondern ein Magier der Musik, ein Sendbote des Himmels. Niemals zuvor hatte Irmingard diese Wahrheit deutlicher gespürt: dass in den Harmonien der Musik Gott selbst zu den Menschen spricht. Das Göttliche, so dachte Irmingard, das jedem Menschen von Geburt an innewohnt – es kommt in der Musik am klarsten, am reinsten zum Ausdruck. Otto, der die Musik liebte, hatte oft mit ihr darüber gesprochen. Wenn es Menschen gab, die solche Musik machen konnten … gab es dann nicht Hoffnung für das Menschengeschlecht?

Irmingard sah Bilder vor ihren Augen, Bilder, von denen sie wusste, dass sie nicht wirklich waren, und die ihr dennoch ganz lebendig, ganz wahr erschienen.

Erinnerungen. Träume. Sehnsüchte. Das Bild Ottos. Es gab ihr einen Stich ins Herz, ihn so nah zu sehen, wo er doch so weit weg war. Tränen schossen ihr in die Augen, und doch fühlte sie sich merkwürdig befreit. Die Melancholie, die sie noch am Nachmittag umfangen hatte, war wie verflogen durch diese göttliche Musik.

Salimbenes Gesang hatte sich kaum merklich verändert. Wo vorher Süße und Melancholie die Herzen im Takt vergessener Gefühle schlagen ließen, war jetzt ein dunklerer, aufreizender Tonfall in der Musik. Das waren Klänge, die den Körper zu erhitzen vermochten.

Die Musik war betörend, und Irmingard bemerkte nicht, dass sie genau das schleichende Gift schläfriger Lähmung und süßer Verführung enthielt, von dem sie schon bei ihrer Ankunft in diesem Land eingelullt worden war.

Für einen kurzen Augenblick begegnete Irmingards Blick den dunklen Augen des Sängers, und sie sah Glut dort, das lodernde Feuer unbegrenzter Leidenschaft. Sie erschrak, denn sie hatte unvermittelt das Gefühl, dass die Augen Salimbenes nur ein Spiegel waren. Salimbenes Musik war wie ein Gefäß, ein Heiliger Gral des Klangs.

Irgendwoher kam plötzlich der rhythmische Klang von Zimbeln und Schellen.

Irmingard erinnerte sich an die italische Gauklertruppe, die am Pfingstfest in Hammerstein mit Tanz und allerlei Schabernack die Menschen unterhalten hatte. Da war diese glutäugige, dunkelhäutige Sizilianerin gewesen …

Graf Hadrian klatschte begeistert in die Hände. »Nun, wie gefällt es Euch?«, fragte er seinen Gast.

Er wartete die Antwort nicht ab. Er sah im Gesicht Irmingards, wie sehr sich diese von Salimbenes Kunst hatte mitreißen lassen, und lächelte zufrieden.

»Wartet nur ab, Gräfin … Ihr werdet Euch sicherlich ebenso

an Nadiras Tanz erfreuen ... sie kommt aus dem arabischen Afrika, aus dem Land der Muslime. Wohin unsere christlichen Heerscharen niemals vorzudringen vermochten. Fragt mich nicht, wie es Nadira hierher zu uns verschlagen hat. Sie ist ein kleiner Zugvogel ...«

Das Klingen der Schellen wurde lauter. An der anderen Seite des Saals gab es einen Durchgang, vor dem ein hauchdünner Schleier sich sanft im Luftzug wiegte.

Irmingard holte tief Luft und ballte die Hände zusammen. Sie wollte sich nicht zu tief in das Mysterium dieser Musik hinabziehen lassen, das ihre Tatkraft betäubte. Das sie in ein Traumland versetzte, in dem ihr eigener Wille plötzlich dahinschmolz wie Schnee in der Frühlingssonne. Sie hatte Angst davor, von neuem getäuscht zu werden und dass die Sanftheit der Musik und das Klingen der Schellen nichts Gutes verhießen.

Aber dann ließ sie sich doch einfangen, schneller als ihr lieb war. Die Kerzen und Kandelaber, tausend Lichter wie Sterne, schienen jetzt intensiver zu leuchten. Die Farben der Gemälde an den Wänden waren eindringlicher, als es die Wirklichkeit je sein konnte. Irmingard hatte das Gefühl, dass alle ihre Sinne geschärft waren. So als würde Salimbenes Stimme den blutroten Wein ihrer verborgenen Leidenschaften in das kristallklare Gefäß der Musik gießen.

Dann tauchte hinter dem Vorhang eine Gestalt auf. Eine schlanke, groß gewachsene Frau.

Die Schleier teilten sich.

Die Frau tänzelte herein und hielt beide Hände über den Kopf, in der einen Hand das Schellentamburin, das sie mit der anderen Hand mehr streichelte als schlug. Irmingard sah, dass Octaviano sich in seinem Stuhl aufrichtete. Seine Augen glühten.

Nadira drehte sich langsam. Der zarte Duft des dünnen Stoffes, der ihren Körper umhüllte, verbarg die Konturen ihrer Brüste, ihrer Beine und ihrer Taille nur spärlich. Um den Schoß hatte die Araberin ein Tuch geschlungen, ein glutrotes, glänzendes Seidentuch, und von ihren Handgelenken hingen bunte Bänder herab. Auch wenn die Tänzerin nicht wirklich nackt war, so war Irmingard doch klar, wie aufreizend ihr Anblick für jeden Mann sein musste. Ihr kam in den Sinn, dass man den Frauen aus Arabien große magische Fähigkeiten nachsagte.

»Wahrlich, das ist die Salome aus dem Evangelium des heiligen Markus!«, rief der Mönch unvermittelt, und seine Stimme klang begeisterter, als er es wohl beabsichtigt hatte. Er streifte die Kapuze seiner Mönchskutte vom Kopf. Sein in der Mitte des Schädels schon ziemlich gelichtetes Haar war struppig und schneeweiß. Trotzdem wirkte Fra Padano nicht wie ein alter, gebrechlicher Mann. Zum ersten Mal entdeckte Irmingard auch bei dem seltsamen Mönch einen Anflug von Leidenschaft. *»Da trat herein die Tochter der Herodias, und sie tanzte und gefiel wohl dem Herodes und denen, die am Tisch saßen,* sagt der Evangelist. *Da sprach König Herodes zu ihr: Erbitte von mir, was du willst, und ich will es dir geben.«* Padano atmete tief durch. »Hadrian, denke immer daran, was mit König Herodes geschehen ist, für den einstmals Salome getanzt hat! Aber ich weiß ja, du hörst nicht auf mich. Glaub mir, auch wenn die äußere Hülle dieser … Frau noch so aufreizend anzuschauen ist … am Ende zerfällt auch sie zu Staub!«

Aber Hadrian lachte nur, und Octaviano hatte den Worten seines Onkels keinerlei Aufmerksamkeit geschenkt. Alisa saß breit und unbeteiligt in ihrem Sessel und trank Wein. Sie schien gelangweilt und kämpfte offenbar gegen den Schlaf.

Der Rhythmus der Musik wurde schneller.

Nadira drehte sich im Tanz.

Die Schleier wirbelten.

Das pechschwarze, krause Haar der Maghrebinerin war zu kleinen, ellenlangen Zöpfen geflochten, die herumwirbelten, ein Veitstanz schwarzer Schlangen. Flinke Füße in rasendem Trippelschritt. Immer schneller drehte sich die schöne Nadira zu den fremdländischen Takten, die Salimbene seinem Instrument entlockte, bronzefarbenes Fleisch, eine grazile Wildkatze auf der Jagd. Rot wie von Erdbeeren waren Nadiras volle Lippen, die kohleschwarzen Augen tiefe Brunnen der Sinnlichkeit. Die Tamburinschellen klangen in Irmingards Ohren, ihre Hände verkrampften sich um das Tischtuch.

Die Gräfin verspürte den Impuls zu fliehen. Sie fühlte, dass dies alles nicht recht war und nicht gottgefällig, sündhaft, aber sie war wie gelähmt. Die Klauen des Teufels nagelten sie fest an ihrem Platz. Der Raum war erfüllt von einem Aroma süßen Schweißes und schweren Duftwassers, dunkel und sinnlich wie die Musik.

Von Sehnsucht getrieben, rief Irmingards Körper nach Otto. So lange hatte sie ihren Gemahl entbehren müssen! Die Liebe und die Leidenschaft für ihren Mann standen plötzlich in hellen Flammen. Sie flüsterte leise seinen Namen. Bilder fluteten durch ihren Kopf, Bilder der Nächte in der Kemenate von Burg Hammerstein, Erinnerungen an zärtliche Stunden, die durch Salimbenes Musik an Intensität gewannen. Nächte, in denen es auf der ganzen Welt nur zwei Wesen gegeben hatte, Otto und Irmingard. Nächte, in denen sie sich so nah waren wie niemals sonst. Für einen kurzen, unbedachten Augenblick bereute Irmingard, dass sie mit Otto aus vollem Herzen darin übereinstimmte, dass Harmonie und Liebe, und nicht Wollust und Begierde die Grundlage ihrer Ehe sein sollten. Die Musik Salimbenes ließ, von fern, neue Ufer aufscheinen, die sie gern mit Otto erreicht hätte. Und ein tiefer, rasender Schmerz erfüllte sie, da sie diese neuen Ufer vielleicht niemals erreichen würde. Was ihr blieb, waren die stillen Glücksmomente, die sie mit keinem anderen Mann hätte teilen können oder teilen wollen, Glücksmomente von einer urtümlichen Kraft, die den ganzen Körper erbeben ließen und die mit nichts sonst in der Welt vergleichbar waren. Aber das war etwas anderes als die vorbehaltlose Leidenschaft, von der Salimbenes

Lieder sangen. In dem Augenblick, als die Musik und der ekstatische Tanz der Araberin erstarben, erfüllten einen Augenblick lang atemlose Spannung und knisternde Stille den Saal. Nie zuvor war Irmingards Sehnsucht nach Otto größer gewesen. Nie zuvor war ihr so klar geworden, wie viel es noch mit Otto zusammen zu entdecken, herauszufinden gab. Sie schwor sich, sollte es ihr jemals gelingen, zu Otto zurückzukehren, so würde sie die Grenzen nicht mehr akzeptieren, die sie sich selbst und ihrer Leidenschaft gezogen hatte.

3. Kapitel

Irmingards Bett in der Kemenate der Grafenburg war weich und hatte ein Daunenkissen. Es war wohlriechend besprenkelt mit aromatischen Essenzen. Das offene Fenster, das nach maurischer Mode gerundet war, führte hinaus auf einen kleinen Platz mit einem kunstvollen, marmornen Brunnen. Irmingard trug ein Nachtgewand, das eine Dienerin der Gudelfis dem mit wertvollen Schnitzereien verzierten Schrank entnommen hatte, der fast die ganze Seitenwand der Kammer bedeckte. Schränke wie diesen kannte man im Reich nicht; dort behalf man sich noch immer ausschließlich mit Truhen. Die Dienerin hatte vielsagend gelächelt, als sie der Gräfin das Nachtgewand aus leichtem, weichem Stoff überreichte, und war dann verschwunden. Ein solches Nachtkleid hatte Irmingard niemals zuvor getragen; es kam ihr ein wenig sündig vor und gleichzeitig schmeichelte der fließende Stoff ihrer Haut.

Die Gräfin lag bald in einem unruhigen Halbschlaf. Sie wälzte sich im Bett, konnte keinen echten erholsamen Schlaf finden, war aufgewühlt. So sehr hatte sie sich erhofft, die Nähe zu Otto festhalten zu können, die sie bei Salimbenes magischem Gesang gespürt hatte. Aber dieses Gefühl einer ungeahnten Leidenschaft verblasste und wurde immer wieder überdeckt von den Erinnerungen an Ruodlieb, die sich in ihren Kopf schlichen, ohne dass sie sich dagegen wehren konnte.

Sie war sich selbst fremd mit ihren Gedanken. Mit jeder Meile, die sie sich von zu Hause entfernt hatte, war sie sich selbst fremder geworden. Jetzt, wo das gewaltige Bergmassiv der Alpen zwischen ihr und ihrer Vergangenheit lag, schien nichts mehr sie mit der Heimat zu verbinden als das unzerreißbare Band ihrer Liebe zu Otto.

Trotzdem sah sie immer wieder Ruodliebs Gesicht vor sich, so plastisch und ausdrucksvoll, als wäre ihre Trennung von ihm nicht vor so vielen Jahren, sondern erst gestern geschehen. Der Schmerz, den sie damals gespürt hatte, überlagerte sich mit dem Schmerz über die Trennung von Otto.

Alles ging ineinander, Salimbenes, Ottos, Ruodliebs Gesicht. Alle drei hatten die gleichen warmen, braunen und mitfühlenden Augen.

Ruodlieb! Wieder dachte sie an jenen schicksalhaften Tag, als die Flammen sie für immer getrennt hatten. Wolken zogen vor dem Mond vorbei. Wenn die Wolkendecke aufriss, erfüllte das schwefelgelbe Licht des Nachtgestirns den Raum, holte den Tisch und die Stühle aus dem Dunkel hervor, streichelte über die durchsichtigen Vorhänge, die das Bett auf den offenen Seiten umgaben, pinselte seine geheimnisvolle Helligkeit auf die Wandfresken, die antiken Motiven nachempfunden waren – das hatte jedenfalls Hadrian erzählt, der es sich nicht hatte nehmen lassen, seinen Gast höchstselbst auf das Zimmer zu geleiten. Dann wieder erlosch das Licht des Monds bis auf einen fahlgrauen Rest, die Dunkelheit des Zimmers verschlang die Wandbilder wieder.

Als es an der Tür klopfte, zurückhaltend, fast ängstlich, glaubte Irmingard schon, dass die Dienerin zurückgekommen war, um ihr etwas zu sagen. »Warte … warte einen Augenblick!«, rief sie.

Mit ein paar Handgriffen ordnete sie ihr Haar. Sie stand auf, sah an sich hinab, diesem verführerischen, beinahe unkeuschen Nachtgewand, unter keinen Umständen konnte sie so der Dienerin begegnen. Sie ging zum Schrank hinüber, suchte einen Überwurf. Irmingard fand einen dunkelblauen Mantel mit eingestickten Goldsternen. Sie band den Gürtel um die Taille, ging zur Tür hinüber und öffnete vorsichtig.

Aber es war nicht die Dienerin, die da um Einlass gebeten hatte. Irmingard erschrak zuerst. Einen Augenblick lang dachte sie, dass sie sich inmitten eines ihrer wirren Träume befand, denn es war Nadira, die maghrebinische Tänzerin, die die Gräfin mit ihrer wirbelnden Scharade in jenen Taumel der Gefühle versetzt hatte. Nadira, deren schwarze Augen Irmingard jetzt ängstlich anschauten, so als wollte sie um eine unverdiente Gnade bitten. Etwas Suchendes, Flehendes war in diesem Blick, in diesen Augen, die von einem unendlichen Land erzählten, das weit hinter allen Horizonten lag.

Die schwarzen Haare der Tänzerin ergossen sich in Kaskaden über ihre Schultern. Sie öffnete den Mund, wollte etwas sagen und brachte dann doch nichts hervor. Dann schien sie der Mut zu verlassen, und schon wollte sie sich abwenden, da fasste Irmingard sie vorsichtig am Arm, spürte ihre glatte Haut unter ihrer Hand. Sie lächelte, und die Araberin lächelte zurück, unsicher.

»Komm herein … komm, Mädchen«, sagte Irmingard, obwohl sie nicht wusste, ob die Frau aus dem Afrika der Muslime sie überhaupt verstehen konnte. Sie zog Nadira in die Kammer und schloss die Tür hinter sich.

»Ich bin …«, stotterte die Maghrebinerin, »Ihr seid …«

»Setz dich zuerst einmal«, beruhigte Irmingard die Tänzerin. »Setz dich und hol tief Luft und erzähl mir dann, warum du hier bist.«

»Es tut mir Leid …«, stammelte die Tänzerin, als sie sich gesetzt hatte.

Irmingard fürchtete schon, dass Nadira im nächsten Augenblick in Tränen ausbrechen würde. Sie spürte, dass es Angst war, die die Araberin trieb.

»Graf Octaviano«, flüsterte Nadira, und während sie den Namen des Grafensohns nannte, überzog eine Gänsehaut ihre Arme. Sie senkte den Kopf, sodass ihre langen, dichten Haare über das Gesicht nach vorne fielen, ihr gleichsam als ein Versteck dienten, um die Furcht in ihren Zügen zu verbergen.

»Octaviano? Was ist mit ihm?«

Irmingard ahnte schon, wovor die Araberin Angst hatte. Mit jedem Blick und jeder Geste hatte sich Octavianos dumpfe Geilheit offenbart, als er Nadira bei ihrem Tanz begafft hatte, und sicherlich betrachtete der Grafensohn die Tänzerin als Freiwild, gehörte sie doch zum fahrenden Volk der Schausteller, Gaukler, fahrendes Volk. Dieser seltsame und ruhelose Menschenschlag, der seine eigenen Gesetze befolgte und für den die Regeln der besseren Stände keine Gültigkeit besaßen, lebte vogelfrei unter Gottes freiem Himmel. Gemeinhin wurden sie nur eine Stufe über die von Verbrechern, Hexen, Zauberern und Huren gestellt, und doch wurden sie von allen begehrt und heimlich bewundert.

»Als ich mich umgezogen habe und zurück in die Stadt gehen wollte, da hat er mir aufgelauert«, flüsterte Nadira.

»Dir aufgelauert? Hier in der Burg?«

Nadira nickte verängstigt. »Er ist so betrunken, dass er sich kaum auf den Beinen halten kann. Und er hat so ein komisches Mönchsgewand an, und darunter nichts.«

»Was er von dir gewollt hat, kann ich mir schon vorstellen«, sagte Irmingard angewidert.

Da hob Nadira den Kopf, und ein trotziger Blick begegnete den Augen der Gräfin, ein stolzer, wilder Blick, in dem sich eine Freiheit widerspiegelte, die weit jenseits der althergebrachten Freiheit des Adels lag.

»Was immer er auch haben wollte«, sagte Nadira mit ihrem fremdartigen Akzent, »er hat es nicht bekommen! Ich hab gelernt, mich gegen solche Männer zu wehren. Er war nicht der Erste. Seit ich meine Heimat verlassen habe …« Nadira schluckte. »Manchmal kommt es mir vor, als wären alle Männer von diesem Dämon besessen, der unter ihrem Rock sitzt. Aber Octaviano ist ein Grafensohn, und ich hab ihn ins Gesicht geschlagen.«

»Und was ist dann geschehen?«, fragte die Gräfin mitleidvoll.

»Er ist hingefallen.« Ein verzagtes Lächeln stahl sich auf Nadiras Gesicht. »Und da bin ich davongelaufen!«

Irmingard erwiderte das schüchterne Lächeln der schönen Maghrebinerin. »Hingefallen ist er?«

Nadira nickte zufrieden. Sie schlug mit den Handflächen aufeinander, um das Geräusch zu imitieren, mit dem Octaviano auf dem Boden gelandet war. Unvermittelt begannen die beiden Frauen zu lachen, zuerst zögerlich, doch dann musste es hinaus, und plötzlich lagen sich Irmingard und Nadira in den Armen, egal, ob die eine Gräfin und die andere eine Gauklerin war.

»Und wie bist du zu mir gekommen?«

»Ich hab einfach einen Knecht gefragt, wo Eure Kammer ist.«

»Aber was willst du von mir?«

»Ich will Euch anflehen, nehmt mich mit Euch!«, bat die Tänzerin, und jetzt lag wieder diese Angst in ihren Augen. »Ich komme doch niemals ungesehen an den Torwachen vorbei! Ich habe Angst vor Octavianos Rache.«

»Bestimmt wird er das nicht auf sich beruhen lassen«, stimmte die Gräfin ihr zu. Aber ehe Irmingard gemeinsam mit Nadira überlegen konnte, was jetzt zu tun war, klopfte es erneut an die Tür, ganz vorsichtig und zaghaft, und doch schraken die beiden Frauen zusammen.

»Octaviano?«, fragte Irmingard.

»Herrin!«, rief es da aber von jenseits der geschlossenen Tür. »Ich habe mitbekommen, was geschehen ist. Ein Knecht hat mir erzählt, dass diese Tänzerin nach Euch gefragt hat. In der halben Burg redet man hinter vorgehaltener Hand schon davon, dass Octaviano einen Nasenstüber von ihr bekommen hat. Versteckt sie sich bei Euch?« Sie hörten ein verstohlenes Kichern. »Erkennt Ihr mich nicht? Ich bin es, Fra Padano.«

Die beiden Frauen schauten sich an und atmeten dann erleichtert auf. Die Gräfin öffnete dem Mönch die Kammer.

»Ihr solltet mich nicht nach meiner Verwandtschaft beurteilen.« Padano begrüßte Irmingard und anschließend Nadira mit einem Kopfnicken. »Geht es dir gut, mein Kind?«, fragte er die Tänzerin.

Die Araberin nickte dankbar.

»Du solltest dieses Haus so schnell wie möglich verlassen. Aber darüber reden wir später. Eigentlich wollte ich zu Euch, Gräfin.«

»Zu mir?«

»Ihr müsst entschuldigen, wenn ich Euch zu so später Stunde störe. Aber ich fand, es war von großem Belang, was Ihr heute Abend am Tisch des Grafen über die Politik im Reich erzählt habt.«

»Und was ist Eure Meinung dazu?« Irmingard zog den Mönch von der offen stehenden Tür in die Kammer herein, schaute auf den Gang hinaus und schloss wieder die Tür.

Fra Padano schmunzelte. »Was ich dazu sage? Ich denke, Ihr habt das alles nicht ohne guten Grund erzählt.«

Die Gräfin machte eine unschuldige Miene, wandte sich Nadira zu und drückte die Araberin sanft auf das Bett. »Jetzt beruhige dich erst einmal. Wir werden später reden, was ich für dich tun kann!« Dann wandte sie sich wieder zu Padano um. »Ich will es ohne Umschweife sagen: Ich habe das alles wegen Euch erzählt! Ihr wart der Grund!«

Der Mönch nickte. »Ich habe es mir gedacht.«

»Ich bin hier, weil ich zum Papst muss, Fra Padano. Warum das so ist, wisst Ihr inzwischen. Seht Ihr eine Möglichkeit, wie ich zum Heiligen Vater vorgelassen werden kann?«

Der weißhaarige Mönch verneigte sich kurz. »Ihr seid sehr tatkräftig, Herrin. Das gefällt mir.« Er überlegte noch einen Augenblick. »Also gut. Unser Ziel ist dasselbe: Rom.«

»Ihr seid auch auf dem Weg dorthin?«

»Sagen wir es einmal so: Eigentlich bin ich immer auf dem Weg nach Rom. Doch im Ernst: Was haltet Ihr davon, wenn wir zusammen reisen? Was ich dann in der heiligen Stadt für Euch tun kann, werden wir sehen.«

»Ich danke Euch, Fra Padano.«

»Euch einen Gefallen zu tun ist mir ein großes Vergnügen«, sagte der Mönch unerwartet galant, ehe er sich Nadira zuwandte. »Du kommst jetzt mit mir, dann bringe ich dich in Sicherheit. Und Ihr, Gräfin, trefft mich morgen früh eine Stunde nach Sonnenaufgang vor dem nördlichen Stadttor.«

4. Kapitel

Es fehlte ihnen nicht an edlen Weinen und gutem Essen in den Herbergen, die sie auf ihrem Weg nach Rom aufsuchten. Die Landschaft von Tuszien, die sie durchquerten, hatte einen ganz eigenen Reiz und zeugte von großer Fruchtbarkeit. Zypressen ragten in den Himmel, und in den Weinbergen arbeiteten fleißige Bauern. Die Landstädte und Dörfer der Markgrafschaft wirkten wohlhabend und geordnet. Das alles hätte Irmingard noch viel mehr genießen können, wenn sie es nicht so eilig gehabt hätte, nach Süden zu kommen.

Und doch entging es ihr nicht, dass es vor allem die Menschen Tusziens waren, die den Unterschied zum Reich ausmachten: Offen und freundlich begegneten sie den Fremden und hatten immer einen herzlichen Gruß übrig; ihnen war trotz aller Kriege und Gewalttaten das übergroße Misstrauen fremd, mit dem man in den düsteren, unwohnlichen Burgen im Norden in jedem Fremden erst einmal den möglichen Feind sah.

Die milde Oktobersonne tauchte Tuszien in sein einzigartiges Licht und hatte noch immer eine wärmende Kraft. Die Nächte hier im Süden waren lange nicht so kalt wie im Norden. Der merkwürdige Reisetrupp, den sie bildeten – eine Dame mit Dienerin, eine arabische Tänzerin, ein Mönch und ein Ritter mit Knappe –, kam ohne Zwischenfälle voran. Sie legten gute Tagesstrecken zurück, sodass auch die Gräfin zufrieden war.

Im Laufe der Tage, in denen sie die Po-Ebene durchquert und schließlich auf die ersten Ausläufer des Apennin-Gebirges gestoßen waren, hatte Irmingard ein fast schon vertrauensvolles Verhältnis zu Padano entwickelt. Sie hatte tausend Fragen an ihren Führer, wollte alles über den Papst, das Land, die Leute wissen, wollte von jeder Burg wissen, welchen Herrn sie hatte, von jedem Fluss Namen und Quellort, von jedem verfallenen Tempel den Namen der alten römischen Gottheit, die hier einstmals verehrt worden war.

Fra Padano hatte auf alle Fragen eine Antwort. Er kannte das Land, und er kannte die Leute, und das vermittelte ihnen ein Gefühl von Sicherheit in diesem fremden Land. Ohne Padano hätten sie sich bei der Eile ihres Ritts der Schönheit der Landschaft und der Herzlichkeit der Menschen niemals so freiheraus erfreuen können. Selbst Herimot, der eher ernste und stille Ritter, und sein noch stillerer Knappe Baldwin tauten ein wenig auf und ließen sich von der spielerischen Heiterkeit dieser schnell dahinhuschenden Tage anstecken, die an ihnen vorüberzogen wie in einem Traum.

Ihr nächstes Ziel war Florenz, die aufstrebende Handelsstadt am Arno und Hauptstadt des Markgrafen Bonifaz von Canossa. Padano hatte dort beim Bischof Lambert Geschäfte zu erledigen, über deren Art er aber nicht sprach. Nur so viel war klar, dass er wohl als Emissär des Papstes fungierte. Der Gräfin wurde immer deutlicher, wie wichtig Padano für ihre Mission werden mochte, und obwohl Padano nichts versprochen hatte, fühlte sie, dass er womöglich den Schlüssel hatte, um die Tür zum Audienzsaal des Papstes zu öffnen.

Es war am Vorabend von Allerheiligen, dem Tag, an dem die ganze Christenheit der Märtyrer, der Heiligen und der Verstorbenen gedenkt, als sie eine Landschaft mit sanften, von Baumgruppen bestandenen Hügeln durchquerten. Durch eine Senke gelangten sie an einer kleinen, alten Mühle vorbei und erreichten endlich die Stelle, von der aus sich zum ersten Mal der Blick ins Arnotal und auf das große Florenz eröffnete. Aus dem Tal wehte eine feuchte und schwüle Luft herauf.

Irmingard zügelte Blanchet. Der Schimmel hatte sie auf dem langen Weg vom Rhein bis hierher tapfer und sicher getragen. Mitten auf der Via Francigena hielt der kleine Reitertrupp inne.

»Ist es nicht ein erhebender, wunderbarer Anblick?«, rief die Gräfin aus. Ihr Reiseschleier flatterte munter im heraufziehenden Abendwind. »Nirgendwo in unserer Heimat gibt es etwas Vergleichbares. Ich wünschte, Otto könnte hier sein.«

»Wartet ab, bis Ihr Rom gesehen habt«, erwiderte Fra Padano.

»Ich genieße lieber den Augenblick. Ich bitte euch: Wartet alle einen Moment lang! Ich will mir einprägen, was ich sehe, damit ich es später Otto getreulich weitererzählen kann.«

Die untergehende Sonne spiegelte sich im Arno, auf dem zwei kleine Schiffe flussabwärts fuhren. Von fern erahnten die Reisenden mehr als dass sie es wirklich sahen, wie der Ponte Vecchio, die alte Brücke, die noch die Römer errichtet hatten und die mit schmalen Häusern bebaut war, sich im rotgoldenen Licht von Tuszien sonnte; wie sich die Palazzi am Arnoufer, wie sich die engen und winkeligen Gassen innerhalb der turmbewehrten Mauern von Florenz drängten, die schon von den römischen Imperatoren begonnen worden waren. Überall ragten jetzt Geschlechtertürme aus dem Häusermeer, ähnlich denen der Gudelfi und Staferi von Arbedo.

Inmitten des Mauerrings der Stadt erhob sich die bischöfliche Kathedrale Santa Reparata, ein stolzes und doch auch dunkles und düsteres Gotteshaus. Rauchschwaden aus zahllosen Kaminen zogen vor dem Schattenriss der Kathedrale vorbei.

Aber Florenz hatte auch seine düsteren Seiten.

Der Weg zur Stadt führte die Reisenden aus dem Norden durch einen dunklen Hohlweg am Galgenhügel vorbei, der Richtstätte der Bischofsstadt, gelegen in einem kleinen Talkessel inmitten der Berge des Arnotals, außer Sichtweite der nahen Stadt. Eine Gruppe reisender Mönche mit staubbedeckten Kutten hatte am Galgenhügel innegehalten. Die Mönche waren zu

Fuß unterwegs auf der Via Francigena, und sie beteten für die armen Seelen der Hingerichteten.

Zur Abschreckung ließ die bischöfliche Herrschaft hier – wie allerorten – die vom Blutgericht Abgeurteilten so lange verwesend und von Tieren angefressen am Galgen hängen, bis kaum noch etwas von ihnen übrig war. Dann erst kamen die menschlichen Kadaver auf den Schindanger.

Unter den Galgenbäumen spielten zerlumpte, herrenlose Kinder, und etwas abseits graste eine Ziegenherde. Die Körper der drei kürzlich Hingerichteten, die an den Florentiner Galgen baumelten, waren kaum noch als Menschen kenntlich. Vor kurzem hatte man offenbar auch einen Unglücklichen durch Häutung zu Tode gebracht und die Hautfetzen zur Abschreckung aller Rechtsbrecher in die Äste des Gebüschs gespannt. Und dann waren da noch die sieben Schädel, die auf Anordnung des bischöflichen Blutgerichts auf lange Stangen gespießt worden waren, was wohl schon einige Zeit her war, denn die unheimlichen Schädel grinsten den Reisenden unten auf der Via Francigena mit leeren, finsteren Augenhöhlen hinterher. Schweigend und schaudernd ließen sie die Schädelstätte und die betenden Mönche hinter sich.

Bald aber öffnete sich das enge, dunkle Tal, durch das die Via Francigena führte, wieder zur Flussebene des Arno, eingetaucht in das wunderbare Licht der untergehenden tuszischen Sonne.

Durch eines der nördlichen Stadttore gelangten sie schließlich in die Stadt. Allmählich wich ihre Beklemmung, auch wenn in den Straßen von Florenz mehr zerlumpte Bettler herumlungerten, als Irmingard es jemals in einer anderen Stadt gesehen hatte. Der Trupp ritt die Via Cerretani hinauf in Richtung der Piazza Duomo, an dem der Bischofssitz und das Amtsgebäude des Markgrafen lagen.

»Beide muss ich besuchen«, erklärte Fra Padano seinen staunenden Begleitern, als sich vor ihnen der Domplatz mit seinen herrschaftlichen Gebäuden, der Vielzahl von geschäftigen Menschen, von Eseln und Schweinen, Pferden und Marktständen ausbreitete. So geschäftig war die Stadt, dass sie sich in keiner Weise um die Neuankömmlinge kümmerte, und nur die Wachleute des Bischofs, der die Gerichtsgewalt in der Stadt hatte, warfen immer wieder ein Auge auf die fremde Reisegruppe, ohne sie allerdings zu behelligen.

»Padano … Fra.« Irmingard zügelte ihr Pferd an der Stelle, wo die Via Cerretani auf den Domplatz traf. »Zum Markgrafen und zum Bischof wollt Ihr gehen?«

Padano nickte und beobachtete dabei misstrauisch einen baumlangen, hageren Bettler, der mit stierendem Blick in der Nähe stand.

»Wie lange wird Euer Aufenthalt in Florenz wohl dauern?«, fragte die Gräfin besorgt.

»Macht Euch keine Gedanken. Wir können schon morgen Mittag weiterreisen und werden uns dann unverzüglich nach Rom begeben. Stellt Euch das zufrieden?«

Irmingard nickte zustimmend. »Verzeiht mir, Fra Padano. Ich weiß, wie unhöflich es ist, wenn ich so ungeduldig bin und Euch dränge.«

»Sorgt Euch nicht, Herrin. Ihr wisst doch: Ich kann Euch gar nicht böse sein. Und jetzt schaut Euch diese Stadt an! Reizt es nicht alle Sinne, wenn man sie zum ersten Male sieht?«

»So sehr, dass die Sinne schnell taub werden«, erwiderte Irmingard mit einem Anflug von Müdigkeit. Sie sehnte sich nach einem warmen Bad, sehnte sich nach einem Bett.

Vom mächtigen Portal des Bischofspalasts, zu dem eine breite, vielstufige Treppe aus Steinen hinaufführte, drang plötzlich Geschrei herüber. Die Menschen horchten auf und schauten in die betreffende Richtung. Das Portal öffnete sich. Zuerst kam der Standartenträger des Bischofs zum Vorschein.

»Seht Ihr den Thron?« Padano deutete in Richtung des Palasts, der gleich neben dem Baptisterium des Doms lag. »Am letzten Tag im Monat hält Bischof Lambert immer sein Stadtgericht. Ich glaube, wir kommen genau zum richtigen Zeitpunkt, wenn Ihr Euch das ansehen wollt, Gräfin.«

»Und warum sollte ich das tun?«

Padano lächelte zweideutig. »Ich denke, es könnte lehrreich sein, um die Verhältnisse hier jenseits der Alpen besser verstehen zu können.«

»Also gut«, erwiderte die Gräfin. »Lasst uns absitzen.«

Natürlich war Rotswit sofort mit Feuer und Flamme dabei, dem Bischofsgericht zuzuschauen, und auch Ritter Herimot zeigte Interesse. Nadira äußerte sich nicht weiter.

Ein armselig anzusehender Bettler, der in die Fetzen eines uralten Mantels gehüllt war und dessen langes, graues Haar vollkommen verfilzt und verdreckt war, streckte Padano die gichtverkrüppelte Hand für ein Almosen entgegen. Der Mönch entnahm seiner Gürteltasche eine kleine Münze und legte sie in die zitternde Hand des Armen.

»Gott wird Euch dafür danken, Herr!« Der zahnlose Bettler verbeugte sich und entfernte sich schnell.

Doch jetzt waren andere auf dem Domplatz auf Padanos Großzügigkeit aufmerksam geworden, und auch Irmingard mit ihren Begleitern sah sich rasch von Bettlern umringt und lautstark um Almosen angegangen. Erst ein Machtwort von Padano verscheuchte die armseligen Gestalten, die sich jedoch nur unter Flüchen und Verwünschungen so dürftig abspeisen ließen.

»Wisst Ihr schon, wo wir die Pferde unterstellen können?«, fragte Ritter Herimot. Er schaute den Bettlern misstrauisch hinterher, bis sie sich in der Menge zerstreut hatten.

»Das erinnert mich an etwas. Wartet einen Augenblick«, erwiderte Padano und schaute sich suchend um. Dann hellte sich sein Gesicht auf. Er winkte jemandem. »Meister Riccardo, ich wusste, dass ich ihn hier am Baptisterium finden würde«, erklärte Padano. »Am Baptisterium St. Johannes der Täufer befindet sich seit vielen Jahren sein Stammplatz.« Padano grinste, während Meister Riccardo sich mit einem breiten Lachen näherte. »Wehe, wenn ein Konkurrent es wagt, die Reisenden anzusprechen, die auf dieser Seite des Domplatzes Herberge suchen!«

»Ah, welch ein Glück, welche Wonne! Ihr seid es, Fra!« Riccardo hatte Padano jetzt erreicht. »Willkommen in unserer bescheidenen Stadt.« Der Herbergsvater machte ein paar tiefe Bücklinge. Er war ein gutmütig wirkender Mann mit einem ziemlich dicken Bauch, einem bartlosen Gesicht und einem breitkrempigen Hut, wie fast alle Florentiner ihn zu dieser Zeit trugen. »Darf man fragen, was Euch diesmal in unser ehrwürdiges Florenz führt, Hochwürden?«

Padano seufzte. »Seit so vielen Jahren sage ich, dass ich nichts anderes will als in Ruhe auf meinem Berg Mönch sein, und wann war es mir wirklich vergönnt?« Er schüttelte den Kopf und lachte. »Was soll ich mich beklagen! Letztlich bekommt jeder, was ihm gebührt!«

»Herr, ich habe Euch immer beneidet, mit welcher Leichtigkeit Ihr durch das Jammertal dieses Lebens geht«, meinte Meister Riccardo schmeichelnd. »Wollt Ihr wieder einmal zum Bischof?«

Padano nickte. »Zum Bischof und auch zum Markgrafen Bonifaz.« Der Mönch deutete mit dem Kopf auf die Prälaten und Ritter des Bischofs, die jetzt rund um den Thron Platz nahmen. Der war erhöht auf der obersten Treppenstufe vor dem Portal des bischöflichen Palasts aufgebaut. »Wird *sie* wieder dabei sein?«, fragte der Mönch mit einem Anflug von Missmut.

»*Sie* ist immer dabei«, erwiderte Riccardo säuerlich. »Aber was soll man tun? Solange unser Seelenheil dadurch nicht gefährdet ist!«

»Den Papst hat es bis jetzt nicht gekümmert, was soll es uns da kümmern?«, fragte Padano achselzuckend. Er sah Irmingards verständnisloses Gesicht. »Ihr werdet es gleich sehen.« Doch damit machte der Mönch die Gräfin nur noch neugieriger.

»Ihr habt mich wegen der Pferde gerufen, Herr?«, fragte Riccardo.

»Ja. Nimm sie in Empfang und auch unser Gepäck.«

Mit einer herrischen Geste scheuchte der Herbergsvater einen Beinamputierten davon. Doch wer konnte schon sagen, ob er tatsächlich ein Krüppel war oder sich mithilfe eines Krüppelmachers nur den Anschein eines Krüppels gab? Diesmal verzog sich der Bettler wortlos und warf nur einen wütenden Blick auf Riccardo.

»Von Jahr zu Jahr werden es mehr, und die meisten sind nicht schuldlos verarmt, sondern schlichtweg Faulpelze, Gesindel und Gaunervolk.« Riccardo machte eine verächtliche Handbewegung. Dann winkte er vier junge, kräftige Burschen herbei, von denen sich zwei sogleich des Gepäcks der Reisegruppe annahmen. Die beiden anderen, der eine ein ausnehmend hübscher Junge von vielleicht dreizehn Jahren mit intelligenten Augen, nahmen die sechs Reittiere und das eine Packtier der Reisegruppe beim Zügel.

»Ich weiß, du wirst auf alles so gut aufpassen wie beim letzten Mal. Und bereite auch unsere Zimmer vor. Eins für mich, ein großes Zimmer für die Gräfin mit ihrer Begleitung, und eins für den edlen Ritter mit seinem Knappen.«

Riccardo verneigte sich tief in Richtung der Angesprochenen. »Es ist meiner Herberge eine besondere Ehre, solch hohe Gäste begrüßen zu dürfen.« Sein Tiroler Akzent war – wie schon bei Maurizio/Salimbene – klar herauszuhören. Irmingard grüßte den Herbergsvater mit der Andeutung eines Kopfnickens. Ihre Begleiter taten es ihr nach.

Währenddessen erschienen Lanzenträger des Bischofs und vertrieben diejenigen Florentiner von der großen Treppe, die zu nahe vor dem Thron standen. Ein paar junge Mönche kamen und schwenkten Weihrauchgefäße.

Schließlich erschien Bischof Lambert unter dem Himmel seines prächtigen Baldachins, und jetzt sahen die Besucher aus dem Norden, was das Besondere an diesem Bischofsgericht war: Nur einen Schritt hinter dem in goldenes Ornat gewandeten Lambert schritt – ebenso gravitätisch und ebenso goldgewandet – eine Frau von ungewöhnlicher Schönheit.

»Man nennt sie die ›Bischöfin von Florenz‹«, sagte Padano säuerlich. »Die schöne Alberga. Und sie ist nicht nur schön, sondern auch klug, ganz im Gegensatz zu ihrem bischöflichen Ehegemahl.«

Bischof Lambert setzte sich umständlich auf seinen Thron. Für die schöne Alberga hatte man einen ähnlich prächtigen, nur wenig kleineren Sessel gleich hinter dem Bischofsthron aufgestellt, wo die »Bischöfin« jetzt ebenfalls Platz nahm. Ein paar Musikanten zogen auf. Irmingard fragte sich, was die beim Bischofsgericht zu suchen hatten. Aber inzwischen war ihr klar, dass das Spektakel mehr dazu diente, Bischof Lamberts Pracht zu entfalten und Albergas Schönheit zu zeigen, als der Gerechtigkeit zu ihrem Recht zu verhelfen.

Trommelwirbel erhoben sich, Fanfaren ertönten, und plötzlich erklang dazu eine Laute, deren Stimme Irmingard aufhorchen ließ, ohne dass sie zuerst wusste, warum. Im Konzert der anderen Instrumente war der Klang der Laute nur ganz zart zu vernehmen, und dennoch berührte er Irmingards Herz.

Unauffällig musterte sie die Musiker. Aber die standen hinter den Prälaten und Rittern, und man konnte kaum etwas von ihnen erkennen, und dann endete die Musik auch schon wieder. Irmingards Aufmerksamkeit wurde jetzt vom Bischof in Anspruch genommen.

Lambert war schlichtweg hässlich. Die Schönheit Albergas, die starr und mit unbewegtem Gesicht in ihrem Sessel saß, betonte diese Hässlichkeit noch. »Als Abt im Kloster San Apollinaris konnte er sich nicht halten«, flüsterte Padano verächtlich. »Schon damals ist Alberga nicht von seiner Seite gewichen. Stellt Euch das einmal vor: In einem Kloster! Aber dann wurden die Mönche aufsässig, weil sie um ihr Seelenheil fürchteten, und sie vertrieben Lambert und Alberga.«

»Aber wie konnte dieser Lambert trotz allem Bischof von Florenz werden?«, wunderte sich Irmingard.

»Seine Familie ist mit den Tusculanern verwandt«, erwiderte Padano. »Und die Grafen von Tusculum haben bekanntermaßen in unserer Zeit den Stuhl Petris in Rom inne.« Padano lachte entschuldigend. »Bei uns ist Verwandtschaft eben wichtiger als Bildung oder Sittlichkeit. So ist es nun einmal.«

Inzwischen hatte das Schauspiel des Gerichts begonnen. Der Herold des Bischofs von Florenz rief gestenreich den Abt des Benediktinerklosters San Miniato al Monte vor den bischöflichen Richterstuhl.

Padano erklärte, dass das Kloster auf einer nahen, bewaldeten Anhöhe auf der anderen Seite des Arno liege und über der Grabstätte des heiligen Minias errichtet worden sei. »Man erzählt sich, dass der heilige Minias hier auf dem Domplatz geköpft wurde, dann aber seinen Kopf unter den Arm genommen hat und bis hinauf auf den Hügel gelaufen ist, wo jetzt das Kloster steht.«

Der Abt von San Miniato, der vor das Bischofsgericht trat, war ein ungewöhnlich junger Mann. Er wurde von einigen Klosterbrüdern begleitet und hätte nach der benediktinischen Regel eigentlich gar nicht Abt sein dürfen: Eines seiner Beine war verkrüppelt, er zog es mühsam nach und stützte sich auf seinen Abtsstab. Irmingard vermutete, dass es sich mit ihm ähnlich verhielt wie mit vielen anderen Inhabern von geistlichen Pfründen: Er war Abt in San Miniato geworden, weil er als nachgeborener Sohn irgendeines Adelshauses mit einem einträglichen Amt versorgt werden musste.

Der Protokollarius des verkrüppelten Abtes las in Lateinisch aus einer Urkunde. Bischof Lambert nickte unaufhörlich, aber es war offenkundig, dass er dem Vortrag – wenn überhaupt – nur mit Mühe folgen konnte. Zwischendurch gähnte Lambert ungeniert. Padano machte sich nicht die Mühe, alles zu übersetzen, es ging um eine Lehenssache – so viel verstand selbst Irmingard mit ihren bescheidenen Lateinkenntnissen.

So unaufmerksam der Bischof war, so gespannt verfolgte die schöne Alberga, was der Abt vorzubringen hatte. Und als der Protokollarius zum Ende kam, war es nicht Lambert, der antwortete, sondern das Weib des Bischofs, und niemand schien daran Anstoß zu nehmen oder sich auch nur zu wundern.

»Abt Hubertus«, sagte Alberga mit überraschend angenehmer Stimme und in einem klaren, leicht verständlichen Lateinisch, dem auch Irmingard folgen konnte. Diese Frau war alles andere als dumm. »Mein Herr, Bischof Lambert, hat wegen Eures Anliegens noch keine Entscheidung gefällt«, verkündete sie den Spruch ihres bischöflichen Gemahls, und da sie sich nicht einmal mit Lambert besprochen hatte, war allen klar, dass es allein ihre Entscheidung war. »Mein Herr erwartet, dass Eure Abtei ihm mehr Ehre erweist, als Ihr bisher bereit gewesen seid.«

»Ehre?«, fragte Irmingard Fra Padano.

»Es geht um Geld, um nichts anderes«, erwiderte der Mönch missmutig. »Für viele Menschen ist Geld gleich Ehre.«

»Wenn Ihr uns die gebührende Ehre erweist«, fuhr die Bischöfin fort, »dann wird der ehrwürdige Bischof von Florenz Eure Angelegenheit gerne noch einmal mit seinen Ratgebern besprechen und Euch dann so bald als möglich Antwort geben, ehrwürdiger Abt.«

Damit schien der Fall erledigt zu sein. Abt Hubertus verneigte sich, halb in Richtung des Bischofs, halb in Richtung Albergas, und wandte sich schon zum Gehen, als ein Mönch aus seinem Gefolge plötzlich vortrat, die Kapuze vom Kopf streifte und seinen Kopf mit der Jakobstonsur zeigte.

Bei der Jakobstonsur wurde anders als bei der sonst üblichen

Petrustonsur nur der vordere Teil des Kopfhaars wegrasiert. Manche Mönche trugen sie als Zeichen, dass sie sich gegen den sittlichen Verfall in den Klöstern und in der ganzen Kirche des Abendlandes verschworen hatten.

Der große und gut aussehende Mönch mit der Jakobstonsur baute sich vor dem Thron des Bischofs auf. Dessen Weib würdigte er mit keinem Blick. Das umstehende Volk hielt den Atem an, alle reckten die Köpfe, um nur nichts von dem zu verpassen, was da jetzt geschah.

»Ich glaube, ich kenne diesen jungen Mönch«, flüsterte Padano. »Er heißt Johannes Gualberti, und schon jetzt geht ihm der Ruf der Heiligkeit voraus.«

»Wie kommt es, ehrwürdiger Bischof, dass hier bei Eurem Gericht, wo nur Männer sprechen dürfen, ein solches Weib das Wort führt?«, donnerte Johannes Gualberti und deutete mit ausgestrecktem Arm auf Alberga, ohne sie dabei anzuschauen.

Die Wachen des Bischofs machten einen Schritt auf Johannes zu, aber Alberga hielt sie mit einer knappen Geste zurück. Bischof Lambert schaute begriffsstutzig in das anklagende Gesicht des jungen Mönchs und wusste offenbar nicht, was er sagen oder tun sollte.

»Gott hat sein Gesicht abgewendet, damit er nicht sehen muss, was hier geschieht!« Johannes redete jetzt nicht mehr zum Bischof, sondern sprach das Volk an. »Ein Fluch liegt auf dieser Stadt, ich sage es euch allen!« Ängstliches Gemurmel erhob sich in der Menge. »Für Gott ist Florenz nichts anderes als Sodom und Gomorrha, und ihr alle wisst, was mit diesen beiden sündhaften Städten passiert ist.«

Das ängstliche Gemurmel schwoll an. Nadira, in deren Gesicht sich keinerlei Gefühlsregung zeigte, blickte sich aufmerksam um. Aus dem Gesicht Albergas war das ironische Lächeln verschwunden. Sie beugte sich mit verschlossener Miene zu ihrem Gemahl Bischof Lambert hinüber und flüsterte ihm etwas ins Ohr. Offenbar hatte der Auftritt des Johannes Gualberti sie doch so weit eingeschüchtert, dass sie nicht wagte, selbst zu antworten.

Lambert nickte. »Abt Hubertus, habt Ihr Euer Amt so wenig im Griff wie Euer Gefolge?«, fragte er. Offenbar Worte, die Alberga ihm eingeflüstert hatte und die der Bischof einfach nur nachplapperte.

Hubertus stand am Absatz der Palasttreppe und machte ein unglückliches Gesicht. Aber auch er war mit dem Auftritt des Mönchs offenbar vollkommen überfordert und hob nur hilflos die Schultern.

»Hört nicht auf die Einflüsterungen dieser Giftschlange!«, rief Mönch Johannes dem Bischof zu. »Ihr habt diese Natter lange genug an Eurer Brust genährt, Bischof Lambertus!« Seine Stimme war jetzt so eindringlich, als stünde es in seiner Macht, den Fluch Gottes auf die Stadt Florenz herabzubeschwören. »Sie ist eine Hure, dieses Weib, das sich Alberga nennt!« Die Stimme des jungen Mönchs überschlug sich. »Sie sollte nicht dort auf ihrem Thron sitzen, nein, man sollte sie als Zauberin hier auf dem Domplatz verbrennen, denn sie hat durch geschlechtlichen Umgang den geweihten Bischof Gottes befleckt …«

Als das Wort »Zauberin« gefallen war, ging ein abermaliges Raunen durch die Menge. Auf ein Zeichen Albergas spielten die Musikanten des Bischofs wieder auf, und die Wachen drängten den schimpfenden Mönch von der Treppe und sorgten dafür, dass er mitsamt seinem Abt vom Domplatz verschwand. Auf der Piazza Duomo gab es kaum jemanden, der auf das Leben des jungen Mönchs auch nur einen Denar gewettet hätte.

»So ist Florenz«, sagte Padano, während der Bischof, Alberga und ihr Gefolge sich schleunigst in den Bischofspalast zurückzogen und die Wachen die Menge in alle Richtungen zerstreute. »Habe ich Euch zu viel versprochen, Gräfin Irmingard? War es nicht ein würdiges Schauspiel?«

Aber Irmingard hörte gar nicht richtig zu, denn wieder fiel

ihr der besondere Klang der Laute auf, die Begleitmusik ihrer Schläfrigkeit und Benommenheit, und da jetzt Bischof und Gefolge verschwunden waren, war auch der Blick frei auf die Musikanten.

Und dort auf der Treppe des Bischofspalasts stand kein anderer als Salimbene, der freie Bauer aus dem fernen Arbedo, dessen Ähnlichkeit mit Ruodlieb die Gräfin so sehr aus dem Gleichgewicht gebracht hatte. Ihr schwindelte, und sie schwankte unmerklich. Einen kurzen Augenblick lang glaubte sie, dass der Schwindel sie übermannen würde.

Im gleichen Augenblick, da Irmingard den Musiker sah, entdeckte auch der die Gräfin. Aber anstatt schnell die Augen niederzuschlagen, wie es sich geziemt hätte, konnte Irmingard ihren Blick nicht von Salimbene wenden. Während sie sich in die Augen schauten, beschleunigte sich der Herzschlag der Gräfin.

Plötzlich sprang ein Lächeln in Salimbenes Gesicht. Irmingard konnte nicht anders: Unwillkürlich erwiderte sie sein Lächeln. Sie hatte auf der Reise von Arbedo nach Florenz stets versucht, ihren Geist von Erinnerungen an Salimbene und Ruodlieb freizuhalten. Sie war sicher, dass sie sonst das Ziel ihrer Mission verraten hätte. Alles musste sich, so versicherte sich die Gräfin, diesem Ziel unterordnen. Aber jetzt, da sie Salimbene sah, waren alle guten Vorsätze dahin.

»Geht es Euch nicht gut?«, fragte Padano. Er folgte Irmingards Blick und erkannte jetzt seinerseits Salimbene, der dort in lässiger Haltung hinter dem leeren Bischofsthron stand und gedankenverloren die Saiten seiner Laute anschlug, als sei das Instrument ein Teil seiner selbst. »Schau an, schon wieder Maurizio. Man meint, er hätte Flügel wie Ikarus. Wie hat es der Kerl bloß geschafft, uns auf dem Weg von Arbedo hierher zu überholen, ohne dass wir ihn bemerkt haben?«

Endlich riss sich Irmingard von Salimbenes Anblick los. Sie war völlig verwirrt, wusste nicht, was die seltsamen Signale ihres

Leibs bedeuteten, dieses Ohrensausen, dieses Schwindelgefühl, das Herzpochen, die Schwäche in den Gliedern.

»Als ich diesen Mann gesehen habe, habe ich gedacht, ich sehe ein Gespenst«, sagte Irmingard stockend. Sie ärgerte sich, weil ihre Worte so schuldbewusst und scheinheilig klangen.

Fra Padano lachte. »Kein Wunder. Wer hätte schon erwartet, ihm in Florenz zu begegnen? Aber so ist sein Leben. Maurizio redet immer gerne davon, dass er ein freier Bauer ist. Freiheit, das ist sein Lieblingswort. Vielleicht ist das so, weil er aus dem Nichts gekommen ist. So vieles im Leben dieses Mannes ist dunkel und geheimnisvoll. Man sagt, Gaukler hätten ihn bei Seniore Felipe zurückgelassen, und der hat ihn als seinen Sohn angenommen. Aber die meiste Zeit ist er nicht auf dem Hof, den er geerbt hat. Den bewirtschaften seine Knechte. Maurizio ist lieber Salimbene und ein Troubadour. Die Musik ist sein eigentliches Leben, und ich glaube, jeder, der ihm wie Ihr einmal zugehört hat, wird verstehen, warum das so ist. Seine Musik ... sie ist eine Gabe Gottes.«

Auch Nadira hatte Salimbene inzwischen entdeckt, und zum ersten Mal seit dem hastigen Aufbruch in Arbedo vor über zehn Tagen breitete sich ein freudiges Lächeln in ihrem Gesicht aus. Salimbene sah jetzt seinerseits die arabische Tänzerin, unterbrach sein Spiel, riss die Arme hoch und lief auf sie zu. Nadira fiel ihm um den Hals wie einem guten, alten Bekannten, und Salimbene wirbelte sie lachend herum. Erst als einer aus der bischöflichen Wachmannschaft mit strengem Gesicht hinzutrat, setzte er die Tänzerin ab. Er küsste sie auf die Wangen und strahlte über das ganze Gesicht.

Die Gräfin erschrak, denn es versetzte ihr einen kleinen Stich, die anmutige Tänzerin mit dem Lautenspieler in so enger Umarmung zu sehen. Waren Musiker und Tänzer ein Liebespaar? Irgendetwas verband die beiden, so viel war sicher. Einen Augenblick lang stellte sie sich sogar vor, selbst an Nadiras Stelle zu sein, und erschrak noch mehr über ihre gottlose Fantasie.

Fra Padano bemerkte die Verwirrung der Gräfin. »Er ist wirklich ein Mann, dem die Frauenherzen zufliegen«, sagte der lebensweise Mönch lächelnd. »Schaut Euch nur Eure Magd an.« Er deutete mit dem Kinn in Richtung Rotswits, welche die Szene ebenfalls mit gespannter Aufmerksamkeit verfolgte, aber auch mit einer gehörigen Portion Unbehagen. Irmingard errötete und senkte den Blick, denn Padano hatte zwar über Rotswit gesprochen, aber sie hatte das Gefühl, dass er eigentlich sie selbst gemeint hatte.

Sie war froh, als in diesem Augenblick alle abgelenkt wurden vom Auftritt einer Gauklergruppe, die hinter dem Marktbrunnen hervorkam. Neben dressierten Hunden und Ziegen führten die fremdländisch wirkenden Spielleute – ein gutes Dutzend Männer und Frauen in schrill-bunten, abgetragenen Kostümen – ein Tier mit, das Irmingard nicht kannte. Padano erklärte ihr, dass es ein kleiner Affe aus Afrika sei, den man zu Kunststückchen abgerichtet habe. Rotswit jauchzte vor Begeisterung, als sie den Affen erblickte.

Als Irmingard sich nach dem Lautenspieler umsah, war er nirgendwo mehr zu sehen, und Nadira kam allein zu dem Reisetrupp zurück. Die Gräfin atmete auf, aber zugleich war sie enttäuscht, dass der Mann so einfach spurlos verschwunden war.

Die Musikanten, die den Auftritt der Spielleute begleiteten, stimmten ein schräges Konzert an auf Instrumenten, die sie wohl selbst gefertigt hatten. Die Laute, die sie ihnen entlockten, waren nicht im Geringsten zu vergleichen mit dem Wohlklang von Salimbenes magischer Musik. Die beiden gertenschlanken Akrobaten des Trupps schlugen Purzelbäume vorwärts und rückwärts. Dann stützten sie sich auf die Spitzen von riesigen Messern, ohne dass sie sich verletzten und ein Tropfen Blut floss – etwas, das nur mit Hilfe von Zauberei möglich war, wenn es nach dem einfachen Publikum ging. Schließlich verschlang einer Feuer, ohne sich zu verbrennen: Das Volk war begeistert.

»Sie treiben all die tollen und derben Possen, an denen sich unser kranker Herrgott dereinst in Arras gesund gelacht hat«, sagte Fra Padano in Anspielung auf eine fromme Geschichte, die man sich besonders unter den Spielleuten immer wieder gern erzählte. Der Mönch erfreute sich offenbar an dem Treiben der Gauklertruppe ebenso wie Rotswit. Jetzt begannen die Spielleute mit einem der derben Schwänke, mit denen sie das Publikum zu erheitern pflegten.

Nadira trat neben Irmingard, doch sie schwieg zunächst. Die Gräfin brannte darauf, dass sie etwas von Salimbene erzählte, doch wagte sie es nicht, das Mädchen nach ihm zu fragen.

»Herrin, ich soll Euch etwas ausrichten«, sagte die Araberin nach einiger Zeit leise.

Irmingard hatte das Gefühl, als hätte sie allen Mut zusammennehmen müssen, um sie anzusprechen. »Etwas ausrichten? Von wem?«, fragte Irmingard hastig, aber plötzlich glühten ihre Wangen wieder, denn es gab nur einen, den die Tänzerin meinen konnte.

»Er wird heute Abend im Schankraum unserer Herberge sein, Herrin«, flüsterte die Araberin so leise, dass nur Irmingard sie verstehen konnte. Fra Padano folgte ganz gebannt dem Schwank der Gaukler, bei dem der Priester als Anstifter allen Unheils entlarvt und unter dem Gejohle des Publikums vor das Gericht gebracht wurde. »Er wird dort warten«, fuhr Nadira fort. »Das soll ich Euch ausrichten.«

Der Gräfin schoss von neuem die Röte ins Gesicht. Sie wollte heftig widersprechen und Salimbenes Botschaft als Anmaßung tadeln. Sie fühlte sich durch Nadira und Salimbene in eine Komplizenschaft verwickelt, die ihre Ehre beschmutzte.

Plötzlich stieg Wut in ihr hoch, auf Nadira, auf Salimbene, ja sogar auf Fra Padano und das ganze verfluchte Florenz. Zugleich aber spürte sie, dass sie für die Sünde, die sich wie eine vergiftete, süße Schläfrigkeit ihrer geheimsten Gedanken bemächtigen wollte, niemand anderes verantwortlich machen konnte als sich selbst. Vor Gottes Richterstuhl würde sie mit ihren sündigen Gedanken ganz allein stehen.

Irmingard schwieg, nachdem die Araberin ihre Botschaft ausgerichtet hatte. Sie wollte nicht ungerecht sein. Nadira hatte nichts damit zu tun. Wenn hier Sünde im Spiel war, dann kam sie aus ihrem eigenen Herzen.

Die Posse der Spielleute ging zu Ende. Am liebsten hätte die Gräfin sich in den Arm gekniffen, um aus diesem Albtraum zu erwachen.

Das war nicht sie selbst!

Dieses Land vergiftete die Sinne und spülte Gefühle aus der tiefsten, dunkelsten Seele des Menschen nach oben, die Gott aus gutem Grund dort fest verschlossen hatte. Und dann stellte sie sich doch wieder vor, wie Ruodlieb ihr aus dem Gesicht dieses Salimbene entgegenlachte.

Irmingard schämte sich ihrer Schwäche. Sie versprach in ihrem Herzen, niemals wieder auch nur einen einzigen Gedanken an Salimbene zu verschwenden, und beschwor die Gefühle, die übergroße Liebe zu ihrem Gemahl herauf. Aber das wollte inmitten all des bunten und lauten Treibens der Händler und Krämer, der Bauern und Handwerker auf dem Florentiner Markt einfach nicht gelingen.

»Fra Padano, ich bin so matt. Lasst uns doch jetzt unsere Herberge aufsuchen«, bat Irmingard mit leicht zitternder Stimme.

»Ihr habt Recht, Herrin«, erwiderte Padano. »Riccardo hat sicherlich bereits die Kammern im Santa Croce für uns richten lassen.«

»Ich habe etwas Kopfschmerzen.« Die Gräfin legte die Finger an die Schläfe. »Die anstrengende Reise, die tausendfältigen Eindrücke …«

»Dann wollen wir wirklich nicht länger warten«, erwiderte Padano besorgt.

5. Kapitel

Die Herberge Santa Croce – ein stattlicher, dreigeschossiger Steinbau – lag im Schatten der alten Basilika St. Ambrosius, Mauer an Mauer mit dem Kloster des heiligen Lorenzo.

Irmingard wusste es sehr zu schätzen, dass auf der Kammer im Obergeschoss des Santa Croce ein riesiger Badebottich stand, in dem sie nach der strapaziösen Reise ein Bad nehmen konnte. Nachdem Rotswit mit mürrischem Gesicht ein gutes Dutzend Eimer heißes Wasser aus der Küche die Treppen hinaufgeschleppt und in den Bottich gefüllt hatte, half sie ihrer Herrin beim Auskleiden. Nadira verabschiedete sich leise und sagte, sie werde unten warten, bis das Bad der Herrin beendet sei.

Irmingard tauchte nackt in das heiße Wasser, in das Rotswit ein aromatisches Öl goss. »Fra Padano hat ein gutes Haus ausgesucht«, sagte die Dienerin und verteilte mit einem hölzernen Löffel das Öl im dampfenden Wasser.

Die Gräfin sah an ihrem nackten Leib hinab. Sonst fand sie ihren bloßen Körper ganz natürlich, und auf Burg Hammerstein wurde viel und ausgiebig gebadet, im Sommer im Burgteich, im Winter in der Badestube der Burg, ohne dass sie dabei bekleidet gewesen wären. Immer waren Mägde dabei und oft auch die Gemahlinnen von ritterlichen Dienstmannen, die auf Hammerstein wohnten. Meistens leistete Adelheid der Gräfin Gesellschaft, und die Frauen hatten viel Spaß beim Baden. Keine machte sich Gedanken über die eigene gottgegebene Nacktheit oder die der anderen.

Hier in Tuszien empfand Irmingard plötzlich ganz anders. Ihr nackter Körper hatte plötzlich etwas Verruchtes, Verbotenes. Und das war nicht einmal schlecht und unangenehm, sondern faszinierend und aufregend. Sie stellte sich einen kurzen Augenblick lang vor, dass Salimbene sie so nackt sähe, und erschrak über die unmittelbare, elektrisierende Erregung, die diesem Gedanken wie ein Blitz folgte. Irmingard schämte sich vor Rotswit, vor sich selbst. Ihr Leib schien vollkommen die frühere Unschuld verloren zu haben. Sie fragte sich, warum das so war. Und die träge Sanftheit, mit der das wohlriechende, warme Wasser ihre Haut umspülte, erschien der Gräfin plötzlich sündhaft. Und unglaublich angenehm. Sie machte keinerlei Anstalten, aus dem Bottich auszusteigen und das Bad zu beenden.

Stattdessen schloss sie die Augen.

Sie spürte, dass sie jeden inneren Widerstand verlor. Die bittersüße Schläfrigkeit, die Irmingard bei der Ankunft in Arbedo umgaukelt hatte, bemächtigte sich ihrer von neuem. Sie öffnete ihren Gedanken die Schleusen, ließ sie durch den Kopf fluten, ohne dieser Flut noch irgendetwas entgegenzusetzen.

Sie atmete schneller.

Sie lauschte: Rotswit war im Vorzimmer offenbar damit beschäftigt, die ledernen Reisetaschen auszupacken und den Inhalt in der großen Truhe zu verstauen, die zur Einrichtung des Herbergszimmers gehörte.

»Das Ledersäckchen mit unserer Barschaft lege ich ganz unten in die Truhe!«, rief Rotswit herüber. »Hoffen wir, dass diese Herberge so sicher ist, wie sie komfortabel ist.«

Irmingard antwortete nicht, sondern ließ sich weiter treiben in dem Taumel von Bildern, Erinnerungen und Gefühlen, der sie ergriffen hatte. Das warme Wasser schmeichelte ihrer Haut. Ohne dass sie es bewusst herbeigeführt hätte, streichelte sie mit der Hand ihre Brust, sodass die Brustwarze sich versteifte. Sie erschrak, als sie bemerkte, dass sie sich sündig berührte, und dennoch gab sie sich weiter ihren Fantasien hin. Plötzlich war statt

Salimbene wieder Ruodlieb in ihren Gedanken, und unwillkürlich streichelte sie sich an den Innenseiten ihrer Schenkel, bis der ersehnte leidenschaftliche Schauder ihren Körper durchlief. Sie schaute verstohlen zu Rotswit hinüber und war erleichtert, dass die Magd offensichtlich zu beschäftigt war, als dass sie etwas von ihrem sündhaften Tun bemerkt hätte.

Von unten drang schrilles Gelächter herauf. Sie hatten den Schankraum, der nicht nur für die Gäste der Herberge, sondern auch für Passanten zugänglich war, bei ihrer Ankunft durchquert. Die Gräfin stellte sich vor, dass dort unten Salimbene saß. Sie wusste, dass er Wort halten und auf sie warten würde, den ganzen Abend lang.

Es war ihre Entscheidung, allein ihre Entscheidung, sich anzuziehen und – wohlriechend und frisch gebadet – hinabzugehen zu Salimbene. Und sie wusste nicht, ob sie die Kraft hatte, sich richtig zu entscheiden.

Ein Knecht klopfte an der Tür der Herbergskammer. Rotswit öffnete sie einen Spaltbreit, um dem Knecht ja keinen neugierigen Blick in die Kammer zu gewähren. Fra Padano ließ ausrichten, dass er unten in der Schankstube warte. »Ob Ihr dem Fra wohl beim Mahl Gesellschaft leisten wollt?«, rief Rotswit zu Irmingard hinüber.

Die Gräfin schrak aus ihren Träumereien hoch. Dann aber dachte sie, dass diese Einladung ihr die Entscheidung abnahm: So konnte sie, ohne dass ihr Verhalten unschicklich wäre, in den Schankraum gehen.

»Also gut. Lass ihm ausrichten, dass ich gleich hinabkomme!«, rief die Gräfin ihrer Dienerin zu. Sie versuchte, das leichte Zittern in ihrer Stimme zu unterdrücken.

Doch als sie wenig später dann tatsächlich am Tisch des Mönchs Platz genommen hatte und sich verstohlen im Schankraum umschaute, war sie enttäuscht: Salimbene war nirgendwo zu entdecken. Herbergsvater Riccardo hatte ihren Tisch im hinteren, etwas dunkleren Teil des Schankraums aufgestellt, gleich neben dem Kamin, in dem aber jetzt im Herbst nur ein kleines Feuer brannte, auf dem Speisen warm gehalten wurden. Das leise Knistern, das Spiel der Flammen, die um die gusseisernen Töpfe züngelten, wirkte beruhigend auf Irmingards angespannte Nerven.

»Wie geht es Euren Kopfschmerzen?«, fragte Fra Padano fürsorglich. In seinen mitfühlenden Augen lag aufrichtiges Interesse für das Gegenüber.

Ohne diese Augen, so dachte Irmingard, wäre das schmale, bartlose Gesicht des Mönchs auf den ersten Blick belanglos erschienen; doch aus seinen Augen sprachen Lebenserfahrung und Weisheit, Menschenliebe, Verständnis und Barmherzigkeit. Was hatten diese alten Augen in seinem langen Leben wohl schon alles gesehen! Fra Padano war ein Mann, der als Vertrauensmann zwischen seinem Kloster und Rom manch geheimnisvolle und verschlungene Wege ging. Dennoch vertraute Irmingard ihm vorbehaltlos wie einem langjährigen Beichtvater.

Der Schankraum im Croce war gut besetzt, das Stimmengewirr entsprechend laut. Irmingard war neben den Schankmägden die einzige Frau. Einige der Männer schauten sie schief an, als sie sich setzte: Frauen störten hier nur. Aber Irmingard und der Fra gehörten zu den vornehmen Gästen des Hauses, also ließ man sie in Ruhe und ersparte sich irgendwelche vorlauten Sprüche.

Inzwischen schritt die Dämmerung weiter fort, sodass ein Knecht des Hauses die Talglichter auf den Tischen mit einem Kienspan entzündete. Da es jetzt zur Abendstunde empfindlich kühl wurde, legte er ein paar große Holzscheite nach. Ein anderer Knecht brachte die besonderen lombardischen Fackeln, die Irmingard schon bei Graf Gudelfi kennen gelernt hatte und die sich dadurch auszeichneten, dass sie besonders lang und intensiv brannten. Allerdings hinterließen sie überall dort, wo sie in die

Wandhalterungen eingesteckt wurden, riesige schwarze Rußflecken an Wand und Decke.

»Darf ich Euch etwas sagen, Herrin?«, fragte Padano nach einer Weile.

»Nur heraus!«

»Ihr strengt Euch zu sehr an, und Ihr überfordert Euch.«

Irmingard schüttelte den Kopf. »Was sind die Strapazen dieser Reise schon? Was sind sie schon gegen das, was Otto auf sich genommen hat?«

Im Verlauf der Reise hatte sie dem Mönch eröffnet, was sie im Hause des Grafen Gudelfi verschwiegen hatte: dass Otto gegen den Erzbischof von Mainz in die Schlacht gezogen war und dass sie nicht wusste, welchen Ausgang die Fehde genommen hatte.

»Trotzdem … Ihr müsst Euch schonen. Bis Rom ist es noch weit. Und nicht nur Euren Leib müsst Ihr schonen, sondern auch Euren Geist. Die tausend neuen Eindrücke lassen Euren Blick ganz fiebrig werden.«

Geschirr schepperte. Einer der Gäste sang so falsch, dass ihn seine Genossen daran hinderten, das Lied zu Ende zu bringen. Obwohl das Santa Croce als das beste Haus am Platz galt, erfüllte doch der typische Wirtshausgestank den Schankraum, eine Mischung aus Küchengerüchen, Bier und den Ausdünstungen der Gäste. Zum Glück war der Gestank nicht ganz so schlimm wie in den meisten anderen Herbergen.

»Meine Geschäfte mit dem Markgrafen werden mich doch länger aufhalten, als ich gehofft hatte«, fuhr Fra Padano fort. »Frühestens übermorgen können wir weiterziehen. Nutzt diese Zeit, Euch zu erholen und wiederherzustellen.«

»Übermorgen erst?«, fragte Irmingard besorgt.

Fra Padano nickte. »Und Ihr werdet hoffentlich nicht auf die Idee kommen, ohne meine Begleitung loszuziehen?«

»Habt keine Sorgen, Padano. Ich reise nicht allein weiter. Vielleicht werde ich es wirklich so machen, wie Ihr vorgeschlagen habt: Ich werde bis übermorgen nichts anderes tun, als mich auszuruhen.«

Eine Magd trug das Mahl auf, das Fra Padano bestellt hatte. Irmingard war unruhig. Sie war bei ihrem Gespräch mit dem Mönch nicht richtig bei der Sache. Immer wieder wanderte ihr Blick zum Eingang hinüber, während Padano beim Auftragen der Speisen nach Sitte der benediktinischen Mönche schwieg. Es gab gebratene Spanferkelkeule mit Semmeltorte. Das Fleisch schwamm geradezu in Fett, so wie es hier gern gegessen wurde.

Mehrere Tische in einer besonderen Ecke des Schankraums waren mit venezianischen Kaufleuten besetzt, die man an ihren wertvollen Kleidern mit dem Wappen Venedigs erkannte, dem geflügelten Löwen.

Einer der Kaufleute beklagte sich lautstark über die schlechten Straßen und die schäbigen Herbergen im Land: »Sie sind überfüllt, verdreckt, die Gäste sind Rabauken und die Wirte die schlimmsten Halsabschneider.« Mit einer beschwichtigenden Geste zu Riccardo, der jetzt wie zufällig in der Nähe des Tisches stand, fügte er hinzu: »Du weißt doch, dass du die Ausnahme von dieser Regel bist.«

»Und doch gibt es auch in diesem Haus stinkendes Nachtgeschirr, und die Luft in den Schlafkammern ist verpestet«, murrte ein anderer Gast, der auf einer Sitzbank an der Wand Platz gefunden hatte. Das Bier war auf diesen Plätzen billiger als an den Tischen.

»Niemand hat Euch daran gehindert, in einem vornehmen Haus eine Kammer zu mieten«, erwiderte Riccardo mürrisch.

»Und die Wand ist übersät mit Rotz- und Speichelflecken«, murrte der Gast unbeeindruckt weiter.

»Von Leuten wie Euch«, konterte Riccardo.

Der Tisch mit den Venezianern brüllte vor Lachen.

Auch Padano lächelte. Als die Magd den Weinkrug brachte,

fragte er die Gräfin: »Wollt Ihr nicht auch einen Pokal tuszischen Rotwein trinken?«

Irmingard nickte. Sie lächelte unsicher, als die Aufträgerin den bronzenen Pokal mit Wein füllte und mit dem Auftragen der Beilagen fortfuhr. Fladenbrot mit Griebenschmalz, Leberpastete und Bohnenmus wurden aufgetischt.

Fra Padano und Irmingard tauchten die Hände in die Wasserschale und wischten sie sich dann mit dem weißen Handtuch ab, das die Aufwärterin gebracht hatte. Der Mönch sprach den Tischsegen, und beide bekreuzigten sich. Schweigend begannen Padano und die Gräfin zu essen, während an den anderen Tischen die Gespräche laut fortgesetzt wurden.

Plötzlich stand Salimbene in der Herbergsschenke, als wäre er aus dem Boden gewachsen. Irmingard blieb der Bissen im Hals stecken, als sie den Herbeigesehnten mit einem Mal vor sich sah.

»Was führt dich nur hierher?«, rief Padano ihm entgegen. »Ich dachte, du wärst längst wieder auf dem Heimweg in den Norden.«

»Ich will hier auf jemanden warten«, erwiderte Salimbene ausweichend. Irmingard schlug voll Scham die Augen nieder.

»Willst du dich einen Augenblick zu uns setzen?«, fragte der alte Mönch. »Du kannst ein Glas Wein mit uns trinken!«

Bereitwillig nahm der Lautenspieler die Einladung an. Er setzte sich Irmingard gegenüber.

»Wer hätte in Arbedo gedacht, dass wir uns so schnell wiedersehen?« Maurizio lächelte und zeigte die Doppelreihe seiner prächtigen, starken Zähne. »Ich hoffe, Ihr nehmt mir mein unhöfliches Verhalten in Arbedo nicht übel. Aber dieser Federico … es provoziert mich, wenn ich sein Gesicht nur von weitem sehe.«

»Federico? Dann seid Ihr Maurizio also schon zuvor begegnet?«, fragte Fra Padano verständnislos. »Ihr habt mir gar nichts davon erzählt.«

Irmingard schlug verlegen die Augen nieder, so als hätte Padano sie bei etwas Unrechtem ertappt. Sie fühlte sich plötzlich schuldig, so als hätte sie ihre Mission bereits verraten. Ihre unbestimmte Wut auf Maurizio kam wieder hoch. Immer wenn sie ihn sah, brachte seine Gegenwart sie in Verlegenheit. »Es war nicht wichtig«, sagte sie nach einer Weile ausweichend.

Der Mönch gab sich damit zufrieden. »Darf ich erfahren, mit wem du dich hier im Santa Croce verabredet hast, oder ist das ein Geheimnis?«, fragte er den Lautenspieler.

Irmingard hätte sich am liebsten verkrochen. Sie hatte das Gefühl, dass ihr die sündhaften Gedanken auf der Stirn geschrieben standen. Von dem Mann ihr gegenüber ging eine solche Anziehungskraft aus, wie sie nur ihr eigener Gemahl hätte auf sie ausüben dürfen. Eine Anziehungskraft, wie sie dereinst auch Ruodlieb auf sie ausgeübt hatte in den hellen Tagen ihrer Mädchenjahre.

»Meine Lippen sind versiegelt.« Salimbene legte, leise lächelnd, den Zeigefinger an die Lippen.

»So handelt es sich um eine Dame?«, fragte Padano schmunzelnd.

»Ich schweige.«

»Was sagt Ihr dazu, Herrin?«, wandte sich der Mönch an Irmingard. »Soll er schweigen, oder soll er sich offenbaren?«

»Er soll tun, was er für richtig hält«, erwiderte die Gräfin schnippisch.

Salimbene lächelte. »Die Dame, auf die ich warte, ist wunderschön und bezaubernd«, sagte er leise.

Vor lauter Verlegenheit stocherte Irmingard mit dem Messer im Semmelkuchen herum.

»Da muss es sich aber um eine ganz besondere Frau handeln«, erwiderte Padano. »Denn ich kann mir leicht ausmalen, dass dem Sänger und Lautenspieler Salimbene überall dort, wo er auftritt, die Frauenherzen zufliegen.«

»Meine Kunst beflügelt tatsächlich die Herzen der Frauen«, antwortete Salimbene ganz unbescheiden. »Niemanden lieben die Frauen mehr als denjenigen, der ihre Herzen öffnet.«

»Hat er Recht damit, Gräfin?«, fragte der Mönch. Irmingard wünschte sich, dass er etwas weniger neugierig gewesen wäre.

Doch bevor Irmingard antworten konnte, kam ein junger Bursche an den Tisch, ein Leibdiener des Erzbischofs, wie das Wappen auf der Brust offenbarte.

»Herr, verzeiht die Störung, aber Ihr sollt sofort zum ehrwürdigen Bischof Lambert kommen«, richtete der Junge mit wichtiger Miene aus. »Der Bischof lässt Euch ausrichten, dass er sich entschieden hat. Ihr würdet schon wissen, was er damit meint.«

Fra Padano nickte hastig. Der Leibdiener verneigte sich und eilte davon.

»Ihr müsst mich entschuldigen« – Padano wischte sich mit seinem Tuch den Mund ab –, »aber Ihr habt es ja selbst gehört.«

»Ihr müsst Eure Pflicht tun«, bestätigte die Gräfin. Sie versuchte, ihre Stimme so gleichgültig wie möglich klingen zu lassen. Sie hoffte, dass weder Fra Padano noch Maurizio den Unterton nervöser Gespanntheit heraushörten, mit der Irmingard der unerwarteten Gelegenheit eines ungestörten Zwiegespräches mit dem lombardischen Bauern entgegenfieberte.

»Und du, Maurizio, du passt gut auf die Gräfin auf und wartest so lange, bis sie sich in ihre Kammer zurückgezogen hat.«

»Natürlich werde ich das tun.«

»Ich verlasse mich darauf.« Damit verabschiedete sich Fra Padano.

Irmingard schaute dem Mönch hinterher und starrte dann den bronzenen Becher mit rotem Wein an, den sie mit beiden Händen umklammert hielt. Sie spürte, dass ihre Knie vor Aufregung zitterten. Ihr Hals war trocken, und da sie fürchtete, Maurizio würde sofort heraushören, wie nervös und angespannt sie war, schwieg sie.

Plötzlich lachte der Lautenspieler herzlich – ein warmes, angenehmes, zugleich aber auch herausforderndes Lachen. Es verunsicherte Irmingard noch mehr, denn genauso hatte Ruodlieb immer gelacht.

»Ihr seht aus, als wolltet Ihr Euch gleich in den Winkel dort hinten verkriechen!«, rief Maurizio amüsiert und deutete augenzwinkernd in die dunkelste Ecke der Herberge, wo nicht nur das Brennholz gestapelt war, sondern auch die riesige Bulldogge des Wirtes lag, ein müdes Tier mit einem breiten sabbernden Maul und einem massigen Schädel.

»Macht Euch nur lustig über mich«, presste Irmingard hervor. Sie kam sich vor wie ein unerfahrenes, schüchternes Mädchen und nicht wie eine verheiratete, erfahrene Frau. Sie wäre am liebsten davongelaufen, wusste aber zugleich, dass sie es nicht tun würde.

Dieser Unernst, der Schalk im Nacken dieses Mannes ... alles an ihm war eigenartig und zugleich anziehend. Das Geheimnis, das alle um seine dunkle Herkunft machten, ließ seinen eigenwilligen Charakter für Irmingard nur noch fesselnder erscheinen. Die Männer am Rhein waren weder lustig, noch würden sie es wagen, das Leben so offensichtlich leicht zu nehmen wie dieser Bauer aus dem Tessin.

»Ich bin nicht hier, um mich über Euch lustig zu machen«, erwiderte Maurizio. Unvermittelt war sein Tonfall ernster geworden.

»Ihr macht Euch doch über alles lustig«, sagte Irmingard. »Euch ist nichts ernst oder heilig. Nicht einmal Euer Name. Wer seid Ihr eigentlich? Seid Ihr Salimbene? Oder Maurizio? Oder ...« Sie stockte.

»Oder wer?«

»Ach, nichts. Niemand.«

Die Schankmagd kam und goss Wein in ihre Becher. Maurizio hob den gefüllten Pokal. »Gräfin, wollt Ihr nicht mit mir auf Fra Padano anstoßen?«

»Aber sicher. Padano ist ein wirklich guter Freund.«

»Und er weiß, wann er zu gehen hat …«, fügte Maurizio so leise hinzu, dass es die Gräfin nicht verstand.

Sie stießen miteinander an. »Salute!«, sagte Maurizio. Wie es Sitte war, schauten sie sich danach in die Augen: Wenn man sich nach dem Anstoßen nicht in die Augen schaute, bedeutete das sieben Jahre Unglück.

»Ihr habt wunderschöne Augen«, flüsterte Maurizio. Seine Stimme klang jetzt weich und einschmeichelnd und verständnisvoll und gar nicht mehr spöttisch.

»Ihr dürft so etwas nicht sagen«, raunte die Gräfin.

Doch der kurze Blick in die dunklen Augen des Lombarden hatte genügt, um den süßen Traum von Ruodlieb von neuem lebendig werden zu lassen.

Irmingard zwang sich dazu, an Maurizio vorbei in die Flammen des großen Herdfeuers zu blicken. Der Wirt rührte mit einem riesigen Holzlöffel in einem gusseisernen Topf, der Suppe für die einfachen Gäste enthielt.

»Wen habt Ihr eben gemeint?«, wollte Maurizio abermals wissen. »Ihr sagtet: Salimbene, oder Maurizio, oder … Welchen Namen hattet Ihr denn noch auf der Zunge?«

Irmingard hatte das unangenehme Gefühl, dass der Lombarde nicht nur gut aussah, sondern auch die Fähigkeit besaß, sie bis tief in den dunkelsten Winkel ihres Seins zu durchschauen. »Wollt Ihr mich aushorchen?«

Maurizio setzte sich ruckartig auf seinem Stuhl zurück, sodass er über den Steinboden schlirpte. Irmingard schaute ihren Tischgenossen erschrocken an.

»Sind die Menschen in Eurer Heimat so viel anders als wir hier?«, fragte Maurizio.

»Wieso fragt Ihr das?« Irmingard wagte nun, Maurizio anzuschauen, vielleicht weil der Abstand zwischen ihnen beiden jetzt größer war, vielleicht aber auch, weil dieser Blick so selbstbewusst und stark war, ein Ruhepol in den Wirren der Welt, der zum Ausruhen einlud. So wie Maurizio jetzt vor ihr saß, wirkte er viel älter und erwachsener als der Musikant Salimbene. Sein Blick war nicht nur selbstbewusst, sondern gleichzeitig verständnisvoll, offen und ohne Scheu.

Er saß lässig auf seinem Stuhl, schlug die Beine übereinander – eine Haltung, die bei Rittern jenseits der Alpen verpönt war. Überhaupt fehlte Maurizio völlig die verkrampfte Förmlichkeit der Männer in Irmingards Heimat. Selbst Otto bildete da keine Ausnahme.

Maurizios lässige Art ärgerte Irmingard, und zugleich fühlte sie sich davon angezogen. Überhaupt zog sie alles, was sie an Maurizio ärgerte, gleichzeitig auch an. Einen Augenblick lang fragte sie sich, was sie hier überhaupt tat. Was fiel ihr bloß ein, mit einem wildfremden und dabei außergewöhnlich ansehnlichen Mann Tischgenossenschaft zu pflegen? Aber es gelang ihr nicht, diesen Gedanken festzuhalten. Es war ihr unmöglich, einfach aufzustehen und den Tisch zu verlassen, selbst auf die Gefahr hin, dass jemand aus ihrer Reisegesellschaft sie zusammen mit Maurizio sah und falsche Schlüsse zog.

Aber wären es denn tatsächlich falsche Schlüsse?

»Ihr seid plötzlich so schweigsam«, bemerkte Maurizio vorsichtig. »Ich hoffe, ich habe Euch nicht erzürnt.«

»Womit solltet Ihr mich erzürnt haben?«

»Habt Ihr nicht gesagt, dass ich mich über Euch lustig mache? Habt Ihr nicht gesagt, dass ich Euch aushorchen will?«

»Vielleicht … ich bin müde.« Irmingard legte die Hand vor den Mund, so als würde sie gähnen. »Legt ganz einfach nicht auf die Goldwaage, was ich zu Euch sage.«

Der Lombarde verzog zerknirscht das Gesicht. »Ich muss Euch etwas gestehen, Herrin. Ich wollte Euch in der Tat aushorchen.«

»Was?«, fuhr die Gräfin auf. »Was sagt Ihr?«

Lachend hob der Lombarde die Hände zu einer beschwichtigenden Geste. »Aushorchen ist vielleicht das falsche Wort. Sagen wir: Ich will Euch zuhören. Ich will alles von Euch wissen.«

Die Gräfin schüttelte den Kopf. »Warum wollt Ihr das?« Sie spürte, dass ihr schon wieder die Röte ins Gesicht stieg. Als der Tisch mit den Venezianern von neuem vor Lachen losbrüllte, schaute sie verstohlen hinüber, fürchtete einen Augenblick lang, das Gelächter gelte ihr selbst. »Warum wollt Ihr alles über mich wissen? Welchen Sinn sollte das haben? Wir kennen uns doch gar nicht!«

»Es ist, weil Ihr anders seid«, flüsterte der braun gebrannte Lombarde in einem Tonfall, den Irmingard vergeblich einzuordnen versuchte, weil sie ihn nie zuvor bei einem Mann gehört hatte. »Ihr seid anders als jede Frau, die ich bisher kennen gelernt habe. Und außerdem habe ich das merkwürdige Gefühl, dass wir uns irgendwo schon einmal begegnet sind. Früher, nicht erst in Arbedo. Kurzum: Ihr fasziniert mich, edle Frau!«

»Ihr seid ein gottloser Schmeichler«, versetzte Irmingard abwehrend. In Wahrheit aber fühlte sie sich geschmeichelt durch die Worte dieses ungewöhnlichen Mannes, der ein freier Bauer war und ein begnadeter Musikant, und der es verschmäht hatte, in den Adelsstand erhoben zu werden.

»Es gibt keine Worte, die Euch schmeicheln könnten, Herrin. Worte sind leere Hülsen. Wenn es etwas gibt, mit dem ich Euch schmeicheln könnte, dann sind es meine Gefühle für Euch.«

»Wovon redet Ihr?«

»Das wisst Ihr genau.«

»Ihr macht mir Angst.«

»Angst? Wovor habt Ihr denn Angst? Habt Ihr vielleicht Angst vor Euch selbst? Vor Euch und Euren Gefühlen?«

Hatte Salimbene die Gräfin mit seiner überirdischen Musik betört, so hatten die Worte Maurizios nun die gleiche Wirkung auf sie. Nach dem unverblümten Geständnis des Lombarden war sie sprachlos. Sie merkte, dass ihr ein dünner Schweißfilm auf der Stirn stand.

»Ihr sagt nichts? Habe ich den Nagel auf den Kopf getroffen?«

Die Gräfin erschauderte über die erregte Anspannung, in die Maurizios Worte sie versetzt hatten, und ihre verzweifelten Versuche, an ihren Gemahl Otto zu denken und sich sein Gesicht vorzustellen, fruchteten herzlich wenig.

»Ich glaube nicht, dass wir auf diese Weise miteinander reden sollten«, sagte Irmingard mühsam. »Ihr scheint völlig zu vergessen, dass ich eine verheiratete Frau bin.«

»Schon im Paradies war es so, dass die verbotenen Früchte am besten schmeckten.« Maurizio fixierte Irmingard mit einem durchdringenden, männlich starken Blick, sodass sie ein flaues Gefühl im Magen bekam.

»Ihr seid gottlos und sündhaft, so wie Eure Musik!«, rief Irmingard lauter, als sie es eigentlich gewollt hatte. Einer der venezianischen Kaufleute vom Nebentisch schaute missbilligend herüber.

»Gott hat Mann und Frau füreinander geschaffen«, erwiderte Maurizio ungerührt. »Was soll gottlos oder sündhaft daran sein, wenn sie einander Freude bereiten?«

Irmingard sprang wütend auf. Ihr Stuhl kippte nach hinten. Plötzlich starrten tatsächlich alle in der Schenke des Santa Croce nur auf sie. Sofort stieg ihr die Schamesröte ins Gesicht, und als sie bemerkte, dass Maurizio sich amüsiert auf seinem Stuhl zurückgelehnt hatte und sie breit und frech angrinste, verwandelte die Schamesröte sich in Zornesröte.

Der Schankknecht kam eilfertig herbei und stellte den umgefallenen Stuhl wieder auf. »Ist alles in Ordnung, Herrin?«, fragte er mit einem misstrauischen Blick auf Maurizio. »Soll ich den Wirt holen?«

Irmingard holte tief Luft und setzte sich wieder. »Nein, es ist schon gut«, sagte sie. »Es ist alles in Ordnung.«

»Ich hätte niemals geglaubt, dass Ihr so hitzig sein könnt«, sagte

Maurizio in einem anzüglichen Tonfall. »Seht Ihr, und schon habe ich eine neue Seite Eures Wesens kennen gelernt.«

»Nein, Ihr macht Euch nur schon wieder lustig über mich«, erwiderte Irmingard.

»Findet Ihr eigentlich«, sagte Maurizio, ohne auf die Worte der Gräfin einzugehen, »dass diese Schenke der richtige Ort für unser Gespräch ist?«

»Pah! Unser Gespräch ist hiermit beendet«, versetzte die Gräfin spitz. »Denn ich werde jetzt auf meine Kammer gehen, und ich bin froh, dass ich Euch danach niemals wiedersehen werde.«

»Glaubt Ihr, es ist so einfach?«

Irmingard schaute den Lombarden fragend an.

»Zwischen uns ist mehr, als sich mit ein paar kurzen Worten erledigen lässt. Ich kann mein Gefühl nicht vergessen, dass ich Euch schon einmal lange vor Arbedo begegnet bin …« Unvermittelt war Maurizios Stimme leise, schlichen sich Traurigkeit und Verlorenheit in das Gesicht des Lombarden, das zuvor einen jungenhaften Ausdruck hatte. »Ihr habt Recht. Wenn Ihr jetzt einfach so geht, dann werden wir uns vermutlich wirklich niemals wiedersehen. Und wenn Ihr an den heutigen Abend zurückdenkt, dann werdet Ihr Euch immer fragen, ob Ihr nicht einen großen Fehler gemacht habt. Ihr wisst genauso gut wie ich, dass etwas zwischen uns ist, dem wir uns nicht entziehen können. Nennt es Schicksal, wenn Ihr so wollt.«

»Es ist anmaßend und widerwärtig, wie sehr Ihr von Euch selbst eingenommen seid!«, wies Irmingard ihn zurecht.

»Und doch ist es wahr, was ich sage. Wir beide – Ihr und ich –, wir sind noch lange nicht fertig miteinander.«

»Ich hasse Euch! Und wie ich Euch hasse!«

Maurizio lachte zärtlich, so als hätte Irmingard genau das Gegenteil gesagt. »Im Geheimen wisst Ihr doch selbst, dass ich die Wahrheit sage.« Er setzte eine flehende Miene auf. »Hört mir jetzt zu, ich bitte Euch! Hört mir zu, sagt nichts, und wenn ich fertig bin, dann stehe ich auf und gehe hinaus, und alles andere liegt dann bei Euch!«

»Ihr redet in Rätseln.«

»Wollt Ihr mir nicht einfach nur zuhören?«, bat Maurizio so eindringlich, als hinge Sein oder Nichtsein davon ab.

Irmingard nickte zögernd.

»Ich werde morgen zur Mittagsstunde auf Euch warten.«

Die Gräfin wollte zu einer wütenden Erwiderung ansetzen, doch Maurizio legte den Zeigefinger an den Mund.

»Denkt daran, dass Ihr mir versprochen habt, einfach nur zuzuhören. Ich werde also auf Euch warten, und zwar im Garten des Grafen Borghini. Eine Stunde werde ich dort auf Euch warten. Niemand außer mir wird dort sein. Der Garten ist rundherum von einer hohen Mauer umgeben, niemand wird uns dort sehen oder stören. Die kleine Pforte in der Gartenmauer findet Ihr ganz leicht.«

Maurizio erklärte ihr jetzt den Weg vom Santa Croce zum Garten des Grafen Borghini, und Irmingard ertappte sich dabei, wie sie sich die Beschreibung einprägte.

»Die Pforte wird nur angelehnt sein. Von innen steckt der Schlüssel. Ob Ihr abschließt oder nicht, wenn Ihr hereinkommt – das bleibt ganz Euch überlassen.«

»Ihr glaubt doch nicht etwa, dass ich kommen werde?«, fragte Irmingard mit verächtlichem Unterton. »Ihr seid wirklich der unverschämteste Kerl, der mir jemals unter die Augen gekommen ist.«

»Das ehrt mich.« Maurizio grinste, erhob sich von der Tafel und verbeugte sich leicht. »Ich verabschiede mich für diesen Abend, Gräfin. Ich wünsche Euch eine angenehme Nacht. Und schöne Träume.«

6. Kapitel

Irmingard war wie betäubt, als sie am nächsten Morgen in ihrer Kammer erwachte. Rotswit und den anderen hatte sie gesagt, dass sie – erschöpft von der langen Reise – bis nach Mittag schlafen wolle und dass man sie keinesfalls stören solle.

Aber schon in der Früh war sie hellwach. Unruhig trat sie ans Fenster der Herbergskammer, die sich im dritten Geschoss befand, und stieß die hölzernen Läden auf. Nebel lag über dem morgendlichen Florenz, und sie schaute über enge Gärten, Schuppen und Ställe hinweg auf die Rückseite von Steingebäuden, die den Verlauf der gegenüberliegenden Straße oder Gasse bezeichneten. Rechter Hand erhob sich ganz in der Nähe eine große und schmucklose Kirche, bei der an Pfeilern, Mauerteilen und Gesimsen schon der Zerfall nagte.

Der geheimnisvolle Zauber hatte einen wesentlichen Teil von ihr gelähmt: Ausgerechnet die Unbedingtheit und Ausschließlichkeit, mit der sie bisher die Erinnerung an ihre Ehe mit Otto gepflegt und gehegt hatte, schien in sich zusammengefallen zu sein. Wenn sie versuchte, sich in diese Unbedingtheit zurückzuversetzen, dann kam sie nicht weit. Die Lähmung oder Betäubung ihres Geistes war ohne Zweifel hervorgerufen durch das süße Gift der toskanischen Zauberwelt, die sie betreten hatte, ohne zu wissen oder nur zu ahnen, auf was sie sich tatsächlich einließ.

Diese Welt war so vollkommen andersartig als das kalte, graue Heimatland, das in Kultur, Zivilisation und Lebenskunst so weit hinter dem blühenden Tuszien hinterherhinkte.

Irmingard fühlte sich verloren. In einem Anfall von Wut knallte sie die Holzläden zu, um sich wieder in ihrem Bett zu verkriechen, wo sie versuchte, zurückzufinden in die Arme des gnädigen Schlafs. Doch Morpheus stieß sie zurück, ließ sie nicht wieder in sein Reich.

Die Läden waren durch die Wucht, mit der sie zugezogen worden waren, wieder zurückgeprallt, sodass sie nun halb offen standen. Die feuchte, florentinische Nebelluft strömte geisterhaft in die Kammer. Von draußen drangen die Lebenszeichen der erwachten Stadt. Vor allem die Stimmen der Tiere in den Verschlägen und Ställen waren zu hören, Gänse, Schweine, Hühner, Ziegen. Ein Esel schrie. In der Ferne erhob sich das Gezeter von Marktweibern, übertönt von hellen Glocken, die die Gläubigen der Pfarrei zum Gebet riefen, und aus der nahen Kirche vernahm Irmingard Mönchsgesang. Irgendwo bellte ein großer Hund.

Nachdem sie sich eine Zeit lang unruhig in den Kissen hin und her gewälzt hatte, wusste Irmingard, dass sie keinen Schlaf mehr finden würde. Bis zur Mittagsstunde war es noch Zeit. Sie kleidete sich langsam an, ohne weiter nachzudenken, so als hätte jemand anders bereits eine Entscheidung für sie gefällt. Wieder trat sie ans Fenster und sah, dass die Sonne bald schon den Vormittagsnebel durchbrechen würde. Mit den Augen suchte sie das Gelände hinter der Herberge ab, um vielleicht einen Blick auf den Stadtgarten des Grafen Borghini erhaschen zu können.

Ihr Blick wurde geradewegs von dem Ort angezogen. Zwei Grundstücke neben der alten Kirche weiter erhoben sich die doppelt mannshohen Mauern, die von einem schmalen Sims eingefasst waren. Nur winterlich kahle Baumwipfel überragten die Mauern sowie die Spitze einer eisernen Voliere und ein rotes Runddach, das zu einer Kapelle oder einem kleinen Tempel gehören mochte.

Der Anblick dieses seltsamen Gartens Eden ließ sie erschauern; sie hatte Angst vor der zarten Versuchung, die von ihm ausging, ebenso wie sie Angst davor hatte, dass man sie ertappen würde, sollte sie der Versuchung nachgeben. Und noch mehr fürchtete sie sich vor der Zerstörung all dessen, was ihr lieb und heilig, aber in diesem Augenblick so weit fort war.

Inmitten des verwunschenen Florenz war Otto nur ein Bild in ihrer Erinnerung, und Maurizio war die pralle, lebensvolle Gegenwart.

Eine Elster kreuzte krächzend ihr Blickfeld, hatte es eilig, so als müsste sie ein Diebesgut in Sicherheit bringen …

Fast unverhofft fand sie sich an einem Nebeneingang der Herberge wieder. Sie wusste kaum, wie sie die knarzende Holzstiege heruntergekommen, wie sie an den Kammern von Herimot und Padano vorbeigeschlichen war. Wie eine Diebin, eine Dirne – oder eine Ehebrecherin. Sie hatte ihren Reisemantel übergeworfen, ihr Haar flüchtig mit einem kirschroten Band zusammengebunden und dann die Kapuze des Mantels über den Kopf gezogen, sodass ihr Gesicht im Schatten lag.

Draußen blinzelte sie ins Vormittagslicht. Ihr Herz schlug bis zum Hals. Es war, als folgte sie einem fremden Willen, der nicht zwischen Recht und Unrecht zu unterscheiden wusste. Sie spürte, wie sich ihre Brüste unter dem eng um den Leib geschnürten Oberkleid spannten, und der Wind strich über ihr rosiges Gesicht, vor das sie verschämt einen zarten Schleier hielt. Und zwischen ihren Schenkeln spürte sie eine zehrende Leere, die sich nach Erfüllung sehnte. Sie versuchte sich einzureden, dass sie sich nach Otto sehnte, dessen mannhafte Liebeskraft ihr fehlte. Zugleich wusste sie aber, dass jemand anders es war, dessen andersartige Faszination sie jetzt in Richtung des Borghini-Gartens zog.

Es gab nicht mehr einen einzigen klaren Gedanken in ihrem Kopf. Immer wieder kreisten ihre Gedanken um Ruodlieb, den sie längst mit Maurizio gleichsetzte. Wäre nur Otto in der Nähe gewesen! In seinen starken Armen hätte sie Sicherheit finden und all ihre Verirrungen auf der Stelle vergessen können.

Es war der Ruf der Sünde, zweifellos, der sie blindlings auf das Tor des Gartens zustreben ließ, ohne nach rechts oder links zu sehen und ohne die vorbeieilenden Florentiner wahrzunehmen oder die Fuhrwerke, Mönche und Bettler.

Als sie sah, dass das Gartentor nur angelehnt war – wie Maurizio es beschrieben hatte –, funkelten ihre Augen irrlichtern. Doch statt an der Pforte anzuhalten, ging sie rasch daran vorbei. Die Quergasse mündete an der Straße, deren Hinterhäuser sie von der Herbergskammer aus gesehen hatte, einer stark belebten Hauptstraße, die unmittelbar von einem der großen Stadttore kam.

Eine Windböe jagte durch die Straße, erfasste Irmingards Röcke, wirbelte Staub auf und pfiff um die Ecken. Am westlichen Horizont waren – fern noch – dunkle Wolken zu erkennen, die auf Florenz zustoben.

Irmingard schüttelte den Kopf, ordnete Schleier und Haare und machte kehrt. Sie fühlte sich beobachtet, und als ein beinamputierter Bettler sie belästigte, flüchtete sie geradezu in die Gasse zurück, in der der Garten lag.

Ihr Garten Eden, der Garten der Versuchung.

Hier in der Gasse war von dem aufkommenden Sturm noch nichts zu bemerken.

Zu der alten, verfallenen Kirche gehörte eine kleine Brunnenhalle, wo sie aus der hohlen Hand einen Schluck kalten Wassers trank. Als sie bemerkte, dass zwei Männer, die ihre Reisepferde am Zügel stadteinwärts führten, sie neugierig beobachteten, errötete sie und senkte verschämt den Blick. Auch die Magd, die am Brunnenhaus ihre Eimer füllte, starrte die Gräfin unverhohlen an, sodass sie sich schon fragte, ob ihr die Sündhaftigkeit etwa ins Gesicht geschrieben stand.

Verfolgt vom Blick der Magd, hastete sie aus dem Brunnenhaus.

Sie stolperte beinahe über eines der zahlreichen vor Schmutz starrenden Schweine, die ihre Nahrung in den Abfällen der Stadt suchten. Ganz in der Nähe balgte sich ein halbes Dutzend räudiger Hunde. Irmingard kam es vor, als wäre sie in einem Fiebertraum. Der beinamputierte Bettler war wieder in der Nähe. Er grinste die Gräfin unverhohlen an, schaute sich dann rechts und links um, so als wolle er nachsehen, ob die Luft rein war. Irmingards Herz pochte. Sie hatte Angst. Es gab für sie in diesem Augenblick nur einen einzigen Platz, wohin sie fliehen konnte: Graf Borghinis Garten, dessen Eingang nur ein paar Schritte entfernt war.

Es war, als würde die Gräfin eine andere Welt betreten. Sie schloss die Pforte hinter sich. Maurizio war schon da.

Lässig saß der lombardische Freibauer auf den Stufen des kleinen, antiken Tempels und schaute der Gräfin erwartungsvoll entgegen. Ein Windstoß zerzauste sein Haar.

Irmingard war versucht, den verrosteten Schlüssel, der von innen steckte, umzudrehen, zuckte aber instinktiv zurück. Wenn sie jetzt das Tor wirklich verschloss, so verriegelte sie damit für immer die Rückkehr in ein glückliches, schuldfreies Leben mit Otto. Das wusste sie genau.

Sie zögerte, dann schüttelte sie unmerklich den Kopf. Ihre Ehe mit Otto wiederherzustellen – ehern und unverrückbar – war bisher Sinn und Ziel ihrer abenteuerlichen Reise gewesen. Sie konnte das nicht so einfach wegwischen, indem sie einem körperlichen Impuls nachgab.

Ein Schatten huschte über Maurizios Gesicht, als er sah, dass sie das Tor nicht abschloss. Dann lächelte er Irmingard von neuem entgegen, breit und spitzbübisch, jungenhaft und einnehmend, ein freier Mann von freiem Geist. So erinnerte er sie am allermeisten an Ruodlieb, den geliebten Freund ihrer Mädchenjahre auf der elterlichen Burg, den stolzen und starken Sohn des Stallmeisters, den Pferdebändiger. Wie Maurizio so dasaß, erschien es ihr fast so, als wäre Ruodlieb wiederauferstanden. Irmingards Knie waren weich, als sie ganz langsam auf den Göttertempel und Maurizio zuging. Die alten, erhabenen Bäume im Garten des Grafen Borghini bogen sich im einsetzenden Sturm. Ein Windstoß riss Irmingards Schleier mit sich fort, der sich an einem Ast verfing. Die Gräfin dachte unvermittelt an den Tag vor einem halben Lebensalter, als Ruodlieb aus ihrem Leben verschwunden und die elterliche Burg bis auf die Grundmauern herabgebrannt war. Maurizio schaute der Gräfin mit offenem Blick entgegen. Irmingard kehrte zurück in die Zeit, als sie mit Ruodlieb durch die Wiesen und Felder in der Umgebung der Burg gestreift war, und sie erinnerte sich an all die Versprechen, die sie einander gegeben, an die Schwüre, die sie einander geschworen hatten.

»Ich habe gewusst, dass Ihr kommen würdet«, begrüßte der geheimnisvolle, lombardische Freibauer die Gräfin.

»Ihr habt es gewusst?«, fragte Irmingard unsicher. Die Bilder ihrer Erinnerung schoben sich vor die Gegenwart. Zwei Gesichter … Ruodliebs und Maurizios … verschmolzen plötzlich in eines. »Wie kann das sein, wo ich es selber nicht gewusst habe?«

Maurizio lachte nur. Sein selbstbewusstes Lachen tat kund, dass er die Frauen kannte. »Setzt Euch zu mir, hier auf die Stufen des Tempels.«

Irmingard kam seiner Aufforderung nach, ließ aber eine gute Armlänge Abstand zwischen sich und dem Lombarden. Ihr war plötzlich kalt, und es war nicht nur wegen des Sturms. Der Himmel über Florenz färbte sich bleigrau und wirkte seltsam bedrohlich. Sie wusste nicht genau, ob die Bedrohung, der sie sich ausgesetzt fühlte, von diesem Himmel oder von Maurizio ausging, oder ob die Quelle ihrer Furcht nicht vielmehr in ihrer eigenen Brust lag, die sich hob und senkte, als hätte sie eine schwere Anstrengung hinter sich.

»Wieso setzt Ihr Euch so weit fort von mir? Ich beiße nicht!«, sagte Maurizio mit seinem leicht spöttischen Tonfall. »Kommt doch etwas näher zu mir!« Er streckte den Arm aus und umfasste ganz sanft und zärtlich Irmingards Taille.

Die Berührung ließ die Gräfin erschauern. Ein seltsames Gefühl bemächtigte sich ihrer: Es schien nicht das erste Mal zu sein, dass sie diesen Körper berührte. Diese ganz tiefe und alte Empfindung raubte ihr den Atem.

»Wir wissen doch beide, weswegen wir hier zusammengekommen sind – Ihr wisst es, und ich weiß es.«

Irmingard vermochte es nicht, sich von Maurizio zurückzuziehen. Einen Augenblick verharrten beide in Stille. Irmingard spürte die Hitze von Maurizios Körper und seinen Pulsschlag, nahm den Geruch seines Körpers wahr. Hatte nicht genauso Ruodlieb gerochen? ... Es hieß, dass sich Gerüche von allen sinnlichen Wahrnehmungen am tiefsten in der Erinnerung verankerten, und Irmingard war sich sicher, diesen Geruch zu kennen. Sie erinnerte sich daran, dass auch Ruodlieb ihr immer wieder versichert hatte, er werde sie jederzeit auch mit geschlossenen Augen wiedererkennen, allein an ihrem Geruch. »Nach Johannisbeere und nach Zimt riechst du, und nach grünen Eichenblättern und ein ganz klein wenig nach dem Rauch, wenn man Sandelholz verbrennt.«

Nur langsam kehrte die Gräfin wieder in die Gegenwart zurück. Sie rückte ein wenig von dem Lombarden weg. »Lasst mich in Ruhe«, bat sie ohne Nachdruck. »Ihr wisst doch, dass ich eine verheiratete Frau bin.«

Maurizio merkte der Gräfin ihre große Verwirrung an. Ein freches Lächeln breitete sich auf seinem Gesicht aus. Jetzt wirkte er tatsächlich wie der zwölfjährige Junge, als den Irmingard Ruodlieb in Erinnerung hatte. »Ach, ich vergaß ...«, sagte er. »Und dennoch seid Ihr die Frau meiner Träume für mich.«

»Die Frau Eurer Träume?«

»In meinen Träumen habe ich immer wieder von ihnen geträumt, von großen Frauen mit heller Haut und blonden Haaren. Signore Felipe, mein Ziehvater, meinte einmal, dass meine Mutter so ausgesehen haben muss. Aber ich kann mich nicht an sie erinnern. Ich kann …«

Plötzlich war ein wilder Glanz in seinen Augen, und ein Schatten huschte über sein Gesicht. Eine ferne Vergangenheit schien ihn einzuholen – für einen flüchtigen Augenblick hatte Irmingard den Eindruck, in Maurizios Augen den Widerschein der Flammen zu sehen, in die die elterliche Burg aufgegangen war.

Maurizios Gesicht glättete sich schnell. Der Schatten verflüchtigte sich wie schwarzer Rauch im Wind. Wieder streckte er den Arm aus, wollte sie an sich ziehen. »Ihr habt diesem Traum von der großen, blonden Frau endlich ein Gesicht gegeben! Versteht Ihr das? Jetzt weiß ich endlich, was ich am meisten begehre … Noch nie habe ich eine Frau so begehrt«, flüsterte er. »Es ist nicht nur, weil Ihr schön seid.«

Er streichelte über ihre Wange, und Irmingard wich unwillkürlich vor seiner Berührung zurück, als könnte sie daran verbrennen.

Mit einer geschmeidigen, lässigen Bewegung glitt er vor Irmingard auf die Knie. »Ihr seid es gewohnt, dass man um Euch wirbt. So, wie die Ritter Eures Landes es tun …« Er lachte spöttisch.

Die Ähnlichkeit mit Ruodlieb war mit einem Mal dahin. Dieser braun gebrannte Lombarde, der jetzt mit ausgebreiteten Armen vor ihr kniete und unbefangen einer verheirateten Frau den Hof machte, wurde plötzlich wieder zu dem Fremden. Was bildete sich dieser Kerl nur ein? Irmingards Verwirrung ging über in Wut. Sie wusste nicht, ob sie irgendetwas von dem glauben konnte, das er gesagt hatte. Er verhielt sich so, als hätte er nicht den geringsten Zweifel, dass er sie besitzen würde. Wie kann er es wagen, so frech und unehrerbietig vor mir zu knien!, ärgerte sie sich. Verhöhnte sie dieser stolze, sonnengegerbte Bauer? Glaubte er wirklich, keine Frau könnte ihm widerstehen? Er ist doch nur ein Bauer! Ihr Gesicht wurde abweisend. Hah! Sie wollte gar nicht wissen, wie vielen Frauen er schon gesagt hatte, dass er sie von allen Frauen am meisten begehrte!

Ein starker Windhauch riss die Kapuze ihres Mantels herab und erfasste ihre blonden Haare. Das dünne, samtene Bändchen in Kirschrot, mit dem sie die gelockte Mähne zusammengebunden hatte, löste sich und fiel herab, genau vor Maurizios Füße. Schnell ergriff der Lombarde das Band. Irmingards Haar flatterte wild im Wind.

»Der Himmel hat mir dieses Unterpfand geschenkt«, flüsterte er und hielt das rote Haarband hoch. Er stopfte es in den Lederbeutel an seinem breiten Gürtel. Ein paar erste Tropfen fielen, erneut fegte eine Windböe durch den Garten. Maurizio schien es nicht zu kümmern, als er jetzt die Arme um ihre Taille schlang und Irmingard an sich zog, um sie zu küssen.

»Genug davon jetzt!« Irmingard sprang auf. »Entschuldigt mich, Maurizio!«, fuhr sie kühl fort. Sie ging ein paar Schritt zurück. »Ich habe mich wohl geirrt.«

Maurizio erhob sich. Er schaute die Gräfin halb fragend, halb wütend an. Dann schüttelte er den Kopf und ließ sich auf die Sitzbank sinken. Seine Selbstgewissheit schien ihn zu verlassen, und jetzt wirkte er wieder ganz wie Ruodlieb, wenn ihn einer der jungen Hengste abgeworfen hatte.

»Es darf nicht sein«, flüsterte sie fast lautlos, sodass Maurizio es kaum hören konnte. Im gleichen Augenblick wandte sie sich um, zog die Kapuze wieder über den Kopf und lief auf die Pforte zu.

Am Tor hielt Irmingard noch einmal inne, blickte über die Schulter zurück. Ein Kampf tobte in ihr. »Du hast mir alle diese Jahre so sehr gefehlt, Ruodlieb«, flüsterte sie. Der Sturm entführte ihre Worte, trug sie von den Lippen davon.

Dann gab sie sich einen Ruck. Ein Windstoß fuhr in ihre Röcke, und sie wurde gleichsam wieder auf die florentinische Gasse hinausgespuckt.

7. Kapitel

Das kleine Flüsschen Orcia begleitete sanft plätschernd ihren Weg weiter in den Süden hinab. Die alte Pilgerstraße Via Francigena folgte der römischen Via Cassia und schlängelte sich dann durch eine anmutige, hügelige Landschaft von Olivenhainen, Kastanienwäldern und Weinbergen. Manchmal kamen sie an einem einsam gelegenen, terrakottafarbenen Gehöft vorbei. Dunkelgrüne Zypressen säumten bisweilen den Weg.

Irmingard redete nicht viel, sie war mit ihren Gedanken mal bei Otto, mal bei Maurizio. Sie fragte sich, ob sie ihrem Gemahl jemals davon erzählen würde, was im Garten des Grafen Borghini geschehen war, und ob er es verstehen würde. Keiner ihrer Begleiter ahnte etwas davon, dass sie sich mit dem Lombarden getroffen hatte; keiner wäre auf den Gedanken gekommen, dass es neben der Irmingard, die sie kannten, der Irmingard, die eisern das Ziel verfolgte, beim Papst für ihre Ehe zu kämpfen, eine andere Irmingard gab, eine Frau, die ihr selbst fremd war.

Die Faszination, die von Maurizio ausgegangen war, hatte einen Blick in den Abgrund ihrer Seele eröffnet, in einen schwindelerregenden, unbekannten und zugleich faszinierenden Abgrund. Sie hatte sich bis an den Rand dieses Abgrunds vorgewagt, hatte einen erschreckenden (und zugleich unwiderstehlichen) Blick hinabgeworfen. Sie hatte gewankt, wäre beinahe hinabgestürzt, wenn nicht Gott sie im letzten Augenblick bei der Hand genommen und sie zurückgeführt hätte auf festen Grund. Sie fühlte sich wie nach einem Erdbeben.

Die Reisegefährten der Gräfin spürten die Veränderung an ihr, wussten aber nicht, was die Ursache dafür war. So einsilbig und nachdenklich hatten sie Irmingard noch nicht erlebt. Doch alle ließen sie in Ruhe, keiner fragte, warum sie so still war.

Südlich von Siena hielten sie sich an die Via Francigena, die alte Pilgerstraße nach Rom. Im Gegensatz zu fast allen Straßen im Reich war sie durchgehend mit großen, flachen Steinen gepflastert. Wie viele Händler, Pilger oder reisende Prälaten waren ihnen auf der Straße nicht schon begegnet!

Sie kamen in das etruskische Städtchen San Quirico d'Orcia und fanden Unterkunft im Canneti, dem engen Stadtviertel, wo sich die Pilgerherbergen befanden. Doch nicht nur Pilger bevölkerten das Städtchen: Truppen aus Siena lagerten vor den Mauern, ein wilder, wenig vertrauenserweckender Söldnerhaufen, wohl an die fünfzig Reiter und dazu zahlreiches, raues Fußvolk. Die Söldner tränkten an den Fischteichen vor der Stadt ihre Pferde.

Fra Padano kniff das Gesicht sorgenvoll zusammen, als er die Söldner gewahrte. »Wir müssen gehörig aufpassen«, sagte er nachdenklich. »Maurizio hat mich gewarnt. Er kennt diese Gegend wie seine Westentasche.«

»Maurizio?«, fragte die Gräfin. »Wieso kennt er sich hier so gut aus?« Sie versuchte, ihre Stimme so gleichgültig wie nur möglich klingen zu lassen, spürte aber allein beim Aussprechen dieses Namens, dass ihr Blut wieder zu kochen begann. Sie war so froh, dass sie dem Lombarden in Florenz endgültig Lebewohl gesagt hatte!

»Maurizio ist schon oft nach Rom gereist«, erwiderte Padano. Es klang, als wollte er nicht mehr darüber sagen. Er wechselte rasch das Thema. »Diese Söldnerhaufen sind unberechenbar, und wenn sie herausfinden, dass wir aus Florenz kommen, dann werden sie uns sicherlich nicht unbehelligt lassen.«

Padano deutete aus dem Fenster der Herbergskammer, die unter dem Dach im oberen Geschoss lag. Von hier aus konnte man über die niedrige, aber dicke Stadtmauer San Quiricos hinweg die Truppen gut beobachten.

»Wieso glaubt Ihr das?«, fragte Irmingard. Die besorgte Miene von Fra Padano beunruhigte sie ebenso wie Padanos Andeutungen über Maurizio. Der Lombarde erschien ihr manchmal wie ein Dämon, ein unruhiger Geist, der sich auf ihre Fährte geheftet hatte und nun nicht mehr davon abließ, sie zu verfolgen. »Was hat das mit Florenz zu tun?«

»Zwischen Siena und Florenz tobt seit langen Jahren ein erbitterter und blutiger Kampf um die Vorherrschaft in Tuszien, Herrin. Eine grausame und unerbittliche Feindschaft, die schon vielen Menschen das Leben gekostet hat. Für einen aus Siena ist alles verdächtig, was aus Florenz kommt.«

»Ihr macht mir wirklich Angst, Fra«, flüsterte Irmingard, während sich die Truppen draußen vor den Stadtmauern unter ihren Augen sammelten.

»Vielleicht haben wir Glück«, sagte der Mönch. »Vielleicht ziehen sie ab. Hoffen wir es. Wir sollten jedenfalls morgen sehr früh aufbrechen.«

Tatsächlich war am nächsten Morgen der Sienesische Söldnerhaufen von dannen gezogen, wie Irmingard im Morgengrauen beim Blick aus dem Fenster der Herberge feststellte. Ganz verlassen und friedlich lag der Sammelplatz der Truppe an den Teichen vor den Mauern San Quiricos im grauen Dämmerlicht. Nebelschwaden zogen aus den umliegenden Wäldern über die Stadt. Nur die kalten Feuerstellen und das zertrampelte Ufergras an den Teichen erinnerten noch daran, dass hier tags zuvor ein vielköpfiges Heer gelagert hatte.

Trotz dieses glücklichen Umstands blieben sie bei ihrem Plan, möglichst früh aufzubrechen. Von San Quirico d'Orcia hinab schlängelte sich die Via Francigena südlich in ein scharf eingeschnittenes, enges Tal, das von bizarren Felsen überragt wurde.

Hoch über den Felsen erhob sich der erloschene Vulkan Monte Amiata. Es war eine unwirtliche Gegend, die sie durchquerten, mit jählings aufragenden Felsen und schroffen Abgründen, ein Land, dessen Wildheit Irmingard von den eigenen, abgründigen Gedanken ablenkte.

Sie waren kaum zwei Stunden unterwegs, als sich über dem Amiata dunkle Wolken zusammenbrauten, die immer schwärzer wurden. Sturm kam auf. Die Wolken am Himmel hingen tief, der Wind riss sie auseinander. Die schwarzen Schatten der unheilbringenden Vögel verhießen nichts Gutes.

Bald erreichten sie das unbewohnte und verfallene Römerbad Vignoni, das am Grunde eines verwunschenen Talkessels mit steilen, dicht bewaldeten Hängen lag. Plötzlich setzte ein gewaltiger Regenguss ein, so als hätten sich alle Schleusen des Himmels zugleich geöffnet. Der Gipfel des Monte Amiata verschwand hinter den Wolken, und nach kurzer Zeit waren alle bis auf die Haut durchnässt.

Keiner von den Reisenden hatte Augen für das noch immer gefüllte antike Badebecken mit seinem dampfenden Thermalwasser, das sich in der Mitte des alten Ortes an Stelle eines Marktplatzes befand. Das Becken wurde wie zur Römerzeit mit heißem, schwefelhaltigem Wasser gespeist, das aus tiefliegendem Gestein an die Oberfläche sprudelte. Auf dem gekräuselten Wasser schwammen Blätter und Ästchen. Der Regen peitschte den Reisenden nun von vorne ins Gesicht.

»Was sollen wir tun, Padano?« Irmingard und ihre Begleiterinnen froren erbärmlich. Schließlich war es später Herbst, und der Regen, der sie durchnässte, war eisig kalt. »Können wir hier Unterstand finden?«

Wie zu einer Antwort erklang ein beinah unterirdisch anmutendes Donnergrollen, ohne dass ein Blitz zu sehen gewesen wäre. Es war, als würde der alte Vulkan zu neuem Leben erwachen. Die Szenerie war so unheimlich und ängstigend, als stünde der Weltuntergang bevor. Rotswit und Nadira hatten ihre Reitpferde dicht nebeneinander gelenkt und hielten sich bei den Händen. Den Frauen stand die Furcht ins Gesicht geschrieben.

In der Mitte des alten Römerbads deutete Padano auf einen Kamin, der aus dem Gewirr der verfallenen antiken Ruinen ragte. Weißer Rauch drang aus dem windschiefen Kamin und wurde vom Wind im Nu zerrissen. »Ich hoffe, dass Nicolà noch lebt«, sagte Padano nachdenklich.

»Nicolà?« Irmingard blinzelte, als ihr das Regenwasser von der Stirn und den Haaren in die Augen lief.

»Ein Einsiedler. Ich habe ihn vor vielen Jahren kennen gelernt. Er hat dort in den Ruinen gehaust.« Padano deutete auf den Rauch. »Jedenfalls scheint es so, als lebte dort noch immer jemand.«

»Wir müssen endlich ins Trockene!«, rief Irmingard nachdrücklich. »Ich will nicht krank werden wegen dieser Kälte, so kurz bevor wir unser Ziel erreicht haben.«

Fra Padano nickte zustimmend und sprang aus dem Sattel. Seine Mitreisenden taten es ihm gleich. Der Mönch führte sie zu einem halb verfallenen Portal, das nahe an dem römischen Wasserbecken lag. Dahinter fanden sie ein niedriges Gewölbe, wo sie die Pferde unterstellen und ihre Mäntel und Taschen zum Trocknen auslegen konnten.

Irmingard atmete auf.

Das Gewölbe war bis auf ein paar Mauerbrocken am Boden leer, aber ein finsterer Durchgang führte weiter nach hinten. Padano überließ es Ritter Herimot und seinem Knappen, die Pferde zu versorgen. »Wartet hier, ich schaue mich um!«

Plötzlich schlug ein Hund an. Padano hielt inne und bedeutete den anderen, ruhig zu bleiben. Er lauschte, aber das Bellen verstummte. Jetzt war nur noch das Rauschen des Windes und das Trommeln des Regens zu hören. Padano schüttelte den Kopf.

»Wartet nur, wenn ihr nicht abhaut, hetz ich die Hunde auf euch!«

Woher plötzlich diese Stimme kam, konnten sie nicht erkennen, doch in dem dunklen Gang flammte kurz ein schwaches Licht auf.

»Was ist das für ein Christenmensch, bei allen Heiligen, der schutzbedürftige Reisende bei einem solchen Wetter abweist?«, rief Padano dem Unbekannten zu.

»Verdammt, ich kenne diese Stimme!«, kam es bärbeißig zurück. Noch immer sah man nicht, wer da im Finstern sprach. »Das war vor vielen Jahren, ein halbes Leben lang. Straft mich Lügen, wenn ich mich irre: Aber Ihr seid doch … Ihr seid doch Fra Padano!«

»Genau der bin ich.« Padano lächelte jetzt. »Und wenn ich mich recht entsinne, so seid Ihr Nicolà, der Einsiedler von Vignoni. Dass Ihr noch lebt! Gott sei es gedankt!«

Schritte kamen schlurfend näher aus der Finsternis. Der Hund bellte wieder, ganz nah diesmal. Schließlich trat ein uralter, dürrer und gebückt gehender Mann mit wirren Haaren aus dem Gang. Die Mönchskutte, die er trug, hing beinahe in Fetzen an ihm und war ebenso grau wie seine Haut. Der Hund neben ihm sah aus wie ein Wolf und war genauso schmutzig und struppig wie sein Herr. Der Hund knurrte, blieb aber an Nicolàs Seite. Doch es bestand kein Zweifel, dass er auf das kleinste Zeichen des Einsiedlers hin sofort auf die Fremden losgehen würde. Der Eremit war rußverschmiert wie ein Köhler. Ein Auge war zugeschwollen und eiterte, und er würde es möglicherweise verlieren. Mit dem anderen Auge starrte der Einsiedler Fra Padano an.

»Ich erinnere mich«, sagte er. »Ihr habt mich damals gebeten, dass ich für Euer Seelenheil bete.«

Padano nickte. »Wie lange das jetzt schon her ist!«, sagte der Mönch nachdenklich.

»Ihr wart damals mit Gegenpapst Gregor unterwegs nach Florenz.«

»Das wisst Ihr alles noch?«, rief Padano erstaunt.

Nicolà schmunzelte wissend und nickte. Wahrscheinlich unterschätzte man den Eremiten, wenn man ihn nach seinem schmutzigen Äußeren beurteilte, dachte Irmingard.

»Aber Ihr habt schlechtes Wetter mitgebracht. Kommt herein mit Euren Freunden. Wärmt und trocknet Euch in meiner bescheidenen Einsiedelei.« Sie nahmen das Angebot dankend an. Nicolà kochte eine dünne Kohlsuppe. Obwohl es in seiner Einsiedelei fürchterlich stank, waren sie froh, in diesem Unwetter einen trockenen und sicheren Platz gefunden zu haben. Es war dunkel bis auf das Feuer, dessen Rauch nur mühsam durch den Kamin entwich, den sie von weitem gesehen hatten. Selbst die wässrige Suppe schmeckte ihnen unter diesen Umständen, obwohl sie weder Salz noch Gewürze enthielt.

»Wir wollen so schnell wie möglich weiter nach Rom, aber in der Gegend sind Söldner aus Siena unterwegs«, erklärte Padano dem Eremiten.

»Das ist eine schlechte Nachricht«, erwiderte Nicolà. »Als sie das letzte Mal hier waren, hatten die Herren in Siena ihnen seit Monaten keinen Sold gezahlt. Da haben sie sich eben selber versorgt und sich an allem bedient, das nicht niet- und nagelfest war. Aber das Schlimmste ist, dass es ihnen Spaß macht, das Blut von Christenmenschen zu vergießen.« Nicolà machte das Kreuzzeichen. Im Halbdunkel des Hauses konnte man seine Gesichtszüge und sein entstelltes Auge nur vage erkennen. »Auch mich haben sie nicht in Ruhe gelassen.« Er deutete auf sein eiterndes Auge. »Seitdem ist es nicht mehr geheilt.«

»Das tut mir so Leid!«, rief Irmingard. Sie spürte eine seltsame Faszination, die trotz aller Ärmlichkeit von dem Einsiedler ausging.

»Es braucht Euch nicht Leid zu tun, edle Herrin.« Nicolà zuckte mit den Schultern. »Ich bin nicht hier um meiner Behaglichkeit willen. Die Vollkommenheit meiner Seele ist mein Ziel. Hier in der Abgeschiedenheit habe ich Gelegenheit, alle Sinne meines Körpers abzutöten. Dazu faste und wache ich und schlafe im Sitzen oder gar nicht. Der Schmerz, der mir zugefügt wurde, führt mich näher zu Gott, glaubt es mir. Es braucht Euch also wirklich nicht Leid zu tun!«

»Möge Gott Euch auf Eurem Weg begleiten.« Fra Padano nickte dem Eremiten zu.

Der aber hatte den Blick auf seinen Hund geheftet, der bis jetzt friedlich am Feuer gelegen hatte, plötzlich aber aufgesprungen war und die Ohren aufstellte. Dann schlug er an, und im nächsten Augenblick waren von draußen Geräusche zu hören, die sich in das Heulen des Sturms und das Prasseln des Regens mischten. Alle lauschten angespannt, und das, was sie dann vernahmen, ließ ihnen das Blut in den Adern gefrieren: Draußen war ein Trupp von Reitern angekommen, und sie befürchteten, dass es marodierende Söldner waren.

Irgendjemand rief etwas in einem italienischen Dialekt, den Irmingard nicht verstand. Schritte von schweren Stiefeln waren zu hören. Gegröle. Gepoltere.

Herimot griff nach seinem Schwert und ging in Stellung, als ein paar raue, groß gewachsene Männer im Zugang zur Klause des Eremiten auftauchten. Ihre schlimmsten Befürchtungen bestätigten sich: Die leichte Rüstung, das kurze Schwert im Gürtel, auf den Schultern das Wappen der Stadt Siena: Es waren tatsächlich Söldner. Männer, denen sie auf jeden Fall hatten aus dem Weg gehen wollen, und man sah, dass mit ihnen nicht zu spaßen war.

Überrascht blieben die vom Regen durchnässten Soldaten in ihren Lederuniformen stehen. Sie hatten offenbar nicht erwartet, in den Ruinen von Bagno Vignoni eine Reisegesellschaft vorzufinden, zu der auch ansehnliche und ehrbare Frauen gehörten.

Der vorderste Söldner rief etwas, da zog Herimot sein Schwert, sein Knappe Baldwin tat es ihm gleich.

»So sind die Ritter aus dem Frankenreich«, sagte der Anführer in gebrochenem Deutsch. »Immer zu einem Späßchen aufgelegt.«

Er flüsterte dem neben ihm stehenden Mann etwas ins Ohr. Der nickte und grinste, verschwand mit einem anderen Kumpan, um kurz darauf zurückzukehren, jeder mit einer Armbrust in der Hand. Sie schauten ihren Anführer an, der nickte.

»Halt! Um Gottes willen!«, rief Irmingard entsetzt. Rotswit und Nadira schrien auf, als die beiden Söldner ihre Waffen auf Herimot und den Knappen anlegten. Und schon im nächsten Augenblick hatten die Männer ihre Waffen abgezogen. Sie trafen den Ritter und seinen Knappen mit verheerender Wirkung. Röchelnd und tödlich getroffen, brachen die beiden Männer zusammen. Herimots Schwert klimperte wie zum Hohn auf den Steinboden. Kurz noch fassten sich beide an ihre zerfetzten Hälse, dann durchlief ein Zittern ihren Körper, und sie übergaben ihre Seele Gott.

Rotswit fiel in Ohnmacht und konnte gerade noch von Nadira aufgefangen werden. Irmingard schlug voller Entsetzen die Hände vor das Gesicht, während Padano mit bleichem Gesicht und schreckensgeweiteten Augen ungläubig die letzten Todeszuckungen der Reisegefährten beobachtete. Etwas weiter hinten versuchte der Eremit, seinen Hund zu beruhigen – denn es war klar, welches Schicksal der Hund erleiden würde, sollte er cinen der Söldner angreifen.

»Ist sonst noch jemand da, der mit uns spielen möchte?«, rief der Anführer der Söldner verächtlich. »Anscheinend nicht. Nur noch Weiber und Pfaffen.«

Der Mann nahm seinen Helm vom Kopf. »Ich bin Hraban. Hraban von Ravenna. Man nennt mich auch den Roten.« Er fuhr mit der Hand durch seine wirren Haare. Selbst im Halbdunkel der Einsiedelei sah man, dass sie von kräftig roter Farbe waren. Das Charakteristischste an seinem Gesicht waren die raubvogelhafte Nase und die tief liegenden, hellen Augen mit ihrem durchdringenden Blick. Mit diesem Mann war nicht zu spaßen. »Ich habe es schon an den Sätteln vorne gesehen, dass ihr keine armen

Leute seid. Also, ihr wisst jetzt meinen Namen«, fuhr Hraban überraschend milde in radebrechendem Deutsch fort. »Jetzt also will ich auch eure Namen hören!«

Das war keine Bitte, das war ein Befehl. Für die in ihrem Blute liegenden Ritter am kalten Steinboden der Klause hatte er keinen Blick mehr übrig. Es war offenkundig, dass Töten sein alltägliches Geschäft war. Er bellte seinen Armbrustschützen einen kurzen Befehl zu, woraufhin diese verschwanden.

»Also?«

Es hatte keinen Zweck, dem Söldnerführer eine offensichtliche Lüge aufzutischen. Padano übernahm es, jeden Einzelnen aus dem Reisetrupp mit Namen vorzustellen. Hraban nickte zufrieden, gab sich unvermittelt versöhnlich. Er lachte und entblößte dabei sein lückenhaftes Gebiss.

Irmingard meinte, den beißenden Geruch aus diesem Raubtiermaul trotz der Entfernung zu verspüren. Die Gräfin versuchte, ihre aufgewühlten Sinne zu beruhigen, und vermied es, auf die beiden Leichname am Boden zu schauen. Unvermittelt empfand sie eine tiefe Schuld in sich, denn Herimot und sein Knappe waren aus keinem anderen Grund hier als zu ihrem Schutz. Wie konnte Gott nur zulassen, dachte Irmingard, dass sie so ein Ende fanden!

Das Bewusstsein, auf Gedeih und Verderb in den Händen von Hraban dem Roten zu sein, ließ tiefe Furcht in ihr aufsteigen. Irmingard zog sich möglichst unauffällig in die Dunkelheit an der Seite des Gewölbes zurück, wo der Einsiedler sein Bett aus faulem Stroh aufgeschichtet hatte. Sie ließ den Söldnerführer nicht aus den Augen. Seine tief liegenden Augen irrten unstet in der Einsiedelei umher. Sie schienen nichts und alles zu sehen.

»Wo ist Eure Heimat, edle Herrin?«, fragte Hraban gespielt ritterlich. Der Söldner blickte sie durchdringend an, die Hand über dem Schwertknauf, falls Nicolàs Hund doch noch angreifen sollte. Irmingard war starr vor Angst. Lauernd wie ein Raubtier umkreiste der Kommandant das Feuer und blieb auf Armeslänge Abstand neben ihr stehen.

Irmingard bemerkte, dass sie zitterte, und sie hatte das Gefühl, dass ihre Beine sie nicht mehr tragen wollten. »Ich komme aus dem Reich …«, sagte sie zögernd. »Von jenseits der Alpen. Vom Rhein.«

»Ihr gefallt mir«, flüsterte Hraban.

Irmingard gefror das Blut in den Adern. In diesem Augenblick war sie sicher, dass sie Otto und Burg Hammerstein niemals wiedersehen würde. War das die Strafe dafür, dass sie erst in allerletzter Sekunde der Versuchung durch den Lautenspieler widerstanden hatte?

Der Söldnerführer lachte schallend. Dann trat er noch einen Schritt näher und sagte in einem Tonfall, der über seine Absichten keinen Zweifel ließ: »Aber bedauerlicherweise kann ich mich erst später mit Euch befassen. Ihr werdet mich für den Augenblick entschuldigen.« Damit verließ er die Höhle.

Die Männer draußen betranken sich grölend. Irmingard konnte es durch das offene Portal sehen. Der Regen hatte aufgehört, gegen Mittag klarte es auf. Hraban von Ravenna blieb verschwunden, und offenbar hatte er strikten Befehl gegeben, dass niemand den Gefangenen ein Haar krümmen dürfe. Irmingard zerbrach sich den Kopf darüber, was Hraban vorhatte und was er mit ihnen anstellen würde. Vielleicht, so dachte sie, will er versuchen, ein Lösegeld herauszuschlagen. Doch wer sollte es – so fern von der Heimat – bezahlen?

Jetzt sprangen draußen einige der Männer splitternackt in das dampfend warme Wasser. Der Söldnerhaufen war – ohne dass Irmingard oder Padano es sich erklären konnten – außer Rand und Band; die, die nicht im Becken herumtobten, sangen Lieder und prahlten mit ihren Heldentaten. Manche von ihnen hockten sich – nackt und hässlich wie sie waren – auf den Steinrand, der das Wasserbecken einfasste, und begannen mit einem Würfelspiel. Irmingard dachte, dass die Männer sich wohl nur deshalb entblößt hatten, weil sie wussten, dass Frauen anwesend waren. Hin und wieder warfen die schamlosen Gesellen Blicke in Richtung des Portals. Aber da standen drei Männer Wache, und offenbar war die Autorität des Söldnerführers so groß, dass niemand es wagte, gegen seinen Befehl zu handeln. Genauso wenig wie sie auch nur einen Augenblick lang zögerten, auf seinen Befehl hin kaltblütig zu töten.

Irgendwann schleppten ein paar dieser Söldner die Leichen von Herimot und Baldwin fort. Die drei Frauen beweinten die Toten und nahmen Abschied, während die Männer, die die erstarrten und geschundenen Körper davontrugen, hämisch lachten und Witze rissen. Irmingard war froh, dass sie von dem Kauderwelsch der Söldner so gut wie nichts verstand.

Schließlich wurde klar, warum die Männer so ausgelassen waren: Burgmannen und Ritter des Stadtherrn von Siena waren angekommen, schwer bewaffnet und gerüstet.

»Ich glaube, sie haben den ausstehenden Sold dabei«, flüsterte Padano Irmingard zu. »Aber ich weiß nicht, ob das jetzt gut oder schlecht ist für uns.«

»Werden wir sterben?«, fragte Nadira, die seit Florenz wieder in ihre alte Schweigsamkeit verfallen war.

Padano zuckte mit den Schultern. »Wir sind alle in Gottes Hand«, erwiderte er. »Das Einzige, was wir tun können, ist zu beten.«

Die Zeit verging träge. Sie hatten seit dem Morgen nichts zu trinken gehabt, und allmählich quälte sie der Durst. Die Geldkisten, die die Ritter aus Siena mitgebracht hatten, wurden auf einem Planwagen des Trosses untergebracht. Dort lungerte auch die Hand voll Dirnen herum, die mit dem Söldnerheer über die Lande zog und die ganze Hundertschaft dieser verrohten Männer befriedigen musste. Die Dirnen warfen immer wieder wütende Blicke in Richtung der Ruine, in der die Gefangenen gehalten wurden. Manchmal machten sie unvermittelt obszöne Gesten, die nicht nur Irmingard und den beiden anderen Frauen die Schamröte ins Gesicht trieb, sondern auch Padano, dem abgeklärten alten Mönch.

Dann aber geschah etwas, mit dem niemand von ihnen gerechnet hätte. Hraban tauchte so unerwartet wie sturzbetrunken wieder bei ihnen auf. Er trug frische Kleidung und sah damit beinahe aus wie ein toskanischer Graf. Er hatte einen ledernen Knobelbecher in der einen und einen wertvollen Trinkpokal voll Rotwein in der anderen Hand. Seine Augen blitzten, so als hätte er kurz zuvor irgendeinen heftigen Streit gehabt.

»Heute ist euer Glückstag«, sagte er schwer atmend. »Eigentlich wart ihr alle schon so gut wie tot, wisst ihr das? Aber ich habe es mir anders überlegt.« Er reichte Padano den Würfelbecher. »Los, Weißhaar! Würfelt!«

»Was habt Ihr mit uns vor?«, fragte der Mönch, ohne den Becher anzurühren.

»So, ihr wollt nicht würfeln?«, erwiderte Hraban grob. »Nun, wenn ihr also nicht nach diesem Strohhalm greifen wollt, dann werde ich eben …«

»Wartet, Hraban!« Irmingard nahm allen Mut zusammen und trat vor. »Ihr wollt also, dass wir um unser Leben würfeln, habe ich Recht?«

Hraban lachte schallend und wischte sich mit dem Handrücken über den Mund. »Ihr seid nicht nur eine schöne, sondern auch eine kluge Frau. Aber fragt mich nicht, warum ich mit einem von euch um euer Leben würfeln werde, denn wenn Ihr die Antwort hören würdet, so würdet Ihr sie erstens nicht glauben, und zweitens müsste ich Euch dann doch auf der Stelle umbringen.«

Kurz entschlossen nahm Irmingard den Knobelbecher mit den beiden Würfeln, schüttelte ihn und leerte ihn auf den Boden. Die Würfel zeigten eine Drei und eine Vier.

»Sieben«, sagte Hraban nur. In seinen Augen loderte es bedrohlich. »Ganz nebenbei: Ich habe noch etwas vergessen«, sagte er dann beiläufig und reichte den Würfelbecher an Padano weiter, der jetzt, ohne weiter zu fragen, tat, was der Söldnerkommandant von ihm verlangte.

»Sechs, aha«, lachte Hraban, als Padano den Knobelbecher lüftete. »Also, ich habe vergessen zu sagen, dass wir nicht nur um euer Leben spielen.«

»Welcher Preis könnte höher sein als das Leben?«, fragte Fra Padano vorsichtig und reichte den Würfelbecher an den Kommandanten zurück.

Hraban lachte schrill. »Dich betrifft es nicht, Pfaffe! Das betrifft nur die drei Frauen.« Er grinste und verzog das Gesicht, dann leckte er sich mit der Zunge die Lippen. »So, jetzt du.« Damit hielt er den Becher Rotswit hin.

»Ich soll auch würfeln?«, fragte die Magd verängstigt.

»Jeder von euch!«

Rotswit erspielte mit beiden Würfeln jeweils eine Fünf. »Das sind zehn!«, rief Hraban erregt. »Den alten Einsiedler geht das nichts an, also bist du die Letzte!«

Als Nadira den Knobelbecher ergriff, brannte ein Feuer in ihren Augen, und Irmingard erkannte darin ihren puren Willen zu überleben. Die Araberin war offenbar bereit, selbst mit dem Teufel zu tanzen, wenn ihr Leben davon abhing. Situationen wie diese waren ihr nicht ganz unbekannt. Sie lebte seit Jahren auf der Straße. Ein gefährliches Leben. Nadira schüttelte den Becher länger als alle anderen und stürzte ihn umgekehrt auf den Steinboden, um ihn dann dort stehen zu lassen, ohne ihn zu lüften.

»Worauf wartest du?«, herrschte Hraban sie an.

»Sag mir zuerst, was mit uns geschehen wird.« Nadiras Stimme klang fest und entschlossen.

Hraban spuckte aus. »*Du* stellst mir Bedingungen? Willst du auf der Stelle sterben?« Dann aber grinste er. »Also gut. Ich sag es dir: Wer von euch die höchste Augenzahl hat, der wird mit mir um das Leben von euch allen spielen! Hast du verstanden? Also los jetzt, heb den Becher!«

Als Nadira den Becher lüftete und der Söldnerführer die Augenzahl sah – beide Würfel zeigten die Sechs –, stieß er einen anerkennenden Grunzlaut aus. »Du also. Ich hätte es mir denken können, du kleine, dunkelhäutige Hexe!« Er schnalzte anerkennend mit der Zunge.

»Was ist das für ein Spiel, das du mit mir würfeln willst?«, fragte Nadira, und ihre Brust hob und senkte sich.

Irmingard schien es, als mischten sich in die Gefühle der Maghrebinerin Angst und Aufregung, aber auch die Erregung angesichts eines gefährlichen Spiels.

»Was ich für ein Spiel mit dir spielen will, braune Katze?« Hraban und die anderen Männer am Eingang (es drängten immer mehr nach) prusteten vor Lachen. »Es ist das alte Spiel von Adam und Eva, das ich mit dir spielen werde, bevor ich dich töte«, sagte Hraban. Dieser Mann musste von einem Dämonen oder bösen Geist besessen sein, dachte Irmingard. »Und du siehst mir nicht so aus, als würdest du nicht wissen, wovon ich rede, hm?«

»Wenn du *dieses* Spiel mit mir spielen willst«, sagte Nadira verächtlich, »dann musst du mich erst in diesem anderen Spiel bezwingen.« Sie deutete auf die Würfel. »Oder verlässt dich jetzt der Mut, wo ich einen Sechser-Pasch geworfen habe? Hast du schon vergessen, dass ich nur eine kleine, dumme Tänzerin bin?«

Die Söldner, die sich am Portal drängten, lachten dröhnend. Hraban brachte sie mit einer herrischen Geste zum Schweigen. Dann funkelte er Nadira an und sagte: »Ob mich der Mut verlässt? Bist du vollkommen verrückt geworden? Wieso sollte Mut dazu gehören, gegen dich zu würfeln? Genauso wenig Mut wie es benötigt, einen Wurm zu zertreten.« Er leerte seinen Pokal und befahl, dass man ihm neuen Rotwein brachte.

Nadira lachte provozierend. Irmingard wunderte sich, wo Nadira es gelernt hatte, auf solche Weise mit Männern umzuspringen.

»Also gut, komm her, schöne Tänzerin!«, schnaubte Hraban, der sich in seiner Männlichkeit gekränkt sah. Er packte Nadira beim Arm und zerrte sie zu Boden. Nadira lachte abermals und schüttelte Hrabans Griff ab. Ihre Augen blitzten. »Ich werde dir jetzt eine Lektion erteilen, die du niemals vergessen wirst.« Damit begann Hraban zu würfeln. »Niemand besiegt mich beim *Kleinen Texel,* schon gar nicht ein Weib, und zuallerletzt ein braunes Heidenweib.«

»Kleiner Texel? Ich kenne dieses Spiel nicht«, sagte Nadira herausfordernd. Sie fasste mit den Fingern ihrer rechten Hand an ihre vollen, sinnlichen Lippen, eine sanfte und zugleich herausfordernde Geste.

Der Mönch schüttelte kaum merklich den Kopf. Diese Art des Gebalzes musste seit Evas Tagen einer jeden Frau ins Blut gelegt sein, ging es Padano durch den Kopf. Für einen Moment dachte er an jene Episode in seinem Leben, die ihn zur Flucht auf den Monte Cassino gezwungen hatte, doch er verdrängte diese Erinnerungen ganz schnell wieder.

Hraban erklärte kurz die Regeln des Spiels. Es ging darum, einander bei verdeckten Würfen mit Lügen über die tatsächlich geworfene Augenzahl zu überbieten. Der Texel, eine Eins und eine Zwei, war der höchst mögliche Wurf, und man konnte ihn nur ausstechen, wenn man selbst einen Kleinen Texel würfelte.

»Aber eines hast du noch vergessen, du großer Meister der kleinen Würfel«, sagte Nadira ironisch. Sie spürte, dass sie mit ihrer Taktik, so leichtfertig mit Hraban umzuspringen, richtig lag. Dem Söldnerführer schien ihre herausfordernde Art sogar zu gefallen. Sie kannte die Männer und wusste, wie man mit welcher Sorte umgehen musste.

»Ich hätte etwas vergessen? Was denn?«

»Den Einsatz. *Deinen* Einsatz. *Unseren* Einsatz hast du ja schon festgelegt.« Nadira funkelte Hraban an. Sie spielte unschuldig mit den Locken ihres schwarzen Haars, aber Irmingard spürte sehr wohl, wie angespannt die Tänzerin in Wahrheit war.

Hrabans Augen glühten in Erwartung des sicheren Sieges. Nadiras Blick … war er nicht keck und verheißungsvoll? Es war offenkundig, dass die junge arabische Frau die Sinne des Söldnerkommandanten verwirrte. Für Irmingard hatte er keine Augen mehr.

»Wie wäre es, wenn ich meinen Kopf einsetze?«, tönte Hraban großspurig, sodass es alle seine Männer am Portal hören konnten. Er wollte nicht nur Nadira imponieren, sondern eine unbeherrschbare Spielleidenschaft hatte ihn offenbar erfasst. »Es ist ganz gleich, welchen Einsatz ich biete. Ein Weib kann mich sowieso nicht besiegen. Wir machen dreiunddreißig Spiele, so viele, wie der Heiland an Jahren gezählt hat.«

»Deinen Kopf will ich nicht«, sagte Nadira und machte eine wegwerfende Geste. »Ich will stattdessen um meine Freiheit und die Freiheit meiner Freunde spielen.« Sie deutete auf ihre Mitreisenden, die dem Schauspiel bisher sprachlos gefolgt waren. »Oder wagst du es nicht, um diesen Einsatz zu spielen?«

»Pah!« Hraban spuckte aus. »Ich hab es dir doch gesagt: Ich spiele um jeden Einsatz mit dir.« Über die Schulter warf er seinen Männern einen Blick aus glasigen Augen zu. »Holt Fackeln!«, rief er, begierig endlich mit dem Spiel beginnen zu können. »Macht, dass es hell wird in diesem Loch! Ich will das Gesicht dieses Weibs sehen, wenn es verliert und damit das Leben seiner Freunde verspielt.«

Nadira erbleichte, als ihr klar wurde, auf was sie sich da eingelassen hatte. Ihr Blick suchte Irmingards. Die Gräfin zuckte mit den Schultern. Es gab keinen anderen Ausweg, denn dieser vom Teufel besessene Mann würde keinen Augenblick zögern, sie alle umbringen zu lassen.

»Dein Ehrenwort, Hraban.«

»Was denn noch?«

»Wenn ich gewinne, sind wir frei und können sofort unsere Pferde und unsere Habe mitnehmen. Schwöre es!«

»Die Habe und die Pferde willst du auch noch?« Der Kommandant lachte unbändig. »Du bist eine Frau, die den Hals nicht voll kriegt, stimmt's? Egal, sei's drum. Mein Ehrenwort. Ich schwöre es, auf dass mich alle Dämonen der Hölle zerreißen mögen, wenn ich meinen Schwur breche!« Er schnäuzte sich ungeduldig in die hohle Hand und nahm einen Riesenschluck Wein.

»Schwöre es bei deiner Mutter!«

Hraban schaute Nadira fragend an, so als hätte sie an irgendetwas in ihm gerührt. »Also gut, bei meiner Mutter«, sagte er schließlich. Es war zu spüren, dass erst dieser letzte Schwur wirklich galt. »Und ich lasse dir sogar den ersten Wurf.«

Hraban hatte den Mund zu voll genommen, wie die folgenden Spiele zeigten. Nadira war ihm immer eine Nasenlänge voraus. Es schien, als ob die Tänzerin genau wusste, ob er log oder ob er die Wahrheit sagte. Es war wie verhext. Wie er es auch anfing: Er verlor. Anfangs lachte er noch. »Du hast mehr Glück als Verstand«, stieß er verächtlich hervor.

Alle folgten mit großer Spannung dem Spiel, und wer keinen Platz ganz vorn ergattert hatte, dem wurde zugeflüstert, was in der Ruine des Einsiedlers von Bagno Vignoni vor sich ging.

Eine halbe Stunde später hatte Nadira fünfzehn, Hraban neun Spiele für sich entschieden. Schweiß stand ihm auf der Stirn. Er zitterte vor Wut. Wut auf die verflixten Würfel, Wut auf sich selbst, auf die Männer, die seine sich anbahnende Niederlage würden bezeugen können. Seine Flüche wurden immer rauer, brutaler.

Nadira lächelte nicht mehr. Auch wenn Hraban sein Ehrenwort gegeben hatte: Jetzt durfte sie ihn nicht weiter reizen. Er war wie eine wütende Viper, die jeden Augenblick zubeißen konnte. Nadira stellte seine Männlichkeit in Frage. In seinen Augen funkelte Hass, wenn er sie anschaute. Niemals … niemals würde er dieses Spiel vergessen.

Er würfelte von neuem.

Die Luft in der Einsiedelei knisterte. Inzwischen war es draußen fast Nacht geworden.

Hraban lüftete den Knobelbecher, achtete peinlich darauf, dass nur er – und er allein – die Augenzahl der beiden Würfel sehen konnte. Ein Strahlen huschte über sein Gesicht. »Kleiner Texel«, sagte er. Der Kleine Texel – die Zwei und die Eins – zählte doppelt, ergab zwei Punkte, und das brachte Hraban auf elf. Seine Kumpane zollten ihrem Anführer lauthals Lob und Beifall.

Nadira blieb ganz ruhig. Ihr Vorsprung war groß genug. Sie glaubte Hraban – *wusste,* dass er nicht gelogen hatte. Sie nahm den Knobelbecher, wiegte ihn aufreizend lässig in der Hand. Die Würfel klapperten. Hraban schaute allen ihren Bewegungen fasziniert zu. Sanft setzte sie den Würfelbecher auf den Steinboden. Man hörte die Würfel kullern. Sie schloss die Augen, legte die Fingerspitzen auf den Boden des umgestülpten Bechers.

»Sie ist eine Hexe«, sagte einer der Söldner. »Sie hat die Würfel verzaubert.«

Nadira schüttelte den Kopf. Der Wurf, den sie getan hatte, war wertlos. Sie spürte es genau. Schon als Kind unter den Beduinen hatte sie beim Würfelspiel fast immer gewonnen, keiner wollte mehr mit ihr spielen, auch die Jungen nicht. Die Tänzerin hatte das Gefühl, als könnte sie durch das Leder des Bechers hindurch wie in Trance die tatsächliche Zahl der Würfelaugen erkennen. Es gab so viele Dinge zwischen Himmel und Erde, die niemand sich erklären konnte, und ihr Spielertalent gehörte zweifelsfrei dazu.

Ohne den Becher hochzuheben, nahm sie die Würfel wieder auf und machte mit geschmeidigen Bewegungen einen zweiten Versuch. Die silberne Kette, die sie am rechten Handgelenk trug, klimperte ganz leise. Schon in dem Augenblick, als die Würfel still liegen blieben, spürte Nadira, dass sie einen Kleinen Texel gewürfelt hatte. Einen winzigen Moment lang fragte sie sich, ob sie die Macht hatte, das Fallen der Würfel durch die Kraft ihrer Gedanken zu beeinflussen. Sie hätte gar nicht erst nachsehen müssen, so sicher war sie, und dennoch hob sie flüchtig den Becher an, ohne dass Hraban die Augenzahl sehen konnte. Nadira fand bestätigt, was sie schon gewusst hatte.

Auch Irmingard beschlich jetzt das Gefühl, dass die Maghrebinerin über dunkle Kräfte verfügte. Rotswit zitterte. Fra Padano bekreuzigte sich.

»Kleiner Texel schlägt Kleinen Texel«, sagte Nadira mit kühler Stimme.

Der Söldnerführer erbleichte. Er spürte genau, dass die junge Afrikanerin nicht log. Die anderen Männer aber taten laut ihren Unglauben kund, einige riefen, dass Nadira eine böse Zauberin, eine Circe sei.

»Heb schon den Becher hoch! Glaub ihr nicht!«

Nadira hatte fünfzehn Runden gewonnen, und wenn sie jetzt die Wahrheit sprach und abermals ein Spiel für sich entschieden hatte, so zählte ihr Kleiner Texel doppelt. Das wären zusammen siebzehn Partien, mehr als die Hälfte. Und damit wäre sie unabwendbar die Siegerin in diesem Würfelspiel.

Hraban zitterte leicht, als er den Becher zwischen die Finger nahm. Die Spannung war unerträglich. Man hätte eine Stecknadel fallen hören. Das Feuer des Einsiedlers knisterte. Hraban zögerte. Sein Gesicht war rot, er schwitzte. Sein Mienenspiel schwankte zwischen Furcht, Unglaube, Wut. Dann hob er mit einer jähen Bewegung den Becher hoch und erstarrte, als er die Würfelaugen sah: die Zwei, die Eins.

Er stieß einen lästerlichen Fluch aus. »Hölle und Teufel! Das kann doch nicht mit rechten Dingen zugehen!«, schrie er außer sich. Er sprang auf und warf den Trinkbecher um, sodass sich der Wein wie Blut über den Boden ergoss. »Du bist mit allen heidnischen Dämonen im Bunde!«, rief Hraban schwer atmend. »Eine Hexe bist du!«

»Kleiner Texel zählt doppelt«, sagte einer der Söldner am Eingang. In seiner Stimme klang ein gewisses Maß an Schadenfreude mit.

Hraban stand schwer atmend vor Nadira und starrte die am kahlen Steinboden liegenden Würfel noch immer ungläubig an. Nadira zeigte keine Regung. Sie saß im Schneidersitz da, den Knobelbecher noch immer in der Hand. Ihre Brust hob und senkte sich im Gleichtakt, aber im Augenblick kümmerte es keinen der Männer, dass man dabei den Ansatz ihrer wohlgeformten Brust sehen konnte. Einer zählte die Spielpunkte an den Fingern ab. »Du kannst die Tänzerin nicht mehr einholen, Kommandant«, sagte er. Mit einem Satz war Hraban bei dem Mann, holte aus und versetzte ihm einen gewaltigen Faustschlag mitten ins Gesicht. Wie vom Blitz gefällt, sank der Söldner zu Boden.

»Du Idiot! Ich weiß selbst, wie viele Runden ich gewonnen habe.« Damit trat er dem Bewusstlosen noch ein paar Mal mit seinen schweren Stiefeln in die Seite.

»Nun werden wir sehen, was dein Ehrenwort gilt«, sagte Nadira. Sie schaute dem Söldnerführer mit ihren tiefschwarzen Augen ins Gesicht. »Denk daran, du hast es bei deiner Mutter geschworen!« Es schien, als hätte sie gar keine Furcht.

Ein paar Augenblicke lang starrte Hraban ins Leere. Hinter ihm kam der Bewusstlose wieder zu sich, rappelte sich schwerfällig auf. Er spuckte aus. »Mein Ehrenwort gilt, bei den sieben Röcken der Gottesmutter«, presste Hraban hervor. Er schaute Nadira mit einer Mischung aus Misstrauen und Bewunderung in die Augen. »Ich weiß nicht, wie du das gemacht hast, und ich will es auch nicht wissen. Aber ein Wort ist ein Wort.«

8. Kapitel

Mit Rom lag die vielleicht seltsamste und zugleich wunderbarste Stadt der Welt vor ihnen. Eine und eine halbe Meile noch, verriet der Wegstein. Es war ein Novembertag im Jahre 1024, an einem nebelverhangenen und kühlen Morgen.

Irmingards Unruhe steigerte sich ins Unermessliche, denn das Ziel ihrer Reise in die Ungewissheit war jetzt zum Greifen nahe. In Rom, so hoffte sie, würde sich ihr Schicksal erfüllen, würde sich endlich auch der Aufruhr ihrer Gefühle legen, der seit Florenz in ihr tobte. Sie durchquerten eine hügelige Landschaft mit Gärten, Feldern und Weinbergen. Kleine Gehöfte lagen in der Landschaft verstreut, durch die sie die alte, gepflasterte Via Flamina führte. Unweit von Rom säumte eine ganze Reihe von antiken Grabmalen die Straße zu beiden Seiten.

Irmingard konnte es kaum fassen, wie viel unterschiedliches Volk auf den Straßen von und nach Rom unterwegs war.

Ihre siebentägige Reise von Bagno Vignoni hatten sie in getrübter Stimmung und fast wortlos hinter sich gebracht. Alle hingen sie den Erinnerungen an die beiden ermordeten Freunde nach. Noch immer konnten sie kaum glauben, dass einzig die Würfelkunst der jungen Maghrebinerin ihnen das Leben gerettet hatte. Gleichzeitig hatten sie das Gefühl, dass es dabei nicht mit rechten Dingen zugegangen war, aber keiner sprach es laut aus.

Bei der Ponte Molle überquerten sie den Tiber. Sie näherten sich der Stadt von Norden her und erreichten wenig später die Aurelianische Mauer, die gewaltige Stadtbefestigung Roms. Die Mauer war verfallen, durchbrochen von zertrümmerten Türmen, aber immer noch war sie monumental und beeindruckend. Durch die Porta Flaminia gelangten sie in die Stadt. Padano wies auf die Ruinen eines Monuments in der Nähe und erklärte, dass es das Grab von Kaiser Nero sei.

»Die Stadt ist so groß und gewaltig!«, rief Irmingard mit einer Mischung aus Staunen und Entsetzen. Sie ließ Blanchet gemächlich an Padanos Seite traben, um sich alles in Ruhe ansehen zu können. »Nichts ist vergleichbar mit Rom«, sagte sie voller Ehrfurcht.

Nadira und Rotswit ritten hinter der Gräfin und dem Mönch. Beide waren ebenso sprachlos wie die Gräfin von dem Anblick, der sich ihnen bot. Allmählich verdrängten die Eindrücke der Ewigen Stadt ihre trübseligen Erinnerungen an die Geschehnisse in Bagno Vignoni. Vor ihnen lag bald darauf der Palatin. Die Paläste der römischen Patrizier und Kaiser lagen in Ruinen, und doch ließen sie die imposante Größe von einst erahnen.

»Ihr seht ja, Gräfin: Bei aller Größe und Majestät ist es eine heruntergekommene Stadt.« Padano wies auf den Palatinischen Hügel, der kaum mehr bewohnt schien. »Eine Stadt, die fast tausend Jahre stetigen Niedergangs hinter sich hat. Einstmals das Caput Mundi, das Haupt der Welt, wo Millionen Menschen lebten, ist es heute nur noch ein größeres Dorf mit gerade mal zehntausend Einwohnern.«

Irmingard nickte. Sie schaute zum Tiber hinüber, hinter dem sich die Morgensonne in einem kränklichen Gelb über die Nebelschleier des Flusstals erhob.

Dort, im Stadtteil Trastevere, finde man das Rom der Römer, erklärte der Mönch. »Dort leben die kleinen Leute, weitab von der Pracht der Kirchen und Paläste. Trastevere, das ist das Rom der Fischhändler, der Bäcker, der Wirte und auch das Rom der Dirnen. Und dort drüben, jenseits des Pantheons, ist die Engelsburg, und dahinter liegt die Basilika des heiligen Petrus, die Kirche des Papstes.«

»Die Engelsburg?«, fragte die Gräfin voller Ungeduld, mehr darüber zu hören.

»Die Engelsburg ist der Palast des Papstes. Oder soll ich sagen: seine Trutzburg? Johannes verschanzt sich dort. Überall wittert er Verrat und Ränkespiele. Und wenn ich ehrlich sein soll – so hat er vermutlich Recht, und man trachtet ihm tatsächlich nach dem Leben. Glaubt mir, Irmingard, nicht nur einmal hat man versucht, seine Vorgänger aus dem Weg zu räumen, und manches Mal mit Erfolg. Und ist es nicht bezeichnend, dass der Palast des Papstes auf einem Grabmal errichtet wurde?«

»Auf einem Grabmal?«

»Ja, so ist es. Kaiser Hadrian wollte es einstmals den Pharaonen gleichtun und ließ sich ein riesiges Grabmal erbauen, ein Mausoleum, das für alle Zeit an seine Größe und Macht erinnern sollte. Das Grabmal war so gewaltig, dass es auf seinem platten Dach Platz für eine richtige Burg bot: für eine Festung mit Innenhof, Waffenkammern, mit Zimmerfluchten und einem Thronsaal, in dem der Papst Audienz hält. Das ist die Engelsburg.«

»Padano, Ihr habt mir jetzt schon so vieles über Rom erzählt, über Nero, Trastevere, das Mausoleum Hadrians … Doch eines habt Ihr mir noch immer nicht gesagt: Könnt Ihr mir dabei helfen, Audienz beim Papst zu bekommen?«

Padano lachte und zügelte sein Pferd. »Ich verstehe Eure Ungeduld, Gräfin. Doch wie ich es Euch bereits sagte: Ich kann nichts versprechen.«

»Ihr stellt Euer Licht unter den Scheffel«, drängte Irmingard. »Ich glaube, niemand kennt diese Stadt und den Heiligen Stuhl besser als Ihr.«

Der Mönch antwortete nichts. Erst als sie weiterritten, sagte er leise: »Ich will Euch nur nicht enttäuschen.«

»Könnt Ihr mir wenigstens Hoffnung machen?«, fragte die Gräfin.

Padano nickte unmerklich. »Doch vor dem Stuhl Petri ist wie auf hoher See alles ungewiss, Gräfin. Es kann Tage oder Wochen dauern …«

»Ganz gleich, wie lange es dauert – so bin ich Euch schon dankbar für jedes bisschen Hoffnung, die Ihr mir geben könnt!«

»Wartet lieber ab, was am Ende herauskommt.«

»Ich vertraue Euch!«

Bis zum Horizont erstreckte sich die sagenumwobene Stadt auf ihren sieben Hügeln. Auf dem Weg zum Kloster St. Johannes der Täufer, wo sie nächtigen würden, folgten sie der alten Via Sacra und gelangten zum Kapitol hinauf. Sie führten ihre Pferde über das antike Pflaster, auf dem schon Augustus einhergeschritten war. Zu dieser Stunde waren nur wenige Bewohner der Stadt auf der antiken Straße unterwegs.

»Es ist noch nicht lange her, da hat man das Kapitol als ein Weltwunder bezeichnet«, sagte Padano. »Aber Ihr seht ja, was daraus geworden ist: ein Steinbruch.«

»Wie weit ist es noch bis zu unserem Nachtquartier?«

»Herrin, geduldet Euch«, erwiderte der Mönch. »Wir sind bald da.«

Sie kamen vorbei an Palästen und Tempeln, die so wie die meisten anderen Monumente der Stadt ohne viel Federlesens durch die Einwohner der Stadt geplündert und als Steinbruch benutzt worden waren. Wurde eine neue Kirche errichtet, dann ließen die Priester alte Säulen und Marmor aus den Palastruinen herbeischleppen. Stadtadel und Klerus bauten ihre Burgen und Paläste, Basiliken und Klöster auf den Mauern und mit dem Material der antiken Monumente.

Die einfachen Römer richteten in Thermen, in Theatern oder im Circus ihre Schmieden, Hanfstrickereien und Spinnereien ein. Wenn der Tiberfischer an den alten Brücken, der Fleischer am Marcellus-Theater oder der Bäcker in Trastevere seine Ware feilbot, dann lag sie möglicherweise achtlos auf antiken Marmorplatten. Und die marmornen Sarkophage der antiken Kaiser und Feldherren dienten jetzt als Waschzuber, Pferdetränken oder Schweinetröge.

»Seit Jahrhunderten plündern und zerstören die Römer das alte Rom«, sagte Fra Padano wehmütig. »Sie zerlegen und zerbrechen und verbrennen und verschandeln die alte Stadt, und es scheint, sie werden niemals fertig damit.«

»Das ist eine wundersame Welt!«, sagte Irmingard beim Anblick des Marsfelds. »Alle diese neuen Eindrücke! Diese Stadt ist so unglaublich!«

Sie hatten das Quartier, wo sie nächtigen würden, fast erreicht. Viele kleine Kirchen säumten ihren Weg durch das Marsfeld, und zu Hunderten standen die winzigen, baufälligen Hütten der armen Römer entlang der Straßen. In diesem Stadtteil herrschte trotz der Armut reges Leben. Schmutzige Kinder spielten vor den Häusern, es gab ein paar Läden, und hin und wieder ließ sich auch ein Ritter aus der päpstlichen Wachmannschaft blicken. Auf einem kleinen Platz am Wegesrand sahen sie einen Galgen. Die Leiche des Gehenkten – eines ganz jungen Mannes – pendelte unbeachtet im leichten Wind, der vom Tiber heraufstrich und einen Geruch von Fäulnis und Brackwasser brachte. Hier und da stieg aus dem Gewirr von Häusern, Ruinen und novemberkahlen Gärten der schwarze Schattenriss vom Turm eines römischen Stadtadeligen auf.

»Die Grafen und Freigrafen, die in diesen Burgen wohnen, sind die schlimmsten Gauner von allen. Mord und Verrat sind an der Tagesordnung im alten Rom. Und dabei nennen sie sich großspurig Konsul oder Iudex«, sagte Padano beiläufig. »Vielleicht ist die fiebrige Schwüle daran schuld, die der träge Fluss verbreitet.« Er deutete in Richtung des Tiber. »Das macht die Römer auf der einen Seite müde und faul, auf der anderen Seite macht es sie gereizt, übellaunig und nachtragend. Heute sind es die Crescenzi, die gegen die Frangipani kämpfen, und morgen führen sie zusammen erbitterte Fehde gegen die Pierleoni. Alle ohne Unterschied sind sie Banditen! Und wenn es ein besonders schwüler Tag ist, dann wenden sie sich alle zusammen gegen den Papst, der mal wieder aus dem Haus der Grafen von Tusculum stammt.«

»Papst Johannes?«

Padano nickte lachend. »Gräfin, Ihr seid in der Höhle des Löwen angekommen. Wisst Ihr, dass sich dort am Tiber zu Zeiten der römischen Kaiser ein fieberverseuchtes Sumpfgebiet befand? Nun, ich glaube, Augustus war es oder Tiberius, der diesen Sumpf trockengelegt hat. Oder war es Claudius? Aber die Malaria ist geblieben. Denn Rom ist ein trüber stinkender Sumpf geblieben. Der Sumpf ist in den Herzen der Menschen.« Wieder lachte Padano. »Und mittendrin ist unsere heilige Mutter Kirche. Eingesperrt im Kerker des Löwen, und manchmal ist sie selbst der Löwe.« Er schaute Irmingard von der Seite an.

»Und doch könnt Ihr nicht verhehlen, dass Ihr diese Stadt bewundert, gebt es zu, Padano«, sagte Irmingard.

»Es ist allenfalls eine Hassliebe, die ich für Rom empfinde. Was glaubt Ihr, warum ich mich auf den Monte Cassino zurückgezogen habe? Sobald ich in den Mauern Roms bin, habe ich dieses merkwürdige Gefühl hier im Bauch.« Er deutete auf die Magengegend. »Mir ist nicht wohl. Es ist ein ständiges Ziehen und Kribbeln. Alles in mir sträubt sich gegen diese Stadt.« Er zuckte mit den Schultern. »Doch andererseits fasziniert mich Rom immer wieder von neuem. Die Stadt hat mich immer in ihren Bann gezogen, das ist wahr. Ihre verrückten Menschen. Ihre verderbte Protzigkeit. Ihr Verfall. Eine Hassliebe eben.«

Irmingard schaute sich verstohlen um, während sie sich der schmalen und hohen, in Bronze gegossenen Klosterpforte näherten. Sie hatte das Gefühl, dass sie verfolgt wurde, obwohl sie doch wusste, dass niemand in Rom sie kannte. Sie fragte sich, warum so wenig Zufriedenheit in ihrem Herzen war, jetzt da sie ihr Ziel – Rom, der Nabel der Welt – erreicht hatte.

Der Prior des benediktinischen Klosters St. Johannes der Täufer, das inmitten des Marsfelds lag, war gut mit Padano bekannt. Die beiden begrüßten sich freundschaftlich. Der Konvent war auf Gäste beiderlei Geschlechts eingerichtet: Alljährlich pilgerten Abertausende in die Heilige Stadt, und sie alle mussten irgendwo untergebracht werden, und sei es in einem Zeltverschlag inmitten der weitläufigen Ruinenfelder. Höher gestellte Pilger fanden hingegen Herberge in einem der unzähligen Konvente, Klöster, Klausen und Stifte der Heiligen Stadt.

Der Konvent befand sich in der Nähe der weitgehend zerstörten Trajansforen. Aus dem Fenster des Gästehauses für Frauen fiel der Blick südlich über das alte Herz der Stadt, die Talsenke des Forum Romanum.

Rotswit war schnell in der Kammer verschwunden, die man ihr und Nadira zugewiesen hatte. Seit dem Tod Herimots und seines Knappen hatte sie fast genauso wenig gesprochen wie Nadira, sie machte einen müden und erschöpften Eindruck. Ihr Haar trug sie jetzt nicht mehr offen, sondern versteckte die Locken tagsüber unter ihrer Gebende, dem schlichten Kopfputz, wie die Frauen im Reich ihn trugen.

Die Kammer, die der klösterliche Cellerarius der Gräfin zugewiesen hatte, lag gleich neben dem Raum Rotswits und Nadiras, mit Blick auf einen kleinen, vorgelagerten Klostergarten, der von einer hohen Mauer umgeben war. Ein einfaches Holzkreuz schmückte die Ostseite des Raums. An der gegenüberliegenden Wand war ein Regal angebracht, darauf lag ein gesegneter Palmzweig neben einem Tiegel voll geweihtem Wasser und einem Rosenkranz mit hölzernen Perlen. Irmingards linke Hand umklammerte das kleine Amulett, das der Prior des Klosters seinen Gästen überreicht hatte. Er hatte sie nachdrücklich aufgefordert, es unsichtbar am Hals zu tragen, solange sie in Rom weilten. Vorsichtsmaßnahmen, die dem Besucher vor Augen führen sollten, dass in der ehemaligen Hauptstadt der heidnischen Welt noch

Reste der alten Magie lebendig waren, vor denen es sich zu schützen galt. Selbst Padano hängte sich das Amulett wortlos um den Hals.

Irmingard wollte nicht allein sein. Sie hatte Nadira gebeten, ihr Gesellschaft zu leisten. Beide Frauen hatten sich nebeneinander auf das Fenstersims der Kammer gesetzt, oberhalb des winzigen Gartens. Das Fenster war weit geöffnet, und ein kühler Novemberwind erfrischte sie.

»Ich bin Euch so dankbar, dass Ihr mich ohne zu zögern mitgenommen habt, Herrin«, sagte Nadira.

»Das war doch selbstverständlich«, erwiderte Irmingard vorsichtig. »Wir sind beide Fremde in einem fremden Land. Wir müssen einander helfen. Und darüber hinaus sind wir beide Frauen, die auf der Suche sind.«

»Woher wisst Ihr, dass ich auf der Suche bin?«

Die Gräfin lächelte. »Nenne es weibliche Intuition! Ich spüre, dass sich für uns beide das Schicksal noch nicht erfüllt hat.«

»Ach, Herrin – Ihr seid eine Gräfin, ich bin nur eine heimatlose Tänzerin. Wie wollt Ihr das miteinander vergleichen?« Etwas schwang in Nadiras Stimme mit, das Irmingards Aufmerksamkeit erregte. Es erschien ihr fast so, als spielte Nadira auf einen konkreten Vergleich an, bei dem sie unweigerlich verlieren würde. Eine Gräfin und eine heimatlose Tänzerin – wenn es jemanden gab, diese Wahl zu treffen, dann konnte es eigentlich nur Maurizio sein. Irmingard beschloss, sich davor zu hüten, näher auf dieses Thema einzugehen.

Nadira aber senkte den Blick. Ihre langen, schwarzen Haare rahmten das Gesicht ein wie Vorhänge ein Fenster, das sich in eine fremde Welt öffnet. Wenn Irmingard ihre dunkle, geheimnisvolle Stimme vernahm, hatte sie das Gefühl, in die magischen Nächte des Maghreb versetzt zu werden, selbst wenn sie niemals dort gewesen war. Nadiras schlanker Hals, die bronzefarbene Haut und das schmale Gesicht mit den ausgeprägten Backenknochen verliehen ihr ein zugleich fremdes als auch aristokratisches Aussehen.

Die Gräfin musste sich zusammenreißen, um den Blick von ihr abzuwenden. Plötzlich verspürte sie den heißen Wunsch, die Tänzerin danach zu fragen, ob sie die Geliebte Maurizios gewesen war. Sie öffnete den Mund, formte schon die Worte, aber dann biss sie sich auf die Unterlippe und sagte dann doch nichts. Schließlich schüttelte sie langsam den Kopf. »Wieso glaubst du, dass man uns beide nicht vergleichen kann? Jenseits der Alpen … da würde das sicherlich gelten, wo die Standesunterschiede unüberwindlich sind. Aber hier … seit ich die Alpen überquert habe, verspüre ich eine Veränderung, die sich ganz allmählich in mir vollzogen hat. Dieses Land hat eine seltsame Wirkung auf mich. Die Menschen, die ich auf meinem Weg kennen gelernt habe. Auch du, Nadira, auch du hast dazu beigetragen, dass ich anders empfinde.«

»Wie meint Ihr das nur, Herrin?«

»Solange ich denken kann, war ich bescheiden und zurückhaltend, wie es sich für eine edle Frau geziemt. Ich habe mich niemals in den Vordergrund gespielt, und ich war glücklich dabei. Eine Frau wie du … die wäre mir unheimlich gewesen. Deine Freiheit. Deine Ungebundenheit. Du gehst, wohin du willst, und du bleibst, wo du willst. Und du nimmst dir, was du willst.«

Nadira lachte auf. »So seht Ihr mich? Glaubt mir, das Leben auf der Straße ist anders! Jeden Tag muss ich kämpfen, um zu überleben. Wie sehr habe ich mir gewünscht, dabei Eure Kraft zu haben!«

»Kraft? Graf Otto, mein Gemahl, hat diese Stärke. Er muss Entscheidungen treffen, muss Strafen verhängen, muss kämpfen, muss die Ritter führen, und er muss in Verhandlungen bestehen. Zu dem, was ich getan habe, braucht man dagegen nur Verzweiflung.«

»Verzweiflung, Herrin?«

»Glaube nicht, dass ich gern hierher nach Rom gekommen bin, wo die heidnischen Dämonen offenbar allgegenwärtig sind. Dass ich gern von Otto getrennt bin. Dass ich gern bei Menschen wie Graf Gudelfi zu Gast bin. Glaube das bloß nicht! Es gibt nur einen einzigen Grund, weswegen ich das alles tue, einen einzigen Grund, und das ist meine Liebe, die Liebe zu meinem Mann.«

Plötzlich begann Nadira zu weinen. Irmingard nahm sie tröstend in den Arm. Einige Zeit saßen die beiden Frauen in der Dunkelheit still beieinander, hielten sich bei den Händen.

»Ich würde auch gern wissen, was die Liebe ist«, flüsterte Nadira schließlich.

»Weißt du, eigentlich kann man sie gar nicht in Worte fassen. Liebe ist wie wunderbarer Schmerz. Liebe verändert die Welt. Wenn du liebst, dann ist nichts mehr so, wie es vorher gewesen ist. Du bist immerwährend von der Liebe erfüllt, bei Tag und bei Nacht, selbst im Traum …« Plötzlich stockte Irmingard. Sie fragte sich, welche Liebe sie da eigentlich beschrieb. War es die Liebe zu Otto? Oder war es eine ganz andere Liebe, in der sie entflammt war? War es die Liebe zu Ruodlieb? Oder gar zu Maurizio? Sie senkte den Blick, wollte Nadira in diesem Moment nicht in die Augen schauen.

»Ich bin einen langen Weg gegangen«, flüsterte Nadira. »Und die Liebe ist mir nur ein einziges Mal begegnet …« Sie brach ab, so als erinnerte sie sich an einen großen Schmerz, der eine Narbe hinterlassen hatte, die noch nicht geheilt war.

Irmingard ahnte nicht, wie frisch die Wunde war. »Du bist noch jung«, sagte sie.

»Vielleicht ist mein Herz auch nicht frei für die Liebe. Vielleicht kann ich die wahre Liebe erst dann erleben, wenn ich gefunden habe, was ich suche.«

Irmingard nahm ihre Haube ab und legte sie neben sich. »Von Anfang an habe ich gespürt, dass du auf der Suche bist. Aber ich wollte nicht in dich dringen …«

Nadira stand auf, stellte sich an das Fenster und blickte auf das nächtliche Rom hinaus. »Es ist so ein schöner Abend. Das Mondlicht erinnert mich an die Farbe der Wüste kurz nach einem Sandsturm. Wenn die Wüste sich ausruht und neue Kräfte sammelt. Alle haben ihre Kraft verausgabt, die Menschen, der Wind, die Tiere. Es ist wie nach einem bösen Streit, wenn die Streitenden feststellen, dass sie trotz allem weiter zusammenleben müssen. Dass nur der Tod sie auseinander bringen kann. Und die Feuer in der Stadt sind wie die Lagerfeuer vor unseren Berberzelten. Abends haben wir uns um die Feuer herum versammelt und uns alte Geschichten erzählt. Manchmal saß auch meine Mutter dabei, obwohl alle sie für verrückt gehalten haben. Ich kann mich nur noch ganz verschwommen an sie erinnern. Sie war eine stolze Frau, und man hat gesagt, dass sie in ihrer Jugend schön gewesen sei. Aber dann wurde ihr Herz gebrochen.«

Irmingard sah, wie weitere Tränen über Nadiras Wangen liefen. Wenn diese schwarzen Augen traurig waren, so schien alles Leid der Welt sich in ihnen widerzuspiegeln. Aber Irmingard sagte nichts. Tröstende Worte wären nur leere Hülsen gewesen. Der einzige Trost, den sie Nadira spenden konnte, war, bei ihr zu sein, ihr zuzuhören.

»Ich weiß noch, wie die Augen meiner Mutter zu glänzen begannen, als hätte Sternenlicht sie erfüllt, wenn sie von ihrer großen Liebe, von al-Gazali erzählte. Doch al-Gazali, der fremde Krieger, der mein Vater war, verschwand aus dem Leben meiner Mutter, so jäh wie er gekommen war, und ich weiß bis heute nicht, warum. Meine Mutter hatte das Licht gesehen und wurde in die Finsternis zurückgestoßen. Und dann ist sie gestorben, ganz leise. Mit einem Lächeln auf den Lippen, denn sie glaubte, dass sie endlich heimkehren konnte zu ihrem Geliebten.«

Eine Zeit lang schwiegen beide Frauen und hingen ihren jeweiligen Gedanken nach. Die Lagerfeuer, die zwischen den Ruinen brannten, wirkten wie die winzigen Lichter verlorener Seelen.

»Ich war noch ein Kind. Und doch schwor ich bei der unsterblichen Seele meiner Mutter, dass ich niemals ruhen würde, bis ich al-Gazali gefunden hätte.«

»Weil er dein Vater ist?«

»Weil ich wissen will, warum er meine Mutter verlassen hat. Und mich. Ich will ihn zur Rede stellen. Weil er ihren Tod so einfach in Kauf genommen hat.«

»Was macht dich so sicher, dass er noch lebt?«

Nadira schüttelte traurig den Kopf. »Ich weiß es nicht. Es ist nur ein Gefühl …«

»Vertraue deinem Gefühl.« Irmingard legte ihr eine Hand auf den nackten Arm. »Ich habe mich in meinem Leben immer auf mein Gefühl verlassen.«

Die Gräfin verspürte einen Stich im Herzen angesichts der Verwirrung ihrer eigenen Gefühle, der sie nur mit so viel Mühe Herr geworden war.

»Ich bin immer meinem Gefühl gefolgt.« Nadira nickte abwesend. »Aber von meinem Vater habe ich trotzdem bisher nicht die geringste Spur gefunden auf meiner Suche von Land zu Land und von Stadt zu Stadt.« Nadira schloss die Augen. »Aber was weiß ich schon von diesem Mann? Nichts weiter, als dass er einen schmalen Ring mit Sonne, Mond und einem Stern trug.« Sie hielt ihre linke Hand hoch. »So wie diesen hier.«

»Zeig ihn mir!«

Nadira hielt der Gräfin die Hand hin. Irmingard betrachtete den Ring mit den einfach gearbeiteten, eingravierten Symbolen.

»Es ist der Ring meiner Mutter. Sie trugen beide den gleichen Ring als Zeichen der ewigen Treue, die sie einander geschworen hatten. Tausend Mal hab ich nach einem Mann mit einem solchen Ring gefragt, aber niemand konnte sich erinnern.«

»Sonne, Mond und ein Stern: Es kommt mir so vor, als ob ich einen solchen Ring schon einmal irgendwo gesehen hätte«, sagte Irmingard nachdenklich.

»Wirklich? Seid Ihr sicher?«, fragte die Tänzerin aufgeregt.

»Um Himmels willen, hab Geduld«, entfuhr es Irmingard. »Ich will keine falschen Hoffnungen in dir wecken!«

Aber Nadira lächelte. »Wenn Ihr vorher *keine* Hoffnung gehabt habt, dann ist eine *falsche* Hoffnung schon viel besser.«

»Ich werde versuchen, mich daran zu erinnern«, sagte Irmingard zurückhaltend.

Nadira zog den Ring vom Finger. »Hier! Nehmt ihn! Vielleicht findet Ihr Gelegenheit, ihn Euch genau anzuschauen. Vielleicht erinnert Ihr Euch dann, wo Ihr ihn schon einmal gesehen habt.«

Die Gräfin wollte die Tänzerin nicht abermals enttäuschen. Obwohl es ihr widerstrebte, nahm sie den ominösen Ring entgegen und streifte sich ihn über den kleinen Finger.

»Aber nur für ein paar Tage«, sagte sie. »Dann gebe ich dir den Ring zurück.«

9. Kapitel

Der römische Morgen war in Nebel und goldenes Sonnenlicht getaucht. Rom hatte etwas Fiebriges, Atemloses, Frivoles, Dämonisches. Rom war beängstigend und euphorisierend zugleich. Unsichtbare Kraftströme schienen in dieser Stadt zusammenzufließen – über Raum und Zeit hinweg.

Drei Tage waren seit ihrer Ankunft in Rom vergangen, und Padano war außer Stande zu sagen, wie lange Irmingard noch auf die Audienz warten müsste – falls sie ihr überhaupt gewährt wurde. Die Gräfin hatte sich von Padano überreden lassen, das Warten mit einer Erkundung des alten Rom zu verkürzen. Eine willkommene Abwechslung, denn in der engen Kammer des Konvents hielt sie es ohnehin nicht mehr aus. Auch Nadira und Rotswit freuten sich auf den Ausflug.

In den verwinkelten Gassen herrschte ein dichtes Gedränge: Menschen aller Herkunft, Verkaufsstände, Reittiere, Sänften – wimmelndes Leben, Heiliges neben Profanem. Die Sünde ging Hand in Hand mit Frömmigkeit.

Nie hatten die drei Frauen auf einer einzigen Straße so viele Mönche und Huren zugleich gesehen, niemals eine so große Zahl von Reisenden aus aller Herren Länder mit unterschiedlichen Trachten und Hautfarben, Pilger, Händler, Geistliche. Man hätte meinen können, ganz Rom bestehe aus einer bunt zusammengewürfelten Völkerfamilie.

»Immer wenn ein Papst stirbt, wenden die Menschen sich Gott zu«, sagte Padano. »Nach dem Tod Benedikts haben sich viele auf die Pilgerfahrt nach Rom gemacht. Die Angst vor der

Ungewissheit des Lebens lässt die Menschen auf die Gewissheit des himmlischen Jenseits setzen«, fuhr der Mönch fort. »Wir befinden uns alle in einem tiefen Tal der Verunsicherung. Das könnt Ihr sicher am besten verstehen, Gräfin. Und noch unsicherer werden die Menschen, wenn zugleich auch der Kaiser stirbt. Viele glauben dann, dass eine böse Zaubermacht die Welt zerstören will.«

Padano wehrte eine aufdringliche Marketenderin mit einer barschen Handbewegung ab und ließ eine Kaskade fremdländischer Flüche über sich ergehen, wozu er keine Miene verzog.

Sie bogen in eine etwas ruhigere Querstraße ein, die parallel zum Tiber in nördliche Richtung und weiter zur Porta Flaminia verlief. Zielstrebig ging Padano auf einen Limonadenstand zu, nahm vier irdene Becher entgegen, legte dem Händler eine Münze hin und reichte den Frauen je einen Becher.

»Lasst es Euch schmecken, Gräfin … und auch ihr beiden.«

Nadira war seltsam still. Ihr Schweigen war von Misstrauen erfüllt. In den beiden Tagen unmittelbar nach dem Gespräch in der Kammer der Gräfin war sie dagegen ganz anders gewesen, offen, freundlich, gesprächig. Aber am Tag zuvor hatte sich das mit einem Schlag geändert. Nadira war allein in Rom unterwegs gewesen, und als sie in den Konvent zurückkehrte, war sie plötzlich wieder in sich gekehrt. Irgendetwas war geschehen, aber sie sagte nichts. Seitdem war sie so schweigsam wie in den allerersten Tagen nach Arbedo.

Die Maghrebinerin schüttelte zuerst den Kopf, als Fra Padano ihr den Becher reichte; widerstrebend ließ sie sich dann doch überreden, die Limonade entgegenzunehmen. Die Gräfin hatte das Gefühl, dass Nadira plötzlich gegen jeden und alles misstrauisch war. Auch Rotswit nahm den Limonadenbecher eher skeptisch entgegen. »Eure Limonade schmeckt wirklich köstlich«, bestätigte indes die Gräfin förmlich. In Wirklichkeit war ihr die Limonade gleich, und Fra Padanos Bemühungen, sie aufzuheitern, waren ihr eher lästig. Sie spürte eine tiefe Unruhe in sich und fragte sich, ob es allein die Ungewissheit war, beim Papst eine Audienz zu erhalten.

Padano schmunzelte, als er sah, wie missmutig die Frauen ihre Limonade tranken, und leerte seinen Becher. Frauen waren nun mal launisch! Er wischte sich mit dem Handrücken über den Mund.

Irmingard spürte, dass die Stadt sie veränderte, so als wäre sie von einem Fieber oder einer Krankheit angesteckt. Dieses Fieber steigerte sich durch die Unerträglichkeit des Wartens. Würde es Tage, Wochen, Monate dauern, ehe sie vom Papst Nachricht erhielt? Am Heiligen Stuhl war alles möglich, so viel hatte Irmingard inzwischen begriffen.

Die Gasse, durch die Padano sie als Nächstes führte, endete auf einem kleinen Platz. Vor ihnen ragte dunkel und bedrohlich die Fassade des Pantheons empor. »Ist das nicht ein wunderbares und großartiges Bauwerk?« Padano deutete auf den gewaltigen Rundbau mit seiner riesigen, bleiverkleideten Kuppel. »So dick wie drei Männer sind seine Mauern. Seht Ihr, wie gut es erhalten ist? Gott selbst hält seine schützende Hand über den alten Römertempel, und wisst Ihr warum? Weil Papst Bonifaz ihn vor hunderten von Jahren in die christliche Kirche Santa Maria von den Märtyrern umgewandelt hat.«

Ehrfürchtig näherten sie sich dem antiken Tempel, der so wirkte, als läge er immerwährend im Schatten, obwohl doch ein herbstlich-hellblauer Himmel die Heilige Stadt überwölbte. Rotswit starrte unbehaglich auf den alten Bau.

»Es ist kaum zu glauben, dass Menschen so etwas bauen können«, sagte Irmingard mit einer Mischung aus Ehrfurcht und Unbehagen.

»Man sagt, es ist die größte Kirche der Christenheit.«

»Können wir hineingehen und uns die seltsame Tempelkirche anschauen?«

»Es ist ein Tempel des Herrn und steht für jeden gläubigen Menschen offen.«

Während die anderen den Rundbau betraten, blieb Nadira draußen zurück. Finster empfing die Übrigen der gewaltige Raum. Nur durch eine kreisrunde Öffnung in der Mitte der Kuppel fiel diffuses Vormittagslicht herein. Es schien, als würde der Innenraum des Pantheons mit seinen unglaublichen Ausmaßen alles Licht verschlucken. Selbst der Schein der Kerzen wirkte bleich und kraftlos.

»Das macht mir Angst«, flüsterte Rotswit. Ihr Geflüster schien sich in der Kuppel zu einem bedrohlichen Zischeln zu verstärken.

»Es ist wie in einem Traum«, fügte Irmingard hinzu.

»Warum ist die Araberin draußen geblieben?«, fragte Rotswit mit einem Anflug von Verächtlichkeit. Seit einiger Zeit fürchtete sie, die Tänzerin würde sie in der Gunst ihrer Herrin überflügeln.

»Vielleicht hat es etwas mit ihrem Glauben zu tun«, erwiderte die Gräfin vage.

»Ich glaube, es hat eher etwas mit ihrer Laune zu tun«, sagte Rotswit. »Mal himmelhoch jauzend, mal zutiefst betrübt.«

»Psst«, machte Fra Padano. »Du störst die Heiligkeit dieses Ortes.«

»Fra Padano hat Recht, es ist genug!«, bekräftigte Irmingard und blickte das Mädchen streng an.

Es waren nur wenige Gläubige in der Kirche. Am Altar las ein junger Priester einsam die Heilige Messe. Seine Worte verhallten und verloren sich. Auch nach hunderten von Jahren schien der Geist der römischen Imperatoren den Kuppelbau noch immer zu beherrschen. Das Christentum war hier nur zu Gast; vielleicht verirrten sich deswegen so wenige Christen zum stillen Gebet in den einstigen Tempel. Irmingard fühlte sich unendlich klein angesichts der riesigen Ausmaße der Kirche. Eine Gänsehaut überzog ihre Arme.

Padano deutete auf eine Reihe steinerner Särge an der Ostseite des Pantheons. »Etliche Märtyrer haben hier ihre letzte Ruhe gefunden, daher hat die Kirche ihren Namen«, flüsterte der Mönch. »Dort liegen sie nun in ihren kalten Särgen aus Stein. Sie wandern durch die Jahrhunderte, sehen Kaiser und Päpste kommen und gehen. Sehnsüchtig warten sie auf die Wiederauferstehung am Tage des Jüngsten Gerichtes, denn dann werden sie an der Seite des Herrn sitzen.«

Als sie bald darauf das kühle Innere des Pantheons mit seiner melancholischen Stimmung wieder verließen, atmete Irmingard auf. Ihre Augen saugten das goldene Licht der spätherbstlichen Vormittagssonne geradezu auf.

»Wo ist nur Nadira?«, fragte Fra Padano und strich sich übers Kinn. »Sie wollte doch hier warten.«

»Das ist wieder mal typisch«, bemerkte Rotswit.

Irmingard schaute sich um. »Ich sehe sie nirgendwo«, sagte sie dann beunruhigt.

»Sie ist doch nicht das erste Mal allein in dieser Stadt unterwegs«, sagte Rotswit spitz.

Padano scheuchte einen Andenkenverkäufer weg, der kleine, aus Holz geschnitzte Kruzifixe feilbot, auf denen angeblich ein besonders heilkräftiger Segen lag.

»Aber sie würde doch nicht weggehen, wenn sie versprochen hat, auf uns zu warten.«

»Es sei denn, sie hätte einen triftigen Grund«, wandte Fra Padano ein. »Wollt Ihr warten, Gräfin, oder vertraut Ihr darauf, dass sie sich schon zurechtfindet?«

»Ich hoffe nur, dass ihr nichts zugestoßen ist«, sagte Irmingard. »Also gut, lasst uns gehen.«

Bald darauf erreichten sie eine kleine, verwinkelte Piazza. Neben der altehrwürdigen Marienkirche befand sich eine Pferdetränke. Unbewusst hatten sie ihre Schritte in Richtung des Machtzentrums der Stadt gelenkt: Unweit floss der Tiber, und auf dem jenseitigen Ufer erhob sich die Engelsburg im Vormittagslicht, wo der Heilige Vater residierte …

Padano deutete mit der ausgestreckten Hand westlich: Durch eine Lücke zwischen zwei heruntergekommenen Häusern schauten sie über den Tiber hinweg genau auf den Petersdom.

»Seht Ihr die schmale Gasse, die dort hinten beginnt?« Padano wies jetzt auf die andere Seite der belebten Piazza, wo die zerfallenden Gemäuer des Frauenklosters Santa Maria in Minervium standen. Das Kloster war auf den Ruinen des alten Minervatempels errichtet worden. Irmingard nickte. Wieder ein sakraler Bau auf den Fundamenten eines heidnischen Tempels – Rom schien voll dieser Gegensätze zu sein.

»Man nennt sie die Straße der zwei Liebenden. Aber fragt mich nicht, warum sie so heißt. Ich dachte nur, der Name würde Euch gefallen.«

10. Kapitel

Der nächste Morgen war kühl und feucht. Bleigrau wie eine gewaltige Kuppel wölbte sich der Himmel über Rom. Irmingard ging wie jeden Morgen die schmale Treppe hinab, die zu dem Gärtchen des Gästehauses führte. Sie zog die Kapuze ihres Mantels über den Kopf.

Der Garten war von einer dreifach mannshohen Mauer umgeben. Der Tag erwachte. Die kühle Luft tat ihr gut. Sie schaute an der Fassade des Gästehauses hoch. Die Fensterläden vor der Kammer, in der Rotswit und Nadira schliefen, war noch geschlossen. Die Gräfin setzte sich auf eine der beiden steinernen Bänke, über die bizarre Palmen ihre Blätter ausbreiteten. Sie starrte auf ihre Hände.

Der Ring Nadiras mit den drei Symbolen am kleinen Finger ihrer linken Hand wirkte wie ein fluchbeladener Fremdkörper. Am liebsten hätte sie ihn vom Finger genommen. Sie hasste ihre Hände, denn sie hatte sich in der Nacht, in ihren Träumen, sündhaft berührt, wie sie es niemals zuvor in ihrem Leben getan hatte – so als entwickelten die Hände ein Eigenleben.

Eine Gänsehaut überzog ihre Unterarme. Da war sie schon wieder, diese tiefe, namenlose Erregung. Sie hatte so sehr gehofft, dass sie das Zwitterwesen aus Maurizio und Ruodlieb aus ihren Träumen verbannen könnte, seit sie dem Lautenspieler in Florenz so unvermittelt Lebewohl gesagt hatte. Dass sie ihre innere Ruhe wiederfinden könne, um sich ganz auf ihr eigentliches Ziel zu konzentrieren. Doch nichts davon war eingetroffen. Eigentlich wurde es von Tag zu Tag schlimmer, ein sich immer weiter steigerndes Fieber, gegen das es kein Heilmittel zu geben schien. Und das Sündigste war, dass sie um nichts in der Welt auf diese Träume, die Berührungen des eigenen Körpers, die Explosion ihrer Erregung am Ende verzichten wollte. Ihr ganzes Leben war wie ein verwirrender Traum geworden.

Sie bat Otto halbherzig um Vergebung für das, was hier mit ihr geschah, gegen ihren Willen, und doch herbeigesehnt wie nichts zuvor. Die Vorstellung, dass sie Maurizio niemals wiedersehen sollte, wurde immer unerträglicher, aber ihr Verstand sagte ihr, dass es gut war, dass es die einzige Möglichkeit war, nicht zur Ehebrecherin zu werden. Sich in Gedanken und Träumen seinen Fantasien hinzugeben mochte vielleicht gottlos und treulos sein, aber doch nicht so unverzeihlich wie ein wirklicher, ein vollendeter körperlicher Treuebruch.

Ziemlich weit entfernt war ein grollendes Donnern zu hören, und fast im gleichen Augenblick ging die helle Glocke, die anzeigte, dass ein Besucher an der Klosterpforte war. Irmingard gewahrte erst Augenblicke später, dass sie zusammengezuckt war. Warum, um Himmels willen, warum erschrecke ich mittlerweile bei jeder Kleinigkeit? Warum fühle ich mich wie eine ertappte Sünderin?

Sie schloss die Augen, verfolgte die Geräuschkulisse. Die Pforte lag genau zwischen der Klausur der Mönche und dem Gästehaus und quietschte charakteristisch. Dann krachte sie wieder ins Schloss. Der Bruder Pförtner hatte irgendjemanden eingelassen zu dieser frühen Morgenstunde, einen Boten, einen Gast, wer wusste es.

Die hölzerne Stiege im Treppenhaus knarzte. Dann ging eine Türe, und danach war es für einige Zeit wieder still. Nur die Vögel zwitscherten, späte Wintervögel, die nicht in den Süden zogen. Bin ich denn selbst ein heimatloser Zugvogel geworden, fragte sich die Gräfin traurig. Verspielte sie nicht mit ihren verbotenen Träumen ihre Zukunft und Ottos Zukunft obendrein?

Musste sie sich nicht fürchten, ihrem Gemahl – wenn sie jemals zurückkäme – unter die Augen zu treten?

Mönchsgesang war jetzt aus der kleinen Klosterkirche zu vernehmen. Die schwarzkuttigen Benediktiner beteten zur Prim, und danach würden sie ihrer täglichen Arbeit nachgehen, gemäß dem Motto des heiligen Benedikt: *ora et labora.* Fra Padano hatte der Gräfin erzählt, dass das Kloster bekannt war für seine schönen Handschriften, für die Evangeliare, Psalter und Stundenbücher, und insbesondere für die Kopien altrömischer Dichter und Philosophen, die in akribischer, monatelanger Arbeit im Skriptorium des Klosters hergestellt wurden. Otto hätte sich für all das brennend interessiert, dachte Irmingard.

Mit einem Mal stand Fra Padano vor ihr. »Ach – hier seid Ihr, Gräfin«, sagte er. »Ich habe Euch gesucht, um Euch zu sagen, dass ich mich jetzt in die Engelsburg begebe.«

»Und was bedeutet das?«, fragte Irmingard aufgeregt.

»Fragt mich etwas Leichteres. Die Botschaft kam von Comandante Raffaele. Er ist der Rittmeister der päpstlichen Wachmannschaft auf der Engelsburg. Es kann alles Mögliche bedeuten.«

»Ihr seid ein alter Pessimist!«, rief Irmingard. Sie versuchte ein Lächeln, das aber nicht besonders überzeugend gelang. Sie wollte, dass neue Hoffnung ihre nächtlichen Fantasien und Hirngespinste vertrieb. »Ich wette, Ihr wisst ganz genau, was sich hinter den hohen Mauern der Papstburg tut.«

Fra Padano strich sich mit der Hand über den weißen Haarkranz. Er ließ ein winziges Lachen vernehmen. »Ihr überschätzt mich maßlos, Gräfin.«

Irmingard kehrte schnell zurück in ihre Kammer. Sie fühlte sich allein und verlassen. Durch das offen stehende Fenster kam kühle Luft herein. Ein Windstoß fuhr durch das Fenster, verfing sich in ihrem Haar. Die Haube lag achtlos auf dem Stuhl. Die Haarspitzen, die der Wind herumwirbelte, kitzelten in ihrem Gesicht. Draußen hatte ein Nieselregen begonnen, und Rom wirkte trist, schmucklos und verfallen.

Sie verwarf den Impuls, sich vor das an der Wand hängende einfache Holzkreuz zu knien und ein Gebet an ihre alte Weggefährtin, die Muttergottes, zu richten. Der Glaube, der ihr immer Trost gespendet hatte, schien mit einem Mal weit weg. Die Heiligen, die Jungfrau Maria, all das gehörte dem reinen Land der Kindheit an, befand sich jenseits einer Grenze, die in Florenz gezogen worden war. Dabei sehnte sie sich so sehr nach der tröstlichen Kraft des Gebets. Sie hoffte inständig, dass sie je wieder zu ihrer alten Frömmigkeit zurückfinden würde.

Ihre Hand umschloss das Amulett, das der Prior des Klosters ihr ausgehändigt hatte, um sie vor Geistern und Dämonen des alten Heidentums zu schützen. In diesem Augenblick klopfte es leise an die Tür ihrer Kammer.

»Ja? Wer ist da?«

Nadira trat ein. Sie wirkte fast wie eine Nachtwandlerin.

»Du? Wo bist du gewesen? Warum hast du nicht vor dem Pantheon auf uns gewartet!«, sagte Irmingard vorwurfsvoll. Sie hatte gehört, wie Nadira spät am Abend zurückgekehrt war, und sich vorgenommen, die Araberin am nächsten Morgen zur Rede zu stellen.

»Ich hatte etwas zu erledigen … ein wichtiger Auftrag. Ich … ich musste es tun«, sagte die Araberin leise. »Glaubt mir, dass ich vieles tun muss, was ich eigentlich nicht tun will.«

»Du redest in Rätseln.«

Plötzlich liefen Tränen über die dunklen Wangen Nadiras. »Ich soll Euch holen, Herrin«, stieß sie hervor, so als bereitete es ihr große Schmerzen und Mühe, diese Botschaft zu überbringen. »Kommt mit, Herrin!« Nadira fasste Irmingard am Arm.

»Was ist mit dir? Lass mich los!« Die Gräfin schüttelte die Hand der Araberin unwillig ab. »Zuerst verschwindest du ohne ein Wort, und jetzt verhältst du dich, als wärest du volltrunken oder verrückt.«

Nadira schüttelte den Kopf. »Es tut mir Leid«, stammelte sie. »Aber Ihr wisst nicht …«

»Was weiß ich nicht?«

»Ach, nichts. Nichts. Hier, seht!« Nadira hielt der Gräfin ein kirschrotes, schmales Seidenband hin. »Das soll ich Euch geben. Zum Beweis.«

Die Gräfin blickte fragend auf das Band. »Ich verstehe kein Wort«, stammelte sie.

»Das ist *seine* Botschaft an Euch«, sagte die Araberin. »Bitte! Er sagt, es sei wichtig.«

»Von wem redest du?«

»Ihr wisst es doch genau!«

Irmingard hielt das rote Band in Händen. Ihr Herz raste. Konnte es möglich sein? Nein, es bestand kein Irrtum, das war ihr Haarband, das Maurizio in Florenz an sich genommen hatte. Die Gräfin hatte Mühe, sich zu beherrschen. Ihre Beine drohten den Dienst zu versagen.

»Woher hast du das?«, fragte sie schließlich.

»Von ihm.« Nadira lachte verbittert.

»Lass uns nicht länger in Rätseln sprechen.« Sie musste jetzt wissen, woran sie war. »Es geht um Maurizio.«

Nadira nickte nur. Auch sie schien innerlich aufgewühlt zu sein. Die Vermutung, dass sie ihn in Arbedo und vielleicht auch in Florenz zum Geliebten hatte, verdichtete sich bei Irmingard zur Gewissheit. Plötzlich sah sie in der Araberin eine Rivalin, jünger an Jahren, schön wie Ebenholz, und sie spürte einen beinahe schmerzhaften Neid in ihrer Brust bei der Vorstellung, dass Nadira mit dem Lombarden zusammen gewesen war.

»Ist er in Rom?«

»Ich kann nicht mehr sagen.« Nadiras Antwort klang wie ein heiseres Krächzen.

»Du liebst ihn?«

Nadira starrte Irmingard für einen Augenblick hasserfüllt an. »Aber er liebt nur Euch«, flüsterte sie dann.

Irmingard sah zum Fenster. Wenn Nadira Maurizio liebte, warum ließ sie sich dann als seine Botin missbrauchen? Die Liebe der Araberin musste bedingungslos sein!

»Draußen vor der Türe wartet eine Sänfte auf uns«, sagte die Araberin. Sie versuchte jetzt, ihrer Stimme einen geschäftsmäßigen Klang zu verleihen.

»Wohin soll mich die Sänfte bringen?« Irmingard zögerte noch immer, obwohl sie längst wusste, dass sie mitkommen würde.

Und Nadira sprach es aus: »Ihr wisst doch selbst, dass Ihr kommen werdet. Also sollten wir erst gar keine Zeit verlieren. Es ist eine Sänfte des Grafen Piccolomini«, sagte die Tänzerin, während sie Irmingards Umhang ergriff und ihn der Gräfin um die Schultern legte. »Merkt Euch das, wenn uns jemand fragt. Es ist eine offizielle Einladung des Grafen, wenn Ihr so wollt.«

Irmingard fühlte sich wie die Komplizin bei einem Verbrechen. Schlimmer noch: als die Haupttäterin. Vorsichtig schlichen die beiden Frauen die Treppe hinab.

»Wer ist dieser Graf Piccolomini?«, fragte Irmingard leise.

»Ich weiß auch nicht mehr als diesen Namen.«

Auf dem dunklen Gang, der zur Pforte führte, hielten sie inne. Nadira lauschte. Offenbar wollte sie sich vergewissern, dass niemand in der Nähe war.

»Was ist mit dem Pförtner?«, fragte die Gräfin.

Nadira lächelte. »Kommt, seht selbst!« Der Mönch lag selig schlummernd in seiner Kammer und schnarchte laut. Nadira drehte den großen Schlüssel um, der die Klosterpforte öffnete, und stieß die Türe auf. Ungesehen und unbehelligt kamen die beiden Frauen auf die regennasse Gasse.

Um die Ecke wartete die Sänfte. Irmingards Herz schlug bis zum Hals. Vier kräftige Träger standen daneben. Die Frauen stiegen ein. Sie vermieden es, einander anzusehen. Die Sänfte wurde hochgehoben, setzte sich schwankend in Bewegung. Die Gräfin schaute durch das dünne Gewebe, das vor die Fenster gespannt war, auf die vorbeigleitende Trümmerstadt.

»Weiß er, dass du ihn liebst?« Irmingards Stimme durchschnitt die Stille. Nadira zuckte zusammen. Sie schaute die Gräfin gequält an. Ihre Augen schienen um Gnade zu bitten. Dann schüttelte sie den Kopf.

»Du machst das wegen ihm?«

»Ja, und weil ich ihm einen Gefallen schulde.« Nadira lachte spöttisch auf. »Einen großen Gefallen, denn er hat mir einmal das Leben gerettet.« In ihr Gesicht trat Trotz. »Er sagt, dass er Euch schon kannte, noch ehe Ihr einander begegnet seid. Seine Augen glänzen, wenn er das sagt. Wie könnte ich ihm da meine Hilfe verweigern?«

»Hast du bei ihm gelegen?«

»Ihr meint, ob er mich besessen hat?«, fragte sie herausfordernd. »Nein, das hat er nicht.« Ein wehmütiger Ausdruck erschien auf Nadiras Gesicht.

Sie kamen über einen belebten Markt. Das Feilschen und Schimpfen, das Gezetere der Marktweiber und der Singsang der Händler, die ihre Waren anpriesen, mischte sich mit dem Geblöke von Eseln und Maultieren, dem Gackern der Hühner und dem Schnattern der Gänse.

»Wenn er mich gewollt hätte, dann hätte ich mich ihm hingegeben«, sagte Nadira unvermittelt. »Doch seit er Euch getroffen hat, ist er ein anderer Mensch.«

Irmingard wurde es ganz schwindlig, als sie sich klar machte, was Nadiras Worte bedeuteten. Maurizio hatte es nicht nur darauf abgesehen, seine Wollust zu befriedigen, es ging ihm um mehr. Hatte er nicht gesagt, er habe das Gefühl, sie schon lange zu kennen? Und erging es ihr nicht genauso? Wenn er nun doch Ruodlieb war? Sie seufzte. Das machte alles noch viel schwerer!

»Eins verstehe ich nicht«, sagte Nadira nach einer Weile. »Ihr seid hier, um Eure Ehe zu retten. Und gleichzeitig seid Ihr im Begriff, sie zu brechen.«

Das Gesicht der Gräfin lief rot an. Zuerst war sie außer Stande, etwas zu sagen. Aber dann fasste sie sich. »Es ist so wie bei Maurizio«, sagte sie. »Auch ich habe den Traum, dass ich ihm schon einmal begegnet bin. Und ich weiß genau, wann und wo das war. Ich will, ich muss mir Gewissheit verschaffen, verstehst du?«

»Was sagt Ihr da? Ihr wisst, wann Ihr Maurizio schon einmal begegnet seid?«

»Ich hatte einen Freund, einen wirklich guten Freund, der mich durch meine Kindheit begleitet hat. Ich war erst zwölf, als ich Ruodlieb verlor. Das ist nun mehr als fünfzehn Jahre her. Und als ich Maurizio sah, dachte ich, Ruodlieb vor mir zu haben.«

»Ihr macht mir Angst«, sagte Nadira mit weit aufgerissenen Augen.

»Es ist nicht nur eine bloße Ähnlichkeit«, fuhr Irmingard fort. Sie spürte, wie sehr es sie erleichterte, über Ruodlieb und die Vergangenheit sprechen zu können, die sie all die Jahre über in einer dunklen Kammer ihres Herzens verschlossen gehalten hatte. »Es ist nicht nur diese unglaubliche Ähnlichkeit. Er redet so wie Ruodlieb. Er bewegt sich so. Er riecht sogar genauso.«

»Dieser Ruodlieb … er hat Euch wohl viel bedeutet?«

»Wir haben einander versprochen, dass wir Mann und Frau werden, wenn wir erwachsen sind.«

»Aber wieso habt Ihr dann Graf Otto geheiratet?«

»Ruodlieb war ein Stallbursche, und eine Heirat wäre kaum für uns in Frage gekommen. Aber damals war ich mir sicher, dass es nur einen gab, der uns trennen konnte, und das war der Tod. Ruodlieb ist wie meine Eltern beim Brand unserer Burg ums Leben gekommen. Zumindest habe ich das all die Jahre über angenommen.«

»Das tut mir so Leid.« Echtes Mitgefühl spiegelte sich in Nadiras Augen.

Irmingard sah den monumentalen Schattenriss eines runden, riesigen Gebäudes, das aus lauter gewaltigen Bögen bestand. Sie ahnte, dass es das Kolosseum war, das sie zuvor nur von fern gesehen hatte.

Wenig später hielten sie vor dem schwer befestigten Tor einer innerstädtischen Burg. Hinter dem Tor eröffnete sich ein großer, menschenleerer Innenhof, der von hohen Mauern, einem mächtigen Burgturm und zahlreichen steinernen Gebäuden umgeben war. Auf einer Seite des Hofs befand sich ein antiker römischer Palast, der wohl das Haupthaus der Burg Piccolomini war. Genau vor dem Eingang des Palasts setzten die Träger die Sänfte ab. Kurz darauf hörte Irmingard das Knirschen und Knarren, mit dem sich das mächtige Burgtor hinter ihr schloss.

»Wir sind angekommen, Herrin«, sagte Nadira.

Der Schlag der Sänfte wurde aufgerissen. Ein Mohr aus dem tiefsten Afrika stand draußen im Morgenlicht. Er hatte große, wulstige Lippen, trug goldene Ohrringe und war in ein buntes Tuch gehüllt. Er wirkte so kräftig, als könnte er Felsblöcke heben.

Nadira schlüpfte hinaus und verschwand geschwind im schwarzen Maul des offenen, aus Bronze gegossenen Doppeltors des Palasts. Sie schien sich auszukennen: Wahrscheinlich hatte Maurizio sie tags zuvor hierher bestellt, ging es Irmingard durch den Kopf.

»Hohe Frau«, sagte der schwarzhäutige Hüne und hielt Irmingard galant den Arm hin. Verwirrt ergriff die Gräfin seinen Arm. »Wenn Ihr bitte mitkommen wollt?«

Er hatte einen seltsamen Akzent, sodass Irmingard sein Italienisch kaum verstand. Als der Schwarze sie durch das Bronzetor ins Innere des römischen Palasts führte, verspürte Irmingard den heftigen Impuls zu fliehen. Andererseits wusste sie, dass es längst unmöglich war. Der Gedanke, Maurizio wiederzusehen, vertrieb auch den letzten Funken Vernunft, der noch in ihr war.

Vergeblich versuchte sie, Erinnerungen an Otto und die Heimat, an ihre Mission heraufzubeschwören. Ihr Geist war wie leer gefegt davon. Hinter dem Vestibül eröffnete sich ein breiter Flur, wo Fackeln die Wände beleuchteten. Als Irmingard an der Seite des Mohrs durch den Gang schritt, besah sie sich die Wände: Steinerne Fratzen starrten auf sie herab, bizarre Fresken ließen sie schwindlig werden. Nackte Leiber tummelten sich da neben Fabeltieren und mystischen Gestalten der Antike. Warum hatte Maurizio sie genau hierhin bestellt? An einen Ort, der das elysische Lebensgefühl, ein zutiefst sündhaftes und unchristliches Treiben symbolisierte? Sie schauderte. Es bestand kein Zweifel daran, dass Dionysos und der bocksgestaltige Gott Pan dieses Haus beherrschten.

»Nein!«, schrie sie voller Angst und Verzweiflung. Sie blieb stehen, verharrte schwer atmend auf der Stelle, wie vom Donner gerührt. »Nein! Ich will das nicht! Ich will meine Seele nicht verkaufen!«

Der Mohr drehte sich um und lachte schallend. »Herrin, das habt Ihr doch längst.«

»Bring mich sofort hinaus!«

»Wie Ihr wünscht …«

»Nein, zuerst will ich Euren Herrn sprechen.«

»Der Conte Piccolomini ist nicht zu Hause«, erwiderte der schwarzhäutige Hüne amüsiert.

»Und warum bringt man mich dann in sein Haus?«

»Das wisst Ihr doch selbst, Herrin.« Der Schwarze schaute Irmingard für einen Augenblick so abschätzig an wie eine Hure, die in den Tavernen am Tiber für einen halben Denar einem jeden zu Willen war.

»Dann bringt mich eben zu Maurizio.« Ihr Widerstandsgeist war längst gebrochen. Warum sollte sie noch länger den Schein wahren?

Der Mohr zog die Schultern hoch und ging dann weiter. Die

Gräfin folgte ihm. Er stieß eine der ersten Türen auf, die aus einem sehr dunklen Holz geschnitzt war. Intarsien zeigten die zwölf Heldentaten des Herakles, und unwillkürlich wich Irmingard vor den Schlangenköpfen der Lernäischen Hydra zurück.

»Herrin … hier hinein, bitte. Habt keine Angst«, fügte der Afrikaner hinzu. »Es wird Euch kein Haar gekrümmt. Glaubt mir, hinter dieser Türe geschieht nichts, was Ihr nicht selbst wollt.«

11. Kapitel

Der mittelgroße Raum war gewölbt wie eine Kirche und prächtig ausgestattet. Seine hohe Decke war wie der Flur mit Fresken ausgemalt, die die Taten des Königs Theseus darstellten. Alles hier schien von griechischer Mythologie inspiriert. An den Wänden hingen wertvolle Teppiche mit Szenen, die die zwölf Götter des Olymp zeigten.

Keines der kunstvollen Bildnisse drang bis an Irmingards Bewusstsein. Wenn man sie hinterher gefragt hätte, so hätte sie nicht eine Szene zu beschreiben vermocht. Sie hatte Angst vor dem, was sie erwartete, und gleichzeitig sehnte sie es herbei.

Sie war bereit, den letzten Schritt zu tun. Sie wusste es, und sie hatte sich damit abgefunden. Was danach käme, gehörte nicht zu diesem Augenblick. Es gehörte womöglich nicht einmal zu diesem Leben. Irmingard fiel auf, dass der Raum fensterlos war. Vielleicht waren die Fenster auch hinter den Wandteppichen verborgen. Dennoch drang von irgendwoher Tageslicht herein. Irmingard rätselte zuerst, woher das Licht kam, das keine Quelle zu haben schien und trotzdem da war. Ein diffuses und indirektes Licht, und sie vermutete, dass es durch ein Spiegelsystem von draußen hereingeleitet wurde. Das war nichts als eine heidnische Spielerei ohne Sinn und Verstand, eine Einrichtung, die nichts anderes sollte, als die Sinne zu betören, genau wie die Fresken und die Wandteppiche. Eine Fälschung, eine Täuschung.

Die Tür fiel ins Schloss. Der Schwarze war fort, die Gräfin allein, keine andere Menschenseele befand sich in dem Raum. Am anderen Ende, zwanzig oder mehr Schritt entfernt, war eine weitere Tür, die bis zur Decke reichte und mit schweren, blauen Samtvorhängen verschlossen war. In den Samt waren goldene Sterne eingearbeitet, und der Vorhang wiegte sich sanft in einem leichten Luftzug, den auch Irmingard spürte.

Der Lufthauch ging wohl von einem großen Kamin aus, in dem ein niedriges Feuer brannte. Es verbreitete eine wohlige Wärme. Gegenüber dem Kamin befand sich ein großer Diwan mit zahlreichen Kissen, die mit orientalischen Stoffen bezogen waren. Der Boden war aus weißem Marmor, der mit dicken Teppichen bedeckt war. Auf einem Tischchen neben dem Diwan stand ein Schachspiel aus Jade. Auf dem größeren Tisch davor war ein halbes Dutzend Weinpokale aufgereiht, die aussahen, als wären sie aus purem Gold.

Irmingard trat nervös von einem Bein aufs andere. Nichts geschah. Sie spürte eine unendliche Leere in sich und eine Einsamkeit, die körperlich schmerzte. Wo war sie gelandet? Was, wenn sie in eine Falle geraten war?

Eine Stimme erhob sich. Sehnsüchtig und traurig klang das Lied, eine unerfüllte Hoffnung. Irmingard erschauderte. Ihr Herz raste. Die Stimme war klar und deutlich zu hören. Es war Ruodliebs Gesang, ohne jeden Zweifel. Er sang eines der Lieder, mit denen er die Pferde beruhigt hatte. Es war ein Lied des Pferdebändigers. Die Gräfin musste sich an einem Stuhl abstützen, um nicht die Sinne zu verlieren. Der Geruch von Weihrauch erfüllte jetzt den Raum, und zu Maurizios Gesang erklang jetzt auch das Lautenspiel.

»Ruodlieb!«, hauchte Irmingard.

»Wenn ich Euch sehe, Herrin, dann habe ich das Gefühl, ich hätte uralte Rechte auf Euch.« Wie aus dem Nichts war Maurizio durch den Vorhang der zweiten Tür erschienen, gehüllt in die ärmellose Tunika, die er auch bei seinem Auftritt in der Burg des Grafen Gudelfi getragen hatte, im Arm die Laute.

Die Welt drehte sich immer schneller um Irmingard. Sie ließ

sich seufzend auf dem Diwan nieder. Die Gräfin fühlte sich wie in einem Taumel, und der Mittelpunkt aller Drehbewegung war er: Maurizio, Salimbene, Ruodlieb. Der Mann mit den vielen Gesichtern.

»Verzeiht mir, dass ich Euch hierher geholt habe. Aber ich musste es tun. Ihr werdet mich schon verstehen.«

Vor dem blausamtenen Vorhang wirkte Maurizio wie die in Marmor geschlagene Statue eines antiken Künstlers. Jetzt war es nicht länger Ruodlieb, sondern Salimbene, der seine Laute erklingen ließ. Irmingard atmete schnell und flach. Sie zitterte. Eine Erregung hatte von ihr Besitz ergriffen, wie sie sie in den leidenschaftlichsten Stunden mit Otto nicht gekannt hatte.

Otto! Trotz des Aufruhrs ihrer Gefühle ahnte Irmingard, dass das, was mit ihr geschah, ihre Ehe zu zerstören drohte. Sie stand im Begriff, genau das Gegenteil von dem zu tun, was sie in Rom beabsichtigt hatte: ihre Ehe zu retten. Aber diese Regungen eines schlechten Gewissens waren fern und traurig, eine Ahnung ohne Konsequenzen.

Salimbene sang ein neues Lied, ein bitter-süßes Lied voller Zärtlichkeit. Langsam kam er auf sie zu. Alle Gefühle, die die Gräfin jemals gekannt hatte, schienen in seiner Stimme zu liegen. Jetzt erst erinnerte sie sich daran, wie sehr Ruodliebs Gesang sie damals, als die Tage noch sonnig und hell waren, betört und in ihren Bann gezogen hatte. Ein Leben ohne seine Gegenwart wäre ihr in ihren Mädchenjahren unmöglich erschienen.

»Trinkt doch, Herrin.« Salimbenes Lied war zu Ende, und er reichte Irmingard einen gefüllten Weinpokal. Er strahlte die Gräfin an, unbefangen und voll von jungenhaftem Charme. Unwillkürlich nahm sie den Pokal und trank einen tiefen Zug des schweren Rotweins. Sofort spürte sie, wie der Wein heiß und feurig durch ihren Körper rann.

Er setzte sich neben sie, ergriff ihre Hand. »Habe ich Euch nicht gesagt, dass wir uns wiedersehen würden?«

Seine Stimme ging ihr durch Mark und Bein. War es Salimbene oder war es Ruodlieb, der in ihr dieses Feuer entfachte? Es gab so vieles, was sie ihn hatte fragen wollen, doch ihre Kehle war wie zugeschnürt.

»Du wunderst dich, warum ich nach Rom gekommen bin.« Er hauchte einen Kuss auf ihre Hand, die er noch immer umfasst hielt. »Ich musste dir folgen, es blieb mir nichts anderes übrig.« Er sah ihr tief in die Augen. »Ich wusste, dass ich nicht weiterleben konnte, wenn ich dich nicht mehr sehen würde.«

»Maurizio, bitte …«

Er legte ihr den Zeigefinger an den Mund. »Ich weiß, was du sagen willst. Aber jetzt, da ich dich wiedergefunden habe, lass ich dich nicht mehr entwischen.« Er zog Irmingard an sich, suchte ihren Blick. »Ich weiß nicht, mit welchem Zauber du mich belegt hast, aber ich kann an nichts anderes mehr denken als an dich.« Ein nachdenklicher Ausdruck erschien in seinen Augen, als er hinzufügte: »Ich habe das Gefühl, dich zu kennen, seit ich lebe.«

»Mir geht es genauso«, flüsterte Irmingard. »Ich komme nicht gegen dieses Gefühl an, ganz egal, welche Konsequenzen es hat.« Sie streichelte über seine Wange. »Und weißt du, warum das so ist?«

Maurizio lehnte sich auf dem Diwan zurück und zog Irmingard in seine Arme. »Sag es mir!«

»Weil ich dir schon vor vielen Jahren mein Versprechen gab. Ebenso wie du mir.«

»Du sprichst in Rätseln.«

Er versuchte sie zu küssen, doch so sehr Irmingard sich nach seinen Küssen sehnte, wollte sie sich erst Gewissheit verschaffen.

»Du bist Ruodlieb, sag, dass du Ruodlieb bist. Wir kennen uns von Kindesbeinen an.«

Er schaute sie fragend an. »Ruodlieb?«

»Sag mir, mein Lieber, wo bist du geboren?«

Maurizio zuckte mit den Schultern. »Ich kann es dir nicht sagen.«

»Du weißt es nicht?«

Maurizios Gesicht verdüsterte sich. »Meine Erinnerung beginnt erst auf dem Hof von Signore Felipe. Alles, was davor war …« Er stockte, atmete schwer. Seine Miene verdüsterte sich, so als würde ihm die Frage nach seiner Herkunft Schmerzen bereiten. »Ich bin Maurizio«, sagte er dann. »Und manchmal bin ich auch Salimbene.« Er lächelte Irmingard spöttisch an. »Und wenn ich für dich Ruodlieb sein soll, dann bin ich auch dieser. Wenn es das einfacher macht für dich.« Seine Lippen senkten sich auf ihre. Er küsste sie lange und fordernd.

»Ich hatte solche Sehnsucht nach dir«, stieß Irmingard hervor. Sie erschrak vor der Leidenschaft in ihrer Stimme. »Ich habe mich nach dir gesehnt, seit ich dich zum ersten Mal gesehen habe, auf dem Markt in Arbedo.«

»Und wer war dieser Ruodlieb?« Maurizio ließ eine Locke ihres Haars spielerisch durch seine Finger gleiten.

»Ruodlieb und ich waren unzertrennlich, als wir Kinder waren … Und wären wir nicht getrennt worden, wäre er ganz gewiss mein erster und mein einziger Mann geworden.« Sie sah ihn prüfend an. Noch immer schwankte Irmingard zwischen der zärtlichen Erinnerung an ihren Jugendfreund und der körperlich-sinnlichen Anziehung, die von diesem Mann ausging, der möglicherweise ein Fremder für sie war.

»Was ist ihm zugestoßen?«

»Er ist tot.«

»Und warum denkst du dann, dass ich Ruodlieb sei?«

»Du siehst genauso aus wie er.«

»Ich kann es dir nicht sagen. Denn ich weiß selbst nicht, woher ich komme.« Eine tiefe Melancholie und Verlorenheit lag in seinen Worten.

»Es tut mir Leid …«

Maurizio lachte. »Dir braucht nichts Leid zu tun, Liebste! Lass mich für dich Ruodlieb sein. Ich will dir, nein, ich will uns diesen Traum gern erfüllen«, sagte er, und sie spürte, wie der Klang seiner Stimme jede Faser ihres Körpers zum Schwingen brachte. Als er sie abermals küsste, schwand jeder Widerstand dahin.

Maurizio öffnete die Fibel, die ihren Mantel zusammenhielt, und streifte ihn von ihrer Schulter. »Den brauchst du jetzt nicht mehr.« Dann löste er das weiße Band, mit dem sie ihre Haare zusammengebunden hatte. Sie ergossen sich über ihre Schultern, und Maurizio genoss den Anblick der blonden Fülle. Er küsste sie von neuem, so voller Leidenschaft und Glut, wie Otto es niemals getan hatte, weil es nicht in seiner Natur lag. Seine Lippen wanderten zu ihren Schultern, während seine Hände die Verschnürung ihres Kleides lösten. Augenblicke später hatte Irmingard nur noch ihr dünnes, leinenes Untergewand am Leib. Und als Maurizio ihr auch noch das Leinenhemd vom Körper riss und sie splitternackt war, stöhnte sie auf. Blind vor Verlangen betrachtete Maurizio ihre Brüste, deren Knospen sich ihm entgegenreckten.

Irmingard schloss die Augen und gab sich den glühenden Schaudern hin, die durch ihren Körper jagten, als seine Zunge spielerisch die Spitzen ihrer Brüste umkreiste. Und als Maurizios Mund von den Brüsten hinab wanderte zu ihrem Schoß, spürte sie, wie er sich hart gegen ihren Schenkel presste. Und sie tat etwas, was sie noch nie getan hatte: Ihre Hände suchten sein Glied, und es erschien ihr die natürlichste Sache der Welt, seine drängende Männlichkeit zu spüren, seine Lust ins Unermessliche zu steigern.

Maurizio stöhnte auf, als ihre Bewegungen fester wurden, ihr Griff härter. Doch plötzlich gebot er ihr Einhalt, indem er sich ihrer Hand entzog. Er umfasste mit beiden Händen ihre Handgelenke, während sein Mund zu ihrem Schoß wanderte. Tief versenkte er seine Zunge in der feuchten, warmen Höhle zwischen ihren Beinen, dann fand die Zungenspitze jenen ungeheuerlichen Punkt, bei dessen Berührung sie keuchte und stöhnte, ohne dass sie aufhören konnte. Und um endlich diesem ekstatischen Lustschmerz zu entfliehen, der sie sonst auseinander gerissen hätte, stieß sie Maurizio von sich.

Wieder fand sie sein aufragendes Geschlecht, und wieder begann ihre Hand es im wilden Rhythmus zu streicheln.

»Nein!«, stieß Maurizio hervor und nahm ihre Hand beiseite. Er küsste sie, und seine Zunge entfachte das Feuer in ihr noch mehr. »Langsam, meine Geliebte, ich will dir doch noch mehr Freude bereiten …«

Und auch sie sehnte sich danach, ihn ganz zu spüren, ihn in sich aufzunehmen. Und als wäre es eine andere, die da sprach, hörte sie sich sagen: »Ja, ich will, dass du ganz tief in mich eindringst.« Es ist unmöglich, dass du das bist, dachte sie. Es kann doch nicht sein, dass ausgerechnet du dich wie eine Hure gebärdest, die du einmal an die reine Liebe des Herzens geglaubt hast. Ihre Gedanken überschlugen sich. Plötzlich war das Bild Ottos vor ihrem inneren Auge … Otto, doch schon verglühte es wie eine Sternschnuppe.

Das Feuer knisterte.

»Was ist los mit dir, Aphrodite?«, flüsterte Maurizio zärtlich. »Meine kleine, traurige Aphrodite! Nie kann sie sich ganz fallen lassen, denn sie hat kein Vertrauen. Sie glaubt, irgendwann wird ihr der Boden unter den Füßen fortgezogen. Aber wer sich nicht fallen lässt, wird nie die höchste Lust erfahren. Und das ist es doch, was du bei mir suchst, Aphrodite.«

Ganz vorsichtig und zärtlich küsste er Irmingard auf den Mund. Erneut verstand er es, sie dem Hier und Jetzt zu entreißen. Seine Hände, die ihr Schauer über den Rücken jagten, seine Zunge, die immer fordernder wurde, seine Männlichkeit, die sich an ihr Fleisch drängte. »Vergiss, wer du bist. Lass dich treiben!« Ja, er hatte Recht. Genau das hatte sie in ihren Träumen gesucht. Dieses Gefühl, sich fallen zu lassen, mochte unter ihr auch ein tiefer Abgrund klaffen.

»Ich liebe dich, Aphrodite«, stöhnte Maurizio, während er ein Knie sanft zwischen ihre Schenkel schob. Dann richtete er den Oberkörper etwas auf, wartete einen Moment, so als wollte er diesen einzigartigen und unwiederbringlichen Augenblick hinauszögern. Im nächsten Moment spürte Irmingard, wie er ihre Schenkel noch mehr spreizte und in sie eindrang. Sie war bereit, oh, sie hatte sich so sehr nach diesem Moment gesehnt. Voller Entzücken schloss sie die Augen, und ihre ganze Existenz reduzierte sich auf die eine rhythmische, geschmeidige Bewegung, die ihren Körper unauflöslich mit Maurizios Körper verband.

Sein Rhythmus beschleunigte sich, und sie bäumte sich ihm entgegen, während sich ihre Fingernägel in seinen Rücken gruben. Maurizio verstand es, ihre Lust immer weiter zu steigern, bis zur Qual, bis sie nicht mehr bei Sinnen war. Der Strudel drehte sich schneller, immer schneller. Die Wogen schlugen über ihrem Kopf zusammen. Sie schrie, schrie, schrie, und ihre Lustschreie verbanden sich mit denen Maurizios ... Nein, Ruodliebs ...

Sie schrie Ruodliebs Namen, immer wieder.

Sie spürte, wie sich sein heißer Samen in ihren Schoß ergoss. Mit konvulsivischen Zuckungen durchlief die Lust ihren Körper. Und dann spürte sie, wie die Wirklichkeit langsam in ihr Bewusstsein zurücksickerte.

12. Kapitel

In der Via dei Coronari drängten sich die Pilger. Sie strömten durch die »Straße der Rosenkränze« in Richtung des Petersdoms. Das Gedränge war beängstigend.

Irmingard hielt sich am Arm von Fra Padano fest. Alles, was sie sich zuvor zurechtgelegt und ausgedacht hatte, war wie weggeblasen. Sie hatte sich vorgenommen, stark zu sein und erhobenen Hauptes vor den Papst zu treten. Wie sollte das jetzt noch möglich sein?

Am Nachmittag des vergangenen Tages hatte sie sich wie eine Diebin zurückgeschlichen in ihre Kammer, aufgewühlt und verwirrt. Der misstrauischen Rotswit erzählte sie vage die Geschichte von der unverhofften Einladung durch den Grafen Piccolomini. Die Sänfte des Grafen hatte sie und Nadira eine Straßenecke weiter abgesetzt. Kaum hatte sie die Tür ihrer Kammer hinter sich zugemacht, als Fra Padano anklopfte.

Irmingard war sich sicher, dass ihr Reisebegleiter gekommen war, um herauszufinden, wo sie sich herumgetrieben hatte. Sie war fest davon überzeugt, dass der lebenskluge Mönch ihr ansah, dass sie gesündigt hatte und unwiderruflich der Hölle verfallen war. Aber er brachte eine ganz andere Botschaft, eine Botschaft, die Irmingard noch vor wenigen Tagen jubilierend aufgenommen hätte: Ihre Audienz beim Papst sei bewilligt worden, und sie sollte bereits am darauffolgenden Tag stattfinden. Irmingard hoffte, dass Padano nicht merkte, in welche Verwirrung sie seine Nachricht stürzte.

Sie kämpfte gegen den Anflug von Panik an, die sich ihrer bemächtigen wollte, als sie am Ende der Via dei Coronari angekommen waren. Tausend Worte hatte sie sich zurechtgelegt, die sie beim Papst vorbringen wollte, und jetzt, da ihre Audienz immer näher rückte, brachte sie kaum eines mehr zusammen. Ihre Gedanken kreisten stattdessen unaufhörlich um Maurizio und Ruodlieb und den ungeheuerlichen Vormittag in der Stadtburg des Grafen Piccolomini. Und obwohl sie sich der zerstörerischen Kraft ihres Ehebruchs ganz bewusst war, bereute sie nichts von dem, was sie getan hatte. Denn dann hätte sie bereuen müssen, dass sie überhaupt lebte.

Sie hatte das Gefühl, dass sie vor dem Papst kein einziges Wort vorbringen konnte. Und je näher sie der Engelsburg kamen, umso schlimmer wurde es. Der Papst würde ihr ansehen, was sie getan hatte, und es war ihr klar, dass sie jede Glaubwürdigkeit und Überzeugungskraft verloren hatte. Wie sollte sie nur unter diesen Umständen ihre Sache vor dem Heiligen Stuhl vertreten?

Das Gassengewirr der Altstadt war beängstigend. Ohne Fra Padano wäre sie hier verloren gewesen. Die Gesichter der Entgegenkommenden waren bedrohliche Fratzen. Die ganze Welt war eine einzige Anklage, dachte die Gräfin, und auf der Anklagebank saß sie allein. Die Bilder verwischten zu bizarren Mustern. Überall waren freilaufende Schweine, die im Abfall nach Essbarem wühlten. Eine Bude stand neben der anderen. Rosenkränze, kleine Kruzifixe, Kerzen, Amulette, Pilgerzeichen, aber auch Wegzehrung und Getränke wurden hier angeboten. Ein ohrenbetäubendes Geschrei herrschte, und überall war Dreck. Gerüche aus den billigen Garküchen, der Gestank der Kloaken, der Gerbereien und Färbereien und eine Vielzahl anderer Gerüche durchwaberten die Gassen. Die Gräfin war froh, dass sie sich im Schatten der Kapuze ihres Mantels verstecken konnte. Zum Tiber hin wurde das Gedränge noch dichter. Alle wollten sie zur Engelsbrücke, um den Fluss zu überqueren. Hier lungerten ungezählte Bettler herum, und Irmingard hatte das Gefühl, dass alle Arme sich nur nach ihr ausstreckten, um sie hinabzuziehen in den Abgrund.

Vor dem Eingang der päpstlichen Trutzburg jenseits der Engelsbrücke drängten sich ganze Heerscharen von Menschen, die alle darauf zu warten schienen, bei Papst Johannes Audienz zu erlangen. Irmingard wäre am liebsten davongelaufen. Aber Padano führte sie an der Masse der Bittsteller vorbei. Er sprach ein paar Worte mit den päpstlichen Burgmannen, die den Eingang bewachten, und wurde daraufhin ohne viel Aufsehen zusammen mit Irmingard durchgelassen. Gleich hinter dem Eingang ging es einen dunklen Gang entlang, der nur spärlich mit Fackeln beleuchtet war. Irmingard zog ihren Mantel enger um die Schultern.

»Eigentlich ist die Engelsburg das Grab des Kaisers Hadrian, und dieser Gang führt zur Grabkammer«, sagte Fra Padano. »Papst Gregor der Große hat das Mausoleum zu einer Zwingburg umgebaut. Tief im Innern ist der Aufgang. Er ist etwas beschwerlich, jedenfalls für einen Mann in meinem Alter.«

Auch Irmingard geriet außer Atem während des steilen Aufstiegs durch das steinerne, schlecht beleuchtete Innere des alten Grabmals.

»Ich war übrigens höchst erstaunt, dass Eure Audienz in nur drei Tagen bewilligt wurde«, sagte Padano keuchend und grüßte einen prächtig gekleideten Kardinal, der ihnen – umringt von einem Schwarm junger Nonnen – aus der Engelsburg entgegenkam.

»Ist es ein gutes Zeichen, dass es so schnell ging?«, fragte Irmingard vorsichtig, nachdem der Kardinal vorbeigegangen war.

»Es ist sicherlich eher ein gutes als ein schlechtes Zeichen.«

Als sie das Ende des Durchgangs erreicht hatten und in einen Burghof gelangten, atmeten sie auf.

Der Comandante der päpstlichen Wachen erkannte Padano und eilte auf ihn und die Gräfin zu. »Ehrwürden … wie gut, Euch zu sehen! Ihr habt also meine Nachricht erhalten?«

»Die Nachricht kam schneller als erwartet, Comandante.«

»Fra, Ihr wisst doch, dass Papst Johannes Euch so schnell keinen Wunsch abschlägt.« Offenbar waren der Comandante und Fra Padano gut miteinander bekannt. »Er schätzt Euch als seinen alten Beichtvater mehr denn je.«

Fra Padano erstaunte Irmingard immer wieder aufs Neue.

»Wie sieht es aus, Comandante Raffaele? Wisst Ihr schon, wann der Papst uns hineinrufen wird?«

»Ich denke, Ihr habt noch etwas Zeit, Ehrwürden«, sagte der Comandante. Er wandte sich Irmingard zu. »Dann seid Ihr wohl die Gräfin Hammerstein, die um die Audienz ersucht hat?«

Irmingard nickte. Der Comandante neigte kurz das Haupt. »Willkommen im Heiligen Rom«, sagte er mit ironischem Unterton. Irmingard fragte sich, wem der Spott des Ritters galt, ihr oder der Stadt. Wenn sie doch endlich das Gefühl abschütteln könnte, dass alle Augen sie anklagten und dass in jedem Gesicht das Urteil abzulesen war, das man bald über sie fällen würde!

Irmingards Blick fiel auf eine Steinfratze, die in eine Wand des Innenhofs eingelassen war. Statt der Augen und des Mundes klafften tiefschwarze Löcher in dem maskenhaften Gesicht.

»Euch gefällt unser sprechender Kopf?«, fragte der Comandante. »Wenn man am anderen Ende hineinspricht, klingt es hier oben wirklich schauerlich. So als säße tatsächlich ein Dämon hinter den finsteren Augen und dem klaffenden Mund.«

»Ihr seht, in der Engelsburg gibt es viele merkwürdige Dinge.« Padano schaute erwartungsvoll einem in Scharlachrot gekleideten Geistlichen entgegen, der aus dem Audienzsaal herbeigeeilt kam.

»Padano«, grüßte der Priester, während er die Gräfin kaum eines Blickes würdigte. Padano erwiderte seinen Gruß mit einem Nicken. Das Gesicht des feisten Geistlichen war unsympathisch, wirkte finster und unehrlich, wie Irmingard fand. Der Mann spielte nervös mit einem Schlüsselbund, an dem sicherlich drei Dutzend verschiedene Schlüssel hingen. »Seine Heiligkeit wünscht, dass die Gräfin Hammerstein sofort in den großen Audienzsaal kommt«, sagte er nach Atem ringend. »Die Sache soll so schnell wie möglich abgehandelt werden.«

»Warum plötzlich diese Eile?«

»Aribo ist auf dem Weg nach Rom. Er wird möglicherweise übermorgen hier eintreffen. Der Heilige Vater wünscht, dass die Angelegenheit bis dahin entschieden ist – so oder so.« Er drehte sich um und eilte davon. Offenbar erwartete er, dass Padano und Irmingard ihm folgten.

»Was heißt das: großer Audienzsaal?«, fragte Irmingard ängstlich.

»Ach, keine Sorge«, erklärte Padano trocken. »Es bedeutet nichts anderes, als dass der Papst Wert darauf legt, dass viele Zeugen anwesend sind. Kardinäle sind bei solchen Anlässen zugegen, Prälaten, Bischöfe und Erzbischöfe.«

Der beleibte Geistliche öffnete die schwere Pforte aus schwarzem Edelholz, in das Zeichen und Siegel eingeschnitzt waren. Zur Abwendung von bösem Zauber, wie Padano Irmingard zuflüsterte. Doch die Gräfin war jetzt nicht mehr aufnahmebereit für seine ihr ansonsten willkommenen Ausführungen.

Gedämpftes Gemurmel war zu hören. Jetzt hatte Irmingard keine Zeit mehr, sich Gedanken zu machen über das, was am Tag zuvor geschehen war, über ihre Schuld und ob man ihr ansah, dass sie eine Todsünde begangen hatte.

Und es war gut so. Der Geistliche drängte die Gräfin durch einen purpurnen Vorhang, der den Blick ins Innere des Audienzsaales verdeckt hatte.

»Ihr schafft das schon«, flüsterte Padano aufmunternd. Der Priester blieb stehen, sodass ihm Irmingard beinahe in den Rücken gelaufen wäre. Er wartete wohl auf ein Zeichen, dass sie eintreten konnten.

»Wenn ich Euch einen Rat geben darf«, fuhr er fort, »kümmert Euch nicht um die anderen Anwesenden. Der einzige wichtige Mann für Euch in diesem Raum ist der Heilige Vater! Seid einfach, wie Ihr immer seid. Seid ehrlich!«

Irmingard schluckte. Sie schloss die Augen. Dann atmete sie tief durch, sammelte sich. Immer wieder flüsterte sie einen Namen: Otto. So als wäre der Klang dieses Wortes ein Talisman für sie. Sie unterdrückte mit aller Macht jeden Gedanken an Maurizio und die Leidenschaft, die sie mit ihm zusammen erlebt hatte. Sie ließ den Blick durch den großen hohen Saal schweifen mit seiner gewölbten Kassettendecke, den Fresken und den zahlreichen Menschen, die rechts und links des Mittelgangs auf ansteigenden Podesten saßen. Gleich müsste sie diesen Gang hinabschreiten und vor den Papst treten.

Irmingard war erleichtert, dass Padano an ihrer Seite blieb wie ein Rettungsanker in schwerer See. Sie streifte sich die Kapuze vom Kopf, sodass ihr Gesicht nicht mehr im Schatten lag. Leises Murmeln ging durch die Reihen. Sie straffte die Schultern und nahm Haltung an – wie man es von einer hochstehenden Dame erwartete. Dann ging sie an der Seite Padanos durch das Spalier der Gesichter – neugierige, manchmal auch gleichgültige Gesichter. Zumeist waren es ältere Männer, einige davon in prächtige Roben gewandet. Neben Kardinalsrot und den schwarzen, pelzverbrämten Kapuzenmänteln, die zurzeit auf Roms Straßen in Mode waren, sah sie kostbares Kürschnerwerk, Zobel und Hermelin, und dazwischen dunkle Mönchskutten … All die Farben und Stoffe flirrten und wogten vor Irmingards Augen vorbei.

Ihr Kopf war jetzt ganz leer. Kaum dass sie noch gewusst hätte, warum sie überhaupt hier war. »Die Höhle des Löwen«, hörte sie Fra Padano flüstern. »Jetzt seid Ihr in der Höhle des Löwen angekommen.«

Ihr Puls raste. Sie hörte ihren Herzschlag in den Ohren pochen. Dann sah sie am anderen Ende des Audienzsaals, das in einem geheimnisvollen Halblicht lag, den alten Mann, der ihr unendlich weit entfernt erschien. Ein purpurner, reich bestickter Baldachin überwölbte den Papst. Er saß auf dem Papstthron und trug eine einfache, weiße Tunika als Gewand und auf dem Kopf die Tiara. Es schien Ewigkeiten zu dauern, bis sie an der Seite Padanos die ganze Länge des Saales durchschritten hatte und vor dem Thron angelangt war.

Fra Padano hielt in gebührendem Abstand inne.

Irmingard aber schaute nur noch den Mann vor ihr an. Er kam ihr vor wie ein großmächtiger Zaubermeister. Die Macht, die der unscheinbare Greis verströmte, war nicht von dieser Welt. Sie hatte das Gefühl, dass er in ihren Gedanken lesen konnte, aber sie fürchtete sich nicht davor. Vor diesem Mann gab es keine Geheimnisse, und plötzlich fühlte sich die Gräfin erleichtert: Der Papst war ein Mann, der ihre Schuld wie auch ihre Tugenden gerecht abwägen würde. Die Gedanken des Papstes waren nicht kleinlich, dessen war sich Irmingard im Angesicht des Thrones sicher: Johannes sah die großen Zusammenhänge und wusste, was jenseits des Horizonts war, der den anderen Menschen das Gesichtsfeld beschränkte.

»Fra Padano«, sagte der Papst. Er schien Irmingard gar nicht zu sehen, obwohl sie direkt vor seinem Thron stand.

Sie hatte nicht bemerkt, dass er die Lippen bewegt hatte. Seine Stimme war nicht einmal besonders laut, doch hatte sie eine Kraft, unter der sich unwillkürlich jeder zu ducken schien.

»Heiliger Vater«, erwiderte Padano förmlich und sank auf die Knie. Irmingard folgte seinem Beispiel.

»Genug … genug damit«, sagte Johannes lachend. Sein Italienisch klang melodiös, und obwohl Irmingard nur wenig verstand, faszinierte sie der Klang seiner Stimme. »Man verliert viel zu viel Zeit mit all diesen täglich wiederkehrenden Nichtigkeiten.

Gott lässt sich nicht beeindrucken durch förmliche äußere Zeichen der Unterwerfung, sondern nur durch innerliche Demut. Gottes Gnade richtet das Herz. Es steht geschrieben: Ich lege mein Schicksal in deine Hände, Herr.«

Padano stand auf und reichte Irmingard den Arm, um ihr aufzuhelfen. Die Gräfin hatte das Gefühl, dass hinter den Worten des Papstes noch eine tiefere, nicht für alle verständliche Bedeutung lag.

»Ich soll Euch Grüße von meinem Schwager überbringen«, sagte Padano. »Graf Hadrian di Gudelfi versichert Euch seiner tiefsten Unterwürfigkeit.« Irmingard spürte, dass der Papst und Fra Padano zwischen den Zeilen Botschaften austauschten. Botschaften, die nicht für fremde Ohren bestimmt waren.

Sie nutzte die Zeit, den Heiligen Vater genauer zu betrachten. Die ungewöhnlich hellen Augen, umgeben von einem Kranz dünner Falten, hatten etwas Eulenhaftes. Langes, weißes Haar quoll unter der Tiara hervor – das lange Haar der Grafen von Tuskulum.

»Graf Hadrian ... Wir haben ihn wirklich lange nicht mehr gesehen. Geht es ihm gut?«

»Der Herr ist ihm wohlgesinnt«, erwiderte Padano, »und auch wenn er kaisertreu ist, so verehrt er wie schon sein Vater den Heiligen Stuhl über die Maßen.« Auch diesmal hatte Irmingard das Gefühl, als verbärge sich eine geheime Bedeutung hinter den vordergründigen Worten.

»Er mag dem Kaiser treu sein«, erwiderte der Papst, »solange er sich daran erinnert, dass Wir den Kaiser krönen. Aber genug davon. Wir sehen, dass du Uns einen Gast mitgebracht hast.«

»Ja, Heiliger Vater, das habe ich. Darf ich Euch die Reichsgräfin Irmingard von Hammerstein vorstellen?«

Padano legte Irmingard eine Hand an den Ellbogen und schob sie ein wenig nach vorne. Im Fluss der italienischen Worte hatte sie nur ihren eigenen Namen herausgehört. Zögernd machte sie jetzt ein paar Schritte in Richtung des Papstthrons.

»Komm ruhig näher, mein Kind«, sagte der Papst mit einer Stimme, die plötzlich ganz verändert klang. Gütig, liebevoll, väterlich. Er beherrschte die Muttersprache Irmingards nahezu akzentfrei.

»Warum bist du zu Uns gekommen, trauriges Kind?«, fragte Johannes.

Irmingard war sich sicher, dass der alte Löwe die Antwort bereits kannte. »Ich bin gekommen, weil ich Eure Hilfe brauche«, sagte sie geradeheraus. Sie unterdrückte alle anderen Gedanken. Das Gestern war vorbei. Maurizio war Vergangenheit, jedenfalls galt das für diesen Augenblick. Sie hatte ihn verlassen im klaren Bewusstsein, dass sie ihn wahrscheinlich niemals wiedersehen würde. Als sich der Sturm der Leidenschaft gelegt hatte, war sie von einer seltsamen Sicherheit erfüllt, dass dieses eine Mal ihr genügen würde. Dass ihre Leidenschaft gestillt war. Sie wusste, dass es hatte geschehen müssen, um sich Gewissheit zu verschaffen. Und obwohl sie keine konkrete Antwort auf die Frage erhalten hatte, ob Maurizio und Ruodlieb ein und dieselbe Person waren, spürte sie, dass es nun keine Rolle mehr spielte. Denn selbst wenn Maurizio Ruodlieb gewesen war, so hatte das Leben einen anderen aus ihm gemacht. Einen Abenteurer und Troubadour, dessen Herz im Moment ihr gehörte, doch wer sagte ihr, dass er es nicht bald schon an eine andere Frau verlor?

Ihre Zukunft – wenn es denn eine für sie gab – lag bei Otto, hatte sie sich gesagt, und nur bei ihm. Selbst wenn sie sich mit ihrem Ehebruch den Weg zurück zu ihm für immer verbaut hatte, so musste sie doch ihre Mission zu Ende bringen, so gut sie es vermochte. »Ihr seid der Einzige auf der Welt, der mir helfen kann«, hörte sie sich sagen.

Papst Johannes lachte rau.

Einige der Hofschranzen rundum stimmten vorsichtig in das Lachen ein. Ein gestrenger Blick des Papstes brachte sie umgehend wieder zum Schweigen.

»Viele wollen Hilfe von Uns, Gräfin, allzu viele«, sagte der Papst. Er sprach langsam und in einem auch für Irmingard verständlichen Latein. »Und meist handelt es sich um Dinge, die Wir ihnen nicht geben können. Geld und Soldaten. Oder sie wollen, dass Wir eine Idee gutheißen, die Wir nach eingehender Prüfung als ketzerisch verwerfen müssen. Alle wollen sie Unsere Entscheidung. Dabei sind Wir der Geringste unter den Dienern des Herrn, erst seit kurzer Zeit sind Wir in Unserem Amt. Und alle, die bei Unserer Erhebung dabei waren, wissen, dass Wir uns keineswegs in dieses Amt gedrängt haben. Auch wenn manche böse Zungen in dieser unheiligen Stadt etwas anderes behaupten. Aber wie dem auch sei: Erklärt Uns jetzt, warum Ihr Unserer Hilfe bedürft, Reichsgräfin von Hammerstein.«

Irmingard schaute sich unsicher um. Sie wusste, dass der Papst sie prüfte. Vor all diesen Leuten sollte sie sich äußern? Sie spürte, dass ihre Knie und ihre Hände zitterten. Sie holte tief Luft. »Mein Gemahl, Graf Otto von Hammerstein, hat mich vor vier Jahren vor den Traualtar geführt.« Irmingard versuchte, den richtigen Tonfall zu finden, aber zuerst erschien es ihr, als würde sie kein einziges Wort verständlich herausbringen. Es war, als kämpfte sie sich durch ein undurchdringliches Dickicht: das Dickicht ihrer eigenen Gedanken. »Uns hat der Erzbischof von Köln zusammengeführt, der ehrwürdige Pilgrim.« Mit dem Reden kam Sicherheit in ihre Stimme. »Vier Jahre führten wir eine glückliche Ehe«, fuhr sie fort. Während sie redete, fielen ihr die Worte wieder ein, die sie sich zurechtgelegt hatte. »Aber nun zweifelt der Mainzer Erzbischof Aribo die Rechtmäßigkeit unserer Eheschließung an. Und tatsächlich, als Konrad König wurde …«

»Langsam, Gräfin!« Der Heilige Vater hob beschwichtigend die Hände. Irmingard kam es so vor, als wären nur noch sie beide im Audienzsaal. »Sagt Uns zuerst, wieso der Mainzer Erzbischof die Rechtmäßigkeit Eurer Ehe in Frage stellte.«

Endlich wagte die Gräfin, den Blick zu heben und dem Papst ins Gesicht zu sehen. Es zeigte keine Regung. »Er sagte, wir seien zu nahe miteinander verwandt.«

»Und wie entschied König Konrad?«

»Er bestätigte sogleich das Urteil von Erzbischof Aribo und erklärte unsere Ehe für ungültig und nichtig. Und wenn wir uns seinem Spruch nicht beugen, belegt Aribo uns mit dem Bann. Es sei denn, wir erreichen Euren Dispens, ansonsten werden wir vor den Augen der Welt für immer getrennt bleiben.«

Die Worte sprudelten jetzt nur so aus Irmingard heraus. Sie wunderte sich selbst, wie ehrlich und geradeaus ihr Tonfall klang. Eigentlich war sie sicher gewesen, dass sie wie eine Lügnerin klingen musste, eine Heuchlerin, der Papst Johannes auf den Kopf zusagen würde, dass sie nicht die Wahrheit sage und dass sie geradewegs vom Lager ihrer Todsünde komme. Aber der Papst schien nichts davon zu ahnen. Jetzt hatte sie auch endlich wieder ein deutliches Bild von Otto vor Augen, von seinen gütigen und männlichen Gesichtszügen, von seinem Lächeln, seinen Lippen, von seiner rücksichtsvollen Zärtlichkeit. Es war wie eine Wiederauferstehung. Sie hatte sich durch das Dickicht ihrer Begierde hindurchgekämpft. Jenseits davon lag ein Land der Stille, der Zufriedenheit, des Friedens und des Glücks. Nun, da sie vor dem Papst stand, wusste sie mit einer Gewissheit, die ihr Herz beinahe zerspringen ließ, dass sie ihr Glück nur in den Armen ihres Gemahls Otto finden würde. Und zugleich keimte in ihr von neuem die Furcht auf, dass sie mit ihrem Ehebruch jede Hoffnung darauf zerstört hatte, jemals wieder an Ottos Seite sein zu können.

»Vor den Augen der Welt?«, fragte Johannes streng und holte die Gräfin aus ihren Gedanken zurück. »Was wollt Ihr damit sagen? Ihr würdet also weiterhin mit Eurem Gemahl zusammenleben, obwohl die Heilige Kirche Euch deswegen mit Exkommunikation droht? Denn lass es dir gesagt sein, Kind, die kanonische Auslegung des Erzbischofs Aribo ist richtig.«

In ihrer Aufregung entging Irmingard das leise Schmunzeln, mit dem der Papst den Blick Padanos suchte, so als wäre seine Rüge gar nicht so ernst zu nehmen.

»Es mag sein«, fuhr Johannes fort, »dass früher andere Regeln gegolten haben im Reich. Aber inzwischen hat sich die Kirche in mancher Hinsicht von den kaiserlichen Adlerkrallen befreit. Ihre Regeln haben überall dort, wo die Menschen sich Christen nennen, verbindlichen Charakter ... versteht Ihr? Verbindlichen Charakter! Aber Ihr wolltet noch Unsere Frage beantworten, ob Ihr weiterhin mit Eurem Gemahl zusammenbleiben würdet, trotz eines anders lautenden Richtspruchs?«

Einen Augenblick lang wusste die Gräfin nicht, was sie erwidern sollte; aber dann erinnerte sie sich daran, was Padano ihr geraten hatte: dass sie nur sie selbst, dass sie ganz ehrlich bleiben sollte.

»Ja, ich würde mit Graf Otto zusammenbleiben«, erwiderte sie schließlich mit fester Stimme. »Ich würde ein Leben mit ihm wählen, ganz gleich, was geschähe!«

»Das ist ja Gotteslästerung!«, erklang plötzlich eine schrille Stimme aus dem Audienzsaal.

Unwillig schaute der Papst hoch. Irmingard zuckte wie ertappt zusammen, aber keiner merkte es. Sie war überzeugt, dass jetzt alles herauskäme, dass jetzt alle ihre Sünden vor dem Papst, vor Fra Padano und vor all diesen fremden Menschen aufgezählt würden und sie als Ehebrecherin gebrandmarkt dastünde.

»Aha«, sagte Johannes ärgerlich. »Prälat Fraudolf von Detmold, der Abgesandte des Erzbischofs Aribo von Mainz«, fügte er hinzu, als wollte er Irmingard über die Identität des Mannes aufklären.

»Erzbischof Aribo besteht auf seinem Recht«, sagte der Prälat, diesmal etwas kleinlauter.

»Er *besteht* auf seinem Recht?« Die Stimme des Papstes klang mit einem Mal bedrohlich. »Was maßt sich dieser Mensch gegenüber dem Heiligen Stuhl denn noch alles an?«

»Eure Heiligkeit, es ist doch keine Anmaßung ...«

»Wollt Ihr mir etwa widersprechen?« Johannes sprang auf. Seine Augen blitzten. »Ich warne Euch! Besser, Ihr schweigt. Oder wollt Ihr unseren tiefsten Kerker von innen kennen lernen?«

Völlige Stille herrschte jetzt im Audienzsaal. Man hätte eine Stecknadel fallen hören können. Fraudolf von Detmold wagte nicht, es darauf ankommen zu lassen.

Der Papst setzte sich wieder. Er trank einen Schluck aus einem Pokal, der ihm von einem Diener gereicht wurde. Dann schloss der Heilige Vater für einen Augenblick die Augen.

»Also gut«, sagte er schließlich, öffnete die Augen aber nur für einen winzigen Spalt, sodass niemand erkennen konnte, wohin sein Blick gerichtet war. »Zurück zu Euch, Gräfin. Ihr habt Mut, bei Gott, das habt Ihr bewiesen. Wenn Ihr Euch mit Männern wie Aribo anlegt, dann habt Ihr vielleicht mehr Mut, als Ihr selbst glaubt. Und Ihr seid ehrlich. Der Herr im Himmel weiß, welch ein wertvoller Schatz Ehrlichkeit sein kann, wenn man den ganzen langen Tag nur von Einschmeichlern und Intrigenspinnern umgeben ist.« Er lachte in sich hinein. »Ihr macht jedenfalls den Eindruck, als ob Ihr ehrlich wäret. Aber nicht einmal ich kann bis in Euer Herz hineinsehen. Ich bin also auf meine Menschenkenntnis angewiesen.«

Irmingard senkte den Kopf und errötete.

»Euer Erröten steht Euch gut. Viele von denen, die vor mich treten, könnten sich an Euch und Eurer Bescheidenheit ein Vorbild nehmen.« Johannes beschrieb eine beiläufige Geste zum Audienzsaal hin. »Und trotzdem … Wir haben noch immer nicht begriffen, warum Wir Eurer Bitte entsprechen sollten, Tochter«, fuhr der Papst fort, jetzt wieder förmlicher. »Wir wissen nun, dass Ihr das Recht der Heiligen Kirche missachten würdet, um mit Eurem Gemahl zusammen zu sein. Ihr gebt zu, dass Ihr auch in Sünde leben würdet. Nun, vielleicht habt Ihr tatsächlich ein großes und mutiges Herz … vielleicht. Aber ich muss Erzbischof Aribo in diesem Fall Recht geben. Das Kirchenrecht erlaubt die

Verbindung zwischen Euch und Eurem Gemahl, dem Grafen Otto, nicht. Nur in ganz besonderen Fällen gestattet es Ausnahmen. Was also ist das Besondere an Eurem Fall, das eine solche Ausnahme rechtfertigen würde?«

»Was das Besondere an unserem Fall ist?« Irmingard schaute dem Papst geradewegs in die Augen. Sie fürchtete sich nicht mehr vor ihm. Sie wusste, was zu sagen war, und sie meinte jedes einzelne Wort genauso, wie sie es sagte. »Erzbischof Aribo weiß, was das Besondere an unserer Ehe ist«, sagte sie mit fester Stimme. So als hätten sie ein Eigenleben, formten ihre Lippen die Worte. »Der Erzbischof kennt keine Liebe, und er fürchtet sie, wenn er ihr begegnet. Heiliger Vater, das ist es, was das Besondere ist, nach dem Ihr gefragt habt: Es ist diese Liebe zwischen Otto und mir. Versteht Ihr? Wir haben uns diese Liebe nicht ausgedacht. Gott hat sie uns geschenkt. Als wir zusammenkamen, wurde die Welt für uns neu erschaffen. Ich …«

»Genug, genug!« Wieder lachte der Papst, aber keiner aus dem Auditorium wagte mitzulachen.

Irmingard bewunderte, wie gut der alte Löwe seinen Hofstaat beherrschte.

»Gräfin … Ihr seid seit vier Jahren mit dem Grafen Otto verheiratet, und Ihr habt dennoch keine Kinder?«

Irmingards Gesicht erglühte, und augenblicklich war auch das Schwindelgefühl wieder da. »So ist es, ehrwürdiger Vater! Uns war noch kein Kinderglück beschieden in den Jahren unserer Ehe.«

»Und Wir haben keinen Anlass zu denken, dass Ihr es nicht versucht habt, da Eure Liebe so groß ist?«

Irmingard schlug die Augen nieder. »Aber … Herr …«

»Papperlapapp! Denkt Euch, Ihr seid im Beichtstuhl. Wenn Wir Euch sagen, dass dies hier ein Beichtstuhl ist, dann ist es ein Beichtstuhl, und niemand außer uns beiden ist hier.«

»Also gut … ja, wir haben unsere ehelichen Pflichten erfüllt«, sagte Irmingard leise.

»Habt Ihr Euch einmal überlegt, warum Gott Euch keine Kinder schenken will?«, fragte Johannes streng.

»Vielleicht«, erwiderte Irmingard, »vielleicht wäre unser Glück sonst zu groß geworden für diese Welt«, flüsterte sie in die atemlose Stille des Audienzsaals.

»Hm. Also gut«, brummelte Papst Johannes. Er überlegte einen Augenblick lang. Mit einem Schlag schien er jegliches Interesse an Irmingard verloren zu haben. »Wir haben genug von Euch gehört. Wir erlauben, dass Ihr Euch jetzt entfernt, Gräfin.« Damit hielt er Irmingard die Hand mit dem Siegelring des heiligen Petrus hin.

»Ihr seid wahrlich tapfer«, sagte Johannes, als Irmingard sich über den Siegelring beugte. Er sprach so leise, dass sie hinterher nicht hätte schwören können, dass sie es sich nicht eingebildet hatte. »Wir werden Euch in den nächsten Tagen Unsere Entscheidung übermitteln«, verkündete er abschließend. »Habt keine Angst!«

Obwohl nichts entschieden war, fühlte sich die Gräfin wie erlöst. Niemals hätte sie geglaubt, diese Audienz zu bestehen – nicht nach der Verfehlung, die sie sich hatte zuschulden kommen lassen. Die Erleichterung, die sich ihrer bemächtigte, hatte Flügel wie ein Engel.

»Noch etwas, Gräfin«, sagte der Papst, als Irmingard sich abwenden wollte. »Ihr kennt die Äbtissin von Gandersheim?«

»Die ehrwürdige Herrin Sophia?«

Der Papst nickte. »Sie ist in Rom. Sie hat gehört, dass Ihr zu Uns kommt, und hat nach Euch gefragt. Wir werden ihr mitteilen lassen, wo und wie sie Euch finden kann.« Dann senkte der Heilige Vater die Stimme und schaute sich verschwörerisch um. »Noch ein Rat: Geht dem Erzbischof Aribo aus dem Weg, wenn er übermorgen hierher kommt. Ihm und den Leuten des Prälaten Fraudolf. Es kann sein, dass er wütend sein wird. Habt Ihr verstanden?«

Irmingard nickte. Über das zerfurchte, eulenartige Gesicht des Papstes huschte ein kaum wahrnehmbares Lächeln.

13. Kapitel

Das Kloster S. Maria in Campo Marzio lag unweit von Irmingards Herberge. Dort war die Äbtissin Sophia von Gandersheim während ihres Aufenthaltes in der Ewigen Stadt untergebracht. Ein paar Nonnen hatten das Kloster vor Jahrhunderten nach ihrer Flucht aus Byzanz gegründet. Aus dem kleinen Kloster war im Laufe der Zeit ein großer, vielgestaltiger Gebäudekomplex rund um die Kirche S. Gregorio Nazianzeno geworden. Irmingard stand mit gemischten Gefühlen vor dem Eingang. Sie musste sich erst sammeln, ehe sie der Äbtissin unter die Augen trat, obwohl sie eigentlich Grund zur Freude hatte.

Am Morgen nach der Audienz hatte ein gut gelaunter Comandante Raffaele die Botschaft des Papstes überbracht. Papst Johannes hatte es in Erwartung der Ankunft von Erzbischof Aribo in Rom geradezu eilig gehabt, die Ehe von Otto und Irmingard von Hammerstein für gültig zu erklären. Es war offensichtlich, so erklärte es Fra Padano, dass sich der Papst jetzt stark genug fühlte, sich mit Aribo anzulegen: »In ganz Rom pfeifen es die Spatzen von den Dächern, dass Aribo von Mainz selbst auf den Heiligen Stuhl will«, erklärte er. »Da kam es Johannes geradezu gelegen, sich in Eurer Sache gegen Aribo entscheiden zu können.«

Die junge Benediktinerin mit dem hässlichen Mal auf der rechten Wange, die sich als Emeraulde vorgestellt hatte und die Gräfin ins Innere des Klosters führte, bemerkte nichts von der inneren Zerrissenheit Irmingards. Sie missverstand den rastlosen Blick der Gräfin. »Wundert Ihr Euch über mein Mal?« Fast zärtlich berührte die Nonne ihre Wange mit dem feuerroten Wundmal. »Ich habe es immer als ein Zeichen meiner besonderen Erwählung angesehen, dass ich dieses Stigma tragen darf.«

Zu Irmingards Bewusstsein drang kaum ein Wort dessen vor, was die junge Nonne ihr im frommen Plauderton erzählte. All die Wochen ihrer anstrengenden Reise hatte die Gräfin sich vorgestellt, wie unermesslich ihr Glück sein würde, wenn erst Papst Johannes ihre Ehe mit Otto gesegnet und für rechtens erklärt hätte. Und nun hatte sie sich ihrem Glück selbst entgegengestellt. Die Sünde, die sie mit ihrem unerhörten Ehebruch auf sich geladen hatte, überschattete alles. Einerseits sehnte sie ihre reine, unbefleckte Liebe zu Otto zurück. Andererseits hoffte sie auf ein Zeichen Maurizios, von dem sie seit jenem Morgen nichts mehr gehört hatte. Maurizio: Kaum dachte sie an den Lombarden, spürte sie auch schon wieder die Glut der Leidenschaft zwischen den Schenkeln und das Gefühl frischen Verliebtseins, das sie jedoch augenblicklich verdrängte. Sollte er tatsächlich ihr inständiges Bitten befolgen, dass ihre Wege einander nie mehr kreuzen durften? Oder genügte Maurizio die Genugtuung, dass eine Gräfin ihm zu Willen gewesen war? Wie auch immer, redete sie sich ein, du hast es so gewollt.

Sie erreichten den im sanften Dezemberlicht liegenden Innenhof, wo alte Feigenbäume einen plätschernden Springbrunnen umstanden. Eine andere Welt schien sich aufzutun, eine Insel der Seligkeit inmitten der Ewigen Stadt. Irmingard fühlte sich sogleich eingefangen von der Ruhe und Harmonie, die hier in den Klostermauern herrschten. Ihre flirrenden Nerven beruhigten sich ein wenig, und sie konnte endlich etwas durchatmen. Die Gelassenheit in diesen Mauern ließ die Tollheit der Stadt rasch vergessen.

»Unser hochverehrter Gast, die Äbtissin Sophia von Gandersheim, hat mich gebeten, Euch ein wenig zu unterhalten, Gräfin Irmingard, bis sie die Unterredung beendet hat, die sie im Augenblick führt.« Die Nonne mit dem Mal machte ein wichtiges Gesicht.

»Ihr lebt auf einer Insel der Ruhe und des Friedens«, sagte Irmingard. Sie gewann allmählich ihre Fassung zurück, und das war gut so, denn sie wollte nicht in solcher Zerrissenheit und Verwirrung vor die Äbtissin treten.

Emeraulde nickte lächelnd. Sie wirkte so, als wäre sie schon ein Stück jenseits dieser Welt, näher bei Gott als die meisten anderen Menschen.

Der Kreuzgang, den sie gemessenen Schrittes durchquerten, wurde von einer Flucht achteckiger Säulen gesäumt.

»Das ist der älteste Teil unseres Konvents«, sagte die Nonne, als sie am Ende des Säulengangs angekommen waren. Eine unscheinbare einschiffige Kapelle befand sich hier. »Es ist die spirituelle Wiege unseres Klosters. Der Legende nach hat man hier die sterblichen Überreste des heiligen Gregor von Nazianz unmittelbar nach der Flucht aus Byzanz begraben.« Plötzlich spürte Irmingard einen kurzen, stechenden Schmerz in den Lungen. Sie legte die Hand auf die Brust und hustete. Wo blieb nur die Äbtissin – sie brannte darauf, sie nach den Plänen für ihre Heimreise zu fragen. Rasch drängte sie beiseite, was Padano gesagt hatte: dass um diese fortgeschrittene Jahreszeit die meisten Alpenpässe schon tief verschneit waren und es daher ratsam sei, das Frühjahr abzuwarten. Es war geradezu unvorstellbar für Irmingard, müßig abzuwarten und die kommenden Winterwochen untätig verstreichen zu lassen, während sie ohne irgendeine Nachricht von ihrem Gatten war.

Emeraulde plauderte ungeachtet der offensichtlichen Geistesabwesenheit der Gräfin weiter. »Eine unserer Tugenden ist es, Krankheit als Gnade, als eine Auszeichnung Gottes aufzufassen.« Die junge Nonne lächelte selig. »Krankheit ist eine Prüfung und eine Stufe auf dem Weg zur geistigen Vollkommenheit. Auch bei den schlimmsten Schmerzen wollen wir eine heitere Ruhe bewahren, denn der Schmerz führt uns zur Vereinigung mit Gott.«

Offenbar sprach die Nonne von ihrer eigenen geistigen Vollkommenheit. Irmingard ertappte sich dabei, dass ihr die Nonne in all ihrer Frömmigkeit und mit ihrem einschläfernden Tonfall unangenehm war. Erst kürzlich hatte sie selbst daran gedacht, als Konsequenz ihrer Verfehlung den Schleier zu nehmen, doch den Gedanken hatte sie rasch wieder verworfen.

Sie seufzte innerlich, als Sophia von Gandersheim mit ausgebreiteten Armen auf sie zukam.

»Endlich sehe ich dich, mein Kind!«

Sophia trug das gewöhnliche Habit einer Nonne. Sie war seit dem letzten Treffen gealtert. Immerhin hatte sie jahrzehntelang an der Seite mächtiger Herrscher gestanden: als Tochter Ottos II. und Schwester des wundersamen Kaisers Otto III. und schließlich als Ratgeberin an der Seite Kaiser Heinrichs. Diese lange kräftezehrende Zeit ließ jetzt im Gesicht der etwa fünfzigjährigen Äbtissin deutliche Spuren erkennen. Dennoch wirkte Sophia noch immer kraftvoll, ihre Bewegungen waren geschmeidig, sie strahlte große Tatkraft aus.

»Man hat mir schon berichtet, dass du Gehör gefunden hast bei deiner Audienz beim Heiligen Vater«, sagte Sophia freudig und legte den Arm mütterlich um Irmingards Schultern. »Also müsstest du glücklich sein. Aber du machst ein Gesicht, als wäre dir der Teufel begegnet.«

Unwillkürlich zuckte die Gräfin zusammen. »Nein … ich bin auch sehr glücklich, ich fühle mich nur ein wenig unwohl.« Irmingard fasste sich an den Hals und hüstelte.

Sophia von Gandersheim blickte sie forschend an. »Bist du sicher, dass es nur eine Erkältung ist? Du weißt, du kannst mir alles erzählen.«

Irmingard nickte.

»Wie du willst«, sagte Sophia und führte die Gräfin zu der Zimmerflucht, die man für hochgestellte Gäste des Klosters bereithielt und die der Äbtissin während ihres Aufenthalts in Rom als Wohnung diente.

In der Wohnkammer der Äbtissin brannte eine kleine Talgflamme. Das schmale, mit grünen Butzen verglaste Fenster ließ nur wenig Tageslicht ein.

Sophia lächelte geheimnisvoll. »Ich hatte eine wichtige Unterredung.«

Damit antwortete die Äbtissin auf Irmingards unausgesprochene Frage. Sie deutete auf das Tischchen, wo zwei silberne Weinkelche und ein irdener Krug standen. Daneben lag eine Urkunde ähnlich derjenigen, die Irmingard aus der Kanzlei des Papstes erhalten hatte, mit einem Siegel aus Blei, wie es nur der Heilige Stuhl verwendete.

Sophia lächelte verschwörerisch. Dann ging sie hinüber zu dem Tischchen, rollte die Papsturkunde zusammen, steckte sie in den runden, schweinsledernen Köcher und verschloss ihn schließlich in ihrer Reisetruhe. »Du weißt ja, dass deine Ehesache nur ein einzelnes Steinchen in einem großen Mosaik ist?«

Irmingard nickte, obwohl sie nicht sicher war, was die Äbtissin meinte. »Gott hat es so gefügt«, erwiderte sie unsicher. Das Gefühl, dass jeder ihre Schuld in ihrem Gesicht sehen musste, war noch immer gegenwärtig.

Sophia schaute die Gräfin nachdenklich an. »Das Mosaik – um bei diesem Bilde zu bleiben – setzt sich Stein für Stein zusammen. Glaube mir, liebes Kind, nichts von dem, was geschieht, ist ohne Sinn in diesem großen Plan. Aber wie dem auch sei: Ich habe Nachrichten für dich.«

»Nachrichten?« Irmingard horchte auf. »Meint Ihr Nachrichten von Otto?«

»Ich dachte schon, du fragst gar nicht danach. Ich hatte gedacht, du würdest mich als Erstes bestürmen, um etwas Neues zu erfahren.«

»Ach, Tante … die Audienz beim Papst hat mich vollkommen verwirrt.« Das war zwar nur die halbe Wahrheit, aber immerhin.

»Das kann ich verstehen. Also, hör zu, wie es deinem Gemahl

ergangen ist: Man redet im ganzen Reich davon, dass Otto sich erdreistet hat, gegen den verhassten und anmaßenden Erzbischof Aribo in die Fehde zu ziehen. Und ich sage dir, es gibt kaum einen, der sich insgeheim nicht darüber freuen würde, wenn sich jemand Aribo in seinem Machtstreben in den Weg stellte.« Sie sah Irmingards angespanntes Gesicht. »Um es gleich vorwegzunehmen: Konrad hat sich geweigert, deinen Gemahl vor sein Blutgericht zu zerren.«

»Blutgericht?« Irmingard sprang auf. Ihr Mann war in Lebensgefahr, und sie …

»Beruhige dich! Es ist ja nicht so weit gekommen!«

»Ich bitte Euch, spannt mich nicht länger auf die Folter!«

»Konrad hat ihn zu einer Ehrenhaft verurteilt.«

»Ehrenhaft? Was hat das zu bedeuten?«

»Das, was der Name sagt«, erwiderte die Äbtissin. »Eine Haft, die seine Ehre nicht abschneidet.« Mit einer Geste bedeutete Sophia der Gräfin, sich wieder zu setzen. »Jetzt beruhige dich und höre mir einfach zu.«

Wider Willen nahm Irmingard wieder Platz. Sie hing an Sophias Lippen und hatte nur noch Gedanken für die Nachrichten von zu Hause. Für einen Moment waren Maurizio und Ruodlieb vergessen.

»Manchmal muss man mit den Wölfen heulen, das habe ich in all diesen Jahren gelernt. Kannst du dir das vorstellen – eine Frau zwischen all den Männern?«

»Aber was hat das mit Otto und mir zu tun?«

»Ottos Auseinandersetzung mit Aribo kam Konrad gerade recht. Er hat sich insgeheim mit dem Papst verständigt und euren Fall als Anlass genommen, um sein Bündnis mit Aribo aufzukündigen. In jeder Burg im Reich ist das der allererste Gesprächsstoff, meine Liebe!«

Sophia deutete auf ihre Reisetruhe. »Auch die Urkunde, die ich soeben verstaut habe, ist ein Steinchen in diesem Mosaik. Glaube mir: Das Gebundene wird gelöst, und das Gelöste wird verbunden werden.«

»Ihr redet in Rätseln.«

»Leider darf ich nicht mehr verraten. Aber du kannst es mir glauben: Gott meint es gut mit euch. Mit dir und deinem Otto.«

»Gut? Aber Otto ist doch in Haft, wie Ihr selbst gesagt habt!«

»Was hast du denn erwartet?« Sophias Stimme nahm einen ungeduldigen Klang an. »Keiner erhebt ungestraft das Schwert gegen den Mainzer Erzbischof. Bedenke, er ist noch immer der Erzkanzler des Heiligen Römischen Reiches, trotz allem. Aber ich habe das Gefühl, dass du mich nicht verstanden hast. Aribo wollte Ottos Tod, so gewiss wie ich jetzt vor dir stehe, wollte er seinen Tod. Dass König Konrad stattdessen die Ehrenhaft gegen deinen Gemahl verhängt hat, ist eine Kampfansage gegen Mainz.«

»Ich verstehe das alles nicht!«, rief Irmingard. Erneut überkam sie ein Hustenreiz, und als sie erst einmal mit dem Husten angefangen hatte, vermochte sie sich kaum mehr zu beruhigen.

»Ich kann gut verstehen, wenn du dich schwach und krank fühlst, meine Tochter«, sagte Sophia mitfühlend. Sie missdeutete die Schamesröte, die sich auf ihre Worte hin über Irmingards Gesicht ergoss. »Hast du etwa Fieber? Ich werde dich ins Hospitium schicken, da werden die Nonnen dir etwas gegen den Husten geben.«

Sophia nahm den Krug mit dem Wein und schenkte etwas davon in die silbernen Trinkbecher. »Trink! Das wird deinem Hals gut tun!«

»Ach, mir fehlt nichts.« Irmingard machte eine wegwerfende Geste. »Es ist nur die Erschöpfung.« Der Hustenreiz verging allmählich.

»Jetzt höre mir ganz genau zu«, fuhr die Äbtissin von Gandersheim fort. »Der König hat nicht nur die Ehrenhaft für den Grafen von Hammerstein geboten, nein, er hat auch bestimmt, dass Otto in alle seine Ehren und Rechte wiedereingesetzt wird. Wenn er innerhalb von Jahr und Tag entweder vor aller Welt seine Trennung von dir vollzieht …«

»Seine Trennung von mir?«

»… oder der Papst eure Ehe für gültig erklärt. Für diesen Fall ist bestimmt worden, dass Otto von neuem mit der Grafschaft und der Reichsburg Hammerstein belehnt wird, so hat es König Konrad jedenfalls bei seinem Gericht verkündet. Kannst du dir vorstellen, wie Aribo geschäumt hat, als der König dies entschied?« Die Äbtissin lachte schadenfroh. »Ihm entgleitet die ganze Sache. Das Netz der Spinne zerreißt. Ich denke, er hat nicht mit dir und deinem Gang nach Rom gerechnet. Du bist in seinen finsteren Plänen nicht vorgekommen, meine liebe Tochter.«

»So geht es Otto also gut, und es gibt Hoffnung für uns?«, fragte Irmingard matt.

»Kopf hoch, Kind! Das ist es ja, was ich dir die ganze Zeit beibringen will: Ja, es gibt Hoffnung. Begründete Hoffnung gibt es, glaube mir.«

Die Urkunde des Papstes mit dem Bleisiegel des Heiligen Stuhles, die sie im Kloster St. Johannes der Täufer sicher aufbewahrte, war also wirklich der mögliche Freibrief für eine glückliche Zukunft! Wenn sie doch endlich alle Gedanken an Maurizio los wäre! Wenn sie doch endlich nur nach vorn blicken könnte! »Wisst Ihr denn, wo Otto sich jetzt aufhält?«, fragte Irmingard. »In welches Gefängnis hat man ihn gebracht?«

»Ich sagte es dir doch: Er ist festgesetzt in Ehrenhaft«, erwiderte Sophia ausweichend.

»Doch wo? Sagt es mir!«

»Auf Burg Hammerstein!«

»Ein Gefangener auf seiner eigenen Burg?« Irmingard schüttelte den Kopf. »Und wer ist dann Herr über Hammerstein? Wer ist Herr auf unserer Burg? So sagt es mir endlich!«

Sophias Gesicht verfinsterte sich ein wenig. »Das ist der einzige

Wermutstropfen. Auf Aribos Betreiben hin ist Ottos Halbbruder Galad Verwalter des Grafenamts.«

»Galad, ausgerechnet er!«, rief Irmingard erschrocken. »Er wird unser Land zu Grunde richten!«

»Um ihn nicht zu sehr vor den Kopf zu stoßen, hat König Konrad in diesem Punkt dem Mainzer Erzbischof nachgegeben. Aber Konrad ist ein Fuchs, ein gewiefter Taktierer, und Aribo hat ihn von Anfang an sträflich unterschätzt. Und Konrad ist Otto sicherlich nicht Feind«, beruhigte Sophia ihre Besucherin.

»Und doch … es macht mir Angst, Otto in der Hand von Galad zu wissen. Ihr kennt Galad nicht, ehrwürdige Mutter! Er ist böse und unberechenbar. Ich fürchte um Ottos Leben.«

Die Äbtissin trat auf Irmingard zu und nahm ihr Gesicht in einer mütterlichen Geste zwischen die Hände.

Irmingard schämte sich. Eigentlich habe ich diese Fürsorge nicht verdient, dachte sie. Ich bin eine Lügnerin und eine Heuchlerin.

»Unser Schicksal, Tochter – unser Schicksal ist am Ende ganz allein in Gottes Hand.«

Plötzlich spürte Irmingard wieder das trockene Kratzen im Hals. Sie fürchtete einen neuen Hustenanfall und trank rasch einen Schluck des angenehm temperierten Weins.

»Und hast du schon Pläne für deine Heimreise gemacht?«, fragte die Äbtissin. »Ich habe gehört, was euch auf eurer Reise zugestoßen ist. Gott sei der Seele deines Ritters und seines Knappen gnädig! Dieses Land hier ist wirklich unberechenbar«, fügte Sophia hinzu. »Doch Gandersheim ist Gott sei Dank ein mächtiges Stift. Als Äbtissin kann man sich gar nicht dagegen wehren, dass ein ganzes Heer von Rittern einen begleitet. In meinem Geleit wärst du sicher!«

Ein Lächeln stahl sich jetzt in Irmingards Gesicht. »So kann ich mich Euch anschließen bei Eurer Rückkehr heim ins Reich?«

»Ich bestehe darauf, dass du mich begleitest!«, rief die Äbtissin mit Bestimmtheit.

»Oh, ich hatte es so sehr gehofft!«, rief Irmingard aus. »Doch sagt mir, verehrte Mutter, wisst Ihr schon, wann Ihr abreist?«

Die Äbtissin erhob sich, so als ob diese Frage zahlreiche andere Fragen aufgeworfen hätte. »Wenn ich das selber wüsste. Meine Angelegenheiten in Rom erfordern es, dass ich noch eine Weile hier bleibe. Und außerdem naht schon das Weihnachtsfest: Zu dieser Jahreszeit sind die meisten Alpenpässe nicht mehr passierbar. Übe dich in Geduld, meine Tochter!« Sie sah die Enttäuschung in Irmingards Gesicht. »Ich weiß ja, wie schwer dir Geduld fallen muss, Irmingard. Doch habe Mut! Den Rückweg werden wir über den Brenner-Pass wählen. Der ist eine alte Römerstraße und gut ausgebaut. Er ist meist schon Ende Februar gangbar.«

»Ende Februar? Aber bis dahin ist es noch so lange …«

»Sobald meine Angelegenheiten hier in Rom beendet sind, mein Kind, werden wir in den Norden aufbrechen. Du musst wissen, ich bleibe keinen Tag länger in diesem Sündenpfuhl Rom als erforderlich! In Bolzano warten wir dann ab, bis der Brenner ohne Gefahr passierbar ist. Und wenn wir erst auf der anderen Seite der Alpen sind, dann ist es nicht mehr weit bis Hammerstein …«

Es klopfte an der Kammertüre. »Herein!«, sagte Sophia.

Wie ein Geist, blass und halb durchscheinend, erschien Emeraulde. Sie war ganz aufgeregt. »Draußen wartet …« Sie verschluckte sich und hüstelte.

»… wartet …?«

»… ein Mann«, fügte Emeraulde hinzu.

»Ja? Und? Kind, lass dir doch nicht jedes Wort aus der Nase ziehen!«

Die junge Nonne mit dem Stigma zog eine kleine, spitze Schnute. »Ihr lasst mich ja nicht ausreden, Herrin.«

Sophia verdrehte die Augen. »Also gut. Draußen wartet ein Mann. Wer ist es denn, meine Liebe?«, fragte die Äbtissin dann bemüht ruhig.

»Sein Name ist Fra Padano.«

»Der Fra? Worauf wartest du? Bring ihn zu mir!«

Das Gesicht Emerauldes versteinerte. »Herrin, es ist ein *Mann!*«

»Ja und?«

»Ihr wisst doch, dass kein Mann unser Kloster betreten darf, unter keinen Umständen.« Ihre Stimme hatte einen anklagenden Ton angenommen. »In Eurem Stift in Deutschland mag das anders sein …«

»Wie konnte ich das bloß vergessen!«, erwiderte Sophia spitz.

»Ehrwürdige Äbtissin«, drängte Irmingard unruhig. »Es ist Fra Padano! Er ist doch sicherlich nicht umsonst hier.«

»Komm mit, Kind.«

Die Äbtissin nahm Irmingard bei der Hand. Ohne Emeraulde eines weiteren Blickes zu würdigen, zog Sophia die Gräfin durch den Innenhof und über die alte Treppe hinab zum Pfortenraum. Dort wartete Fra Padano, misstrauisch bewacht und in Schach gehalten von der Pförtnerin.

»Padano!«, rief Sophia. »Ich wusste, ich würde Euch wiedersehen.«

»Ihr kennt ihn?« Immer wieder aufs Neue erstaunte die Äbtissin Irmingard.

»Aber sicher … er ist einer der wichtigsten Männer in Rom.«

»Herrin.« Padano deutete eine Verbeugung an.

»Was führt Euch zu uns, Freund?«, fragte Irmingard nervös.

»Gräfin … es ist etwas Schlimmes geschehen. Ich musste es Euch selbst …«

»Etwas Schlimmes?«, fragten Gräfin und Äbtissin gleichzeitig.

Padano nickte. »Maurizio und Nadira … man hat sie gefunden.«

»Was?« Das Gesicht der Gräfin versteinerte. Sie hatte das Gefühl, der Boden unter ihren Füßen würde ihr entzogen werden. »Gefunden sagt Ihr? Was bedeutet das?«

»Maurizio? Nadira? Wer ist das?«, fragte Sophia.

»Weggefährten der Gräfin auf ihrer Reise aus dem Norden hierher«, antwortete Fra Padano, denn Irmingard war keines Wortes fähig. »Sie sind ermordet worden.«

»Ermordet?«

Irmingard vergrub das Gesicht in den Händen. Sie begann zu schluchzen, gleichzeitig kämpfte sie gegen einen trockenen Husten an. Die Äbtissin legte den Arm um den Rücken der Gräfin.

»Es ist in einer engen, dunklen Gasse ganz nah an unserem Kloster geschehen. Anscheinend hat man Männer von Fraudolf von Detmold in der Nähe gesehen.«

»Fraudolf? Der Bluthund von Erzbischof Aribo?« Die Äbtissin machte ein besorgtes Gesicht.

»Aber warum Nadira und Maurizio?« Irmingard blickte Fra Padano flehend an, als ob er das Geschehene rückgängig machen könnte.

Padano zuckte mit den Schultern. »Niemand weiß genau, was geschehen ist. Jedenfalls ging Nadira heute früh aus der Herberge, und Augenzeugen berichten, dass die Männer ihr in einer dunklen Gasse auflauerten. Und als Maurizio dazwischenging, kam es zu einem Handgemenge. Dabei wurden unsere Freunde getötet.« Padano warf Irmingard einen Blick zu, der eine Mischung aus Mitgefühl und Fragen enthielt. »Warum die Männer es ausgerechnet auf Nadira abgesehen haben? Ich vermute, dass sie Euren Aufenthaltsort aus ihr herauspressen wollten, Herrin …«

»Oh, mein Gott!« Wieder wurde Irmingard von einem Weinkrampf geschüttelt. Sollte sie weitere Schuld auf sich geladen haben? Sodass zwei Unschuldige für sie das Leben lassen mussten? Sie konnte keinen klaren Gedanken mehr fassen. Ihr Gefühlsaufruhr – Trauer, ein unerträglicher Schmerz des Verlustes, tiefe Schuldgefühle, Ohnmacht – ließ sie taumeln.

»Wer waren denn die beiden, dass es Euch so trifft, Tochter?«, fragte die Äbtissin nach einer Weile.

Padano, der Irmingards Verzweiflung sah, ergriff das Wort. »Nadira war eine arabische Tänzerin, die sich unserer Reisegesellschaft in Arbedo angeschlossen hat. Und Maurizio war ein lombardischer Freibauer und ein begnadeter Sänger, dessen Weg unseren mehrfach kreuzte …« Er warf der Gräfin einen Seitenblick zu.

»Eine Tänzerin? Ein Sänger?« Sophia hob eine ihrer dünnen Augenbrauen. »Gottes Wege sind unergründlich.«

»Nadira hat uns das Leben gerettet, als wir in auswegloser Situation waren«, erklärte Fra Padano. »Und Maurizio ist ein gesuchter Sänger, der oft in der Stadt weilt. Er und Nadira traten manchmal zusammen auf, vielleicht hatten sie eine Verabredung.« Wieder zuckte er mit den Schultern, auch er konnte sich letztendlich keinen Reim auf das Geschehene machen.

Die Gräfin schien sich wieder etwas zu fangen. »Glaubt Ihr, daß ich die Zielscheibe des Angriffs gewesen bin?«, fragte sie mit gepresster Stimme.

Fra Padano schaute die Gräfin besorgt an. »Das ist wohl nahe liegend. Und deswegen müssen wir Konsequenzen ziehen.«

»Ihr habt Recht, Fra Padano«, stimmte die Äbtissin zu. »Unser Schützling ist offenbar in großer Gefahr.« Sie rief einen der Ritter herbei, die vor der Pforte des Klosters Wache hielten, und beauftragte ihn, den Kommandanten des Gandersheimer Rittertrupps zu holen. »Wir werden sie schon sicher unterbringen, Padano, macht Euch keine Sorgen. In diesen Mauern ist sie gut aufgehoben. Nicht umsonst dient das Kloster den Frauen aus der kaiserlichen Familie immer als Herberge, wenn sie in Rom sind.«

Padano nickte erleichtert. »Das will ich Ihnen wohl glauben, Herrin. Dann werde ich die Gräfin also Eurem Schutz anvertrauen?«

»Es ist mir eine heilige Pflicht, Fra Padano. Gräfin Irmingard wird mit mir zusammen unversehrt in die Heimat zurückkehren. Das versichere ich Euch!«

3. Teil

1. Kapitel

Walafrid war geblendet von der Helligkeit des Schnees, der in der Morgensonne glitzerte. Neben ihm krachte ein dicker Eiszapfen vom Dach der Zollmühle.

Draußen auf der Mühlenbrücke war kein Mensch. Walafrid schaute zur Stadt hinüber. Schnurgerade stiegen die Rauchsäulen der Feuerstellen in den Himmel. Die Zollmühlengasse war menschenleer bis auf Kluth, den Köhler. Die geduckte schwarze Gestalt schlich in Richtung des Koblenzer Tores davon.

An den vereisten Anlegestellen für die Handelsschiffe regte sich kein Leben. Nach Dreikönig war der Nebenarm des Rheins, den die Zollmühle absperrte, zugefroren. Die Schifffahrt kam endgültig zum Erliegen, ebenso wie die Mühle. Seit Tagen war in Hammerstein kein Schiff mehr abgefertigt worden, und wenn die Eiseskälte noch ein paar Tage anhielt, war der Rhein so fest zugefroren, dass man mit einem Fuhrwerk ans andere Ufer fahren konnte.

Hein, der Rheinmühlenknecht, nutzte die Gelegenheit, um seine Verwandtschaft im nahen Pfalzort Sinzig zu besuchen, und für ihn war das so, als würde er eine Reise nach Jerusalem antreten. Heins hartnäckige Weigerung, auf dem Maultier zu reiten, das Walafrid ihm für die Reise von ein paar wenigen Meilen besorgt hatte, hatte für viel Gelächter auf der Zollmühle gesorgt. Aber es war fast das einzige Lachen, das in diesen Wintertagen im Mühlenhaus erklang.

Walafrid zog seinen Biberfellmantel eng um die Schultern. Der lange Winter des neuen Jahres 1025 war härter als fast alle früheren Winter, an die sich der Zollmüller erinnern konnte. Es war, als hätte sich die Natur gegen den Menschen verschworen. Das Land darbte. Hunger ging um, nicht nur in Hammerstein, sondern überall am Rhein.

Auch woanders hatte es eine schlechte Ernte gegeben, und das Volk fürchtete überall den Hunger. Doch allein über Hammerstein lag der Fluch ungerechter Herrschaft. Nirgendwo am Rhein war die Angst um die Zukunft größer. Denn nicht der Hunger und der Winter, sondern der eigene Herr war in Hammerstein die größte Plage.

Aber so etwas wurde nur geflüstert. Alle hatten Angst, selbst die stolzen Herren in Galads Rat. Eigentlich sollten die Ratsherrn dem Grafen mit Rat und Tat zur Seite stehen und ihn an seine Pflichten erinnern, aber längst wagte keiner mehr einen Widerspruch gegen den Lehnsherrn.

Der Müller hackte mühsam mit seinem Schürhaken das dicke Eis von den Schaufelrädern der Rheinmühle. Er schlug mal hier, mal da gegen das Eis, mürrisch und ohne rechte Lust. Seine Gedanken waren so trüb wie der Ausblick auf das neue Jahr – das erste Neujahr, in dem Graf Otto der Herrschaft enthoben war.

Seit Ottos Sturz war alles schlechter geworden. Die Grafschaft ächzte unter dem blutigen Joch Galads. Weder das Hochwasser noch die Missernte des Vorjahrs hatten die Stimmung des Volkes so sehr drücken können wie die ungerechte Herrschaft von Ottos Halbbruder. Doch nicht nur wegen seiner Schreckensherrschaft nannten ihn die Leute den »Schwarzen Grafen«, sondern auch wegen der bevorzugten Farbe seiner Kleider.

Walafrid rüttelte vergeblich am großen Mühlrad. Nichts rührte sich, alles war eingefroren und dick mit einem Eispanzer bedeckt. Der Zollmüller musste einsehen, dass sein Eishacken sinnlos war, und eigentlich hatte er sowieso nur damit begonnen, weil es sonst nichts für ihn zu tun gab.

Aus der Stadt kam ein ärmlich gekleideter Mann, ein Bauer offenbar, der seinen Jungen an der Hand hielt, zum zugefrorenen Rhein herunter. Wahrscheinlich wollten sie zur Armenspeisung an der nahen Pforte des Inselklosters. Beide waren nur notdürftig gegen den strengen Frost geschützt. Die Füße und die Hände hatten sie mit alten Lappen umwickelt. Der Bauer war von ursprünglich kräftigem Körperbau, aber völlig abgemagert, tiefe Schatten lagen unter den stumpfen Augen. Er zählte vielleicht dreißig Lenze; der Junge hatte die Statur des Vaters geerbt, aber auch er war dünn und ausgemergelt.

Die beiden bemerkten Walafrid zuerst nicht, der von den Mühlrädern verdeckt war. Dem Müller war es ganz recht so. Zu oft hatte er sich in den letzten Monaten die Klagen des Landvolks anhören müssen, und jedes Mal schmerzte es ihn von neuem. Auch diesmal wurde er beim Anblick der ärmlichen Gestalten daran erinnert, wie gnadenlos der Schwarze Graf das Land aussaugte, um seine kostspielige Hofhaltung aufrechtzuerhalten, mit der er vom Niedergang der ihm anvertrauten Grafschaft ablenken wollte. Immer mehr Familien verließen bei Nacht und Nebel den Hof, der oft seit Generationen in Familienhand war. Die Leute suchten ihr Glück lieber bei einem anderen Herrn, der gerechter war als der Schwarze Graf, wie sie hofften. Diejenigen, die blieben, verarmten immer mehr. Viele starben.

Der fremde Landmann hielt auf der vereisten Mühlenbrücke inne.

»Hast du mich auch wirklich verstanden, Junge?«, fragte der Bauer. Walafrid konnte seine Worte gut verstehen.

»Du willst mich fortschicken, Vater«, erwiderte der Junge mit trauriger, aber fester Stimme. Seine Stimme war brüchig vor Kälte.

»Nein, nein … Ludolf. Ich *will* dich nicht fortschicken, ich *muss.*«

Ludolf schwieg. Der Junge bibberte. Seine Zähne klapperten.

»Wir können nicht mehr … du verstehst das doch?«, sagte der

Vater mit verzweifelter Stimme. »Ich habe es dir doch erklärt.« Plötzlich begann Ludolf zu weinen.

Der Vater nahm ihn in den Arm. »Du weißt doch, dass ein Junge nicht weint«, sagte er mit belegter Stimme. »Und glaub mir, du wirst es einmal besser haben als wir alle …«

»Aber warum verkaufst du dann nicht Bernward?«, brachte der Junge hervor.

Walafrid kam sich ganz schäbig vor, das stille, verlorene Leid der beiden heimlich zu belauschen, wo er selbst doch weder hungern noch darben musste – bis jetzt jedenfalls nicht.

Der Alte nahm den Kopf seines Jungen zwischen die klobigen, mit Lumpen umwickelten Bauernhände. »Er ist der Erstgeborene, ich habe es dir doch erklärt. Er soll unseren Hof erben. Ich kann Bernward nicht auch noch fortschicken. Obwohl …« Die Stimme des Bauern erstickte.

»Vielleicht wäre es wirklich besser, unsere Heimat ganz zu verlassen«, fuhr er nach einiger Zeit leise fort. »Gottes Fluch liegt auf der Grafschaft Hammerstein.«

Walafrid hielt es nicht länger in seinem Versteck aus. »Gottes Fluch liegt auf dem neuen Herrn, nicht auf der Grafschaft!« Er trat aus dem Schatten des Mühlrads in das grelle Sonnenlicht des frostklirrenden Tags. Kaum dass er seine Worte ausgesprochen hatte, bereute er es schon, denn die Wände hatten Ohren, und man konnte vor Galads Spionen nirgendwo und niemals sicher sein.

Der Bauer und sein Sohn duckten sich und schauten ängstlich und demütig zu Walafrid hinüber. Dem Müller erschienen die beiden wie wandelnde Beweise für den Erfolg von Galads menschenverachtender Strategie, dem Landvolk das Rückgrat zu brechen und ihm alles Selbstbewusstsein zu rauben und so jeden Widerstandswillen im Keim zu ersticken.

Der Altbauer Bonifaz und sein Sohn Ludolf erkannten nun, dass sie vor dem alten Müller keine Furcht zu haben brauchten.

Schnell kamen die drei ins Gespräch. Der Bauer und sein Sohn entstammten einem der am weitesten von Hammerstein entfernt liegenden Dörfer der Grafschaft hoch oben im Westerwald. Galads Gewaltherrschaft wirkte sich dort droben im einsamen und öden Heimatdorf der beiden noch schlimmer aus, denn die Grundlagen des Lebens waren im Gebirge ohnehin um vieles schlechter als im Tal.

»Ich bin hierher zu euch ins Tal herabgekommen, weil ich gehofft habe, ich finde für meinen Zweitgeborenen einen Dienstherren«, sagte Bonifaz traurig und deutete auf Ludolf, dessen ausgemergeltes Gesichtchen im Sonnenlicht bleich wie bei einem Gespenst war. Das vielleicht achtjährige Kind schaute den Müller mit seinen großen Augen an, so als könnte dieser ihm irgendeine ferne, ungeahnte Hoffnung bieten. Walafrid fühlte sich unbehaglich, denn er wusste, dass diese Hoffnung unbegründet war. Er spürte plötzlich die Winterkälte bis in die Knochen und fragte sich, wie sehr der Bauer und sein Sohn frieren mussten. Er befürchtete, dass die beiden den langen Rückweg in ihr Heimatdorf nicht überleben würden.

»Wartet wenigstens auf die Armenspeisung«, versuchte er zu trösten und deutete auf die Pforte des Inselklosters. »Auch wenn die Mönche selber darben müssen, so haben sie – dem Himmel sei Dank – trotzdem immer noch etwas übrig, um es an die Armen zu verteilen. Auch wenn sie es sich vom Mund absparen müssen.« Walafrid blinzelte in den Himmel hoch, schaute nach dem Stand der Sonne. Es war nicht mehr lange hin bis Mittag. »Wo sie bloß bleiben?«, fragte er sich selbst.

»Wovon redet Ihr, Herr?«

»Ich rede von den Armen und Bedürftigen, von den Knechten und den Mägden, die man im Sommer für die Ernte braucht, im Winter aber nicht«, erwiderte Walafrid bitter. »Sie sterben wie die Fliegen. Keiner kümmert sich um sie, außer den Mönchen. Es werden jeden Tag mehr. Und viele von ihnen kommen zur Pforte des Klosters, um ein Stück Brot oder einen Schluck Suppe zu ergattern. Normalerweise sind die Leute morgens schon hier, um auf die Speisung zu warten. Ich frage mich, wo sie sind.«

Unwillkürlich wanderte sein Blick zur Burg hinauf. Die trutzige, siebentürmige Festung lag hell und unschuldig im trügerischen Sonnenlicht, hatte Mützen aus Schnee und weiße Hauben aufgesetzt, so als wollte sie sich verkleiden und die Menschen täuschen. Ein Schneebrett krachte vom Dach der Kemenate in den Burggarten hinab. Schneestaub stob auf und glitzerte in der Sonne.

Der Bauer Bonifaz und sein Sohn verabschiedeten sich matt. Müde und kraftlos schlurften sie davon. Walafrid fragte sich, ob sie den Winter überleben würden. Sein Blick schweifte am Rheinufer entlang in südliche Richtung, und dann sah er sie, die Leute, die nicht zur Armenspeisung erschienen waren, und das Blut gefror ihm in den Adern.

Walafrid eilte ins Mühlenhaus zurück. Sein Weib saß nachdenklich am Rheinfenster der guten Stube, von dem sie die Winterabdeckung abgenommen hatte, sodass die eisige Luft in den Raum hereinströmte.

»Du musst schnell herauskommen, Gertrudis!«, rief er seinem Weib zu.

Zusammen mit Gertrudis stand er wenig später in der Januarkälte und beobachtete wortlos und mit zusammengebissenen Zähnen, wie sich die erbärmliche Karawane der Ärmsten über den verschneiten und vereisten Leinpfad nach Süden schleppte, eskortiert von Reitern Galads. Es war offenkundig, was hier geschah: Der Herr von Hammerstein wollte seine Armen wie nutzlosen Ballast loswerden und jagte sie ganz einfach davon. Offenbar kümmerte es Galad nicht, dass er sich damit gegen den Heiland versündigte.

Widerstandslos ließen sich die Armen fortführen, in ein ungewisses Schicksal, und egal wo sie hinkommen würden – niemand würde sie willkommen heißen.

»Es sind unsere Leute«, murmelte Walafrid, als sich der Trupp der ausgewiesenen Armen – es mochten vielleicht sechzig Männer, Frauen und Kinder sein – der Stelle näherten, wo der Leinpfad hinter dem nächsten Bergrücken verschwand. »Galad schickt sie in die Heimatlosigkeit.«

»Hoffen wir, dass es ihnen anderswo besser ergeht als hier.«

Walafrid schluckte. Er war sicher, dass er den ein oder anderen von ihnen sogar von Angesicht zu Angesicht kannte. Er stellte sich vor, ohne Heimat, ohne Stand und Stellung irgendwo in der Ferne bestehen zu müssen, als Abschaum unter einem fremden Volk leben zu müssen. Es schauderte ihn, und tiefes Mitgefühl mit den aus der Heimat Fortgejagten ergriff ihn, die jetzt nur noch kleine Punkte auf dem grauen Band des Leinpfades waren. »Aber wer wird dann im Sommer die Ernte einbringen? Was wird Galad tun, wenn er die Knechte und Mägde braucht, die er jetzt fortgejagt hat?«

»Du brauchst nicht zu glauben, dass sich unser neuer Herr darüber irgendwelche Gedanken macht«, erwiderte Gertrudis bitter. »Er schert sich nicht darum, wenn er sich immer mehr mit Sünde und Gotteslästerung belädt: die Hölle ist ihm sowieso sicher.«

»Der Herr erbarme sich unser!« Walafrid machte das Kreuzzeichen. »Im Rat sind wir uns alle sicher, dass das neue Jahr schrecklich wird. Überall gibt es Vorzeichen für großes Unglück«, sagte er düster. »Und alle beten und hoffen, dass unser gütiger Gott unseren alten Herrn Graf Otto wieder auf den Grafenstuhl setzt.«

Bedrückt und zutiefst erschüttert kehrten sie ins Innere der Zollmühle zurück. »Weswegen straft Gott uns so?«, fragte Walafrid. Er schloss die Augen und nahm sein Weib in den Arm. »Was für ein Glück, dass wenigstens wir beide uns haben«, flüsterte er. Die warme Nähe seines Weibes, das er innig umarmte und an sich drückte, spendete ihm Trost. Mit ihr konnte er das Übel der Welt teilen, und geteiltes Leid war ja halbes Leid.

Er setzte ihre Haube ab und streichelte über ihr ergrautes Haar. Dann nahm er ihr Gesicht in die Hände und schaute ihr in die Augen. »Weib, ich muss ein wenig mit dir reden«, sagte er.

Gertrudis löste sich aus der Umarmung ihres Mannes und schaute ihm fragend in die Augen.

»Wir haben doch immer damit gehadert, dass Gott uns keine Kinder geschenkt hat«, flüsterte Walafrid und berührte damit ein Kapitel in ihrem Leben, mit dem sie beide längst abgeschlossen hatten. Gertrudis nickte traurig. »Jetzt glaube ich manchmal, es ist gut, dass wir keine Nachkommen in die Welt gesetzt haben«, flüsterte der Zollmüller. »Gott vergebe mir!«

2. Kapitel

Trotz der frühmorgendlichen Kälte am Festtag von Mariä Lichtmess schwitzte Hermann. Sein Herz pochte bis zum Hals. Die kleine Regenpfütze am Durchgang zum Burggarten war an den Rändern gefroren. Jenseits des efeuumrankten Torbogens eröffnete sich der Blick hinab ins winterliche Rheintal, über dem noch die Nacht lag. Nebelschwaden krochen vom Fluss an den steilen Felsen des Hammersteiner Burgbergs herauf. Viele Klafter ging es dort hinab in die Finsternis, sodass es einen grausen konnte. Manchmal erinnerten die Schwaden des dichten Nebels an ein riesiges, formloses Ungeheuer, vielleicht einen Drachen, der seine Tatzen auf blinder Suche nach seinen arglosen Opfern gegen Hammerstein streckte. Aber im Osten zeichnete sich wie ein Hoffnungsschimmer das allererste Rot dieses beginnenden Morgens am Horizont ab, und das bestärkte Hermanns Mut.

Und dennoch war er furchtbar aufgeregt. Er flüsterte zu sich selbst, dass es nichts dort in der Dunkelheit gab, was einem Angst machen musste. Langsam ging er weiter. Er dachte an das Schicksal seines Herrn, des Grafen Otto, an die Demütigung, die Galad seinem Halbbruder angetan hatte, an die Not, die im Land seither herrschte. Aber das waren nur flüchtige Gedanken. Er hatte Angst vor der nebeldurchwirkten Dunkelheit jenseits der hüfthohen Mauer, die den Burggarten einschloss, und Angst davor, zu dieser frühen Morgenstunde im Garten der Burg Hammerstein erwischt zu werden. Ein Knappe hatte hier nichts zu suchen, schon gar nicht im Rosenhag am Ende des Gartens, dem einstmaligen Lieblingsplatz der Gräfin Irmingard. Der Rosenhag war den adeligen Damen vorbehalten und nicht dafür gedacht, den romantischen Verirrungen eines Knappen, der noch nicht einmal ein Mann war, Bühne zu sein.

Und doch wollte er sich dort mit Theresa treffen. Diese Geschichte mit Resa war Hermann ein Rätsel. Mit Wucht hatte die erste Liebe ihn getroffen, vollkommen unvorbereitet und ohne dass er die Gefühle, die auf ihn einstürmten, hätte einordnen können. Wenn er nur an das Gesicht des Dorfmädchens dachte, wurde ihm heiß. Seit einem halben Jahr diente Resa nun unter den Fittichen von Mutter Mathilda in der Küche der Burg. In diesen Monaten war das eigenwillige, wilde Mädchen, das sich am liebsten in den Wäldern herumtrieb, zu einer kleinen Schönheit aufgeblüht.

Theresa selbst wollte zuerst nichts von seinen Annäherungsversuchen wissen, und so war der Winter vergangen, ohne dass es zu mehr als einem gelegentlichen Wortwechsel gekommen wäre. Vom ersten Tag an hatte Hermann nur noch Augen für Resa gehabt. In seinem Herzen spürte er den innigen Wunsch, das dunkelhaarige Mädchen in seinen Schutz zu nehmen und noch einmal die Nähe zu erleben wie an dem Tag, als sie Landulfs Mündel im Wald gefunden und auf die Burg Hammerstein mitgenommen hatten.

Was war seitdem nicht alles geschehen! Böse Mächte hatten sich in der ehrwürdigen Burg eingeschlichen, Graf Otto war nicht mehr sein Herr, und stattdessen war er Nuradin zugeteilt worden, denn keiner der neuen Ritter wollte ihn als den alten Knappen des gestürzten Grafen haben. Die Gräfin war fort, der Graf in erniedrigender Haft, und nirgendwo war ein Anzeichen sichtbar, dass Galads Herrschaft wie ein böser Albtraum vorbeigehen könnte.

Langsam tastete sich Hermann durch den Kräutergarten, der von Mathilda gehegt und gepflegt wurde, und erreichte den Strauchgarten mit den Beerenpflanzen und kleinen Obstbäumen. Der Brunnen in der Mitte wurde so lange nicht mit Wasser gespeist, wie es noch Frost gab.

Der Morgen dämmerte allmählich herauf. Hermann konnte noch immer kaum glauben, dass er tatsächlich all seinen Mut zusammengenommen und das Bauernmädchen um eine Verabredung gebeten hatte, als es ihm nach unendlich langen Wochen erstmals allein auf dem Gang zum Vorratskeller begegnet war. Und mindestens genauso überrascht war er gewesen, als sie vorbehaltlos und ohne zu zögern zugestimmt hatte.

In der Nacht hatte Hermann kein Auge zugetan.

Er erreichte den Rosenhag, dessen Eingang sich gegenüber dem Brunnen öffnete. Von der Pracht der Rosen war jetzt nichts zu sehen. Zurückgeschnitten, umrankten sie klein und schwach die schmiedeeisernen Gitter, die den Rosenhag eingrenzten. Über dem Eisengitter schwebte gleichsam ein spitzes Dach, das sich im Schattenriss gegen den rötlichen Osthimmel abzeichnete.

Der Knappe schaute sich um. Resa war noch nicht da. Sein Verstand sagte ihm, dass dies noch nichts zu bedeuten hatte, aber in seinem Herzen spürte er dennoch einen kleinen Stich der Befürchtung, dass alle Vorfreude und gespannte Erwartung vergeblich gewesen waren. Hermann suchte sich eine Stelle im hinteren Teil des Rosenhages, der noch vollkommen im Dunkeln lag. »Beim ersten Hahnenschrei«, hatte er sich mit Resa verabredet. Er hatte noch keinen Hahnenschrei aus der Vorburg vernommen. Im Geiste zeichnete er den Weg nach, den Resa von der Mägdekammer in der Nähe des Küchentraktes nehmen würde. Er erschrak. Vielleicht hatte Mathilda das Mädchen dabei erwischt, wie es die Kammer verließ?

Wirre Gedanken zersplitterten in seinem Kopf. Er stellte sich vor, Theresa als ritterlicher Verehrer eine rote Rose zu überreichen und ihr damit zu zeigen, dass er es nicht nur auf »das Eine« abgesehen hatte. Dieses Eine, das er noch nicht kannte und von dem die älteren Knappen so roh und brutal sprachen, als ginge es um die Begattung von Kühen auf der Weide. Auch wenn er die anderen für ihre Prahlereien und die Ausschmückung aller körperlichen Details der Liebe verachtete, wusste er, dass auch auf dem schneeweißen Tuch seiner Schwärmerei für das Bauernmädchen dunkle Flecken körperlicher Begierde lagen.

Das Geräusch von knirschenden Steinchen war zu hören, dann das Rascheln eines Kleides. Als Hermann die schattenhaften, vorsichtigen Bewegungen im dunklen Garten ausmachen konnte, schlug sein Herz so sehr, dass er einen Augenblick lang befürchtete, dass seine Sinne schwänden.

Obwohl es noch immer dunkel war, fand Resa ihn sofort. Die Dunkelheit schien ihr nichts auszumachen, im Gegenteil, sie bewegte sich, als fühlte sie sich im Dunkeln ganz zu Hause. Etwas entfernt von ihm blieb sie stehen. »Hier bin ich«, sagte sie abwartend.

Hermann stand auf, trat auf das Mädchen zu, nahm sie bei den Händen und zog sie näher zu sich. »Ich freue mich … dass du gekommen bist«, presste er hervor. Warum stammele ich nur wie ein Idiot?, schalt er sich. Soll sie denn glauben, dass ich ein Dummkopf bin? Und in seinem Kopf war jetzt eine völlige Leere: Er wusste nicht, wie er das Gespräch beginnen sollte. Es erschien ihm fast so, als schnürte ein unsichtbares Band seine Kehle zu, sodass er kaum noch Atem bekam.

Resa nahm Hermanns Hände in die ihren. Im Gegensatz zu seinen eigenen Händen waren ihre warm. »Du zitterst ja«, flüsterte sie.

»Weil ich …«

»Psst!« Resa legte dem verlegenen jungen Mann den Zeigefinger auf den Mund. »Du brauchst nichts zu sagen.« Sie lächelte, ein Lächeln, das das schwache Dämmerlicht aus den öden Sphären der Wirklichkeit zu entrücken schien.

Ein klares und deutliches Gefühl überflutete sein Herz, und zum ersten Mal formte er im Geiste das Wort *Liebe.* Er breitete seinen Mantel auf der feuchten Erde aus, dann ließen sie sich Seite an Seite darauf nieder.

»Mein Oheim Landulf hat unseren Garten mit genauso einem Rosenhag eingefriedet«, flüsterte Resa. »Wie meine Mutter es ihm geraten hat.« Ein leises Lächeln stahl sich auf ihr Gesicht.

Hermann schaute sie fragend an.

»Zum Schutz vor Raubtieren und Gesindel, verstehst du?« Hermann nickte eifrig. »Eigentlich wäre auch eine Brombeerhecke geeignet gewesen, hat Landulf gesagt, aber dann hat er trotzdem getan, was meine Mutter geraten hat.«

»Deine Worte klingen so … traurig.« Hermann spürte, dass er sich auf unsicherem Boden bewegte. Über Gefühle zu sprechen gehörte nicht zu den Dingen, die ein junger Mann in der Ausbildung zum Ritter von seinen Lehrmeistern lernte.

»Ich will mich nicht beklagen«, erwiderte Resa ausweichend. »Ich habe es gut gehabt bei Landulf.«

»Sehnst du dich nach Hause zurück?«

Resa zuckte mit den Schultern. Sie rückte etwas näher. Dann nahm sie resolut den Arm des Knappen und legte ihn um ihre Schultern. »Du willst Ritter werden«, scherzte sie. »Da musst du doch einem Waisenkind deinen Schutz gewähren.« Sie kuschelte sich in Hermanns Arm, und sie saßen eine Weile so zusammen, als ob es eine Selbstverständlichkeit wäre. Von der Vorburg her erklang jetzt der erste Hahnenschrei.

»Auch wenn Landulf am Ende dann doch die Heckenrosen gepflanzt hat, hat er sonst meiner Mutter misstraut«, sagte Resa nach einer Weile ganz leise. »Aber ich kann auch Landulf verstehen. Im Dorf haben sie meine Mutter immer scheel angesehen und hinter ihrem Rücken behauptet, dass sie den bösen Blick hat.«

Hermann fühlte sich einen Augenblick lang unbehaglich. »Den bösen Blick? Ich verstehe nicht genau, was du mir damit sagen willst.«

»Sie haben geglaubt, dass meine Mutter Adessa eine Hexe ist, und trotzdem sind sie alle zu ihr gelaufen«, erwiderte Resa, und ihre Stimme hatte mit einem Mal einen trotzigen Klang. »Wegen all dem Gerede hat Landulf uns in die kleinste Hütte am Ende des Dorfes gewiesen. Und die war so zugig und so kalt, dass meine Mutter kurze Zeit später krank wurde und gestorben ist.«

»Das tut mir Leid«, erwiderte Hermann. Wieder schalt er sich, weil ihm die rechten Worte nicht einfallen wollten.

»Warum sollte es dir Leid tun?«, sagte Resa prompt. »Du hast Adessa doch nicht einmal gekannt!« In ihrer Stimme war jetzt ein Gran Ungeduld oder Ernüchterung.

»Ich wollte doch nur …«

»Still! Sei lieber still!« Sie legte den Kopf an seine Wange. »Manchmal ist es besser«, flüsterte sie, »wenn man gar nichts sagt.« Sie schwiegen eine Weile. »Die Heckenrosen!«, sagte Resa unvermittelt. »Weißt du, dass sie die Kraft haben, Dämonen abzuwehren?«

»Meine Amme hat mir einmal davon erzählt«, erinnerte sich der Knappe. Ihm lief eine Gänsehaut den Rücken hinab.

»Die Rose ist geformt wie ein Pentagramm«, sagte Resa, »und ihre Anordnung beruht auf dem Goldenen Schnitt.«

»Hast du das von deiner Mutter gelernt?«

Resa nickte. »Das und noch vieles andere. Aber es ist so lange her.« Ihre Stimme klang jetzt plötzlich sehr traurig. »Immer mehr verwischt das Bild meiner Mutter in der Vergangenheit. Ich habe solche Angst, dass ich sie eines Tages bis auf ein paar vage Erinnerungen ganz vergessen habe.«

»Du musst mir von ihr erzählen. So kannst du die Erinnerung an deine Mutter wach halten.«

Resa schaute Hermann zuerst zweifelnd an. Dann lächelte sie. »Du hast Recht! Ich habe seit so langer Zeit mit keiner Menschenseele über meine Mutter geredet … vielleicht hilft mir das, ihr Bild zu bewahren.«

Hermann liebte es, dem Mädchen zuzuhören, ganz gleich was

sie redete. Für ein Mädchen ihres Alters und ihrer Herkunft wusste sie die erstaunlichsten Dinge zu erzählen. Er versuchte den Gedanken zu verdrängen, dass sie aus niedrigem Bauernstand stammte und niemals als Gemahlin an seiner Seite in Frage käme, es sei denn er würde auf sein Erbe verzichten. Auf Burg Selbrück. Wieder fühlte er einen Stich im Innersten.

»Meine Mutter hat die Rose die Königin der Blumen genannt.«

»Erzähl weiter.«

»Wie viel Zeit haben wir?«

»Alle Zeit der Welt«, antwortete Hermann ohne nachzudenken.

»Das ist sehr viel Zeit.« Resa gab dem Knappen einen flüchtigen Kuss auf die Wange. Es war noch zu dunkel, als dass sie sein Erröten hätte sehen können, und dennoch war sie sicher, dass er errötet war.

»Ich könnte hier zusammen mit dir einschlafen und nie mehr aufwachen«, sagte Hermann nach einiger Zeit ganz leise. Resa antwortete nicht.

Vogelgezwitscher setzte ein, die wenigen Stimmen, die im Winter übrig geblieben waren – Spatzen, Amseln, Meisen, Finken, die in dieser Jahreszeit genügend Futter fanden und mit Beeren, Nüssen und Samen auskamen. Hermann und Resa wurden ganz schläfrig. Sie schlossen die Augen. Die ungewohnte Nähe des Mädchens wärmte Hermann bis zum Herzen. Und Resa fühlte sich in diesen zeitlosen Minuten so sicher wie in Abrahams Schoß.

Unsanft wurden sie aus ihrem Wachtraum gerissen. Ein Mann und eine Frau standen beim Eingang des Burggartens und stritten sich. Vage konnten Resa und Hermann die Umrisse von zwei Personen erkennen, aber wer sie waren, vermochten sie nicht zu erkennen.

»Ich habe Angst«, flüsterte Resa, die sich mit Hermann so tief in den Schatten des Rosenhags drückte, wie es eben ging. »Was passiert mit uns, wenn sie uns hier finden?«

»Wir haben nichts Böses getan«, versuchte Hermann ihr Mut zu machen. »Ich werde es bei Gott und allen Heiligen schwören!«

»Kannst du erkennen, wer das ist?«, fragte Resa.

Hermann schüttelte den Kopf. »Und was wollen sie hier beim ersten Hahnenschrei im Burggarten?«

Resa lächelte. »Vielleicht das Gleiche wie wir«, flüsterte sie. Hermann spürte den Druck ihrer Hand in der seinen.

»Ich würde aber doch allzu gern wissen, wer es ist«, sagte der Knappe neugierig.

Sein Wunsch ging schneller in Erfüllung, als ihm lieb sein konnte. Denn der Mann und die Frau hatten am Torbogen zum Garten nur für einen Augenblick lang innegehalten. Jetzt kamen sie näher, genau auf das schmiedeeiserne Gitter des Rosenhags zu.

Im Augenwinkel sah Hermann, dass Theresa sich vor Schreck bekreuzigte. Fieberhaft schaute er sich nach einem Versteck um. »Dorthin!« Er wies auf den Winkel zwischen dem Rosenhag und dem hoch aufragenden Gemäuer der Kemenate, wo winterkahle Rosensträucher recht dicht wuchsen. Das junge Paar kroch flink vom Rosenhag in das Gesträuch.

Resa biss sich auf die Lippen, weil ihr die Dornen der Heckenrose die Haut an den Wangen ritzten. Sie spürte, dass sie an ein paar Stellen blutete. Auch auf Hermanns Gesicht hinterließen die Dornen blutige Striemen; aber als Knappe, der in nicht allzu langer Zeit zum Ritter geschlagen werden wollte, verzog er keine Miene.

Sie kauerten auf dem Boden. Auf der Erde lag der Tau, und sie war noch bitterkalt, aber wenigstens bot ihnen die Stelle, die Hermann ausgesucht hatte, ein wenig Schutz, sodass sie hoffentlich unentdeckt blieben. Angespannt spähten sie hinaus. Die beiden Unbekannten hatten jetzt den Rosenhag erreicht und blieben in der Mitte stehen, allenfalls zwei Mannslängen von Hermann und Resa entfernt. Aber noch war das Licht der Dämmerung schwach, zumal vom Westen her über das Eifelgebirge dichte Schneewolken über Hammerstein hinweg zum östlichen Horizont trieben.

»So, hier können wir ungestört miteinander reden«, sagte eine Frauenstimme. »Aber ich verstehe immer noch nicht, warum du nicht mehr zu mir in den Turm hinaufgekommen bist.«

Hermann und Resa duckten sich unwillkürlich unter dem Klang dieser Stimme mit ihrem fremdartigen Zungenschlag. Beide waren sicher, dass sie die Stimme niemals zuvor gehört hatten. Es war eine alterslose Stimme, nicht besonders laut, und doch war sie kalt und schneidend wie eine Damaszen er Klinge.

Hermann und Resa wagten kaum zu atmen. Beide wussten, dass die Stimme Zafirah gehörte, der Bewohnerin des Witwenturmes, die keiner außer ihrer zungenlosen Leibdienerin und Galad jemals zu Gesicht bekam. Durch das Gitter des Rosenhags sahen sie, dass die Witwe groß und hager war. Sie war ganz in Schwarz gekleidet. Ihr Gesicht konnten die Lauscher nicht erkennen, und das war ihnen irgendwie auch lieber so.

»Wieso willst du mich sprechen?«, fragte der Mann. *Seine* Stimme kannten Hermann und Resa nur zu gut. »Wieso kommst du nicht einfach aus deinem Witwenturm heraus?«, sagte Galad. »Wieso noch diese Heimlichtuereien? Ich bin der Herr auf Hammerstein, und du könntest genauso gut im Rittersaal an meiner Seite sitzen und mich beim Herrschen unterstützen.«

»Du redest vom Herrschen? Weißt du eigentlich, was das ist, Sohn?«, fragte Zafirah mit kühlem, überlegenem Spott.

»Und weißt du eigentlich, mit wem *du* redest, Mutter?«, versetzte Galad. »Ich bin der Herr auf dieser Burg, vergiss das nicht!« In seiner Stimme lag die ganze sehnsuchtsvolle, wütende Liebe gegenüber dieser Frau, die ihm niemals wirklich eine Mutter gewesen war.

Zafirah ließ ein leises, geringschätziges Lachen vernehmen. »Ich weiß, wie du von mir denkst. Ich weiß auch, dass es dich nicht interessiert, was ich dir zu sagen habe, und am liebsten hättest du, wenn ich dich in Zukunft völlig in Ruhe lassen würde. Aber ich bin deine Mutter, und du wirst mir jetzt zuhören!«

»Also gut. Dann sag endlich, was du mir zu sagen hast!«, erwiderte Galad ungeduldig.

»Es kommen Botschaften aus Mainz, die mir nicht gefallen.«

»Du und dein verdammtes Mainz!«, entfuhr es Galad. Seine Stimme klang schrill. »Was interessiert uns Aribo? Ich will endlich meine Ruhe haben vor diesem alten Narren!«

»*Du* bist der Narr! Glaubst du denn wirklich, du wärst jemals ohne Aribo Herr auf Hammerstein geworden? Du lebst jeden Tag so, als wäre es der letzte Tag!« Zorn lag jetzt in Zafirahs Stimme. »Du musst alles in deiner Macht Stehende tun, um deine Herrschaft zu sichern, Junge, verstehst du mich denn nicht? Aribos Stern sinkt.«

»Und was geht uns das an?«, fragte Galad störrisch.

»Fragst du das im Ernst? Oder willst du mich herausfordern? Hast du wirklich überhaupt nichts verstanden, oder spielst du nur den Dummen?«

Galad wollte aufbrausen, aber seine Mutter wies ihn mit einer herrischen Geste in die Schranken. »Höre genau zu: Es wird Zeit, dass du deine Herrschaft über Hammerstein sicherst und verteidigst, oder du wirst sie verlieren.«

»Gegen was oder wen sollte ich sie verteidigen?«, fragte Galad leichthin. »Wenn sich unser glorreicher König mit Aribo zankt, dann lehne ich mich zurück und schaue dabei zu.«

»Glaubst du denn wirklich, dass alles so einfach ist?«, fragte die Syrerin ärgerlich. »Aber was wundere ich mich! Du warst doch schon immer so. Du hast dir niemals Gedanken um irgendetwas gemacht. Warum, zum Beispiel, glaubst du, hat der König Otto zur Ehrenhaft auf Hammerstein verurteilt?«

Galad zuckte mit den Schultern. Zafirah seufzte und verdrehte die Augen.

»Geht das wirklich nicht in deinen Kopf hinein? Konrad ist schlau! Wann immer es ihm in seinem Zwist mit Aribo passt, zaubert er ganz einfach Otto aus dem Hut.« Die Syrerin lachte verächtlich. »Der König hat dir Otto als Laus in deinen Pelz gesetzt, damit du an jedem Tag deines Lebens gewarnt bist, dass sich von heute auf morgen alles ändern kann.«

»Meinst du denn wirklich, ich weiß das alles nicht?«, fragte Galad herablassend. »Du verstehst einfach nicht, dass ich anders bin als du. Ich lasse mich nicht verrückt machen von all diesen Ränken und Intrigen und geheimen Botschaften. Ich weiß ja: Du hältst mich für dumm. Du hast mich immer für dumm gehalten. Und trotzdem weiß ich genauso gut wie du, dass jetzt alles auf Messers Schneide steht. Aber soll ich mir deswegen den Tag verderben lassen?«

»Es beruhigt mich, dass du dir wenigstens ein paar Gedanken um deine Zukunft machst.«

Galad lachte bitter. »Das hättest du wohl nicht gedacht?«

»Und was sind deine Schlussfolgerungen?«

»Ganz gleich, wie ich es drehe und wende«, erwiderte Galad und senkte dabei seine Stimme, sodass Hermann und Resa ihn kaum noch verstehen konnten. »Die größte Gefahr für meine Herrschaft ist und bleibt mein Halbbruder. Wenn Otto nicht wäre, dann bräuchte ich nichts mehr fürchten.«

»Du wärst der einzige legitime Erbe«, bestätigte Zafirah. »Und der König müsste dich endgültig mit der Grafschaft belehnen. Aber solange Graf Otto lebt, wird die Grafschaft Hammerstein *seine* Grafschaft bleiben. Glaub mir, das hat König Konrad schlau berechnet.«

»Also muss mein geliebter Bruder sterben«, stellte Galad fest, und seine Stimme klang so gefühllos, als handelte es sich um eine Belanglosigkeit.

Resa hielt sich die Hand vor den Mund, und Hermann begann zu zittern, vor Wut, vor Schrecken. Beiden war klar, dass sie ihres

Lebens nicht mehr sicher waren, wenn Galad und seine Mutter von ihrer Mitwisserschaft erführen.

»Wie schlau du bist, mein Sohn.«

»Aber wie sollen wir ihn loswerden, ohne dass man zuallererst mich verdächtigt?«

»Das ist genau die Rechnung, die Konrad aufgestellt hat«, bestätigte Zafirah. »Aber schon andere als er haben sich verrechnet.«

»Und was soll ich tun?«

»Du brauchst gar nichts zu tun«, erwiderte Zafirah mit Bestimmtheit. »Das kannst du alles mir überlassen, so wie bei Irmingard. Hat mein Trank nicht zuverlässig ihre Schwangerschaft verhindert?«

Galad schüttelte den Kopf.

»Na also, dann tue auch jetzt genau das, was ich dir sage. Hör zu: Morgen ist Sonntag. Du wirst Otto förmlich zum gemeinsamen Mahl mit allen deinen Vasallen einladen.«

»Einladen? Ich soll Otto einladen?«

Zafirah lachte leise. »Sag deinen Vasallen, du willst dich mit Otto versöhnen. Willst zeigen, dass es dir Leid tut, wie du ihn behandelt hast.«

»Bist du verrückt geworden?«

»Du wirst dabei sogar aus einem Kelch mit ihm den Brudertrank nehmen, vor aller Augen«, fuhr die Syrerin unbeirrt fort. »Du musst nur darauf achten, an welcher Stelle des Kelchs du trinkst. Und wenn du willst, gibst du ihm auch noch den Bruderkuss.«

»Das wäre wohl eher ein Judaskuss«, lachte Galad hämisch. »Ich glaube, jetzt verstehe ich, was du meinst. Und ich glaube, dein Plan gefällt mir.«

»Und wenn Irmingard wider Erwarten aus Rom zurückkommt«, fügte Zafirah hinzu, »dann findet sie sich als Witwe wieder, und du nimmst sie dir. Sie ist in deiner Munt.«

»Ich bin immer wieder überrascht, was dein Gehirn ausbrütet, wenn du dort oben in deinem Turm sitzt. Aber ich gebe zu, deine Gedanken gefallen mir.«

»Glaubst du denn, du kannst vor mir irgendetwas verheimlichen? Du kannst es ruhig zugeben, dass du Irmingard schon immer begehrt hast, und sei es nur, weil sie Otto gehört.«

»Und wenn es so wäre?«

Zafirah zuckte mit den Schultern. »Irmingards Schicksal interessiert mich nicht. Was mich interessiert ist, dass eine Ehe mit der Witwe des allseits beliebten Grafen Otto deine Herrschaft so sehr festigen würde wie nichts anderes. Und wenn dann die Gräfin plötzlich ein Kind bekommt, einen Erben für den Grafenstuhl, würde das Volk es als Gottesurteil ansehen. Ich brauche nur …« Zafirah schwieg vielsagend. »So wie es einen Trunk gibt, der verhindert, dass eine Frau schwanger wird, so gibt es auch einen Trunk, der genau das Gegenteil bewirken kann.«

Galad war ganz nachdenklich geworden. Tatsächlich hatte Irmingard, die blonde, kühle Schönheit, die ihn immer so herablassend behandelt hatte, alle seine Sinne gereizt. Wie oft hatte er von ihr geträumt! Die Aussicht, sie zu besitzen, gefiel ihm außerordentlich gut.

»Wir sollten jetzt wieder hineingehen«, unterbrach Zafirah seine Gedanken.

Hermann atmete auf. Sie waren nicht entdeckt worden. Plötzlich aber bellte ein Hund. Hermann wusste sofort, dass es sich um den riesigen schwarzen Hund handelte, den sich der jüngst zum Ritter geschlagene Johannes zugelegt hatte. Mit dem Hund erschreckte er seitdem alle möglichen Leute, sodass sich ein paar Knappen geschworen hatten, den Köter bei nächstbester Gelegenheit zu vergiften.

Aber noch war das Tier quicklebendig, und es lief vom Tor des Burggartens schnurstracks auf den Rosenhag zu, ein paar Schritte dahinter Johannes, dem der Hund entflohen war. »Verdammtes

Biest«, schrie der Ritter, der vermutlich den Rausch von der vergangenen Nacht noch nicht ganz ausgeschlafen hatte. »Ich werde dir die Kehle durchschneiden, wenn ich dich erwische!«

Johannes erstarrte, als er sah, dass der Hund auf seinen Herrn Galad zustürmte und die hagere alte Frau, die niemand anders als Galads Mutter Zafirah sein konnte.

Doch im Gesicht der Syrerin zeigte sich nicht eine Spur von Angst. Sie streckte dem Hund die Handfläche der Rechten entgegen, woraufhin das Tier in seinem Lauf innehielt und zu winseln begann.

Doch im nächsten Augenblick schlug der Hund abermals an, diesmal bellte er in Richtung der beiden Lauscher, die sich im Rosengebüsch versteckten.

»Los!«, rief Hermann. Er sprang auf, packte Resa bei der Hand und rannte mit ihr an dem erstaunten Grüppchen vorbei.

Der Hund schien noch immer durch Zafirahs geheimnisvolle Kraft gebannt, sodass er den Flüchtenden reglos hinterherstarrte.

»Halte die beiden doch auf!«, schrie Galad, und Johannes stellte sich ihnen in den Weg.

Hermann jedoch, der um sein und Resas Leben lief, ließ dem Ritter mit ganzer Wucht die Faust gegen die rechte Schläfe krachen. Und obwohl Johannes größer und stärker als der Knappe war, fällte dieser Hieb ihn wie eine entwurzelte Eiche. Der Länge nach schlug Johannes auf dem Boden auf. Galad, der sich, unbewaffnet und ohne seinen üblichen Schutz, auf Johannes verlassen hatte, stand wie angewurzelt da, während Hermann und Resa jenseits des Gartentors verschwanden.

Doch schon hörten die beiden wütende Schreie und Lärm – binnen kurzem würde die ganze Burg auf der Suche nach ihnen sein.

3. Kapitel

Reichsfrei, das heißt nur Papst und Kaiser untertan, und keinem Erzbischof oder Bischof oder sonst einem Herrscher. Versteht Ihr das, Vogt Inzo?«

Sophia von Gandersheim saß im Refektorium des Stiftes auf dem Äbtissinnenthron am Kopfende der Tafel, an der die Kanonissinnen ihre Mahlzeiten zur Vesper einnahmen. Vor ihr stand der Vogt des Dorfes Eschwege, das Kaiser Otto III. dem Stift geschenkt hatte. Der Vogt stand vor der Äbtissin wie ein armes Sünderlein.

»Wie also kommt es, dass Ihr Euch vom Bischof Godehard von Hildesheim mit diesem ertragreichen Gut in Fritzlar belehnen lasst, das in Wirklichkeit in meinem Besitz ist?«

»Ich habe geglaubt … der Herr Godehard ist …«, stotterte der Mann.

Es war kein reicher Vogt, wie Irmingard erkannte, die am Tisch für Gäste des Hochstiftes Platz genommen hatte. Müde tunkte sie ihr Brot in die Suppe, über deren Wohlgeschmack sie sich längst nicht mehr wunderte: Die adeligen Damen hier entstammten höchsten sächsischen Kreisen, und es war klar, dass sie zu speisen verlangten, wie sie das von zu Hause in den Burgen ihrer Väter gewohnt waren. Es war alte Sitte im Reichsstift Gandersheim, dass die Hälfte jeder Mahlzeit den Bedürftigen zukam: Irmingard legte gedankenverloren ein gleich großes Stück Brot in die hölzerne Armenschale, wie sie auf jedem der Tische stand, und versuchte die stechenden Schmerzen zu ignorieren, die sie seit Tagen in der Brust spürte. Seit vielen Wochen fühlte sich die

Gräfin schwach und mutlos, und den ganzen Winter über wurde sie von einem trockenen Husten geplagt.

»Vogt Inzo, Ihr habt Euch versündigt am Eigentum unseres Stiftes, und damit am Eigentum Gottes«, fuhr Sophia mit strenger Stimme fort, die keinerlei Widerspruch duldete.

»Ich wollte Euch nicht beleidigen«, erwiderte Inzo demütig und furchtsam. »Der Teufel hat meinen Sinn verblendet. Anders kann ich es mir nicht vorstellen, warum ich Bischof Godehard diesen Lehnseid geschworen habe, den ich niemals hätte schwören dürfen.«

»Ist schon gut«, lenkte Sophia ein. »Ich habe erwartet, dass Ihr zu Kreuze kriecht«, fügte sie in härterem Ton hinzu. Im Refektorium hätte man jetzt eine Nadel fallen gehört. Keine der Kanonissinnen wagte zu essen oder zu trinken. Die Bediensteten kannten die Stimmungen ihrer Herrin und wagten es nicht einmal, auf Zehenspitzen den nächsten Gang aufzutragen.

»Und dennoch bitte ich um Eure Gnade«, sagte der Vogt unterwürfig. Irmingard fand, dass er sich unmännlich und unritterlich verhielt, mochte die Äbtissin Sophia auch noch so eine übermächtige und beeindruckende Persönlichkeit sein.

»Und was geschieht eigentlich, wenn ich Euch Gnade gewähre?« Sophia erhob sich langsam von ihrem Thron. Der Sitte gemäß mussten sich danach auch alle anderen im Raum erheben. Gewöhnlich bedeutete Sophia den Kanonissinnen mit einer knappen Handbewegung, sitzen zu bleiben, aber jetzt ließ sie es geschehen. Es wirkte, als erhöben sie sich alle zu einem Richtspruch.

»Sollen meine Vögte sich zukünftig den Lehnsherren aussuchen können, dem sie dienen und dem sie ihre Abgaben schulden?«, fuhr die Äbtissin fort. Sie war tatsächlich zornig auf Inzo. Irmingard gegenüber hatte sie angedeutet, welche Sorgen ihr die Entfremdung des Stiftsbesitzes bereitete: Immer öfter behandelten übermütige und gewissenlose Ritter das ihnen zu Lehen gegebene Gut so, als wäre es eigener, von den Ahnen ererbter Besitz.

»Vogt Inzo, Ihr könnt keine Gnade erwarten, denn das würde nur die anderen Herren dazu ermuntern, es Euch gleichzutun.«

Inzo senkte den Kopf, wagte keinen Widerspruch.

»Als Herrin dieses Stiftes und kraft meines Amtes erkläre ich Euch, Vogt Inzo von Eschwege, des Lehens an dem Gut in Fritzlar verlustig, das Ihr Euch gegen jedes Recht vom Bischof von Hildesheim übertragen ließet. Seid froh, Inzo, dass ich es dabei belasse!«

Ein Stiftsknecht reichte der Äbtissin einen Klumpen Erde, den diese einen Augenblick lang in der Hand wog, ehe sie ihn dann nach alter Gandersheimer Sitte zu Boden fallen ließ. Vogt Inzo duckte sich.

»Damit ist mein Urteil vollzogen«, sagte die Äbtissin streng.

Inzo verneigte sich demütig. »Herrin, zukünftig werde ich Euch der treueste Vasall sein.«

Sophia lachte bitter. »Das habt Ihr mir schon mehr als einmal geschworen, und wir sehen ja, was dabei herausgekommen ist.« Sie setzte sich wieder. Alle anderen taten es ihr gleich. »Ihr könnt jetzt gehen!« Vogt Inzo verließ das Refektorium, in dem jetzt die adeligen Damen ihre Mahlzeiten und ihre Gespräche wiederaufnahmen.

Neben Irmingard saß eine betagte Kanonissin, die ihr Alter mit großer Würde trug und eine heitere Gelassenheit ausstrahlte. Bernardina von Northeim entstammte einem alten sächsischen Grafengeschlecht, das ganz in der Nähe seine Stammburg hatte.

»Wisst Ihr, Bernardina, wie sicher und geborgen ich mich in Eurem Stift fühle?«, fragte die Gräfin. »Wäre ich meinem Gemahl Otto nicht begegnet, so hätte ich es vorgezogen, Angehörige eines Damenstifts oder eines Klosters zu werden, wenn Gott es so gewollt hätte!«

»Ich bin seit über vierzig Jahren hier im Stift«, sagte Bernardina und lächelte. Jede einzelne Falte in ihrem Gesicht schien eine eigene kleine Geschichte erzählen zu wollen.

Irmingard drängte sich geradezu das Bild der jungen Grafentochter Bernardina auf, wie sie im Frühling ihres langen Lebens ausgesehen haben mochte. »Ein wenig beneide ich Euch, Bernardina. Vierzig Jahre in der Obhut dieses stillen Ortes, das sind vierzig Jahre im Paradies«, sagte Irmingard und legte dabei der alten Kanonissin die Hand auf den Unterarm.

»Meine Freundin, die Äbtissin, hat mir von deinen Sorgen erzählt, Kind.« Sie deutete auf Sophia, die unbewegt auf ihrem Äbtissinnenthron saß.

Einen Augenblick lang fürchtete Irmingard, dass die Äbtissin der alten Kanonissin auch ihre ungeheuerliche Verfehlung verraten hatte. Aber das war unmöglich. Und auch wenn Sophia kein Priester war, so war sie doch an das Siegel der Verschwiegenheit gebunden, unter dem sich Irmingard der Äbtissin noch in Rom anvertraut hatte.

»Du bist hier, deine Zukunft noch immer ungewiss, und dein geliebter Gemahl lebt getrennt von dir in finsterer Gefangenschaft«, sagte Bernardina mit einer Stimme, in der Gelassenheit sich mit aus Erfahrung erwachsener Klarsicht mischte. Nein, Bernardina wusste nichts davon, dass Irmingard in Rom tiefe Schuld auf sich geladen hatte, die zwei Menschen das Leben gekostet hatte. »Und du kannst es nicht wagen, ihn auf Hammerstein aufzusuchen und ihm ein Lebenszeichen von dir zu geben, da der neue Burgherr Galad euch beiden überaus feindlich gesinnt ist?«

»Die Äbtissin hat Euch richtig unterrichtet«, erwiderte Irmingard zurückhaltend. Plötzlich hatte sie wieder dieses beklemmende Gefühl, wie immer wenn sie an ihren gefangenen Gemahl dachte. Wie würde es sein, ihm unter die Augen zu treten? Konnte jemals wieder dieses alte Urvertrauen zwischen Otto und ihr entstehen, nach allem, was in Rom geschehen war?

Schmerzhaft spürte sie die unendliche Sehnsucht in sich, die sie geradezu mit Gewalt in Richtung Südwesten zog, wo Hammerstein weit jenseits des Horizontes lag. Doch noch immer war ihr Schicksal ungewiss. Denn König Konrad weilte nicht im Reich, um die Ehe Ottos von Hammerstein mit Irmingard zu bestätigen und ihn wieder als legitimen Herrscher einzusetzen. Solange Otto ein Gefangener Galads war, waren der Gräfin trotz der päpstlichen Urkunde die Hände gebunden. Sie hatte der Äbtissin versprochen, nicht unbedacht zu handeln und damit das bisher Erreichte so kurz vor dem Ziel noch einmal aufs Spiel zu setzen.

»Ich weiß, was du denkst«, sagte Bernardina leise. »Du denkst, welchen Trost kann dir diese alte Frau spenden, die im Leben nichts anderes gesehen hat als die Mauern dieses Stiftes?«

Irmingard schwieg betreten, hatte die alte Kanonissin doch tatsächlich ihre Gedanken erraten. Sie trank einen Schluck Wein, denn der Hustenreiz plagte sie mehr denn je.

Bernardina machte einer der Mägde ein Zeichen. Kurze Zeit später standen zwei Becher mit funkelndem Rotwein auf dem Tisch. Die beiden in Alter und Erfahrung so ungleichen Frauen hoben die Gläser, nickten einander zu und nippten an dem Rotwein. »Ein guter Tropfen von einem unserer elsässischen Güter«, sagte Bernardina mit Kennermiene.

In diesem Augenblick erhob sich Sophia von ihrem Thron. Ehe sie die Vesper-Mahlzeit für beendet erklärte, ging die Äbtissin nach alter Sitte an den Tischreihen der Kanonissinnen entlang, um jede einzelne von ihnen zu ehren. Denn der Wohlstand von Gandersheim gründete auf dem Geld, das die adligen Bewohnerinnen des Stiftes bei ihrem Einzug als Mitgift mitbrachten. Schließlich kam Sophia auch an den Tisch, an dem Bernardina und Irmingard saßen.

»Bleibt nur beide sitzen!«, sagte Sophia, als die beiden Anstalten machten, sich zu erheben. »Geht es dir inzwischen besser, Tochter?«

»Ich glaube, es ist nur eine Erkältung«, erwiderte Irmingard.

»Ich mache mir ein bisschen Sorgen um dich. Du hast ziemlich abgenommen.«

Irmingard nickte. »Es sind auch die Strapazen der letzten Monate …«

»Nein, du siehst wirklich krank aus.«

»Wenn ich bloß Eure Kraft hätte, Sophia!«, erwiderte Irmingard traurig. Sie atmete flach, so als ob sie Mühe hätte, Luft zu bekommen.

Die Äbtissin betrachtete ihren Schützling mit Sorge. Seit Wochen saß die Gräfin hier in Gandersheim untätig fest. Es schien beinahe, als ob das quälende Abwarten ihrer Gesundheit mehr zusetzte als zuvor die beschwerliche Reise zum Papst. Sophia war froh, dass sich Irmingard ihr noch in Rom anvertraut hatte. Statt sie aufs Strengste zu verurteilen, wie Irmingard es nicht nur erwartet, sondern beinahe auch gehofft hatte, hatte sie ihr schweigend zugehört. Sophia wusste offenbar viel mehr über weltliche Dinge und menschliche Leidenschaften, als Irmingard geahnt hatte. Und so war die Äbtissin keineswegs schockiert gewesen, als sie von Irmingards Gefühlsverirrung erfuhr. Indem sie ihr Geheimnis teilte, hatte sie auch einen Teil der Last übernommen, die Irmingard zusehends als drückend empfand.

In Rom hatte sie lange Zeit geglaubt, dass Irmingard an der Last ihrer Schuld vollends verzweifeln würde, die sie nicht nur durch ihren Ehebruch, sondern auch durch Nadiras und Maurizios Tod auf sich geladen hatte. Ohne sie, die Gräfin, würden Nadira und Maurizio noch am Leben sein, warf sie sich immer wieder vor. Sophia von Gandersheim gelang es schließlich, den Blick der Gräfin in die Zukunft zu lenken und sie davon zu überzeugen, dass alles Geschehen von Gott und dem Schicksal so gewollt war: »Nichts, was geschieht, geschieht umsonst«, beschwor die lebenskluge Sophia die Gräfin auf der Rückreise über die Alpen. »Betrachte deine Verirrung und die Schuld, die du auf dich geladen hast, als Prüfung und nutze deine Erfahrung, um daran zu wachsen. Mache dir nicht immerfort Vorwürfe, wenn du sowieso nicht ändern kannst, was geschehen ist.«

Wenn Irmingard nur nicht so müde und kraftlos wäre, jetzt, wo sie ihr Ziel fast erreicht hatte!, dachte die Äbtissin. »Ich muss dir noch etwas sagen«, fuhr Sophia fort. »Heute ist ein Bote gekommen …«

»Ein Bote? Von wem denn?«

»Du weißt ja, dass es nur einen gibt, der dir und Otto zu eurem Recht verhelfen kann, und das ist der König …«

»Aber sagtet Ihr nicht, dass der König weit weg sei?«

Äbtissin Sophia schüttelte den Kopf. »Das war er auch. Bis vor kurzem. Doch jetzt ist er ganz nah …«

»Ihr sprecht in Rätseln!«, rief Irmingard erregt, obwohl sie schon ahnte, was die Äbtissin sagen wollte. »Ihr habt von einer Nachricht geredet …« Sie begann erneut zu husten. Ein trockener, schmerzhafter Husten.

Sophia legte Irmgard mütterlich eine Hand auf den Rücken. »Schon bald trifft der König hier ein.«

Irmingard sprang erfreut auf.

»Reg dich nicht auf! Du siehst ja, manchmal geschehen die Dinge schneller, als man erwartet. Aber das ist noch nicht alles. Rate, wohin der König unterwegs ist!«

Irmingard machte ein fragendes Gesicht.

»Nach Hammerstein, und dort werden wir auch hingehen. Er hält zu Ostern einen großen königlichen Gerichtstag auf Burg Hammerstein ab. Und Galad veranstaltet dazu ein Lanzenstechen.« Sie bemerkte, wie Irmingard versuchte, ihre Gedanken zu ordnen. »Aber jetzt beruhige dich! Bis zur Ankunft des Königs musst du wieder Kraft geschöpft haben. Und glaub mir, alles wird gut!«

Wenn Irmingard das nur hätte glauben können. Es war nicht so sehr die Angst, dass der König Otto nicht mehr als Grafen einsetzen würde, als vielmehr die Angst davor, ihrem Gemahl unter die Augen zu treten. Was, wenn sich die alten Gefühle nicht wieder einstellten?

4. Kapitel

Nach Ottos Sturz hatte Galad angeordnet, dass Nuradin wie sein Graf am hintersten Ende des Mittelhauses in einer Knappenkammer untergebracht wurde. Nur ein schießschartenartiges Fenster eröffnete den Blick auf die Vorburg hinaus. Dass der Raum so weit abseits lag in einem Burgteil, in dem die Dienst- und Burgmannen wohnten, empfand Nuradin als Vorteil: Hier war er wenigstens ungestört.

Als er aus dem schmalen Fenster auf die Vorburg blickte, wurde er nachdenklich. Am Morgen war er mit Adelheid, der Freundin und Hofdame von Gräfin Irmingard, im Burghof ins Gespräch gekommen. Auch Adelheid war verzweifelt und fühlte sich wie eine Gefangene in ihrer Kammer, und sie tat alles, um unauffällig zu bleiben, fürchtete sie doch ansonsten, von der Burg verwiesen zu werden.

Als es an der Türe seiner winzigen Kammer pochte, zuckte Nuradin zusammen. Er trat von der Schießscharte weg und ärgerte sich im gleichen Augenblick darüber, dass er so schreckhaft geworden war. Ein Mann, der auf dünnem Eis geht.

»Ja? Was ist?«, rief er unfreundlich. Hin und wieder tauchte einer von Galads Gefolgsleuten auf, um ihm einen neuen Entscheid des Grafen Galad mitzuteilen: Die Entlassung aus seinem Amt als Kastellan, die widerrechtliche Übertragung fast der Hälfte seiner Lehensgüter an die Vogtei des Klosters Krechelheim und damit in die Hände von Galad, der Ausschluss aus der Ritterrunde des Grafen und schließlich der Befehl Galads, dass Nuradin ihn um Erlaubnis bitten musste, wenn er die Burg verlassen wollte – das alles hatte Nuradin wie unablässige Nadelstiche hinnehmen müssen, ohne sich dagegen wehren zu können. Ausdruckslos hatte er jeden weiteren entehrenden Bescheid des Schwarzen Grafen entgegengenommen, doch tief in seinem Inneren sehnte er sich in das Land seiner Väter zurück, auch wenn es dort niemanden mehr gab, der ihn erwartete.

Das Gefühl von Einsamkeit und Heimatlosigkeit, mit dem er selbst in besseren Zeiten manchmal zu kämpfen gehabt hatte, wurde immer schmerzlicher und intensiver. Er fühlte sich verloren wie selten zuvor. Er hatte viel Zeit in diesen Frühjahrstagen. Er tat etwas, das er lange vermieden hatte: Er dachte über sich und über sein Schicksal nach. Als er sehr jung war, hatte ihn sein damaliger Schwertmeister nicht nur im Kampf, sondern auch in Gleichmut und Schicksalsergebenheit unterrichtet. Das allein hatte ihn überleben lassen, nachdem die Wirrnisse des Lebens ihn von seiner großen Liebe getrennt hatten, und es half ihm auch jetzt, an diesem neuen Tiefpunkt seines Lebens.

Es klopfte noch einmal, diesmal heftiger. Er gab sich einen Ruck und ging zur Tür, öffnete, und sah dort zu seiner Überraschung seinen Knappen Hermann und ein Mädchen, das ihm irgendwie bekannt vorkam, das er aber nicht richtig einordnen konnte.

»Ritter Nuradin.« Hermann stürzte fast in den Raum. »Sie sind hinter uns her.«

»Kommt herein!« Nuradin schloss die Türe hinter Resa. »Nun beruhigt euch erst einmal. Ihr seht ja so aus, als wäre euch der Leibhaftige begegnet.«

Als er das sagte, nickten sowohl Resa als auch Hermann heftig.

»Der Leibhaftige?« Nuradin beschlich ein mulmiges Gefühl: Das hier war kein Spaß oder Kinderkram. »Also los, was ist geschehen?«, fragte er ungeduldig. »Und wer ist hinter euch her?«

Während die beiden jungen Leute atemlos von dem Gespräch berichteten, das sie belauscht hatten, war Nuradin aufgesprungen und begann, in der kleinen Kammer auf und ab zu gehen. Manchmal fragte er einsilbig nach, wenn er etwas nicht richtig verstanden hatte, dann wieder fluchte er oder schüttelte den Kopf.

»Und ihr seid ganz sicher, dass ihr nichts falsch verstanden habt?«, fragte er scharf, als die beiden ihren Bericht beendet hatten. »Sie wollen Otto aus dem Weg räumen? Bei einem Festmahl? Und morgen schon?« Beide bekräftigten ihre Aussage. »Los, uns bleibt keine Zeit«, sagte Nuradin gepresst. Resa und Hermann schauten einander fragend an, als Nuradin den ledernen Nackenschutz aus seiner Truhe nahm und ihn um den Hals legte. »Hilf mir, Hermann!« Er holte sein knielanges Kettenhemd hervor und begann es anzulegen. Der Knappe ging ihm dabei zur Hand.

»Ihr beide werdet mit mir kommen und euch dicht hinter mir halten«, befahl Ritter Nuradin. Sein Plan schien festzustehen. Resignation und Mattigkeit waren aus seiner Stimme gewichen und hatten seiner alten Entschlossenheit Platz gemacht. »Hermann, du gibst auf dieses Mädchen Acht. Und hol mir jetzt meinen Schwertgurt!« Er wandte sich zu Resa um, die noch in der Nähe der Tür stand. »Ich kenne dich doch, Kind. Beim Propheten, du kommst mir irgendwie bekannt vor.«

»Im Frühjahr, Herr, als Ihr mit dem Grafen Otto und mit dem Knappen Hermann im Wald wart, da habt Ihr mich gefunden und mitgenommen.«

Nuradin schlug sich die flache Hand vor die Stirn. »Aber natürlich, jetzt weiß ich wieder, wer du bist!« Er versuchte zu lächeln, während er den Schwertgurt festzurrte. »Verändert hast du dich, bist gewachsen. Bist fast schon eine Frau geworden.«

Resa senkte verschämt den Blick. Nuradin lachte rau, als er sah, dass sie errötete. Er nahm sein Schwert, prüfte die Schärfe seiner Schneide und steckte es dann entschlossen in das Schwertgehänge.

»Sie steht dir gut an, deine Schamhaftigkeit«, sagte Nuradin in ernstem Tonfall. »Gebe Gott, dass du so bleibst. Jetzt den Helm noch, Hermann!«

Nuradin kontrollierte den Sitz der Wangenklappen und des Nackenschirms, dann trat er zur Tür.

»Seid ihr bereit?«, fragte er, und sowohl Hermann als auch Resa nickten, obwohl sie gar nicht wussten, was Ritter Nuradin vorhatte.

Doch wohin sie unterwegs waren, wurde ihnen schnell klar: Graf Ottos Kammer, in der er in Haft gehalten wurde – eine Kammer ähnlich wie die von Nuradin –, befand sich nur ein Stockwerk tiefer im selben Haus, allerdings zur Hauptburg hin gelegen. Dorthin gelangte man über die Wendeltreppe, einen Quergang und eine weitere, kurze Treppe. Gewöhnlich war niemand hier postiert, dennoch hatte Ritter Nuradin sein Schwert gezogen, als sie leise die leeren, kalten Gänge der Burg durchquerten.

»Ritter Nuradin«, sagte Hermann im Flüsterton. Sie hatten fast den Gang erreicht, an dessen Ende Graf Ottos Kammer lag. »Wartet einen Augenblick!«

Nuradin drehte sich ärgerlich um. »Hast du Angst, Junge?«, fragte er mit angespannter Stimme.

»Nein, Herr, es ist etwas Wichtiges.«

»Nun, heraus damit, Junge. Wir haben keine Zeit für Geplauder.«

»Man hat Graf Otto unter Bewachung gestellt. Gestern Abend haben es die anderen Knappen erzählt. Ständig stehen jetzt zwei Mann von Galads Burgwache vor Ottos Kammer, und keiner darf hinaus oder hinein.«

»Verdammt. Aber das hätte ich mir denken können. Galad will sichergehen. Er will nicht, dass ihm seine Beute vielleicht doch noch entkommt, jetzt wo sie sich in seinem Spinnennetz verfangen hat.« Einen Augenblick lang überlegte der maurische Ritter. »Aber es ist einerlei!«, sagte er dann entschlossen. »Es wird vielleicht schwieriger, als ich gedacht habe, aber ich muss es dennoch tun!« Hermann sah trotz des Gesichtsschutzes, der Nuradins Stirn und Nase bedeckte, die ungezähmte Entschlossenheit, die in Nuradins Augen lag. Jetzt war der Augenblick der höchsten Anspannung erreicht.

Alles ging ganz schnell. Nuradin stürmte den Gang hinauf. Die beiden Wachen – einer von ihnen hieß Hassel und war wegen seiner großsprecherischen Art auf der ganzen Burg verschrien – dösten und reagierten erst, als Nuradin schon den halben Weg zurückgelegt hatte. Hermann und Resa folgten mit etwas Abstand. Der Knappe hatte sein Kurzschwert gezogen.

Dann schien für einige Augenblicke die Zeit stillzustehen. Nuradins Brüllen klang merkwürdig gedehnt, wie in einem Traum, in dem alles ganz langsam geht und man mit größtem Willen kaum vorankommt. Hermann sah ganz deutlich im Fenster am Ende des Ganges, dass es draußen heftig zu schneien begonnen hatte.

Die beiden Wachmänner hatten ihre Schwerter gezogen, aber in ihren Augen war Angst. Mochte Nuradin auch bei den jungen Rittern als alt gelten, so fürchteten sie doch insgeheim seine Kampferfahrung und seine Bärenkräfte. Gegenüber Hassels Verteidigungsversuch reichte allein die Kraft von Nuradins erstem Hieb. Das Schwert der Wache flog in hohem Bogen davon.

Nuradin nutzte den Schwung des ersten Hiebes und traf den zweiten Wachmann genau zwischen dessen Helm und dem Kettenhemd in den Hals, so tief, dass der Kopf des Mannes zur Hälfte vom Rumpf getrennt wurde.

Resa schrie entsetzt auf.

Der tödlich getroffene Wachmann ließ das Schwert fallen und griff sich röchelnd an den Hals, aus dem das Blut jetzt wie in einer Fontäne hervorspritzte. Sterbend sank er nieder. Nuradin wollte jetzt auch Hassel den Garaus machen, aber sein Schwert hatte sich im Kettenhemd des Todgeweihten verfangen, und er hatte Mühe, es wieder frei zu bekommen.

Hassel sah seinen Augenblick gekommen. Als Hermann sah, wie er aufsprang, um nach seinem Schwert zu greifen, das Nuradin ihm aus der Hand geschlagen hatte, war er mit einem Satz bei ihm und holte mit seinem Kurzschwert aus; doch gerade, als er es in den Hals des Wachmanns rammen wollte, duckte sich der unter Hermann weg, sodass der Knappe auf den steinernen Boden fiel und Glück hatte, sich nicht selbst mit seiner Waffe zu verletzen.

Aber dieser kurze Moment, in dem Hassel abgelenkt war, reichte aus. Nuradin hatte sein Schwert wieder frei gemacht. Er erreichte Hassel genau in dem Augenblick, als der aus seiner geduckten Haltung mit gezücktem Schwert wieder hochkam.

»Das hast du nicht erwartet, was?«, spottete Hassel atemlos. Es gelang ihm, dem ersten, noch unkonzentriert geführten Streich von Ritter Nuradin auszuweichen. Jetzt wo er sich aufs Kämpfen eingestellt hatte, zeigte sich Hassel geschickter, als Nuradin es erwartet hatte. Ihm kam auch seine leichtere Rüstung zugute, die ihn wendiger machte als Nuradin mit seinem etliche Pfund schweren Kettenhemd.

Hassel ließ jetzt ein solches Gebrüll vernehmen, dass die anderen Männer aus der Wachmannschaft es unvermeidlich hören mussten. Es war klar, was er vorhatte: Nuradin so lange auszuweichen und hinzuhalten, bis Verstärkung gekommen war.

»Du wirst in der Hölle braten«, presste Hassel zwischen den Zähnen hervor und schaute den Gang hinab, wo er seine Kumpane erwartete.

Im gleichen Augenblick kam Hermann wieder hoch. Resa erstarrte vor Angst um den Knappen und wünschte sich, dass der Kampf endlich vorbei wäre.

»Du kleiner Rotzlöffel!« Hassel packte nach Hermanns Haaren. Es gelang ihm, sich festzukrallen. Er zog den Knappen wie einen Schild vor den eigenen Körper, sodass Nuradin kaum angreifen konnte, ohne Hermann ernstlich zu verletzen. Resa schlug die Hände vors Gesicht.

»Herr … das wollte ich nicht!«, rief Hermann. »Nehmt keine Rücksicht auf mich!«

Hassel lachte schallend. »Was kümmert dich dieser Junge, schwarzer Mann? Du bist doch sowieso ein Heide!« Er zog sich, mit Hermann als Deckung, zum Fenster am Ende des Gangs zurück, unter dem es drei Mannslängen tief in den Innenhof der Burg ging. Von dort waren jetzt auch Waffengeklirr und gebellte Befehle zu vernehmen. »Hierher! Graf Ottos Kammer! Schnell!«, brüllte Hassel zum Hof hinunter.

Wie durch einen Zaubertrick hatte der dunkelhäutige Ritter plötzlich eine Waffe in der Hand, die Resa nie zuvor gesehen hatte. Und wie sie eingesetzt wurde, erfuhr sie im gleichen Moment: Nuradin schleuderte das seltsame, dreiklingige Messer, das kaum eine Handspanne maß, mit einer drehenden Bewegung in Hassels Richtung. Ein leises Flirren war in der winzigen Zeitspanne zu hören, die das Drehmesser in der Luft war. Als Hassel das Messer sah, hatte es sich schon in seine Kehle gebohrt. Hermann rollte sich geistesgegenwärtig zur Seite, mit einem einzigen Sprung war Nuradin über dem Wachmann und versetzte ihm mit dem Damaszener Schwert den Todesstoß.

»Der Schlüssel! Schließ auf!« Atemlos deutete Nuradin auf die Tür zur Kammer Ottos. Gewiss stand der alte Freund dort bereits kampfbereit. »Otto!«, rief Nuradin. »Ich bin es! Wir müssen hier weg!«

Mit zitternden Fingern drehte Hermann den Schlüssel um. Im nächsten Augenblick wurde die Tür mit aller Wucht aufgestoßen. Otto hatte den Stuhl in seiner Kammer zertrümmert und hielt in der einen Hand ein Stuhlbein als einzige Verteidigung. Mit einem kurzen Blick überzeugte sich der Graf von der Lage.

»Hermann!«, lächelte er. Mit einem verächtlichen Stirnrunzeln musterte er die beiden Leichen. »Ich nehme doch an, du hattest einen guten Grund dafür«, sagte er zu Nuradin.

»Wäre ich sonst hier?«, fragte der maurische Ritter. »Aber wir haben keine Zeit für Plaudereien. Galads Männer sind jeden Augenblick hier.« Er deutete den Gang hinab.

»Sie erwarten sicher, dass wir nach unten wollen.« Wie selbstverständlich übernahm Otto die Führung und setzte sich in Bewegung, Nuradin, Hermann und Resa folgten auf dem Fuße. Als sie die Treppe erreichten, hörten sie, dass Galads Wachmannschaft unten schon die Treppe stürmte.

»Los, schnell!« Sie hatten jetzt die Treppe erreicht, doch statt nach unten führte Otto sie nach oben.

»Ich mache die Nachhut. Wenn sie uns einholen, werden sie mein Schwert schmecken!«, rief Nuradin und lachte sein altes Kriegerlachen, das Otto an die gemeinsamen Kämpfe in Aquitanien erinnerte. Im Kampf schien sich das Wesen des maurischen Ritters zu offenbaren; und jetzt war es wieder so weit.

Über dem Geschoss, in welchem Nuradins Kammer lag, gab es nur noch ein weiteres. Doch außer Otto wusste keiner der Flüchtenden, dass es unter dem Dach eine versteckte Verbindung zwischen Mittelbau und Kemenate gab. Ein Weg, auf dem er als kleiner Junge aus der Kemenate hinüber ins fantastische Ritterreich der Burgmannen, Rüstungen und Schwerter geschlichen war.

Zwei Stockwerke tiefer stürmten Galads Männer jetzt den Gang zu Ottos Kammer und entdeckten die Leichen. Wutschreie und Rachegebrüll erfüllten die dunklen Gänge.

Die Flüchtenden waren am Ende des obersten Gangs angekommen, an dem ein großes Fenster offen stand. Auf der Fensterbank lag Schnee. Zwei, drei Knappen, die hier oben untergebracht waren, standen mit ängstlich geweiteten Augen an der Tür ihrer gemeinsamen Schlafkammer. Als sie den alten Grafen Otto und den noch immer gefürchteten muslimischen Ritter Nuradin mit gezücktem, blutverschmiertem Schwert vor sich sahen, erstarrten sie. Keiner der Jungen hatte auch nur den Gedanken, die Flüchtenden aufzuhalten. An den schnell ausgestoßenen Kältewolken vor ihren Lippen sah man, wie heftig ihr Atem ging.

»Hermann! Das ist ja Hermann!«, rief einer der Knappen, ein rothaariger Junge mit unzähligen Sommersprossen, aber da waren sie auch schon vorbei. Verblüfft schauten sie den Flüchtenden hinterher, die durch einen unsichtbaren Durchgang verschwanden, der kurz vor dem Fenster abbog. Sie rieben sich die Augen: War tatsächlich auch eine junge, hübsche Magd bei Graf Otto, Nuradin und Hermann gewesen?

»Sie wollen auf den Dachboden!«, rief einer der Knappen, aber da waren die vier auch schon auf der steilen Holztreppe verschwunden, die hinaufführte.

Oben riss Otto den Durchstieg auf, half den anderen auf den nur von ein paar Belüftungslöchern beleuchteten Dachboden hinauf, der sich breit und lang, von schwerem, altem Eichengebälk getragen, zur Kemenate hin erstreckte. Dann deutete Otto auf mehrere alte Truhen, die in Reih und Glied an einer der Seiten des Dachbodens standen. »Los, wir alle zusammen!«

Nach wenigen Augenblicken hatten sie drei, vier der schweren Truhen auf die Luke im Boden gestellt. »Das wird sie für einige Zeit aufhalten«, sagte Otto zufrieden. »Ich hoffe nur, sie wissen nicht, dass man von hier hinüber auf den Dachboden der Kemenate kommen kann.«

Sie hasteten an den Eichenbalken vorbei. Resa stieß sich den Arm, ließ aber nur einen kurzen Schmerzensschrei vernehmen und winkte ab, als Hermann sie fragend anschaute. Es war bitterkalt hier oben.

Otto erreichte das Ende des Dachbodens. Es sah so aus, als ginge es hier nicht weiter. Was, wenn in der Zwischenzeit der Durchgang versperrt worden war?, schoss es ihm durch den Kopf. Doch mit traumwandlerischer Sicherheit fand er den schmalen Hebel in der dunkelsten Ecke des Dachbodens, und mit einem leichten Quietschen sprang die winzige Türe auf, durch die ein erwachsener Mann gerade so hindurchpasste.

»Mit meinem Kettenhemd schaffe ich das nicht!«, schnaufte

Nuradin. »Lauft weiter! Ich versuche, das Hemd loszuwerden, und komme nach!«

Otto lachte. »Was glaubst du denn? Hast du mich vielleicht bei der Schlacht am Alten Berg im Stich gelassen, als es auf Messers Schneide stand? Los, Hermann, hilf mir, meinem besten Freund das Kettenhemd auszuziehen.«

Sich des Kettenhemdes zu entledigen war gar nicht so einfach. Mit den eiskalten Fingern taten sie sich noch schwerer. Es dauerte nicht lange, da krachte und rüttelte es an der mit den Truhen verrammelten Falltüre, wütendes Gebrüll war zu hören. »Wir werden euch schon da herausholen!«

»Brunswic«, sagte Nuradin, ein Name, der klang wie ein Fluch.

Endlich war das Kettenhemd gelöst. Achtlos ließen sie es zu Boden fallen. Jetzt war es auch für den kräftig gebauten Nuradin nicht mehr besonders schwer, durch die Geheimtür zu schlüpfen, und kurze Zeit später waren sie über eine gefährlich lose Planke zu dem etwas tiefer liegenden Dachboden der Kemenate gelangt.

»Hier entlang!«, rief Otto und deutete auf einen nur wenige Schritt entfernten Schacht, der völlig im Finsteren verlief. »Vorsicht, es sind ganz schmale Treppenstufen.«

»Wohin führt die Treppe?«, fragte Nuradin.

»Direkt zum Kaminzimmer der Gräfin«, erwiderte Otto.

»Und wer wohnt jetzt dort?«

»Ich habe nicht die geringste Ahnung.« Otto zuckte die Schultern. »Aber wir werden es gleich wissen.«

In der vollkommenen Dunkelheit fand sich Otto blind zurecht, während die anderen auf den wenigen Stufen vorsichtig ein Bein vors andere setzten. »Achtung. Ich öffne die Tür.«

Wohlig warm strömte ihnen die Luft aus dem Kaminzimmer entgegen. Otto wich zur einen Seite aus, Nuradin zur anderen, und als sich ihre Augen endlich von der Blendung erholt hatten, sahen sie, dass auf dem Bett der Gräfin Irmingard zwei Mätressen lagen. Die Frauen waren vollkommen nackt.

»Galads Gespielinnen«, sagte Nuradin verächtlich. »Draußen verhungern die Leute, und dieser Wurm lebt im Überfluss!«

Die beiden nackten Frauen wurden gar nicht wach, sie bewegten sich nur gähnend, und Otto sah auch den Grund: Neben dem Grafenbett standen drei edle, goldene Pokale, in denen Rotweinreste schimmerten. Von Galad gab es keine Spur. Otto unterdrückte die Wut über die Entwürdigung von Irmingards Zimmer, während sie durch das Zimmer schlichen.

Auf dem Gang vor der Kemenate war niemand, aber in der ganzen Burg erhob sich jetzt an verschiedenen Stellen Geschrei, Befehle wurden gebrüllt, und es schien, als sei plötzlich die ganze Burg in Aufruhr.

Als sie an der Stelle vorbeikamen, von wo aus vor vielen Monaten Graf Otto zusammen mit Irmingard den Kampf der Knappen Hermann und Brunswic beobachtet hatten, hielt der Graf inne und schaute vorsichtig in den Burghof hinab. Dort rüstete sich der Gauklertrupp, der am Abend zuvor eine Vorstellung im Rittersaal gegeben hatte, soeben zum Aufbruch. Die Wagen wurden eingespannt, die letzten Reste der Habseligkeiten verladen.

»Es wimmelt nur so vor Galads Männern«, sagte er schwer atmend.

Nuradin spähte ebenfalls hinunter. »Welches Durcheinander!«, entfuhr es ihm, denn Galads Wachmänner und die Spielleute gerieten sich offensichtlich in die Quere.

»Macht, dass ihr auf der Stelle fortkommt!«, brüllte Brunswic aufgeregt, der aus dem Mittelhaus gestürmt kam.

Otto beugte sich weiter vor. Das Schneetreiben war noch stärker geworden. Er sah, dass genau unterhalb des Fensters der große Planwagen der Gaukler stand, unter dessen Tuch nicht nur der Großteil der Ausrüstung, sondern auch der eiserne Käfig mit dem Bären untergebracht war. Nuradin folgte Ottos Blick. Das Ende des Wagens befand sich genau am Fuße der steinernen Treppe zur Kemenatentüre.

»Du willst doch nicht?«, fragte der ehemalige Kastellan, aber dann stahl sich ein Grinsen in sein Gesicht. »Aber vielleicht ist es einen Versuch wert!«

Auf der Wendeltreppe hinunter zum Burghof begegneten sie niemandem. Die Tür am Eingang des Kemenatenhauses war nur angelehnt. Otto spähte durch den Spalt hinaus. »Brunswic postiert jetzt an allen Eingängen Männer«, sagte er erschrocken. »Und der Wagen rollt gleich los. Jetzt oder nie!«

Er drückte die Tür so weit auf, dass er eben hindurchpasste, duckte sich und sprang dann geschmeidig wie eine Katze seitlich über die niedrige Brüstung des Treppenaufgangs.

Nuradin bedeutete Resa und Hermann, es dem Grafen gleichzutun, ehe er selbst mit einem Satz bei ihnen war.

Inzwischen hatte der Graf das Ende einer der Planen gelöst, mit denen der Wagen bedeckt war. Er half zuerst Resa auf den Wagen, dann Hermann, und in diesem Augenblick setzten sich vorn die beiden schweren Pferde in Bewegung, die den Wagen zogen. Nuradin und Otto wuchteten sich ins Wageninnere und richteten schnell die Plane. Resas Haare standen zu Berge, als sie sah, welchen Gefährten sie hatten: den Bären der Spielleute. Der aber hatte gefressen, war dösig und faul und kümmerte sich weder darum, dass der Wagen anfuhr, noch um die unerwarteten Reisegefährten, die sich da zu ihm gesellt hatten.

Der Mann auf dem Kutschbock fluchte, als der Wagen wieder zum Stillstand kam. Das dichte Schneetreiben verband sich mit einem lästig kalten Wind.

»Jetzt bring endlich deinen verfluchten Wagen in Gang, San Nazar«, bellte von draußen die durch die Plane gedämpfte Stimme Brunswics. »Macht endlich, dass ihr fortkommt!«

Vom Kutschbock kam keine Antwort, nur ein beruhigendes Schnalzen. Dann rollte der Wagen von neuem an.

»Himmel, diese Zeltplanen stinken vielleicht!«, fluchte Nuradin leise.

Am Klang der schweren Wagenräder erkannten sie, dass sie den Verbindungstunnel von der Haupt- zur Vorburg durchquerten. »Wir haben es fast geschafft«, flüsterte Hermann.

»Erst wenn wir weit genug weg sind von Hammerstein«, widersprach Nuradin. »Wenn sie uns nicht finden, dann werden sie bald darauf kommen, wie wir geflüchtet sind.«

»Glaubt Ihr, sie werden uns verfolgen?«, fragte Resa ängstlich.

Sie durchquerten das Tor, ohne dass jemand den Wagen kontrolliert hätte. Die vier Flüchtlinge atmeten auf.

»Das wäre geschafft!«, sagte Nuradin. »Aber sobald wir den Burgberg hinter uns haben, müssen wir uns sofort absetzen.«

Der schwere Wagen rumpelte langsam den steilen Burgweg hinab. Ab und zu fluchte der Kutscher etwas auf Italienisch. Otto öffnete die Plane ein winziges Stück und schaute die Wegstrecke entlang, die sie zurückgelegt hatten. Es würde nicht mehr lange dauern, und die Gaukler hätten die Talsohle des Rheines erreicht.

»Und jetzt sag mir, warum du mich dazu gebracht hast, zu fliehen und damit meinen heiligen Eid zu brechen. Wer seinen Eid gegenüber dem König bricht, ist vogelfrei und verfällt der Reichsacht, das weißt du doch, mein Freund.«

»Glaubst du etwa, ich hätte leichtfertig gehandelt?«, fragte Nuradin und berichtete dann mit knappen Worten, was Resa und Hermann gehört hatten.

»Du hattest also tatsächlich allen Grund«, sagte Otto kraftlos. Die Anspannung der Flucht fiel von ihm ab. »Ich denke nur daran, was Irmingard sagen wird, wenn sie zurückkommt und all ihre Mühe umsonst war, weil ich den Königsschwur gebrochen habe.«

»Wäre es nicht um vieles schlimmer, wenn Irmingard zurückkäme und du wärst tot?«

»Ich weiß nicht, was schlimmer ist«, erwiderte Otto verbittert. »Wer seinen Eid bricht, der hat seine Ehre verloren. Und wer die Ehre verloren hat, hat alles verloren. Er könnte ebenso gut tot sein.«

5. Kapitel

Otto nahm Anlauf, das Gras an den nackten Füßen war kalt und nass, dann sprang er vom Ufer in die eisigen Fluten des Rheins, sodass ein paar Gänse in der Nähe erschrocken aufflogen und wütend schnatterten.

Das eisige Wasser umschloss seinen Körper mit stählerner Faust. Im Augenblick war das Feuer in seiner Brust erloschen, das umso höher loderte, je näher sie Köln kamen: das Feuer des Hasses auf die Unehre, in die er gefallen war, die Glut der Rachlust gegen jeden, der etwas dazu beigetragen hatte, allen voran sein Halbbruder. Zugleich aber bemächtigte sich seiner auch eine dumpfe Ohnmacht, die ihn für Stunden reglos auf sein schäbiges Lager im Zelt der Gaukler bannte. Manchmal war er sicher, dass sich ein Dämon seiner Seele bemächtigt hatte und dass es der Teufel war, der ihn immer weiter in den Abgrund riss.

Der Widerstreit zwischen dem lodernden Hass und seiner ohnmächtigen Wut zermürbte ihn, seit er nach der Flucht von Hammerstein wieder zur Besinnung gekommen war. Erst da wurde ihm wirklich klar, dass er alles Recht und alle Ehre verloren hatte, die beiden Stützen seines Lebens. Aus Macht war Ohnmacht, aus Recht war Schuld, aus Ehre war Schande, aus Liebe war Einsamkeit geworden – Otto stand vor den Trümmern all dessen, was in seinem Leben einmal eine Bedeutung besessen hatte.

Prustend kam er an die Oberfläche zurück. Er sah, dass über dem Ufer Nuradin stand und zu ihm herunterstarrte. Otto schlug mit den Händen um sich, dass das Wasser spritzte. Die Kälte des Stroms nahm ihm den Atem.

Otto sah, dass San Nazar sich zu Nuradin gesellte. Der Sizilianer schüttelte den Kopf. »Ihr Nordländer seid ein seltsames Volk!«, rief der Gaukler.

Im Augenwinkel nahm Otto das Vorübergleiten eines Oberländer Schiffes wahr, das von Pferden auf der gegenüberliegenden Rheinseite flussaufwärts getreidelt wurde.

»Wenn Ihr Euch endlich abgekühlt habt«, rief San Nazar, »dann würde ich jetzt meinem Trupp ganz gern befehlen weiterzuziehen. Es ist nur noch eine Stunde bis Köln.«

Otto stieg aus dem Wasser. Er schlug die Arme zitternd um die Brust.

»Hat es Euch geholfen?«, fragte Nuradin.

Otto zuckte mit den Schultern. Für einen Augenblick schienen Schmerz, Hass, Ohnmacht und Entehrung tatsächlich vergessen, fortgespült von der Kälte der Fluten. Aber er hatte die düstere Gewissheit, dass all diese Gefühle wiederkehren würden, stärker und heftiger.

Wenig später setzte sich der schwerfällige Tross der Gaukler wieder in Bewegung, und nach einer Stunde näherten sie sich den Mauern des heiligen Köln. Doch unter welchen Umständen sah Otto die Stadt seines Freundes, des Erzbischofs Pilgrim, wieder, die Stadt der großen Kaiserin Theophanu, die in St. Pantaleon ihre letzte Ruhestätte gefunden hatte! Otto saß mit starren Gesichtszügen neben San Nazar auf dem Bock des Planwagens, der an der Spitze des kleinen Gauklertrupps fuhr. Er war wie einer der Fahrenden gekleidet; niemand würde in ihm jetzt noch den Grafen vermuten.

»Das habt Ihr Euch wohl nicht träumen lassen?«, fragte San Nazar herausfordernd.

»Willst du noch immer keine Ruhe geben?« Otto spürte, dass sein Ärger sich von neuem regte.

»Ihr werdet Euch nun einmal damit abfinden müssen, dass ich derjenige bin, der in diesem Haufen das Sagen hat. Diese Leute hier sind nicht Eure Vasallen! Es ist nicht meine Schuld, wenn es Euch nicht gefällt, dass Ihr gezwungen seid, Gauklerkleider zu tragen und ein Gauklerleben zu führen.«

»Ich habe keine Lust, mich noch einmal darüber zu streiten«, erwiderte Otto. Manchmal ärgerte er sich, dass er den Dünkel seines Standes nicht wirklich ablegen konnte. Dass er diese Menschen, in deren Schutz er vor seinem verhassten Halbbruder geflohen war, gering achtete wegen ihres geringen Standes. Im Grunde wusste er, dass er undankbar war, und deswegen hatte er den Wortwechsel mit San Nazar abgebrochen, um sich im Wasser des Rheins abzukühlen.

San Nazar ließ die Pferde in einem langsameren Schritt gehen. Rechts und links wurden sie von Pilgern überholt, von Händlern und Bauern auf dem Weg zu den Märkten Kölns. Der Sizilianer ignorierte die ärgerlichen Rufe und Flüche der Fuhrleute, deren Fahrzeug dem Gauklerwagen unmittelbar folgte, und das jetzt seine Geschwindigkeit ebenfalls drosseln musste.

»Ihr verachtet uns in Wirklichkeit noch immer, stimmt es?« San Nazar bog von der Straße ab und hielt seinen Wagen auf einem festen Wiesenstück an. Die restlichen Mitglieder des Trupps warteten am Straßenrand. Die Stelle war nur einen Steinwurf vom Galgenplatz der Stadt Köln entfernt, wo man die Urteile des erzbischöflichen Blutgerichtes vollstreckte.

»Ich habe euch niemals verachtet«, erwiderte Otto matt. Sein Haar war noch feucht von seinem Sprung in die Fluten des Rheins, über dessen Ursache man unter den Gauklern heftig spekulierte. »Aber euer Leben ist mir fremd, es ist anders als das Leben, das ich gelebt habe …«

»Wir sind Euch edlen Herren so gleichgültig wie Ameisen am Wegesrand«, sagte San Nazar. »Für Euch sind wir Verdammte! Kein Spielmann hat Hoffnung auf das ewige Leben. Das glaubt Ihr doch?«

»Ich bin … ich war den Fahrenden nicht wohlgesinnt, das

ist wahr. Jeder weiß doch, dass Spielleute Gut für Ehre nehmen.«

»So haltet Ihr uns also für ehrlos?«, fragte San Nazar. »Ihr edlen Herren glaubt wirklich unverrückbar, dass wir Spielleute des Teufels sind und keine Hoffnung auf Gnade beim Jüngsten Gericht haben?«, fragte der Gaukler.

»Ich glaube, wir haben unsere Füße von Gott tatsächlich nicht für ein unstetes Leben wie eures bekommen«, erwiderte Otto. »Trotzdem teile ich nicht die Meinung, dass ihr alle ohne Ansehen der Person des Teufels seid.«

»Wie gnädig von Euch, Herr Graf.« San Nazar lachte bitter. »Aber sagt Ihr das nicht nur, weil Ihr jetzt mitten unter uns seid? Gebt es doch zu: In Wahrheit denkt Ihr genau wie alle anderen! Ihr denkt, dass wir verdammungswürdige Diener des Teufels sind! Und dennoch läuft alles Volk zusammen und kann es gar nicht erwarten, unser Spiel zu bewundern, egal, wohin wir kommen.«

Susanna von Brügge, San Nazars Gefährtin, kam nach vorn und unterbrach den Disput. »Was stehst du da, Nazar? Wir wollen endlich aufbauen!« Sie musterte Otto auffällig; offenbar mit Wohlgefallen.

Der Sizilianer zuckte mit den Schultern, und als Otto schwieg, schnalzte er mit der Zunge. Die Pferde setzten sich wieder in Bewegung. Der Gauklertrupp, bestehend aus dem Planwagen, den beiden kleinen Karren, die von Maultieren gezogen wurden, und dem ebenfalls schwer bepackten Fußvolk, näherte sich bald darauf dem alten Römerturm. Köln lag vor ihnen.

Es war eine mächtige Stadt und konnte es leicht mit Mainz aufnehmen. Ihre Mauern, im rheinischen Flachland gelegen, nahmen fast den ganzen Horizont ein. Trutzig krönten mächtige Zinnentürme die Stadtmauer. Man konnte leicht verstehen, warum die Kölner und ihr Erzbischof so stolz waren auf dieses Befestigungswerk, das niemand bezwingen konnte. Das alte römische Colonia war die wichtigste Handelsstadt im Reich: Hier mussten die Waren von den tief liegenden Seeschiffen auf Oberländer umgeladen werden, Schiffe mit geringerem Tiefgang. Waren aus aller Herren Länder kamen auf diese Weise in Köln zusammen. Zahlreiche Wege kreuzten sich hier, und die wichtigste Handelsstraße war der Rhein. Seit ihrer Flucht aus Burg Hammerstein war es beständig wärmer geworden, und es ging ein kräftiger Wind, der aus Gallien herüberwehte. Vor der gegenüberliegenden Festung Deutz zog eines der Oberländer unter vollen Segeln vorbei. Es würde sich erst weiter stromaufwärts treideln lassen, wo die Strömung des Rheins stärker war.

»Sie haben die Mauern inzwischen bis zur Rheininsel vorgezogen. Und trotzdem platzt die Stadt aus allen Nähten!«

Otto war froh, dass San Nazar ein unverfängliches Thema angeschlagen hatte. »Aus allen Nähten?«, fragte er. »Mir ist die Stadt nie besonders überfüllt vorgekommen.« Wenn er Köln besuchte, hatte er sich allerdings nicht unters Volk begeben. Beim Spaziergang im Garten der Erzbischofsburg neben dem Dom merkte man nicht viel vom dichten Gedränge und vom quirligen Treiben in der Handelsstadt.

»Ich spiele hundertmal lieber in einer solchen Stadt als auf einer Burg. Für die Leute in der Stadt sind wir zwar Herumtreiber, aber trotzdem ihresgleichen. Jedenfalls so lange sie es mit einer Gauklertruppe wie meiner zu tun haben.« San Nazar lachte. »Denn bei mir herrschen Zucht und Ordnung.« Otto hatte das selbst schon ein paar Mal erlebt. Disziplinlosigkeit duldete der Anführer der Spielleute nicht.

Wenig später hatten sie die römische Mauer des alten Köln erreicht. Sie lagerten in Sichtweite des Römertors am Filzengraben. Das Tor war weit geöffnet. Es wurde von Männern des Bischofs bewacht, dem seit der Herrschaft des berühmten Erzbischofs Brun alles im heiligen Köln zustand: das Gericht, die Dienstmänner, das Gewerbe, die Münze, der Zoll und auch die Schutzgelder

der Juden. Erzbischof Pilgrim hatte bei seinem Freund Graf Otto mehr als einmal schwer darüber geklagt, dass sich der Kölner Metropolit neben seinen geistlichen Pflichten auch all diesen weltlichen Dingen widmen musste.

San Nazar und Otto stiegen vom Kutschbock herab.

»Ich werde gleich in die Stadt gehen.« San Nazar deutete mit dem Kinn in Richtung des Tores, wo eine Zugbrücke über den vom Duffesbach gespeisten Graben führte und einer der Haupttürme der Stadt stand. »Dringende Geschäfte, wenn Ihr versteht?«

»Wo ist Nuradin?«, fragte Otto.

San Nazar zuckte mit den Schultern.

»Und Hermann?«

»Ihr könnt es wohl nicht ertragen, dass der Junge sich Eurer Zucht entzieht und immer mehr ein Gaukler wird?« San Nazar lachte. »Dort hinten bei den Humbertinis, meinen Musikanten.« Er deutete die Bonner Straße hinab, an der die Gaukler Halt gemacht hatten. Die drei schwarzhaarigen sizilianischen Männer, die einander so unglaublich ähnlich waren, dass alle sie für Drillinge hielten, waren eine ganz besondere Attraktion für die weiblichen Zuschauer des Gauklertrupps. Sie waren groß und kräftig gewachsen, hatten ausgeprägte, beinahe aristokratische Gesichtszüge und Augen, in denen sich schon manche Frau und manches Mädchen verloren hatte. Bei all dem spielten sie sogar recht gut Musik, die wegen ihres südländischen Charakters besonders glühenden Beifall fand.

Otto wollte gerade zu einer Antwort ansetzen, da wurde er von einem der Torwärter unterbrochen, der herangeschlurft kam: »Wollt ihr euch hier ausruhen? Ihr seht doch, was hier los ist. Hier ist kein Platz zum Lagern!«

Unter Bücklingen trat San Nazar dem Wachmann gegenüber, und Otto blieb es nicht verborgen, dass eine Münze von San Nazars Hand in die Hand des Wachmanns wechselte.

»Also gut!«, sagte der Torwächter. »Aber längstens bis heute Abend.«

»Ihr habt nach mir gefragt, Herr?«, fragte Nuradin im Näherkommen.

»Begleitest du mich in die Stadt? Ich will so schnell wie möglich den Bischof aufsuchen.« Statt zu antworten, druckste Nuradin herum, während er sich den Bauch hielt. »Was ist denn los mit dir?«, fragte Otto ungehalten, bemerkte dann aber, dass er sich im Ton vergriffen hatte. »Ist dir nicht wohl?«, fragte er dann besorgt.

»Ich glaube, der Fisch … der Fisch von gestern Abend hat mir nicht gut getan«, sagte Nuradin gequält.

Otto sah, dass es dem Ritter wahrlich schlecht ging. »In diesem Zustand kannst du mich wirklich nicht begleiten.«

Er schüttelte den Kopf, als ein paar von den Bettlern und Krüppeln, die vor dem Römertor herumlungerten, ihm ihre um Almosen heischenden Hände entgegenstreckten. Doch der Gaukler, als der er verkleidet war, besaß kaum mehr irdische Güter als diese verlausten Bettler. Und auch in Wahrheit verfügte Otto über keinerlei Mittel, Besitz oder Gewalt mehr, sondern war so rechtlos wie einer dieser verkrüppelten und halb verhungerten Gestalten. Er war ein Herr ohne Land. Ein Herr ohne Land aber war weniger als ein Nichts.

»Wenn Ihr wollt, dann könnt Ihr mit mir zusammen gehen«, schlug San Nazar schließlich vor.

»Mit dir? Wohin willst du in Köln?«

»Ich will einen Mann des Stadtvogts treffen«, sagte San Nazar geheimnisvoll.

Otto überlegte und nickte schließlich. »Gut. Ich komme ein Stück weit mit, und dann trennen wir uns. Ich hoffe, Sigifrid hat Wache. Der kennt mich und wird mich zum Erzbischof vorlassen.«

Sie gingen eine Weile schweigend nebeneinander und ließen die Eindrücke der großen Stadt auf sich wirken.

»Sie haben so viel neu gebaut in den letzten Jahren, dass man die Stadt kaum wiedererkennt, wenn man ihr nur für ein paar Monate den Rücken kehrt«, wunderte sich der Sizilianer. San Nazar war der deutschen Sprache hervorragend mächtig, doch aus seinem Mund klangen die Worte melodiöser, verloren ihre Ecken und Kanten. »Vor allem die Vorstadt am Rhein. Seit die Mauer steht, wächst dort ein Haus neben dem anderen aus dem Boden.« San Nazar grinste. »Dort am Hafen sind die besten Gasthäuser in der Stadt, glaubt es mir.« Er schaute Otto mitleidig an. »Wie oft wart Ihr eigentlich hier?«

»Du meinst in Köln? Sechs- oder siebenmal«, erwiderte Otto. »Und ich weiß, was du sagen willst. So oft im heiligen Köln gewesen, und nicht ein einziges Mal in einer Taverne.«

»Könnt Ihr Gedanken lesen?«, fragte San Nazar grinsend. »Aber im Ernst …« Er wich einer riesigen Pfütze aus, die fast die Hälfte der Straße einnahm. Ein halbes Dutzend Stadtschweine suhlte sich im Schlamm. »Ist es nicht so, dass Leute von Adel sich selbst im Wege stehen? Wenn die Edelleute sich so hoch über das Volk erheben, sind sie dort oben dann nicht auch furchtbar einsam? Kommt die Lebensfreude da nicht etwas zu kurz?«

»Mag sein«, sagte Otto kurz angebunden. Er hatte seinen Stand noch nie aus dem Blickwinkel des Volkes betrachtet, aber insgeheim kam er zu dem Schluss, dass der Gaukler mit seiner Beobachtung gar nicht so Unrecht hatte.

Die Straße mündete auf einen großen Marktplatz, wo Hunderte von Verkäufern ihre Waren feilboten, teils als fliegende Händler, teils als Besitzer einer der Läden, die den Markt umgaben. Viele ärmere Verkäufer transportierten ihre Waren in Rückenkörben, mit denen sie zwischen den Menschen herumliefen. Es war am Nachmittag des schmalzigen Samstag. Die Stadt war entsprechend voll. In zwei Tagen, am Rosenmontag, würden die Kölner den Winter austreiben, und zu diesem Schabernack, an dem sich die Leute verkleideten und maskierten und wie toll gebärdeten und die Straßen und Gassen unsicher machten, wollte San Nazar wie in jedem Jahr unbedingt in Köln sein. Denn er wusste, dass den Menschen an diesen Tagen das Geld lockerer saß als sonst.

Sie durchquerten die alte Stadtmauer in Richtung Hafen. Die Römermauer lag jetzt innerhalb der Kölner Stadtbefestigung. Die alten Tore und Festungstürme hatten ihre Funktion verloren. Dahinter begann das Hafenviertel, die Rheinstadt, wo das Herz Kölns schlug.

»Glaubt mir, die Lebensfreude kommt bei den Kölnern wirklich nicht zu kurz in diesen Tagen, wenn sie den Winter austreiben«, sagte San Nazar mit einem hintergründigen Grinsen.

Ein Menschenauflauf hatte sich am Tor gebildet, Geschrei wurde laut, Fäuste wurden erhoben.

San Nazar lachte achselzuckend und wollte sich an dem Auflauf vorbeidrängen, aber es gab kein Durchkommen, die Gasse zum Hafentor war einfach zu eng. Otto machte San Nazar ein Zeichen: Er wollte über andere Wege zum Bischofspalast gelangen und sich von dem Führer des Gauklertrupps trennen.

Doch jetzt wurde seine Aufmerksamkeit von den aufgeheizten jungen Burschen in Anspruch genommen, die jetzt alle auf einen einzigen Mann losgingen. Der war hager und groß gewachsen, trug unauffällige Kleidung, aber Otto erkannte an seinen geschmeidigen Bewegungen sofort, dass er zu kämpfen gewohnt war. Vielleicht war es einer der berufsmäßigen Kämpfer, wie sie im gerichtlichen Zweikampf stellvertretend für andere ihre Haut zu Markte trugen. Die Burschen dagegen konnte man an ihrer großsprecherischen Art leicht als Kölner Gesellen erkennen. Der Mann, mit dem sie in Händel geraten waren, gab kein einziges Wort von sich.

»Wir wollen keine Schnüffler aus Mainz in unserer Stadt!«, rief der Wortführer der Gesellen, ein untersetzter Mann mit roten Backen und einem dümmlichen Gesicht, der aber offenbar über erhebliche Kräfte verfügte. Otto fragte sich, was das für ein seltsamer Mann war, den sie einen »Schnüffler aus Mainz« genannt hatten.

»Weißt du, was wir mit dir machen werden?« Grinsend umtanzte der untersetzte Geselle den Fremden. Otto musterte derweil unauffällig dessen Gesicht. Ein Mann Aribos? Er gehörte nicht zu der Art von Männern, wie Aribo sie bevorzugte – glatte, kalte Dienstleute, deren hochfahrender Stolz sie so verhasst machte. Dieser Mann schien eher die Freiheit zu lieben. In seinem Gesicht lag ein leises, überlegenes Lächeln. Doch in seinen Augen blitzte es kampfeslustig. Der Fremde hatte eine dunkle, sonnengegerbte Haut und trug einen Bart nach normannischer Art.

Jetzt war der Augenblick erreicht, da der Geselle die Gelegenheit für gekommen hielt, mit seinem Knüttel anzugreifen. So wie Otto es erwartet hatte, tauchte der Fremde mühelos unter dem Angriff hinweg und versetzte dem Burschen einen so harten Schlag, dass dieser die Luft ausstieß, auf die Knie sank und sich die getroffene Magengrube hielt. Als die anderen Gesellen sahen, wie ihr Anführer außer Gefecht gesetzt wurde, hatten auch sie genug von dem Streit und suchten das Weite. Otto schaute den Fliehenden hinterher, und als er sich wieder dem Mann mit dem Normannenbart zuwenden wollte, da sah er nur noch, wie er unauffällig um die nächste Ecke verschwand.

»Was war denn da los?«, fragte San Nazar einen der Umstehenden, denn auch dem Gauklerführer war nicht entgangen, dass man den Fremden einen »Schnüffler aus Mainz« genannt hatte.

Der Angesprochene, ein Bäckerjunge, der mit einem riesigen Korb Brot unterwegs war, zuckte mit den Schultern. »Also anscheinend hat dieser seltsame Heilige in einem Wirtshaus ein bisschen zu viel herumgefragt.«

»Und wonach hat er gefragt?«

»Ach, woher soll ich denn das wissen?«, fragte der Junge ungeduldig. Es war offenkundig, dass er keine Lust hatte, sich von San Nazar aufhalten und aushorchen zu lassen. Da kannte er aber den Gaukler schlecht. Mit einem einzigen Griff packte er den Jungen beim Kragen. »Was wollt Ihr denn, Herr?«, japste der Bäckerjunge. »Ich hab doch nichts damit zu tun!«

»Sag mir einfach, nach wem er gefragt hat«, erwiderte der Sizilianer trocken, ohne seinen Griff zu lockern.

»Nach einem Vogelfreien namens Graf Hammerstein hat er wohl gefragt.« Der Junge schnappte nach Luft. »Mehr weiß ich wirklich nicht.«

San Nazar ließ den Jungen ruckartig los, und der beeilte sich, schleunigst die Beine in die Hand zu nehmen, und als er eines seiner Brote verlor, kümmerte er sich nicht darum und ließ es im Dreck liegen. Sofort balgten sich ein paar alte Bettlerinnen um das Brot, die ihren Platz dort am Hafentor hatten, und Otto war sicher, dass es für den Burschen ein paar Ohrfeigen und eine ordentliche Tracht Prügel setzen würde, wenn er dem Meister gestehen musste, dass er eines der Brote verloren hatte.

»Ich glaube nicht, dass das ein Mann Aribos war«, sagte Otto nachdenklich.

»Vielleicht hat Aribo ein Kopfgeld auf Euch ausgesetzt?«, fragte San Nazar. »Je länger ich darüber nachdenke, umso wahrscheinlicher kommt es mir vor, dass der Mann ein Kopfgeldjäger war.«

»Umso wichtiger ist es, dass ich endlich zu Bischof Pilgrim komme. Vielleicht kann er in meiner Sache vermitteln.«

»Wollt Ihr mich nicht mitnehmen?«, fragte San Nazar. »Vielleicht kann ich Euch nützlich sein. Ihr solltet bei diesem Menschengetümmel nicht allein auf Kölns Straßen unterwegs sein.«

»Und was ist mit deiner wichtigen Verabredung?«

San Nazar schaute unschuldig zu Boden. »Nun, das mit dem Stadtvogt … wisst Ihr, Susanna und die anderen müssen nicht über alles Bescheid wissen, was ich in Köln tue …«

»Dann hoffe ich nur«, sagte Otto, »dass Sigifrid am Tor des Bischofspalastes ist, sonst werden wir es schwer haben, Einlass beim Erzbischof zu finden. Ich hoffe, du bist mir nicht böse …«

»Ich Euch böse?« Die beiden kamen auf dem Platz vor dem Alten Dom an, hinter dem der Erzbischofspalast lag. Hier in der Nähe würden die Gaukler am Rosenmontag ihre Vorstellungen geben.

»Nun, wenn Sigifrid nur mich einlässt und du vor der Tür bleiben musst.«

»Dann ist es eben so«, versetzte San Nazar achselzuckend.

6. Kapitel

Erzbischof Pilgrim fiel es schwer, Ottos Worten zu folgen. Obwohl er nur wenig älter war als Otto, wirkte er hinfällig wie ein Greis. Ein paar Mal nickte er ein. Er lag auf seiner kargen Pritsche in der schmucklosen, abgedunkelten Krankenkammer des Erzbischofspalastes, deren Wände erst kürzlich weiß gekalkt worden waren. Der Geruch hing noch in der Luft.

Ab und zu kam der Leibdiener des Erzbischofs und brachte mal einen heißen Holundertee, dann wieder feuchte Tücher oder Salben zum Einreiben der Brust. Der Leibdiener blieb fast unsichtbar, und weder Otto noch San Nazar hätten sich seines Gesichtes erinnern können, nachdem er so lautlos verschwand, wie er zuvor hereingekommen war.

Trotz der weißen Wände war es dunkel in dem Raum, in dem nur ein paar dünne Kerzen brannten, denn die Fenster waren dicht verhangen. Im riesigen Kamin loderten hüfthohe Flammen. Aber das Feuer konnte die große Kälte nicht vertreiben, die Pilgrims schwerkranken Körper in der Umklammerung hielt und nicht mehr loslassen wollte.

Otto räusperte sich. Pilgrim öffnete die Augen. »Es … es tut mir leid.« Er versuchte, sich aufzurichten. »Ich will dir ja zuhören … ich will wissen, was geschehen ist. Aber es ist so schwer. Du brauchst also Hilfe? O Otto, die Krankheit, die Gott mir geschickt hat, zerstört Körper und Geist. Und ich kann nichts dagegen tun.«

Otto und San Nazar schauten einander an. Sie saßen auf Schemeln unmittelbar neben der Pritsche des Erzbischofs. Oben, über der Tür der Kammer, war das Wappen der Kölner Erzbischöfe auf die Mauer aufgemalt. Die Wände waren feucht wie überall in den alten Steinbauten der Römerstädte, deren Grundmauern hunderte von Jahren alt waren.

»Und hat man euch denn so einfach zu mir vorgelassen?« Pilgrims Blick streifte San Nazar mit einigem Misstrauen.

»Euer Wachhauptmann Sigifrid kannte mich von früher, ehrwürdiger Freund«, erwiderte Otto. »Und für meinen Begleiter habe ich die Hand ins Feuer gelegt, und das reichte ihm offenbar.«

Pilgrim nickte. Er mühte sich sichtlich beim Sprechen. »Habe ich es richtig verstanden?«, fragte er. »Du bist der Haft in Hammerstein entflohen, obwohl du König Konrad geschworen hast, die Burg nicht zu verlassen?«

Otto nickte.

»Das ist schlimm, das ist wirklich schlimm«, jammerte der kranke Erzbischof. »Es bedeutet, dass du vogelfrei bist und in der Reichsacht, rechtlos, aller deiner Ehre ledig.«

»Ich musste es tun«, sagte Otto. »Galad hat mich dazu gezwungen. Habt Ihr denn schon wieder alles vergessen, was ich Euch zuvor erzählt habe, Vetter?«

Pilgrim seufzte und schaute versonnen in die Flammen des Feuers, das inzwischen niedriger brannte. »Leg bitte Holz nach, Otto«, sagte der Erzbischof. »Mir ist wieder so unendlich kalt.«

»Lasst nur.« San Nazar sprang beflissen auf. »Ich mache das schon.« Ihm war die große Befangenheit anzumerken, die die Gegenwart eines so hohen und heiligen Mannes wie des leibhaftigen Erzbischofs Pilgrim in ihm – dem rechtlosen Gaukler – hervorrief.

Er ging hinüber zur Feuerstelle, neben der an der ganzen Wand entlang bis in Brusthöhe Holzscheite aufgestapelt waren. Die Fellstücke, mit denen der Steinboden des Raumes bedeckt war, dämpften seine Schritte. Funken stieben hoch, als er drei, vier dicke Scheite nachlegte. Mit dem schweren Schürhaken verteilte er die Glut unter den Scheiten. Die lange Lagerung hatte das Holz so ausgetrocknet, dass es sogleich Feuer fing.

»In meinem Herz brennt eine Wunde, wenn ich an Irmingard denke«, flüsterte Otto unvermittelt. »Immer wieder tauchen Bilder in meinem Kopf auf. Die Burg, das hungernde Volk, meine Gemahlin allein in einem fremden Land … Mein Freund, ich hoffe auf Euren Rat!«, sagte er mit belegter Stimme. »Was kann ich bloß tun?« Tränen traten in Graf Ottos Augen, und auch San Nazar war gerührt.

Erzbischof Pilgrim legte seine schmale Hand tröstend auf Ottos Unterarm. »Weißt du es denn nicht?«

Otto schaute Pilgrim fragend an. »Wovon sprecht Ihr?«

»Es gibt Nachricht von Irmingard.«

Otto sprang auf. »Dann ist es also wahr!«

»Du hast davon gehört?«

»Ich war mir nicht sicher, was ich davon halten sollte. Es war nur ein heimlich belauschtes Gespräch.« Otto rückte seinen Schemel näher an das Bett Pilgrims. »Was ist es, ehrwürdiger Freund, das Ihr von ihr gehört habt?«

»Deine Gemahlin war wohl wirklich am Heiligen Stuhl bei Papst Johannes. So sagen es jedenfalls die Nachrichten, die über die Alpen kommen.«

»Ich wusste, dass sie noch lebt!«, rief Otto freudig. »Der Boden unter meinen Füßen hätte erbeben müssen, wenn Irmingard etwas zugestoßen wäre. Hört, Freund, könnt Ihr mir helfen, sie wiederzusehen?«

»Wie soll ich das tun?«, fragte Pilgrim traurig. »Es tut mir so Leid … auch wenn ich ein Kirchenfürst bin, so bin ich doch so schwach wie der niedrigste Mensch«, erwiderte Pilgrim flüsternd. »Wenn ich doch nur meine alte Kraft zurück hätte …«

Ein Schatten schlich über Ottos Gesicht. »Könnt Ihr mir denn wenigstens einen Rat geben?«

»Einen Rat? Nur Gott weiß, warum er euch beiden diese Prüfung auferlegt«, seufzte der Erzbischof. Sein welker Mund war ganz nah an Ottos Ohr, eine leise vergehende Stimme ohne Kraft.

»Ich will, dass dieser Albtraum endlich ein Ende hat. Nicht nur für mich, sondern auch für das Land, das unter der Knute Galads stöhnt«, erwiderte Otto mit heiserer Stimme.

»Wie gut ich dich verstehen kann! Doch der einzige Rat, den ich dir geben kann, ist, in Ruhe abzuwarten«, sagte Pilgrim leise. »Und wenn sich die Gelegenheit ergibt, dann versuche, Konrad für dich zu gewinnen! Und es gibt nur ein Mittel, wie du das bewerkstelligen kannst: Du musst dich ihm auf Gnade und Ungnade unterwerfen.«

»Mich unterwerfen?«, fragte Otto ablehnend. »Was soll das nützen? Der König ist von Aribo auf den Thron gehoben worden, ebenso wie Galad.«

»Du bist verbittert und voller Hass, alter Freund«, sagte der Erzbischof schwach. »Vielleicht siehst du deswegen die Wirklichkeit nicht so, wie sie ist. Unterschätze Konrad nicht! Du weißt, was in Mainz geschehen ist. Du hast es am eigenen Leib erfahren, dass Konrad nicht vorhat, sich von Aribo am Gängelband führen zu lassen. Mag dein Hass auf Aribo und Galad auch noch so groß sein«, erwiderte Pilgrim leise, »lass dich nicht allein von Rachegefühlen lenken, Freund. Zorn und Hass zerstören das Leben eines Mannes. Du wirst in die Irre gehen!«

Otto machte eine verschlossene Miene. »Mein Leben ist schon zerstört! Und manchmal weiß ich nicht, wer dieser Mann ist, der hier steht und der sich einstmals Graf von Hammerstein genannt hat.«

»Das ist schlimm, das ist sehr schlimm! Die Zeit ist ein böser Feind. Sie zeigt, wie vergänglich alles ist. Wir beide – wir sind längst nicht mehr die, die wir einstmals waren«, erwiderte der Erzbischof leise.

Die Kälte und die Härte wichen aus Ottos Zügen. »Ihr werdet

ganz schnell wieder gesund, alter Freund«, sagte er in aufmunterndem Tonfall.

Pilgrim schüttelte matt den Kopf. »Das bezweifle ich. Ich verfluche meine Schwäche! Ich werde in die Bücher der Geschichte eingehen als derjenige Pontifex von Köln, der durch seine persönliche Schwäche die Würde des Erzkanzlers und die Vormacht am Rhein an die Mainzer verloren hat«, sagte Pilgrim. »Alles was Erzbischof Brun aufgebaut hat …«

»Strengt Euch nicht zu sehr an!«, sagte Otto fürsorglich. »Ihr habt doch selbst gesagt, dass Aribos Stern am Sinken ist. Wartet ab bis zum Sommer, dann werdet Ihr wieder zu neuen Kräften gekommen sein!« Das Feuer in Pilgrims Krankenkammer knisterte kraftlos.

Plötzlich straffte sich San Nazars Gestalt. Er legte den Finger auf den Mund. Erzbischof Pilgrim bemerkte nichts davon, denn er hatte die Augen geschlossen und schien in einen kurzen, traurigen Schlummer zu sinken. Otto schaute seinen Weggefährten fragend an. Er hatte nichts vernommen, obwohl er sich eines guten Gehörs sicher war.

San Nazar schlich wie eine Katze in Richtung des großen, mit Bildern bestickten Vorhangs, der neben der Tür zur Erzbischofskammer hing. Der alte, modrige Wandteppich hielt Szenen aus dem Wirken des Erzbischofs Brun fest: wie der Bruder des großen Kaisers Otto als reger Bauherr das Stadtbild Kölns veränderte, wie er den Dom erweitern ließ und auf der alten, vorgelagerten Rheininsel die neue Kölner Vorstadt entstand, wie neue Häuser und Werkstätten errichtet und die Stadtmauer über die römischen Mauern hinaus ergänzt, ausgebaut und verstärkt wurden.

Aber diese alten Geschichten interessierten San Nazar im Augenblick überhaupt nicht. Langsam und unhörbar näherte er sich dem Wandteppich. Otto hatte sich ebenfalls erhoben und tastete nach dem Griff des Messers, das der Sizilianer ihm überlassen hatte und das jetzt seine einzige Waffe war.

San Nazar deutete auf die Tür, die einen Spaltbreit offen stand. Otto nickte. Mit einem einzigen Ruck riss San Nazar den Wandteppich zur Seite. Er hatte die Festigkeit der Aufhängung überschätzt: Der Teppich kam ganz herab.

Erzbischof Pilgrim schrak aus seinem kurzen Schlaf hoch. »Was ist geschehen?«, rief er entgeistert, während der Sizilianer auf den großen Knäuel einschlug, den der Wandteppich am Boden bildete.

»Wenn ich eines hasse«, rief er dabei, »dann sind es heimliche, verstohlene Lauscher.«

»Lauscher?« Pilgrim versuchte sich aufzurichten, während der Sizilianer den Spitzel aus dem Teppich schälte. Es war der Leibdiener, der ein paar Mal herein- und hinausgehuscht war. »Waltar!«, rief der Erzbischof. »Was hat das alles zu bedeuten?«

Der Leibdiener wand sich im festen Griff San Nazars. »Los, raus mit der Sprache! Warum belauschst du uns? Wer hat dich beauftragt?«

»Helft mir, Erzbischof!«, flehte der Diener. »Was will dieser Mensch von mir? Ich stecke nur den Kopf herein, um zu sehen, ob Euch irgendetwas fehlt, ehrwürdiger Herr, und da hat mich dieser …«, er versuchte San Nazar trotz seiner misslichen Lage verächtlich anzusehen, »… dieser wildgewordene Mensch angefallen.«

»So lass ihn doch los«, forderte Pilgrim mit gereiztem Tonfall. Von Anfang an hatte es ihn verwundert, Otto in Begleitung eines Spielmanns zu sehen, auch wenn dieser besser gekleidet war als die meisten anderen Fahrenden.

Der Sizilianer lockerte widerwillig den Griff.

»Habe ich Euch nicht viele Jahre lang ehrlich und getreulich gedient?«, rief Waltar mit gespielter Empörung.

»Hört zu, ehrwürdiger Erzbischof«, sagte Otto zu Pilgrim. »Es ist wirklich so. Euer Diener hat sich hinter dem Wandteppich versteckt und unser Gespräch belauscht.«

»Ihr irrt Euch! Ihr lügt!« Waltar wand sich, da der Sizilianer ihn immer noch nicht losließ. »Das ist eine Lüge!« Damit machte er den verzweifelten Versuch, sich von San Nazar loszureißen und zu fliehen, doch vergeblich.

»Ist das nicht Beweis genug?«, rief der Sizilianer und schleifte den zappelnden Waltar vor das Bett des Erzbischofs.

»Wer zu fliehen versucht, der gesteht seine Schuld ein«, sagte der Erzbischof mit aller Strenge, die ihm bei seinem schweren Leiden geblieben war. »Erkläre dich! Sag mir jetzt, was du zu sagen hast, Waltar!«

»Wisst Ihr eigentlich, dass ich ein Weib und fünf Kinder habe?« Der Leibdiener duckte sich, so als erwarte er Schläge für sein plötzliches Aufbegehren. »Habt Ihr mich jemals nach ihrem Namen oder nach ihrem Befinden gefragt? Habt Ihr je das dunkle kleine Loch im Keller der Domprobstei besucht, in dem wir seit zwanzig Jahren hausen?«

»Hast du denn völlig vergessen, wer du bist, vor wem du stehst und wohin du gehörst, Mann?«, herrschte Otto den Diener an, dessen anmaßende Redeweise ihm zutiefst missfiel. »Du bist nicht nur ein Spitzel, du hast außerdem ein gottloses Mundwerk. Jetzt sag uns endlich, in wessen Auftrag du spionierst!«

Waltar sank in sich zusammen. »Zum ersten Mal haben wir ein paar Denare, die wir zur Seite legen können. Zum ersten Mal werden meine Kinder satt«, jammerte er.

»Von wem hast du das Geld bekommen? Für wen lauschst du und seit wann? Rede!« Wie um Ottos Frage zu bekräftigen, packte San Nazar den Arm des Verräters und drehte ihn auf den Rücken, sodass er vor Schmerzen aufschrie. Erzbischof Pilgrim zuckte zusammen und schloss die Augen, ließ den Sizilianer aber ohne ein weiteres Wort gewähren.

»Ein Dienstmann von Erzbischof Aribo …«, schrie Waltar schmerzerfüllt. »Er war erst vor ein paar Tagen hier. Ich soll aufpassen, ob von einem Otto von Hammerstein die Rede ist, und das sofort melden …«

»Melden?« San Nazar verstärkte seinen Griff noch. »Wem sollst du deine Meldung erstatten, und wo?«

»Im Kontor der Mainzer Kauffahrer, hier am Hafen. Ich soll nach einem Mann mit Namen Eberhardus von Rüdesheim fragen.«

»Domherr Eberhardus!«, rief Pilgrim. »Er ist sozusagen Aribos Statthalter hier in Köln und geht in meinem Palast ein und aus.«

»Lass endlich los!«, bettelte Waltar. »Mehr weiß ich wirklich nicht! Ich schwöre es beim Leben meines Weibes!«

San Nazar lockerte seinen Griff. »Was machen wir jetzt mit ihm? Wir müssen auf jeden Fall verhindern, dass er dem Domherren mitteilt, was er gehört und gesehen hat.«

»Herr, habt Gnade!« Waltar sank vor dem Krankenlager des Erzbischofs auf die Knie. »Ich habe es bei Gott nicht für mich getan, sondern für mein Weib und für meine Kinder! Ich habe es nur getan, weil ich diese hungrigen Mäuler zu stopfen habe!«

»Du wirst warten, wie wir über dich entscheiden!« Pilgrim zog an dem Seil neben seinem Krankenlager. Von fern hörten sie das Tönen einer kleinen Glocke, und wenige Augenblicke später standen zwei Wachmänner in der Krankenkammer. Der Erzbischof befahl ihnen, Waltar in einem der Kerker des erzbischöflichen Stadtgerichtes einzusperren und dafür zu sorgen, dass niemand mit ihm sprechen konnte.

Die Aufregung über diesen Verrat hatte den Erzbischof noch mehr erschöpft. Völlig ermattet ließ er den Kopf auf das Ruhekissen sinken. »Wir werden Euch jetzt verlassen. Ihr braucht Ruhe«, sagte Otto mitfühlend, zugleich aber auch enttäuscht.

»Es ist wirklich schlimm, dass ich dir jetzt nicht helfen kann«, flüsterte der Erzbischof. »Zumindest hast du jetzt die Gewissheit, dass Irmingard es bis zum Papst geschafft hat.«

Otto nickte und ergriff seine Hand. »Das ist schon mehr, als ich erhofft habe.«

»Aber es war wenig, Otto ... alter Freund«, sagte Pilgrim. »Das ist so schlimm ... so schlimm.« Dann hatte der Erzbischof offenbar einen Einfall. »Siehst du die Truhe dort?« Er deutete auf eine Eichentruhe, die halb von dem herabgefallenen Teppich bedeckt war. Pilgrim kramte mühsam einen Schlüssel aus seiner Gürteltasche. »Hier, schließ auf!«

Otto tat wie geheißen. Er atmete tief durch, als er den Schlüssel umgedreht und die Truhe geöffnet hatte: In gefettete Tücher eingewickelt lagen die alten Waffen, die Pilgrim getragen hatte, als er noch Knappe war und den geistlichen Weg noch nicht eingeschlagen hatte. Es waren die Waffen aus der Zeit, als Otto und Pilgrim gemeinsam im Knappendienst des Herzogs Ezzo von Niederlothringen standen.

»Obenauf ist das Schwert meines Vaters, des Pfalzgrafen Aribo von Bayern, Gott hab ihn selig«, flüsterte Pilgrim. »Aber seit ich Kanoniker in Salzburg und dann Domprobst in Bamberg wurde, habe ich es nie wieder angefasst. Nimm es dir, wenn du es brauchen kannst.«

»Oh, und ob ich es gebrauchen könnte!«, rief Otto. »Meine einzige Waffe ist das hier!« Er zog das kleine Messer hervor, eine wenig ritterliche Waffe. »Aber ein solches Geschenk kann ich niemals annehmen.«

»Ach was!« Pilgrim machte eine wegwerfende Geste. »Ich habe keine Kinder, denen ich das Schwert vererben könnte, und als Erzbischof ist es mir ohnehin verboten, eine Waffe zu führen. Also nimm es! Es ist das Einzige, was ich für dich tun kann, und das ist wenig genug!«

Plötzlich richtete sich der Erzbischof in seinem Bett auf. »Ich werde so vergesslich … so vergesslich.« Er fasste sich an die Stirn.

»Wovon redet Ihr, ehrwürdiger Freund?«, fragte der Graf.

»Heute Morgen ist ein Bote gekommen. Der König hat mich geladen … Zum Osterfest wird er sein Gericht abhalten.«

Otto ergriff abermals seine Hand. »Ein Königsgericht? Und wo wird er es halten?«

»Das ist ja das Besondere: Der König lädt nach Hammerstein.«

7. Kapitel

Irmingards Blick durchstreifte das Land jenseits der Stiftsmauern von Gandersheim, das im vorösterlichen Frühlingslicht lag. Es türmte sich zu immer höheren, mit dunklem Wald bedeckten Bergen auf, um sich schließlich weit im Osten, nur als dunkler Schattenriss erkennbar, zu dem geheimnisumrankten Harzgebirge zu erheben.

Die flüchtige Erinnerung an die hügelige Landschaft Italiens streifte ihren Geist, lenkte sie für einen Augenblick von dem Vortrag der Äbtissin ab. Sophia las aus ihrem Buch, das sie aus der Stiftsbibliothek hierher auf den Clusberg mitgenommen hatte.

Am Rande des riesigen Stiftswaldes hatte die Äbtissin Klappstühle und Bänke aufstellen lassen. Ein starker Schutztrupp der Gandersheimer Wachmannschaft hatte die Äbtissin sowie zahlreiche der Kanonissinnen auf die wunderschöne, blumenübersäte Wiese hoch oben auf dem Clusberg begleitet.

Die Damen waren guter Laune, denn es war einer der ersten wirklich schönen Frühlingstage.

Sophia warf einen besorgten Blick auf ihren Schützling, der, in eine Wolldecke gehüllt, auf einem der Klappstühle saß. Die Schriftmeisterin Adela hatte der Äbtissin von einem schlimmen Hustenanfall berichtet, der die Gräfin in der Bibliothek ereilt hatte. Aus Italien hatte sie eine schwere Bronchitis mitgebracht, und obwohl doch der keimende Frühling allem Leben zu neuer Kraft verhelfen sollte, war sie zusehends schwächer geworden. Sophia spürte, dass Irmingard Schmerzen in der Brust hatte, auch wenn die Gräfin kein Wort darüber verlor.

Sophia räusperte sich. »Wenn der Winter, dieses Abbild des Alters, der den Kreis des Jahres verschlingt und der gierig die reichen Früchte der Arbeit verzehrt«, las sie mit Rührung in der Stimme weiter, »durch das Kommen des Frühlings vertrieben wird und sich unten in der Erde versteckt, und wenn der Lenz den Winter austreibt, dann erwacht das Leben.«

Die Äbtissin sah von dem wertvollen Buch auf. In ihrem Gesicht war jetzt nichts von der Härte, deren Zeuge Irmingard mehr als einmal geworden war. Auf der Rückreise vom fernen Rom waren sie sich näher gekommen, als wären sie Tante und Nichte, und so hatte sie die andere Seite der Äbtissin kennen gelernt.

Wenn es um Angelegenheiten des Stiftes Gandersheim ging, die vielfältig mit den Geschicken des Heiligen Römischen Reiches verbunden waren, konnte Sophia hart wie ein Mann sein. Nicht wenige nannten die Kaisertochter deswegen hochfahrend und herrschsüchtig, wohl auch deswegen, weil es nur wenige edle Frauen wie sie gab, die wie ein Fürst über Dörfer und Herrenhöfe mit Tausenden Hintersassen geboten. Irmingard schätzte den Charakter der edlen Herrin in seiner Strenge wie in seiner Milde. Sie war fasziniert von den vielen überraschenden Facetten der Persönlichkeit einer Frau, die mit Königen und Kaisern verwandt war und deren Wort im Reich mehr Gewicht hatte als das so manchen Herzogs oder Grafen, und die die Macht eines Fürsten besaß.

Aber von ihrer Strenge und Härte merkte man jetzt nichts, da sie aus Walahfrid Strabos *Hortulus* vorlas. »Und, sag mir, wie gefällt dir mein Walahfrid?«, fragte Sophia.

»Vor allen Dingen gefällt mir Eure Kunst des Vorlesens«, erwiderte Irmingard mit schwacher Stimme.

Rotswit und eine junge Novizin, die Sophia an diesem Tag zur Hand ging, standen in der Nähe. Rotswit hörte den beiden Herrinnen kaum zu, die da über Dinge sprachen, die jenseits ihres Horizontes lagen. Irmingards Dienerin schaute stattdessen gedankenverloren den Männern der kleinen Schutzmannschaft zu, die am Waldrand leichte Kampfübungen machten. Nie verließ die Fürstäbtissin die Gemäuer des begüterten sächsischen Hochstiftes ohne die Schutzmänner. Der leichte Wind rauschte im Geäst der mächtigen, alten Buche, unter der sie lagerten.

»Ja, Walahfrid«, sagte Sophia versonnen. »Gern und oft les ich in seinem *Hortulus.* Es beruhigt mich, wenn seine Worte mich umschmeicheln. Als ich jünger war«, die Äbtissin lachte aufmunternd, »hatte ich immer das Gefühl, dass in Walahfrids Worten Zauberkraft ist. Wie er nur das Erblühen des Klostergartens im Frühling beschreibt!«

»Euer Stift liegt so ruhig und friedvoll in der Sonne, und hier entfaltet die Zauberkraft von Walahfrids Worten tatsächlich ihre Wirkung«, flüsterte die Gräfin. Mit schwacher Geste wies sie ins Tal hinab, das sich zu ihren Füßen erstreckte. Kurvenreich führte der schmale Weg von ihrer Wiese auf dem Clusberg über kleine Hügel hinab durch anmutige Täler, an blühenden Wiesen, an Weinbergen und Feldern vorbei bis zur Stiftsmauer, um die sich die Hütten, Schuppen und Scheunen des Stiftsdorfs hinter einem Palisadenzaun gruppierten. Überall auf den Dächern bauten Störche ihre Nester; sie waren eben erst aus dem tiefen fernen Süden zurückgekehrt, wo sie sich – wie das Volk und manche Gelehrten glaubten – während ihres Aufenthaltes in Menschen verwandelten. Überall auf den Feldern waren die Hintersassen bei ihrer Arbeit, pflügten, säten oder düngten.

Ein neuer Hustenanfall plagte die Gräfin. Sophia sah, dass sich rötliche Flecken auf Wange und Stirn der Gräfin bildeten, deutliche Anzeichen für ein Fieber.

»Mir fehlt nichts. Es ist nur … eine vorübergehende Schwäche …«, sagte Irmingard, als sie Sophias sorgenvollen Blick sah.

»Was niemanden wundern kann nach all den Strapazen, die du auf dich genommen hast«, erwiderte Sophia ohne Doppeldeutigkeit.

Irmingard zog ihre wollene Decke enger um die Schultern.

»Ich mache mir ernsthaft Sorgen um dich«, sagte die Äbtissin leise.

Die Gräfin hob wie zur Abwehr die Hände. »Macht Euch lieber Sorgen um meinen Gemahl und betet für ihn«, erwiderte sie. »Mir geht es gut in Eurer Obhut. Ihr solltet Euch wirklich keine Gedanken machen!«

Doch wie um das Gegenteil zu beweisen, begann ein neuer Hustenanfall. Die Gräfin presste die Hände auf die Brust.

»Ich sehe doch, dass du Schmerzen hast!«

Irmingard nickte mit verzerrtem Gesicht. Schweiß stand auf ihrer Stirn. Rotswit bemerkte, wie schlecht es ihrer Herrin ging, und kam erschrocken herbeigeeilt.

»Du zitterst ja.« Sophia legte ihren Arm schützend um Irmingard.

»Ich will nicht, dass Ihr ein solches Aufhebens um mich macht!«, protestierte die Gräfin müde, doch ihr Einwand wurde von Atemnot und Schüttelfrost erstickt.

»Lass mich deine Finger sehen!«, sagte die Äbtissin.

»Warum wollt Ihr …«

Energisch nahm die Äbtissin Irmingards Hand. »Hab ich mir's doch gedacht!«

»Was habt Ihr Euch gedacht?«, fragte die Gräfin ängstlich.

»Deine Finger sind bläulich verfärbt!«

»Und was bedeutet das?«

»Du kommst sofort ins Hospitium! Schwester Clareste hat einen reichen Erfahrungsschatz in der Heilkunde, glaub mir, bei ihr bist du in guten Händen!«

8. Kapitel

An jedem der verregneten Tage, seit sie sich von Köln aus auf den Weg gemacht hatten, verschlimmerte sich Ottos Gemütszustand. Er war mürrisch und kurz angebunden und redete, wenn überhaupt, nur von dem bevorstehenden Königsgericht in Hammerstein. Selbst Nuradin konnte es manchmal in seiner Nähe nicht aushalten, wenn er mit steinernem Gesicht auf dem Kutschbock des Gauklerwagens saß und mit sich selbst haderte. Nachts verschwand Nuradin meist aus dem gemeinsamen Zelt, denn sein verbitterter Herr konnte von nichts anderem reden als dem Verlust seiner Ehre, seines Landes und seiner Gemahlin.

Der Gauklertrupp mied die Straße an Rhein und Mosel entlang, wo Aribos Späher sicher nur auf ein Lebenszeichen des Grafen warteten, und nahm stattdessen die alte Römerstraße in Richtung Trier, die entlang einer halb verfallenen Wasserleitung quer durch die Eifel führte. Auf Ottos Drängen hin hatte San Nazar ihre Route so geplant, dass sie sich von der Mosel aus nordwärts nach Hammerstein wenden würden, um rechtzeitig zu Ostern einzutreffen.

Nur in den Klöstern Münstereifel und Prüm legten sie einen längeren Halt ein und gaben ein paar Vorstellungen. Die Einnahmen waren jedoch so gering, dass sie schon froh sein konnten, wenn sie auf ihrem weiteren Weg nicht hungerten.

Otto wurde in diesen Tagen oft von düsteren, unruhigen Träumen heimgesucht. Sein Schlaf war unruhig und oberflächlich. Dämonen- und Teufelsmasken erschienen ihm in seinen Träumen. Er sah sich am Rand schroffer Abgründe stehen, die schnurstracks in die Hölle abfielen, und wenn er wieder erwachte, überfiel ihn die Gewissheit, niemals wieder festen Boden unter die Füße zu bekommen. Auch hatte er dann das Gefühl, dass ihm etwas weggenommen worden sei, das er unter keinen Umständen missen wollte, aber er kam nicht darauf, was es war.

Die Stimmung unter den Gauklern war nicht gut. Schlechtes Wetter begleitete sie. Susanna und San Nazar stritten häufig miteinander. Nuradin wurde immer schweigsamer. Wenn er in der Nacht verschwand, dann tauchte er für Stunden in der Dunkelheit ab und kam erst im Morgengrauen wieder.

In den Eifelbergen war es noch kalt. Wenn es regnete, fror man. Ein paar Meilen südlich des berühmten Klosters Prüm lagerten sie – zwanzig Tage, nachdem sie Köln verlassen hatten – an einer kleinen Quelle, etwas abseits der alten Römerstraße.

Otto lag noch wach. Mit verlorenem Blick starrte er in die Düsternis seines Zeltes. Das fahle Licht des Vollmonds schien durch den offenen Schlitz des Zelteingangs, warf eine fahle, schräge Bahn quer über das leere Lager seines Freundes Nuradin. In den anderen Zelten der Gaukler herrschte Ruhe. Ursa, die gemütliche Bärin, die in einem Käfig aus Eisengittern befördert wurde, brummelte manchmal laut. Sie träumte wohl wieder, jedenfalls wenn es nach dem Bärenmeister Carolus von Geleen ging. Manchmal war das Schnauben eines der schwerblütigen Zugpferde zu hören.

Otto wurde von Gewissensbissen geplagt, dass er seinen andalusischen Freund bei seinem tiefen Fall mitgezogen hatte. Er war in einer Stimmung, in der er alles in Frage stellte. Selbst die Liebe Irmingards. Selbst die Erinnerung an sie, an die gemeinsamen Nächte verblassten immer mehr. In seiner Vorstellung schwebte Irmingard unbefleckt von allem Hässlichen weit jenseits der trübsinnigen Welt, in der Krankheit und Tod, Armut und Drangsal, Boshaftigkeit und Verrat herrschten. Irmingard ist so unglaublich weit weg vom Bodensatz des heimatlosen Lebens, in dem ich gelandet bin, dachte Otto verzweifelt. Wie sollten sie jemals wieder zueinander finden? Eine unstillbare Sehnsucht nach körperlicher Nähe ergriff ihn, doch wenn er sich berührte und dabei Irmingards Bild suchte, entglitt es ihm, als wäre sie ein engelsgleiches, ätherisches Wesen. War er denn in den letzten Wochen bei den Gauklern schon so verroht, dass er sich wie jeder gewöhnliche Stallbursche nur noch nach Wollust sehnte, so wie er sie während der aquitanischen Kriege bei jener Hispanierin kennen gelernt hatte?

Otto verspürte den schalen Anflug eines schlechten Gewissens bei diesen wie Wolken vor dem Vollmond dahinziehenden Gedanken, dann aber traten Groll und Ärger an die Stelle des schlechten Gewissens: Dass Irmingard so einfach davongelaufen war und ihn in einem Augenblick im Stich gelassen hatte, da er ihrer Anwesenheit am meisten bedurfte! Und wie ungewiss war doch die Reise, die die Gräfin gegen seinen Willen und ohne sein Wissen angetreten hatte. Ist sie überhaupt noch am Leben?, fragte er sich wie so viele Male zuvor. Dieser Gedanke war wie eine Klinge, die tief in sein Fleisch schnitt und so sehr schmerzte, dass es ihm den Atem nahm.

Da raschelte es am Zelteingang, und etwas bewegte sich. Obwohl Otto annahm, dass es Nuradin war, der von seinem nächtlichen Ausflug zurückkehrte, schnappte seine Hand instinktiv nach dem Fangmesser, das er griffbereit neben seinem Lager liegen hatte.

»Nuradin? Bist du es?«

Keine Antwort. Und dennoch war da der deutliche Schattenriss am Zelteingang zu erkennen, eine Täuschung war unmöglich. Das Mondlicht beleuchtete von hinten die Konturen eines Menschen, der gewiss nicht Nuradin war. Das war zweifelsohne der Schatten einer Frau – so als wären seine Fantasien plötzlich Wirklichkeit geworden.

»Wer ist das?«, stieß er hervor, obwohl er schon ahnte, wer da draußen stand.

Ein raues Lachen kam jetzt vom Zelteingang. Otto zog die Zeltplane etwas zur Seite und sah, dass es, wie er schon vermutet hatte, die rothaarige Susanna von Brügge war, San Nazars Buhlschaft und Gefährtin.

»Du?«

»Oh! Mein Held hat ein scharfes Messer in der Hand?« Wieder lachte Susanna.

»Susanna«, sagte Otto verwundert und etwas ärgerlich, »was gibt es?«

»Willst du mich hier draußen stehen lassen?«, erwiderte Susanna. »Ich dachte, ein Graf wie du ist zu allen Weibern ritterlich, sogar zu den Witwen.«

»Susanna, was willst du hier?«

Wieder antwortete Susanna mit einem kehligen Lachen. »Dir ein wenig Gesellschaft leisten, was hältst du davon?«

Otto bemerkte, dass die Gauklerin einen Tonkrug in Form einer kleinen Amphore in der Hand hielt. Ohne eine Antwort abzuwarten, kletterte sie in das Zelt herein und ließ sich im Schneidersitz am Eingang nieder. Wo war ihre stolze, unnahbare Art geblieben?, fragte sich Otto. Ihr wohlgeformter Körper hatte des Öfteren schon seine Blicke auf sich gezogen, und einmal hatte er sie nackt gesehen, als sie sich im Rhein wusch. Er war damals über die Erregung erschrocken, die ihn bei diesem Anblick unwillkürlich erfasst hatte. Susanna erschien ihm wie die Verkörperung seiner schmutzigen Fantasie. Es widerte ihn an.

Als sie ihm den Krug reichte, machte er eine ablehnende Geste und verzog das Gesicht.

Susanna lachte darauf bitter. »Ich sehe es in deinen Augen, obwohl es finster ist: Du verachtest mich! Du verachtest uns alle!«

Otto betrachtete Susannas Mund, einen schönen Frauenmund mit ungewöhnlich makellosen, weißen Zähnen, wie man sie kaum bei einer Gauklerin erwarten würde, die jenseits der zwanzig war und ihr Leben im Zelt, auf dem Markt, auf der Straße verbrachte.

»Warum sollte ich euch verachten, wo ich jetzt auf einer Stufe mit euch stehe?«, sagte er höhnisch. Er zögerte einen Augenblick, dann griff er nach dem Weinkrug, den Susanna ihm erneut anbot. Wortlos setzte er den Krug an die Lippen und ließ den roten Wein durch die Kehle rinnen.

Susanna lächelte verführerisch. »Na also, ich wusste doch, dass du durstig bist.«

»Wieso bist du nicht bei San Nazar?«, fragte Otto leise. »Was würde er dazu sagen, wenn er dich in meinem Zelt fände?«

Sie nahm einen Schluck Wein und wischte sich mit dem Handrücken über den Mund. »Nazar? Was kümmert mich Nazar?«

»Ich denke, er ist dein Mann.«

»Mein Mann?« Susanna lachte spöttisch. »Lass Nazar aus dem Spiel. Hast du ganz vergessen, dass du bei den Gauklern gelandet bist? Nazar tut, was er will, und ich tue, was ich will. Das ist das Gesetz der Gaukler. Das ist unsere Freiheit, wenn wir schon sonst nichts haben.«

»Aber Nazar wird das vielleicht anders sehen.«

Susanna lachte bitter. »Mit Nazar ist es vorbei. Ich habe ihm schon in Köln den Laufpass gegeben.«

»Das wusste ich nicht.«

Sie rückte ein Stück näher zu Otto. »Weißt du, dass du ein stattlicher Mann bist? Ob Graf oder nicht: Du bist ein Mann, wie ihn die Frauen lieben.« Ihr Blick schien seinen Körper streicheln zu wollen.

»Rede nicht einen solchen Unsinn«, erwiderte Otto. Doch angesichts Susannas sinnlichem Tonfall fühlte er, wie das Blut heiß durch seine Adern strömte.

»Weißt du, für mich bist du noch immer ein Graf, auch wenn du jetzt vogelfrei bist und in der Reichsacht stehst und dein Leben nicht mehr wert ist als das von uns Gauklern. Und dennoch bist du anders, du kannst den adeligen Herrn nicht verleugnen, egal, in welche Lumpen du dich kleidest.«

Geschmeidig wie eine Wildkatze legte sie sich neben ihn. Als Otto die Wärme ihres Körpers spürte, beschleunigte sich sein Herzschlag. Er ertappte sich bei dem Gedanken an Nuradin: Er hoffte, dass sein Freund nicht ausgerechnet jetzt zurückkäme von seinen seltsamen Streifzügen durch das nächtliche Land. Meist kehrte er allerdings erst am frühen Morgen zurück, und bis dahin waren es noch viele Stunden.

Susanna, den Kopf in eine Hand gestützt, streckte die andere Hand aus und legte sie ihm auf die Brust. Sofort zeigte ihm sein Körper, wie sehr ihm eine Frau gefehlt hatte. Er spürte, wie die alte Wollust wieder in ihm hochkam, eine blinde Geilheit, wie sie vielleicht einem jungen, ungebundenen Mann zustand, die er aber Irmingard gegenüber unterdrückt hatte aus Angst, es würde sie abstoßen. Er hatte die Intensität dieser Begierde und Leidenschaft in den letzten Jahren beinahe vergessen. Mit der Küchenmagd Maria hatte er die Wollust zuletzt ausgelebt und ausgekostet, und was lange unterdrückt und vergessen war, schien sich jetzt bei Susanna mit umso größerer Gewalt Bahn zu brechen. Ihre Hand wanderte über seinen Bauch abwärts und hielt auf seiner Mitte inne.

»Habe ich nicht gewusst, wie einsam du bist?«, sagte die Gauklerin in schmeichlerischem Ton. »Und dass du ein richtiger Mann bist, wie ich ihn mir vorstelle …«

Ihr Gesicht näherte sich seinem, während ihre Hand seinen Körper streichelte. Sie küsste ihn. Otto spürte, wie er in den Strudel ihrer Begierde hineingezogen wurde. Es würde nicht mehr lange dauern, dann gäbe es kein Zurück mehr.

»Nein, verdammt! Hör auf damit! Verschwinde!«

Otto stieß Susanna von sich. Die Gauklerin aber lachte voller Spott und griff als Antwort zwischen seine Beine. »Der hier sagt aber etwas ganz anderes«, sagte sie kichernd.

Irmingard!, schrie eine innere Stimme, ein schriller und hilfloser Schrei, der im Nichts verhallte. Und als er in seinem Inneren nach den Resten des wunderbaren Gefühls für seine Gemahlin suchte, fand er nichts als ein Trümmerfeld mit den Ruinen seiner Liebe. Er fürchtete sich plötzlich, dass er diese Liebe verlieren könnte, dass er sie endgültig verlor, wenn er sich jetzt auf die wollüstigen Spiele einließ, die Susanna ihm so freisinnig anbot.

»Was ist los mit dir? Worüber denkst du nach? Trauerst du noch immer deiner Gräfin nach?« Susannas raue Stimme war zugleich abstoßend und aufreizend. Sie versprach Enthemmung. Sie knöpfte ihr Kleid auf. »Vergiss sie ganz einfach, hoher Herr«, sagte sie ironisch. In ihrer Stimme kämpften jetzt Spott und Erregung miteinander. Das Mondlicht glänzte auf ihrem üppigen Rotschopf. »Du brauchst sie ja nur für jetzt zu vergessen, Graf. Nur für diese Augenblicke! Jetzt und hier sollst du für mich da sein, verstehst du? Für mich! Für die kleine, heimatlose, vogelfreie Gauklerin Susanna, die zwar behauptet, sie kommt aus Brügge, die aber gar nicht wirklich weiß, wo sie geboren worden ist. Für mich, Graf Otto, verstehst du?«

Otto sah, dass eine Träne über ihre Wange lief. Er tupfte sie mit der Spitze seines Zeigefingers fort.

Susanna schniefte. »Verzeih mir! Diese blöde Gefühlsduselei!« Sie ließ ihr Oberkleid von den Schultern gleiten. »Dabei wollen wir doch nur ein wenig Spaß haben, nicht wahr«, flötete sie. Mit zwei, drei Handgriffen befreite sie sich auch von ihren Unterkleidern und den Bundschuhen und war jetzt so nackt wie Eva im Paradies.

Otto stöhnte leise auf beim Anblick der weiblichen und wohl geformten Konturen ihres splitternackten Körpers im fahlen Halblicht des Vollmonds. Der Atem hob und senkte ihre straffe Bauchdecke. Die Brüste waren voll und fest, ihre Knospen hoch aufgerichtet.

Dann spürte er wieder Susannas Hand an seiner Männlichkeit, die so hart war, dass es beinahe schmerzte. Sie rieb und streichelte ihn so selbstverständlich, so schamlos, wissend um die richtige

Bewegung, den erregendsten Griff, den aufreizenden Rhythmus, dass es Otto den Atem nahm.

»So ist es gut«, flüsterte Susanna. »Lass dich fallen, mein ritterlicher Held, überlass dich ganz meinen Liebkosungen.« Da war mehr als bloße Begehrlichkeit in Susannas Stimme, da war eine melancholische Zärtlichkeit, fast schon so etwas wie eine traurige, verlorene Verliebtheit, die Otto zugleich anrührte, vor Erregung zittern ließ und erschreckte. Und so, wie sie es gesagt hatte, überließ er sich ihren Liebkosungen.

Dann half sie ihm, sich seiner Kleider zu entledigen, die er des Nachts immer anbehielt, immer bereit zur Flucht. Als auch er nackt war, bedeckte sie seinen ganzen Körper mit Küssen. »Entspanne dich, mein schöner Graf«, flüsterte sie liebevoll. »Nur wenn du dich wirklich entspannst, wirst du es ganz genießen können. Denk nicht mehr an sie, oder – wenn du willst – stell dir vor, ich wäre sie«, sagte Susanna mit der verlorenen Traurigkeit einer einsam Liebenden, die niemals besitzen wird, was sie liebt.

Während sie ihn überall ohne jede Scham küsste, erkundete er mit den Händen Susannas Körper in allen seinen aufreizenden Einzelheiten. Unwillkürlich musste er lachen, als Susannas Kraushaar ihn an der Innenseite seiner Schenkel kitzelte. »So ist es richtig«, sagte die Gauklerin erregt, »lass dich gehen. Lache. Freue dich an mir. Freue dich deines Lebens, denn es ist dein einziges!«

Sie stemmte sich jetzt wieder zu ihm hoch und küsste Otto voller Leidenschaft auf den Mund. Als Otto sie zwischen den Schenkeln zu streicheln begann, stöhnte sie so laut auf, dass er ihr die Hand auf den Mund legte. Sie biss erregt hinein, gerade so stark, dass es nicht zu sehr schmerzte. Dann warf sie den Kopf nach hinten, und ihre Augen funkelten im Mondlicht. Sie atmete erregt.

»Du bist wunderschön«, stieß Otto beim Anblick ihres sich aufbäumenden Körpers hervor. »Du bist ganz Weib.«

»Dann nimm mich! Nimm mich ganz!«

Mit einer geschmeidigen Bewegung drehte Otto sie auf den Rücken und rollte sich auf sie. Ganz langsam drang er in sie ein. Es war für Otto ein geradezu triumphales Gefühl, als Susannas Schoß ihn in sich aufnahm. Er bewegte sich zuerst ganz langsam in ihr. Er konnte sich nicht erinnern, wann er zuletzt den Triumph seiner Männlichkeit so intensiv gespürt hatte wie in diesem Augenblick, da seine Bewegungen immer heftiger und kraftvoller wurden. Schnell steigerte sich die Erregung, steigerte sich das wilde Spiel ihrer nackten Leiber. Susanna sagte liebkosende Worte, die ihn noch mehr anspornten.

Als Otto spürte, wie auch Susannas Lust nach Erfüllung lechzte, ließ er seiner Leidenschaft freien Lauf. Der Höhepunkt war beinahe unerträglich. Susanna küsste Otto wie von Sinnen, als er seinen heißen Samen in ihren Körper entließ. Endlich war er wieder ganz und gar besitzender, herrschender Mann, jenseits aller Erniedrigung und Demütigung, die er erlitten hatte, und jenseits des Verlustes, der ihm durch Irmingards Fortgang zugefügt worden war.

Danach lagen sie reglos nebeneinander, und es dauerte lange, bis beider Atem sich beruhigte. Susanna streichelte Otto sehnsuchtsvoll. »Wann hast du dich das letzte Mal so frei gefühlt?«, fragte sie.

Zur Antwort nahm Otto ihre Hand und küsste sie. Er ließ die Gedanken auf sich einströmen. So wie er Susannas Leib in Besitz genommen hatte, so wollte er wieder sein Land in Besitz nehmen, dachte er mit einem Mal. Im Geist sah er sein Land, schwebte wie ein Adler hoch über der Burg, über den Ländereien seiner Grafschaft, über dem Rhein, den Weilern, Dörfern und Städtchen, den Feldern, Wäldern, Bächen, Wegen und Wiesen. Und er sah die Menschen unter sich, die ihm einst anvertraut worden waren und die er gegen seinen Willen im Stich gelassen, der Schreckensherrschaft eines Galad ausgesetzt hatte, der kein Maß und keine Gnade kannte.

Er lauschte in sich hinein, ob sich in seinem Inneren das schlechte Gewissen meldete, da er mit Susanna sein Ehegelübde gebrochen hatte. Wo blieb das schale und dumpfe Gefühl, welches sich so oft einstellte, wenn die geschlechtliche Erregung abklang? Er hatte kein schlechtes Gewissen, im Gegenteil, es schien, als ob Susanna in ihm einen unbändigen Willen entfesselt hätte, den Willen, seine alte Herrschaft wieder zurückzuerlangen. Er war ein Mann, ein ganzer Mann mit all seiner Kraft – und er war Susanna dankbar dafür, dass sie ihm zu diesem Bewusstsein verholfen hatte. Das schlechte Gewissen würde sich früh genug melden, spätestens am helllichten Tag.

Auf einem schwer erkennbaren, schlammigen und von alten Bäumen überragten Weg erreichte der Gauklertrupp drei Tage später, am dritten Sonntag vor dem Osterfest, das enge Moseltal, gut zwei Dutzend Männer, Frauen und Kinder mit zehn Zelten und der gesamten Fahrhabe, ein trauriges, müdes, durchnässtes Fähnlein. Das Wetter war noch immer schlecht. Manchmal regnete es den ganzen Tag. Dann war alles vollkommen durchnässt.

Bei dem winzigen Römerstädtchen namens Ürzig setzten sie über den Fluss. Die Reisenden fühlten sich nicht wohl in ihrer Haut. Drei Burgen lagen in den steil aufragenden Weinbergen ringsum, von denen eine dem Trierer Erzbischof, die zweite den Herren von Leyen und die dritte dem Kloster Prüm gehörte.

Letztere war besonders berüchtigt. Die Leute, denen sie begegneten, erzählten mit leisem Schaudern, dass die Prümer Burg von einem wilden, hochfahrenden Vogt namens Ganderich beherrscht werde. Ständig lag er mit den anderen Burgvögten in Fehde, und er oder seine Mannen schreckten auch nicht davor zurück, harmlose Wanderer und Reisende auszuplündern. Sie waren auf der Hut.

San Nazar kannte einen schönen Lagerplatz gleich unterhalb der Weinberge. Hubertus, der alte Winzer, dem der Grund zu Lehen gegeben war, hatte nichts dagegen einzuwenden, dass die Gaukler hier übernachteten und einen Tag Rast einlegten. Hubertus wohnte im nahen Dörfchen Aerden. Der wuchtige Aerdener Kirchturm schimmerte durch die Zweige des Pappelwäldchens durch, das den Lagerplatz gegen das Hinterland abschirmte, sodass man ihn kaum einsehen konnte.

Hubertus fühlte sich offenbar in der Gesellschaft des fahrenden Volkes recht wohl, denn so erfuhr er von der Welt dort draußen, und außerdem gab es ein paar hübsche Mädchen im Lager der Fahrenden. Der Winzer sprach eben mit Susanna von Brügge. Die Schönheit aus dem Brabant beschattete ihre Augen gegen die tief im Westen stehende Abendsonne, die ihr langes, rötliches Haar wie flammend glänzen ließ.

Otto hockte unter einem nahen, gelb blühenden Busch im feuchten Gras und schaute Susanna zu, wie sie sich der Wäsche zuwandte, während sie sich weiter mit dem Winzer unterhielt. Neben Otto lag Nuradin ausgestreckt im Gras. Beide hingen ihren Gedanken nach. Otto seufzte. Wenn er die sinnlichen Freuden, die Susanna ihm schenkte, doch nur unbelastet hätte genießen können! Doch er wusste, dass bald alles zu Ende wäre und sein Schicksal besiegelt würde. Er dachte an seine Gemahlin. Ihr Verbleib war ihm noch immer unbekannt. Dann grübelte er über das bevorstehende Königsgericht. Egal, wie König Konrad entscheiden würde, er war zu dem Schluss gekommen, dass es seine heilige Pflicht sei, das Land von der Herrschaft Galads zu befreien – koste es, was es wolle. Das war in den letzten Tagen sein alles beherrschender Gedanke gewesen.

Hubertus erzählte unterdes, dass im römischen Weindorf Aerden ein berühmter Riesling angebaut werde. Hubertus' Stimme war so kräftig, dass Otto und Nuradin jedes Wort verstehen konnten. Genau auf der gegenüberliegenden Seite der Mosel befanden sich die schroffen, steilen Felsklüfte, denen die Aerdener in mühevoller und schweißtreibender Arbeit die winzigen Weinberge abgerungen hatten, die von steinernen Mauern gestützt wurden.

»Euer Tal ist wunderschön«, sagte Susanna mit ihrer melodischen Stimme. Sie wrang eines der bunten Tücher aus, welche die Tänzerinnen bei den Vorstellungen trugen.

»Sie ist eine schöne Frau«, sagte Nuradin augenzwinkernd. »Wenn man ihr so zusieht, dann wird man glatt in Versuchung geführt. Und sie hat sich von San Nazar getrennt, weißt du das?«

»Ja, ich weiß es«, erwiderte Otto zurückhaltend und fragte sich gleichzeitig, was sein braunhäutiger Kastellan von seinen nächtlichen Eskapaden mit Susanna wusste. »Es hat sich inzwischen herumgesprochen.« Die Strahlen der Abendsonne durchleuchteten Susannas Kleid, sodass sich die Konturen ihres Körpers unter dem bunten Baumwollstoff abzeichneten. Nuradin schnalzte mit der Zunge, während der alte Winzer sie mit seinen Blicken verschlang.

»Hattest du nicht geschworen, du wolltest niemals wieder eine Frau berühren?«, fragte Otto spöttisch. »Seit du deine große Liebe verloren hast?«

»Wer redet denn von berühren?«, erwiderte Nuradin. »Ich stehe nach wie vor zu meinem Schwur, aber das heißt nicht, dass ich blind geworden bin.«

»Ja, unser Tal ist wunderschön, Jungfer«, sagte der alte Winzer. Sein bartloses, sonnengegerbtes Gesicht erzählte von einem langen Leben mit Arbeit, Freude und Leid. Seine Augen wurden von zahlreichen Lachfältchen bekränzt. »Aber alles Schöne hat auch seine Kehrseite.«

»Ist das nicht immer so?«, fragte Susanna und warf einen verstohlenen Seitenblick auf Otto, doch der wich dem Blick seiner Geliebten aus.

»Seht Ihr den kleinen Weinberg dort in der Mitte?« Hubertus deutete auf den wie ein Flickenteppich anmutenden Steilhang am gegenseitigen Ufer. »Erkennt Ihr das Treppchen, Jungfer?«

Susannas Blick folgte dem ausgestreckten Arm des Winzers. Sie beschattete ihre Augen mit der Hand. »Ja, sicher, Väterchen«, sagte sie lächelnd.

»Daher heißt der Weinberg das *Aerdener Treppchen.* Könnt Ihr Euch vorstellen, wie schweißtreibend und anstrengend es ist, wenn man Jahr für Jahr und Tag für Tag in diesen steilen Weinberg muss?«

»Ja, Eure Arbeit mag eine beschwerliche sein«, antwortete Susanna. »Aber Ihr seht mir nicht so aus, als hätte es Euch verbittert oder als wärt Ihr dieses Lebens überdrüssig.«

Das Gespräch wurde unterbrochen durch die Rückkehr von Imma, dem Küken der Truppe, einem munteren Mädchen von vielleicht dreizehn Jahren, das sich schnell mit Resa angefreundet hatte. Es kam vom Dorf und hatte den großen Korb mit dem Brot für das ganze Lager auf dem Rücken. »Könnt ihr mir helfen?«, fragte Imma fröhlich.

Susanna und der weißhaarige Grudendoffen, der bärtige Zauberer der Gauklertruppe, waren dem Mädchen behilflich, den Tragekorb abzulegen. Imma versteifte sich, als der alte Magier sie berührte. Susanna lächelte. Sie wusste, dass die Kleine Stein und Bein schwor, dass Grudendoffens magische Kräfte sich nicht nur auf die üblichen Zaubertricks beschränkten, sondern dass er tatsächlich zaubern und sich die Luftgeister, Kobolde und Feen kraft seiner magischen Sprüche zu Diensten machen könne. »Runen sollst du lernen, die Stäbe zu Rate ziehen, diese heiligen starken Runenstäbe, die zauberkräftige Zeichen sind«, sagte Grudendoffen geheimnisvoll, wann immer ihn jemand auf sein magisches Buch ansprach, das er liebevoll *Lacnunga* nannte und das niemand je berühren durfte.

San Nazar gesellte sich zu dem Grüppchen. Er hatte gerade ein Nickerchen gehalten und schaute zufrieden über das Idyll des Lagerplatzes, das so friedlich unter dem Licht der Moselsonne lag, als gäbe es in Gottes Welt keine Bosheit und kein Leid. Sein Blick fiel auf Susannas Hinterteil, die sich wieder zu ihrer Wäsche hinabgebeugt hatte, und er schmunzelte, dann aber verdüsterte sich sein Gesicht. Es erging ihm wie Tantalus, dem Sohn des Zeus, der hungert und dürstet und niemals satt wird, denn niemals kann er Speis und Trank erreichen, obwohl er sie ganz nah vor Augen hat. Doch er hatte sich längst damit abgefunden, dass die schöne Susanna nun die Geliebte des Grafen war.

Plötzlich setzte sich Nuradin angespannt auf. »Psst!« Er hielt den Zeigefinger an den Mund. »Seid mal still!«, rief er zu den Humbertinis hinüber und lauschte. »Ruhe!«

Jetzt hörten Otto und die anderen es auch: Da war der Hufschlag von rund einem halben Dutzend Reittieren, der rasch näher kam. Wenige Augenblicke später tauchten sieben Bewaffnete auf dem schmalen Weg auf, der hinüberführte nach Aerden. Sie waren kaum noch einen Bogenschuss entfernt.

»Das gibt garantiert Ärger.« San Nazar war zu Otto und Nuradin herübergekommen. »Ich spüre ein Kribbeln, wenn es Ärger gibt.«

9. Kapitel

Es war der Aschermittwoch im Jahre des Herrn 1025, als die Schatten über dem Reichsstift Gandersheim dunkler und länger wurden. Draußen zeigte der späte Winter ein letztes Mal sein hässliches Gesicht. Ein nasses Schneegestöber pfiff tagelang um die Mauern, Dächer und Türme des Stiftes, während Irmingard im Haus der Kranken mit dem Tode rang. Keine Bewohnerin des Stiftes konnte sich recht freuen auf den bevorstehenden Besuch des Königs, der von Goslar kam und auf seinem Weg in Richtung Franken Station im Gandersheimer Stift machen würde.

Gerade kreiste ein Schwarm schwarzer Krähen schreiend über dem Stift, um sich dann in die Höhe zu schrauben. Die Kanonissinnen, die ihn sahen, überlief eine Gänsehaut. Was mochten der Flug und das Geschrei der schwarzen Vögel wohl bedeuten?

Die Infirmaria Clareste konnte nur das Wenige tun, was in ihrer Macht stand, alles andere war allein dem Willen Gottes unterworfen. Clareste kühlte so gut es ging die wallende Hitze und das brennende Fieber in Irmingards geschundenem Körper. Wann immer die Schwerkranke es aufnehmen konnte, flößte sie ihr heilkräftige Flüssigkeit ein, über die Äbtissin Sophia ihren Segen gesprochen hatte, und wenn einer der schweren Hustenanfälle sie überwältigte, stützte sie ihren Rücken.

»Wenn sie die nächsten beiden Tage übersteht, dann können wir Hoffnung schöpfen«, flüsterte Clareste der Äbtissin zu, die, so oft es ihr die Pflichten erlaubten, mit jeweils drei weiteren Kanonissinnen Krankenwache hielt. »Sie ist eine starke, junge Frau.«

Nein, ihr Schicksal hatte sich noch nicht erfüllt, dachte Sophia. Mit dem Papstdispens, den Irmingard erwirkt hatte, konnte König Konrad Graf Otto wieder in sein Amt einsetzen, zumal es überall hieß, dass der König der heimlichen Bevormundung durch Erzbischof Aribo längst überdrüssig geworden sei. Irmingard stand also gewiss kurz vor dem Erreichen ihres Ziels. Noch war es nicht bis Gandersheim durchgedrungen, dass Otto aus seiner Ehrenhaft entflohen war, sonst wäre die Äbtissin wohl weniger zuversichtlich gewesen.

Irmingard führte ihren einsamen, fiebrigen Kampf gegen die schwere Lungenentzündung, während alle im Stift um ihre Genesung beteten, einen Kampf, bei dem ihr außer Gott niemand beistehen konnte.

Schweißgebadet lag sie in ihrem Bett aus reinem, weißem Leinen. Meist befand sie sich jenseits der dünnen Linie zwischen Ohnmacht und Bewusstsein. Und in den kurzen Momenten, in denen sie wach war, hatte sie das Gefühl, ein anderes – was auch immer es war – hätte sich ihres Denkens bemächtigt, so fremdartig waren die Gedanken. Selbst ihr Körper, die Gliedmaßen – Hände, Füße, Arme, Beine – waren ihr fremd. Nur selten überschritt sie die Linie des Bewusstseins so weit, dass sie sich als diejenige wahrnahm, die sie war, und nicht als die fremde Kranke, die mit dem Tode rang.

Einmal hatte sie in einer solchen wachen Phase die tröstenden Worte Sophias vernommen, doch schon im nächsten Moment nahmen die Dämonen ihrer Pneumonie wieder die Herrschaft über ihren Leib.

Der unheimliche Krähenschwarm, so flüsterten die Kanonissinnen einander zu, habe sich in den kahlen Obstbäumen des Stiftes niedergelassen, die sich auf einem Gelände südlich der Stiftsgebäude befanden. Die Bauern wagten nicht, die Vögel zu vertreiben.

Als sie das nächste Mal aus den Tiefen ihrer Krankheit erwachte, trank sie einen Schluck von Clarestes Heiltrunk. Sie war jetzt wieder mehr sie selbst, mit einer Vergangenheit, mit einer Zukunft. Zunächst erschien ihr die lauwarme Brühe unendlich wohltuend, dann aber wehrte sich ihr ermatteter Körper gegen die Einflößung. Mit einem neuen, schlimmen Hustenanfall spie die Gräfin alles wieder aus.

Die Schmerzen in der Mitte ihres Leibes waren nach diesem Anfall kaum zu ertragen. Wieder flüchtete ihr Geist in ein nebulöses Zwischenreich, um dem Schmerz und der ungewissen Wirklichkeit zu entfliehen. Schattengestalten durchwoben den Nebel. Verschlungene Körper, nackte Leiber von Frauen, von Männern, von hermaphroditischen Wesen durchzuckten ihre fiebernden Gedanken. Manchmal hatten die Leiber bekannte Gesichter, die von Schmerz verzerrt waren. Irmingard wollte nach ihren Armen und Beinen greifen, aber sie konnte kaum eine Hand heben.

Plötzlich erkannte Irmingard inmitten des wabernden Nebels gequälte Sklaven, an Ketten gelegt, die stöhnten und jammerten und ihr Schicksal in einer unbekannten, uralten Sprache beklagten. Irmingard schrak zurück. Sie musste einen Blick in die Tiefen der Hölle geworfen haben … Voller Panik wälzte sie sich in ihrem Bett. Trotz ihrer Ohnmacht spürte sie die Fesseln ihrer Todsünde.

Sie formte die Lippen zu Worten, die lautlos blieben. Ein heiseres Krächzen – das war alles, was aus ihrer Kehle kam.

Mit erstaunlicher Klarheit kehrten in ihrem Traum Bilder zurück von jenem Tag in Rom, an dem sie in der Villa des Grafen Piccolomini zusammen mit Maurizio – oder war es doch Ruodlieb? – in den Taumel der sündigen Leidenschaft gefallen war, der sie offenbar noch immer nicht losgelassen hatte, obwohl Maurizio doch tot war …

Wie ein Blitz zuckte die Erkenntnis von ihrer Schuld an Maurizios Tod durch ihre Gedanken.

Aber dann spürte sie, dass es noch eine größere Schuld geben könnte als die Schuld, die sie schon auf sich geladen hatte: wenn sie alles, was sie liebte, aufgäbe und Otto im Stich ließe, jetzt, da er sie am meisten brauchte.

Irmingard erwachte keuchend, schweißgebadet, und trotzdem fühlte sie sich besser als zuvor, so als hätte sie diesmal die Grenzlinie überschritten.

»Ihr habt schlecht geträumt, Herrin.« Clareste tupfte der Gräfin den Schweiß von der Stirn.

Dann hielt sie inne. »Ihr habt gestöhnt und geseufzt, dass es uns bang wurde. Aber jetzt ist in Euren Augen so ein seltsames Leuchten«, flüsterte sie.

»Ein Leuchten?« Die Erinnerung an ihre Fiebervision entglitt Irmingard. »Ja«, flüsterte sie. »Ich habe an Otto gedacht. Er braucht mich. Ich muss zu ihm.«

»Langsam, langsam«, sagte Clareste lächelnd. »Wenn Ihr Otto helfen wollt, müsst Ihr zuerst gesund werden.«

»Mir geht es schon besser.«

Der Schwester war das Leuchten in Irmingards Augen nicht entgangen.

Es war ein anderes als der Fieberglanz der vergangenen Tage. »Ja, Herrin, ich sehe, dass es Euch besser geht. Aber Ihr müsst Euch ausruhen und schlafen und nochmals ausruhen. Glaubt mir, dann werdet Ihr ganz schnell gesund sein.« Sie konnte die Freude in ihrer Stimme kaum verbergen.

»Ich *muss* gesund werden«, hauchte Irmingard kraftlos. »Otto braucht mich.« Sie wusste genau, was der Traum bedeutete, aus dem sie hochgeschreckt war: Sie musste verhindern, dass Otto sich in ein Schicksal verstrickte, das ihnen für immer ihr Glück verwehren würde. Sie wusste nicht, was es war, in das Otto hineingeriet, aber sie spürte genau, dass die Zeit drängte.

»Wenn Ihr gesund werden wollt, dann müsst Ihr meinem Rat folgen«, sagte Clareste streng. »Ihr werdet jetzt so viel wie möglich von dieser Brühe hier trinken, die ich für Euch bereitet habe, und Ihr werdet Euch nicht aufregen!«

Irmingard versuchte ein Lächeln. »Welchen Tag haben wir heute?«, wollte sie wissen.

Clareste lachte. »Wenn Ihr Euch schon wieder dafür interessiert, welchen Tag wir haben, dann seid Ihr auf einem guten Weg. Gestern war der dritte Sonntag vor Ostern«, sagte Clareste. »Ihr wart ganze zwölf Tage nicht unter uns. Aber jetzt seid Ihr ja Gott sei Dank in unsere Mitte zurückgekehrt.«

10. Kapitel

Otto sprang auf und starrte dem Reitertrupp entgegen, der auf das Lager zustürmte. Nuradin sah die ungezügelte Kampfeslust in Ottos Augen. Er kannte seinen Grafen nicht mehr wieder: Unberechenbar, missmutig, ungerecht und jähzornig war er geworden. Und dass sein Herr mit der schönen Susanna sein Ehegelübde brach, wusste Nuradin längst. Was war bloß in den einst so besonnenen Herrn gefahren, der stets auf Gerechtigkeit bedacht, dessen Glaube unverbrüchlich gewesen war? Nuradin, der Otto kannte wie kein anderer, schrieb es der tiefen Demütigung zu, die dem Grafen zugefügt worden war.

Graf Otto bückte sich nach seinem Schwert. Seit Bischof Pilgrim ihm die kostbare Waffe überlassen hatte, bewahrte er sie stets in seiner Nähe auf. Es war, als ob der Graf einen Kampf herbeisehnte, seinen Zorn im Blut eines getöteten Gegners abkühlen wollte.

»Warte … lass uns erst mal abwarten.« Nuradin legte Otto eine Hand auf den Arm. »Wir wissen nicht, was sie im Schilde führen.«

Otto schüttelte Nuradins Hand ab und schaute ihn ungehalten an. »Du weißt doch, was kommt«, erwiderte er. Er hasste sich selbst, das war deutlich zu spüren. Hasste sich, weil er sein Land und seine Gemahlin verloren hatte, hasste sich, weil er ein vogelfreier Gaukler war, hasste sich, weil er ein Ehebrecher war. Als er Nuradins besonnene Miene sah, atmete er tief durch, um sich zu beruhigen. »Also gut«, sagte er. »Warten wir ab, was sie wollen.« Otto hatte den Mauren nicht zuletzt wegen seiner ruhigen Art immer geschätzt. Und trotz seines ausgeglichenen Wesens war der Maure im Kampf ein unerbittlicher Ritter, dessen Vorteil es war, seine in sich ruhende Kraft gezielt und pfeilschnell gegen den Feind zu richten.

»Du weißt doch, dass es für uns am besten ist, jedem Streit und Händel aus dem Weg zu gehen. Wir müssen uns so unauffällig wie nur möglich verhalten.«

»Du brauchst mir nicht zu erklären, wie ich mich verhalten soll«, erwiderte Otto unmutig.

Und wie Otto befürchtet hatte, stob der Reitertrupp rücksichtslos mitten in ihr Zeltlager. Es war klar, dass die Reiter nicht in friedlicher Absicht gekommen waren. Seit Otto mit den Gauklern unterwegs war, wusste er, dass die rechtlosen Fahrenden nicht selten in Gefahr waren: Heimatlos, wie sie waren, krähte kein Hahn nach ihnen, wenn sie ausgeraubt oder gar getötet wurden. Bei Kaufleuten und Klerikern, bei Händlern und Pilgern, die behaust waren und die jemand vermissen würde, wären die finsteren Gesellen wohl nicht ohne Erlaubnis zwischen die Zelte und die beiden Wagen gesprengt, die im Kreis um die Feuerstelle standen. Dabei machten sie ein Gebrüll, als ob sie von einem Schwarm Hornissen verfolgt würden. Die Männer sahen ungepflegt aus, ebenso wie ihre Pferde, die nervös zwischen den Zelten hin und her tänzelten. Eines der Reittiere trat mit seinen Hufen die irdenen Krüge nieder, die den gesamten Vorrat der Truppe an Öl enthielten.

»Verdammt«, sagte San Nazar. »Wie sollen wir das wiederbeschaffen?«

Als Nächstes war der Korb mit den Broten dran. Die Brote verstreuten sich im Dreck, der Korb rollte ins Feuer und fing Flammen. Die Angreifer, allesamt ziemlich betrunken, grölten und lachten hämisch, während sie ihre Pferde auf dem Hab und Gut der Gaukler herumtänzeln ließen, sodass alles zu Bruch ging, was die verängstigten Gaukler nicht rechtzeitig in Sicherheit schaffen konnten.

Der Reiter, der offenbar das halbe Dutzend Berittener anführte, hielt wie zu einem frühzeitigen Triumph das gezogene Schwert ins Abendlicht. Der Anführer hatte ein aufgedunsenes Gesicht. Offenbar war er ein maßloser Trinker. Seine Bewegungen waren fahrig. Er trug ein altes, schäbiges Kettenhemd. Die Panzer an den Armen und der einstmals schöne Helm, den der fremde Ritter trug, hatten Roststellen. Von seiner ganzen Ausrüstung schien nur das Schwert in einem guten Zustand zu sein.

»Das ist ein Überfall«, sagte San Nazar in Ottos Richtung. »Sie wollen unser Blut.«

Der Graf und Nuradin nickten unauffällig und zogen sich weiter in den Schatten des Gestrüpps zurück, unter dem sie gesessen hatten.

Der heruntergekommene Ritter maß mit geringschätzigen Blicken den Kreis der Fahrenden. »Rattenpack!«, sagte er und spuckte aus. »Ihr seid die Läuse in meinem Pelz!« Er kratzte sich. Seine Männer lachten. »Mir wird einfach nur schlecht, wenn ich Leute wie euch sehe.« Er redete sich in Rage. Offenbar fiel es ihm leichter, sie zu überfallen, wenn er sie zugleich beschimpfte und herabwürdigte.

»Herr, wir sind Christen wie Ihr.« San Nazar trat in Demutshaltung einen Schritt vor. »Auch wir sind getauft.«

»Himmelherrgott, verdammt noch mal. Hast du das gehört, Seidel? Er stellt sich mit dir und mir auf eine Stufe. Diese Kröte« – wieder spuckte er aus – »meint, wir wären alle gleich.« Einer seiner Mannen brachte sein Pferd auf gleiche Höhe mit seinem. Die anderen lachten und scherzten miteinander. Es war offenkundig, dass keiner der Männer den Gauklertrupp zur Selbstverteidigung für fähig hielt.

Der Ritter entdeckte den Winzer, der noch immer wie angewurzelt neben Susanna am Ufer der Mosel stand. »Hubertus? Was hast du denn hier verloren?« Mit seiner hohen Fistelstimme gab er eine ziemlich lächerliche Figur ab. Einzig das Pferd unter dem fadenscheinigen Ritter schien von edlerem Geblüt zu sein.

»Pass bloß auf, dass du mir nicht einmal zu viel unangenehm auffällst! Ich kann es nicht leiden, dass du ständig zur falschen Zeit am falschen Ort bist.«

»Vogt Ganderich«, sagte Hubertus nur und deutete eine Verbeugung an. Er schien den Umgangston des Vogts gewöhnt zu sein.

»Ich wollte Euch keinesfalls beleidigen, hochehrwürdiger Herr«, sagte San Nazar in perfekt einstudierter Höflichkeit. Das war die eingeübte Unterwürfigkeit, die das fahrende Volk in seinem Umgang gegenüber den Edelleuten verinnerlicht hatte. Manche Ritter liebten das blinde Niedermetzeln geradezu, denn es gab ihnen ein Gefühl unbeschränkter Macht und von Männlichkeit. San Nazar hatte genug Erfahrung, um zu wissen, dass dieser Ganderich einer von dieser Sorte war.

»Bist du der Anführer von diesem … Haufen?«, fragte der Raubritter voller Verachtung. San Nazar nickte verhalten. »Kennst du das Kloster Prüm? Kennst du den ehrwürdigen Abt Urold?«

»Nein, Herr, ja … wer hätte nicht vom Kloster Prüm gehört, wo die Sandalen des Heilands aufbewahrt werden?«

»Rede nicht so scheißklug daher!«, schnaubte Ganderich verächtlich. Wieder kratzte er sich. »Das möchte ich wohl meinen, dass man hier in meinem Tal den Abt Urold von Prüm kennt.«

San Nazar verbeugte sich erneut. »Es ist eine große Ehre für uns …«

»Wisst ihr denn nicht, wem das Land gehört, wo ihr lagert? Alle diese Weingärten gehören zum Kloster Prüm. Ich, Vogt Ganderich, bin der Einzige, der euch hätte die Erlaubnis erteilen können. Aber ich kann mich nicht erinnern, euch jemals bei mir gesehen zu haben. Oder werde ich alt? Kann ich mich nur nicht mehr daran erinnern? Seidel?«

Der eine der sechs Lanzenträger, den Ganderich angesprochen hatte, fuhr zusammen. Er hatte gerade abwesend ins Lagerfeuer gestarrt. Der Moselwein schien ihn schläfrig gemacht zu haben. »Erinnern?«, sagte er lallend. »Ich … woran …«

Vogt Ganderich nahm es als Zustimmung und nickte grimmig.

»Herr, ich habe ihnen die Erlaubnis dazu gegeben«, meldete sich Hubertus kleinlaut und mit eingezogenem Kopf zu Wort.

Vogt Ganderich machte große Augen. »Du? Glaubst du etwa, der Grund hier ist dein Eigen? Für solches Volk wie diese da« – er machte eine beiläufige Handbewegung in die Runde der Gaukler – »bin allein ich zuständig.«

Hubertus wagte nicht, zu widersprechen.

»Es tut mir Leid, wenn …«, versuchte San Nazar es noch einmal auf friedliche und unterwürfige Weise.

»Ihr bereitet mir Ärger«, unterbrach Ganderich den Sizilianer mit bedrohlichem Tonfall. »Und wenn ich eines hasse, dann ist es, wenn mir ein Pack wie ihr Ärger bereitet.«

San Nazar breitete versöhnlich die Arme aus. »Wir wollen Euch keinesfalls Ärger machen, Vogt Ganderich von Ürzich. Selbstverständlich werden wir unser Lager sofort abbrechen, wenn Ihr es wünscht.«

Der Vogt schüttelte nachdenklich den Kopf. »Nein … das genügt mir nicht. Was sollen meine Hintersassen denken, wenn ihr so leicht davonkommt?«, fragte er in Richtung des alten Winzers. »Wenn jeder Strauchdieb tun und lassen kann, was er will, wo kämen wir denn da hin? Gott ist mein Zeuge! Nein, einfach abziehen – das könnte euch so passen! Nein, es muss Buße getan werden.«

»Und was für eine Buße fordert Ihr?«

»Ganz einfach«, versetzte Ganderich. Er deutete auf die beiden kräftigen Zugtiere der Fahrenden. »Ihr habt zwei starke Pferde, wie ich sehe. Ich will gnädig sein: Eines davon könnt ihr behalten. Aber das andere werde ich beschlagnahmen, als Sühne für eure Missetat!« Er machte seinem Büttel ein Zeichen. »Seidel, nimm eins von den Pferden!«

»Aber … Herr!«, rief San Nazar entsetzt und rang die Hände. »Wir brauchen diese Pferde … wir brauchen sie doch! Und eines allein ist zu schwach, um unseren Wagen zu ziehen!«

Ganderich grinste herablassend. Er genoss offenbar die Ohnmacht der Spielleute.

»Der schwere Eisenkäfig unseres Bären … und alle unsere Truhen und Kästen und Utensilien. Wir brauchen den Wagen, um das alles zu befördern!«

Angesichts der flehenden Worte des Gauklers machte Ganderich ein angewidertes Gesicht. Dann zog er sein Schwert und ließ sein Pferd drei, vier Schritt weiter vor tänzeln.

Otto und Nuradin beobachteten von ihrem Platz unter den Büschen gespannt das Geschehen. Mit einem kurzen Blick hatten sie sich darüber verständigt, dass sie mit dem Haufen Raubritter fertig werden würden. Doch jetzt legte Nuradin seinem Herrn eine Hand auf den Arm. Sie durften nur im äußersten Notfall eingreifen: Was, wenn herauskam, dass der vogelfreie Graf Otto von Hammerstein sich unter dem fahrenden Volk versteckt hatte? Und wenn sie tatsächlich eingreifen mussten, dann galt es den günstigsten Zeitpunkt abzuwarten und sich dann den Überraschungseffekt zunutze zu machen. Wer vermutete unter den Gauklern schon zwei kampferprobte Schwertkämpfer, von denen es jeder mit mehreren betrunkenen Kampfbütteln aufnehmen konnte?

Ganderich hatte sein Pferd neben San Nazar zum Halten gebracht. Der hatte die Arme noch immer in einstudierter Demut ausgebreitet. Otto sah, wie schwer es ihm fiel, dem heruntergekommenen Vogt gegenüber diese Unterwerfungshaltung einzunehmen.

»Hatte ich nicht gesagt, dass ich gnädig sein will? Hatte ich nicht gesagt, dass ihr ein Pferd behalten dürft? Hatte ich das nicht gesagt?« Ganderich lachte kalt. »Ich sehe, meine Gnade hat auf dich keinen besonderen Eindruck gemacht. Statt dankbar zu sein, stellst du meine Entscheidungen in Frage. Nun gut, du hast es nicht anders gewollt. Seidel, du nimmst *beide* Pferde. Ich sehe doch, hier gibt es starke Männer, die ebenso gut den Karren ziehen können.« Er deutete in die Runde der Gaukler. In den Gesichtern spiegelte sich Schrecken, aber auch unverhohlene Wut.

Ganderichs Büttel sprang aus dem Sattel, und der hünenhafte Kerl schwankte leicht, als er neben seinem Pferd zu stehen kam. Dann ging er zu den beiden Zugpferden und löste die Stricke, mit denen sie an einem Baumstamm festgebunden waren.

»Und wenn ihr in einer Stunde nicht verschwunden seid, werde ich euch alle in den Kerker werfen«, fügte Ganderich hinzu. »Glaubt mir, der Kerker auf Burg Ürzig ist kein Zuckerschlecken …« Er lachte hämisch.

Währenddessen hatte Seidel in aller Gemächlichkeit die beiden Zugtiere zu seinem Pferd hinübergeführt und band einen der Stricke am Sattelknauf fest. Den des zweiten Pferds gab er einem seiner Kumpanen in die Hand. Sein Blick fiel dabei auf die vor Wut zitternde Susanna. »Schaut euch diese rothaarige Wildkatze an«, polterte er und lachte zu seinen Kumpanen hinüber.

In Susannas Augen loderte Angst, aber auch die Entschlossenheit, sich ihrer Haut zu wehren. Sie schaute sich hilfesuchend um. Ihr Blick blieb bei Otto hängen, ehe er zu San Nazar weiterwanderte. Der blickte ebenfalls zu Otto hinüber und deutete mit dem Kinn in Susannas Richtung. Otto nickte. Er war bereit.

Seidel schlurfte inzwischen erwartungsvoll in Richtung Susanna. »Also, ich wette darauf, dass du nicht mehr weißt, wie du heißt, wenn ich mit dir durch bin.«

Vogt Ganderich beobachtete grinsend, wie sein Büttel sich der Rothaarigen näherte, und er schien Seidels Absichten keineswegs zu missbilligen. Im Gegenteil, an seiner erwartungsvollen Miene war abzulesen, dass er diesen Teil als Höhepunkt ihres schmutzigen Spiels betrachtete.

»Seidel, bist du verrückt geworden?« Der alte Winzer Hubertus schlug die Hände über dem Kopf zusammen. »Denk an deine Mutter! Willst du denn wirklich für alle Zeit in der Hölle schmoren?«

Seidel lachte nur. »Ha! Das werd ich sowieso«, erwiderte er unter dem Gejohle seiner Kumpane und schob Hubertus grob zur Seite. »Genau wie die da! Jedes Spielweib ist doch eine Hure.« Seine glasigen Augen starrten unentwegt auf Susannas Brüste, die sich deutlich unter ihrem Kleid abzeichneten. Und als Susanna mit den Armen die Brüste bedeckte, grinste er dreckig.

»Warte!«, sagte Ganderich plötzlich. Seidel wandte sich fragend zum Vogt um. »Hubertus, kleine Ratte, mach dass du auf der Stelle verschwindest!«, befahl der Vogt. Der alte Winzer war aschfahl geworden. Wortlos machte er sich davon. »Und denke immer daran, dass wir wissen, wo du mit den Deinen wohnst und wo deine Weinberge sind!«, rief der Vogt dem Winzer hinterher.

Seidel lachte breit, als der lästige Zeuge verschwunden war, und trat abermals auf Susanna zu. Mit seinem Zeigefinger hob er ihr Kinn, während seine Kumpane mit angehaltenem Atem und voller unverhohlener Gier zuschauten. Die Fingerspitze glitt zitternd von Susannas Kinn über den Kehlkopf hinab zu ihren Brüsten. »Komm her!«, stieß er hervor. »Ich werde dich mit dem hier um den Verstand vögeln!« Und er rieb sich lüstern im Schritt. Entsetzt wich Susanna zurück.

In dem Augenblick, als seine Hand nach ihrem Arm griff, sprang San Nazar geschmeidig wie eine Wildkatze hinzu und hatte Seidel mit zwei, drei Sätzen erreicht. Otto und Nuradin zogen blitzschnell ihre Schwerter.

Seidels Reaktion war besser als vermutet. Er schnellte herum und stieß sein Messer noch in der Bewegung nach San Nazar. Der wich aus, aber die Spitze schnitt in das Fleisch seines Oberarms, und sofort färbte sich das Hemd mit Blut.

Ganderich und seine Männer hatten gespannt die Szene zwischen Seidel und San Nazar verfolgt. Otto und Nuradin hatten sie bisher noch nicht wahrgenommen. Jetzt starrten sie verwundert auf die blankgezogenen Schwerter der beiden. Das war nicht auf ihrer Rechnung gewesen.

»Verdammt! Was ist das?«, rief der Vogt überrascht. »Bei allen Teufeln! Diese Landstreicher haben glatt Schwerter!«

Seidel stieß erneut nach dem Sizilianer. Aber jetzt hatte San Nazar sich auf die unerwartete Behändigkeit seines Gegners eingestellt, und der Stich verfehlte sein Ziel.

Vogt Ganderich war aus dem Sattel seines Pferdes gesprungen und zog nun ebenfalls sein Schwert. »Euch werde ich zeigen, mit gestohlenen Ritterschwertern herumzufuchteln!«

Er sah, dass Otto und Nuradin ihre Waffen beinahe lässig in den Händen hielten, während sie langsam näher kamen, und deutete das als ein Zeichen, dass die beiden keinerlei Erfahrung im Schwertkampf besaßen. Er ging in Position.

Otto lachte verächtlich.

Eine erste leichte Unruhe zeigte sich in Ganderichs Gesicht. Mit einer Handbewegung gab er den übrigen Männern, die unschlüssig darauf gewartet hatten, was zu tun sei, ein Zeichen.

Die fünf Büttel sprangen aus den Sätteln und stellten sich neben und hinter Ganderich zum Kampf auf. In der einen Hand wogen sie ihre kurzen, primitiven Schwerter, wie sie ihresgleichen gemeinhin trug, und in der anderen Fangmesser wie das von Seidel.

»Schaut euch noch einmal die Sonne an«, stieß der Vogt hervor und deutete mit der Schwertspitze an die rotglühende Kugel am Horizont, dann auf Otto und Nuradin. »Es ist das letzte Mal, dass ihr sie seht.«

Seidel stürmte erneut auf San Nazar zu. In seinem Gesicht war blanke Mordlust. Doch ohne dass jemand es bemerkt hätte, hatte Susanna ein kleines Springmesser aus ihrem Bundschuh gezaubert. Gerade als Seidel zustechen wollte, schleuderte Susanna ihr Messer. Ihr Peiniger wurde im Rücken getroffen, direkt neben der Wirbelsäule. Seidel machte noch zwei Schritte und torkelte auf das Feuer zu. Mit einem völlig überraschten Gesichtsausdruck drehte er sich nach Susanna um.

»Du elendes Miststück!«, keuchte er.

Mit schreckensgeweiteten Augen fiel er rücklings in das Feuer, auf dem die Mahlzeit der Spielleute brutzelte. Einer der eisernen Töpfe kippte um, und die heiße Suppe ergoss sich über ihn. Er brüllte vor Schmerz, ehe nur noch gurgelnde Laute aus seiner Kehle drangen und die Flammen nach ihm leckten. Bei seinem Sturz hatte sich Susannas Messer in seinen Rücken gebohrt.

Das war das Überraschungsmoment, auf das Otto und Nuradin gewartet hatten. Und noch ehe die betrunkenen Büttel des Vogts wussten, wie ihnen geschah, stürzten sich die beiden Ritter auf sie. In die Augen der Männer trat Panik und Entsetzen, als ihnen binnen Sekunden klar wurde, dass sich das Tor der Hölle vor ihnen auftat.

Für die in vielen Schlachten und Zweikämpfen geübten Schwertkämpfer Otto und Nuradin war es ein Leichtes, mit den Bütteln fertig zu werden; die Männer merkten erst, dass der tödliche Streich auf sie herabgefahren war, als sie schon getroffen niedersanken. Die Angriffe von Otto und Nuradin waren knapp, präzise, schnell und tödlich, ein Unwetter aus eisernen Blitzen. Der Reihe nach, wie Strohhalme, fielen die Männer, krachten der Länge nach auf den Boden, hielten sich röchelnd die durchtrennte Gurgel. Ganderich – mit dem Otto und Nuradin als Letztes abrechnen wollten – war zur Salzsäule erstarrt.

»Dass ihr im Fegefeuer schmort! Niemals seid ihr …«, stieß er hervor. »Kein Landstreicher kann so mit dem Schwert umgehen!«

»Scheint, dass Ihr Euch verschätzt habt, edler Vogt«, versetzte Nuradin, während er langsam auf ihn zuging.

»Wer seid Ihr, verdammt?«

»Das ist Graf Hammerstein!«, sagte San Nazar plötzlich.

»Wieso verrätst du das?«, fragte Nuradin voller Wut.

»Weil Euch jetzt nichts anderes übrig bleiben wird, als ihn zu töten.« Noch nie hatten die Leute aus seiner Truppe ihn so hasserfüllt gesehen.

Ganderich zog die Luft ein. »Hammerstein? Ihr seid der Hammerstein, den man überall im Reich sucht? Der vogelfreie Graf, auf dessen Kopf Erzbischof Aribo hundert Pfund ausgesetzt hat?« Er lachte schrill.

»Soll ich ihm das Maul stopfen?«, fragte Nuradin und umkreiste Ganderich mit tänzelnden Schritten.

Otto schüttelte den Kopf. »Lass ihn reden.«

»Seid auch Ihr auf dem Weg zu Eurem Bruder Galad, Graf Otto? Wollt Ihr zu Ostern mit ihm das große Lanzenstechen feiern auf Hammerstein?«, fragte der Vogt mit beißendem Spott.

»Was sagt Ihr da? Von welchem Lanzenstechen redet Ihr?«

»Die Boten Eures Bruders Galad haben es überall verkündet: Die Edelleute reden von nichts anderem mehr als von dem Lanzenstechen beim Königsgericht. Galad will seinen Triumph über Euch feiern. Vor den Augen des Königs und aller Edelleute.«

Während er die letzten Worte sprach, machte er einen Ausfallschritt und wies mit der Spitze seines Schwerts in Ottos Richtung. »Ihr seid ein Nichts!«, stieß er hervor. »Ihr habt Eure Ehre verloren!« Mit einem Mal schien die Todesangst von ihm gewichen zu sein. Schnell stieß Ganderich gegen Otto vor und erging sich dabei in ein raues, ungebärdiges Gelächter. Doch Otto gelang es, geschickt auszuweichen, er ließ Ganderich ins Leere laufen. Der fand schnell wieder sicheren Stand. Seine Augen blitzten. »Und? War das schon alles, was Ihr könnt, Hammerstein? Auf einem Turnier habe ich gegen Euren Halbbruder gekämpft.«

Ganderich ging jetzt rückwärts, während Otto ihm Schritt für Schritt folgte. »Und glaubt mir: Ihr könnt ihm nicht das Wasser reichen!«

»Ich bringe ihn um!«, fuhr Nuradin auf.

»Mach diesem Hund ein Ende!«, rief San Nazar mit zitternder Stimme. »Bring ihn endlich um!«

Otto bedeutete seinem Gefährten, dass dieser Kampf seiner war. Nur von Mann zu Mann, im ritterlichen Zweikampf, konnte er seinen Zorn kühlen und seinen Rachedurst befriedigen. Endlich hatte er die Gelegenheit, seinen Mut und seine Entschlossenheit sich selber zu beweisen. Endlich war er wieder Graf von Hammerstein und musste sich nicht länger verstecken.

Und während Ganderich abermals einen Angriff führte, besann Otto sich auf eine alte Tugend des Schwertkampfs – niemals einen Kampf im Zorn zu führen, und sei er noch so gerecht. Ganz wach und besonnen, vollkommen konzentriert, parierte er Ganderichs Schwertattacke. Mit einer geschmeidigen Bewegung stieß er dem Raubritter das Schwert in den Leib, sodass es am Rücken wieder austrat. Ein kurzer Ruck, und Otto hatte das Schwert wieder aus dem Leib des Sterbenden befreit. Aus der Wunde spritzte eine Blutfontäne, und die Umstehenden wichen entsetzt zurück.

Einen Moment lang herrschte Schweigen, als der Vogt sein Leben ausgehaucht hatte.

»Gut so«, sagte San Nazar in die Stille. »Aber das wird Ärger geben, glaubt es mir. Wir müssen machen, dass wir fortkommen. So schnell und so weit wie nur möglich. Die Reise nach Burg Hammerstein müsst Ihr jetzt allein antreten«, fügte er an Otto gewandt hinzu.

11. Kapitel

»Das ehrwürdige Stift Gandersheim, das von unseren Vorfahren Herzog Ludolf von Sachsen und seiner Gemahlin Oda gegründet wurde, ist reichsfrei, und reichsfrei soll das Stift sein jetzt und in aller Ewigkeit, und nur dem Papst und dem König untertan«, verkündete der König, der im Refektorium des Stifts auf seinem erhöhten Sitz am Kopfende der Tafel thronte.

Auf einem etwas niedrigeren Prachtstuhl saß rechts von ihm in vollem Ornat Königin Gisela. Irmingard erschien das Gesicht Giselas seit ihrer letzten Begegnung vor einigen Jahren sichtbar gealtert. Es war jetzt geprägt von der Last der großen Verantwortung vor Gott und den Menschen, die sie als *Consors Regni*, als Teilhaberin der Herrschaft, trug.

König Konrad II. setzte seine Paraphe unter die Bestätigungsurkunde, die einer seiner Hofkapellane vorbereitet hatte, dann siegelte er sie mit dem Petschaft. »Das bekräftige ich am heutigen Sonntag Oculi, dem dritten Sonntag vor Ostern, in Anwesenheit aller Zeugen in dieser Halle.«

Sein Herrschersitz, der gewöhnlich in der Königskapelle der Stiftskirche stand, glich dem Thron der Äbtissin am entgegengesetzten Ende der Tafel. Sophia trug die goldene Äbtissinnenkrone, und ihr Gesicht war jetzt unnahbar und reglos, eine starre höfische Maske. Sie hielt das Symbol ihrer geistlichen Macht, den mannshohen Hirtenstab aus purem Gold, in der Rechten, und mit der Linken umklammerte sie das Gandersheimer Schwert, Zeichen ihrer weltlichen Macht über das Land, das dem Reichsstift gehörte.

Auch der König ihr gegenüber verzog keine Miene, während er einige weitere Urkunden paraphierte und siegelte, die seine Kanzlei ausgefertigt hatte. Es waren Augenblicke von starker symbolischer Kraft, wenn das uralte Recht in den Königsurkunden erneuert und festgehalten wurde.

Das erklärte die Ehrfurcht der Edlen auf der einen Seite der Tafel, die rechts von König und Königin saßen. Die Adligen aus dem Hofstaat des Königs – Grafen und Freigrafen, Herzöge, hohe Geistliche –, die Konrad auf seiner Landfahrt durch das Reich ein Stück weit begleiteten, waren ungefähr zur Hälfte schreibkundig.

Unter den hohen Herren, die mit dem König reisten, befanden sich Edle wie Herzog Heinrich von Bayern, Abt Richard von Fulda und der ehrwürdige Würzburger Bischof Meginhard. Den Höflingen gegenüber saßen an der anderen Seite der Tafel die adligen Kanonissinnen des Gandersheimer Stifts, allesamt gekleidet in die besten Gewänder. Sie verstanden das Latein der Urkunden, wenigstens die meisten von ihnen, und auch sie hatten großen Respekt vor der gleichsam magischen Kraft dieses in die winzigen schwarzen Zeichen auf dem Pergament gebannten Rechts. Alle anwesenden hohen Herren wurden am Schluss einer jeden Urkunde als Zeugen aufgeführt.

Schließlich war das Zeremoniell der Urkundenverkündung beendet. Sophia bedankte sich bei König Konrad für die Bestätigung der alten Privilegien des Reichsstifts, wie es schon alle Könige vor ihm gehalten hatten. Die Äbtissin hatte es nicht anders erwartet, denn Konrad war nach Goslar und Gandersheim gekommen, damit die halsstarrigen Sachsen seine Königsherrschaft endlich ohne jeden Vorbehalt anerkannten, und Sophia sollte ihm eine Hilfe dabei sein. Aus diesem Grund war auch Adelheid geladen worden, die Schwester Sophias, die dem Reichsstift in Quedlinburg als Äbtissin vorstand.

Alle Fenster waren geöffnet an diesem sonnendurchfluteten

Morgen. Sophia hatte zur Feier den ganzen prächtigen Saal mit Blumen und Girlanden schmücken lassen, und in den Fenstern hingen nach höfischer welscher Art filigrane Käfige mit bunten Singvögeln. Die Tische bogen sich unter der Last der erlesenen Gerichte, die ganz der Bedeutung des Stifts und seines königlichen Besuchers entsprachen. Für die Knechte und Mägde, die auftragen mussten, besonders aber für den Truchsess, der das Auftragen und Abräumen der Speisen mit Hilfe seines langen Zeremonienstabes dirigierte, war das Fest eine große Herausforderung, und sie waren entsprechend aufgeregt. Die Musikanten von Gandersheim waren von Sophia ergänzt worden durch Spielleute aus Northeim.

Irmingard war noch immer von ihrer langen Krankheit geschwächt. Sie war nervös. Längst war sie nicht mehr sicher, ob sie ihren verwegenen Plan, den König vor der edlen Runde seiner Gefolgschaft um Gnade für Otto anzuflehen, auch tatsächlich verwirklichen würde. Die Gräfin war in ein prächtiges Gewand gekleidet, das Sophia ihr geliehen hatte. »Du musst angemessen gekleidet sein, wenn du vor den König und die Königin trittst!«, hatte sie gesagt. Rotswit war enttäuscht, weil sie das beste Reisekleid aus der Truhe der Gräfin mit großer Sorgfalt ausgebessert und gereinigt hatte: So hätte ihre Herrin auch mit ihrem eigenen Gewand vor dem König bestehen können.

Die festliche Musik endete, woraufhin die Äbtissin ankündigte, dass jetzt einige der Kanonissen zu Ehren des Königs das Schauspiel der zum Herrn gegangenen Mitschwester Hrotswit aufführen würden.

Man spürte, mit welchem Lampenfieber die edlen Damen vor das Königspaar traten, besonders Kanonissin Gerberga, die *Das Leiden der heiligen Jungfrauen Agape, Chionia und Irene* einstudiert hatte: Die frommen Schauspielerinnen gaben sich sichtlich alle Mühe und waren schließlich sehr erleichtert, als das letzte Wort gesprochen und die Vorführung geglückt war, und auch

Bienenmeister Walthram als Herzog hatte seine Rolle mit Bravour gemeistert.

Der König und die Höflinge spendeten brav Beifall für die erbauliche Vorführung. Auch Sophia war zufrieden. Irmingard überlegte unterdes fieberhaft, wie sie es anstellen sollte, vor dem König das Wort zu ergreifen.

Nach dem gemeinsamen Tischgebet erhob sich der König und hielt der Äbtissin zum Friedensgruß den goldenen Kelch entgegen, der aus dem königlichen Reiseschatz stammte und nur bei ganz besonderen Gelegenheiten hervorgeholt wurde.

»Mit diesem Reichsstift verbinden mich so viele Erinnerungen, hochgeehrte Äbtissin Sophia! Wisst Ihr noch«, fuhr der König fort, »wie sich der ehrwürdige Williges und der nicht minder würdige Bernward gegenseitig mit Bannflüchen belegten und beinahe mit ihren Bischofsstäben aufeinander losgegangen wären, weil sie sich nicht einig werden konnten, wer die Priester, die in Gandersheim die Messe lesen, einsetzen und weihen darf?«

Konrads Stimme hatte plötzlich wieder einen ernsten Unterton. Niemand zweifelte daran, dass es kein Zufall war, wenn der König bei solcher Gelegenheit wie dem Fest seiner Gastung auf Gandersheim von diesen alten Geschehnissen sprach.

»Wenn der Kaiser nicht dazwischengegangen wäre, hätte es sicher Blutvergießen gegeben.« Er räusperte sich und trank einen Schluck Wein aus seinem goldenen Pokal. »Auch in unserer heutigen Zeit gibt es viel Streit, und wie es der Zufall will, ist wieder der Erzstuhl von Mainz darin verwickelt«, sagte Konrad mit sorgfältig gewählten Worten. »Bei all dem befürchte ich, dass es um die Treue und die notwendige Ehrfurcht des Mainzer Erzbischofs gegenüber dem Thron bisweilen nicht zum Besten bestellt ist.«

Alle im Refektorium hielten den Atem an. Es war sicher, dass Aribo binnen kurzem von diesen Äußerungen des Königs Kenntnis erhalten würde; er hatte seine Ohren überall, und sicherlich auch in Gandersheim. Konrads Worte klangen, als wollte er dem Erzbischof die Fehde erklären. Auch Königin Gisela hatte einen entschlossenen Gesichtsausdruck.

Bernardina fasste Irmingard aufgeregt am Unterarm. »Das geht gegen Aribo, Herrin! Das ist eine Kampfansage!«

»Wir haben eine edle Frau unter uns«, fuhr Konrad fort, »die am eigenen Leib gespürt hat, was es heißt, mit Mainz in Streit zu geraten.« Er schaute jetzt Irmingard direkt an, mit freundlichem, mitfühlendem Blick. Er lächelte. Die Gräfin war sich plötzlich sicher, dass sie ihre Hoffnung nicht umsonst auf dieses Zusammentreffen mit dem König gesetzt hatte. »Erhebt Euch, Reichsgräfin Irmingard.«

Ein Murmeln durchlief die Reihen, denn dass der König Irmingard mit ihrem alten Titel »Reichsgräfin« anredete, konnte kein Zufall sein.

Irmingard stand von ihrem Platz auf. Sie schwankte, denn sie war noch längst nicht wieder im Vollbesitz ihrer Kräfte. Ein wenig wurde ihr schwindlig. »Verzeiht, Herrin, ich habe ganz vergessen … Setzt Euch doch wieder! Die hochverehrte Äbtissin Sophia hat mir gesagt, dass Ihr schwer erkrankt wart?«

Irmingard nickte. »Aber es geht mir schon wieder besser, Herr«, sagte sie leise. Dennoch war sie froh, sich wieder auf ihren Stuhl setzen zu können.

»Ihr wart beim Papst?«, fragte Konrad.

»Ja, ich hatte eine Audienz bei Papst Johannes«, bestätigte die Gräfin. Ihr Herz pochte. Auch ihr war natürlich nicht entgangen, dass König Konrad sie mit »Reichsgräfin« angeredet hatte. Ihre Hoffnung leuchtete wie das helle Licht der Frühlingssonne draußen vor den Fenstern des Refektoriums.

»Und man hat mir gesagt, dass Ihr mit Eurem Anliegen Gehör fandet beim Heiligen Vater?«

Irmingard straffte sich, ihr Ausdruck wurde energisch. »Ich habe dem Heiligen Vater meinen Fall vorgetragen, und er hat mir eine Urkunde gegeben, welche die Ehe mit meinem Gemahl Otto vor Gott und der Welt ein für alle Mal anerkennt.«

»Ihr wisst aber, Gräfin, dass ich diese Urkunde eigentlich nicht zur Kenntnis nehmen darf?«, fragte Konrad. »Jedenfalls dann nicht, wenn ich dem Wort meines Erzkanzlers folge, der sagte, dass niemand ohne seine Erlaubnis an den Papst appellieren darf.«

»Ich bin ein Christenmensch«, erwiderte Irmingard mit kräftiger Stimme. »Niemand kann einem Christenmenschen verbieten, sich vertrauensvoll an den Heiligen Vater zu wenden.«

Äbtissin Sophia auf der anderen Seite des Saals schnaubte ärgerlich. »Vielleicht will Aribo demnächst auch noch um Erlaubnis gefragt werden, wenn wir zur Heiligen Dreifaltigkeit beten?«

Konrad lächelte. »Ich glaube, er würde es versuchen, wenn es in seiner Macht stünde«, sagte der König leise. »Wie dem auch sei: Ich freue mich für Euch, Reichsgräfin Hammerstein!«

Irmingards Gesicht erbleichte. »Hammerstein?«, fragte sie. »Ihr nennt mich Reichsgräfin Hammerstein?«

Der König nickte. »Ihr kennt den Spruch, den ich mit Hilfe Gottes vor nun fast einem Jahr in Mainz gefällt habe. Vor meinem Gericht habe ich von Eurem Gemahl verlangt, sich binnen eines Jahres von Euch zu trennen oder aber den päpstlichen Dispens zu erlangen.« Er lächelte die Gräfin an. »Dass er sich nicht von Euch trennen würde, war mir von Anfang an klar, und jetzt, wo ich Euch vor mir sehe, verehrte Gräfin, ist es mir noch klarer.«

Er wandte sich lächelnd zu Königin Gisela um. »Ich hoffe, Ihr stört Euch nicht an meinen Worten, Herrin?«

Gisela lächelte huldvoll. »Im Gegenteil. Ich will sie bekräftigen«, erwiderte sie mit einem Nicken in Richtung Irmingards.

Die Gräfin errötete. Sie kam sich vor wie ein junges Mädchen, das in Verlegenheit geriet, sobald ihm Komplimente gemacht wurden … »Ich danke Euch«, sagte sie unsicher.

»Reichsgräfin, es war uns ein besonderes Anliegen, Euch hier in Gandersheim, an diesem Ort des Friedens und der Stille, wo man sich Gott so nahe fühlt, unsere Entscheidung hinsichtlich des Hammersteiner Grafenstuhles mitzuteilen«, sagte König Konrad förmlich. »Und diese Entscheidung, die ich vor meinem Königsgericht in Hammerstein verkünden will, lautet zu Gunsten Eures Gemahls, des Reichsgrafen Otto: Er hat meine Bedingung erfüllt. Also wird er aus seiner Ehrenhaft entlassen, zu der ich ihn verurteilt habe und auf die er geschworen hat, und ich werde ihn wiedereinsetzen auf dem Grafenthron.«

»Mein Gott!«, rief Irmingard und schlug die Hände vors Gesicht. »Wie sehr habe ich darauf gehofft!« Sie begann zu schluchzen, Tränen des Glücks. Die Gedanken schossen ihr wild durch den Kopf: Alles, wofür sie gekämpft hatte, würde sich erfüllen, keine der Strapazen, die sie auf sich genommen hatte, war umsonst gewesen. Für den Bruchteil einer Sekunde sah sie Maurizio vor sich, und ein Stich fuhr ihr ins Herz. Doch dann verblasste das Bild. Der Tag in Rom, an dem sie sich schuldig gemacht hatte, schien plötzlich unendlich weit weg zu sein. »Ich danke Euch so sehr, König Konrad.« Sie senkte dem gesalbten Herrscher gegenüber das Haupt. »Ihr habt getan, was Gott von einem König erwartet: Ihr habt wahrlich königlich Recht gesprochen.«

Konrad schmunzelte. »Ihr seid sehr selbstbewusst, Reichsgräfin. Habt Ihr das von Äbtissin Sophia gelernt?«

Jetzt brach das ganze Refektorium, die Kanonissinnen und der Hofstaat, in frohes Lachen aus, allen voran Sophia selbst. Die Anspannung, die zuvor über der Versammlung gelegen hatte, löste sich, der König und die Äbtissin tranken einander zu.

So als habe irgendjemand genau auf diesen Augenblick des größten Glücksgefühls Irmingards gewartet, machte sich jetzt plötzlich Unruhe am Eingang des Refektoriums breit. Ein Wachmann eilte zum Truchsess, der die Augenbrauen hochzog, und flüsterte diesem etwas ins Ohr. Der Truchsess näherte sich daraufhin unter zahlreichen Bücklingen dem König.

»Und?«, fragte Konrad etwas ungehalten über die Störung. »Was gibt es?«

»Erlauchter Herr« – der alte Gandersheimer Truchsess verneigte sich –, »der Domherr Torquato verlangt, als Legat des Erzkanzlers und Erzbischofs Aribo vor Euch und Eurem Gefolge sprechen zu dürfen.«

»Er *verlangt* es?«, fragte der König scharf.

»So hat man es mir ausgerichtet.«

Einen Augenblick lang zögerte der König. »Also gut!«, sagte er schließlich mit einem verdrießlichen Unterton, den er auch gar nicht zu verbergen suchte. »Lasst ihn vortreten.« Der Truchsess entfernte sich und ging mit gemessenen Schritten zum Eingang.

Irmingard kam es so vor, als wäre sie aus einem Traum erwacht. Domherr Torquato. Dieser Name war wie ein Fluch. Es konnte nichts Gutes bedeuten, dass der Bluthund des Erzbischofs genau in diesem Augenblick auftauchte.

Der Domherr stürmte an dem alten Zeremonienmeister der Äbtissin vorbei und war in wenigen energischen Schritten vor dem König. In gerade noch gebührendem Abstand blieb er stehen, schob die Kapuze von seinem Glatzkopf und neigte eben so weit das Knie, wie es schicklich war – nicht mehr.

Irmingard überlief ein eiskalter Schauer, als sie erkannte, dass der seltsame, gesichtslose Mann es offenbar geradezu genoss, von allen Anwesenden mit feindseligen Gesichtern angestarrt zu werden.

»Ich habe mir sagen lassen, dass Ihr *verlangt* habt, bei mir vorzusprechen, Domherr Torquato?«, fragte der König streng.

»Nun, verlangt oder darum gebeten«, versetzte der Domherr mit seiner kalten, hohl klingenden Stimme, die vielen im Refektorium Angst einflößte. »Es sind nur Worte, Herr. Entscheidend ist der Wille Gottes.«

Konrads Gesicht versteinerte. »Was meint Ihr: den Willen Gottes oder den Willen Eures Herrn, des Erzbischofs?«

»Ich bin nicht hier, um über Worte zu streiten«, sagte Torquato unbeirrt. »Ich bin hier, weil ich Euch ein schweres Verbrechen anzeigen und im Namen meines Herren, des Erzbischofs, Sühne fordern muss.«

»Ein schweres Verbrechen?«, fragte der König verständnislos. »Erklärt Euch und fasst Euch kurz!«

Der Auftritt Torquatos konnte nur sie selbst betreffen, das spürte Irmingard genau. Obwohl es zweifellos zahlreiche andere ungeklärte und strittige Angelegenheiten zwischen Mainz und dem Thron gab.

»Auch ich bevorzuge es, gleich zur Sache zu kommen«, sagte der Domherr anmaßend. »Mein Herr, der Erzbischof, klagt Graf Otto von Hammerstein an des Eidbruchs und des Meineides, und er klagt ihn des Mordes an.«

Ungläubiges Staunen trat in die Mienen der ringsum Versammelten angesichts dieser ungeheuerlichen Anklage.

Plötzlich schaute Domherr Torquato sich um, so als suche er jemanden, und sein Blick blieb auf Irmingard haften. Die Gräfin zuckte unwillkürlich zusammen. Torquato streckte den Arm aus und deutete mit dem Zeigefinger auf sie. »Und diese da klagt der ehrwürdige Erzbischof an, dass sie seinem ausdrücklichen Befehl zuwiderhandelte, was Gott über die Maßen erzürnt!«

Ärgerliches Gemurmel durchlief den großen Raum ob dieser neuerlichen Anmaßung. Irmingard aber war wie gelähmt, keines Gedankens fähig. Sie fühlte sich von dem auf sie gerichteten Zeigefinger des Domherren wie aufgespießt.

»Ich höre Eure Worte«, sagte der König scharf. Sofort verstummte das aufgeregte Gemurmel. »Doch ich kann ihnen keinen Glauben schenken.«

»Otto ist Euch gegenüber eidbrüchig geworden, ehrwürdiger

König! Euch hat er den heiligen Eid geschworen, niemals seiner Ehrenhaft zu entfliehen, und doch hat er es getan.«

Das Gesicht Konrads drückte ungläubiges Staunen aus. »Graf Otto soll entflohen sein?«

Torquato nickte selbstgefällig. »Und auf seiner Flucht hat er zwei von den Getreuen des Herrn Galad erschlagen, den Ihr selbst als Amtswalter auf Burg Hammerstein eingesetzt habt.«

Triumphierend schaute der Domherr in die ungläubigen Gesichter des königlichen Hofstaats und der Kanonissinnen.

»Wie kann ich wissen, dass Eure Worte wahr sind?«

»In Hammerstein und in der ganzen Grafschaft hat es sich längst herumgesprochen. Alle am Rhein haben davon gehört. Es gibt viele Zeugen für die Flucht und für den Mord. Sein Ritter Nuradin und zwei andere ...« Der Domherr legte eine künstliche Pause ein. »... man sagt, ein Knappe und eine Küchenmagd ...«, wieder ließ er die Worte wirken, bevor er fortfuhr, »... waren bei ihm und sind mit ihm geflohen.«

»Glaubt dieser Kerl da wirklich, dass ein Graf Otto der Hilfe einer Küchenmagd bedarf, um eine Flucht zu bewerkstelligen?« Es war die Stimme Graf Konrads des Jüngeren, des unterlegenen Thronanwärters, der den König bei seiner Reise durch den sächsischen Teil des Heiligen Reichs begleitete. »Wenn ihn nicht seine graue Kutte schützen würde, so wollte ich diesen Domherrn auf der Stelle für seine Frechheit bestrafen.«

Der König machte eine beschwichtigende Geste. Torquato schien das als Aufmunterung misszuverstehen. Plötzlich zerrte er aus seiner Kutte ein hölzernes Kreuz hervor und hielt es in die Höhe. Zugleich wandte er den Blick von neuem auf Irmingard.

»Über diese dort, die einstmalige Gräfin von Hammerstein, und über Otto, den einstmaligen Grafen, verkündet Erzbischof Aribo von Mainz kraft des Amtes, das Gott ihm verliehen hat, den Kirchenbann.«

Atemlose Stille erfüllte das Refektorium.

»Euch, Herr König, lässt der Erzbischof durch meinen unwürdigen Mund an Eure Pflicht erinnern: Er fordert im Einklang mit Gott und seinen Geboten, über diesen einstmaligen Grafen Otto beim Königsgericht auf Hammerstein vor allem Volk die Reichsacht und den Reichsbann zu verhängen.« Der Domherr senkte die Stimme. »Der Erzbischof tut allen kund, dass er auf den Grafen ein Kopfgeld von zehn Kölnischen Mark aussetzt, ob tot oder lebendig.«

Ein Raunen ging durch die Reihen. Das war eine gewaltige Summe, so viel wie fünf Pfund Silber! Torquato weidete sich am Entsetzen in Irmingards Gesicht.

Der König stand mit vor Zorn funkelnden Augen von seinem Stuhl auf. »Wie könnt Ihr es wagen, in diesem anmaßenden Tonfall zu fordern und immerzu zu fordern?«, donnerte er, so dass alle im Hofstaat den Kopf einzogen. »Ein König mag fordern. Ihr aber werdet Erzbischof Aribo Folgendes mitteilen: Erst wenn er nicht mehr fordert, sondern von seinem Herrscher *erbittet,* was er will, erst dann werde ich mir anhören, was er mir mitzuteilen hat.«

Torquato verbeugte sich leicht, aber offenbar unbeeindruckt. Irmingard war sicher, dass sie sich das versteckte Grinsen im Gesicht des unheimlichen Mannes nicht einbildete. Mit Grauen dachte sie an die Ermordung von Maurizio und Nadira, die möglicherweise dieser Mann mit zu verantworten hatte. »Entschuldigt, hoher Herr, wenn ich die Worte im Überschwang meines gerechten Zornes falsch gewählt habe«, sagte der Domherr mit gespielter Demut. »Vergeltet meine falschen Worte nicht an der wahren Botschaft meines Herrn, des Erzbischofs: Graf Otto gehört in Acht und Bann, und er …«

»Ich weiß nicht, worin mehr Falschheit ist, ob in Euren Worten oder in der Botschaft Eures Herrn!« Irmingard war aufgesprungen und hatte dem Domherren die Worte entgegengeschleudert, noch bevor sie darüber nachgedacht hatte, was sie eigentlich tat.

Torquato war die Verblüffung ins Gesicht geschrieben, er zögerte einen Augenblick lang. Irmingard sah ein verstohlenes Lächeln im Gesicht der Königin.

»Was maßt Ihr Euch an?«, fuhr der Domherr schließlich auf, aber seine Empörung wirkte inszeniert. Torquato war ein Mann, der keines wirklichen Gefühls fähig war.

Irmingard wandte sich an den König. »Darf ich zu Euch sprechen?«, fragte sie bescheiden.

»Nur freiheraus!«

»Ihr seht mich überrascht wie alle anderen über diese schlimmen Nachrichten von Otto. Und doch werdet Ihr in meinem Herzen keinen Zweifel finden, Herr. Was immer Ihr über Otto verhängt: Wisset, dass ich so sicher bin, wie ich atme, dass mein Gemahl nicht ohne schwerwiegenden Grund aus seiner Ehrenhaft geflohen ist. Niemals hat Otto sich vor Gott oder vor Euch schuldig gemacht.«

»Ich möchte Euch gern glauben«, erwiderte der König zögerlich.

»Und ich *glaube* ihr!« Unerwartet erhob die Königin ihre Stimme. Sie war neben der Hausherrin die Einzige, der dies ohne die Zustimmung des Königs erlaubt war.

Der Mainzer Domherr zuckte in gespielter Gleichgültigkeit mit den Schultern. »Ich darf Euch versichern, hoher Herr, dass Erzbischof Aribo diese Sache unter allen Umständen am Königsgericht in Hammerstein entschieden haben will.«

»Und wollt Ihr nicht gleich auch noch Eure andere unverschämte Forderung vorbringen?« Sophias Stimme zitterte vor Ärger. Es hielt sie nicht länger auf ihrem Platz, sie war aufgesprungen und deutete mit dem glänzenden Schwert des Gandersheimer Stifts auf den Domherren.

Jeder im Refektorium wusste, was sie meinte: Seit langem wollten die Mainzer Erzbischöfe das Stift Gandersheim in ihren Machtbereich eingliedern; aber kein Mainzer Erzbischof hatte dies mit so viel Energie betrieben wie jetzt Aribo.

»Nichts an den Forderungen meines Herren, das Reichsstift Gandersheim betreffend, ist unbillig oder ungerecht«, erwiderte Aribo. »Schon der heilige Erzbischof Williges hat einst diese Forderung verfochten, und wer wollte ihm nachsagen, dass er dies zu Unrecht getan hätte?«

»Ob diese Forderungen billig sind, wird sich erweisen«, beschied der König den Domherrn kühl. »Lasst den Erzbischof jedenfalls wissen, dass sein Wunsch, Gandersheim unter die Oberhoheit des Mainzer Erzbistums zu stellen, uns genauso anmaßend erscheint wie Eure ganze Rede hier vor uns.«

»Ich hoffe, Ihr könnt mir verzeihen, denn ich bin nur ein Bote.«

»Ihr seid entlassen«, sagte der König zu Torquato und beendete damit den Auftritt des Domherrn. So als hätte er einen Sieg errungen, verabschiedete sich Torquato mit einem angedeuteten Kniefall und verließ – begleitet von verächtlichen Blicken – das Refektorium des Reichsstifts.

Schließlich wandte sich der König noch einmal an Irmingard. »Ihr werdet einsehen, Herrin, dass ich unter diesen Umständen zurücknehmen muss, was ich zuvor Euch gegenüber geäußert habe«, sagte Konrad mit unverhohlener Enttäuschung in der Stimme. Deutlich war zu erkennen, wie sehr es Konrad widerstrebte, sein königliches Wort zu widerrufen.

Irmingard, die sich wieder erhoben hatte, spürte von neuem, wie die Schwäche in ihre Beine kroch. Tapfer stützte sie sich an der Tischplatte ab. War das jetzt die Strafe dafür, dass sie geglaubt hatte, alles wäre schon geschafft? War Torquato der Racheengel, den Gott schickte, um sie an ihre Sünden zu erinnern? Aber jetzt ging es nicht um sie! Jetzt ging es nur noch um Otto. »Ich kann verstehen, dass Ihr so handeln müsst«, sagte sie gefasst. Sie wunderte sich selbst über die Festigkeit ihrer Stimme. »Doch darf ich dennoch eine Bitte äußern?«

Der König nickte.

»Gewährt mir, dass Ihr meinen Gemahl erst verurteilt, wenn Ihr die Gründe für sein Handeln kennt.«

Doch der König schüttelte den Kopf. »Wie kann ich Euch diese Bitte gewähren?«, fragte er ratlos, mit Bitterkeit in der Stimme. »Er hat seinen Schwur gebrochen und ist davongelaufen wie ein Dieb, habt Ihr das vergessen?«

»Er wird zurückkommen«, erwiderte Irmingard mit fester Stimme und voller Überzeugung. »Glaubt mir, niemals war mein Vertrauen in Otto größer als gerade in diesem Augenblick.«

12. Kapitel

Irmingard schaute über den Bug in Fahrtrichtung. Die königliche Flotte näherte sich eben der Stelle des Rheins, den die Rheinschiffer das Binger Loch nannten und das sie fast so fürchteten wie die Untiefen unterhalb des steilen Felsens der Loreley. Am Abend wollten sie St. Goar erreichen, die Stadt, die etwas rheinabwärts dieses berüchtigten Felsens lag.

»Habt Ihr denn keine Angst, Herrin?«, deutete Rotswit furchtsam in die gurgelnden, dunklen Wasser des Rheins, der immer schneller floss, je näher sie ans Binger Loch kamen.

»Angst?«, fragte Irmingard. Dann schüttelte sie den Kopf. Der Fahrtwind blähte das Reisetuch, das sie um den Kopf gebunden hatte, um die blonden Haare zu bedecken. »Glaub mir, die Zeiten, in denen ich Angst hatte, sind vorbei.«

Die Frauen blickten an den harten Felswänden empor, die der Strom teilte, um sich dann in ein enges und dunkles Tal zu zwängen. Ihr Gespräch verstummte. Möwen umtanzten kreischend das Schiff, das wie ein ungestümes Pferd auf den Wogen des Rheins tanzte. Über all dem stand eine warme Frühlingssonne.

Vorbei an gefährlichen Klippen und an glucksenden Strudeln schossen die Schiffe der Königsflotte, die Konrad und sein Gefolge, von Fulda kommend, in der Kaiserpfalz zu Frankfurt abgeholt hatten.

»Haltet Euch gut fest, edle Damen!«, rief der Schiffsführer. »Betet zu Gott und den Heiligen, dass wir glücklich durch diese Stromschnellen kommen!«

Die Frauen hatten Zutrauen zu Ezechiel, dem alten, bärtigen

Schiffsführer, in dessen Gesicht sich ein verschmitztes Lachen geradezu eingegraben hatte, sodass er wirkte, als ob er nichts wirklich ernst nähme. Sie folgten seinem Rat und begannen zu beten.

»Seht Ihr, wie wenig Wasser der Rhein führt?« Ezechiel deutete dramatisch auf die vorbeifliegenden Uferfelsen. Die Frauen hatten das Gefühl, als würde der Alte sich gar keine wirklichen Sorgen machen, sondern als wollte er ihnen nur ein bisschen Angst einjagen.

Knechte des in der Reichsstadt Bingen residierenden Rheingrafen nutzten das Niedrigwasser, um mit Hammer und Meißel, teils vom Ufer, teils von Booten aus, zu versuchen, die überaus enge und gefährliche Fahrrinne zu verbreitern und zu vertiefen.

Das Schiff – es war das vierte in der Reihe der Flotte – bäumte sich widerstrebend auf und glitt nur ganz knapp an einem Riff vorbei. Auch Ezechiel war jetzt angespannt. Er machte den beiden kräftigen Männern, welche die Streichruder an den Seiten des Schiffes bedienten, hektische Zeichen. Die beiden Streicher hatten alle Mühe, die widerspenstigen Ruder zu halten; ihnen stand Schweiß auf der Stirn.

Auch die Ritter an Bord erbleichten, und die Geistlichen der Hofkapelle schlugen hastig Kreuzzeichen. Ein paar von ihnen klammerten sich an die Spanten des großen, halbrunden Aufbaus, der die ganze Mitte des Schiffs überwölbte und wo sich die Passagiere bei Regen im Trockenen aufhalten konnten.

Gischt spritzte an allen Seiten hoch, und der Sprühregen nässte den Frauen das Gesicht. Ihr Atem ging schneller, und für einen kurzen Augenblick stockte er, als es Ezechiels Ruderknechten nur mühsam gelang, das Schiff durch die enge Windung der Fahrrinne zu steuern, jenseits deren endlich wieder ruhigeres Wasser begann.

Dort am Ufer wartete ein großes Handelsschiff, das rheinaufwärts in Richtung Mainz getreidelt wurde. Es bedurfte der Kraft von acht schweren Pferden, um das mit Weinfässern beladene

Schiff gegen die Strömung des Flusses zu schleppen, und beim Binger Loch wurden noch weitere Lohnpferde dazugespannt, damit die starke Strömung überhaupt überwunden werden konnte.

Sie ließen das Binger Loch hinter sich und fuhren in das enge Flusstal zwischen den Gebirgen des Hunsrück und des Taunus ein. Das Tal lag in dunklen Schatten. Rechts und links ragten steile, schwarze Felsen in den grauen Himmel, aus denen das Echo der Stimmen widerhallte. Das Volk glaubte, dass es Berg- und Felsengeister seien, die den Menschen unten auf dem Schiff antworteten, und dass die düsteren Felsen des Flusstals der Sitz unheimlicher Mächte seien.

»Ich habe Euch beobachtet, als wir durch die Stromschnellen gefahren sind«, sagte Clareste schließlich zu Irmingard. »Alle haben sich bekreuzigt, und mein Herz hat vor Furcht bis an den Hals geklopft. Aber Ihr – Ihr hattet keine Angst. Ihr habt nicht einmal eine Miene verzogen.«

Irmingard nickte. »Nur wer etwas zu verlieren hat, ängstigt sich. Ich aber habe alles verloren, was vergänglich ist, und brauche mich nicht mehr zu ängstigen.«

»Wenn Ihr aber alles verloren habt, wieso seid Ihr dann nicht verzweifelt?«

»Wisst Ihr, als ich nach dem Tag, als ich von Ottos Flucht erfuhr, wieder im Krankenzimmer lag …«

»… und Ihr mit offenen Augen in Euren Decken gelegen und an die Wand gestarrt habt, da habe ich befürchtet, dass Euer Schmerz und Eure Hoffnungslosigkeit Euch in den Wahnsinn treiben.«

Irmingard lächelte. »Das habe ich für einige Zeit auch geglaubt. Ich hatte Angst vor der Finsternis, die ich in meinem Herzen fand. Ich hatte das Gefühl, am Ende meines Weges zu sein.« Clareste und Rotswit hingen an ihren Lippen. »Fast wollte ich schon aufgeben …« Irmingard schloss für einen Moment die Augen. »Aber dann dachte ich: Was sind Liebe und Glaube wert, wenn sie nur bei schönem Wetter gelten? Erst in der Hoffnungslosigkeit erweist sich ihr wahrer Charakter.«

Für ein paar Augenblicke schwiegen die Frauen bewegt, während das Schiff in ruhiger Fahrt auf den Fluten des Stroms dahinglitt. »Ich wünschte, ich könnte genauso fühlen«, sagte Clareste schließlich nachdenklich.

»Aber man hat es selbst in der Hand«, erwiderte Irmingard lächelnd.

Clareste sah die Gräfin fragend an.

»Man kann wählen, ob die Angst einen beherrscht oder ob man seine Angst beherrscht.«

Die Morgennebel verhängten das Rheintal mit dichten, weißen Schleiern. Trotzdem hatten sich Sophia und Irmingard kurz nach der Morgendämmerung und den Gebeten zur Laudes zu einem morgendlichen Spaziergang aufgemacht, um sich an der frischen kühlen Luft zu beleben.

Begleitet von zwei Rittern aus der Gandersheimer Wachmannschaft, kamen sie zusammen vom Kloster des heiligen Goar am Leinpfad entlang und schlenderten schweigsam in Richtung des Loreleyfelsens. Das obere Ende des Schieferfelsens lag unsichtbar im Nebel, was seine hochaufragende Erscheinung noch unheimlicher machte.

Auf dem Rhein erwachte das Leben. Die beiden Schiffsmühlen, die vor dem Hafen von St. Goar vertäut waren, begannen mit ihrer Arbeit. Die Frachtschiffe, welche die Nacht im Hafen von St. Goar verbracht hatten, wurden für die Weiterfahrt bereitgemacht. Der Rheinkran, der gleich unterhalb des Zollturms stand, entlud als Erstes das große Oberländer Schiff, dem sie schon in Mainz begegnet waren und das kurz vor der Königsflotte das Binger Loch passiert hatte.

Sophia und Irmingard blieben etwas oberhalb des Flößerplatzes stehen. Sie beobachteten die Floßleute auf der Sandbank gegenüber der Loreley, die sechs kleinere Flöße wieder zu einem einzigen, großen Floß vertäuten, das die Reise stromabwärts fortsetzen würde. Dutzende von Männern lebten auf der langen Fahrt vom Schwarzwald bis nach Köln und dann weiter stromabwärts auf dem Floß zusammen. Es gab sogar einen Stall mit lebenden Ochsen auf dem Floß, denn es war viel zu teuer, die Vorräte in den Städten entlang des Flusses aufzufüllen.

Sophia deutete über die Flößer hinweg zum nebelumwobenen Loreleyfelsen hinauf. »Weißt du, was die Leute behaupten? Dass man in mondhellen Nächten dort oben in den Felsen Elfen bei ihrem Tanz beobachten kann«, sagte die Äbtissin nach einer Weile. »Und nirgendwo sonst gibt es ein siebenfaches Echo so wie hier. Dazu die gefährlichen Strudel, in denen schon so viele Schiffer ihr Leben gelassen haben ... ist es da verwunderlich, dass viele glauben, an einem solchen Ort liege ein unermesslicher Goldschatz im Rhein verborgen?«

In St. Goar legte soeben das Marktschiff ab, von dem man als Neuerung auch im etliche Meilen nordwärts liegenden Hammerstein gehört hatte. Das große Marktschiff, das man schon von weitem an seinem großen, leuchtend gelben Banner erkennen konnte, gehörte Graf Enrich und verkehrte nach einem festen Fahrplan rheinabwärts in Richtung Boppard. An Bord wurden nicht nur Güter befördert, dort wurde auch ein Kramhandel betrieben, und zugleich benutzten viele Anlieger des Rheins das Schiff, das an jeder größeren Ansiedlung festmachte, als Fähre.

Graf Enrich war ganz stolz auf seine Neuerung. Er hatte seinerzeit als Gast auf Hammerstein mit Otto freundschaftlich darüber gestritten, ob es einem Grafen geziemte, sich mit kaufmännischen Angelegenheiten abzugeben. Otto hatte das verneint, Enrich aber war nicht so wählerisch, wenn es darum ging, seine Schatztruhen zu füllen. Das Marktschiff verschwand schnell in den Nebeln der nächsten Flussbiegung. Nach Westen hin aber begann sich der Nebel zu lichten und versprach einen weiteren himmelblauen Vorostertag.

»Sag mir, Liebste«, nahm Äbtissin Sophia den Gesprächsfaden wieder auf, »ist es nicht ein schrecklicher Gedanke für dich, unter solchen Umständen zurückzukehren auf die Burg, auf der du Herrin warst?«

»Genau das Gegenteil ist der Fall«, erwiderte Irmingard gefasst. »Ich liebe diese Burg Hammerstein mehr denn je.«

»Obwohl Galad jetzt Herrscher über die Burg ist?«, fragte Sophia.

Irmingard nickte. »Auf Hammerstein habe ich die glücklichsten Tage meines Lebens verbracht, das kann mir niemand nehmen. Hammerstein ist für mich wie ein unvergängliches Juwel.« Die Gräfin schloss kurz die Augen, um in ihrem Inneren das Bild von Burg Hammerstein heraufzubeschwören. Als ihr das gelungen war, lächelte sie. »Wenn man von Süden den Rhein heraufkommt, und Hammerstein liegt vor einem, dann ist dieses Juwel eingefasst in das Grün des Waldes und das Blau des Flusses und des Himmels, und die Wolken spiegeln sich weiß in den Fluten. Kann es einen größeren Schatz geben?«

»Aber es ist ein Schatz, den du nicht mehr besitzt«, versetzte Äbtissin Sophia trocken.

»Das weiß ich selbst. Aber glaubt Ihr denn, man kann nur lieben, wenn man auch besitzt?«

»Du stellst wirklich schwierige Fragen, Kind«, lachte Sophia. Ihr Blick folgte unwillkürlich dem entblößten Oberkörper eines muskulösen Flößers, der ganz in der Nähe seine anstrengenden Arbeiten verrichtete. »Aber du hast Recht. Man muss nicht besitzen, um zu lieben.« Das klang, als hinge die Äbtissin ganz eigenen Erinnerungen nach.

Die beiden Frauen gingen in Gedanken versunken bis zu einer kleinen Brücke, über die der Leinpfad weiter flussaufwärts führte.

Sophia hielt inne und fasste Irmingard am Arm. »Hör zu: Ich

will dir zwar keine unbegründeten Hoffnungen machen, aber dein Hammerstein ist Konrad mindestens genauso wichtig wie Gandersheim. Die Burg nimmt eine Schlüsselstellung in seinen Überlegungen ein. Ich finde, das solltest du wissen. Galad ist für ihn unerträglich, so oder so. Nicht zuletzt wegen Galads schlimmer Misswirtschaft.«

»Seiner schlimmen Misswirtschaft?«, fragte Irmingard erschrocken. »Ihr habt mir nichts davon gesagt!«

»Ich wollte dich nicht noch besorgter machen, als du es ohnehin schon warst. Aber es ist wahr. Die Grafschaft liegt danieder, die Zölle schmelzen dahin, die Bauern fliehen zu anderen Herren. Die dableiben, hungern und stöhnen unter Galads Ungerechtigkeit. Das kann dem König nicht gleichgültig sein.«

»Ich habe Galad immer misstraut«, sagte Irmingard niedergeschlagen. »Und bei Gott, es wäre mir lieber, mein Gemahl hätte in diesem einen Punkt auf mich gehört.«

»Aber jetzt kann der Niedergang der Grafschaft Hammerstein auch ein Vorteil für uns sein«, sagte Sophia nachdenklich. »Sag jetzt nichts, Tochter. Ich weiß, dass dir eine solche Denkungsart fremd ist. Nimm einfach zur Kenntnis, dass ich mir sicher bin, dass König Konrad im Falle der Reichsfestung Hammerstein dem Mainzer Erzbischof auch keine Handbreit nachgeben will.«

»Aber wird Aribo seine Anklagen gegen Otto vor dem Königsgericht nicht wiederholen, ehrwürdige Tante?«, fragte Irmingard.

Sophia seufzte. »Das ist genau der Punkt, der mir auch Kopfzerbrechen bereitet. Der König muss sein Gesicht wahren. Er kann es nicht dulden, dass einer seiner Vasallen straflos seinen Schwur bricht, wenn es dafür nicht einen wirklich schwerwiegenden Grund gibt. Denn was würden dann zukünftig noch irgendwelche Schwüre wert sein?«

»Diesen schwerwiegenden Grund hatte er ganz sicher!«, rief Irmingard mit Bestimmtheit.

Sophia lächelte und nickte dann unmerklich. »Ja, das will ich dir wohl glauben. Wenn ich nur wüsste, wie wir Verbindung zu deinem Gemahl aufnehmen könnten! Doch lass dir noch etwas im Vertrauen sagen …« Die Äbtissin senkte ihre Stimme und schaute sich verstohlen um. Aber außer ihrem Begleitschutz war niemand in der Nähe, und die Wachmänner waren außer Hörweite. »Du musst schweigen über das, was ich dir jetzt sage …«

»Ihr macht mich wirklich neugierig!«

»Als ich von Rom zurückkam, hatte ich eine Botschaft vom Papst für den König dabei. Eine Botschaft, den Mainzer Erzbischof betreffend. Papst Johannes XIX. ist nicht länger bereit, Aribos Machtgelüste hinzunehmen, und er verbündet sich mit König Konrad gegen ihn. Alles wäre gut, wenn dein Otto nur nicht davongelaufen wäre!«

Plötzlich hielt Irmingard inne und schloss die Augen. Sie atmete ruhig und sagte nichts.

»Was ist los mit dir?«

»Otto wird kommen, ich spüre es«, flüsterte Irmingard.

Die Äbtissin sah ihren Schützling fragend an.

»Meine Liebe zu Otto ist bei allem, was geschehen ist, am Ende nur immer tiefer geworden«, sagte Irmingard leise, aber mit fester Stimme. »Je hoffnungsloser alles ist, umso stärker will meine Liebe werden.«

»Also hast du wieder zu deiner alten Liebe zurückgefunden?«

Statt etwas zu erwidern, zog die Gräfin ihren Mantel enger um die Schultern. »Jetzt wird mir doch ein wenig kalt«, sagte sie, ohne auf die Frage der Äbtissin zu antworten.

Sophia drang nicht weiter in ihren Schützling. »Zur Terz wird die königliche Flotte ablegen«, sagte sie und wandte sich zur Rückkehr. »Ich denke, wir sollten den König besser nicht warten lassen.«

13. Kapitel

Oben auf den Höhen des Westerwaldes ritten sie von Lahnstein herauf und dann in Richtung Rheintal, und der kalte Wind pfiff ihnen gehörig um die Ohren. Es roch nach Heimat an diesem späten Karfreitag, einem Tag, der die Seele berührte und die Menschen nachdenklich stimmte. Die Sonne senkte sich in graugelbem Licht zum westlichen Horizont. Es waren nur wenige Wolken am diesigen Osterhimmel.

Mächtig bogen sich die alten, noch winterkahlen Eschen und Linden am Rande des schmalen Wegs, der jetzt in zahlreichen Kurven talabwärts zum Fluss führte. In einer Talaue rechter Hand lagen die Felder, die zum Weiler Karlsrode gehörten, und Otto wunderte sich, dass sie unbestellt waren.

Er hielt seinen Wallach an und deutete nach vorn. Im Abenddunst war ganz fern über dem Horizont zwischen anderen Bergspitzen der Schattenriss von Burg Hammerstein erkennbar.

Der Graf atmete schwer, die Atemwolken kamen stoßweise aus seinem Mund, und sein Herz schlug schneller, als er Hammerstein wiedersah. Die Erde, auf der er stand, war heimatlicher Boden, in dem er verwurzelt war.

Ritter Nuradin brachte sein unruhiges Pferd neben seinem Herrn zum Stehen. »Was denkst du?«, fragte er.

»Ich denke, obwohl ich nicht mehr der Herr dieses Landes bin, fühle ich mich ihm doch so tief verbunden, als wäre es ein Teil von mir selbst.«

Nuradin strich seinen Bart, und wenn auch sein Gesichtsausdruck unbewegt blieb wie immer, so war doch ein sehnsüchtiges

Beben in seiner Stimme, als er antwortete: »Es *ist* ein Teil deiner selbst, Herr, denn es ist das Land, in dem du geboren worden bist.«

Hermann und Resa schlossen auf. Ihre vier Pferde in einer Reihe, starrten die Gefährten wortlos auf die ferne Silhouette der Reichsfeste Hammerstein. Aus den Nüstern der Tiere stieben große Wolken Atemdampf. Der kalte Abendwind schnitt in die Ohren. Am Wegesrand lagen letzte Schneereste.

Eine kurze Wegstrecke noch, und sie würden auf Karlsrode treffen und damit auf Hammersteiner Besitz. Otto hatte ein mulmiges Gefühl. Viel hatten sie unterwegs vom Hunger und dem Niedergang der Grafschaft nach dem langen und entbehrungsreichen Winter gehört, der eben erst zu Ende ging, und das hatte seine Wut noch vermehrt. Und doch plagten ihn seit Tagen auch Zweifel, ob der Weg der Rache und des blutigen Bruderkampfes tatsächlich der richtige war. Als er sich unter den Gauklern versteckt hielt, da hatte er nichts anderes im Sinn, als blutige Rache an Galad zu nehmen. Aber die Gaukler waren fort, moselaufwärts gezogen ins Reich des Frankenkönigs Robert, wo niemand nach einem toten Vogt Ganderich fragen würde.

»Wenn wir von Karlsrode den kurzen, steilen Weg nehmen, sind wir beim letzten Tageslicht unten am Rhein«, stellte Nuradin fest.

Der einstmalige Kastellan kannte die Straßen, Wege und Pfade, die Weiler und Gehöfte im Umkreis von Hammerstein genauso gut wie sein Herr. Otto hatte es sich zur Angewohnheit gemacht, von Zeit zu Zeit den Gütern, deren Oberlehnsherr er war, einen unangemeldeten Besuch abzustatten. Und Nuradin hatte ihn stets begleitet.

»Als wir zuletzt an diesem Platz gerastet und uns die Burg von ferne angeschaut haben, kamen wir vom Hoftag des Kaisers Heinrich in Würzburg; Irmingard war mit dabei, und wir waren in allerbester Stimmung«, schwelgte der Graf in Erinnerungen.

»Brrr … ist das kalt!«

Hermann warf Resa einen fürsorglichen Blick zu, als er sah, wie das Mädchen zitterte.

Aus dem Geäst einer mächtigen Buche erhob sich geräuschvoll ein Vogel, und der ungestüme Braune von Nuradin ging unvermittelt durch. Erst oben auf der Hügelkuppe gelang es dem Mauren, das unbändige und eigenwillige Tier zu beruhigen.

»Also los!« Otto gab seinem Wallach, den zuvor Vogt Ganderich besessen hatte, ganz sachte die Sporen.

Von Anfang an hatte das Tier Otto gehorcht, als wäre es für ihn geschaffen. Der Hengst war von Ganderich wohl roh behandelt worden, und nun zeigte es seinem neuen Herrn gegenüber große Treue und Anhänglichkeit. Otto war ein großer Pferdeliebhaber, der mit Einfühlsamkeit fast jedes Pferd zu bändigen wusste.

Resa und Hermann kamen mit ihren Pferden ebenfalls gut zurecht. Nachdem sie sich überstürzt von den Gauklern getrennt hatten, zogen sie auf den Höhen moselabwärts, immer darauf bedacht, keine unliebsame Begegnung zu haben – weder mit Räubern noch mit Rittern.

Der alte Weg führte an so manchem Abgrund entlang, was Resa zuerst mit Schaudern und schließlich mit Begeisterung meisterte. Sie war die geborene Reiterin. Otto und Nuradin sahen die große Freude und Anerkennung in Hermanns Augen und konnten ihn gut verstehen. Otto aber fürchtete, der Junge könnte sich zu sehr in die Küchenmagd vernarren: Eine Ehe kam aufgrund des Standesunterschiedes nicht in Frage, es sei denn, Hermann wäre bereit, seinen Stand zu verlieren.

Unter ihnen lag jetzt an einem schmalen Bachlauf der Weiler Karlsrode, alter Hammersteiner Besitz, der dem Grafengeschlecht schon von Kaiser Otto dem Großen übereignet worden war. Der Dorfrain jenseits der Allmende war umstanden von dichtem, tiefem Wald. Das Dorf war umgeben von einem Palisadenzaun. Hinter der Umzäunung ragten die strohgedeckten Reetdächer von drei Dutzend Bauernhäusern empor, mit dichtem Moos überwachsen. Auf den ersten Blick wirkte das Dorf im Abendlicht des Karfreitags still und friedlich. Kein Mensch war weit und breit zu sehen.

»Seht ihr das?« Ritter Nuradin deutete in Richtung des Weilers. »Dort unter dem riesigen Baum, hinter dem Dorf!«

»Die Gerichtslinde«, bestätigte Otto. »Da sind sie also. Wenn mich nicht alles täuscht, dann halten sie das Karfreitagsgericht. Aber wieso haben sie an der Linde einen Galgen errichtet? Vor einem Jahr stand er noch nicht.«

»Wenn sie Gericht halten, dann ist bestimmt auch einer von Galads Vögten dabei. Warum fragen wir ihn nicht einfach, was es mit dem Galgen auf sich hat!«, rief Ritter Nuradin grimmig und ballte die Fäuste.

»Du hast Recht. Wir reiten hinüber!«, sagte Otto entschlossen. »Ich werde mich nicht verstecken. Und wenn es Galad selbst wäre, würde ich mich ihm zeigen. Das ist mein Land. Und dieses Gericht unter der Linde von Karlsrode – es ist der beste Platz, um meinen Anspruch zu bekräftigen.«

»So kenne ich dich.« Nuradin strahlte über das ganze Gesicht. »Das ist der alte Graf Otto. Also los!« Und schon galoppierte der Maure auf seinem Wallach davon.

Am Palisadenzaun des Dorfs entlang näherten sie sich auf dem schmalen Pfad durch die Wiesen der Dorfallmende dem etwas erhöht liegenden Richthügel, der von der alten Karlsroder Gerichtslinde gekrönt war. Schon von weitem hörten sie, dass die Menge erregt disputierte. Da wurde geschrien und geflucht, und plötzlich blitzte dort im Schatten unter der Linde, wo sich die Menschen versammelt hatten, ein Schwert.

»Was ist da los?«

Die vier zügelten ihre Pferde, einen Pfeilschuss von der Gerichtslinde entfernt. Es war unklar, ob man ihre Ankunft bereits entdeckt hatte.

»Mein Schwert«, sagte Otto.

Nuradin nahm das Paket von seinem Sattel und wickelte beide Schwerter aus den Leinentüchern aus und warf Otto seines zu.

»Bist du bereit?«

Nuradin nickte.

Otto gab seinem Wallach die Sporen. In vollem Galopp ritten die beiden auf die Gerichtsstätte zu. Wie früher bei ihren Kämpfen zügelten sie ihre Pferde erst kurz vor ihrem Ziel. Die Karlsroder stoben auseinander. Und noch ehe die Pferde ganz zum Stillstand gekommen waren, sprangen Otto und Nuradin aus den Sätteln.

Mit raschen Blicken durchmaßen sie den Platz und das Geschehen. Vorn an der Linde, auf erhöhtem Gerichtsstuhl, saß Ritter Landbrecht, offenbar als Vogt Galads.

Neben ihm standen sieben Büttel, von denen einer das Schwert gezogen hatte, das sie zuvor hatten blitzen sehen.

Die Spitze hielt er einem kräftig gewachsenen, weißhaarigen Mann in den Kleidern des Schultheißen an den Hals, der mit gefesselten Händen auf dem Richtblock stand.

»Seid ihr vor Angst erstarrt?«, schrie Ritter Landbrecht, als er erkannte, wer die Gerichtssitzung auf so unerwartete Weise unterbrochen hatte. Er zog sein Schwert. »Seht ihr nicht, wer das ist? Zieht endlich eure Schwerter!«

Jetzt erkannten auch die Dorfbewohner, wer da vor ihnen stand. »Das ist ein Wunder!«, flüsterte einer. »Graf Otto ist gekommen, um uns zu helfen«, sagte ein anderer. »Endlich hat das Unglück ein Ende.« Und schließlich rief es wie aus einem Munde: »Unser Graf ist zurückgekommen!«

Ritter Landbrecht und seine Männer waren sichtlich verunsichert, dass die Gerichtssitzung so unvermittelt eine völlig unerwartete Wendung genommen hatte.

Endlich beruhigte sich die Menge, und einzelne Stimmen wurden laut: »Unser Graf soll Recht sprechen.«

Otto baute sich vor Ritter Landbrecht auf, der sein Schwert nervös von einer Hand in die andere wechselte.

»Wieso zieht Ihr diesen Mann vor Gericht, Landbrecht? Ich kenne ihn. Es ist Baldwich der Schmied. Ich habe ihn selbst als Schultheiß dieses Dorfs eingesetzt. Er ist ein guter Mann.«

Doch Landbrecht, ein alter Kämpe, der lange Zeit zu den Edlen Ottos gehört hatte, ließ sich nicht so schnell aus der Fassung bringen. »Was geht es Euch an, was ich tue? Ihr habt hier überhaupt nichts mehr zu befehlen!«, erwiderte er von oben herab. Und seinen Schergen befahl er: »Los, ihr Memmen! Wozu seid ihr hier? Nehmt diesen Bastard fest, der sich Grafenrechte anmaßt, wo er nicht einmal Bettlerrechte hat.«

Mit einem dröhnenden Lachen versuchte er die Skrupel zu verdecken, auf solche Weise mit dem alten Herrn zu reden.

Sofort ging ein wütendes Grummeln und drohendes Raunen durch die Menge der Karlsroder. Landbrechts Büttel machten keinerlei Anstalten, dem Befehl zu folgen.

Die jungen Männer des Dorfs – kräftige Bauern – hatten Schlagstöcke hervorgezaubert, mit denen sie bekanntermaßen fast ebenso geschickt umzugehen wussten wie die Ritter mit ihren Schwertern.

Laurenz, der Sohn des Schultheißen Baldwich, stand zuvorderst und schwang seinen gewaltigen Schmiedehammer in Richtung des Vogts und seiner Mannen.

»Nun, ich höre! Wessen ist Baldwich angeklagt?«

»Ich werde den Teufel tun, Euch Rede und Antwort zu stehen«, erwiderte Ritter Landbrecht. »Glaubt nur nicht, dass Ihr hier ungestraft den Herrn spielen könnt!«

Er gab seinen Bütteln ein Zeichen. Rasch schwangen sie sich in die Sättel ihrer Pferde.

»Das wird euch allen noch Leid tun!«, rief Ritter Landbrecht. Auch er hatte sich von seinem Gerichtsstuhl erhoben und beeilte sich nun aufzusitzen. Drohend schwang er die Faust und gab seinem Pferd die Sporen. »Wenn ich zurückkomme, dann werde ich nicht allein sein.«

»Es beschämt mich, aber mehr kann ich Euch beim besten Willen nicht auftischen, Herr!« Baldwich deutete bedauernd über den karg gedeckten Tisch. »Das sind unsere letzten Vorräte. Bei den meisten anderen im Dorf ist der Tisch noch karger gedeckt.« Die ganze Sippe des Schultheißen drängte sich in der guten Stube des Hauses. Die Krüge auf der Tafel waren mit verdünntem Bier gefüllt, und in der Mitte des Tischs lagen zwei Laibe Brot.

»Ihr sollt nicht wegen mir an eure letzten Vorräte gehen!«, rief Otto.

»Es gibt wirklich keinen besseren Grund, sie zu verzehren, als Eure Rückkehr, verehrter Graf!«

»Wie schlimm steht es wirklich um meine Grafschaft?«, fragte Otto. »Wir haben vieles auf dem Weg hierher gehört, und es hat uns mit Schrecken erfüllt. Aber ihr wisst ja, wie das ist. Gerüchte, Gerüchte.«

»Die Wirklichkeit ist schlimmer, als die Gerüchte es sind«, erwiderte Baldwich.

Und schon strömten den Bauern die Klagen aus dem Mund, ein jeder hatte über Bedrängnisse und Bedrückungen zu berichten. Nur mühsam konnte Baldwich seine Leute beruhigen.

»Ihr seht, wie es ist. Für die schlechte Ernte kann der Schwarze Graf nichts. Aber dafür, dass er zu allem Übel noch die Abgaben und Dienste verdoppelt hat und dass wir in diesem Jahr kein Saatgut hatten. Die nächste Ernte wird noch schlechter ausfallen. Und dass er unsere Knechte und Mägde fortgejagt hat, als im Winter der Hunger gekommen ist! Und dass allein bei uns ein Dutzend Familien ihren Hof wie Diebe in der Nacht verlassen haben! Und dass die Galgen in der Grafschaft wachsen wie Unkraut. So schlimm ist die Wirklichkeit!«

Wieder redeten alle erregt durcheinander, und zuerst hörten sie gar nicht, dass jemand an der Tür der Schmiede pochte.

»Seid mal ruhig!«, rief der Schmied schließlich. »Da ist jemand draußen!«

Die jungen Männer sprangen auf. In die Augen der Frauen trat Angst. Otto spürte, dass sie alle erwarteten, Galads Ritter würden das Haus stürmen. Der Graf wusste, dass dem nicht so war. Die Ritter hätten sich nicht erst die Mühe gemacht anzuklopfen.

»Laurenz, mach auf!«, befahl der Schmied seinem Sohn.

Der junge, kräftige Mann sprang auf und lief zur Tür hinüber.

»Sitzt ihr auf euren Ohren?« Ein groß gewachsener, hagerer Mann trat in die Stube. Er musste sich weit bücken, um sich nicht am Türsturz den Kopf anzuschlagen. »Wisst ihr, wie lange ich schon …«

»Hadrulf der Lange!«, rief Baldwich. »Komm her, alter Freund, sieh, wer hier ist, und knie vor ihm nieder!«

Hadrulf schaute fragend zum Kopfende des Tisches. »Der Graf!«, entfuhr es dem Hageren, und er machte ein Gesicht, als sehe er ein Gespenst.

»Herr!« Hadrulf beugte das Knie und verneigte sich.

»Erheb dich doch«, gebot Otto freundlich.

»Ist es so weit?«, fragte Baldwich der Schmied.

Hadrulf nickte.

»Was wollt ihr tun?« Otto schaute Hadrulf fragend an.

»Nun, wir haben beschlossen …« Er druckste herum. »Ihr müsst verstehen, unsere Angst gebietet uns …«

»Spanne unseren Grafen nicht auf die Folter!«, sagte der Schmied ungeduldig. »Wir wollen uns treffen, unten am Rhein.«

»Bauern aus allen Dörfern und Weilern in Eurer Grafschaft, Herr. Sie haben keine Angst mehr vor Galads Bluthunden, vor seinen Galgen und den Rädern, auf die er jeden knüpfen lässt, der ein Widerwort wagt. Wir wollen zusammen zum König gehen, um Klage zu führen gegen die ungerechte und gottlose Herrschaft des Schwarzen Grafen.«

»Es ist euer gutes Recht, Klage vor dem König zu führen«, sagte Otto ohne Umschweife. Er erhob sich. »Wir müssen jetzt kühlen Kopf bewahren.« Er suchte den Blick Nuradins. Dieser nickte.

Der Graf blickte in die Runde der Bauern, ehe er fortfuhr: »Es wird nicht für lange sein, aber inzwischen weiß Galad mit Gewissheit, dass ich zurückgekehrt bin.«

»Du bist in großer Gefahr«, stimmte Nuradin ihm zu.

»Wir alle sind in großer Gefahr«, sagte der Graf. »Versprecht mir, dass ihr euch im Wald versteckt haltet, bis alles vorüber ist. Wenn Galad mich hier nicht findet, wird er gewiss Rache an euch nehmen wollen.«

»Bis morgen früh sind wir sicher. Niemand kommt im Dunkeln hier herauf«, erwiderte Baldwich. Und dennoch war in seiner Stimme unüberhörbar Angst.

Ein prächtiger Sternenhimmel, dem Osterfest angemessen, überwölbte das nächtliche Tal von Karlsrode. Es war fast Mitternacht, der Karfreitag ging, der Ostersamstag kam, und die Bauern hatten sich alle schlafen gelegt.

Otto jedoch war noch wach. Er saß auf einer hölzernen Bank vor der Schmiede. Einige Minuten zuvor hatte er leise seine Schlafstatt im warmen Stall der Schmiede verlassen. Er war aufgewühlt und musste Ordnung in seine wirren Gedanken bringen.

Gedankenverloren sah er hinauf in den Nachthimmel, folgte dem Verlauf der Milchstraße, durchmaß die Sternbilder von Scorpio, Leon, Capricorn und Cancra und war erfüllt von der gottgewollten Harmonie der Gestirne. Eine lang nicht mehr gekannte Ruhe senkte sich auf seinen Geist. Warum konnte diese unabänderliche Ordnung nicht auch auf der Erdenscheibe herrschen?, fragte er sich. Hatte Gott die Harmonie der Gestirne nicht als Spiegelbild einer Ordnung geschaffen, wie sie auch auf

Erden herrschen sollte, sodass die Menschen stets das Ideal vor Augen hatten, wenn sie den Blick gen Himmel richteten?

Seit Otto den Boden seines Landes betreten hatte, gewann ein Gedanke die Oberhand: dass der blutige Zweikampf zwischen zwei Männern, die denselben Vater hatten, eine offenkundige Sünde wäre, die Gott missfallen würde. »Soll ich meinen Untertanen denn ein solches Vorbild sein?«, fragte er sich außerdem. »Sollen sie sehen, wie ich danach trachte, meinen Halbbruder mit dem Schwert zu erschlagen? Soll so die Rückkehr ihres Herrn aussehen?«

Er dachte unwillkürlich an die Nächte mit Susanna. Er hatte sie mit einer drängenden Leidenschaft genommen, so wie er auch sein Land wieder hatte zurückerobern wollen. Als sie so unvermittelt getrennt wurden, hatte er sich in den Nächten nach ihrem Körper verzehrt, doch die Erinnerung an ihr Gesicht verblasste von Tag zu Tag. Es war, als ob er sich mit der Rückkehr in sein Land wieder in den alten Otto zurückverwandelte. Und dennoch, die Zeit bei den Gauklern hatte einen anderen Menschen aus ihm gemacht. Er hatte Seiten an sich entdeckt, von denen er bisher nicht einmal eine Ahnung gehabt hatte. Und obwohl er in die dunklen Abgründe seiner Seele geblickt hatte, fühlte er sich reifer, war er jetzt bereit, sich als einen Menschen anzunehmen, vor dem er sich früher abgewandt hätte.

Irmingard, dachte er. Wo sie jetzt wohl war? Er spürte, dass sie noch lebte, und er sehnte sich danach, sie wieder in die Arme zu schließen. Doch gleichzeitig hatte er schreckliche Angst, sie für immer verloren zu haben.

14. Kapitel

Schon von weitem sahen die vielen Schaulustigen, die sich vor dem Koblenzer Tor versammelt hatten, die blutroten Wimpel der erzbischöflichen Standarten. Hin und wieder blitzte das Sonnenlicht auf einer der Glasscheiben von Aribos Reisewagen auf. Es hieß, niemand sonst im Reich besaß einen Wagen mit solchen Glasfenstern. Silbern glänzten von ferne auch die Rüstungen der Kriegsmannen, Vasallen und ritterlichen Ministerialen, die den Zug des hochwürdigen Erzbischofs Aribo begleiteten.

Bewaffnete Ritter bahnten jetzt eine Gasse für Aribos Tross durch die Menge der Zuschauer, die vor dem Südtor längs des Leinpfades und des Platzes, wo das Lanzenstechen stattfinden würde, auf die Ankunft des Erzbischofs wartete. Die Angst der Hammersteiner vor den Rittern des Schwarzen Grafen war unübersehbar, und auch Meister Herbrand, der sich an diesem Nachmittag des Ostersamstags unter die Wartenden gemischt hatte, spürte ein vages Gefühl von Bedrohung – wie immer, wenn ihm einer von Galads Rittern über den Weg lief.

Die lange Reihe von Galgen, die noch vor kurzem die Straße zum Südtor gesäumt hatte, war jetzt abgebaut, aber vergessen hatte diesen Anblick keiner.

Die Frühlingsluft lag angenehm kühl über der Flusslandschaft des Rheins. Die jungen Männer, die vor Herbrand standen, hatten schon gehörig dem Weinbrand zugesprochen. Denn das Königsgericht und das Lanzenstechen waren Ereignisse, wie sie nicht alle Jahre in Hammerstein stattfanden. Alle fieberten dem Fest entgegen und warteten ehrfurchtsvoll auf den König. Der

Alkohol und die fiebrige Erregung halfen, den schlimmen Winter und die Schreckensherrschaft Galads für ein paar Stunden zu vergessen. Das Volk vergaß so leicht, wenn es mit viel Prunk etwas zu feiern gab. Trotzdem war überall das Elend mit Händen zu greifen, auch wenn es durch die zahlreichen Fremden, die Reisezelte der Ritter und das Marktgetümmel übertüncht wurde.

»Pass doch auf, Alter!« Die junge Magd funkelte Herbrand wütend an. »Du trittst mir auf die Füße!«

Herbrand murmelte eine Entschuldigung, aber die Frau interessierte sich schon nicht mehr für ihn, hatte doch die Spitze der erzbischöflichen Rittereskorte das Südtor der Stadt erreicht. Die aufgeregten Gespräche unter den Leuten verstummten abrupt. Sie alle redeten von fast nichts anderem als von der Rückkehr der Gräfin im Gefolge der Äbtissin von Gandersheim. Offen wagte keiner, Irmingards Rückkunft als Anfang vom Ende der Herrschaft Galads zu bezeichnen, die Angst vor dem Schwarzen Grafen und seinen Schergen war einfach zu groß. Aber insgeheim glaubten und hofften es viele.

Und doch war die Menge fasziniert von der erzbischöflichen Kutsche und deren Eskorte; die wenigsten wussten um die großen politischen Zusammenhänge. Was sie sahen, waren die prächtigen sieben Kutschpferde, waren Glanz und Insignien der Macht, und Aribo verstand es wie kein anderer, das Volk mit seinen prunkvollen Auftritten in seinen Bann zu schlagen.

Meister Herbrand reckte den Hals. Die Menge applaudierte, obwohl man den hageren Gesichtern und abgemagerten Gestalten Hunger und Entbehrungen ansah. Wie sie sich blenden lassen, dachte der Apotheker.

Plötzlich ragte eine Hand aus einem der geöffneten Fenster der Kutsche. Die Hand war in einen purpurroten Handschuh gehüllt, und an drei von fünf Fingern steckten wertvolle, goldene Ringe mit riesigen, leuchtenden Steinen. Außer der Hand und dem Arm sah man nichts. Es war, als ob der Papst selbst käme.

»Aribo! Das ist Aribo!«, raunte die Menge und hielt den Atem an.

Wie aus dem Nichts zauberte die Hand glänzende Münzen hervor. Mit einer blitzschnellen Bewegung flog die Hand voll Münzen mitten unters Volk. Sofort verwandelte sich die Menge in ein brodelndes, zum Boden tauchendes Meer aus Leibern. Es gab Gerangel, es gab Geschrei. Und schon regnete die nächste Hand voll goldenen Mannas auf die Zuschauer herab. Viele prügelten sich um die Münzen, denn eine einzige von ihnen konnte das Überleben einer hungernden Familie für eine ganze Woche bedeuten.

»Und denkt immer daran, wem ihr dieses Geschenk zu verdanken habt: Es ist Seine Heiligkeit Erzbischof Aribo von Mainz«, verkündete Aribos Ausrufer mit seiner lauten, unangenehmen Stimme, die alles übertönte.

Vereinzelte Hochrufe auf den Erzbischof wurden laut. Bald waren auch die letzten Münzen vom Boden aufgeklaubt, und die hektische Bewegung der Menge beruhigte sich wieder, so wie sich die Staubwolke nach einer heftigen Explosion legt.

Als alle wieder aufschauten, stand Graf Galad – wie aus dem Boden gewachsen – hoch zu Ross in der Nähe des Hammersteiner Südtors, umgeben von den Rittern seiner Leibgarde. Er saß in stolzer Haltung, mit unbewegtem Gesicht im Wulstsattel seines prächtig geschmückten Schlachtrosses, den neumodischen, welschen Topfhelm unter dem Arm. Er trug sein wertvollstes Kettenhemd und darüber einen rot und weiß geviertelten Rock nach neuester welscher Mode. Nichts ließ äußerlich die Unruhe erkennen, die Galad erfüllte, seit er die Nachricht von der Wiederkehr Graf Ottos erhalten hatte.

Er hatte sein gräfliches Schwert gezogen und hielt es zur Begrüßung des Erzbischofs Aribo in die Höhe, ganz so, wie es das Zeremoniell vorgab. Das Sonnenlicht blitzte auf der Klinge.

Der über Kreuz zusammengeknotete Schwertgurt war aus feinem, weißem Hirschleder gefertigt. Galads Schlachtross war ein starkes und edles Tier, temperamentvoll, die Proportionen seines muskulösen Körpers perfekt ausgewogen. Der Hengst trug über dem Rücken eine Kouvertüre, eine reich verzierte Pferdedecke, die mit ihrem eingearbeiteten weiß-roten Muster dem Waffenrock des Reiters entsprach.

Feierliche Chormusik hob an. Alle Augen richteten sich auf den einen der Wehrtürme, wo oben Abt Hucbert mit seinen Mönchen stand und einen Lobgesang auf die Ankunft des Erzbischofs Aribo anstimmten. Gleichzeitig läuteten die Glocken der Hammersteiner Pfarrkirche St. Laurentius. Von Aribo sah man noch immer nichts. Nachdem die Münzen austeilende Hand verschwunden war, hatten sich nicht einmal die dunklen Vorhänge in den Fenstern der Kutsche bewegt.

Auf ein Zeichen des Burgherrn öffnete Galads Truchsess den Schlag des Reisewagens. Ein klein gewachsener Mönch sprang heraus, ging ans Ende des Reisewagens, öffnete den Wagenkasten und entnahm ihm einen Teppich, um ihn vor der Kutsche auszubreiten.

Der Schwarze Graf steckte sein Schwert in die Scheide und sprang aus dem Sattel. Mit ausgebreiteten Armen und einem gefrorenen Lächeln im Gesicht ging er auf den Reisewagen zu. Als er den Schlag erreicht hatte, streckte Aribo dem Grafen die Hand entgegen. Galad ging auf die Knie, küsste die Hand und war dem Erzbischof beim Aussteigen behilflich.

Der Erzbischof war gekleidet in seine prächtigsten Gewänder, so wie man es von ihm gewohnt war, aber Herbrand erschien er gebeugt und geschwächt. Auch meinte er, dass die Pusteln und Flecken in seinem Gesicht noch zahlreicher geworden seien. Doch Aribo trug sie wie ein Zeichen der Auserwähltheit. In mancher Dompredigt hatte er sich tatsächlich als zweiten Hiob bezeichnet, der von Gott mit der Plage seines Ausschlags geprüft und gesegnet werde.

Gott hatte also Aribo mit diesem Stigma gezeichnet, und der Erzbischof ließ keine Gelegenheit aus, sich damit hervorzutun. Und dass Gott sich die Mühe machte, Aribo einer solchen Prüfung zu unterziehen, offenbarte natürlich die besondere Bedeutung des Erzbischofs unter den Menschen.

Der Mönchschor stimmte das *Dies irae* an. Unwillkürlich glitt Herbrands Blick hinauf zur Burg Hammerstein, die wie ein bedrohlicher Leviathan hoch über der Stadt auf dem Grund ihres grauen Felsens thronte. Es schien so, als ob die unsichtbaren Augen der syrischen Hexe von dort oben alles genau beobachteten.

Galad geleitete den Erzbischof in die festlich geschmückte Stadt, wo dieser im Gasthaus *Zum Goldenen Anker* das Mittagsmahl einnehmen und auf die Ankunft König Konrads warten würde. Die Mainzer Gefolgschaft beanspruchte inzwischen die besten Plätze am Turniergelände, wo die großen Reisezelte mit dem Feldzeichen des Mainzer Erzbischofs schon aufgebaut waren.

Dass der König es vorzog, im Inselkloster St. Suitbert bei Abt Hucbert Quartier zu nehmen, musste Galad in seiner Ehre kränken, aber er ließ sich nichts anmerken. Der Schwarze Graf hatte ohnehin Anlass zur Sorge: Die Nachrichten über Ottos drohende Rückkehr und die Ankunft Irmingards trübten nicht nur seine Stimmung, sondern ließen ihn um seine Herrschaft fürchten. Außerdem rotteten sich offenbar die Bauern zusammen. Aber um dieses Gesindel würde er sich zur gegebenen Zeit schon kümmern.

Otto allerdings war ein Problem, das keinen Aufschub duldete. Bei Morgengrauen hatte Galad alle verfügbaren Männer ausgesandt, um den verhassten Bruder aufzuspüren und ihn ein für alle Mal aus dem Weg zu räumen. Aber die Männer hatten Karlsrode öde und verlassen vorgefunden, weder von Otto noch von den Bewohnern war eine Spur zu finden.

Galad ritt jetzt auf seinem Hengst hinter Aribos Reisewagen

her. Er fühlte sich einsam und verloren inmitten der großen Menge. Seine vollmundige Ankündigung, seine Mutter niemals wieder in ihrem Turm aufzusuchen, war längst vergessen. Alles um ihn herum schien zusammenzubrechen. Wenn es noch jemanden gab, der ihm helfen konnte, dann war es Zafirah.

15. Kapitel

Irmingard verließ das Schiff der Königsflotte zusammen mit Sophia am Hammersteiner Zollturm noch vor dem König und seinem Gefolge. Sie war verschleiert. Burg Hammerstein lag vor ihr im Licht der Abendsonne, die das Gemäuer der Festung in ein mildes, orangefarbenes Licht tauchte. Ihr Herz öffnete sich diesem Eindruck, und der vertraute Anblick der heimatlichen Burg berührte jede Faser ihres Körpers.

Sie bestiegen die wartende Sänfte, die Abt Hucbert ihnen geschickt hatte. Wie der König so würde auch Äbtissin Sophia und mit ihr Irmingard im Inselkloster St. Suitbert Unterkunft finden.

Als die beiden Damen in der zweisitzigen Sänfte Platz genommen hatten, zog die Äbtissin die Vorhänge zu. »Sowohl Galad als auch Aribo wissen ohnehin, dass du kommst, glaube mir, aber es ist dennoch besser, wenn du deine Ankunft nicht allzu offen zur Schau stellst.« Irmingard nickte zustimmend und ließ den Gesichtsschleier heruntergezogen.

Am Leinpfad entlang wurde die Sänfte in Richtung der Stadt getragen. Durch einen Spalt im Vorhang sahen die beiden Frauen, dass riesige Menschenmengen unterwegs waren.

»Alle wollen den König sehen«, bemerkte die Äbtissin. »Das Volk glaubt inzwischen fest an Konrads göttliche Berufung. Es ist, wie es so oft ist: Das hohe Amt formt erst den würdigen Mann.«

Das Königsgericht war immer auch ein großes Volksfest, und wenn zugleich ein Lanzenstechen stattfand, dann war der Andrang so wie jetzt gewaltig. Zum Stechen am Ostermontag hatten sich zahlreiche Ritter aus den Gauen und Grafschaften des Reichs eingefunden, die Stadt quoll über von Marktständen, Buden, Gauklern, Spielleuten, fliegenden Händlern.

Sie hatten schon die Nähe des Stadttors erreicht, da begegnete ihnen ein Trupp von Galads gefürchteten Rittern. Aber da die Sänfte von einer Schar der Gandersheimer Ritter begleitet war, getrauten Galads Männer sich nicht, sie zu kontrollieren, und ließen sie unbehelligt passieren; allein der Anführer schaute der Sänfte misstrauisch hinterher. Wenige Augenblicke später sprengte der Trupp in Richtung des Burgwegs davon.

»Erzbischof Aribo hat sicherlich gewusst, dass du in Gandersheim bist, bevor es irgendein anderer wusste.« Die Äbtissin machte ein besorgtes Gesicht. »Tochter, glaub mir, ich habe ein Gespür dafür: Aribo könnte unserer Sache noch gefährlich werden.« Dann schaute sie Irmingard von der Seite an. Sie schüttelte langsam den Kopf. »Nein, nein … gewiss weiß der Erzbischof nichts von deinen römischen Eskapaden.«

Irmingard stieg die Röte ins Gesicht. »Warum erinnert Ihr mich gerade jetzt daran?«

»Weil du damit leben musst, immer wieder unerwartet an deinen Fehltritt erinnert zu werden«, sagte die Äbtissin energisch. »Sei nur froh, wenn ich es bin, die das tut.«

»Das hört sich so an, als verurteiltet Ihr mich doch!«

»Nein, ich habe dich von Anfang an nicht verurteilt, Tochter, und das weißt du ganz genau. Ich habe nur die Befürchtung, dass Aribo etwas von diesem …«

»Maurizio«, flüsterte Irmingard und wagte kaum, den verruchten Namen in den Mund zu nehmen.

»… von diesem Maurizio weiß. Schließlich hat er seine Ohren überall, auch in Rom, wie du ja bitter erfahren musstest.«

»Ich wünschte, Ihr würdet mich nicht daran erinnern«, sagte die Gräfin mit trockenem Mund. »Doch Ihr könnt gewiss sein, dass ich mich nicht mehr vor den Intrigen und den Ränken eines

Galad oder eines Aribo fürchte«, erwiderte sie mit fester Stimme. »Diese Zeiten sind vorbei. Gott wird mich beschützen.«

Sophia lachte herzlich. »Dein Gottvertrauen in allen Ehren«, erwiderte sie trocken. »Aber ich denke, ich werde bei deinem Schutz dennoch ein wenig nachhelfen. Du hast doch nichts dagegen, wenn ich zwei meiner treuesten Ritter an der Tür deiner Kammer postiere?«

Irmingard schüttelte den Kopf. »Wenn es Euch beruhigt, ehrwürdige Sophia, dann gebt mir Eure Männer zum Schutz.«

»So soll es geschehen.« Die Äbtissin lupfte den Vorhang der Sänfte ein wenig. »Wir haben das Stadttor erreicht. Und überall sind Aribos und Galads Leute«, sagte sie nachdenklich. Sie ballte die Fäuste. »Spürst du nicht die Spannung, die über allem hier liegt? Wie ein Topf kurz vor dem Überkochen. Es liegt etwas in der Luft …«

Irmingard schloss die Augen. »Ihr habt Recht. An diesem Osterfest auf Hammerstein wird sich unser – Ottos und mein – Schicksal entscheiden.«

»Das bereitet mir eine Gänsehaut.« Sophia rieb sich mit den behandschuhten Händen die Arme. »Das letzte Mal, dass ich diese Spannung gespürt habe, war beim Tode Kaiser Heinrichs.«

»Ich hoffe nur, dass es diesmal nicht mit dem Tod von jemandem endet, der uns lieb ist«, erwiderte die Gräfin leise, während draußen die Häuser der Zollmühlengasse an ihnen vorbeiglitten. Manchmal blieb die Sänfte stecken, so viele Menschen waren in Hammerstein unterwegs, um den Einzug des Königs zu erleben.

»Wenn ich nur wüsste, ob Otto kommen wird«, sagte Irmingard mit Beben in der Stimme. »Mein Gefühl sagt ja, aber wenn ich doch nur die Gewissheit hätte …«

»Hab noch etwas Geduld, Tochter. Dein Gemahl wird sich die Gelegenheit, vor dem König zu erscheinen, bestimmt nicht nehmen lassen.« Sophia drückte ihrem Schützling die Hand und lächelte der Gräfin aufmunternd zu.

Über der Stadt stiegen Rauchwolken in den blauen Himmel. Essensgerüche lagen in der Luft, Bratendüfte, der Geruch gebrannter Kastanien, Essiggeruch von eingelegtem Kraut, das Aroma frisch gebratenen Fischs aus dem Rhein: eine Qual für die Bauern aus der Umgebung, die herabgekommen waren zum Königsgericht und sich nach den Hungermonaten des Winters nichts von all den Köstlichkeiten leisten konnten.

Und doch war die Stadt an diesem Osterwochenende ein Basar des Möglichen und Unmöglichen, ein Handelsplatz nicht nur für Waren, sondern auch für Gerüchte und Nachrichten. Und was man auf diesem Markt und bei diesem Hoftag und Königsgericht erfahren konnte, das würde bald im ganzen Reich die Runde machen.

Mühlenmeister Walafrid war ganz aufgeregt, als die ersten der angekündigten hohen Besucher an der Zollmühle erschienen, um zum Inselkloster hinüberzugehen. Schnell rief er sein Weib Gertrudis herbei, als er sah, dass die hohe Äbtissin und ihre Begleitung die Sänfte verließen. So wie er selbst Sonntagsstaat trug, so hatte auch die Müllerin ihr bestes Kleid angezogen.

»Hein, lauf zum Kloster, sag ihnen, dass der Besuch angekommen ist, den Abt Hucbert erwartet!«, rief der Zollmeister seinem Gehilfen zu. Mittlerweile hatten Sophia und Irmingard, immer geschützt von den Gandersheimer Rittern, die schwere Rampe überschritten, die sonst die mit Getreide beladenen Ochsengespanne befuhren, um das Korn zur Hammersteiner Rheinmühle zu bringen. Auf dem kleinen Platz vor der Mühlenbrücke liefen die Leute neugierig zusammen, um die Ankunft der hohen Gäste zu begaffen.

Über die geschmückte Klosterbrücke erreichten die beiden edlen Damen schnell die Pforte. Mönch Gottschalk, der Pförtner, hatte die Klosterpforte weit geöffnet. Der einäugige Pförtner neigte demütig das Haupt, als Sophia und Irmingard schließlich vor ihm standen. »Gelobt sei dieser Tag!«, rief der Pförtner. »Wie groß die Ehre für unser bescheidenes Kloster ist!«

Langsam hob er den Blick. Anscheinend hatte er zunächst mit der Ankunft des Königs gerechnet. »Ich erkenne Euch wieder«, sagte er freudig. »Ihr seid die Herrin Sophia von Gandersheim«, stellte Gottschalk fest.

Die Äbtissin nickte lächelnd.

In diesem Augenblick trat Abt Hucbert durch die Klosterpforte ins Freie. »Seid mir gegrüßt und willkommen im Namen der Heiligen Dreifaltigkeit und namens unseres Schutzpatrons, des heiligen Suitbert! Für dieses bescheidene Kloster ist es eine unverdiente Ehre, die Ihr uns erweist, Äbtissin Sophia!«, begrüßte er seinen Gast. Abt Hucbert war außer Stande, seine Freude zu unterdrücken, als er auch die verschleierte Dame an ihrer Seite mit einem Nicken bedachte, wusste er sehr wohl, dass es die geliebte Herrin war, die nach Hammerstein zurückgekehrt war. Doch angesichts ihrer Verschleierung wagte er es nicht, sie offen anzusprechen. »Ihr als die Schwester und als die Tochter von Kaisern des Römischen Reichs erhöht mit Eurer Anwesenheit den Glanz unseres Namens«, fuhr er, an Sophia gewandt, fort.

Sophia nickte dem Abt huldvoll zu. »Ich danke Euch, ehrwürdiger Abt, für die herzliche Aufnahme in Eurem Haus! In der Heiligen Schrift steht geschrieben, dass nichts glücklicher ist für den einsamen Wanderer als die selbstlose Gastfreundschaft, die er in der Fremde findet.«

Abt Hucbert nickte zustimmend.

»Doch lasst uns nicht hier verharren«, sagte Sophia mit einem Seitenblick auf ihre Begleiterin. »Lasst uns hineingehen, alter Freund.« Sie deutete mit dem Kinn in Richtung des Ufers. »Allzu viele neugierige Augen beobachten uns hier.«

16. Kapitel

Für einen kurzen Augenblick hielt der alte Apotheker inne, schloss die Augen. Er wunderte sich, dass er noch immer lebte angesichts all dessen, was seit dem letzten Jahr geschehen war. Nur mit Hilfe des Abts Hucbert, und weil er in den großen Plänen des Erzbischofs Aribo wohl keinerlei Bedeutung besaß, hatte er den absurden Anschuldigungen des Domherrn Torquato entrinnen können. Herbrand konnte auch jetzt noch nur den Kopf schütteln, wenn er daran dachte, dass Torquato, Erzbischof Aribos rechte Hand, ihn der Hexerei bezichtigt hatte: ihn, einen der angesehensten Bürger und Ratsmitglied der Stadt Hammerstein! Der Apotheker ließ den Kopf auf die Brust sinken und verweilte eine Weile schwer atmend in der Nähe des Sankt-Laurens-Brunnens. Er war froh, dass er jetzt draußen war: Die frische Luft und das milde Abendlicht taten ihm gut.

Ein stechender Schmerz umklammerte seine Brust. So lange schon konnte er nicht mehr frei atmen, und selbst die Erinnerung an Haburga – seine große Liebe, die Gott schon vor vielen Jahren zu sich berufen hatte – vermochte ihm keinen wirklichen Trost mehr zu spenden. So sehr glich die Gegenwart einem Albtraum.

Doch an diesem Ostersamstag war von dieser bösen Gegenwart wenig zu spüren. Die Stadt war voller Fremder, voller Waren, voller Leben – farbenfrohe Flecken auf der grauen Wand des Alltags. Und da in Kürze der König in Hammerstein erwartet wurde, war so ziemlich alles auf den Beinen, was gehen konnte. Alle wollten den König sehen.

Die Menschen in den Straßen und Gassen Hammersteins waren nur flüchtige Schatten für Herbrand. Er hustete. Dutzende von Tauben putzten sich am Wasser des Brunnens, auf dessen Oberfläche plötzlich die gelben Strahlen der Abendsonne reflektierten.

Herbrand fühlte sich unfähig, auch nur einen weiteren Schritt zu tun. »Haburga …«, kam es tonlos von seinen Lippen, »ich hätte dir folgen sollen, aber ich war zu feige.«

Plötzlich bemerkte der alte Apotheker, wie eine Bewegung durch die Menschenmassen ringsherum ging – wie bei einem aufgestauten Wasser, das jählings durch einen Dammbruch abfließt. Alle liefen in Richtung Süden, zum Koblenzer Tor. »Der König ist da!«, rief es aus zahlreichen Kehlen.

Im Nu war der Platz um den Laurensbrunnen wie leer gefegt.

Ein ausgemergeltes und hohlwangiges Kind, kaum älter als sechs Jahre, der schlechten Kleidung nach aus einer Bettler- oder Tagelöhnerfamilie, blieb vor Herbrand stehen. Es zupfte am Mantel des Apothekers.

Der Alte schrak zusammen, er hatte das Mädchen gar nicht kommen sehen.

»Bist du krank?«, fragte das Mädchen neugierig. Sie schaute dem Apotheker ohne große Scheu in die Augen, und Herbrand sah an ihrem Blick, dass es ein kluges und aufgewecktes Mädchen war. Und wenn man sich den Schmutz aus ihrem schmalen Gesicht wegdachte, dann war es wohl sogar ein hübsches Mädchen. Herbrand fiel auf, wie ausgezehrt das Mädchen war, so als habe sie seit Monaten nichts Richtiges mehr zu essen bekommen.

»Nein, meine Kleine«, flüsterte Herbrand mitleidig und streichelte dem Mädchen über sein braunes, strähniges Haar. »Nein, ich bin nicht krank. Ich bin nur etwas müde.«

Das Mädchen lächelte. Und dieses Lächeln vergrößerte den Schmerz in seinem Herzen noch mehr, denn nichts hätte er sich mehr gewünscht als ein Kind: Wenn Gott Haburga in seinem unerforschlichen Ratschluss schon von der Erde hatte abberufen müssen, dann hätte ihm wenigstens ein Kind von ihr bleiben können.

Doch andererseits … ein Kind in dieser verdammten Welt, die sich ihrem Ende zuzuneigen schien? Ein Kind in den Zeiten des Antichrist?

»Mach dir keine Sorgen, Mädchen«, beruhigte Herbrand das Kind. »Mir geht es gut. Sag mir doch deinen Namen!«

»Ich bin Sofia.«

»Aha. Ein schöner Name. Gut. Jetzt habe ich mich aber lange genug ausgeruht. Weißt du, Sofia, alte Männer wie ich müssen sich viel mehr ausruhen als ein Kind wie du.«

»Mein Vater ist nicht so alt wie du«, erwiderte das Mädchen, »und trotzdem ruht er sich den ganzen Tag aus. Und nur abends geht er weg, und wenn er dann heimkommt, dann ist meine Mutter immer böse.«

»Wo sind dein Vater und deine Mutter?«

Das Kind zuckte achtlos mit den Schultern. »Mutter ist unterwegs. Mein Vater ist betrunken«, sagte Sofia dann ganz selbstverständlich, so als kennte sie es gar nicht anders.

»War das denn schon immer so?«

Das freundliche Gesicht des Mädchens verfinsterte sich. Dann schüttelte sie den Kopf, sagte aber nichts weiter.

»Seit wann ist es denn so?«, fragte Herbrand mitfühlend.

»Seit uns der Schwarze Graf verjagt hat«, erwiderte Sofia leise. Sie schaute sich verstohlen um, so als könnte der Schwarze Graf sogleich kommen, um sie zu holen.

»Und jetzt seid ihr hierher zurückgekommen?«

Das Kind nickte tapfer. »Weil mein Vater gesagt hat, bei der Ernte werden sie uns wieder brauchen.«

Herbrand legte dem Kind mitfühlend den Arm um die schmalen, ausgemergelten Schultern. »Gott wird euch helfen«, versicherte er. »Glaube immer daran, dass Gott und seine Engel an deiner Seite sind!«

Jetzt lächelte Sofia wieder, so als könne sie sich unmittelbar vorstellen, von den Schutzengeln des Herrn behütet zu sein.

»Aber jetzt muss ich wirklich weitergehen. Ich werde zur Muttergottes beten, dass sie Acht gibt auf dich.«

»So wie auf Gräfin Irmingard?«

Herbrand stutzte. »Die Gräfin? Wieso fragst du das?«

»Weil meine Mutter gesagt hat, dass die Muttergottes auf Gräfin Irmingard aufgepasst hat, sonst hätte sie es nie nach Hause geschafft.«

»Nach Hause?«, fragte Herbrand aufgeregt. »Kann das denn möglich sein?«

Das Mädchen lächelte über das ganze Gesicht, als sie sah, welche Freude ihre Worte bei dem alten Mann hervorgerufen hatten.

»Ich hoffe, deine Mutter hat sich nicht verhört«, sagte der Apotheker stockend, streichelte dem Mädchen ein letztes Mal über den Kopf. Dann holte er eine Münze aus seiner Jackentasche und drückte sie dem Mädchen in die Hand. Schließlich überwand er Melancholie und Müdigkeit und machte sich auf, den Menschenmengen zu folgen, um der Ankunft des Königs beizuwohnen.

17. Kapitel

Am Abend des Ostersamstags wagte Graf Otto sich im Schutz der Dunkelheit endlich aus dem Versteck. In einer alten, abseits gelegenen Mühle, die nicht mehr in Betrieb war, hatten er und seine drei Begleiter Unterschlupf gefunden. Er machte sich allein auf den Weg, seine Gefährten blieben in der Mühle zurück. Auch Nuradins Proteste konnten den Grafen nicht bewegen, seinen treuesten Ritter mit auf seine Mission zu nehmen, an deren Ende eine Entscheidung stehen würde – so oder so.

Der schmale Weg von der verfallenen Mühle hinab ins Rheintal war steil und nicht ganz ungefährlich, zumal das Tageslicht schwächer und schwächer wurde. Es war gut so, dass er sich ganz auf den schwierigen Weg konzentrieren musste, denn die Grübeleien darüber, was geschehen war und was noch alles geschehen würde, machten ihn geradezu verrückt.

Zu Fuß erreichte er einige Zeit nach Einbruch der Dunkelheit die Rheinebene und den Leinpfad. Er war gekleidet wie ein gewöhnlicher Bauer; und in der Dunkelheit wäre wohl niemand auf die Idee gekommen, in ihm den einstmaligen Reichsgrafen von Hammerstein zu vermuten.

Schon von weitem war unübersehbar, dass in der Flussebene von Hammerstein und auf der Reichsburg ein bedeutendes Fest stattfand. In der Flussebene vor den Mauern der kleinen Stadt brannten hunderte von Feuern, ebenso wie die Zinnen der Stadt waren die Türme der Burg hell von Festfeuern erleuchtet. Es war ein Anblick, der dem Grafen eine Gänsehaut verursachte.

Aber er durfte sich nicht aufhalten lassen. Er musste es zum Inselkloster schaffen, koste es, was es wolle. Otto war sich sicher, dass König Konrad dort Herberge nahm. Im Kloster würde er sich Abt Hucbert oder der Äbtissin von Gandersheim zu Füßen werfen, die beim Königsgericht gewiss nicht fehlen würde, und diese um Vermittlung beim König bitten. Er hatte begriffen, dass es nur eine einzige Möglichkeit gab, das Unheil von seiner Grafschaft abzuwenden: Nur wenn er sich – wie es Erzbischof Pilgrim ihm geraten hatte – dem König bedingungslos unterwarf, konnte er Galads Herrschaft beenden. Diese Erkenntnis war in den letzten Tagen gewachsen und gereift und hatte alle Gedanken an Rache und Kampf verdrängt.

Otto ließ sich mit dem Strom der Neugierigen und Schaulustigen treiben, die noch immer in Richtung der Stadt unterwegs waren. Er hatte sein Gesicht geschwärzt und sein Schwert sorgsam unter einem Bauernkittel verborgen, den er sich in Karlsroda entliehen hatte. Er hatte die Kapuze tief ins Gesicht gezogen, denn er konnte sich ausmalen, dass Galads Büttel in der gesamten Umgebung unterwegs waren, um ihn zu suchen.

Linker Hand glitzerte der Widerschein der Sterne auf dem träge dahinfließenden Rhein. Zahlreiche Boote und Schiffe schwammen auf den Fluten; das Licht der Fackeln spiegelte sich auf der Wasseroberfläche wider.

Otto hielt sich in der Nähe des Leinpfads. Den Weg selbst benutzte er nicht und kam daher etwas langsamer voran. Bald ragten jedoch die Stadtmauern zum Greifen nah vor ihm auf. Auch die Klosterinsel mit ihren Wällen, Dächern, Türmen und Bäumen war im Fluss gut erkennbar. Auf den Klostermauern brannten ebenfalls Fackeln und Feuer.

Das südliche Stadttor von Hammerstein lag jetzt nur noch einen Steinwurf entfernt. Er hielt inne. Niemand beachtete ihn. Links davon waren die großen Zelte aufgebaut, und Otto erkannte die Feldzeichen von Erzbischöfen, Herzögen und Markgrafen auf den Wimpeln und Bannern und Zeltbahnen. Rechter Hand sah er ein paar Marktstände.

Für gewöhnlich war um diese Zeit das Stadttor geschlossen, doch jetzt war es noch immer offen; allerdings wurde es von Galads Leuten scharf bewacht. Keiner, der ein oder aus ging, der nicht kontrolliert wurde, und auch jeder Wagen und jedes Fuhrwerk wurde genauestens durchsucht. Nur mit sehr viel Glück – wenn überhaupt – würde er durch das Tor durchschlüpfen können; aber dann lag noch Walafrids Mühlenbrücke vor ihm, und diese wurde angesichts des hohen Besuchs auf dem Inselkloster sicherlich noch schärfer bewacht als die Stadttore. Dieser Weg war für ihn versperrt.

Otto schaute sich um. Ganz in der Nähe lagerte die Mannschaft eines fränkischen Kaufmanns um ein hoch loderndes Feuer – Fuhrleute, Marktschreier, Warenschlepper und Packer und ein paar zwielichtige Weiber; der Kaufmann selbst und sein engeres Gefolge hatten sich in das nach welscher Art verzierte Zelt zurückgezogen. Der Verkaufsstand der Franken war entlang des Leinpfads aufgebaut und bestens für den kommenden Ostertag vorbereitet. Der ausgelassenen Unterhaltung der Kaufmannsleute nach hatten sie dem Wein schon ziemlich zugesprochen. Die Gesichter waren gerötet, und die fremdländische Zunge war schwer geworden.

So ähnlich war das Treiben überall auf der schmalen Flussebene vor den Mauern Hammersteins. Nur der etwas landeinwärts gelegene Platz, wo am Montag das Lanzenstechen stattfinden sollte, war – umrahmt von festlich geschmückten Tribünen – frei geblieben, eine dunkle Zone inmitten des Meers von Feuern und Fackeln.

Otto fragte sich unsicher, ob sein Plan, hinüber zum Inselkloster zu kommen, angesichts der unzähligen Augenpaare, die hier alles beobachteten, überhaupt durchführbar war. Aber er hatte keine Wahl.

Langsam, wie zufällig, schlenderte er in Richtung des Rheinufers und vermied dabei tunlichst, in die Lichtkegel der Feuer zu treten oder auf andere Weise aufzufallen. Als er sah, dass ein Trupp von Galads Reitern aus dem Stadttor herbeisprengte und in gestrecktem Galopp südwärts den Leinpfad entlangjagte, duckte er sich unwillkürlich. Niemand kümmerte sich jedoch um ihn.

Am Rheinufer herrschte wegen des Festes trotz der späten Stunde noch reges Leben. Wasser wurde geholt, Wäsche wurde gewaschen, Pferde wurden getränkt, hie und da wusch sich jemand.

Wie zufällig kletterte Otto die kurze Böschung aus Geröll hinab, die hinter dem Leinpfad zum Wasser abfiel. Er wählte eine Stelle, wo sich außer einer dicken Magd, die noch Wäsche wusch, niemand aufhielt. Er ließ sich auf einem großen Steinbrocken nieder, starrte scheinbar teilnahmslos auf den dunklen Strom hinaus.

Dann zog er die Stiefel aus. Es fehlte nur eine Handbreit, und er hätte die nackten Füße in die leise ans Ufer plätschernden Wellen tauchen können.

»He, du da!«

Otto zuckte zusammen. Die schneidende Stimme war genau in seinem Rücken erklungen.

»Du!«

Langsam drehte er sich um. Auch die Wäscherin war jetzt aufmerksam geworden.

Zwei Dienstmannen Galads, die auf dem Leinpfad in Richtung der Stadt unterwegs waren, hatten sich dort im Lichtkegel eines Feuers aufgebaut. »Hier, halte mal!«, sagte der eine von ihnen barsch.

Otto sprang eilfertig auf und achtete darauf, dass sein Gesicht im Schatten der Kapuze blieb. Mit demütig gesenktem Kopf nahm er die Zügel, die der Dienstmann ihm hinhielt. »Ja, Herr«, flüsterte er so leise, dass man seine Stimme kaum hören konnte.

Der Reiter lachte barsch, wechselte seine Lanze von der einen Hand in die andere. »Elendes Pack!« Damit schlug er Otto grob auf den Rücken. »Schau sie dir nur an!«

Otto erwiderte nichts, verharrte in seiner gebeugten Haltung, während sich der Reiter an seiner Hose zu schaffen machte und gleich darauf in den Rhein urinierte, ungeachtet der Tatsache, dass die Wäscherin wenige Schritte unterhalb der Stelle ihre Kleider reinigte und andere sich wuschen. Die Magd wagte es nicht, auch nur das Gesicht zu verziehen, sondern nahm nur rasch die Wäsche aus dem Wasser. Schließlich riss der Dienstmann Otto die Zügel wortlos aus der Hand und verschwand lachend.

Otto atmete tief durch und wischte sich den Schweiß von der Stirn. Er schaute den beiden Bütteln des Schwarzen Grafen hinterher, bis sie außer Sichtweite waren. Es hatte keinen Sinn, jetzt noch länger zu warten. Rasch ließ er sich ins Wasser gleiten, das ihn eiskalt wie mit einer stählernen Faust umfing.

Unter Wasser zog er den Bauernkittel aus. Die Strömung des Flusses zog ihn schnell vom Ufer weg. Keiner bemerkte ihn. Drei Mannslängen vom Ufer entfernt begann er mit den Schwimmbewegungen. Er war ein guter Schwimmer. Als Junge hatte er oftmals die Strecke vom Ufer zur Klosterinsel durchschwommen. Daher wusste er, dass es gleich an der Südspitze der Insel, wo sich die Strömung teilte, ein paar Strudel gab. Dort musste er besonders achtsam sein und dennoch die Ruhe bewahren, denn wenn man in Panik geriet, konnten die Strudel einem schnell gefährlich werden.

Otto schwamm in gleichmäßigen Zügen und versuchte trotz des eisigen Wassers, tief durchzuatmen. Die Südspitze der Insel behielt er genau im Auge. Dort wuchs der schräge Fels aus dem Strom, um sich zu einem länglichen Buckel zu türmen, in dessen Ritzen niedrige Sträucher wuchsen. Dahinter lag die doppelt mannshohe Klostermauer, die er überwinden musste.

Die Insel kam langsam näher. Die Kälte wurde allmählich unerträglich, doch sein Geist war hellwach. Hinter der Südmauer lag der Klostergarten, und da der König auf der Insel gastete (Ottos Vermutung hatte sich durch Wortfetzen bestätigt, die er auf seinem Weg an der Stadtmauer entlang vernommen hatte), würde die Insel sicherlich strengstens bewacht sein. Wenn auch nicht von Galads Mannen, sondern von denen des Königs und der Äbtissin von Gandersheim.

Er schwamm genau auf die Felsen der Inselspitze zu. Die Unterströmung zerrte an seinen Kleidern. Die Kälte kroch ihm bis in die Knochen. Flüchtig blickte er zum Ufer hinüber. Da war alles wie zuvor, niemand schien ihn am Ufer beachtet zu haben.

Endlich spürte Otto den felsigen Untergrund unter den Füßen. Am ganzen Körper bebend, zog er sich ans steinige Ufer. Die Durchquerung des schmalen Rheinarms hatte ihn mehr erschöpft, als er vermutet hätte: Dass er sich seit Monaten schon nicht mehr im ritterlichen Kampf übte, in Ausdauer und Kraft, das machte sich schmerzlich bemerkbar.

Quer über dem Uferfels blieb er schwer atmend und frierend liegen, die Beine noch halb im Wasser. Er drehte sich auf den Rücken und starrte mit weit aufgerissenen Augen in den glitzernden Sternenhimmel hinauf.

Plötzlich wurde er unendlich müde.

Sanft und bitterzart umschmeichelte ihn der Gedanke, einfach hier liegen zu bleiben, sich von der süßen Schläfrigkeit und Mattigkeit einlullen zu lassen und sich niemals wieder bewegen zu müssen. Seine Glieder waren wie gelähmt, aber es war ein eher angenehmes Gefühl. Sein Atem ging flach, wurde immer flacher, er dachte jetzt an nichts mehr …

»Was ist denn das für ein seltsamer Fisch, den der Fluss uns hier an Land gespült hat?«

Der Schein einer Fackel huschte über Ottos Gesicht hin und her. Otto wusste nicht, wie viel Zeit vergangen war, seit er das Ufer erreicht hatte, ob Minuten oder Stunden.

»He, Mann!«

Ein Tritt in die Seite.

»Wach werden! Was hast du hier verloren?«

»Ich … ich will …«

»Was hat dieser Kerl dort unter seinem Wams?«, rief die erste Stimme.

Hände zerrten grob an ihm. Kettenhemden rasselten.

»Schau einmal an!«, sagte der andere und tastete nach Ottos Schwert.

»Das ist keine gewöhnliche Waffe«, stellte der zweite Ritter staunend fest.

»Verdammt noch mal, heraus mit der Sprache! Wer bist du? Was willst du hier?« Die erste Wache hielt Otto die Fackel so nah ins Gesicht, dass dieser die Hitze spürte.

»Otto … ich bin Otto«, stieß er mühsam hervor.

»Was für ein Otto?«

»Ich will verdammt sein, Sigmund! Ich glaube, ich kenne den Mann!« Die Fackel war jetzt so nah in Ottos Gesicht, dass ihm der Geruch nach verbrannten Haaren in die Nase stieg.

»Du kennst ihn?«

»Lauf schnell zur Äbtissin! Sag ihr, wir haben Graf Otto gefunden!«

»Graf Otto?«

»Bist du schwer von Begriff? Der da … das ist Graf Otto von Hammerstein.«

»Ich habe nicht mehr daran geglaubt, dass ich diesen Augenblick noch einmal erleben darf!« Abt Hucbert liefen die Tränen über die Wangen, als er Otto in die Arme schloss.

»Kommt her zu mir!« Sophia streckte die Arme aus. »Ich bin so froh, dass Ihr leibhaftig vor mir steht!« Sie umarmte den Grafen mit einer Herzlichkeit, die Otto beinahe schon überschwänglich vorkam. »Der Mantel, den ich Euch ausgeliehen habe, steht Euch vorzüglich!«

»Stimmt es, was ich gehört habe? Sie haben dich aus dem Rhein gefischt?«, fragte der Abt verwundert.

Otto nickte und schmunzelte.

»Ich habe dem König alles genauso vorgetragen, wie Ihr es mich geheißen habt«, warf die Äbtissin ein. »Und er ist bereit, Eure Unterwerfung anzunehmen.«

Otto atmete auf und drückte Sophia dankbar die Hand. »Ich hoffe, dem Land wird es zugute kommen«, sagte er nur.

»Nicht nur dem Land«, versetzte Sophia. »Auch Eurer tapferen Gemahlin.«

»Irmingard?« Otto blickte sie aufgeregt an. »Ist Irmingard hier? Soll meine Hoffnung also nicht unbegründet gewesen sein? So sagt doch, spannt mich nicht länger auf die Folter …«, fuhr er fort, als die Äbtissin ihn nur mit einem geheimnisvollen Lächeln ansah.

»Ich weiß, wie groß Eure Sehnsucht sein muss, und ich weiß, wie groß Irmingards Sehnsucht ist.« Sophia legte die Hand auf Ottos Schulter.

War da nicht irgendwo ein Fehlklang in den Worten der Äbtissin? Sophia war eine alte Freundin der Familie, und Otto kannte sie gut genug. Aber nein, unmöglich, woher sollte sie von seinem Leben bei den Gauklern oder von seinem Fehltritt mit Susanna wissen?

»Doch lasst mich Euch noch Folgendes mitteilen …«, sagte die Äbtissin betont langsam, so als wollte sie ihn tatsächlich auf die Folter spannen. »König Konrad wird also Eure bedingungslose Unterwerfung annehmen. Morgen beim österlichen Hochamt werdet Ihr sie vor aller Augen leisten, so will es der König. Er will Euch und Eure Gemahlin zurücksehen auf dem Grafenstuhl.« Unruhig ging Otto ein paar Schritte durch den Raum. Er konnte es kaum mehr ertragen, einfach nur zuzuhören, so sehr war er innerlich aufgewühlt. »Er will«, fuhr Sophia fort, »dass Ihr die Grafschaft zurückverwandelt in das blühende Land, das es zuvor gewesen ist.«

Otto nickte. Das war alles viel mehr, als er zu hoffen gewagt hatte. Und Irmingard war da, sie war hier auf der Klosterinsel; wenn er daran dachte, wie er sie gleich in die Arme schließen würde, strömten die unterschiedlichsten Gefühle auf ihn ein. »Mein Herz hat mir gesagt, dass es so kommen würde«, flüsterte Graf Otto, »auch wenn mein Verstand daran gezweifelt hat.«

»Das könnt ihr Männer von uns Frauen lernen«, versetzte Äbtissin Sophia ironisch. Sie stemmte die Arme in die Seite. Otto hatte das Gefühl, dass sie durch ihr beherztes Auftreten von etwas ablenken wollte. Er fühlte sich von der Äbtissin beobachtet. »Ihr solltet mehr auf Euer Herz horchen!«

»Irmingard war darin eine gute Lehrmeisterin«, warf Otto mit leisem Lächeln ein. Er konnte seine Unsicherheit nur schwer verbergen. »Sagt dem König, ich bin bereit zu tun, was er verlangt. Aber kann ich jetzt endlich meine Gemahlin wiedersehen?«

»Eins noch: Der König verlangt, dass Ihr ihm die Gründe darlegt, warum Ihr Euren Eid gebrochen habt. Um Eure Aussage zu bestätigen, hat er nach Eurem Knappen Hermann und Ritter Nuradin in der alten Mühle schicken lassen, dem Ort, den Ihr ihm bezeichnet habt.« Otto hörte nur noch mit halbem Ohr zu. Er sah die Äbtissin flehend an. »Doch der König vertraut Euch, Graf Otto«, fuhr diese mit unerbittlichem Gleichmut fort. »Er wird Eure Unterwerfung annehmen, das bezweifle ich keinen Moment.« Sophia bedachte Graf Otto, dessen Blick immer wieder suchend zum Eingang des Refektoriums schweifte, mit einem Schmunzeln. »Ich merke schon, Ihr werdet erst wieder zuhören, wenn Ihr Eure Gemahlin in die Arme geschlossen habt.«

»Entschuldigt, edle Sophia. Ihr habt Recht. Ich kann keinen klaren Gedanken mehr fassen.«

»Also gut. Dann will ich Euch nicht länger warten lassen.«

Ottos Herz schien stillzustehen, als er die Schritte auf dem Flur vor dem Refektorium vernahm. Er fürchtete, seine Brust würde jeden Moment zerspringen.

Plötzlich wurde er überwältigt von seiner Angst – der Angst davor, dass er nicht mehr die gleichen Gefühle für sie hegen könnte. Dass sie ihm ansehen würde, dass er eine Liebschaft hatte, während sie in Rom für ihrer beider Ehe kämpfte. Dass sie ihm die Schande ansehen würde, die er die ganze Zeit über empfunden und die seinen Hass gegen sich selbst und die Welt geschürt hatte. Und seine Angst, vor Irmingard nicht mehr bestehen zu können.

Doch dann sah er ihre wundervollen, blauen Augen und wusste im gleichen Augenblick, dass alle seine Befürchtungen unbegründet gewesen waren.

Dennoch schien auch Irmingard ihm verändert. Ihre Haut hatte einen etwas dunkleren Ton. Ihr Blick war zwar voller Wärme und Liebe, als sie langsam auf ihn zuging, doch es lag eine melancholische Tiefgründigkeit in ihren Augen, ein Ausdruck des leichten Zweifelns, den er nicht an ihr kannte.

Einen Schritt entfernt blieb sie vor ihm stehen. Er spürte die Wärme ihres Körpers. Er spürte, wie sein Herz ihm bis zum Hals schlug. Sie war ihm vertraut und dennoch fremd. Hatte auch Irmingard sich verändert? Oder war nur er es, der ein anderer geworden war?

Otto fragte sich, was das für eine Veränderung sein könnte. Dann aber sah er, dass keinerlei Verurteilung, kein Vorwurf in ihren Augen war, nur die übergroße Freude des Wiedersehens, wie bei jemandem, der nach langer Zeit in die schützenden Mauern seines eigenen Hauses zurückkehrt. Das machte ihm Mut.

Die Gräfin legte die Hände an seine Wangen. »Otto«, flüsterte sie. »Endlich bist du da.«

Dann küsste sie ihn. Sie legte die Arme um seinen Hals, zog ihn zu sich herab. Das letzte Mal, dass ich einem Mann so nahe gewesen bin, war mit Maurizio, dachte sie. Aber der Gedanke trübte den Augenblick der Berührung nicht. Vielmehr empfand sie die Nähe seines Körpers beglückend. Ihre Befürchtung hatte sich nicht bewahrheitet – dass sie ihrem Mann womöglich körperlich nicht mehr nahe sein wollte. Im Gegenteil, er war der Mann, dem sie vor Jahren unbedingte Liebe und Treue versprochen hatte. Und sie begehrte ihn. Sie spürte, dass Otto zitterte.

»Mein Mann … du ahnst gar nicht, wie sehr du mir gefehlt hast!«, flüsterte Irmingard. »Wenn du wüsstest …«

Otto sah ihr in die Augen. Dann küsste er sie noch einmal. Das Misstrauen, das er zuvor gespürt hatte, verflog. Wie gern er jetzt mit ihr allein wäre, wünschte er sich, aber weder Abt Hucbert noch die Äbtissin Sophia machten Anstalten, sich zurückzuziehen.

Sophia räusperte sich. »Ihr werdet noch Zeit genug haben, Euer Wiedersehen zu feiern und Euch neu kennen zu lernen«, sagte Sophia. »Jetzt aber solltet Ihr beide mir zuhören, wie es morgen früh mit Eurer Sache weitergeht …«

18. Kapitel

Am Ostermorgen – wieder versprach es ein herrlicher, sonnendurchstrahlter Tag zu werden – waren Otto und Irmingard im Gefolge der Äbtissin von Gandersheim auf dem Weg zur Hammersteiner Pfarrkirche St. Laurentius. Die Ritterschaft aus Gandersheim geleitete die Äbtissin und ihre Gefolgschaft. Die Ritter schützten das Grafenpaar mit ihren Schilden, denn das Leben von Otto und Irmingard war so lange in Gefahr, als Galad noch Herr auf Hammerstein war.

Sie brauchte sich nun nicht mehr zu verbergen. Irmingard hatte den Schleier entfernt und trug jetzt eine bescheidene Festhaube, wie sie es auch schon früher gehalten hatte. Die Nacht hatte das Grafenpaar in getrennten Zimmern verbracht, so wie es sich in einem Kloster geziemte. Irmingard hatte lange wach gelegen. Und sie hatte sich dabei ertappt, wie ihr Körper sich nach den Berührungen Ottos verzehrte. Otto war ihr reifer erschienen, aber auch härter, vielleicht sogar unbeherrschter. Wo war der bedächtige Mann, der keinen unbesonnenen Schritt tat, der zum Zaudern und Zögern neigte und der sich alles zweimal überlegte? Der Otto, den sie am Tag zuvor kennen gelernt hatte, strahlte eine ungeahnte Tatkraft aus, die Irmingard irritierte und zugleich reizte. Es war, als ob sie ihren Gatten erst wieder kennen lernen müsste.

Über die Zollmühlenbrücke kamen sie in die Stadt. Galads Dienstmannen hatten den Weg, den der König durch Hammerstein nehmen würde, abgesperrt: Hinter den Absperrungen drängten sich tausende von Menschen.

Vor der Äbtissin schritt die Gefolgschaft des Herzogs von Bayern einher. Ein großes Raunen ging durch das Volk, als man die Pracht der Kleider und das kostbare Geschmeide sah, das die Frauen – insbesondere die Herzogin – angelegt hatten. Herzog Heinrich von Bayern war nicht bei seinem Gefolge. Er trug das Schwert des Königs und würde mit Konrad gehen.

Jetzt wurde das Volk auf Äbtissin Sophias Gefolge aufmerksam. Man wusste, dass die Gandersheimerin nicht allzu viel Wert auf großes Gepränge legte, und wollte sich nach einem ersten neugierigen Blick schon abwenden, als einer das Grafenpaar entdeckte, dann ein anderer, und schon hob ein Murmeln an, Rufe wurden laut.

»Otto! Der alte Graf!«

»Die Gräfin Irmingard! Es ist wirklich die Gräfin!«

»Unsere Gebete wurden erhört!«, riefen einige und bekreuzigten sich. »Der Herr schaut wieder mit Wohlgefallen auf das Land, denn das alte Herrscherpaar ist zurückgekommen!«

Schnell wurde das ganze Volk gewahr, was das zu bedeuten hatte. Denn dass Otto ohne Beeinträchtigung im Gefolge der Äbtissin zur Königsmesse schritt, das konnte nur eines heißen: Otto war wieder in der Huld des Königs, und bald schon würde er wieder auf dem Grafenstuhl sitzen.

Und so brauste überall Beifall auf, wo Otto und Irmingard ins Blickfeld der Menschen tauchten, die Stadt war in einem einzigen Freudentaumel. Nur die Ritter, Knechte und Dienstmannen von Galad machten erschrockene Gesichter, denn es war ihnen klar, dass kaum einer von ihnen auf Hammerstein bleiben würde, wenn Otto wieder die Grafschaft innehatte. Das Spiel war vorbei und verloren.

Manchen von ihnen merkte man an der Miene an, dass sie sich in diesen Augenblicken fieberhaft überlegten, wie sie sich davonstehlen und was sie mitgehen lassen könnten. Und der ein oder andere Mann, der sich eines begangenen Unrechts bewusst war und fürchtete, deswegen von Graf Otto zur Rechenschaft gezogen zu werden, machte sich schon jetzt beim Einzug des Grafen davon.

Plötzlich löste sich aus der Menge eine Frau, tauchte, ohne dass einer der Dienstmannen sie aufhalten konnte, unter der gestreiften Stange hinweg, die man als Absperrung aufgebaut hatte, und lief auf Irmingard zu.

»Adelheid!«, rief die Gräfin glücklich.

Die Gandersheimer Ritter hatten schon zu den Schwertern gegriffen, aber als sie sahen, dass es sich bei der Frau nicht um eine Meuchelmörderin, sondern um eine alte Freundin der Gräfin handelte, die ihr jetzt um den Hals fiel, lächelten die Männer und ließen Adelheid gewähren.

»Mein schönster Traum ist wahr geworden!«, rief Adelheid außer sich vor Glück, als sie sich wieder von der Freundin gelöst hatte. Tränen liefen ihr in Strömen über die Wangen, und auch Irmingard weinte. »Du siehst so anders aus … Himmel, was wir alles zu erzählen haben!«

»Kommt mit, Adelheid!« Sophia nahm die Freundin der Gräfin kurzerhand beim Arm. »Wir müssen weitergehen. Gleich hinter uns ist der Abt von Fulda, und dann Aribo und die anderen Bischöfe. Wir wollen die hohen Herrn doch nicht alle aufhalten!«

Sophia zwinkerte und deutete mit dem Daumen über die Schulter hinweg zur Gefolgschaft von Abt Richard. Der galt als besonders stolz, hatte er doch vor ein paar Jahren den im vorangegangenen Jahr verstorbenen Papst Benedikt zu Gast in Fulda.

Lächelnd und zaghaft winkend – noch waren sie offiziell nicht wieder in ihr Amt eingesetzt – bogen Otto und Irmingard schließlich auf den Marktplatz ein, an dessen Ende die Pfarrkirche St. Laurentius stand, wo das österliche Hochamt stattfand.

Otto hielt inne. Sein Halbbruder Galad stand in Erwartung König Konrads und der anderen Großen des Reichs am Portal der Hammersteiner Kirche. Im gleichen Augenblick, als Otto seinen Halbbruder erblickte, wurde diesem von einem seiner Leute etwas zugeflüstert. Otto glaubte, noch auf diese Entfernung erkennen zu können, dass Galad erbleichte. Überall hatte er Otto suchen lassen, zuletzt mit schierer Verzweiflung, und jetzt das!

»Warum bist du stehen geblieben, mein Gemahl?«, fragte Irmingard.

Otto deutete mit dem Kinn in Richtung des Kirchenportals. »Galad!«, sagte er nur.

Auch Sophia hatte Ottos Halbbruder bemerkt. »Das ist also dieser Galad«, sagte sie leise. »Ich habe ihn mir anders vorgestellt … irgendwie hässlicher.«

Galad gab dem Nächsten seiner Leute einen schnellen Befehl, schaute, dann verschwand er im Innern der Kirche.

Otto und Irmingard badeten in der Menge, während sie auf das Portal zuschritten. Blumen, die für den König gedacht waren, regneten jetzt auf das Grafenpaar nieder. Überall waren strahlende Gesichter. Auch Sophia strahlte jetzt wieder, wo sich alles so gut gefügt zu haben schien. Galad war nirgendwo mehr zu sehen.

Der Zeremonienmeister der Hochmesse wies den Gandersheimern den ihnen gebührenden Platz zu, etwas hinter den Fuldaern – darauf bestand Abt Richard, denn er hatte ja den Papst zu Besuch gehabt.

Galad hatte mit einigen seiner Getreuen (unter ihnen Ritter Landbrecht) den angestammten Platz der Grafen von Hammerstein eingenommen. Starr und unbewegt stand er rechts des Altars. Seiner Miene nach schien er niemanden in der Kirche zur Kenntnis zu nehmen: Er war einsam wie niemals zuvor.

Alle hatten sich auf eine feierliche, ereignislose Ostermesse eingerichtet, aber jetzt war alles anders. Jeder redete mit jedem. Die Männer sprachen darüber, was das alles zu bedeuten hatte, und die Frauen ergötzten sich an der neu erblühten Schönheit Irmingards, die nach allem, was sie erlitten hatte (und man erzählte sich die erstaunlichsten Dinge), noch immer so ausgeglichen und glücklich aussah. Und alle, Männer wie Frauen, erwarteten gespannt, was im weiteren Verlauf der Königsmesse noch kommen würde: Denn zwei der Hauptakteure des Schauspieles – der König und Erzbischof Aribo – würden binnen Minuten in der Kirche eintreffen.

»Jetzt kommt der Kölner Erzbischof Pilgrim!«, rief eine Jungenstimme vom Portal her. »So krank, dass er sich in einer Sänfte tragen lässt!«

Der alte Pfarrer von Hammerstein, der im Gegensatz zu vielen Dorfpfarrern auch Kenntnisse in den Sieben Freien Künsten und in der Theologie hatte und sogar einigermaßen des Lateinischen mächtig war, stand hilflos inmitten des Ganges und wusste nicht, wie er das kostbare Evangeliar halten sollte, mit dem Ottos Vater die Pfarrkirche ausgestattet hatte. Immer wieder schüttelte der Pfarrer den Kopf. Es war offenkundig, wie groß seine Verunsicherung war. Wer war jetzt Herr auf Hammerstein? Galad oder Otto?

Das Grafenpaar hatte auf der langen, kargen Bank neben Äbtissin Sophia und Infirmaria Clareste Platz genommen, ebenso wie eine Hand voll der ranghöchsten Ritter aus der Dienstmannschaft des Stiftes.

»Jetzt! Die Mainzer!«, rief die Jungenstimme aufgeregt. »Die Mainzer sind im Anmarsch!«

Alle Hälse reckten sich zum Eingang. Die Ritter in ihren protzigen Gewändern voran, zog der Tross des Mainzer Erzbischofs in das Gotteshaus, in dem es allmählich bedrohlich eng wurde.

Sophia kniete flugs auf dem kalten Steinboden der Kirche nieder, zog Irmingard und Clareste zu sich hinab und nickte Otto energisch zu, es ihr gleichzutun. Dann begann sie laut ein Gebet zu sprechen, das den Tag pries und des Königs Weisheit lobte.

So hatten sie den Blick gesenkt, als Aribo und seine Gefolgschaft ankam. Sie sahen nicht, wie ein kalkweißer Erzbischof mit gespreiztem Schritt die Kirche betrat. Als er bemerkte, dass Otto offenbar in ein Gebet versunken war und ihn – den Erzbischof – ignorierte, hielt er unschlüssig inne. Er starrte hasserfüllt auf Otto, wusste dann aber offenkundig nicht, was er weiter tun sollte. Viele der Umstehenden schauten ihm schadenfroh hinterher, als er schließlich dem Zeremonienmeister folgte, der ihm und seinem Tross den Platz zuwies.

»Der König! Endlich kommt der König!«

Die Gruppe um Sophia beendete ihr Gebet mit einem Kreuzzeichen und erhob sich. Sophias Plan war aufgegangen, mit dem Gebet eine direkte Konfrontation zwischen dem Erzbischof und Graf Otto zu verhindern, bei der Letzterer nur verlieren konnte.

Alles sank auf die Knie, als der König die Kirche betrat. Ihm voran ging der bayerische Herzog als Schildträger, einen Schritt hinter Konrad kamen seine Gemahlin Gisela und sein Stiefsohn Ernst, der junge Herzog von Schwaben. Im Gesicht des jungen Mannes sah man nichts von den Unstimmigkeiten, die seit geraumer Zeit zwischen ihm und seinem Stiefvater herrschten und die Ernst zu einem heimlichen Verbündeten Aribos gemacht hatten.

Der König und sein Gefolge grüßten huldvoll nach allen Seiten. Das Volk nahm den Segen des Königs entgegen, des von Gott eingesetzten und gesalbten Herrschers des Reichs. Dann erhoben sich die Anwesenden von den Knien. Die Menschen in den hinteren Bänken reckten die Hälse, um nur ja nichts von dem zu verpassen, was jetzt kommen würde.

Die Spannung war greifbar, stieg ins Unermessliche, denn allen war klar, dass König Konrad die Gelegenheit der österlichen Festmesse nutzen wollte, um die Hammersteiner Angelegenheit vor den Augen des ganzen Volkes ein für alle Mal zu regeln.

Als Konrad in Höhe der Gandersheimer Bank angelangt war, blieb er stehen. Irmingard errötete auf der Stelle, als sie merkte, dass der Blick des Königs auf sie gerichtet war. »Erhebt Euch, Gräfin Hammerstein«, sagte der König lächelnd. Irmingard stand auf. »Und erhebt auch Ihr Euch, Äbtissin von Gandersheim.« Dann wandte er sich Otto zu. »Und auch Ihr könnt Euch erheben, Graf Otto von Hammerstein.«

Otto erhob sich. Die Äbtissin hatte ihn genau instruiert, was er jetzt tun musste. Alle Umstehenden beobachteten gebannt die Szene. Man hätte eine Nadel fallen hören können.

Der Graf kam zögernd in die Mitte der Kirche, trat vor den König und sank auf beide Knie. Er legte sich flach auf den Boden und breitete beide Arme aus, in der allen geläufigen Geste der Unterwerfung und der Bitte um Vergebung. »Ich unterwerfe mich mit allem, was ich bin und was ich habe, Eurer Gnade, König Konrad.«

Konrads Gesicht war noch immer verschlossen, während Otto vor ihm in Unterwerfungshaltung verharrte. »Auch mit Eurem Leben und dem Eurer Gemahlin?«

»Auch mit unserem Leben«, erwiderte Otto. »Ich beschwöre es beim Erbe meiner Väter, bei Gott, der Heiligen Jungfrau und bei allen Heiligen.«

»Also gut«, sagte der König. Er war nicht mehr imstande, weiter mürrisch dreinzublicken, sondern musste lächeln. »Erhebt Euch, Graf Otto von Hammerstein.«

Der Truchsess des Königs brachte auf einem Stück Seide eine Hand voll Hammersteiner Erde. Otto formte die Hände zu einer Schale, der König streute einen Teil der Erde hinein, dann umschloss er als Lehnsherr die Hände Ottos mit den seinen.

»Ich erkläre die Bedingung für erfüllt, die ich vor Jahr und Tag beim Königsgericht in Mainz gestellt habe. Unserer Kanzlei liegt eine Urkunde des Heiligen Stuhls vor, und dieses Schriftstück sanktioniert die Ehe zwischen Graf Otto und Gräfin Irmingard. Graf Otto wird in seine alten Rechte eintreten. Der Verwalter Galad wird hiermit von mir abberufen.«

Galad, der die Szene mit keinem Blick gewürdigt hatte, atmete schwer wie nach einem Kampf. Noch immer hatte er die Augen starr geradeaus gerichtet.

»Seid Ihr sicher, dass Gott Euch für Eure Entscheidung nicht zur Rechenschaft ziehen wird, König Konrad?« Wie ein Dämon stand plötzlich Erzbischof Aribo mit wütendem Gesicht hinter dem König. Die Anwesenden hielten den Atem an.

»Was habt Ihr gesagt, Erzbischof?« Ganz langsam drehte sich König Konrad zu Aribo um.

»Ich fragte Euch, ob Ihr keine Angst vor der Strafe Gottes habt?«, presste Aribo hervor. Offenbar war er so voller Wut, dass er nicht mehr bei Sinnen war. »Denn dieser da …« Er deutete mit wutverzerrtem Gesicht auf Otto. »… hat meine Ehre und die Ehre der Kirche schlimmer beschmutzt als jemals ein anderer. Und Ihr verkündet, dass Ihr ihn in seine alten Rechte wiedereinsetzen wollt? Ihr verkündet dies hier, in einem geweihten Haus des Herrn, am höchsten Festtag der Christenheit? Damit lästert Ihr Gott!«

Da war wieder dieser Ton in Aribos Stimme, der die Menschen in Angst und Schrecken zu versetzen vermochte. Herausfordernd funkelte sein Blick die Umstehenden an.

»Glaubt Ihr, dass es Gott gleichgültig ist, wenn zukünftig ein jeder einem Bischof nachstellen kann, ohne dass der König ihn als der oberste Richter des Reichs bestraft? Glaubt Ihr wirklich, Gott wird dabei tatenlos zuschauen?«

»Ihr verrennt Euch, Erzbischof«, sagte König Konrad eisig, als Aribos flammende Rede an den Wänden der Kirche verhallt war. »Ihr seid schon immer zu sehr von Eurer eigenen Person eingenommen gewesen. Wie dem auch sei …« Der König machte eine knappe Geste zu einem seiner Hofkapellane: »Kaplan Gunther!« Der hatte nur auf ein Zeichen gewartet und eilte mit einer Urkundenrolle herbei, die er dem König überreichte.

»Ich denke, Ihr könnt Eure Bedenken dem Heiligen Vater selbst vortragen«, erwiderte König Konrad kalt lächelnd. »Denn auch Papst Johannes ist der Meinung, dass Ihr Euch in Eurer Anmaßung verrannt habt!«

»So ist das also!« Aribos wutverzerrtes Gesicht war eine einzige abstoßende Grimasse, vor der sich die Umstehenden angeekelt abwandten. Vor lauter Aufregung biss er sich auf die Unterlippe. »Ich wusste, dass er sich mit Euch gegen mich verbünden würde. Und ich hätte mich nicht täuschen lassen dürfen, was Eure Dankbarkeit betrifft«, sagte Aribo verächtlich.

Mit unbeweglicher Miene öffnete Konrad die Urkundenrolle, faltete das Pergament auseinander und hielt es Aribo entgegen. »Kennt Ihr dieses Siegel, Aribo?« Und als er keine Antwort erhielt, fuhr er fort: »Es ist das Bleisiegel des Papstes. Gott gewährt mir die große Ehre, Euch eine Botschaft des Heiligen Vaters übermitteln zu dürfen«, sagte Konrad ironisch. »Der Papst enthebt Euch Eures Amtes, und er entzieht Euch das Pallium! Von Stunde an seid Ihr nichts als ein einfacher Mönch. Ihr habt Euch auf geradem Weg nach Rom zu begeben, um vor dem Papst Rechenschaft abzulegen für Eure Amtsführung.«

»Ich denke nicht daran, mich diesem hergelaufenen …«

»Hütet Eure Zunge, Mönch Aribo! Von jetzt an schützt Euch die Würde Eures Amtes nicht mehr davor, zur Verantwortung gezogen zu werden!«

Aribo biss sich von neuem auf die schon blutende Lippe und schaute sich hilfesuchend um. Aber er sah bestenfalls mitleidige, vor allem aber hämische und schadenfrohe Gesichter. Er war wegen seiner Anmaßungen nicht nur beim König und beim Papst, sondern auch bei seinen Standesgenossen und beim Volk verhasst. Jetzt stand er ganz allein da, hilflos und vielleicht sogar ein wenig bemitleidenswert.

»Ihr habt gehört, was ich gesagt habe. Ihr könnt jetzt gehen, Mönch Aribo.« Plötzlich klang die Stimme des Königs wie ein gewaltiger Donner, unter den sich selbst Aribo duckte. »Draußen warten meine Leute. Begebt Euch in ihre Hände. Sie sind genau instruiert, wie sie mit Euch zu verfahren haben.«

Aribo hatte die Größe seiner Macht und die Bedeutung seiner

Person so falsch eingeschätzt, dass er sich niemals Gedanken darüber gemacht hatte, dass auch er fallen könnte. Umso verwirrter war er jetzt. Er raffte sein Erzbischofsgewand zusammen. »Wir werden sehen, wer am Ende das Recht und Gott auf seiner Seite hat!«, stieß er hervor und verließ mit rauschenden Kleidern die Kirche. Am Portal wurde er von einem wartenden Hauptmann der königlichen Garde in Empfang genommen.

Während alle noch Aribo hinterherstarrten, war Galad näher gekommen. Er baute sich vor Otto und dem König auf.

»Normalerweise würde Euch unser Dank gebühren, dass Ihr die Burg und die Grafschaft Hammerstein als Verwalter geführt habt«, sagte Konrad an Galad gewandt. »Doch uns sind einige unschöne Dinge zu Ohren gekommen. Damit ist jetzt ein Ende. Doch ich überlasse es dem Grafen von Hammerstein, Eure Untaten zu ahnden.«

»Mir steht die Herrschaft über Hammerstein zu, mir allein!«, erwiderte Galad, ohne sich um den König zu kümmern. »Unser Vater hat es immer so gewollt.« Seine Stimme klang rau, sein Gesicht war schweißbedeckt, und seine Augen funkelten irre.

Otto stand kreidebleich da, wütend und unfähig, auch nur ein Wort hervorzubringen.

»Ich will, dass du mit mir kämpfst, Bruder! Kämpfe mit mir, dann wird sich zeigen, wer von uns beiden Recht hat! Wir wollen endlich ausfechten, was sich in all diesen Jahren aufgestaut hat. Ich fordere dich zu einem Zweikampf heraus auf Leben und Tod!«

»Ich kämpfe nicht mit dir«, erwiderte Otto. Hatte er nicht genau das verhindern wollen: einen blutigen Kampf unter Brüdern?

Galad lachte kalt. »Ich habe es nicht anders erwartet! Wenn es ums Ganze geht, ziehst du den Schwanz ein, mein kleinlauter Bruder!«

»Du kannst mich nicht beleidigen. Ich kämpfe nicht mit einem Mann, in dessen Adern das gleiche Blut fließt wie in meinen.«

»Glaubst du, das hat irgendeine Bedeutung? Und was ist mit deiner Ehre?« Angewidert verzog Galad das Gesicht. »Feigling!«

Jetzt erhob sich ringsum ein Murmeln. Der König indessen schien in den Bruderzwist nicht eingreifen zu wollen. Alles hing jetzt von Ottos Entscheidung ab. Er durfte seine neu gewonnene Ehre nicht vor aller Augen von Galad auf diese verächtliche Weise beschmutzen lassen. Aber er zögerte noch. Gab es denn wirklich keinen anderen Weg, als dem Spuk mit Galad in einem gerechten Zweikampf ein für alle Mal ein Ende zu bereiten?

Galad lachte hämisch, als er Ottos Zögern bemerkte. »Also gut, du wolltest es nicht anders. Wenn dir deine Ehre nichts wert ist, wie ist es dann mit der Ehre deiner Gemahlin?«

Jetzt reichte es Konrad. Er machte eine ärgerliche Geste. »Bringt diesen Mann hinaus!«, befahl er. »Er ist nicht bei Sinnen! Draußen werdet ihr sein Mütchen kühlen.«

»Weißt du, was man sich auf den Marktplätzen erzählt?« Galad wich irre lachend vor den Rittern des Königs zurück. »Man fragt sich, warum Irmingard in Rom einen so durchschlagenden Erfolg gehabt hat. Und manche meinen, sie hat mit ihrer Ehre bezahlt!« Er lachte schallend.

Sofort brandeten Rufe der Empörung und Entrüstung durch die Kirche. Die Ritter des Königs packten Galad bei den Schultern. Die Äbtissin bemerkte, dass sich Irmingards Gesicht mit Röte überzog. Doch wenn es außer ihr auch andere bemerkt hatten, so schrieb man es der unglaublichen Beleidigung zu, die der Gräfin angetan worden war.

Plötzlich war Otto bei Galad. »Lasst ihn los!«, sagte er eiskalt und baute sich vor seinem Halbbruder auf. »Galad hat Recht. Es muss ein Ende haben. Ich nehme die Herausforderung an, Galad. Ein ritterlicher Zweikampf soll entscheiden, auf wessen Seite Gott steht, ein für alle Mal.«

19. Kapitel

Die Menschenmenge, die am Ostermontag den Platz des Zweikampfs zwischen Otto und Galad umringte, zählte tausende, obwohl das Wetter umgeschlagen war. Der Wind blies heftig aus dem Frankenreich herüber, graue, tief hängende Wolken flogen über den Himmel, der immer wieder seine Schleusen öffnete. Die Leute fieberten dem Lanzenstechen der Halbbrüder entgegen, und auch auf den Tribünen entlang des Kampffelds war trotz der Regenschauer kein einziger Platz mehr frei.

Die Vorkommnisse während der Hochmesse am Ostermorgen hatten sich wie ein Lauffeuer herumgesprochen, der Höhepunkt des Bruderzwists war in aller Munde. Angesichts eines Kampfes auf Leben und Tod waren die Menschen von einer angespannten Erregung erfasst. Sie alle waren gekommen, um die Ritter kämpfen zu sehen; aber dass sie nun einen Zweikampf auf Leben und Tod zwischen dem Grafen Otto und seinem Halbbruder Galad geboten bekamen – damit hatte keiner von ihnen gerechnet.

Unter den unzähligen Zuschauern waren auch drei junge Männer, die in der Nähe der Haupttribüne standen. Sie waren durchnässt vom letzten Regenschauer, es schien sie aber nicht im Geringsten zu kümmern. Sie hatten schon ziemlich gehörig dem Weinbrand zugesprochen.

»Der alte Graf gegen seinen Bruder! Na, wenn das kein Grund zum Feiern und zum Saufen ist!«, rief einer von ihnen, seiner Tracht nach der Zunft der Schneider zugehörig.

»Bei allen Teufeln! Ihr ahnt ja gar nicht, wie sehr ich darauf gespannt bin, wie dieser Zweikampf ausgeht«, sagte der Zweite, ein Zimmermann. »Wenn es doch nur bald losgehen würde!«

»Du bist gespannt?«, fragte der Schneidergeselle. »Ich habe keine Zweifel daran, dass unser Graf Otto gewinnen wird.«

»Otto?«, fragte der Dritte entrüstet. Seiner Kleidung nach stand er als Knecht beim Grafen Galad in Dienst. Er lachte höhnisch. »Wisst ihr eigentlich, wie lange Otto mit den Gauklern übers Land gezogen ist? Er ist inzwischen mehr Spielmann als Ritter! Wie soll er da gegen unseren Herrn Galad bestehen? Alle wissen doch, dass Galad ein geschickter Kämpfer ist.«

Der Schneider spuckte aus. »Galad ein geschickter Kämpfer? Na ja. Die meisten sagen, er ist hinterlistig und blindwütig. Du solltest endlich die Augen öffnen, Krull! Gott und der König stehen auf der Seite von Otto und Irmingard. Die Zeit von Galad geht zu Ende und damit auch deine Zeit auf Burg Hammerstein!« Aus seiner Stimme klang eine gewisse Genugtuung. »Oder glaubst du etwa, Graf Otto wird irgendeinen weiterbeschäftigen, den sein Bruder in den Dienst genommen hat?«

»Noch ist das letzte Wort darüber nicht gesprochen.« In die Augen von Galads Knecht trat ein böses Funkeln. »Und ich finde, du solltest dich mit deinen Worten im Zaum halten, Schneiderlein, nur zu deiner eigenen Sicherheit.«

»Hast du es immer noch nicht begriffen, Krull?«, fuhr der Zimmermann dazwischen. »Glaubst du, deine Drohungen fruchten jetzt noch etwas? Galads Zeit ist vorbei, und du wirst deine Kleider eines gräflichen Knechts schneller ausziehen, als du denkst!«

»Warten wir es ab«, sagte Krull mit verkniffener Miene. »Ottos Hochmut wird ihn zu Fall bringen, kaum dass er wieder aufgestanden ist.«

Minhorst – der Schneidergeselle – lachte lauthals. »Da ist wohl der Wunsch der Vater des Gedankens«, warf er ein und klopfte Krull auf die Schulter. Der stieß Minhorsts Hand von sich. »Du hast Angst, dass dich Baldwine nicht mehr anschauen wird, wenn du deine Stellung auf Burg Hammerstein verlierst!«

»Was hat Baldwine denn damit zu tun?«, rief Krull empört.

»Glaubst du, sie liebt dich, weil du ein so schöner Mann bist?«, lachte der Zimmermann verächtlich, seinerseits mit einem abstoßenden Ausschlag geschlagen. »Was denkst du denn, warum Baldwine dich unbedingt haben wollte, kaum dass du Galads Knecht geworden bist, he? So einen Einfaltspinsel wie dich hätte sie doch sonst nicht genommen bis zum Tag des Jüngsten Gerichts.«

»Tyn, und ich hatte gedacht« – Minhorst senkte die Stimme –, »Baldwine hat unseren Krull wegen ganz anderer Qualitäten genommen.« Er fasste sich zwischen die Beine und zog eine vulgäre Grimasse gegenüber einer in der Nähe stehenden Frau, die sich entrüstet abwandte.

Krull spuckte aus. »Das ist doch der pure Neid, der aus euch spricht, weil ihr nicht so ein Weib neben euch liegen habt …«

»Psst!«, machte Minhorst und deutete mit dem Kopf in Richtung der Tribüne. »Hörst du die Posaunen? Ich glaube, der König kommt!«

Otto schaute ein letztes Mal zu Irmingard hinüber, die ihn mit einer Mischung aus Angst und Aufmunterung ansah, dann gab er seinem Pferd die Sporen, genauso wie es Galad am gegenüberliegenden Ende der Turnierbahn mit seinem Hengst tat. Er war jetzt frei von Furcht, aber auch Hass. Er legte sein Schicksal in Gottes Hand.

Ein Kampfgefühl wie bei den Schlachten in Aquitanien überkam ihn. Das gleiche Kribbeln im Nacken. Das Gefühl, von den vier Elementen beflügelt zu sein: getragen vom Wind, verbunden mit der Erde, mit Feuer im Herzen und die Gedanken klar wie das Wasser in einem Quellfluss.

Auf halbem Weg klappte er das Visier herunter. Jetzt war das ganze Blickfeld schwarz, bis auf den winzigen Sehschlitz. Sofort war auch die Hitze wieder da, wie immer in der engen Rüstung, die schwer auf seinen Schultern ruhte. Das Pferd galoppierte jetzt schneller. Die Sonne kam durch, die Strahlen brachen sich auf Galads Rüstung. Er solle sich mehr von seinen Gefühlen leiten lassen, hatte die Äbtissin Sophia zu ihm gesagt, und genau das tat er jetzt. Der Boden zitterte unter den Hufen der Schlachtrösser, auf denen er und sein Halbbruder aufeinander zustürmten. Der Schlamm der Kampfbahn spritzte hoch, vermischte sich mit dem Sägemehl, mit dem die Bahn präpariert worden war.

Er war jetzt Teil einer einzigen fließenden, harmonischen Bewegung wie die einer Welle, die mit zerstörerischer Wucht an den Strand rollt und sich dabei zu ungeahnter Größe aufrichtet … Ottos Lanze krachte auf Galads Schild. Die tausendköpfige Menge schrie hysterisch auf. Galad verfehlte sein Ziel, stach ins Leere, aber der Aufprall von Ottos Lanze war nicht so heftig gewesen, dass es Galad aus dem Sattel gehoben hätte. Otto sah durch den Sehschlitz seines Visiers, dass die Zuschauer auf den Tribünen aufgesprungen waren. Das Volk schrie und jubelte. Otto versuchte, Irmingard unter den heftig gestikulierenden Zuschauern auf der Tribüne auszumachen, aber die Gestalten und Gesichter glitten so schnell an ihm vorbei, dass es ihm nicht gelang. Er warf seine zersplitterte Lanze achtlos zur Seite, griff sich die neue, die Hermann am Ende der Turnierbahn für ihn bereithielt.

Er wendete sein Pferd. Der Schweiß rann ihm in die Augen, sodass er blinzeln musste. Aber seinem Halbbruder würde es genauso ergehen. Auf der gegenüberliegenden Seite der Kampfbahn ging der ebenfalls wieder in Position. Hinter ihm ragte Burg Hammerstein in den Himmel. Jetzt hatte Otto die Sonne im Rücken. Obwohl seine Lanze noch heil war, tauschte auch Galad sie gegen eine neue aus. Mit einer wütenden Geste riss er sie Brunswic, seinem Knappen, aus der Hand. Doch die Lanze missfiel ihm. Mit einem Fluch gab er sie zurück, verlangte eine neue. Der

Knappe duckte sich und befolgte den Befehl so hastig, dass er beinahe über die eigenen Füße gestolpert wäre. Die Menschenmenge kicherte. »Idiot!«, stieß Galad hervor, behielt aber die Lanze, die der Junge ihm jetzt reichte. Brunswic war die Röte ins Gesicht gekrochen. Er stellte sich abseits, im Schatten des Zeltes auf, in dem Galad seine Waffen und seine Rüstung aufbewahrte.

Dann gab der Turniermeister mit seinem rot-weiß geringelten Stab das Zeichen, und wieder stürmten die beiden Ritter aufeinander zu. Das Volk hielt den Atem an. Wenige Augenblicke, bevor sie aufeinander trafen, irrte Ottos Blick erneut zu der Stelle auf der Festtribüne hinauf, wo er Irmingard und die Gandersheimer Gefolgschaft vermutete.

Der Blick hatte ihn eine Sekunde gekostet. Eine Unachtsamkeit im falschen Moment. Otto wusste es sofort, aber im gleichen Augenblick krachte Galads Lanze auch schon auf seinen Schild und zersplitterte. Die Wucht des Aufpralls schoss durch Ottos Körper. Wieder schrie die Menge auf.

Sein Arm war taub, und er hatte Mühe, sich im Sattel zu halten. Der Schweiß lief ihm in Bächen in die Augen, und er konnte kaum noch etwas sehen. Er musste die Zähne zusammenbeißen, so sehr schmerzte der Stoß. Das Blut wich aus seinem Kopf, und ihm wurde schwarz vor Augen. Der Aufschrei des Volkes schien so fern, wie von der anderen Seite des Rheins kommend. Otto schwankte im Sattel, aber er konnte sich mit Müh und Not halten. Am Ende der Kampfbahn brachte er sein Pferd abermals zum Stehen. Beifall brandete auf, als der Graf seine Lanze fortwarf und eine neue Waffe verlangte.

Wieder gab der Turniermeister ein Zeichen. Otto ließ sein Pferd angaloppieren und gab ihm die Sporen. Noch zwanzig, fünfzehn Schritt … sein Pferd preschte auf den Gegner zu.

Otto zielte. Und traf!

Genau die Stelle des Schilds, wo einer der Haltebügel saß. Als Galad aufschrie, war Otto schon an ihm vorbei. Im gleichen Augenblick hörte Otto das charakteristische Geräusch eines reißenden Sattelgurts. Ein Raunen ging durch die Menge.

Mit einem Scheppern und dumpfem Aufprall ging Galad zu Boden, und das Volk jubelte.

Otto sprang aus dem Sattel. Galad rappelte sich so schnell, wie seine Ritterrüstung es zuließ, vom Boden auf. Er stieß ein raues Lachen aus, um zu zeigen, dass mit ihm immer noch zu rechnen sei. Beide hielten jetzt in der Rechten das Schwert und mit der Linken den Schild.

Mit einer groben Geste forderte Galad seinen Halbbruder zum Kampf auf. Vorsichtig umkreisten sie einander. Ihre Bewegungen wurden langsamer und schwerfälliger, sie keuchten vor Anstrengung. Die schweren Rüstungen behinderten sie zusehends. Obwohl es kühl war, wurde die Hitze unter Helm und Brustpanzer schier unerträglich. Aber das galt für beide.

Sie hatten schon miteinander gekämpft, auf dem Übungsplatz der Burg, aber das letzte Mal war vor Jahren gewesen. Der Kampfstil hatte sich geändert.

Plötzlich machte Galad einen Ausfallschritt, wendete dann flink in einem engen Kreis und nutzte den Schwung dieser Bewegung, um Otto mit vier, fünf eisenharten Schlägen seines Schwerts zu bedrängen, die er in kürzester Folge ausführte. Funken sprühten vom Schlag des Schwerts auf den Beschlag des Schilds. Otto hatte Mühe, den Angriff abzuwehren.

Galad riss als Erster den Helm vom Kopf, um besser atmen zu können. Mit einem Kampfschrei warf er ihn in hohem Bogen zur Seite. Otto zögerte keinen Augenblick und entledigte sich ebenfalls des hinderlichen Helms. Für eine kurze Zeit standen sie drei Mannslängen voneinander entfernt in der Mitte der Kampfbahn und sogen gierig die frische Luft ein. Wo der Schlitz ihrer Visiere gewesen war, überzog ein Band aus Schlamm Gesicht und Augen.

Mit einem Mal überzog ein Grinsen Galads vor Anstrengung verzerrtes Gesicht: Er hatte am Boden die eiserne Spitze einer der

Lanzen entdeckt, die sie zuvor zerbrochen hatten. Blitzschnell hob er die ellenlange Eisenspitze auf und schleuderte sie mit aller Wucht in Ottos Richtung. Während Otto dem Wurfgeschoss auswich, trat Galad mit seinem schweren Stiefel gegen Ottos Knie. Galad grunzte zufrieden, als Otto einknickte. Ein wuchtiger Schlag mit der Schildkante gegen den Rückenpanzer des Grafen fällte ihn endgültig. Alles Volk hielt den Atem an, vereinzelte Schreckensschreie wurden laut.

Galad stand triumphierend über Otto, der jetzt unbeweglich auf dem Rücken lag und sich offenbar nicht mehr zu wehren wusste. Ottos Schwert lag eine Mannslänge von ihm entfernt im Staub, außerhalb seiner Reichweite.

»Macht endlich Schluss, Herr!«, riefen vereinzelt Anhänger und Gefolgsleute Galads. »Schnell, bevor die Gelegenheit vorüber ist.«

»Du wirst jetzt vor deinen Richter treten, Bruder«, presste Galad hervor. Ganz langsam hob er sein Schwert, um Otto den letzten Stoß zu versetzen. Atemlose Stille hatte sich über den Platz gesenkt. Der Schwarm schwarzer Vögel, der wegen des Kampflärms von den Zinnen der Hammersteiner Stadtmauern aufgeflogen war, machte kehrt und strich ganz dicht über den Turnierplatz und die beiden Schwertkämpfer hinweg.

Einen winzigen Augenblick lang war Galad durch die Schatten, die der Vogelschwarm warf, abgelenkt. Otto nutzte diesen Augenblick. Er krallte seine Hand in den Dreck, schleuderte dem Gegner das Geschoss aus Schlamm und Sägemehl mitten ins Gesicht.

Galad reagierte sofort. Blitzschnell ließ er sein Schwert dorthin hinabsausen, wo Otto eben noch gelegen hatte. Der aber hatte sich flink zur Seite gerollt und sein Schwert ergriffen. Galads Hieb ging daneben, verfehlte Ottos Brust um ein Haar. Freudige Schreie durchbrachen die Stille.

Mit letzter Kraft ging Otto aus der rollenden Bewegung wieder in den Stand. Er holte zu einem gewaltigen Hieb aus, der wieder auf Galads Schwertarm zielte. Er spürte, dass es seine letzte Chance war. Wenn er jetzt nicht die Oberhand gewann, dann würde Galad ihn zweifelsohne besiegen. Alles, was sein Körper an Kraft und Behändigkeit aufbringen konnte, war in dieser letzten Kampfaktion. Und der Abwehrreflex des Halbbruders war zu langsam. Zwischen dem Kettenschutz des Arms und dem stählernen Handschutz traf die Klinge die schmale, ungeschützte Stelle, wo sie Galads Handgelenk durchtrennte.

Das Blut spritzte wie eine Fontäne.

Alles schrie auf. Die Adligen auf den Tribünen, der König und sein Gefolge: Sie alle waren aufgesprungen, gestikulierten wild durcheinander.

Galad begriff zuerst nichts.

Er starrte auf seine rechte Hand, die nur noch von ein paar Fasern und Sehnen gehalten am Arm hing. Er starrte auf das spritzende Blut und schien nicht zu begreifen, dass es sein eigenes war. Sein Knappe Brunswic kam herbeigelaufen, mit Panik im Gesicht hielt er hilflos den Arm seines Herrn.

Galad atmete flach. »Mach endlich ein Ende!«, keuchte er halb besinnungslos vor Schmerz. »Auf Leben und Tod haben wir gesagt«, stieß er hervor. »Also los!«

Aber Otto verwehrte ihm den tödlichen Stoß.

Er schüttelte den Kopf, ignorierte die zahlreichen Zurufe aus dem Volk, Galad endlich zu erledigen. Irgendwoher hatte Brunswic ein Tuch geholt und den Armstumpf, an dem noch immer die Hand hing, umwickelt, aber sofort färbte sich das Linnen rot. Der Blutverlust war gewaltig.

Auf ein Zeichen des Grafen brachte man eine Bahre und legte Galad darauf. Brunswic und ein paar andere von Galads Männern machten Anstalten, ihn fortzubringen. »Zafirah …«, flüsterte der Getroffene. »Mutter …«

»Gott hat entschieden!«, rief jemand aus der Menge. »Gott wollte es so!«

Zahlreiche Stimmen nahmen den Ruf auf, und er setzte sich fort bis hinüber zum Rand des Turnierplatzes, wo die bunten Wimpel wie zu Galads Hohn fröhlich im Wind knatterten. Die Sonne hatte inzwischen ihren höchsten Stand erreicht.

Währenddessen versorgte der Wundarzt den Verstümmelten. Er drückte die Schlagader unterhalb der Achselhöhle ab und machte sich daran, den provisorischen Verband zu entfernen. Kaum lag die Wunde offen, spritzte abermals eine Blutfontäne empor. Der Medikus zog ein Messer aus seinem Umhang. Er zitterte. Mit zwei, drei Schnitten durchtrennte er die wenigen Sehnen, welche die abgetrennte Hand noch hielten.

Dann legte er mit flinken Händen einen eng sitzenden Verband um den Armstumpf an. Er nahm einen Knebel, schob ihn in die Achselhöhle, um die Ader abzudrücken und den Blutfluss zu verringern, knotete einen straffen Verband darüber und gab den Knappen geflüsterte Anweisungen. »Mehr kann ich nicht tun«, sagte der Medikus am Ende skeptisch. An seiner Miene konnte man ablesen, dass er für das Überleben Galads keinen Pfifferling mehr gab.

Galad gewahrte von all dem nur Bruchstücke. Manchmal waren die Schmerzen in seinem Arm so stark, dass ihm die Sinne schwanden; dann wieder spürte er seine Hand noch, als gehörte sie nach wie vor zu seinem Körper, und er tauchte an eine Oberfläche der Wirklichkeit, die jedoch trügerisch war.

Flüchtig sah er das Gesicht des Königs und der Königin, daneben das Grafenpaar, das sich umarmte.

Dann umbrandeten die Schmerzen und der Hass Galads Geist von neuem. Zugleich erfüllte ihn jedoch wie ein helles, warmes Licht eine Sehnsucht, die er nicht benennen konnte.

Die Welt versank.

Alles war rot, in sein Blut getaucht. Zwar hörte er, dass der König zu reden begann, aber keines seiner Worte drang in Galads

Bewusstsein. Er wusste, dass er sterben würde, aber es kümmerte ihn nicht. Im Gegenteil. Er sehnte sich danach, endlich erlöst zu werden von seinem Leben. Von seinem Halbbruder. Von seiner Mutter. Von Burg Hammerstein. Von dieser Welt.

Als sich die Schleier vor seinen Augen lüfteten, gewahrte er, dass sein verhasster Halbbruder neben seiner Bahre kniete und den Arm um seine Schultern legte. Mit aller Macht versuchte Galad, sich dagegen zu wehren, sich aufzurichten, aber seine Kräfte reichten nicht einmal dazu, sich mit Worten gegen Ottos Großmut zur Wehr zu setzen. Eine Großmut, die ihn verhöhnte.

Doch dann kehrte Galad noch einmal an die Wirklichkeit seines vergehenden Lebens zurück, wie ein Ertrinkender, dem es ein letztes Mal gelingt, an die Oberfläche des Meeres zu stoßen. Plötzlich sah er seine Umgebung, den Turnierplatz, die dahinziehenden Regenwolken, die schwarzen Vögel, die wehenden Fahnen, den König, die Menschen. Und er sah alles so klar und deutlich, wie er niemals zuvor etwas gesehen hatte. Er war zutiefst verwundert. Sein Hass war verschwunden, als hätte es ihn niemals gegeben. Er lag in Ottos Arm und war glücklich, auf diese Weise zu sterben. Ottos Gesicht war voller Mitleid, und so sehr Galad zuvor alles Mitleid gehasst hatte, so sehr war jetzt dieses Mitleid Balsam für seine Seele.

Unendlich tief war der Himmel über Hammerstein, und jetzt schob sich Ottos Gesicht vor diesen Himmel. In seinen Augen schimmerten Tränen.

20. Kapitel

Das Grafenpaar hatte das Möglichste getan, um zwei Tage nach dem Lanzenstechen zu Ehren des Königs eine festliche Tafelrunde zu geben, die nichts von den Entbehrungen widerspiegelte, die das Land den Winter über hatte erdulden müssen. Tatsächlich war in den Vorratskammern der Burg nichts von der Hungersnot zu spüren: Der Schwarze Graf hatte in Saus und Braus gelebt, während die Untertanen darbten.

Jenseits der offenen Fenster des Rittersaals senkte sich die Frühlingssonne rot glühend dem Abend entgegen. Das schlechte Wetter war vorbei. Die Musik spielte jetzt laut jauchzend eine feine, südländisch anmutende Weise.

Otto spürte, wie die Hand der Gräfin, die bisher nach höfischer Art in der seinen geruht hatte, sich von seiner löste. Aber ehe er sie fragen konnte, ob es etwas Besonderes auf sich hatte mit dieser Musik, erhob der König seinen Trinkpokal und nickte dem Grafen zu.

»Ich kann Euch nicht oft genug zu Eurem bravourösen Schwertkampf gratulieren«, sagte der salische König Konrad II., der Mann, der erst vor einem Jahr in Mainz über Graf Otto zu Gericht gesessen hatte. »Ich bin sicher, man wird noch in vielen, vielen Jahren die Geschichte von Graf Otto und dem erbitterten Zweikampf mit seinem Halbbruder erzählen. Außerdem bin ich überaus zufrieden, dass diese leidige Angelegenheit auf dem Feld der ritterlichen Ehre entschieden worden ist.«

»Ein Glück auch, dass Ihr diese wandelnde Pestbeule Aribo ins Kloster geschickt habt, Herr«, sagte die Königin Gisela auf ihre unverblümt-schwäbische Art.

»Vielleicht wird uns jetzt das Regieren um einiges leichter fallen.« Der König ließ sich den Wein schmecken. »Ich habe Aribos Kanzlei durchsuchen lassen. Und erst allmählich wird mir bewusst, welches Ausmaß seine Intrigen hatten. Ich ...« Der König machte den Eindruck, als wollte er noch etwas sagen, aber er schüttelte nur den Kopf. »Wie das Netz einer Spinne«, flüsterte er dann. Irmingard spürte, wie sich auf ihren Armen eine Gänsehaut bildete.

Königin Gisela nickte. »Wenn man bedenkt, was er noch alles hätte anrichten können, dann kann einem ganz schwindelig werden. Er hat nicht einen Funken ritterlicher Ehre! Er ist böse. Vom Teufel besessen.« Die Königin – sie trug ein wunderschönes, venezianisches Diadem im Haar, das sie mit filigranen Goldfäden zu kunstvollen Knoten gebunden hatte – schüttelte den Kopf. Plötzlich wurde ihr Gesicht ernst. Sie legte der neben ihr sitzenden Gräfin Irmingard die Hand auf den Arm. »Liebe Freundin ... entschuldigt, wenn meine Frage indiskret sein sollte. Aber wir sind ja unter uns.« Am Ehrentisch der Gastgeber saßen nur der König und die Königin. Die anderen Gäste, Edle, die zum Königsgericht nach Hammerstein gekommen waren, hatten an der langen Tafel Platz genommen. »Stimmt es, was man mir über die Ränke dieser Hexe Zafirah berichtet hat?«

Irmingard lächelte gequält. »Ihr seid nicht indiskret, Herrin.« Sie neigte kurz den Kopf. Ihr blondes Haar schimmerte unter einem federleichten, hellblauen Chiffonschleier. »Wenn Ihr meint, dass Zafirah mir all die Jahre ein Mittel unters Essen hat mischen lassen, um eine Empfängnis bei mir zu verhindern, so kann ich das nur bestätigen.«

»Und weshalb hat sich die Hexe von ihrem Turm gestürzt?« Königin Gisela war aufgeregt und neugierig. Wo sonst als bei solchen Festen erfuhr man die Dinge aus erster Hand?

»Ich weiß es nicht«, erwiderte die Gräfin müde. »Vielleicht

weil sie die Rache von Graf Otto fürchtete …« Sie zuckte mit den Schultern. »Ich weiß es wirklich nicht …«

»Wie dem auch sei, ich hoffe, Ihr habt davon keine bleibenden Schäden behalten«, sagte die Königin mit echter Besorgnis. Dann aber gewann wieder ihr Humor die Oberhand: »Wiewohl, dieses Rezept der unseligen Zafirah würde so mancher Jungfer nicht wenige Denare wert sein.«

Der König, der dem Gespräch mit einem Ohr gefolgt war, lachte herzlich. Nur wenn Gisela an seiner Seite war, konnte er so unbeschwert lachen. »Es wird sich sicherlich bald herausstellen, ob das Mittel noch wirkt oder nicht. Dafür dass die Gräfin bis vor kurzem noch so krank war, sieht sie blendend aus. Habe ich nicht Recht?«

Gisela nickte zustimmend. »Der Aufenthalt in Italien hat Euch verändert, Gräfin. Er hat Euch gut getan. Früher kamt Ihr mir immer so … verzeiht … unwirklich vor. So als schwebtet Ihr über dem Boden. Eure Haut war weiß. Jetzt aber ist sie leicht gebräunt, und Ihr seht aus wie mitten aus dem Leben, wenn ich es einmal so sagen darf.«

»Also vergessen wir die Hexe«, schlug der König vor. »Sie ist in der Hölle, wo sie hingehört. Wir sollten uns den Tag nicht verderben lassen. Wir wollen feiern, dass alles gut ausgegangen ist.«

»Ihr habt natürlich Recht – wie immer«, sagte Königin Gisela. Wie so oft lag eine Spur liebevoller Spott in ihrer Stimme. »Wir sollten feiern! Kein Wort mehr über die Hexe!« Sie lächelte ihren Gemahl spitzbübisch an. Es war kennzeichnend für ihre gute Ehe, dass sie wie zwei Freunde miteinander umgingen.

Die Pagen und Diener kamen auch jetzt noch kaum nach mit dem Auftragen der Gänge, nachdem das Fest über zwei Stunden im Gang war und der Tag sich langsam zum Abend neigte: Schwan und Spanferkel, Hecht und Wachteln, Reh und Zicklein, von allem, was Gärten und Höfe und Teiche, die Felder und Wälder und Flüsse der Grafschaft Hammerstein hergaben, wurde reichlich aufgefahren. Dazu floss der Wein in Strömen, sodass die vielköpfige Festgesellschaft sich laut und fröhlich unterhielt.

Weder König Konrad noch seine Gemahlin bemerkten, dass ein Schatten über Irmingards Gesicht huschte, als Gisela sagte, dass es, jetzt, nachdem sich alles zum Besten gewandt hatte, sicherlich bald einen Nachfolger für den Grafenstuhl geben würde. Äußerlich gaben Otto und Irmingard das perfekte Grafenpaar ab, und keiner sah den Riss zwischen ihnen. In den letzten beiden Tagen hatten sie keine Zeit füreinander gehabt, ihre Gastgeberpflichten hatten sie überrollt wie eine Lawine. Und dennoch: Das Ungesagte und Uneingestandene, das war sowohl Otto als auch Irmingard bald klar geworden, stand zwischen ihnen, und sie hatten beide Angst davor, was geschehen würde, wenn das Ungesagte dann doch ausgesprochen wäre. Andererseits genossen sie trotz aller Unstimmigkeiten die Gegenwart des anderen. Nur die alte Vertrautheit hatte sich nicht wieder uneingeschränkt eingestellt.

»Ein Glück nur«, fuhr der König im Brustton der Rechtschaffenheit fort, »dass sich das Problem Zafirah von selbst gelöst hat.«

»Habt Ihr nicht selbst gesagt, wir sollten das Thema wechseln?«, erwiderte Gisela.

Konrad nickte. »Das ist wohl schwerer als gedacht. Ich muss immerfort daran denken, was geschehen ist. Aribo war mein Reichskanzler. Wenn ich bedenke …« Die Miene des Königs verfinsterte sich. »Stimmt es, dass es eine Eurer treuesten Küchenmägde war, die Euch jahrelang diese Substanz ins Essen gemischt hat?«

»Sie ist gerichtet«, sagte Otto mit steinerner Miene. »Aber das war nicht schwer. Viel schwerer wird es sein, die Grafschaft wieder aufzurichten.«

»Sagt, was Ihr braucht.«

»Sire … dass Ihr mich für die kommenden drei Jahre von den Verpflichtungen meiner Gefolgschaft, von Heeresfolge und Königsgastung und allen Abgaben befreit habt, ist schon mehr, als ich erwarten konnte. Mein Land hat Kraft. Wenn Gott uns keine Plage schickt, keine Hungersnot und keine Missernte, dann wird es sich schnell erholen. Die Menschen lieben dieses Land. Mit ein wenig Glück werde ich meine Gefolgschaftspflichten schon vor Ablauf der drei Jahre wieder erfüllen können.«

Irmingard spürte, dass dies der Otto war, den sie immer am meisten geliebt hatte, den in seinem Land verwurzelten Beschirmer seiner Grafschaft, in dessen Nähe sie sich so unglaublich sicher fühlte. Doch da war auch eine neue Seite, die sie an ihm entdeckt hatte und die sie immer wieder in Erstaunen setzte. Etwas an ihm war anders geworden, sie wusste nur noch nicht genau, was. Manchmal kam es ihr so vor, als müsste sie ihn erst wieder kennen lernen.

»Ich wünschte nur, alle meine Gefolgsleute wären so wie Ihr, Graf«, seufzte der König. »Dann bräuchte ich mir um dieses Reich keine Sorgen zu machen.«

»Ihr Männer seid doch alle gleich«, lachte Gisela. »Irgendwann kommen sie ja doch immer bei ihrer Politik an. Stimmt es, Gräfin?«

Irmingard nickte abwesend. Sie war genauso wie Otto nicht recht bei der Sache. Wenn das Königspaar allerdings irgendetwas davon bemerkte, dann ließ es sich nichts anmerken, oder sie schoben es auf die schlimme Zeit, die hinter den beiden lag.

»Ich sehe, einer fehlt bei diesem Fest«, stellte die Königin nach einer Weile fest. »Aber ich kann schon verstehen, dass Eurem Ritter Nuradin nicht zum Feiern zumute ist. Niemals hat jemand so schnell eine Tochter gewonnen wie verloren.«

»Ihr meint die Geschichte mit dem Ring, die in aller Munde ist?«, sagte der König.

Als Irmingard Nuradin nach all den Monaten begrüßt hatte, war dessen Blick auf den Ring gefallen, den die arabische Tänzerin der Gräfin in Rom überlassen hatte. Nuradin war wie erstarrt gewesen. Er hatte den Ring wiedererkannt: Diesen Ring hatte er einst einer Frau geschenkt, der einzigen Frau, die er je geliebt hatte. Tragische Umstände hatten sie getrennt, das Schicksal hatte ihnen übel mitgespielt, und selbst wenn Nuradin davon gewusst hätte, dass sie sein Kind unter dem Herzen trug, hätte er nichts daran ändern können, dass er sie für immer verlor. Otto bezweifelte, ob sein Freund tatsächlich sicher sein konnte, dass die Araberin seine Tochter war. Doch darauf angesprochen, deutete Nuradin auf sein Herz.

»Es ist so, als müsste ich mein Schicksal ein zweites Mal durchleiden. Zuerst die Mutter und jetzt die Tochter. Doppelt büße ich jetzt, dass ich ihr damals nicht helfen konnte.« Der Graf sagte seinem Gefährten zwar, dass er keine Schuld trage, aber Nuradin vermochte er nicht davon zu überzeugen. Der unglückliche Maure schloss sich in seiner Kammer auf der Burg ein und erhielt von Graf Otto die Erlaubnis, nach Rom fahren zu dürfen, um an Nadiras Grab zu beten: »Vielleicht findest du dort deinen Seelenfrieden.«

Nuradin ließ sich von der Gräfin erklären, wo Nadiras Grab war. Fra Padano hatte sie für eine Christin ausgegeben, berichtete Irmingard mit erstickter Stimme, und so wurde sie neben Maurizio in der heiligen Erde des kleinen Klosterfriedhofs St. Johannes der Täufer begraben, wo Nadira zuletzt gewohnt hatte. Irmingard hatte erst später, im Kloster S. Maria in Campo Marzio, durch die Äbtissin Sophia von dem Begräbnis erfahren. Einmal hatte Irmingard das Doppelgrab besucht. Die hinterste Ecke hatte der Abt den beiden Fremden vergönnt, und wenn Fra Padano nicht so gute Beziehungen zum Heiligen Stuhl gehabt hätte, dann hätte er dem Begräbnis auf seinem Friedhof wahrscheinlich niemals zugestimmt. Keiner fragte Nuradin, zu welchem Gott er am Grabe Nadiras beten würde, die er für seine verlorene Tochter hielt.

»Ich zweifle keinen Augenblick an dieser Geschichte«, sagte die Königin eifrig. »An diesem Beispiel sieht man, wie erbarmungslos das Schicksal sein kann und wie standhaft der Mensch in seinem Glauben sein muss, wenn er nicht verzweifeln will. Gräfin, Ihr glaubt doch sicher, dass diese wunderbar traurige Geschichte wahr ist?«

Irmingard zögerte. »Ich weiß es nicht genau …«

»Seht Ihr, Gisela, selbst die Gräfin zweifelt daran, und sie muss es schließlich wissen«, sagte der König zufrieden. »Solche Ringe gibt es gewiss nicht nur ein einziges Mal.«

»Und die anderen Übereinstimmungen? Sollen das wirklich alles Zufälle sein?«, fragte Gisela skeptisch.

König Konrad lachte. Sein freundliches, tiefes Lachen, das die Menschen in einem einzigen Augenblick für ihn einnehmen konnte. »Liebste Freundin … Ihr *wollt, dass* es wahr ist, also *muss* es wahr sein, dass unser Ritter Nuradin und diese … wie hieß sie gleich?«

»Nadira. Nadira hieß sie.«

»Danke, Gräfin, dass also diese Nadira und Nuradin Tochter und Vater sind, es ist zu schön, um wahr zu sein. Das wahre Leben ist meistens anders.«

»Ach, Konrad … Herr. Ihr seid allzu nüchtern, wenn es um solche Dinge geht. Aber das bringt wohl Euer schweres Herrscheramt mit sich.«

»Ich sei zu nüchtern? Hört, hört. Also gut, wie Ihr wollt, Königin Gisela. Lassen wir unsere Fantasie spielen. Mein Kaplan Gunther hat mir heute Mittag berichtet. Er ist dabei, Aribos Korrespondenz zu sichten. Ein Berg von Briefen, aus ganz Europa! Wisst Ihr, was ich glaube? Ich kann es zwar noch nicht endgültig beweisen, aber ich bin mir ziemlich sicher, dass Erzbischof Aribo hinter dem Tod Nadiras und dem des Italieners steckt.«

»Also doch?«, entfuhr es Irmingard.

»Kaplan Gunther hat einen Brief gefunden, in dem zwischen den Zeilen steht, dass Aribo seinem Verbündeten in Rom – einem Prälaten mit dem Namen Fraudolf von Detmold – den Befehl erteilt hat, Euch in seinen Gewahrsam zu nehmen und unschädlich zu machen.«

»Unschädlich? Er wollte mich also umbringen lassen?«, fragte die Gräfin entsetzt. Die Vorstellung, dass sie in Rom einen solchen Todfeind besessen hatte, raubte ihr für einen Augenblick den Atem.

»Erzbischof Aribo war keiner, der in einem Brief von seiner Hand offen einen Mordplan zugeben würde. Kaplan Gunther sucht noch nach weiteren Indizien«, erwiderte der König.

Unwillkürlich erschauderte Irmingard: Und wenn der Kaplan dabei auf ganz andere Details stoßen würde? Rasch verscheuchte sie den Gedanken wieder.

»Eins interessiert mich noch, Graf Otto«, unterbrach die Königin das Gespräch zwischen dem König und der Gräfin, das Letzterer doch stark zuzusetzen schien. »Und dann ist meine Neugierde – vorerst jedenfalls – befriedigt: Was ist aus der jungen Theresa geworden, diesem Bauernmädchen, das Euch begleitet hat? Stimmt es, was man sich erzählt? Dass Euer Knappe ein Auge auf sie geworfen hat?«

Otto lachte herzlich. Endlich zeigte sich wieder die Zufriedenheit über den glücklichen Ausgang in seinem angespannten Gesicht. »Die Gräfin hat dafür eine wunderbare Lösung gefunden«, sagte der Graf stolz. »Sie nimmt das junge Mädchen als Kammerzofe in ihre Dienste auf. Aber wollt Ihr nicht selbst von dieser Sache berichten, liebste Gemahlin?«

Irmingard nickte freudig. »Adelheid, meine Hofdame – vielleicht kennt Ihr sie? –, wird sich um Theresa kümmern. Adelheid ist von freier und edler Geburt. Sie wird Theresa an Tochter statt annehmen, in allen Ehren. Dann ist ihr Stand erhöht, und einer Verbindung mit Hermann steht nichts mehr im Wege.«

»Aber das alles hat noch Zeit«, sagte Otto bedächtig. »Gut Ding will Weile haben. Wenn sie sich in zwei, drei Jahren immer noch wollen …«

Ein melancholischer Schleier überzog den Glanz seiner Augen. Er schaute verstohlen zu Irmingard hinüber. Er sah, dass sie blass war und ihr Lächeln bemüht wirkte.

Währenddessen fragte sich Irmingard, ob nicht alle Welt die Schuld sah, die wie ein Stachel im Fleisch ihrer Liebe zu Otto saß. Doch sie spürte, dass das Schicksal ihrer Ehe in ihrer Hand lag. Sie fühlte ganz genau, wie sehr sich Otto nach dem Halt und der Sicherheit sehnte, wie nur sie sie ihm bieten konnte. Dieses Gefühl machte sie stolz und zufrieden.

21. Kapitel

»Wie gefällt dir unser neues Kölner Bett?«, fragte Otto beiläufig und deutete über die Schulter. Im Schein der Talglichter waren die Umrisse des Bettes gut zu erkennen.

Graf und Gräfin standen nebeneinander am Fenster der Kemenate und schauten hinunter ins Rheintal, wo sich das Licht des Vollmonds auf den gekräuselten Wellen des Flusses widerspiegelte. Im Innenhof des Klosters dort unten auf der Flussinsel loderten trotz der späten Stunde noch große Feuer, genauso wie in der Flussebene südlich der Stadt. Überall lagerten noch immer Truppen und das Gefolge der Edlen, die zum Königsgericht nach Hammerstein gekommen waren.

»Es ist schön«, erwiderte Irmingard ohne rechte Begeisterung.

»Du hast gar nicht hingeschaut«, sagte Otto.

»Ach … mein Gemahl! Es ist ein Bett! Glaubst du, wenn wir ein schönes Bett haben und alles ist neu eingerichtet und alle Spuren von Galads Herrschaft sind beseitigt, dann ist alles schon gut?«

»Wie meinst du das? Ist es denn nicht *gut* zwischen uns? Willst du *das* sagen damit?«

»Ich will nicht, dass du zornig wirst.« Die Gräfin wandte sich ihm zu. Der neue Otto neigte zu Wutausbrüchen, er hatte seine Emotionen längst nicht mehr so unter Kontrolle wie der alte Otto. »Wir merken ja beide, dass diese Monate uns verändert haben. Das ist doch nichts Schlimmes! Was wir jetzt noch herausfinden müssen, ist, wie es um unsere Liebe steht. Hat sich unsere Liebe verändert? Und wenn ja, hat sie dann die Veränderungen überstanden?«

»Es gab eine Zeit«, flüsterte der Graf traurig, »da haben wir geglaubt, dass unsere Liebe unveränderlich ist für alle Zeit, dass sie jeden Sturm übersteht. Und jetzt stellst du in Frage, ob unsere Liebe die Veränderungen überstanden hat!«

»Veränderung bedeutet doch Leben«, sagte Irmingard.

Statt einer Erwiderung nahm Otto sie in die Arme, spürte ihre Wärme.

»Unser neues Bett ist wirklich wunderschön«, flüsterte sie und schmiegte sich an ihn.

»Ich habe gehofft, dass es dir gefällt.«

Irmingard schlang die Arme um seinen Hals. »Was hältst du davon, wenn wir es jetzt gleich ausprobieren?«

Otto lachte befreit. Aus seinem Blick wich die Verunsicherung. »Weißt du, was ich glaube? Ich glaube, das ist erst der Anfang.« Er küsste sie auf den Nacken, und ein wohliger Schauer durchlief ihren Körper.

Irmingard warf ihm einen verschmitzten Blick zu und begann, die Tasselschnüre zu lösen, die ihr Festkleid zusammenhielten.

»Von jetzt an ist alles neu«, versprach sie.

»So steht nichts mehr zwischen uns?«

Irmingard schüttelte den Kopf und ließ ihr Kleid von den Schultern gleiten. Sie öffnete die Fibel, die Ottos wertvollen, pelzbesetzten Grafenmantel zusammenhielt. »Wie könnte etwas zwischen uns stehen, wo wir doch erst am Anfang sind?«

Nachbemerkung

Im Buch »Burg Hammerstein« werden die Ereignisse der so genannten Hammersteiner Eheaffäre beschrieben. Die Rechtmäßigkeit der Ehe zwischen Otto, dem Sohn des Grafen Heribert von der Wetterau aus dem Hause der Konradiner, und Irmingard, der Tochter von Megingoz, eines Vetters des Herzogs Hermann II. von Schwaben, wurde aufgrund zu naher Verwandtschaft von den Erzbischöfen von Mainz angezweifelt. Daraus entspann sich ein Konflikt zwischen den jeweiligen Erzbischöfen einerseits und Kaiser bzw. König andererseits, und die Affäre schlug in den Jahren 1018 bis 1027 im Heiligen Römischen Reich hohe politische Wellen. Insbesondere betrieb der »harte und stolze« Erzbischof Aribo die Auflösung von Ottos und Irmingards Ehe. Aribo wurde Papst Johannes XIX. schließlich zu eigenmächtig, deswegen unterstützte er den Grafen von Hammerstein. 1027 bereitete König Konrad II. der Affäre ein Ende; Aribo wurde entmachtet, und seine Spur verliert sich im Dunkel der Geschichte. Otto und Irmingard führten fortan bis zum Tod Ottos 1036 ein einträchtiges Eheleben. Irmingard starb 1042. Das Grafenpaar hatte wahrscheinlich einen Sohn und eine Tochter.

Alle wichtigen handelnden Personen, soweit sie dem hohen Adel und damit der herrschenden Schicht angehörten, haben wirklich gelebt: Allen voran Graf Otto und Gräfin Irmingard, Könige und Päpste, die Erzbischöfe Aribo und Pilgrim, die Äbtissin Sophia von Gandersheim und etliche andere. Auch die Schauplätze sind – soweit Fakten vorliegen – im Rahmen der Möglichkeiten eines solchen historischen Romans authentisch dargestellt. Die Ereignisse sind gerafft und vereinfacht wiedergegeben und in eine Romanhandlung gegossen. Die innere Entwicklung unserer Helden und ihr Äußeres dagegen ist reine Fiktion. Der geneigte Leser mag dabei der Vorstellungskraft des Autors folgen.

Ohne die Mitwirkung weiterer Personen wäre der Roman so nie entstanden. Der Dank des Autors gilt zum einen seiner Ehefrau Doris für das bisweilen harte, stets aber konstruktive Erstlektorat, er gilt der Gutachterin Dr. Karin Stoll und ihren Anregungen sowie der Redakteurin Monika Köpfer, die den Text respektvoll und einfühlsam redigiert hat, ohne dabei mit konstruktiver Kritik zu sparen. Allen zusammen ist es zu verdanken, dass »Burg Hammerstein« seine jetzige Form gefunden hat.

Günter Ruch, im Oktober 2004